CE LIVRE EST ÉGALEMENT DISPONIBLE
AU FORMAT NUMÉRIQUE

www.bragelonne.fr

PIERRE BORDAGE

ARKANE

I - LA DÉSOLATION

Bragelonne

Collection dirigée par Stéphane Marsan et Alain Névant

© Bragelonne 2017

ISBN : 979-10-281-0105-3

Bragelonne
60-62, rue d'Hauteville – 75010 Paris

E-mail : info@bragelonne.fr
Site Internet : www.bragelonne.fr

1

LA MAISON DU DRAC

Il advint que l'Odivir sortit de son lit et submergea le pays d'Arkane, jadis appelé Tagre, du massif septentrional de l'Ostian aux sombres marécages du Sud lointain. Émues par les cris désespérés des mères, les sept déesses du fleuve commandèrent à leurs serviteurs d'épargner sept familles humaines…

La première fut secourue par le drac aux écailles rouges, la deuxième par l'aigle aux plumes orangées, la troisième par le dauphin à la peau jaune, la quatrième par le loup à fourrure verte, la cinquième par le corridan bleu tacheté, la sixième par l'ours nocturne des étangs, la septième par l'orbal, le serpent violet vivant dans les fonds de vase…

Les sept familles tirées des eaux se réfugièrent sur la plus haute colline du Tagre. Les serviteurs des déesses leur apportèrent des poissons qui leur permirent d'attendre la décrue du fleuve sans souffrir de la faim…

L'Odivir se retira dans son lit après avoir fécondé la terre. Les familles décidèrent de fonder, au sommet de la colline, une cité qu'elles baptisèrent Arkane, ce qui, dans le langage de nos pères, signifie l'Insubmersible…

Les familles prirent les noms des serviteurs qui les avaient sauvées. Il y eut la maison du Drac, la maison de l'Aigle, la maison du Dauphin, la maison du Loup, la maison du Corridan, la maison de l'Ours et la maison de l'Orbal…

La Geste arkanienne,
Tradition des diseurs du Chœur,
Arkane

LE SOUFFLE COUPÉ, OZIEL S'IMMOBILISA DANS LA RUELLE QUI longeait une interminable muraille grise. La lumière de l'aube n'avait pas encore déchiré le voile terne et froid tendu sur les Hauts d'Arkane. De la cité assoupie montait une rumeur sourde égayée par les trilles mélodieux des aubins. Dans moins d'un quart de sixte, les charrettes et les porteurs de la Guilde des Fournisseurs peineraient à se frayer un passage au milieu de la foule bruyante et colorée qui se déverserait dans les rues et sur les places.

Oziel prit une profonde inspiration et vérifia qu'aucun œil-de-pierre ne déambulait dans les environs. Elle n'en avait jamais rencontré, et n'avait pratiquement aucune chance d'en croiser un au beau milieu de cette ruelle, mais tant d'histoires circulaient au sujet des pétrocles qu'elle les reconnaîtrait sans l'ombre d'une hésitation. Ulio prétendait qu'il suffisait de croiser leur regard pour être changé en pierre. Elle n'avait jamais décelé la moindre lueur de moquerie dans les yeux de son frère lorsqu'il prononçait ces mots d'une voix empreinte de terreur.

L'absence de légionnaires frappa tout à coup Oziel : elle n'avait pas entrevu un seul uniforme noir au cours de sa promenade. Fidèle à sa devise, *« les sept survivants du fleuve sans distinction servirons, à chaque instant et contre tout ennemi les protégerons »*, la Légion des Hauts arpentait pourtant la cité jour et nuit afin de prévenir d'improbables attaques extérieures – une révolte des populations des niveaux inférieurs tous les deux ou trois siècles – et les agressions des familles régnantes entre elles, plus fréquentes.

Inquiète, elle se rencogna dans un renfoncement de la muraille. Comme chaque matin, elle avait emprunté une issue dérobée qu'elle était la seule à connaître, puis, s'aventurant dans les ruelles encore baignées de pénombre, elle s'était peu à peu éloignée du domaine du Drac pour se livrer à son exploration quotidienne des Hauts. Un an plus tôt, après son dix-huitième anniversaire, elle avait éprouvé le besoin pressant de sortir des limites du domaine familial pour battre avec le cœur d'une cité qu'elle ne connaissait pas. Neuvième héritière dans l'ordre de succession de la famille du Drac, elle n'avait jusqu'alors eu d'Arkane qu'un vague aperçu entre les rideaux empesés de la voiture qui la conduisait à une quelconque cérémonie officielle. Bien qu'immenses et boisés, les quartiers du Drac étaient devenus trop étroits pour elle.

Elle se souvint du visage émacié de son père, croisé la veille dans un couloir après le dîner, et du regard douloureux dont il l'avait enveloppée. Il avait perdu le sourire depuis que le Conseil des Sept avait condamné Matteo, son fils aîné, au bannissement perpétuel dans les Fonds, mais jamais elle n'avait lu une telle désolation dans les yeux clairs du patriarche Nunzio. La rumeur s'était propagée les semaines précédentes d'une alliance entre les maisons de l'Aigle, de l'Ours et du Dauphin. Il ne s'agissait pas, elle en prit conscience avec une brutalité suffocante, de l'une de ces querelles absconses et futiles qui agitaient régulièrement les familles régnantes comme les risées l'eau des bassins : l'exil de Matteo n'avait été que la première étape d'un projet mûrement réfléchi et proche de son aboutissement.

On avait décidé d'abattre le Drac.

Jamais l'une des familles régnantes n'avait été menacée de disparition au long des siècles ayant suivi la fondation d'Arkane. Elles avaient subi à tour de rôle d'importants revers de fortune, affronté les scandales, les complots, les tourmentes, mais elles étaient toujours parvenues à se redresser, avec ou sans l'aide des autres.

Oziel en voulut à son père et à ses aînés de l'avoir tenue à l'écart des intrigues des Hauts. Ils la traitaient en quantité négligeable, ils la considéraient toujours comme la petite fille ou la petite sœur qu'on étouffe de tendresse pour mieux l'écarter des jeux d'adultes. Ils refusaient de voir qu'elle allait sur ses dix-neuf ans, qu'elle avait une poitrine et des hanches de femme, qu'une toison sombre et bouclée dissimulait désormais le sceau familial gravé sur son pubis. Seul Ulio, placé un rang devant elle dans l'ordre de succession, semblait s'être rendu compte qu'elle avait grandi. Ils éprouvaient l'un pour l'autre un amour proche de l'adoration. Il s'introduisait parfois dans sa chambre au milieu de la nuit pour se glisser dans son lit et s'allonger contre elle. Elle ne bougeait pas, baignée de plaisir, de honte et de frayeur, lorsque les mains agiles de son frère s'insinuaient sous sa chemise de nuit et se promenaient sur sa peau frissonnante. Il n'avait jamais outrepassé le stade des caresses, comme si un reste de raison ou de mauvaise conscience lui interdisait de franchir l'ultime étape malgré la tyrannie de son désir. Elle ignorait comment elle aurait réagi s'il avait tenté de la posséder, de profaner un sanctuaire qui avait valeur de placement pour la maison du Drac. Elle le désirait autant qu'elle le redoutait, se frottant langoureusement contre lui tout en feignant de dormir. Malgré leurs quinze mois d'écart, ils avaient déployé une complicité de tous les instants depuis leur tendre enfance, partageant un goût immodéré pour la désobéissance, les escapades, les rires, la moquerie, les récits épiques, l'équitation et le maniement des armes.

Une rumeur sourde enfla dans la quiétude de l'aube, diffusée par la brise tiède. Oziel ressentit avec une violence suffocante, dans son ventre, dans sa gorge, que l'offensive se déclenchait contre sa famille. Un gémissement s'échappa de ses lèvres. Son regard accrocha un motif sculpté dans la muraille lisse, un serpent enroulé en cercle se mordant la queue, le symbole de la Résurrection, l'ordre mystique dont les membres prononçaient les vœux de silence, d'obéissance et d'abstinence. Sa promenade l'avait entraînée jusqu'à la pointe orientale des Hauts, le quartier qui s'étendait entre le domaine du Loup et l'antre de la Résurrection.

Elle plongea la main sous sa cape pour saisir la poignée de sa caniste, son épée à la lame fine et droite. Une exaltation soudaine balaya ses inquiétudes et ses hésitations. Elle ressentait la même ivresse chaque fois qu'elle refermait les doigts sur le métal lisse de son arme. Mazin, le maître d'escrime, disait d'elle qu'il n'avait jamais eu d'élève aussi brillante et déterminée – la jalousie d'Ulio froissé par le compliment offrait à sa sœur une magnifique occasion de le narguer. Elle compensait sa stature moyenne par une vivacité de loutre argentée, une résistance peu commune et une volonté de tous les instants.

Elle s'élança en direction de l'ouest, se débarrassa de sa lourde cape et de ses bottes incommodes au sortir de la ruelle, traversa, pieds nus, une première place peuplée d'indolents aux feuilles vert et jaune. Ses bracelets de bronze tintaient à ses poignets et à ses chevilles ; la gaine de cuir et d'acier de la caniste lui battait les mollets ; l'haleine des Conquérants, le vent chaud venu du lointain massif de l'Ostian, lui léchait le visage et le cou.

Elle déboucha sur une petite place pavée et peuplée d'une volée d'ombres titubantes, une bande de godelureaux aux visages masqués. Des effluves d'alcool et de sueur s'exhalaient de leurs capes entrebâillées.

—La jolie drôlesse que voilà !

—Et qui nous tombe toute rôtie dans le bec !

—Où cours-tu, ma belle ? Tu as le feu au cul ?

—Je t'ai déjà vue quelque part…

Ils tentèrent de lui bloquer le passage, mais, comme ils tenaient à peine sur leurs jambes, elle ne rencontra aucune difficulté à fendre leurs rangs, abandonnant derrière elle leurs saillies égrillardes et leurs rires gras. Des fils de familles régnantes qui avaient sans doute prolongé à leur manière la cérémonie du sceau organisée la veille par la maison du Loup. Bien qu'officiellement invitée, Oziel avait refusé de s'y rendre. Pas envie de voir un sigillaire, un vieillard demi-gâteux et ployant sous une lourde robe de brocart, apposer le sceau chauffé à blanc sur le pubis d'une fillette ou d'un garçonnet de moins de trois ans. Elle se souvenait encore de la morsure grésillante du fer sur sa peau, de la douleur atroce qui s'était prolongée des semaines, de l'odeur entêtante de viande grillée. Son hurlement résonnait toujours dans sa tête et dans son corps. Les sigillaires prétendaient que la cérémonie du sceau rendait hommage aux sept animaux qui, selon les mythes primitifs, avaient sauvé le peuple d'Arkane de la disparition ; Oziel doutait de la nécessité de perpétuer un rituel aussi barbare.

Taraudée par le sentiment d'urgence, elle se retint de tirer sa caniste, de dégrafer son ceinturon, d'arracher sa robe et de continuer vêtue de sa seule confidente, la tunique courte et légère qui servait de sous-vêtement aux femmes du Drac. Elle parcourut un interminable labyrinthe de venelles, d'escaliers, d'esplanades, de terrasses et de cours, se fiant toujours à la rumeur qui continuait d'enfler dans la paix de l'aube, bouscula une silhouette surgie devant elle au croisement de deux ruelles, louvoya entre des charrettes à bras tirées par des muets de la Guilde des Transporteurs. Son pied heurta durement une excroissance de fer entre deux pavés. Ignorant la douleur qui s'enroulait comme une liane autour de sa cheville et de sa jambe, elle déboucha sur la place des Fondateurs, entrevit dans le lointain l'ombre du gigantesque rempart crénelé qui ceinturait les Hauts, poursuivit sa course sans prêter attention à l'arc monumental du Laz, l'entrée du labyrinthe qui donnait sur le niveau inférieur des Dits. Des groupes de charrettes et de porteurs en surgissaient, comme jaillis de terre, guidés par des torcherons reconnaissables à leurs flambeaux et à leur uniforme blanc et doré.

Elle traversa sans ralentir l'allure la partie la plus ancienne, la plus tortueuse des Hauts. La cité se réveillait peu à peu, les cris stridents des colporteurs se répondaient de loin en loin, la lumière chassait les vestiges de la nuit, les volets et les fenêtres s'entrouvraient, des hommes et des femmes s'apostrophaient d'une façade à l'autre.

Elle arriva enfin en vue de la porte majestueuse du domaine familial, surmontée d'un drac de granit écarlate aux ailes déployées. L'absence de gardes et l'entrebâillement des énormes vantaux de bronze accentuèrent jusqu'au vertige son inquiétude. Étouffant la petite voix qui l'implorait de rebrousser chemin, elle décida d'emprunter l'issue dérobée qu'elle avait découverte à l'âge de douze ans au cours d'une partie de cache-cache avec Ulio. Curieusement, elle n'en avait jamais parlé à son frère, voulant se prouver, sans doute, qu'elle était capable de cultiver ses jardins secrets. Elle longea le mur d'enceinte sur plusieurs centaines de pas, s'engagea dans le passage sombre qui séparait les domaines du Drac et de l'Ours, se glissa, une cinquantaine de pas plus loin, entre les buissons et les ronciers proliférant dans l'ombre. Des épines transpercèrent ses vêtements et sa peau. Elle se mordit les lèvres pour contenir un gémissement, s'efforça de recouvrer son calme, repéra à tâtons l'orifice abandonné par un éboulement au pied du mur, se faufila entre les pierres éparses à demi enfoncées dans la terre, repoussa comme chaque fois une brève attaque de panique lorsqu'elle rampa sous l'ouvrage, se retrouva de l'autre côté dans une végétation inextricable. La gorge irritée par l'âpre odeur d'humus, elle se fraya un passage jusqu'aux grands bassins de pierre qui bordaient les potagers. L'eau disparaissait sous les nénuphars aux feuilles pourpres et aux fleurs blanches.

Des cliquetis, des grognements, des cris, des gémissements transperçaient le murmure des frondaisons et le brouhaha naissant et diffus de la cité. Une silhouette surgit d'un bosquet de l'autre côté des bassins : une jeune femme en chemise de nuit, dont la chevelure dorée dansait comme une flamme au-dessus de sa tête. Oziel n'eut pas le temps de la héler. Une ombre s'abattit sur les épaules de la fuyarde à l'issue d'un bond prodigieux et la renversa. Un foueur, l'une de ces bêtes au pelage noir et ras qu'utilisaient depuis quelques années les sbires des maisons du Loup et du Corridan. Le hurlement de la jeune femme se brisa. Le sang d'Oziel se glaça lorsque le fauve, les babines marbrées d'écarlate, releva la tête et tourna ses yeux rubis dans sa direction. Elle tira la caniste et plia légèrement les jambes, en position de garde. Poussant un grondement sourd, le foueur gratta le sol des griffes de l'une de ses pattes antérieures. Il ne lui faudrait que quelques bonds pour contourner le bassin d'une largeur de vingt pas. Son arme parut dérisoire à Oziel face à une telle machine à tuer. Au moment où l'animal se mettait en mouvement, un sifflement retentit et l'arrêta net dans son élan. Ses babines se retroussèrent et dévoilèrent ses crocs recourbés. Il hésita un instant, puis, après un grognement de dépit, finit par s'évanouir dans la lumière incertaine de l'aube.

Elle attendit un long moment avant de déployer avec précaution ses jambes engourdies et de se risquer hors du buisson dans lequel elle s'était tapie. Un silence funèbre avait enseveli le domaine, troublé de loin en loin par des gémissements.

Prête à se jeter dans la haie à la moindre alerte, elle coupa par le petit bois de bouleaux et de cèdres incandescents avant de s'engager dans l'allée de sable rouge bordée de chênes carmin qui donnait sur les granges, les écuries et les autres bâtiments d'où montaient les hennissements des chevaux, les meuglements et les caquètements des bêtes promises à la boucherie. Elle aperçut des corps étendus sur les pelouses, entre les colonnes, sur les escaliers, sur les dalles grises des terrasses. Des soldats de la maison du Drac, reconnaissables à leur uniforme pourpre et leur casque conique, des intendants, des jardiniers, des palefreniers, des serviteurs, hommes, femmes, enfants, égorgés, éventrés. Certains d'entre eux n'avaient pas eu le temps de s'habiller et avaient tenté de s'enfuir partiellement ou entièrement nus. Des nuées de cracasses se disputaient déjà les cadavres.

Oziel reconnut parmi eux des visages familiers : Brat, le garçon d'écurie qui prenait soin de sa jument favorite, Elvon, le vieux maître d'équitation à l'exigence et aux colères légendaires, Polzine, l'écuyère chargée de débourrer les jeunes chevaux… Ses yeux se brouillèrent de larmes. Elle demeura un long moment prostrée, désespérée, incapable de bouger, puis, aiguillonnée par le besoin oppressant de savoir ce qu'était devenue sa famille, elle se dirigea vers la bâtisse principale. Elle savait qu'il ne restait plus rien de l'orgueilleuse maison du Drac, mais elle voulait contempler une dernière fois les traits de ceux qu'elle avait chéris.

Ulio… Pourvu que…

Des bruits de voix et de pas l'incitèrent à se réfugier dans l'un des pigeonniers disséminés dans le domaine. Elle grimpa en haut de la construction par l'échelle de bois vermoulue et couverte de fientes. Les pigeons nichés dans les boulins et dérangés par son intrusion s'envolèrent dans une gerbe de poussière, de paille et de plumes. Elle s'accroupit près d'une lucarne d'où elle avait une vue dégagée des environs. Une troupe imposante apparut dans l'allée principale : une centaine d'hommes et une dizaine de foueurs tenus en laisse. Ils ne portaient pas les uniformes ni les couleurs habituels des familles régnantes. Rien d'étonnant : il arrivait parfois que les maisons, pour régler des questions d'honneur, recourent aux services d'assassins recrutés dans les niveaux inférieurs d'Arkane. Ceux-là dissimulaient de lourds espadons, des haches à double tranchant, des arbalètes ou des dagues sous leurs capes brunes ou noires maculées de sang. De leurs visages occultés par des chapeaux aux larges bords et des masques d'oiseaux, on ne distinguait que les mentons ombrés de barbe et les yeux enfiévrés par la griserie du meurtre.

Elle craignit, lorsque les foueurs passèrent près du pigeonnier, d'être trahie par son odeur, mais la troupe s'éloigna et le silence retomba peu à peu sur les lieux.

Cachée derrière le tronc d'un pommier, elle observa un long moment la façade arrière de la bâtisse principale flanquée de six tourelles aux flèches effilées. Aucun mouvement sur les perrons ni sur les multiples balcons jonchés de corps. Les agresseurs avaient visiblement déserté les lieux. Il lui parut impossible qu'une poignée de sicaires aient suffi à terrasser l'armée du Drac, forte de plusieurs centaines d'hommes parfaitement entraînés et, en principe du moins, protégée comme les six autres familles par la puissante Légion des Hauts.

Oziel s'aventura avec prudence sur les allées pavées de galets blancs entre les massifs de fleurs et de buis. Elle atteignit sans encombre la rampe qui descendait en pente douce vers l'entrée des fournisseurs. Les serviteurs n'avaient pas eu le temps de laver à grande eau les dalles souillées la veille par les déjections des attelages. Chaque jour, une noria de chariots et de tombereaux livrait les farines, les fruits secs, les épices, les graisses, les huiles, les vins, les bois précieux, les savons végétaux en provenance des plaines orientales fertilisées par les crues de l'Odivir ; chaque jour, ou presque, de violentes disputes opposaient les fournisseurs et les intendants du Drac, exaspérés par l'augmentation continuelle des prix et les exigences de l'arrogante Guilde des Transporteurs.

Oziel s'introduisit dans la grande salle voûtée où les intendants recevaient et contrôlaient les marchandises. L'odeur entêtante du sang masquait en partie les relents habituels de graisse, d'épices et de cendres froides. Elle buta contre un premier corps recroquevillé dans la pénombre. Éclata en sanglots lorsqu'elle reconnut Laudine, la matrone des cuisines, sa chère et tendre Laudine, qui s'était toujours débrouillée pour lui apporter des sucreries lorsque l'une de ses facéties lui valait d'être privée de dîner. Tuée d'un coup en plein cœur. La tête posée sur la poitrine inerte de la vieille femme, elle versa des larmes brûlantes et silencieuses.

Des craquements retentirent. On marchait à l'étage supérieur. Un assassin sans doute resté en arrière pour achever les blessés. Ou un rescapé. Oziel se releva et se concentra sur les bruits. Au chagrin succédait la colère. Une source noire, vireuse, se déversait dans ses veines. Elle ne tenta pas de résister, elle se laissa couler, avec un abandon presque voluptueux, dans les abysses ténébreux où rôdaient ses ombres, l'Oziel ensorcelée par l'acier des lames, l'Oziel s'emportant à la moindre contrariété, l'Oziel en proie à des crises d'hystérie qualifiées de démentielles ou démoniaques… L'Oziel fascinée et effrayée par la violence de son désir pour son frère…

Les craquements, à nouveau.

Dans un état second, elle traversa à vive allure les celliers, les souillardes et la cuisine, sans prêter attention aux corps affalés sur le sol, enfilés sur les broches de la cheminée monumentale, éventrés ou décapités sur les tables. Enjambant les cadavres, pataugeant dans les flaques de sang, elle gagna l'étage supérieur par l'escalier de pierre aux marches usées. De nombreux soldats en uniforme pourpre parmi les victimes, mais aucun agresseur, comme si la garde du Drac n'avait pas eu le temps ou la force de se défendre.

Elle s'engouffra dans la petite salle à manger habillée de boiseries peintes où les membres de la famille prenaient leurs repas en dehors des réceptions officielles. Elle y trouva trois de ses cinq frères, deux de ses belles-sœurs, quelques-uns de ses neveux et nièces, sa sœur aînée Jaëlle ainsi que des serviteurs en livrée pourpre. Les assassins avaient frappé avec une précision implacable, visant la gorge, le cœur, les yeux. Elle ne pleura pas cette fois, déjà consumée par le feu de la haine.

Un autre corps plus loin, figé dans une étrange position près de l'ouverture arrondie qui donnait sur le grand conversoir.

Son cœur s'arrêta de battre lorsqu'elle croisa le regard fixe et exorbité d'Ulio, dont la tête formait un angle insolite avec son cou. Il n'avait pas lâché la caniste qui reposait le long de sa jambe. Elle se mordit la lèvre inférieure jusqu'au sang, maudissant l'impulsion qui l'avait entraînée loin du domaine en ces heures tragiques, qui l'avait empêchée de se battre aux côtés de son frère adoré, de rendre en même temps que lui le dernier souffle. Tant de choses qu'elle n'avait pas pris le temps de lui dire. Il portait la tunique de soie sauvage brodée de fils d'or qu'elle lui avait offerte lors de son vingt et unième anniversaire. Il avait sans doute pensé à elle à l'ultime moment ; elle n'aurait pas d'autre consolation.

Un mouvement dans son dos. Elle se retourna, tendue comme un arc, la caniste levée.

— Ô Déesses, je désespérais trouver quelqu'un de vivant dans cette funeste demeure…

Une silhouette longiligne s'engouffra dans la salle à manger et, les bras écartés, s'avança entre les chaises renversées.

— Baissez votre arme, dame Oziel. Vous ne reconnaissez donc pas votre vieux maître ?

Comment, en effet, ne pas reconnaître cette face décharnée de cracasse, ce foisonnement de rides, ces cheveux blancs et clair-semés, cette peau tavelée, ces yeux vitreux, ces doigts longs et noueux, cette cape aux couleurs enfuies, cette voix éraillée, cette allure chancelante, synonymes pour elle d'interminables heures d'enfermement dans la pièce humide et froide du premier étage d'une tour d'angle ?

14

— J'avais prévenu le patriarche Nunzio, votre père, que les autres maisons se liguaient contre le Drac. Il n'a pas voulu m'écouter. Il me traitait de vieux fou.

L'odeur familière de Xaron, un mélange de poussière, de parchemin et de renfermé, raviva chez Oziel la répugnance qu'elle avait toujours éprouvée pour le vieux précepteur. Elle baissa enfin le bras et, vidée de ses forces, tremblante, s'assit sur un coin de la table jonchée des restes épars du petit déjeuner. Un rai de soleil, tombant de l'une des deux fenêtres, enflammait les éclaboussures de sang sur la nappe blanche, sur les fresques des boiseries, sur le manteau sculpté de la cheminée.

— Pourquoi ? balbutia-t-elle. Pourquoi ?

— De grâce, ne restons pas ici, dame Oziel. Ils peuvent revenir d'un moment à l'autre.

Xaron lui posa la main sur l'avant-bras. Une vague de colère et de dégoût empêcha la jeune femme de sombrer tout entière dans l'eau amère et glacée du chagrin. Elle repoussa une envie brutale de lui planter sa lame dans le ventre et se recula afin de se tenir hors de portée de son haleine fétide.

— Ce ne sont pas des tueurs ordinaires, poursuivit le précepteur. Ils viennent de loin.

— Des Bas d'Arkane ?

Les yeux délavés de Xaron se posèrent sur la jeune femme ; elle se sentit souillée par son regard insistant.

— De plus loin encore. Partons, je vous en conjure.

— Pourquoi vous ont-ils épargné ?

— Je me suis assoupi dans la tour d'angle après avoir observé le ciel une partie de la nuit. Ils n'ont pas eu l'idée de monter dans le grenier. Ce n'est que lorsque je suis descendu que j'ai constaté…

Xaron secoua la tête. Il servait le Drac depuis très longtemps. Laudine affirmait qu'il avait dépassé les cent cinquante ans. La plupart des enfants de la famille lui prodiguaient la tendresse qu'on éprouve pour un vieil oncle excentrique. À la fois rassurant et répugnant, il leur enseignait la lecture, l'écriture, la conversation, le calcul, l'histoire, la mythologie, la diplomatie et des rudiments d'astronomie dont il était un adepte fervent. Le patriarche Nunzio avait décrété que chacun de ses enfants, garçon ou fille, devait être prêt à lui succéder à chaque instant et, en conséquence, acquérir

15

les bases de la culture nécessaire au gouvernement d'une maison des Hauts.

Les deux derniers, Ulio et Oziel, avaient rejoint leurs frères et sœurs à l'âge de sept ans. Dès lors, ils avaient passé le plus clair de leurs journées dans la salle austère et glaciale de la tour d'angle. L'ennui les y guettait la plupart du temps. Leurs regards s'évadaient par les fenêtres donnant sur le parc ou, de l'autre côté, sur les collines lointaines du domaine de l'Orbal. Ils ne se concentraient qu'au moment où Xaron abordait la poétique, la matière qu'ils préféraient. Exaltés par la déclamation des récits épiques de la Fondation, ils composaient eux-mêmes des poèmes utilisant la métrique ancienne, qu'ils se murmuraient l'un à l'autre avec une crainte imprégnée de fierté. Le regard d'Oziel tomba de nouveau sur le visage figé d'Ulio ; la vie enfuie de son corps plein de sève, le feu de son regard à jamais éteint… Elle baissa la tête pour dissimuler ses larmes.

—Jamais je n'aurais cru voir le jour où l'une des sept familles régnantes serait éliminée par les autres, reprit Xaron d'une voix lasse. L'équilibre est rompu. Vous êtes sans doute la seule survivante du Drac et…

—Vous savez ce que sont devenus mes parents ?

—Je crois qu'on les a pris vivants et emmenés dans un autre quartier des Hauts.

—Comment pouvez-vous le savoir, puisque vous étiez endormi dans la tour d'angle ?

—J'ai perçu les cris de votre mère.

—On n'entend rien quand on dort…

Xaron se rencogna dans sa dignité et fixa Oziel d'un air à la fois surpris et réprobateur, comme offusqué par l'agressivité et les sous-entendus de son élève. Il lui en coûtait, visiblement, de se justifier devant celle qu'il regardait toujours comme une enfant.

—Ce sont précisément les cris de votre mère qui m'ont réveillé. (Le vieillard désigna les cadavres d'un geste du bras.) J'ai exploré les pièces principales de la bâtisse et je n'y ai pas découvert les corps de vos parents. J'en ai déduit qu'on les avait enlevés, qu'on les voulait vivants si les agresseurs s'étaient donné cette peine.

Oziel se reprocha d'avoir froissé le précepteur, mais sa détresse la rendait amère et injuste. En outre, elle avait toujours gardé

16

envers Xaron un fond de défiance qui ne reposait probablement sur aucun fondement. «Tu juges mauvais tout ce qui te répugne, comme la plupart des filles», avait un jour persiflé Ulio. «Tu te méfies de Xaron parce qu'il pue la charogne. Ne viens jamais après ça me parler d'intuition féminine!»

Oziel contint de son mieux une nouvelle montée de larmes. L'odeur, insoutenable, lui emplit la bouche d'un goût de fiel.

Un tumulte s'éleva dans le parc.

—Ils reviennent, souffla Xaron. Allons nous cacher.

—Où?

—Je connais un endroit où personne ne nous trouvera. Suivez-moi.

Le précepteur se dirigea vers le conversoir sans attendre la réponse de son interlocutrice. Elle hésita un instant, puis, comme le brouhaha se rapprochait, elle lui emboîta le pas. Ils traversèrent deux salons, un boudoir et l'immense salle des réceptions officielles avant de s'engager dans l'un des multiples escaliers qui desservaient les six étages de la construction. Leurs pas et leurs souffles prenaient une résonance insolite dans le silence sépulcral. Un matin ordinaire, la vie aurait déjà commencé à couler dans les couloirs, les premiers cris, les premiers rires, les premières querelles auraient transpercé les murs, les cloisons et les planchers.

Oziel espéra un temps se réveiller en sueur dans sa chambre et se rendre compte, avec un soupir de soulagement, que tout cela n'était qu'un mauvais rêve, mais la douleur persistante fichée dans sa gorge et dans son ventre la contraignait à regarder la réalité en face: on avait anéanti l'orgueilleuse maison du Drac, l'une des sept familles fondatrices d'Arkane. Le patriarche Nunzio et Albae, la mère vénérée, étaient peut-être encore vivants, mais pour combien de temps? Les conspirateurs n'avaient pas l'intention de les épargner. C'étaient les mêmes, sans doute, qui avaient obtenu du Conseil des Sept le bannissement perpétuel de Matteo, le fils aîné, l'héritier du Drac, accusé de s'être livré à d'abominables sacrifices en compagnie des servants et des fidèles de la Désolation.

Elle distinguait à présent les grondements des foueurs, les glapissements de leurs maîtres, le fracas des sabots et des bottes, les crissements des roues cerclées de fer sur les gravillons des allées. Une troupe imposante s'apprêtait à occuper le domaine. Sans doute brûlerait-on les enseignes, les bannières pourpres, et hisserait-on de nouvelles couleurs ? Elle avait entendu dire que de riches commerçants des niveaux inférieurs d'Arkane intriguaient auprès des membres du Conseil des Sept afin de remplacer dans le Conseil l'une des familles régnantes jugées décadentes et indignes de gouverner. Longtemps, on avait cru que les maisons de l'Orbal et du Dauphin étaient visées, puis on avait cessé d'accorder de l'importance à ces rumeurs, ces « billevesées, ces enfantillages » selon les mots du patriarche Nunzio.

La chevelure clairsemée de Xaron voletait comme un oiseau grisâtre et silencieux dans la pénombre du couloir – ou était-ce une galerie ? Oziel, qui croyait avoir exploré la maison dans ses moindres recoins, ne reconnaissait pas les lieux. Entraînée dans un dédale de passages et d'escaliers à vis, hantée par le visage affreusement pâle et figé d'Ulio, elle avait fini par perdre tout repère. Ses pieds nus foulaient une terre humide et jonchée de cailloux. Ils évoluaient dans les sous-sols à en croire l'âcre odeur de moisissure. Elle eut la sensation de se précipiter tête baissée dans une nasse, mais elle ne pouvait pas revenir sur ses pas : elle risquait, si elle retrouvait son chemin, de tomber sur les assassins qui investissaient les bâtiments.

—Nous arrivons, murmura Xaron.

Ils parcouraient une galerie étroite hérissée de pierres aux arêtes coupantes et baignée d'une profonde obscurité.

—Où sommes-nous ?

—Ne vous inquiétez pas, vous serez bientôt à l'abri.

Le ton du vieillard, tranchant comme une lame sous sa douceur apparente, déclencha une alarme dans l'esprit de la jeune femme, puis, se remémorant les paroles d'Ulio, elle se dit qu'il était en train de lui sauver la vie et qu'elle devait, à défaut de lui en être reconnaissante, cesser de s'en méfier.

Une lueur dansante brilla dans le lointain et révéla la voûte et les parois tourmentées d'une cavité. Oziel agrippa machinalement la poignée de sa caniste.

—Du monde, là-bas, chuchota-t-elle.

—Ce sont des amis. Ils nous attendent.

— Comment ces gens auraient-ils pu deviner que la maison du Drac serait attaquée ce matin et que nous nous échapperions par ces souterrains ?

Xaron marqua un temps de silence avant de répondre, d'une voix légèrement essoufflée :

— Il n'est pas qu'une façon de communiquer, jeune dame. Vous aurez les réponses en temps voulu.

Elle garda la main posée sur la poignée de son arme. Au sortir de la galerie elle faillit tourner les talons et s'enfuir à toutes jambes lorsqu'elle remarqua, regroupés devant une énorme concrétion calcaire, une dizaine d'hommes munis de torches et vêtus de l'uniforme jaune orangé de la maison de l'Aigle. Elle n'avait jamais éprouvé la moindre once de sympathie pour les cinq fils de la famille de l'Aigle, dont deux, Sylver et Jiun, l'avaient courtisée avec une vulgarité indigne de gentilshommes des Hauts.

— Qui va là ?

La voix grave vibra un long moment dans le silence.

— Damoiselle Oziel et Xaron, précepteur du Drac, répondit le vieillard.

Il se dirigea d'un pas assuré vers la petite troupe. Incommodée par les relents d'humus et de pourriture, Oziel le suivit après une brève hésitation.

Xaron s'arrêta pour observer les soldats de l'Aigle avec attention.

— Votre maître n'est pas avec vous ?

— Je suis là.

Une silhouette émergea d'un recoin de ténèbres et s'avança dans la lumière des torches. Oziel reconnut Sylver, le troisième fils de l'Aigle, avant même qu'il ne retire son large chapeau emplumé et ne dévoile sa face rougeaude taillée à la hache. Il portait, par-dessus son pourpoint et son pantalon bouffant, une ample cape au col droit et relevé commune à la plupart des fils de famille des Hauts. Elle gardait un souvenir cuisant de son haleine avinée, de ses mains rêches et puissantes, de ses doigts courtauds, de ses ongles crasseux, de ses dents bombées et grises, de ses cheveux bruns plus sales et puants que la paille d'une litière, de son sourire et de ses paroles obscènes. Ses yeux globuleux se posèrent sur la jeune femme sans accorder la moindre attention au précepteur.

— Je me dois de reconnaître que tu sais tenir tes promesses, vieux hibou, marmonna-t-il sans quitter Oziel du regard.

— J'espère que vous tiendrez également les vôtres, répliqua Xaron.

— Mettrais-tu en doute la parole d'un héritier des Hauts ? Tes mots sonnent comme une offense.

— Seul un homme qui a subi plus d'un demi-siècle d'humiliations quotidiennes connaît la saveur amère de l'offense.

Oziel lança un coup d'œil par-dessus son épaule. Une dizaine d'hommes avaient à leur tour émergé de la pénombre et s'étaient approchés silencieusement dans son dos, lui coupant toute retraite. Le piège s'était refermé sur elle. Elle faillit tirer sa caniste et l'enfoncer dans le flanc offert de Xaron, puis elle décida d'attendre, d'endormir leur méfiance, de jeter toutes ses forces dans un ultime effort et de rejoindre Ulio dans la mort en emmenant le plus grand nombre possible d'adversaires.

— Je sens frémir la colère dans ce corps désirable, déclara Sylver avec un sourire cruel.

— Il n'est pas seulement désirable, mais rebelle, intervint Xaron. Vous devrez apprendre à le dompter si vous voulez le chevaucher.

Sylver saisit le menton d'Oziel entre le pouce et l'index. Elle frémit d'horreur, voulut se reculer d'un pas, se heurta à l'un des soldats déployés derrière elle. À la lumière des torches, ils semblaient tout droit surgis des Fonds d'Arkane où, selon les mythes primitifs arkaniens, les hommes se changeaient en akchas, en démons.

Là où le Conseil des Sept avait expédié Matteo.

— J'ai dompté des montures plus rétives qu'elle, grogna Sylver. Elle finira par m'accepter, comme les autres.

— J'ai, comme convenu, versé des poudres anesthésiantes dans la nourriture des soldats du Drac, lança Xaron d'un ton sec. Je vous ai livré vivante celle que vous vouliez. À votre tour de vous acquitter de votre part du marché.

Le fils de l'Aigle fixa le précepteur d'un œil torve.

— Ne me manque pas de respect, vieillard !

— Vous n'avez aucune leçon à me donner en matière de respect.

Un éclat meurtrier scintilla dans les yeux de Sylver ; il finit par éclater de rire.

—C'est vrai : on ne peut qu'avoir la plus grande estime pour les félons ! (Il tira de son pourpoint une bourse de cuir qu'il jeta au sol d'un geste méprisant.) Le prix convenu pour tes basses œuvres.

Xaron se pencha pour ramasser la bourse. Une lame courbe et luisante jaillit dans la main de Sylver, la serre de la maison de l'Aigle, qu'il abattit à une vitesse foudroyante sur la nuque du précepteur. Le fer s'enfonça dans les cheveux gris de Xaron et crissa sur les vertèbres avant de ressortir sous son menton. Le vieillard hoqueta, tenta de retirer la lame qui lui obstruait le cou, mais ses doigts décharnés n'eurent pas le temps d'atteindre l'arrière de son crâne ; il s'affaissa et cessa de bouger après un ultime spasme. Oziel ne ressentit pas la moindre compassion pour le précepteur.

Le fils de l'Aigle dégagea la serre d'un coup sec et l'essuya sur sa cape.

—Le seul prix que méritent les traîtres.

Maintenant.

Divertis par la mort du vieillard, les soldats avaient relâché leur attention. Oziel tira la caniste de sa gaine de cuir.

—Je ne commettrais pas une stupidité pareille si j'étais toi, murmura Sylver d'un ton froid.

Il remisa sa serre dans un repli de sa cape sans lever les yeux sur la jeune femme.

—Les vies du patriarche Nunzio et de dame Albae, ta vénérée mère, dépendent désormais de ta bonne volonté.

Il écarta la caniste d'un geste négligent, saisit le bas de la robe d'Oziel et, retroussant en même temps la confidente, la dénuda jusqu'à la taille.

—De ta docilité.

2

ENCHANTEUR DE PIERRE

Déesses du fleuve, que l'eau se déverse
En abondance de vos mamelles, de votre ventre,
Et féconde les terres réchauffées par notre père Soleil.

Ode aux sept divinités du fleuve,
Rives de l'Odivir,
Pays d'Arkane

—Une fleur, avait ordonné maître Hauhorn avant de s'éclipser.

Comment tirer une forme ressemblant à une fleur de ce bloc de pierre gris aux veines noires, brunes et rouges plus dur que le crâne d'un paysan des plaines du Centre ?

—Sans outil, sans rien d'autre que ton esprit, avait ajouté maître Hauhorn. Tu ne sortiras pas de là avant d'avoir réussi, compris ?

Deux ans d'apprentissage, et Renn en était toujours au stade des balbutiements. Chaque fois il avait utilisé des outils pour réaliser une esquisse grossière à partir de l'un des blocs alignés dans la carrière ou dans l'atelier de maître Hauhorn. Ses parents, paysans des rives de l'Odivir, l'avaient confié à l'enchanteur de pierre dans l'espoir d'en faire quelque chose à défaut de quelqu'un. Renn n'avait montré aucun goût, aucune ardeur pour le travail de la ferme ni pour les métiers traditionnels des plaines : journalier, batelier, charretier, charpentier, tonnelier… Son père l'avait traîné à l'âge de seize ans dans l'antre de l'enchanteur de pierre, au pied

23

du massif de l'Ostian, en implorant les sept déesses du fleuve que maître Hauhorn, dont la réputation s'étendait jusqu'aux confins du pays d'Arkane, accepte de prendre son bon à rien de troisième fils comme apprenti.

C'était Anaïth, sa grand-mère, qui en avait eu l'idée après avoir vu, de ses yeux vu, une pierre changer de forme sur le passage de son petit-fils. Elle en avait déduit qu'il avait le don de charmer la matière et qu'on fâcherait les déesses du fleuve si on ne lui permettait pas d'exercer son talent. Peut-être aussi que sa vue baissait ou qu'elle prenait ses désirs pour des réalités, mais on s'était rendu volontiers aux arguments de l'aïeule, sautant sur l'occasion de se débarrasser d'un rejeton paresseux en même temps que d'une bouche inutile. Les déesses du fleuve avaient exaucé les prières de la famille : à l'issue d'un voyage de vingt jours sur d'épouvantables chemins boueux ou verglacés, l'enchanteur de pierre avait consenti à recevoir les visiteurs et à enseigner son art à Renn après l'avoir observé sans dire un mot du lever au coucher du soleil.

La vie au pied du massif de l'Ostian déplaisait à l'apprenti : l'hiver s'y installait les deux tiers de l'année, le vent soufflant des hauteurs mordait profondément la chair sous les vêtements de laine, la neige atteignait parfois sept pieds de haut, au point qu'il fallait creuser des tunnels pour aller chercher des bûches ou se rendre dans l'atelier situé à cinquante pas de l'habitation. Une fois sur place, les doigts gourds ne parvenaient pas à maîtriser les manches des aiguilles, des bouchardes, des ciseaux, des gradines, les pieds se changeaient en glaçons dans les bottes fourrées. Renn retardait jusqu'à l'insupportable le moment de vider sa vessie, de peur que son urine ne gèle avant de toucher le sol et que le froid n'en profite pour s'engouffrer à l'intérieur de son corps. En outre, maître Hauhorn pouvait passer plusieurs jours, voire plusieurs semaines sans proférer un seul mot, si bien que l'apprenti en venait à se parler à lui-même pour vérifier au moins qu'il ne perdait pas l'usage de sa voix.

Il lui était impossible de savoir s'il progressait dans le métier : son maître le plaçait devant un bloc, lui demandait d'en tirer une courbe, un angle, un globe, un cube, un cœur, puis se retirait sans donner une seule explication ni le moindre conseil. Renn se débrouillait avec les outils posés dans un coin de l'atelier pour donner la forme requise à la pierre. Il y parvenait la plupart du temps, au prix d'un travail acharné, douloureux pour les mains, les bras, les épaules, la nuque et le dos. Il en ressortait gris de poussière, desséché, découragé. Maître Hauhorn ne se fendait d'aucun commentaire sur le résultat. On pouvait seulement déceler un peu de tristesse, un peu de dépit, dans ses yeux presque entièrement blancs. Renn ne voyait jamais travailler l'enchanteur dans la pièce voisine, ni n'entendait les coups de maillet ou les crissements des poinçons sur le grain dur, et, pourtant, chaque soir, l'apprenti découvrait des sculptures nouvelles d'une beauté à couper le souffle, des déesses du fleuve aux proportions parfaites, des animaux emblématiques des sept familles régnantes, des créatures aux faces grimaçantes, des bas-reliefs foisonnants… Détail étonnant : les veines des pierres épousaient à la perfection les mouvements des statues ou des fresques, comme si elles s'étaient pliées à la volonté de l'homme.

Renn restait un long moment à observer les œuvres de maître Hauhorn, se demandant par quel miracle ce dernier parvenait à leur insuffler une telle force, une telle grâce, une telle vie. Lui réussissait seulement, lorsqu'un coup malencontreux ne brisait pas son bloc en deux ou en trois morceaux, à façonner une ébauche disgracieuse. Parfois, n'y tenant plus, il demandait à l'enchanteur de lui montrer comment il devait s'y prendre ; maître Hauhorn répondait, avec un sourire énigmatique, que ce n'était pas à lui de révéler ses secrets à son apprenti.

— Si tu cesses de la considérer comme de la matière inerte, si tu apprends à entendre son chant, la pierre te donnera accès à sa mémoire, à l'histoire du monde. Elle vient des antres profonds de la montagne, elle est aussi vieille que le temps. Elle peut être plus dure et blessante que l'acier le plus solide fabriqué dans les forges d'Arkane, et plus tendre et caressante que le ventre d'une femme. Tu dois la courtiser, la séduire, pour qu'elle ne te blesse pas et t'ouvre son ventre. Exactement comme une femme.

Renn ne comprenait pas grand-chose aux propos d'un homme que la solitude et le froid avaient probablement rendu fou. Quel rapport entre une femme et une pierre ? Quelle idée de parler de ventre féminin à quelqu'un qui n'avait jamais approché d'autre femme que sa mère, ses sœurs et sa grand-mère ! N'était-ce pas le signe d'un sérieux déséquilibre mental ? Renn croyait parfois discerner des intentions inquiétantes dans le regard de givre de l'enchanteur. Ils vivaient dans un tel isolement que personne ne s'inquiéterait de sa disparition, pas même sa famille pour qui il avait déjà cessé d'exister. En outre, les apprentis auraient dû pulluler dans l'atelier d'un artisan aussi prestigieux que maître Hauhorn. Pourquoi Renn était-il seul ? Il se demandait parfois si l'enchanteur n'était pas adepte de ce rite barbare et cruel qu'on appelait la Désolation. Il avait entendu ses parents évoquer à mi-voix les sacrifices de jeunes gens dont les bourreaux buvaient le sang et dévoraient le cœur afin de se repaître de leur force vitale.

De son enfance dans les plaines, Renn regrettait surtout la cuisine épicée et généreuse de sa mère. Les plats servis par maître Hauhorn n'avaient aucune saveur, aucune consistance. Il ne sortait de table ni satisfait ni rassasié. Il commençait à flotter dans ses vêtements, et l'unique miroir de la maison, un fragment minuscule suspendu au-dessus de l'évier de pierre, lui renvoyait un visage aux pommettes saillantes, aux yeux fiévreux et aux joues creuses. Il lui prenait parfois l'envie de fuir, mais pour aller où ? Il n'aurait sans doute pas la force de faire plus de cent pas dans un tel froid. Pas question, en outre, de remettre les pieds dans son village des bords de l'Odivir : son père l'aurait étranglé sans lui laisser le temps d'entrouvrir la bouche.

Renn contempla le bloc sombre dressé devant lui. La pierre des antres profonds de la montagne. Rugueuse, informe, peu engageante, presque hostile. Le vent se glissait sous la porte pour répandre un froid blessant dans l'atelier. Les derniers jours, pourtant, des signes avaient annoncé la fin prochaine de l'hiver, des odeurs sucrées s'étaient éparpillées dans l'air immobile, des oiseaux migrateurs avaient tracé leurs lignes géométriques et bruissantes sur le fond pâle du ciel. L'apprenti lança un regard vers les outils rangés sur l'établi. Maître Hauhorn le saurait s'il utilisait la masse, le grand poinçon et les ciseaux pour dégrossir le bloc, lui donner au moins une apparence un peu plus engageante.

Le chant de la pierre ?

Seuls les grondements des bourrasques et les craquements des poutres de l'atelier s'élevaient pour l'instant dans le silence glacé. La pierre fredonnait-elle comme les lavandières des rives de l'Odivir ? Sifflait-elle comme les oiseaux ? Les arbres, les roseaux, les épis frissonnaient sous les caresses de la brise ; les dunes de sable du désert occidental du Tchezz émettaient un son étrange, envoûtant, que le vent transportait les soirs d'été jusqu'aux rives de l'Odivir ; le fleuve, le père de la fortune, murmurait au long de ses méandres nonchalants et grondait dans les gorges encaissées, mais jamais personne n'avait entendu une roche chanter. Personne de sensé, en tout cas. Aucun doute : maître Hauhorn avait perdu la raison. Comment expliquer, alors, ces sculptures incroyablement vivantes qui apparaissaient chaque soir ou presque dans son atelier ?

Avec un soupir de découragement, Renn s'assit sur le petit banc de pierre qu'il avait lui-même façonné et se laissa dériver sur le fil indolent de sa mémoire. Un visage se détacha des silhouettes familières qu'il croisa au gré de ses souvenirs : un sourire édenté au milieu d'un foisonnement de rides, des cheveux d'une blancheur immaculée, des yeux pétillants de malice sous leur voile vitreux.

Anaïth, sa grand-mère.

Son unique complice dans un monde où les rêveurs de son espèce n'avaient pas leur place, où les seules règles étaient le labeur, la peine, la rentabilité. Elle avait vu une pierre changer de forme sur le passage de son petit-fils. Elle l'avait affirmé sans rire, sans le sourire narquois qu'elle promenait en permanence sur les événements et les gens. Sa voix de cracasse avait résonné avec une véhémence inhabituelle dans la cuisine sombre et fraîche où les onze membres de la famille prenaient le repas du soir, comme si elle ne voulait laisser aucune faille, aucune place aux doutes et aux sarcasmes. Personne n'avait osé ricaner devant l'énormité de sa déclaration. Renn avait vu en revanche des idées germer dans les yeux de ses parents. Non qu'ils eussent accordé le moindre crédit aux propos de l'aïeule, mais ils tenaient enfin leur prétexte pour se débarrasser de ce rejeton encombrant. Sur le moment, Renn avait lui-même pensé que sa grand-mère souffrait de l'une de ces maladies séniles qui touchaient la plupart des anciens des bords de l'Odivir.

Et si elle avait eu raison ? Et si une pierre s'était vraiment modifiée sur son passage ? Anaïth affirmait qu'il était différent des autres avec ces yeux qui changeaient de couleur selon les saisons, ce visage tout en arêtes et en angles, cette peau bistre, ces cheveux plus noirs et drus que le blé charbon. Il accomplirait, ajoutait-elle, les merveilles qu'elle, pauvre paysanne des plaines de l'Odivir, n'avait pas su accomplir. Les crues du fleuve étaient de moins en moins généreuses, comme si les déesses se désintéressaient d'un monde qui avait perdu toute notion de justice et d'harmonie. Les familles régnantes d'Arkane vivaient dans les Hauts d'une cité protégée, interdite aux pauvres bougres qui trimaient du matin au soir sous les rayons accablants du soleil. Le peuple des plaines de l'Odivir n'avait qu'un seul droit : arracher à la terre les céréales, les fruits, les légumes, les fibres et les plantes destinés à la population d'Arkane. Des norias de bateaux effectuaient la navette entre les quais des plaines et le port de l'arrogante cité. Les questeurs du Conseil des Sept, assistés de troupes imposantes, et les transporteurs regroupés en Guilde ne laissaient aux paysans que le strict nécessaire. Oh, bien sûr, de petits malins essayaient bien de soustraire une partie de leurs récoltes aux charognards officiels. Malheur à ces derniers si leur forfait était découvert : crucifiés sur une palissade, harcelés par les cracasses et les mouches, ils agonisaient pendant deux ou trois jours, et leurs hurlements dissuadaient, au moins pour un temps, les autres de les imiter. Anaïth pestait contre les rapaces à deux jambes qui prenaient aux paysans la plus grande partie de leurs récoltes en leur lançant, comme on jette des épluchures aux animaux de basse-cour, une poignée d'arks en fer-blanc.

—J'ai vu dans un rêve qu'à cause de toi, non, grâce à toi, la cité d'Arkane tomberait de toute sa hauteur et que les Sept retourneraient là où ils auraient dû finir : noyés dans l'eau du fleuve. Et cette fois, les déesses n'enverront pas d'animaux pour les sauver, elles les laisseront crever comme ils laissent crever les nôtres sur les planches.

Terrifié par le ton blasphématoire de sa grand-mère, Renn n'avait pas osé demander pourquoi *à cause de lui* ou *grâce à lui*. Et puis quel rapport entre les prophéties de l'aïeule et le métier d'enchanteur de pierre ?

Il fixa de nouveau son attention sur le bloc. L'air glacial lui engourdissait les mains, les pieds, et lui gelait le bout du nez. Le vent hurlait toujours dans la charpente et le toit de lauze. La lumière avait baissé d'intensité. Maître Hauhorn lui avait dit qu'il ne sortirait pas avant d'avoir réussi. Il mourrait de froid s'il passait la nuit dans l'atelier. Saisi de panique, il se leva et courut vers la porte. Elle refusa de s'ouvrir. Il eut beau tambouriner, s'acharner sur la poignée, frapper le panneau massif de bois à coups de pied et de poing, elle ne bougea pas d'un pouce. L'enchanteur l'avait enfermé sans couverture, sans bois pour faire du feu, sans rien pour le réchauffer. Renn expulsa sa rage d'un hurlement strident. Dire que là-bas, dans les plaines de l'Odivir, on cherchait l'ombre pour se soustraire quelques secondes aux rayons accablants du soleil.

Au bord des larmes, il revint s'asseoir et posa machinalement les yeux sur la pierre. À cause de cette fichue roche, il se passerait de dîner et se transformerait lui-même en bloc de glace. Il l'injuria en son for intérieur, puis il remarqua qu'elle n'était pas d'un gris uniforme ; ses flancs grenus présentaient une infinité de nuances et de taches qui composaient une subtile harmonie avec le réseau complexe de ses veines noires, brunes et rouges. Il s'absorba dans la contemplation de la pierre, s'intéressa aux mouvements amorcés par ses formes, fut étonné de constater, au bout d'un moment, que ses yeux suivaient toujours le même trajet et s'échouaient au même endroit, comme happés par un invisible courant. Il pensa que sa fatigue lui jouait des tours, se redressa, se secoua, se frotta les paupières, ressentit à nouveau le froid et le découragement, puis, voulant en avoir le cœur net, il reprit son observation, découvrit de nouveaux détails qui lui avaient jusqu'alors échappé, les éclats brillants, les failles minuscules, les parties lisses, les paysages étranges esquissés par les inégalités, les protubérances… La pierre cessait tout à coup d'être une ombre menaçante, se dévoilait comme un monde à la complexité fascinante. Issue, comme l'affirmait maître Hauhorn, d'un passé très lointain, elle racontait à sa manière une multitude d'histoires.

Renn n'avait jamais pris le temps de regarder les blocs apparus chaque semaine dans l'atelier. Il ne s'était jamais demandé, il en prenait conscience à l'instant, par quel miracle ils arrivaient dans les dépendances de maître Hauhorn ; il ne voyait jamais ni chariot, ni traîneau, ni aucun autre engin de transport, il ne percevait aucun bruit, aucun signe d'activité ; or il aurait fallu plusieurs hommes et un matériel imposant pour décharger les lourdes roches, et l'on aurait dû entendre des ahanements, des grincements, des vociférations.

Son regard plongea dans une veine rouge qui serpentait entre les rugosités de la pierre et qui, tel un ruisseau empourpré, se déversait dans une minuscule cavité. Il eut l'impression, tout à coup, de perdre l'équilibre, d'être aspiré par un souffle puissant et précipité la tête la première dans un puits sans fond. Un réflexe l'entraîna à se raidir sur ses jambes, à écarter les bras pour se retenir à d'invisibles parois. Il perdit aussitôt la sensation de mouvement et revint à la réalité de l'atelier, à la terre gelée du sol, aux rayons obliques tombant des hautes lucarnes, aux murs de granit, aux poutres noueuses et par endroits vermoulues. Son cœur battait la chamade ; il transpirait, il haletait, comme s'il venait de fournir un effort violent ou de croiser un monstre des abîmes infernaux.

Il lui sembla discerner, entre les sifflements du vent et les craquements du bois, un murmure à l'ineffable beauté. Il se calma et remit un peu d'ordre dans ses pensées avant de se concentrer sur le son et de prendre conscience qu'il émanait de la pierre. Renn n'avait jamais rien entendu de pareil. Entendre n'était d'ailleurs pas le mot exact : le son ne s'adressait pas à ses oreilles, il chuchotait en lui, il vibrait du sommet de son crâne aux extrémités de ses membres, un appel à la fois ensorcelant et angoissant, une invitation à passer dans un autre monde, au risque de ne jamais en revenir. Il n'aimait pas le labeur pénible et ingrat de la ferme, mais, ayant pris racine dans les terres fertilisées par les crues de l'Odivir, il avait besoin de repères, de certitudes. Il craignait, s'il se laissait aller au sortilège de la pierre, de devenir l'un de ces esprits errants qui, les nuits de pleine lune, se glissaient dans les maisons afin de tourmenter leurs occupants. Puis, son conditionnement de paysan reprenant le dessus, il se traita d'idiot : les pierres ne fredonnaient pas, il n'y avait pas de place dans leur ventre pour des puits ou des gouffres insondables, elles ne racontaient pas d'autres histoires que leur interminable érosion. Il faillit courir chercher la grande masse de fer pour fendre le bloc en deux. Il tremblait de colère, colère contre la pierre, colère, surtout, contre sa fichue imagination qui s'emballait au moindre frémissement. Combien de fois s'était-il envolé sur les froissements de la nuit ? Combien de fois son esprit avait-il dérivé sur les courants paresseux de l'Odivir ?

La nuit tombait sur l'atelier et, avec elle, un froid de plus en plus dense. Il n'y aurait pas cette fois de feu de cheminée ni de soupe brûlante pour le réchauffer, il ne pourrait pas s'allonger sur sa couche à l'inconfort de laquelle il avait fini par s'habituer, ni s'enrouler dans les épaisses couvertures de laine. Des larmes lui vinrent aux yeux. Jamais il ne s'était senti aussi seul. Ses parents, avares de leurs sentiments comme tous les paysans des plaines, ne lui avaient jamais prodigué la moindre tendresse, et pourtant, ils lui manquaient cruellement en cet instant, de même que ses frères et sœurs, l'odeur de vase des rives de l'Odivir, la chaleur qui écrasait hommes, animaux et plantes, les visages rieurs et déjà tannés de ses amis, l'ambiance tantôt bourdonnante, tantôt paisible, du village. Ce monde qu'il avait quitté avec une indifférence teintée de soulagement reprenait possession de lui. Il regrettait, oh, comme il regrettait! d'être parti, de s'être laissé mener à l'atelier de maître Hauhorn comme une bête résignée sous le couteau du boucher. Il aurait pu trouver sa place sur les rives de l'Odivir, il se serait engagé sur une barge qui faisait la navette entre les villages des plaines et la cité d'Arkane, il aurait fabriqué des briques de paille et de boue, il serait devenu forgeron ou même pâtre, il aurait... il aurait...

Il fixa la pierre d'un regard haineux. Elle continuait de murmurer, indifférente à ses tourments. Ses yeux se posèrent sur la veine pourpre, l'accompagnèrent dans ses méandres, se retrouvèrent devant le minuscule orifice. Un courant le happa de nouveau et balaya ses pensées. Cette fois, il ne chercha pas à résister lorsqu'il fut emporté en direction de la bouche noire. Elle se dilatait au fur et à mesure qu'il s'en approchait, comme si elle s'apprêtait à l'engloutir. Il fut projeté dans un passage obscur à la voûte et aux parois arrondies. Le courant l'entraînait à une vitesse telle qu'il n'éprouvait plus qu'une ombre de frayeur, comme si ses émotions, ses sensations s'éparpillaient derrière lui. Il ne ressentait aucun signe annonciateur d'une crise de claustrophobie. Pourtant, il n'avait jamais supporté l'enterré-vif, ce jeu cruel des rives de l'Odivir qui contraignait un garçon à rester le plus longtemps possible immobile sous les pelletées de boue déversées par les autres enfants répartis autour de la fosse. Les meilleurs ne bougeaient pas jusqu'à ce qu'une épaisse couche de terre les recouvre; lui suffoquait sitôt qu'un peu de terre lui effleurait le visage. Il y avait gagné le sobriquet peu enviable de vervaz, du nom d'un petit ver gris grouillant à la surface des alluvions après les crues du fleuve.

Le courant l'emportait toujours plus loin dans le tunnel obscur. De vagues lueurs apparaissaient de temps à autre, étoiles éphémères dans un ciel ténébreux. Le fredonnement se changeait peu à peu en un chant à la puissance phénoménale sans rien perdre de son harmonie. Une lumière éblouissante brillait à l'extrémité du passage. Toute peur déserta Renn lorsqu'il pénétra dans un espace dont il ne cernait pas les limites. Il se demanda si c'était son corps qui volait ainsi dans ce ciel baigné d'une clarté intense, ou seulement son esprit. Il se percevait comme une entité à la légèreté et la fluidité infinies, enveloppée de sons à l'ineffable splendeur et d'une mosaïque de lumières fascinantes.

Le cœur secret de la pierre. Le chant millénaire de la pierre.

Il flotta dans l'enchantement un temps qu'il aurait été incapable de mesurer – un souffle, une éternité? Jamais il n'aurait pu imaginer qu'il existât dans ce monde des antres aussi rassurants, aussi fabuleux; il se sentait protégé, absous de ses souffrances, de ses doutes, de ce sentiment d'abattement qui, depuis sa naissance, lui pesait sur les épaules comme un joug.

Un souffle retentit en lui comme une note échappée du chœur.

« Une fleur. »

Il eut l'impression que maître Hauhorn se tenait à ses côtés.

Il fut une nouvelle fois ramené sur les rives de l'Odivir. Il avait toujours aimé la cruette, cette fleur modeste aux pétales mauves tachetés de blanc, qui transperçait le limon à la décrue du fleuve. Symbolisant la joie, l'abondance, la fertilité, elle donnait aux paysans le signal du début des semailles. Il se revit cueillir des cruettes pour sa mère, les pieds pataugeant dans la boue, l'haleine incendiaire du soleil lui léchant la nuque et le dos. Leur parfum sucré, capiteux, enivrait l'air brûlant.

Les lumières du cœur de la pierre dansaient autour de lui, tissant de nouvelles tapisseries éclatantes. Son chant se modifiait, proposait des harmoniques tout aussi ravissantes les unes que les autres.

Un fracas assourdissant résonna tout à coup et brisa l'enchantement. Les lumières s'éteignirent, un silence oppressant ensevelit les lieux. Renn suffoqua, trembla, se débattit, aux prises avec l'horrible sensation que la matière se refermait sur lui et cherchait à l'emprisonner. Il voulut crier, appeler à l'aide, ne parvint pas à expulser le moindre son de sa gorge obstruée. L'air ne passait plus par ses narines ni par sa bouche, il ne voyait plus rien, n'entendait plus rien, s'enfonçait peu à peu dans la densité de la pierre.

Se transformait lui-même en pierre.

Eut encore le temps de penser que maître Hauhorn l'avait piégé, qu'on ne retrouverait jamais son corps, que son agonie durerait sans doute plusieurs millénaires.

On l'observait.

Un homme, assis sur un bloc.

Face tourmentée, traits taillés à la hache, teint hâlé, crâne et tempes en partie rasés, longs cheveux bruns rassemblés en une épaisse natte. Son menton hérissé d'une barbe poivre et sel reposait au creux de ses mains croisées sur la poignée d'une lourde épée. Une cotte de mailles rouillée se dévoilait sous sa cape grise parsemée d'accrocs, de taches de sang et de terre. Il ne portait pas de brague à la mode des paysans des rives de l'Odivir, mais une sorte de jupe noire aux plis savamment agencés d'où saillaient ses genoux et ses jambes aussi épaisses et crevassées que des troncs d'arbre. Les lanières de ses sandales d'un cuir épais s'entrelaçaient autour de ses mollets. Ses yeux, d'une couleur indécise, entre l'eau boueuse du fleuve et l'ocre du désert du Tchezz, s'enfonçaient profondément sous ses arcades saillantes ; un regard indéchiffrable, minéral.

La porte battait contre le chambranle, le vent s'engouffrait avec voracité dans l'atelier.

— Pourquoi est-ce qu'on t'a enfermé là-dedans ?

La voix éraillée de l'homme froissa les oreilles de Renn, qui ne répondit pas, interdit, étonné de reprendre conscience, rencontrant des difficultés à s'imprégner de la réalité de cette scène.

— Je t'ai cru mort de faim ou de froid, poursuivit l'homme.

Du sang séché souillait la lame de son épée droite ébréchée des deux côtés. Renn avait aperçu des cohortes de légionnaires ou des spadassins dans les rues de son village, de jeunes paysans reconvertis en tueurs qui proposaient leurs services aux citadins d'Arkane ou aux riches bateliers du fleuve projetant d'éliminer un rival, mais jamais de guerrier aussi imposant que celui-ci.

— Tu es muet, mon garçon ?

— Non, c'est juste que…

— Que quoi ?

Renn jugea préférable de taire l'expérience qu'il venait de vivre. L'homme ne le croirait pas et prendrait sans doute sa réponse comme une moquerie, voire une provocation.

— Je… je m'étais assoupi.

— Qui t'a enfermé là-dedans ?

— Maître Hauhorn, l'enchanteur de pierre.

— Pourquoi ?

— Il m'a dit que je ne sortirais pas de l'atelier avant d'avoir sculpté une fleur.

— Comme celle-ci ?

Le bras de l'homme se détendit en direction du bloc de pierre près duquel Renn avait perdu connaissance. L'apprenti se retourna et fut stupéfait de constater que la pierre s'était transformée en une gigantesque cruette aux pétales d'une finesse irréelle. Jamais il ne serait parvenu à obtenir une telle précision, une telle délicatesse, en utilisant les outils traditionnels des tailleurs. Les rosaces et les entrelacs tissaient par endroits une véritable dentelle emplie de la lumière déclinante de l'atelier.

— De la belle ouvrage, en tout cas, reprit l'homme.

— Qui êtes-vous et que faites-vous là ? demanda Renn.

L'autre hocha la tête avec solennité, un mouvement qui entraîna sa natte dans un balancement presque aérien.

— Mon nom est Orik et je suis, ou plutôt, j'étais soldat dans l'armée de Mandrill, le pays de l'autre côté du massif de l'Ostian. (Il se tut quelques instants, les yeux rivés sur le sol pavé d'épaisses dalles.) Je marche depuis des jours et je meurs de faim : il n'y a rien à manger, ici ?

— J'ai faim aussi, répondit Renn. Mais mon maître ne m'a laissé aucune nourriture.

— Un homme dur. Et un bon maître à en croire ton œuvre.

L'impressionnante carcasse d'Orik se déplia dans une succession de craquements et de cliquetis. Mesurant plus d'une toise, il leva son épée. Renn crut un instant qu'il allait l'abattre sur lui, mais, d'un geste vif et précis, le guerrier la glissa dans le fourreau qui dépassait de son épaule droite.

— J'ai fui, reprit-il entre ses lèvres serrées. En tant que déserteur, je devrais subir la lente agonie de l'éventration, le châtiment réservé aux lâches, mais, je le jure sur ce que j'ai de plus sacré, ce n'est pas la peur qui a motivé ma fuite.

Il s'avança d'un pas pesant en direction de l'apprenti, précédé d'une odeur indéfinissable, entre charogne, sueur, sang et humus.

—Je suis porteur de terribles nouvelles, mon garçon, et, comme nous avons perdu toutes nos chances de sauver le royaume de Mandrill, j'ai pensé qu'il était de mon devoir de prévenir les populations de ce côté-ci du massif de l'Ostian.

Orik s'enveloppa dans sa cape grise et se frotta vigoureusement le menton.

—Je ne connais pas la région et j'ai besoin d'un guide, poursuivit-il. On pourrait aller se réchauffer dans la maison...

Renn n'osait pas sortir de l'atelier bien que le guerrier en eût défoncé la porte. Il n'était pas censé bouger avant le retour de son maître, encore moins introduire un inconnu dans une demeure qui ne recevait jamais de visite – son père et lui-même étaient les derniers visiteurs reçus par maître Hauhorn.

—Ou tu préfères qu'on se transforme en glace? reprit Orik.

—Je dois attendre le retour de mon maître, murmura Renn.

—Tu seras peut-être mort quand il reviendra.

Renn frissonna. Son regard tomba pour la dixième fois sur le bloc transformé en cruette géante. Il doutait d'avoir exercé une quelconque influence sur le prodige. Il se souvenait seulement, comme les réminiscences d'un cauchemar, du fracas ayant brisé l'enchantement, de l'horrible sensation d'être piégé dans le cœur de la pierre. Il brûlait d'impatience de revoir maître Hauhorn, de lui poser les questions qui se pressaient dans sa gorge.

—Nous serons peut-être tous morts quand il reviendra, insista Orik. Le temps presse.

—Pourquoi ne vous mettez-vous pas tout de suite en chemin?

Le guerrier secoua la tête en se fendant d'un soupir bruyant.

—D'abord, je crèverai rapidement dans ce froid si je ne mange pas quelque chose, si je ne réchauffe pas mes vieux os; ensuite, je gagnerai du temps si je suis accompagné d'un guide qui connaît la région.

—Où comptez-vous trouver un guide? Il n'y a personne des lieues à la ronde.

Le regard d'Orik s'enfonça comme une lame dans celui de Renn.

—J'en ai trouvé un, il me semble.

L'apprenti eut besoin d'un long moment avant que les paroles de son interlocuteur se fraient un chemin dans son esprit.

—Moi ?

—Je ne vois personne d'autre.

—Mais… je suis l'apprenti de maître Hauhorn, je ne peux pas partir d'ici.

Les pensées de Renn s'affolèrent. Le visiteur lui offrait une magnifique occasion de mettre fin à son interminable exil, de redescendre dans les plaines brûlantes et familières de l'Odivir, un retour dont il avait maintes fois rêvé durant les nuits désespérantes sur les pentes de l'Ostian.

—Je ne connais pas grand-chose de la région, objecta-t-il.

—Tu saurais me conduire jusqu'à la cité d'Arkane ?

—Facile : il suffit de remonter le fleuve Odivir.

—Combien de jours pour gagner l'Odivir ?

—Une dizaine.

—Eh bien, conduis-moi au fleuve, tu pourras ensuite rebrousser chemin et reprendre ton apprentissage.

Renn se leva et marcha de long en large à la fois pour se dégourdir les jambes et remettre un minimum d'ordre dans ses pensées.

—Je dois demander à maître Hauhorn.

—Quand est-il censé rentrer ?

L'apprenti haussa les épaules.

—Je ne sais pas.

—Tu m'as dit tout à l'heure qu'il t'ouvrirait la porte lorsque tu aurais réussi à sculpter une fleur. Tu as accompli ton œuvre, et il n'est pas là.

Orik ponctua sa déclaration d'un claquement de langue agacé. Son impatience grandissait, en témoignaient les mouvements incessants de ses mains, la crispation de ses mâchoires et la noirceur de ses yeux. Le vent gémissait dans la toiture et claquait régulièrement la porte contre le mur de pierre.

—Il ne me prévient jamais de la durée de ses absences.

—Tu vas devoir prendre l'initiative, mon garçon. (La voix d'Orik avait maintenant le tranchant d'un fer affûté.) Les Conquérants venus des grands espaces du Nord saccageront Arkane comme ils ont rasé le royaume de Mandrill. Ce ne sont pas des adversaires ordinaires. Notre armée, pourtant puissante et disciplinée, a été balayée comme fétu de paille. J'ai dû fouler un épais tapis de cadavres pour me sortir vivant du champ de bataille.

— Ils ne viendront peut-être pas jusqu'ici…

— Crois-moi, ils traverseront bientôt le massif et s'abattront sans pitié sur les populations vivant de ce côté-ci. (Orik appuya sa déclaration d'un geste rageur.) Aucune frontière, fût-elle aussi imposante que l'Ostian, ne les arrêtera. Je dois prévenir d'urgence les autorités d'Arkane pour qu'elles organisent la riposte ou l'exode. Nous n'avons pas un seul jour à perdre.

— Comment… (Renn se mordilla l'intérieur des joues.) Comment puis-je être sûr que vous me dites la vérité ?

Orik se rapprocha de l'apprenti, se pencha sur lui jusqu'à ce que son visage rude se suspende à un pouce du sien.

— Regarde-moi dans les yeux, mon garçon, et dis-moi si tu y vois la couleur du mensonge.

L'odeur âpre du guerrier enveloppa Renn comme une ombre. Il plongea tout entier dans le regard de son vis-à-vis, flotta quelques secondes entre les éclats de désespoir, ressentit une violence et une énergie qui l'interloquèrent, à mille lieues de l'atmosphère paisible, enchanteresse, du cœur de la pierre. S'il percevait le chaos et la fureur dans le monde intérieur d'Orik, il n'y décela pas la moindre tromperie. Il fixa jusqu'au vertige l'ouverture béante de l'atelier où s'engouffrait un vent de plus en plus virulent. Pourquoi maître Hauhorn ne se montrait-il pas ?

— Eh bien ?

— Si je vous explique la direction, vous pourrez peut-être vous débrouiller…

Renn crut que des flammes allaient jaillir de la bouche entrouverte de son interlocuteur qui évacua son exaspération d'un soupir prolongé et bruyant.

— Je ne connais pas cette région et je risque de perdre du temps. Conduis-moi à l'Odivir, ensuite je te ficherai la paix, d'accord ?

L'apprenti tenta de se soustraire à la pression du guerrier, mais les yeux de ce dernier continuèrent de le traquer comme des oiseaux de proie. Il finit par acquiescer d'un hochement de tête avec le sentiment confus de trahir à la fois son maître et sa grand-mère.

—À la bonne heure! s'exclama Orik en se redressant. Mais avant, donne-moi quelque chose à manger : le gibier se fait rare dans les montagnes, et ça fait six jours que je n'ai rien avalé.

3

LA SERRE DE L'AIGLE

Qu'une seule famille soit éliminée par les autres, et se réveilleront les géants de pierre pour rétablir l'ordre. Malheur aux inconscients qui briseraient l'équilibre instauré par nos pères fondateurs.

Mythes primitifs arkaniens,
Tradition des diseurs du Chœur,
Arkane

Par l'étroite fenêtre, Oziel avait une vue partielle de la place des Statues, les géants de pierre d'une perche de hauteur qui représentaient les patriarches fondateurs d'Arkane accompagnés de leurs animaux symboliques. Le destin, par l'un de ces détours ironiques dont il avait le secret, voulait que le drac, gigantesque pourtant, restât hors du champ de vision de la captive. Elle pouvait contempler l'aigle, le dauphin, le loup, le corridan, l'ours et l'orbal, plus ou moins imposants, plus ou moins prestigieux, mais, comme si les comploteurs l'avaient déjà abattu, l'emblème de sa famille semblait avoir disparu des Hauts.

La porte massive de la pièce et les barreaux épais de la fenêtre interdisaient à Oziel toute possibilité de fuite. Sylver et ses sbires lui avaient retiré sa caniste avant de la conduire dans un immeuble de la vieille ville par un dédale de souterrains qui donnait sur les fondations et les caves de la construction. Ils avaient ensuite gravi un escalier de pierre en colimaçon baignant dans d'âcres relents de pourriture et d'urine. Au deuxième niveau, Sylver avait poussé la jeune femme dans une pièce sombre meublée d'un lit à baldaquin, de tapis élimés, d'une table et de deux bancs.

—Bienvenue dans mon nid d'amour, avait grogné le fils de l'Aigle avec un sourire hideux.

L'odeur du prétendu nid d'amour évoquait plutôt une étable. Il avait ordonné à ses hommes de l'attendre sur le palier, avait refermé la porte, et s'était approché d'Oziel avec un regard lubrique. Présumant qu'il s'apprêtait à se jeter sur elle, elle s'était tenue prête à se défendre, à griffer, à mordre, mais il s'était contenté d'écarter sa propre cape, de dégrafer ses chausses, de les abaisser sur ses cuisses et d'exhiber son membre viril d'une blancheur morbide sillonné de grosses veines sombres.

—Contemple ton nouveau maître, Oziel du Drac. Tu recevras bientôt sa visite. J'ai des affaires urgentes à régler, et je veux prendre mon temps avec toi. Tout mon temps. En attendant, tu resteras enfermée ici. Une servante te livrera tes repas. N'essaie pas de fuir : d'abord, trois gardes resteront en poste jour et nuit devant ta porte, n'oublie pas ensuite que tu tiens le sort de tes parents entre tes mains. (Il avait frappé de la pointe de l'index le pubis de la jeune femme au travers du tissu de sa robe ; son haleine chaude et chargée lui avait léché le front.) Entre tes cuisses, devrais-je dire.

Elle n'avait pas pu se retenir de lui cracher au visage. Les traits rudes du fils de l'Aigle s'étaient crispés de surprise et de fureur. Il n'avait pas essuyé la salive qui sinuait sur le bas de sa joue et dégouttait de son menton, il s'était contenté d'enfoncer les doigts dans les replis de la robe et de les resserrer comme une pince sur le bas-ventre de sa prisonnière jusqu'à ce qu'une douleur vive la perfore jusqu'à la nuque.

—Ce vieux hibou de Xaron avait raison : il va falloir te dompter. Tant mieux, j'aurai un plaisir infini à t'apprendre la docilité. À te voir ramper à mes pieds.

Il l'avait relâchée, avait remonté ses chausses et était sorti sans ajouter un mot.

Le crissement d'un verrou retentit, la porte s'ouvrit dans un grincement et livra passage à une jeune et ronde soubrette de la maison de l'Aigle. Elle s'inclina avant de traverser la pièce et de poser sur la table un plateau de bois contenant une assiette creuse fumante, une coupe garnie de fruits et de morceaux de viande séchée, une cruche de terre cuite et un gobelet métallique. Elle remit de l'ordre dans sa chevelure d'un blond tirant sur le roux, puis dans sa tenue de couleur orangée, avant de se redresser et de lever enfin les yeux sur Oziel.

—Votre repas, dame…

—Merci. Vous pouvez vous retirer.

La soubrette resta plantée au milieu de la chambre, ses yeux voletant d'un point à l'autre de la pièce comme des oiseaux effarouchés.

—Je n'ai plus besoin de vos services, reprit Oziel avec un geste péremptoire du bras. Allez, j'ai besoin d'être seule.

La soubrette hésita encore un peu avant de lâcher les mots qui affleuraient sur ses lèvres.

—Vous êtes une dame du Drac, pas vrai?

—Comment le savez-vous?

—Je vous ai vue lors d'une réception au domaine de l'Aigle. Je me souviens que messires Sylver et Jiun ont failli s'entre-tuer pour vous. Il se raconte de drôles de choses au sujet de votre famille…

Oziel balança quelques instants entre colère et chagrin ; la rumeur de la disgrâce du Drac s'était déjà répandue dans les Hauts.

—Il se raconte qu'il n'y a plus aucun survivant de votre maison, insista la soubrette. Je sais maintenant que c'est faux puisque je vous vois et que vous êtes bel et bien vivante.

—Mes parents… (Le murmure d'Oziel s'était échappé de sa bouche comme une pensée égarée.) Eux aussi sont encore vivants.

Elle voulait du moins s'en persuader. Tant qu'il lui resterait un souffle de vie, le patriarche Nunzio garderait une chance infime d'infléchir le destin, il trouverait les mots justes pour convaincre les patriarches des autres familles que l'élimination du Drac se retournerait tôt ou tard contre les comploteurs.

—Il se raconte plutôt que leurs corps sont exposés à la Porte des Supplices.

Les mots de la soubrette se fichèrent comme des traits empoisonnés dans la poitrine et le ventre d'Oziel.

—Ce n'est pas ce qu'on m'a dit.

Les doutes fêlaient déjà sa voix.

—Ce « on », ça ne serait pas messire Sylver, par hasard ?

41

Oziel acquiesça d'un hochement de tête. La servante s'avança vers elle et, par-dessus son épaule, lança un regard en direction de la porte entrebâillée avant de chuchoter :

— Il ment comme il respire. Il vous fait croire qu'il tient vos parents juste pour vous obliger à lui ouvrir vos cuisses.

— Vous n'avez pas beaucoup d'estime pour votre maître.

Une grimace de mépris tordit la bouche de la soubrette.

— Il prend quand et où bon lui semble les bonnes qui ont le malheur de lui plaire. N'importe où. Il fait ça sans ménagement, vite, comme une bête. Il en a engrossé plus d'une trentaine, qui ont été chassées du domaine et expulsées vers les niveaux inférieurs. Moi, j'ai ingéré des herbes qui provoquent les fausses couches. Entre nous, on l'appelle Dard-Dard. Et je ne parle pas des courtisanes qu'il reçoit dans cette pièce : j'en ai vu quelques-unes quitter cette chambre dans un sale état, à peine capables de marcher. J'ai peur pour vous, dame.

— Pourquoi restez-vous à son service ?

La servante dévisagea Oziel d'un air à la fois peiné et outré, avec un soupçon d'impertinence également.

— Vous ne connaissez donc pas la loi pour les gens qui vous servent ? Nous ne pouvons rester dans les Hauts qu'à la condition de travailler pour une maison. Si nous sommes chassés, on nous reconduit aussitôt dans les niveaux inférieurs. Et si on est une femme sans protection, on n'a pas d'autre choix que de devenir putain. Alors, oui, je préfère subir de temps en temps les assauts de messire Dard-Dard plutôt que d'échouer dans un bordel miteux des Labeurs ou des Bas, pardonnez mon langage, dame.

Oziel avait partagé de bons moments avec certains serviteurs du Drac, Laudine, Brat, Elvon, Polzine… mais elle ne s'était jamais vraiment intéressée à leurs conditions de vie, aux lois implacables qui régentaient leur soumission, leur efficacité, leur prévenance.

— Ce serait pitié que ce malotru profane une jolie fleur telle que vous, dame.

— Comment…

Un garde s'engouffra tout à coup dans la pièce et apostropha la servante :

— Qu'est-ce que tu fiches ?

— J'essaie de persuader cette dame de manger ce que je lui ai apporté, répondit-elle sans se retourner. Messire Sylver m'a recommandé de veiller sur elle.

Le garde se retira après avoir marmonné quelques mots et remisé la serre à demi tirée de la gaine de cuir courbe pendant à son ceinturon.

— Comment pourrais-je lui échapper ? reprit Oziel.

— Un fils de l'Aigle ne relâche jamais sa proie.

— Plutôt mourir que d'être possédée par ce monstre.

— Tant qu'il y a de la vie… Les jours meilleurs reviendront. Dites-vous seulement que c'est juste un mauvais moment à passer. Serrez les dents et pensez à autre chose en attendant qu'il en ait fini avec sa petite affaire : en général, et c'est le seul avantage, ça ne dure pas longtemps.

Oziel saisit l'avant-bras de la servante.

— Comment vous appelez-vous ?

— Haldre.

— Me rendriez-vous un service ?

Une fierté mêlée de frayeur se déposa sur le visage lunaire de Haldre.

— Si c'est faisable et pas trop dangereux, dame…

— Pouvez-vous vous renseigner sur ce qu'il est réellement advenu de mes parents, le patriarche Nunzio et dame Albae ?

— Je vais au marché demain matin, j'en profiterai pour aller jeter un coup d'œil à la Porte des Supplices avant de vous livrer votre premier repas du jour. Mais qu'est-ce que ça changera pour vous ?

Les doigts d'Oziel se resserrèrent sur l'avant-bras de la soubrette. La décision s'était imposée à elle comme une évidence. Il existait un autre survivant de la maison du Drac, Matteo, l'aîné condamné à l'exil perpétuel dans les Fonds d'Arkane. Elle devait trouver le moyen de le prévenir. S'il avait survécu, lui aurait la volonté de venger le Drac, de lui redonner sa place et son honneur dans les Hauts, de rétablir l'équilibre des origines.

— Si on les a tués, j'essaierai de m'évader ; si je n'y parviens pas, je me donnerai la mort.

Haldre hocha la tête d'un air grave.

— Je ferai mon possible. En attendant, promettez-moi de manger tout ce qu'il y a dans le plateau.

Oziel tournait et se retournait dans le lit sans parvenir à trouver le sommeil. Le visage blême et figé d'Ulio hantait chacune de ses pensées. Elle se remémorait la chaleur de ses mains sur sa peau, la caresse de son souffle sur sa nuque, la gravité de sa voix déclamant un passage des récits de la Fondation, son air boudeur lorsqu'elle passait sous sa garde pour lui poser la pointe de sa caniste sur le plastron, leurs folles chevauchées sur les chemins de terre du domaine, leurs confidences et leurs fous rires nocturnes, leurs yeux qui se cherchaient sans cesse par-dessus la grande table de la salle à manger ou dans la salle austère de la tour d'angle. Ses autres frères et ses sœurs, leurs époux, ses neveux, n'étaient plus que de vagues silhouettes éclipsées par la lumière d'Ulio. Elle voulait encore croire qu'il était vivant, que la vue de son corps inerte n'était qu'un mirage, un mauvais rêve, qu'elle avait sans doute confondu avec un autre frère, ou un serviteur, mais la réalité, implacable, la rattrapait, lui nouait le ventre, lui serrait la gorge, la laissait suffocante entre les draps rêches. Elle rêvait de se couler dans une eau brûlante pour se laver de la boue de son âme, de l'odeur du sang qui l'imprégnait jusqu'aux os, du souvenir du domaine dévasté, des corps éparpillés dans les jardins, sur les allées, dans les couloirs, dans les pièces… Elle s'était forcée à ingurgiter le repas déposé par Haldre, mais la nourriture, insipide, lui pesait sur l'estomac comme une pierre.

Des bruits de pas et de voix froissèrent la paix de la nuit. Elle se redressa, inquiète, luttant contre une soudaine et violente envie de vomir. La porte s'ouvrit dans un fracas. Torche en main, Sylver s'engouffra dans la pièce et s'approcha du lit, titubant, répandant une écœurante odeur d'alcool mêlée de sueur et de sang. Des taches pourpres maculaient sa cape, ses bottes et son pourpoint. Il eut toutes les peines du monde à planter la torche dans le socle mural, puis à retirer ses vêtements. Des grommellements entrecoupaient chacun de ses gestes.

— Fermez la porte, bordel ! hurla-t-il aux hommes restés sur le palier.

Après que le claquement eut retenti, il se battit un long moment avec son pourpoint, ses bottes et ses chausses. Oziel se tenait blottie sous les draps, le souffle suspendu, battue par de puissantes vagues de panique.

— Déshabille-toi.

L'ordre de Sylver eut sur elle l'effet d'un coup de fouet. Elle se recroquevilla dans les draps et s'enfonça les ongles dans les paumes à s'en faire éclater la peau. Ô Déesses, pourquoi ne s'était-elle pas donnée à Ulio ? Son frère aurait fait preuve d'amour, de respect, là où le fils de l'Aigle s'apprêtait à la saillir comme une bête, à la souiller, à l'humilier. Elle ne bougea pas, glacée d'effroi. Dans l'ignorance du sort du patriarche Nunzio et de dame Albae, sa vénérée mère, elle restait incapable de remettre de l'ordre dans ses pensées. Signerait-elle leur arrêt de mort si elle résistait ? Fallait-il donc se comporter ainsi que l'avait suggéré Haldre, serrer les dents et penser à autre chose en attendant qu'il en eût fini avec son affaire ?

Sylver rabattit le drap, la découvrit et la cingla sans ménagement entre les omoplates.

— Qu'est-ce que tu attends ?

Il lui empoigna l'épaule pour la contraindre à se retourner. La peau livide du fils de l'Aigle tranchait sur le fond de pénombre que peinait à repousser la flamme mourante de la torche. Elle referma les bras sur sa poitrine avec un gémissement.

— D'accord, je vais m'en charger, grogna Sylver, dont les doigts épais rampèrent sous une bretelle de la confidente et tirèrent dessus pour la déchirer.

Le tissu résista. Il soupira, se pencha sur le côté, puis se redressa, armé de sa serre. La lame courbe accrocha un reflet de la lumière agonisante de la torche. Il la glissa sans délicatesse sous l'étoffe. Oziel tressaillit lorsque le fer lui effleura la peau. Ahanant, soufflant comme un cheval de trait, il tailla méthodiquement la confidente en pièces. Elle se laissa dénuder sans réagir, craignant qu'il ne perde le contrôle de ses gestes au moindre mouvement, au moindre frémissement. Des larmes brûlantes roulaient sur ses tempes.

Il lâcha la serre après avoir achevé son œuvre et contemplé un long moment le corps de sa proie.

— Tu es belle, Oziel du Drac, la plus belle femme que j'aurai jamais eue, une déesse !

Il voulut l'embrasser ; elle se tourna sur le côté. Il éclata de rire.

— On a toute la nuit…

Chacune de ses paroles s'accompagnait d'une exhalaison imprégnée de fiel et d'alcool. Il revint à la charge à plusieurs reprises, et chaque fois elle se débattit pour lui interdire de capturer sa bouche. Sa résistance attisa le désir du fils de l'Aigle, qui se coucha de tout son long sur elle, lui saisit les poignets, lui plaqua les bras sur le matelas, et, du genou, lui écarta les jambes. Elle se cabra sans réussir à le désarçonner. Quelque chose de dur, de menaçant s'insinua dans les tendres replis de sa faille. Il tenta de la pénétrer d'un brusque coup de bassin, mais, mue par l'énergie du désespoir, elle parvint à le renverser avec une telle vigueur qu'il perdit l'équilibre, roula sur le lit et tomba lourdement sur le plancher.

— Sale petite pute! cracha-t-il, empêtré dans ses vêtements jonchant le tapis. Tes parents crèveront dès demain si tu me refais un coup comme ça! Et, crois-moi sur parole, ils souffriront un long moment avant de mourir.

La main d'Oziel toucha un objet sur le drap. La serre de l'Aigle. Il l'avait oubliée sur le lit. Elle s'en empara et la plaqua contre sa hanche. Le contact avec l'acier froid la rassura, la galvanisa. Sylver s'étendit de nouveau contre elle et entreprit de lui malaxer un sein comme il aurait palpé la viande d'une bête vendue au marché du Phage.

— Sage, ma belle, sage…

Elle ne se défendit pas lorsqu'il l'enfourcha et pesa sur elle de tout son poids.

— C'est mieux comme ça.

Le fils de l'Aigle tremblait de désir, des grognements parsemaient chacune de ses expirations.

— Laisse-moi cueillir ta fleur, Oziel du Drac.

Il se positionna pour la posséder. Elle referma la main sur le manche de la serre. Elle eut une pensée pour ses parents avant de lever l'arme, puis, d'un geste aussi rapide que précis, elle ficha la pointe de la lame dans le cou de son agresseur. Elle exploita le saisissement de Sylver pour enfoncer le fer dans la plaie aussi profondément que possible. Il se redressa et demeura quelques instants stupéfait avant de se rendre compte que l'objet encombrant sa gorge était sa propre serre. Ébranlé par des spasmes de terreur, il s'affaissa lourdement sur le côté en crachant un flot de sang. Ses yeux agrandis par l'incrédulité se posèrent furtivement sur Oziel avant de se révulser.

Elle suspendit sa respiration pour vérifier que les bruits de leur lutte n'avaient pas donné l'alerte aux gardes. Le sang s'écoulait en abondance du cou de Sylver et grossissait la flaque sur le drap.

Elle retira la lame d'un coup sec. Le crissement du fer sur les vertèbres l'émerisa. L'envie furieuse la traversa de trancher le pénis désormais flasque et inoffensif du fils de l'Aigle et de le lui fourrer dans la bouche. Elle y renonça, elle avait mieux à faire : d'abord réfléchir au moyen de s'échapper de cette pièce, savoir ce qu'étaient devenus ses parents, descendre enfin dans les Fonds pour informer son frère aîné Matteo de l'infortune du Drac.

Elle attendit que la torche s'éteigne définitivement pour se relever et passer sa robe. La fraîcheur nocturne couvrit sa peau de frissons. Les lattes du plancher craquaient sous ses pieds. Elle se rendit avec la plus grande discrétion possible près de la porte, la seule issue de la pièce, et posa son oreille sur le bois lisse. Elle avait espéré mettre à profit un éventuel assoupissement des gardes pour leur fausser compagnie, mais leurs chuchotements indiquaient qu'ils restaient parfaitement éveillés. Des braillements d'ivrognes montaient de la place des Statues.

Elle retourna s'asseoir sur le bord du lit. L'odeur douceureuse du sang masquait désormais celles de l'alcool mêlé de bile et de sueur froide. Elle tira le drap par-dessus le cadavre de Sylver. Des différentes hypothèses qu'elle échafauda, elle retint la seule qui lui offrait une vraie chance. Elle comportait un certain nombre d'incertitudes, dont la complicité et la loyauté de Haldre, mais elle n'avait pas d'autre alternative. Il fallait également que la servante fût la première à s'introduire dans la pièce. Si, pour une raison ou une autre, un garde demandait à parler au fils de l'Aigle au cours de la nuit, on découvrirait son crime et elle subirait le châtiment réservé à ceux qui assassinaient un héritier d'une famille régnante.

Elle ajusta le drap et le traversin de manière à dissimuler la tache de sang et à donner l'illusion que Sylver dormait. Puis elle guetta le retour de l'aube, tantôt assise au pied du lit, tantôt debout contre la fenêtre, tantôt esquissant des mouvements pour réchauffer ses jambes et ses bras engourdis. Jamais nuit ne lui parut aussi longue. Perdue dans ses souvenirs et ses pensées, craignant à chaque instant une irruption inopinée des gardes, résistant à l'appel envoûtant du sommeil, elle ressentit un indicible soulagement lorsque la lumière du petit jour estompa l'éclat des étoiles.

Le soleil n'avait pas encore fait son apparition à l'horizon lorsqu'on frappa à la porte. Oziel alla ouvrir en espérant que les gardes ne s'alarmeraient pas du silence de leur maître. Haldre se tenait sur le palier avec un plateau contenant une boule de pain, des morceaux de viande et une cruche de vin. Les soldats déployés dans la pénombre ne prêtèrent aucune attention aux deux femmes. La servante s'introduisit dans la chambre, referma soigneusement la porte derrière elle, dévisagea quelques instants Oziel avant de poser le plateau sur la table et de lancer un regard sur le lit.

—Il dort?

Interloquée par le mutisme prolongé de la captive, Haldre fronça les sourcils.

—Il vous a…

La servante aperçut la serre souillée de sang séché abandonnée sur le tapis et leva de nouveau sur Oziel des yeux emplis d'une incrédulité teintée de frayeur.

—Cette odeur… Que s'est-il passé?

—Je l'ai tué avec sa propre serre.

L'aveu d'Oziel, pourtant prononcé à voix basse, éclata comme un coup de tonnerre. Stupéfaite, Haldre se rendit près du lit, releva le drap et contempla le corps figé du fils de l'Aigle.

—Ce monstre ne fera plus de mal à personne, murmura-t-elle. Vous avez vengé toutes les femmes qu'il a maltraitées. Je ne croyais pas avoir un jour le bonheur de le voir saigné comme un animal de boucherie. (Elle rabaissa le drap avant de se retourner.) Vous avez pourtant l'air toute frêle par rapport à cette brute. Va falloir que vous vous sortiez de là. Si vous tombez entre les mains de ses frères, ils prolongeront votre supplice pendant des jours. Ils ne valent pas mieux que lui.

—J'ai réfléchi : je n'ai qu'une façon de m'échapper. (Oziel se rapprocha de la servante et marqua un temps avant de poursuivre.) C'est de passer vos vêtements et de profiter de la pénombre du palier pour tromper les gardes.

Haldre, tendue tout à coup, tritura avec nervosité l'une des mèches qui tombaient de sa coiffe.

—On m'accusera de complicité…

—Pas si je vous attache et vous bâillonne. Vous pourrez expliquer que je vous ai menacée avec la serre et que vous n'avez pas eu le choix. Il faut prendre votre décision tout de suite, ou les gardes risquent d'être intrigués par votre absence prolongée.

Les yeux de la servante se dérobèrent et s'évadèrent par la fenêtre.

— D'accord, finit-elle par consentir d'une voix sourde. Un grand nombre de femmes vous sont redevables. Ce sera ma façon à moi de m'acquitter de cette dette. Mais je suis un peu plus corpulente que vous.

— Vous avez des nouvelles de mes parents ?

— Aucune : on m'a remplacée pour le marché et j'ai été trop occupée pour me rendre à la Porte des Supplices. Je… je dois vous avouer, dame, que je suis presque morte de peur.

— Je trouve, au contraire, que vous faites preuve d'un très grand…

Haldre interrompit Oziel d'un geste du bras.

— Allez-y, vite, avant que je change d'avis.

— Donnez-moi vos vêtements et vos chaussures. Je vais vous faire une marque au cou comme si je vous avais contrainte par la menace.

La servante se dévêtit. Elle portait, sous sa tenue protocolaire, une courte confidente confectionnée dans un tissu grossier qui ne cachait pas grand-chose de ses jambes épaisses et blanches. Ses cheveux blond-roux, libérés de la coiffe, s'écoulèrent en cascades flamboyantes sur ses épaules. Oziel lui appuya la lame de la serre sur un côté de la gorge jusqu'à obtenir une marque rouge bien visible. La soubrette poussa un gémissement étouffé. Puis l'héritière du Drac retira sa robe et passa la tenue et les bottines de Haldre, qui, comme les vêtements étaient un peu trop grands, l'aida à resserrer la ceinture de cuir souple de la jupe, à rajuster les manches et le col du chemisier, à lacer les lanières de la coiffe.

Oziel découpa ensuite des bandes de tissu dans sa robe, ligota les pieds et les mains de la servante et l'attacha au pied du lit avant de lui enfoncer un bâillon dans la bouche. Puis elle glissa la serre dans l'échancrure du chemisier et la coinça contre la ceinture de la jupe. Le fer s'enfonça dans sa peau et lui endolorit les côtes.

— Merci, et bonne chance.

Haldre lui répondit d'un sourire, qui, en raison de la présence encombrante du bâillon et de ses yeux exorbités, lui donna furtivement l'air d'une gargouille. Oziel lança un dernier coup d'œil à la servante recroquevillée contre le lit, se rendit devant la porte et prit une longue inspiration avant de poser la main sur la poignée.

Elle s'avança la tête baissée sur le palier, se dirigea vers l'escalier, ignorant les silhouettes des soldats de l'Aigle tapies dans les recoins de pénombre, s'appliquant à garder le contrôle de ses mouvements.

—T'en as mis du temps, grogna une voix ensommeillée. Il n'en avait pas assez avec la pucelle du Drac ? T'as dû y passer aussi ?

Elle attendit d'être au niveau de l'escalier pour répondre.

—Il dort. J'ai seulement discuté avec la dame…

—Tu veux pas discuter le coup avec moi ?

Elle descendit les premières marches.

—Pas le temps.

—Attends… Hé, mais… Reviens ici !

Elle retroussa sa jupe pour accélérer l'allure. Des cris, des grincements et des cliquetis retentirent au-dessus d'elle.

—Déesses ! La fille du Drac, elle a ligoté la servante !

—Elle a tué maître Sylver !

—Rattrapez-la !

Tandis que le tumulte s'amplifiait au deuxième niveau, elle traversa en trois bonds le palier du premier et se jeta dans la bouche ténébreuse de l'escalier. Les soldats s'étaient lancés à sa poursuite. Le vacarme de leurs bottes claquant sur les marches de pierre enflait rapidement. Parvenue au rez-de-chaussée, éclairé par les rais de lumière tombant de lucarnes étroites, elle s'engouffra dans le couloir qui donnait sur l'extérieur en espérant que la porte cochère ne serait pas verrouillée.

Elle peina à tirer le lourd ventail de bois consolidé par des traverses métalliques. Les soldats n'avaient pas encore atteint l'entrée du couloir lorsqu'elle parvint à se glisser dans l'entre-bâillement. Un géant de pierre se dressait une vingtaine de pas devant elle, le patriarche du Corridan, reconnaissable à son énorme masse d'armes et au petit animal tacheté roulé en boule entre ses pieds. De l'autre côté de la place des Statues, derrière les géants du Drac et du Dauphin, s'étendait le quartier des financiers et des joailliers, un lacis de ruelles où il lui serait plus facile de semer ses poursuivants.

Personne dans les environs. Les Hauts n'étaient pas encore sortis de leur torpeur nocturne. Elle dégagea la serre qui la gênait dans ses mouvements. La lame lui avait entaillé le flanc, des filets d'un sang chaud et duveteux sinuaient le long de sa hanche. Elle courut entre les gigantesques socles distants les uns des autres d'une quarantaine de pas. Elle n'eut pas besoin de jeter un regard en arrière pour se rendre compte que les soldats avaient à leur tour débouché sur la place. Épuisée par sa nuit de veille, elle s'efforça d'oublier la douleur qui montait dans ses jambes et dans sa poitrine et traversa la place sans ralentir l'allure. Il lui sembla entrevoir sur sa gauche le géant de pierre de sa famille, avec, perché sur son épaule, le drac pourpre aux ailes déployées. Ses poursuivants avaient compris qu'elle les entraînait vers le quartier tortueux des joailliers. Leurs vociférations éclataient derrière elle comme des roulements d'orage. La serre en main, elle s'engagea dans une ruelle encore emplie d'encre nocturne et bordée de chaque côté de boutiques pour la plupart closes. Elle louvoya entre les portefaix de la Guilde des Transporteurs marchant en file de chaque côté de l'étroit passage. Leurs charges volumineuses frôlaient les façades et les contraignaient par instants à s'arrêter pour laisser passer l'un de leurs confrères venant dans l'autre sens.

Les glapissements des soldats lancés à ses trousses aiguillonnèrent la détermination d'Oziel. Un croisement se présenta devant elle. La ruelle de droite lui parut un peu moins encombrée. Elle la parcourut sur une distance d'une centaine de pas avant d'enfiler au hasard des passages ténébreux et déserts. Les cris et les claquements de bottes n'étaient plus maintenant que des bruissements lointains absorbés par la rumeur des Hauts. Elle put enfin ralentir sa course et reprendre sa respiration. Les chaussures de Haldre lui irritaient les chevilles et les pieds. Elle gravit un premier escalier et traversa plusieurs terrasses en enfilade. Elle ne reconnaissait pas les lieux. Elle distingua, au-dessus des toits, une ombre noire et figée. Le rempart se dressait un peu plus loin. À en croire la position du soleil, dont le disque pâle émergeait au-dessus de la ligne crénelée, elle se trouvait dans la partie nord des Hauts, quelque part entre les maisons du Dauphin et du Loup. Elle décida de se rendre au pied de la muraille et de la longer jusqu'à la Porte des Supplices, située un peu plus à l'ouest entre les domaines de l'Aigle et de l'Ours. Elle franchit encore une succession de venelles d'escaliers et de terrasses avant d'atteindre la large avenue circulaire bordée d'indolents qui longeait le rempart. Les roues cerclées de fer des chariots de la Guilde des Transporteurs crissaient sur les pavés. Les livraisons s'effectuaient pour la plupart à l'aube, avant que les habitants et les voitures des familles régnantes ne prennent possession des rues et des places.

Après s'être assurée qu'aucun soldat de l'Aigle ne déambulait dans les environs, Oziel remisa de nouveau la serre dans ses vêtements et remonta l'avenue en direction de l'ouest. Elle marcha plus d'une lieue avant d'apercevoir l'arc arrondi des Supplices, là où l'on exécutait les criminels des Hauts. Les palissades se dressaient au centre de l'esplanade qui séparait le monument du rempart. Le cœur battant, elle se mêla au flot des curieux, serviteurs de différentes maisons reconnaissables à leurs livrées, badauds des deux sexes aux traits encore bouffis de sommeil. Les condamnés, une vingtaine, gisaient sur des planches maintenues à la verticale par un système complexe de cordages, de poulies et d'étais, nus, les bras et les jambes en croix rivés au bois par des clous à tête ronde et large. Certains d'entre eux poussaient des râles déchirants. Les plus résistants mettraient trois jours à mourir.

Le sang d'Oziel se figea lorsque son regard tomba sur le visage penché et creusé par la souffrance de dame Albae crucifiée à une planche. La fixité des yeux grands ouverts de sa mère souffla en elle tout espoir. Elle serra les poings pour ne pas éclater en sanglots devant le corps maigre et déformé de dame Albae dont les cheveux gris, rideau dérisoire ajouré par la brise matinale, occultaient en partie ses épaules et sa poitrine. Sur la planche voisine, gisait le patriarche Nunzio, également dénudé. Du sang séché souillait le haut de ses cuisses. On l'avait émasculé afin de lui retirer sa dignité d'homme et d'affirmer l'irréversible déchéance du Drac aux habitants des Hauts. Des braises de vie luisaient encore dans ses yeux clairs, qui s'agrandirent démesurément lorsque Oziel s'immobilisa devant lui. Le père et la fille se regardèrent en silence, puis Nunzio tenta de parler, mais seul un geignement s'échappa de ses lèvres entrouvertes. Elle ne put cette fois retenir ses larmes. Il puisa dans ses dernières forces pour lui adresser un sourire. Elle s'approcha de lui et murmura :

— Je retrouverai Matteo, père. Il vous vengera.

Il acquiesça d'un abaissement des paupières et poussa un long soupir avant que sa tête, comme un pantin aux fils coupés, ne s'affaisse sur sa poitrine. Oziel n'eut pas le temps de se recueillir devant sa dépouille, des badauds la bousculèrent sans ménagement pour se repaître du spectacle d'un patriarche mutilé et exécuté comme un vulgaire voleur.

—Tu es sûr que c'est lui ? demanda une femme.

Un homme s'avança vers Nunzio et pointa l'index sur son pubis.

—Regarde : il porte le sceau du Drac.

—Elle aussi ! s'exclama une servante en désignant dame Albae.

—Pourquoi les ont-ils tués ? Je croyais que les sept familles ne pouvaient pas s'attaquer entre elles…

Oziel s'éloigna pour soustraire à leur curiosité sa détresse et ses larmes.

De l'autre côté de l'arc de pierre, des soldats de l'Aigle, accompagnés de sicaires et de foueurs, s'étaient déployés en un filet aux mailles serrées.

—La voilà ! glapit une voix.

Elle voulut rebrousser chemin, regagner l'esplanade des potences ; une deuxième escouade, surgie de l'arrière, lui coupait toute retraite. Elle chercha désespérément une issue du regard.

En vain.

Le cercle jaune orangé se resserrait inexorablement sur elle.

Elle empoigna la serre sous ses vêtements : elle se la planterait dans le cœur plutôt que de se laisser capturer par les soldats de l'Aigle.

4

LE GLACIER

Qu'est-ce qu'un enchanteur de pierre ? À cette question,
il n'existe pas de réponse, car la marque des enchanteurs
est de ne transmettre leurs secrets qu'à certains de leurs
disciples.

Vérités connues, vérités cachées,
Tradition des diseurs du Chœur,
Arkane

LE SENTIER SE PERDAIT DANS UN IMMENSE GLACIER AUX REFLETS
bleutés.

— On est vraiment obligés de le traverser ? demanda Orik.
— Je ne connais pas d'autre chemin, répondit Renn.
Le guerrier désigna ses sandales.
— Mes chaussures ne sont pas adaptées.
Partis la veille à l'aube, ils avaient marché tout le jour et une
partie de la nuit, dormant quelques heures à même le sol au milieu
de rochers qui leur offraient un abri sommaire contre les rafales de
vent. Ils portaient à l'épaule deux sacs de jute emplis de provisions,
fruits secs et viande fumée principalement.

Renn avait eu l'impression de piller sans vergogne les
réserves de maître Hauhorn. Il avait espéré que ce dernier ferait sa
réapparition avant leur départ, il avait besoin de son approbation
pour sa décision de guider Orik jusqu'aux rives de l'Odivir ; il
espérait également un commentaire, des explications, voire
des félicitations, pour sa première sculpture réalisée sans outil,

mais l'enchanteur de pierre ne s'était pas montré, une disparition intrigante même s'il n'avait pas pour habitude de prévenir son apprenti de la durée de ses absences. Le guerrier avait suggéré à Renn de laisser un mot à l'intention de son maître, et l'apprenti, se souvenant de ses rudiments d'écriture, avait tracé quelques phrases maladroites à la craie sur l'une des ardoises bleutées utilisées par l'enchanteur de pierre pour dessiner les ébauches de ses sculptures. Il avait ensuite chaussé ses bottes fourrées, coiffé son bonnet de poil à l'odeur musquée, s'était enveloppé dans sa grande cape de laine et, enfin, s'était équipé de son bâton de marche, un présent d'Anaïth avant son départ, une branche noueuse munie en son extrémité d'une pointe de fer.

«Avec lui, personne ne t'embêtera», avait affirmé l'aïeule comme si ce bout de bois rudimentaire avait quelque vertu extraordinaire.

Lorsqu'ils s'étaient éloignés de la maison, un pressentiment avait assombri l'apprenti : il ne reverrait pas l'enchanteur. Il avait fini par s'attacher à cet homme taciturne au visage émacié, au regard limpide et bienveillant, sa seule famille pendant deux ans, et son cœur s'était serré. Et puis il s'en allait alors qu'il venait tout juste d'entrevoir le mystère de la pierre ; elle ne lui ouvrirait peut-être plus jamais son ventre, selon les mots de maître Hauhorn.

Malgré ses couches de vêtements, et malgré la marche harassante, il ne pouvait empêcher le froid de lui mordre profondément la peau. Son corps lui donnait la sensation d'être à jamais gelé. Les rayons torrides du soleil des plaines de l'Odivir ne pourraient sans doute plus jamais le réchauffer. Il se demandait comment maître Hauhorn avait réussi à s'habituer au climat du massif de l'Ostian. Un enchanteur n'avait certes pas d'autre choix que de s'installer dans une région rocheuse, mais il existait sans doute d'autres massifs dans le pays d'Arkane où il ne régnait pas un froid hiémal les trois quarts de l'année.

Ils s'aventurèrent sur la glace en prenant toutes les précautions pour ne pas glisser et se retrouver les quatre fers en l'air au bas d'une pente qu'ils auraient ensuite toutes les peines du monde à remonter. Les bourrasques soulevaient des tourbillons de givre qui se pulvérisaient sur les congères. Pour franchir les passages les plus délicats, Orik plantait son espadon avec un ahanement dans la glace et s'en servait comme d'un point d'appui. Renn craignait que la surface ne s'éventre sous la puissance de ses coups et qu'ils ne soient happés par une crevasse. Le guerrier, pieds nus dans ses sandales, ne paraissait pas souffrir du froid, du moins il ne s'en plaignait pas. Des voiles obscurcissaient par instants son regard, comme si la nuit tombait sur son âme. On devinait en lui une colère et une violence effrayantes, capables de le déborder à tout moment. L'apprenti regrettait alors d'avoir accepté de traverser ces terres désolées en compagnie d'un homme aussi imprévisible, aussi dangereux. Le bâton de sa grand-mère était une arme ridicule à opposer à un colosse maniant sa lourde épée avec une aisance dérisoire. Au fond de lui cependant, il se réjouissait de revoir bientôt les rives limoneuses et odorantes de l'Odivir, de replonger quelques heures dans une enfance quittée deux ans plus tôt.

Une forme claire surgit alors qu'ils venaient de contourner une congère aux dimensions d'une colline.

Un rogre, pelage blanc, yeux jaune d'or, crocs effilés, griffes puissantes, sans doute plus de sept cents livres.

Le fauve se jeta de tout son poids sur Renn, mais n'eut pas le temps de refermer sa gueule sur la gorge de l'apprenti. Propulsé par la violence du choc, ce dernier perdit l'équilibre et glissa sur une dizaine de pas, semant derrière lui son sac de vivres et son bâton. Orik poussa un hurlement de défi, tira son épée et la tint levée face au grand carnassier. Le rogre se retourna et gratta la surface du glacier avec un feulement sourd. La soudaineté de son attaque faillit surprendre le guerrier, qui ne dut qu'à un réflexe désespéré de ne pas être fauché par ses griffes. La lame de l'épée siffla à son tour dans le vide. Renn ramassa son bâton, son sac, se redressa et observa l'homme et l'animal qui se défiaient du regard. La tension métamorphosait le visage d'Orik en masque dur ; ses yeux n'étaient plus que des puits débordant de toute la noirceur du monde. Ce fut l'animal qui s'élança le premier, en un nouveau bond prodigieux qui ne surprit pas cette fois son adversaire. L'épée frappa avec une rapidité et une précision implacables, entaillant profondément le flanc du fauve qui retomba un peu plus loin avec un grondement de surprise, de colère et de douleur, la fourrure imbibée de sang. Il repartit à l'assaut sans déployer la même énergie ni la même puissance, et Orik, l'esquivant avec une étonnante économie de gestes, et une lenteur empreinte de volupté, plongea dans le mouvement sa lame jusqu'à la garde dans le poitrail du fauve et l'y maintint enfoncée jusqu'à ce que l'énorme masse s'affaisse avec la délicatesse d'une feuille morte.

Renn se rapprocha avec une prudence accentuée par sa frayeur rétrospective et l'impressionnante démonstration du guerrier. La lumière du soleil se réfléchissait sur les taches de sang déjà gelées et transformées en miroirs.

—Sacrée bestiole, marmonna Orik, dont le visage et les yeux avaient recouvré leur aspect ordinaire. Il y en a beaucoup dans le coin ?

—C'est la première fois que je vois un rogre, répondit Renn.

—Comment sais-tu que c'en est un puisque tu dis n'en avoir jamais vu ?

—Il correspond à ce que m'en a dit maître Hauhorn.

—Qu'as-tu appris d'autre à leur sujet ?

L'apprenti contempla la dépouille du fauve. Il admira son pelage soyeux, le parfait équilibre de ses formes, l'élégance et la puissance de ses membres ; un modèle parfait pour une sculpture.

—Qu'ils sont tellement forts qu'il faut normalement plus de dix hommes pour en tuer un seul. (Après avoir prononcé ces mots, Renn prit vraiment conscience de l'exploit accompli par son compagnon.) Ils vivent en solitaires dans le massif. On les chasse pour leur fourrure, mais ils sont très difficiles à approcher.

Orik essuya furtivement la lame dans un repli de sa cape avant de remiser l'épée dans son fourreau dorsal.

—Dommage qu'on n'ait pas le temps de le dépiauter, on aurait pu en tirer un bon prix : j'aurai sans doute besoin d'argent à un moment ou à un autre. (Il scruta le ciel, la main posée sur le front.) Encore combien de lieues avant de sortir du glacier ?

Renn se remémora sa première traversée de ce désert de glace. Son père avait pesté sans cesse contre ce fils indigne qui le contraignait à affronter les rigueurs de l'Ostian au lieu de se consacrer aux semailles après les premières crues de l'Odivir. Ils avaient dû abandonner le chariot et les deux bœufs de l'attelage, trop lourds, dans un abri de pierre, avec du fourrage en quantité suffisante pour permettre aux bêtes d'attendre le retour de leur maître. Renn avait marché comme un automate avec l'impression désespérante d'errer jusqu'à la fin des temps dans un enfer glacial et lugubre. Il avait cru mourir chaque fois qu'ils avaient fait une halte pour manger ou se reposer. Il songea qu'il lui faudrait encore affronter ce cauchemar blanc après avoir conduit le guerrier près du grand fleuve, seul cette fois, seul avec ses frayeurs.

Seul dans le territoire des rogres.

—À peu près deux jours de marche…

—Le ciel m'inquiète. Une tempête arrive.

Renn observa à son tour la voûte céleste : des nuages sombres la traversaient à vive allure, poussés par un vent de plus en plus violent.

—Elle sera bientôt sur nous, reprit Orik. Il nous faut d'urgence trouver un abri.

Ils progressèrent aussi vite que possible sur le glacier dans l'espoir de découvrir des rochers qui pourraient leur servir de refuge, mais aucun relief n'était visible à des lieues à la ronde. Les bourrasques s'engouffraient dans leurs capes et rendaient leur progression difficile. Renn perçut sur le front et les joues les baisers glacés des premiers flocons. Orik tira son épée et la brandit au-dessus de sa tête. Ses yeux s'étaient de nouveau assombris, comme si le moindre contact avec le manche de son arme levait en lui une nuée de tourments. Il entreprit de tailler dans la glace à grands coups de lame.

—Qu'est-ce que tu attends pour m'aider ? Tu es tailleur de pierre, oui ou non ? Il n'y a pas d'abri dans le coin, et on n'a plus beaucoup de temps pour en fabriquer un.

Renn essaya avec son bâton, mais la pointe de fer ne réussit qu'à rayer la surface dure sur une profondeur d'à peine un pouce. Les flocons, qui dégringolaient maintenant en rangs serrés, réduisaient considérablement le champ de vision des deux hommes. Orik dégagea le bloc grossier qu'il venait de découper et le posa deux pas plus loin avant de planter de nouveau sa lame dans la glace.

—Qu'est-ce que tu fous ?

Les éclats de fureur dans la voix du guerrier incitèrent Renn à chercher une solution. Les flocons de plus en plus gros et denses le frappaient sans interruption et l'empêchaient de reprendre ses esprits. La course de vitesse engagée par les deux humains contre la tempête tournait à l'avantage des éléments. Ils seraient ensevelis sous une épaisse couche de neige avant d'avoir pu se mettre à l'abri. Découragé, Renn fut traversé par l'envie de s'allonger et d'attendre la fin. Trop tard, maintenant, pour regretter d'avoir quitté le refuge de maître Hauhorn. Des tempêtes, ils en avaient vécu des dizaines là-haut, qui soufflaient parfois pendant plusieurs jours, et elles n'avaient jamais ébranlé les toits de lauze et les murs épais. Il s'y était senti en sécurité malgré les sifflements rageurs du vent et l'épaisseur de la neige.

— Bouge-toi, mille diables!

Le guerrier levait et abattait son épée avec l'énergie du désespoir. Il souleva un deuxième bloc qu'il posa sur le premier, érigeant une esquisse de muret. Renn ne voyait pas en quoi il pouvait se rendre utile. Il ne disposait d'aucun outil capable de perforer la glace. Ses pieds s'enfonçaient déjà dans une couche molle et collante d'une hauteur de dix pouces. Il eut l'idée de tasser la neige encore fraîche pour façonner des boules plus ou moins volumineuses qu'il aligna maladroitement sur les deux blocs découpés par le guerrier. Les flocons le cinglaient avec une violence redoublée et l'empêchaient de voir plus d'un pied devant lui. Orik n'était plus qu'un fantôme gesticulant et ahanant. Ni les bourrasques ni leurs mouvements ne parvenaient à épousseter leurs capes alourdies.

Renn se pencha une nouvelle fois pour ramasser de la neige. Il entrevit, sur la portion du glacier qu'il venait de déblayer, une fissure rapidement estompée par les flocons. Les coups répétés et puissants d'Orik ébranlaient la glace. Une crevasse était-elle en train de s'ouvrir sous leurs pieds? Il continua de façonner des boules sans conviction, conscient qu'ils n'avaient pratiquement aucune chance d'échapper à l'ensevelissement. Il surveilla un temps la progression de la fissure, puis il dut y renoncer: l'amoncellement de la neige lui interdisait désormais d'entrevoir le sol. Le vent transperçait son bonnet de poil et sifflait à ses oreilles. Son murmure, qui se prolongeait dans son corps, n'avait rien de désagréable; une fois passé la barrière de ses vêtements, il devenait au contraire doux, caressant.

— Saleté! vociféra le guerrier.

Ses coups se faisaient maintenant frénétiques. Il avait taillé et assemblé quatre blocs avec une débauche d'énergie considérable.

Découragé, Renn lâcha la boule qu'il était en train de modeler et se laissa choir dans le tapis poudreux. Le souffle glacé qui l'enveloppait évoquait celui de la mort. Il allait sortir de la vie comme il avait vécu les dix-sept années qui lui avaient été accordées, de manière anonyme, aussi insignifiant qu'un éphémère ou une feuille ballottée par les vents. Il n'avait plus la force de se révolter contre le sort, ni même celle de s'en désoler, sombrant dans la résignation propre aux populations des rives de l'Odivir. Il était taillé dans la même étoffe que ses ancêtres, des êtres veules, geignards et soumis depuis des générations et des générations. Son corps lui-même l'abandonnait, comme pressé de retourner dans le sein de cette terre qui ne l'avait jamais vraiment porté.

— Pas le moment de dormir ! tonna Orik.

Sa voix pourtant puissante parvint aux oreilles de Renn comme un écho lointain, irréel. Peut-être était-il déjà passé dans un autre monde ? Aucune importance : il s'était toujours demandé quelle était sa place parmi les hommes, il pouvait enfin cesser de se tourmenter. Jamais il n'avait connu une telle paix. C'était un silence reposant, un vide merveilleux, où les pensées se désagrégeaient, se changeaient en spirales, en rosaces, en songes. Le linceul de neige le recouvrait peu à peu, qui, curieusement, le préservait du froid. Il ne pensait pas aux siens, il n'avait jamais fait partie d'eux. Seule Anaïth lui avait accordé de l'intérêt, à défaut d'amour. On ne s'embarrassait pas de sentiments ni d'émotions dans les plaines de l'Odivir, et sa nature rêveuse, sa sensibilité de fillette, selon son père, l'avaient condamné au mieux à l'existence marginale des errants, des damnés du fleuve partout chassés à coups de bâton. La mort venait le chercher, il percevait son chant, un chant ravissant, envoûtant.

Un soulagement.

Le son l'emporta dans un ciel entièrement blanc. Il discerna, autour de lui, de minuscules lumières scintillantes qui semblaient tisser une trame. Elles changeaient de place par instants, abandonnant derrière elles des sillages éphémères et rectilignes, formaient une structure instable, volatile, comme si elles réagissaient à des *stimuli* incessants. Il chercha l'élément perturbateur qui les excitait. Comme il ne percevait ni le froid, ni le vent, ni aucun bruit, il finit par comprendre qu'il était le seul intrus dans cet endroit. Que c'était sa propre activité mentale qui engendrait ces déplacements perpétuels. Il commençait à s'engourdir, le souffle lui manquait, un voile gris tombait sur ses yeux, occultant la blancheur environnante.

Il eut la vision fugitive d'une construction, une cabane de bois qu'il avait construite dans le jardin familial et qui lui avait valu les foudres paternelles. Il avait eu tout juste le temps d'en goûter l'ombre rafraîchissante : son père avait ordonné à ses frères de la détruire et de récupérer les planches, les rondins, les bottes de roseaux dont il s'était servi.

Les lumières se déplacèrent à grande vitesse au-dessus de lui, comme un ciel étoilé pris de démence. Une soudaine envie de dormir lui alourdit les paupières. Son instinct de survie l'incita à résister quelque temps. Il se souvenait qu'un homme cédant à l'appel du sommeil dans un tel froid n'avait plus aucune chance de se relever. Puis, il renonça à lutter et s'abandonna avec volupté à l'engourdissement de son corps.

Une silhouette à ses côtés dans la pénombre.

Il reconnut l'odeur caractéristique d'Orik. Il se rendit compte qu'il se trouvait à l'intérieur d'une structure dont le plafond bas les contraignait à rester allongés. Il ne sentait plus le froid, ni le vent, ni les piqûres glacées des flocons. Les bourrasques hurlantes assiégeaient les murs et le toit de glace sans parvenir à les ébranler.

— J'ai bien cru que tu étais mort, murmura le guerrier.

Renn se demanda comment ce dernier avait réussi à réaliser cette construction en un temps aussi bref et dans des conditions aussi défavorables.

— On ne peut pas dire que tu m'aies été d'un grand secours, poursuivit Orik. (Il marqua un temps de silence avant de préciser :) J'ai bien failli être enseveli avant d'achever ce foutu abri !

Renn distinguait à présent les traits rudes de son interlocuteur. Une clarté diffuse se glissait par des jours à peine perceptibles entre les blocs de glace.

L'apprenti se revit soudain à l'intérieur de sa cabane de bois dans le jardin familial, respira de nouveau l'odeur persistante de vase abandonnée par les crues de l'Odivir, se souvint des rais de lumière qui tombaient par les interstices et criblaient le sol d'auréoles étincelantes.

Il avait pensé que... Il se rendit à l'évidence : l'abri de glace n'était pas la réplique de la cahute de bois à laquelle il avait pensé avant de perdre connaissance. La glace ne s'était pas pliée à sa volonté comme la pierre dans l'atelier de maître Hauhorn – plutôt que de volonté d'ailleurs, il fallait parler de perception, d'accompagnement des mouvements de la matière ; on ne pouvait pas lui donner d'ordres, on devait attendre, comme le disait maître Hauhorn, qu'elle ouvre son ventre. Renn comprenait maintenant comment l'enchanteur de pierre réalisait chaque nuit des sculptures splendides sans que résonne le moindre coup de poinçon ou de boucharde. Mais lui n'était pas un maître de la matière et ne le serait sans doute jamais.

— J'avais cru que…, bredouilla-t-il, mortifié.

Le regard d'Orik se fit soupçonneux.

— Qu'il te suffirait d'utiliser ta foutue sorcellerie pour nous sortir de ce mauvais pas ?

— Un enchanteur de pierre n'est pas un sorcier, protesta Renn.

— C'est la même engeance. (Orik toucha furtivement la poignée de son épée par-dessus son épaule.) Conduis-moi au bord de l'Odivir, puis va te faire pendre où bon te semble.

La tempête s'apaisa au cours de la nuit. Ils mangèrent de la viande et des fruits séchés avant de s'aventurer hors de leur refuge. Le vent, qui soufflait avec une rare violence, avait balayé la neige et redonné au glacier son aspect initial, abandonnant pour seuls vestiges les formes imposantes et torturées de congères aux dimensions de collines. Les blocs grossièrement découpés dans la glace par Orik évoquaient déjà une bâtisse en ruine.

Ils se remirent en chemin au moment où le disque encore pâle du soleil apparaissait au-dessus de la ligne d'horizon et décochait ses premières flèches argentées dans un ciel vierge de nuages. Ils marchèrent sans s'arrêter jusqu'au zénith, les yeux blessés par la luminosité et la blancheur aveuglantes.

Une congère ressemblant à une colonne ventrue attira leur attention en contrebas.

— On dirait qu'il y a quelque chose à l'intérieur, souffla Orik.

On distinguait en effet une forme sombre au milieu de la glace saupoudrée de givre.

— Allons voir. On en profitera pour se reposer.

Une voix hurla à Renn qu'ils feraient mieux de passer leur chemin, mais le guerrier se dirigea vers le monticule sans lui demander son avis et il n'eut pas d'autre choix que de lui emboîter le pas.

Au fur et à mesure qu'ils se rapprochaient du relief, il devenait évident que la forme sombre était une silhouette humaine prisonnière de la glace.

—Un pauvre bougre qui n'aura pas eu le temps de s'abriter, commenta Orik.

Le cœur de Renn faillit s'arrêter lorsque, parvenu tout près du monticule, le guerrier essuya le givre d'un revers de manche et dévoila le malheureux piégé dans la glace translucide. Ce visage, ces yeux clairs exorbités, ces cheveux gris rassemblés en toupet au sommet du crâne, cette cape tellement portée qu'elle avait perdu ses couleurs originelles, ces bottes au cuir usé, craquelé…

—Il n'est pas mort de froid en tout cas, poursuivit Orik.

Il désignait l'entaille fine visible au bas du cou de l'homme pétrifié et le sang qui formait un nuage pourpre en suspension devant sa poitrine.

—La marque des Conquérants du Nord. (Le guerrier demeura pensif quelques instants.) Ils égorgent leurs adversaires avec un poignard à la lame sinueuse qu'ils appellent krazz.

La forme ondulante de la blessure corroborait ses propos.

—Leurs éclaireurs ont de l'avance sur nous. Nous devons accélérer l'allure. (Il se tourna vers Renn.) Tu fais une drôle de tête, tu es tout pâle.

Un goût de fiel submergea la gorge de l'apprenti, qui se retint à grand-peine de vomir.

—La vue du sang? insista Orik.

Renn secoua la tête, un mouvement qui décocha une larme presque gelée perlant à ses cils.

—Maître Hauhorn, parvint-il à bredouiller.

—Comment ça?

L'apprenti tendit un doigt tremblant vers la silhouette captive de la glace.

—Ton maître? Tu es sûr?

Renn acquiesça d'un hochement de tête. Des lueurs de compassion s'allumèrent dans les yeux du guerrier, puis, après qu'il eut machinalement touché le manche de son arme par-dessus son épaule, ils recouvrèrent leur dureté initiale.

— Il a eu la mauvaise fortune de tomber sur un groupe d'éclaireurs, murmura-t-il. Qu'est-ce qu'il fichait sur ce glacier ? J'en suis désolé pour toi, mais on ne peut plus rien pour lui. Nous avons bien fait de ne pas attendre son retour en tout cas. En route : si on n'arrête pas les hordes du Nord d'une façon ou d'une autre, elles raseront le pays d'Arkane, comme elles ont rasé le royaume de Mandrill.

La gorge serrée, incapable de prononcer le moindre mot, Renn jeta un dernier coup d'œil à son maître assassiné avant de se lancer sur les traces d'Orik, déjà haut dans la pente glissante. Il leur fallait maintenant sortir le plus rapidement possible de ce cauchemar blanc.

5

L'ORBAL

Sigillaire,
En tant que gardien du fleuve, fils des déesses,
Garant des équilibres, recours des familles,
Juge des hommes,
Tu es le prêtre des sceaux.

Serment du sigillaire,
Hauts d'Arkane

Sigillaire,
Tu es un bourreau d'enfants.

Variante populaire,
Niveaux inférieurs d'Arkane

LA BEAUTÉ DE DAME ELVARE DE L'ORBAL N'ÉTAIT PAS UNE LÉGENDE. L'âge n'avait sur elle aucune prise. Noy se demandait comment cette femme admirable avait pu devenir l'épouse d'un homme aussi terne, aussi vieux, aussi affreux qu'Amiol. La famille du serpent violet trônait sur une estrade au fond de la salle, le patriarche, son épouse, leurs quatre filles, dont aucune n'était mariée, et leurs trois fils, tous sanglés dans leurs vêtements d'apparat mauves.

Noy soupira et chercha du regard son garde du corps immobile dans la pénombre quelques pas derrière lui. Le patriarche Augoy lui avait ordonné de représenter la famille du Corridan à la cérémonie du sceau donnée par l'Orbal. Il avait protesté, arguant que, comme il n'était que cinquième dans l'ordre de succession, il valait mieux confier cet honneur à l'un de ses frères, mais son père était resté inflexible, et Noy avait dû se plier à sa volonté. Il s'était donc habillé sous le regard goguenard d'Enevoy, plus âgé que lui de deux ans, s'était séparé à regret de sa masse d'armes, comme pour chaque visite officielle, et avait sauté dans le carrosse qui l'avait conduit au domaine voisin de l'Orbal.

Il détestait les cérémonies du sceau, probablement parce qu'il gardait des souvenirs très vifs de sa propre souffrance lorsque le sigillaire avait apposé le fer chauffé à blanc sur son bas-ventre, autant qu'il exécrait l'Orbal, la famille la moins prestigieuse et la plus méprisée des Hauts.

Ses murs écaillés, ses jardins mal entretenus, ses allées boueuses et ses bassins aux eaux croupies donnaient au domaine du serpent violet un aspect délabré, lugubre. Le vent des Conquérants ne parvenait pas à dissiper l'odeur de purin posée sur les lieux comme une chape de plomb. L'obscurité et l'humidité régnaient en maîtresses à l'intérieur de la bâtisse principale, particulièrement dans la salle des réceptions officielles pourvue de fenêtres aussi étroites que des meurtrières. De vagues senteurs d'encens s'échappaient des malles à parfum disposées à intervalles réguliers sur les rebords des socles des colonnes.

Noy se demanda ce qu'attendaient leurs hôtes pour donner le coup d'envoi de la cérémonie. Autour de lui, se pressaient les autres invités : des fils et filles de famille reconnaissables à leurs tenues aux couleurs de leurs maisons, de riches bourgeois des Hauts aux habits surchargés de dorures, des usuriers aux mines austères, quelques comédiens à l'extravagance proportionnelle à leur suffisance.

Aucun représentant du Drac parmi eux. Noy avait entendu dire qu'une conjuration ourdie par l'Aigle avait entrepris d'éliminer la maison du Drac, mais il n'avait prêté qu'une attention distraite à la rumeur, persuadé au fond de lui que personne ne prendrait la responsabilité de s'attaquer à une famille illustre, la plus illustre des Hauts sans doute, et de briser l'équilibre séculaire voulu par les Fondateurs. L'absence totale de cape ou de robe pourpre dans l'assistance l'intrigua cependant, et le déçut : il avait vaguement espéré la présence d'Oziel du Drac, dont le visage empreint de fierté hantait chacune de ses nuits. Il se mordilla les lèvres : si les conjurés avaient vraiment entrepris d'éliminer le Drac, quel sort réserveraient-ils à la belle Oziel ? La crucifieraient-ils à la Porte des Supplices, ou bien serait-elle livrée aux désirs de ces prédateurs puants qu'étaient les fils de l'Aigle ? La perspective l'emplit d'une colère sourde. Des hommes capables de profaner une telle beauté ne méritaient pas de vivre. Ils avaient beau passer pour de redoutables combattants, sa masse d'armes, qu'il maniait avec une rare dextérité aux dires de son instructeur personnel, valait bien leurs serres. Il lui tardait maintenant de sortir de cette pièce, de regagner le domaine familial, d'interroger son père pour en avoir le cœur net. Si ce dernier refusait de lui répondre – bien que Noy eût passé ses seize ans, le patriarche l'estimait encore trop tendre pour l'initier aux arcanes du Conseil des Sept –, il se renseignerait auprès de Jelioy, son vieil oncle dont la prétendue folie et l'apparence répugnante dissimulaient une connaissance étendue des intrigues des Hauts et des comportements humains.

Le sigillaire se présenta enfin sur l'estrade, un vieillard vêtu d'une lourde robe de brocart et coiffé du chapeau noir conique emblème de sa fonction. Presque aussi décati que lui, son assistant portait, posé sur un plateau d'argent, le sceau qui jetait des éclats rougeoyants à l'extrémité de son étui doré. Deux femmes se dirigèrent vers le dernier de la fratrie de l'Orbal, Eyrol, qui, du haut de ses trois ans, ne semblait pas comprendre qu'il était le héros de la cérémonie. Elles le dévêtirent et le couchèrent sur l'épaisse table qui avait vu se succéder des dizaines de générations d'enfants en âge d'être scellés. Le garçon commença à regimber et à hurler, mais les matrones le maintinrent solidement allongé sur le bois usé. Le sigillaire s'empara du sceau et, après qu'Amiol de l'Orbal eut donné son assentiment d'un mouvement de tête, approcha le fer chauffé à blanc du ventre d'Eyrol, qui poussa un hurlement à fendre l'âme lorsque le sceau entra en contact avec son bas-ventre. Une odeur de chair grillée se diffusa dans la salle et estompa les effluves d'encens. Noy sentit de nouveau le fer lui mordre la peau, la douleur se répandre dans son corps comme une nuée d'insectes aux mandibules acérées, les spasmes le secouer de la tête aux pieds, le goût de fiel emplir sa gorge, et une bouffée de colère l'embrasa : les patriarches et les sigillaires prenaient-ils un plaisir pervers à faire souffrir les enfants des sept maisons des Hauts ?

Fallait-il vraiment cette cérémonie barbare pour renforcer les liens, pour accentuer le sentiment d'appartenance ? Les cris perçants d'Eyrol résonnèrent un long moment dans le silence retombé sur la salle, puis dame Elvare se leva, écarta d'un mouvement brutal les deux matrones, prit son fils dans ses bras et le berça sur son sein jusqu'à ce que ses glapissements se changent en geignements sourds. Alors les clameurs usuelles montèrent de l'assistance pour célébrer l'enfant ainsi élevé au rang d'héritier légitime de l'Orbal, septième dans l'ordre de succession, bénéficiant des privilèges accordés aux fils et filles des familles gouvernantes.

Noy attendit encore un peu avant de se tourner vers son garde du corps et, d'un geste discret, de lui donner le signal de la retraite. Après avoir accompli son devoir – être présent et visible le temps de la cérémonie –, il pouvait couper court aux réjouissances offertes par l'Orbal, un banquet probablement médiocre, des présentations et des conversations assommantes, des danses ridicules, des prestations de diseurs ou de comédiens de seconde zone. Son brusque sentiment d'urgence ne laissait place à aucun contretemps. Fendant la foule, il se dirigea vers la sortie de la salle. Les petits groupes agglutinés çà et là le contraignirent à plusieurs reprises à s'immobiliser et à échanger quelques banalités avec des interlocuteurs qu'il ne connaissait – ou ne reconnaissait – pas.

Lorsqu'il parvint enfin au couloir sombre qui donnait sur la cour pavée où stationnaient les voitures des invités, une voix le héla.

Dame Elvare, flanquée de l'une de ses filles, émergea de la pénombre et s'approcha de lui.

—Eh bien, jeune homme, vous ne comptez pas rester pour le banquet ?

Noy ordonna à son garde du corps de se tenir à l'écart, avant de s'incliner.

—N'y voyez aucune offense, dame Elvare, des affaires urgentes m'appellent, répondit-il d'une voix aussi ferme que possible.

Dame Elvare poussa sa fille devant elle, une adolescente assez gracieuse en dépit de l'acné qui lui mangeait les joues.

—Je vous présente ma fille, Adamanta.

L'adolescente, rougissante, esquissa un sourire embarrassé et tira comme une damnée sur les manches de sa robe mauve comme pour rentrer tout entière à l'intérieur du tissu.

70

—Je pensais que..., reprit dame Elvare.

—Que quoi, dame? releva Noy, qui savait pertinemment où voulait en venir son interlocutrice.

—Vous auriez pu profiter du banquet pour faire plus ample connaissance...

Il comprit tout à coup pourquoi son père lui avait ordonné de représenter la maison du Corridan à la cérémonie du sceau : les deux familles avaient sans doute conçu un projet de mariage pour renforcer leurs liens. Que ses parents lui destinent une union aussi peu glorieuse le mortifia! Un mariage avec une fille du serpent mauve s'apparentait à une déchéance pour un héritier du Corridan. Lui accordait-on donc si peu d'importance pour qu'on le sacrifiât de la sorte? Dans quel but le patriarche Augoy cherchait-il à s'allier avec une maison aussi médiocre que l'Orbal?

Noy examina la jeune fille. Tenant davantage de sa mère que de son père, Adamanta serait acceptable, voire jolie, une fois effacées les ingratitudes de l'adolescence, mais l'idée d'être apparenté à sa famille – d'être peut-être obligé de vivre dans ce domaine crasseux – le révulsa. Il en appela aux notions de patience et de diplomatie péniblement inculquées par le précepteur Ockart pour éviter de se montrer désobligeant envers dame Elvare.

—À la prochaine occasion, dame, assura-t-il avec son plus beau sourire.

—Les fils des Hauts ne manquent jamais une opportunité de se distraire, insista-t-elle. Quelles affaires peuvent donc vous requérir qui vous empêchent de jouir de votre jeunesse?

—Ainsi que je vous l'ai dit, dame, une urgence.

Il se mordit la lèvre inférieure, conscient qu'il n'était pas parvenu à dissimuler l'agacement dans sa voix. Elle sourit à son tour, et il fut frappé par la finesse de ses traits, par la blancheur de sa peau. La fille ne semblait être pour l'instant qu'une ébauche de la mère.

—À votre aise, jeune Noy. Puis-je au moins vous prier de revenir nous voir très bientôt?

Il esquissa une deuxième courbette et marmonna, avant de se retourner et de se diriger vers la cour intérieure :

—J'accepte votre invitation avec grand plaisir, dame.

71

Comme il l'avait pressenti, le patriarche Augoy refusa de répondre à ses questions, marmonnant, sans lever les yeux, qu'il aurait mieux fait de rester à la fête donnée par l'Orbal au lieu de se soucier d'intrigues qui ne le concernaient en rien.

—Que penses-tu d'Adamanta?

—Pourquoi voulez-vous renforcer vos liens avec l'Orbal père? C'est une famille que personne n'apprécie dans les Hauts!

—Elle dispose d'une voix au Conseil, elle est aussi honorable que les autres…

Le menton déjà lourd d'Augoy s'affaissait, signe chez lui d'embarras. Ses cheveux gris, que Noy jugeait invariablement sales, retombaient en lourdes mèches sur ses larges épaules.

—Vous n'avez pas toujours pensé cela, père…

Le poing du patriarche s'abattit sur le bois de son bureau.

—Comment peux-tu juger de mes pensées?

—Lorsqu'elles se traduisent par des paroles, elles…

—Il suffit! (Deuxième coup de poing sur le bureau, plus violent que le premier.) L'entretien est clos. Retourne immédiatement au domaine de l'Orbal et présente tes excuses à dame Elvare. Il ne s'agit pas d'un conseil, mais d'un ordre.

Ravalant sa colère, Noy récupéra sa masse d'armes dans sa chambre, sortit du bâtiment et prit la direction des écuries. Pas question de remettre les pieds dans l'antre fétide du serpent violet. C'était la première fois qu'il désobéissait à son père. Il ne se préoccupait pas des conséquences de sa décision, qui, pourtant, pouvaient se révéler pénibles: il avait assisté aux châtiments administrés par Augoy lui-même à ses fils récalcitrants, et il avait vu ses frères se tordre de douleur sous les coups assenés par leur géniteur avec une férocité de foueur enragé.

Les serviteurs vêtus de bleu qui déambulaient dans les allées bordées d'indolents le saluèrent avec déférence; ces inclinaisons protocolaires –dénuées de sincérité– confortaient son sentiment d'importance inhérent à la position d'un fils de famille des Hauts. Il entrevoyait de la crainte dans les yeux des soubrettes qui le croisaient. Son initiatrice aux choses du sexe était issue de leurs rangs, une belle jeune femme appelée Omblane qui, pour toute récompense, avait été bannie des Hauts. Depuis, il puisait à loisir dans la multitude des servantes pour assouvir des besoins qui, chez lui, se révélaient à la fois fréquents et impérieux. Aucune n'osait se refuser à lui de peur d'être, comme Omblane, chassée des Hauts et condamnée à finir dans une maison close des niveaux inférieurs. Il les possédait avec une fougue qui frôlait la sauvagerie, indifférent à leurs réactions. Avec Oziel, sans doute, il aurait su faire preuve de douceur et de respect : sa beauté et son rang méritaient une tout autre attention que ces filles mal dégrossies qui, au moindre frémissement de l'un de ses sourcils, relevaient leurs robes et leurs jupons avec une résignation de bêtes de somme.

Noy trouva son oncle Jelioy à l'endroit où il se tenait la plupart du temps, non loin du tas de fumier qui se dressait derrière l'une des écuries. Comme chaque fois, l'odeur lui souleva le cœur et un réflexe lui commanda de respirer par la bouche. Il se demanda pourquoi Jelioy se complaisait ainsi dans la puanteur de purin et de lisier. L'excentricité généralement associée à son oncle – elle lui avait valu de perdre le titre de patriarche au profit d'Augoy, son frère cadet – ne suffisait pas à expliquer son comportement. « Comment un homme de haute lignée peut-il se réjouir de se vautrer dans la merde », selon l'expression d'Augoy ?

— Mon neveu ! s'exclama le vieil homme, assis sur la souche habituelle, affairé à tailler en pointe une branche élaguée et droite.

Noy contempla avec une répulsion mâtinée de sidération les cheveux emmêlés, les vêtements sales et troués de son oncle. Il entrevit ses organes génitaux par la large déchirure de sa brague au niveau de l'entrejambe. Les garçons d'écurie lui accordaient pourtant la même considération qu'aux autres membres de la famille, avec un peu moins d'application peut-être, mais avec davantage de bonhomie.

— Que me vaut l'honneur de ta visite ?

Noy fut effaré de constater à quelle vitesse se dégradait Jelioy, comme s'il se décomposait de son vivant.

— Des questions à vous poser, mon oncle.

Le vieil homme releva la tête. Ses yeux clairs, profondément renfoncés dans leurs orbites, volèrent vers son vis-à-vis comme des rapaces fondant sur leurs proies. Le silence étouffait la rumeur proche des écuries et celle, plus lointaine, des logis.

— Je vois là un jeune homme pressé de connaître des réponses.

—Mon père refuse de me les donner.

Jelioy écarta les bras. La branche qu'il taillait heurta le fumier et souleva une petite gerbe de paille et d'excréments mêlés.

—Ce cher Augoy, toujours égal à lui-même ! Si je peux t'aider, mon neveu…

Noy hésita, puis se lança.

—J'avais entendu dire qu'un complot visait à éliminer le Drac. Je n'y ai d'abord pas cru, mais aujourd'hui, il n'y avait personne de la maison pourpre à la cérémonie du sceau donnée par l'Orbal. Êtes-vous informé de quelque chose ?

Les ombres s'allongeaient entre les reliefs, la lumière crépusculaire se teintait d'une encre pour l'instant diluée.

—Ils l'ont fait, affirma Jelioy. (Il hocha la tête et se remit à tailler sa branche.) En détruisant le Drac, ils ont brisé le pacte millénaire qui unissait les familles régnantes. Ils ont trahi les déesses du fleuve, ils ont rompu l'équilibre et ouvert la porte au malheur.

Le timbre du vieil homme, d'habitude chevrotant, était devenu clair, tranchant.

—Que sont devenus les membres du Drac ?

Jelioy haussa les épaules.

—Probablement massacrés.

—Et dame… Oziel ?

Un vague sourire affleura aux lèvres sèches et rainurées du patriarche déchu.

—Tu as du goût, mon garçon : je l'ai aperçue lors d'une visite protocolaire et elle surpasse toutes les autres en beauté. Enfin, elle surpassait…

Le cœur de Noy s'arrêta de battre.

—Elle est… morte ?

—Ou réduite à l'état d'esclave sexuelle, comme ces pauvres filles que tu prends sans vergogne dans les couloirs ou les écuries…

—Elles… elles ne protestent pas, bredouilla Noy.

—Oh si, elles protestent ! Ton dard, mon ami, est un poignard, et sa lame est blessante. Elles se mordent les lèvres pour ne pas hurler, mais leurs corps protestent, leurs yeux protestent, leurs peaux protestent, leurs silences protestent, et tu ne les entends pas. Il n'est pas pire sourd que celui qui ne veut pas entendre.

—Vous n'avez jamais…

74

—Avec des servantes? (Jelioy ficha sa branche taillée dans la terre.) Jamais! Non que je les méprise, bien au contraire, je les respecte infiniment.

Noy se demanda quelle femme aurait accepté de se frotter à un homme aussi repoussant que son oncle.

—J'ai connu l'amour, reprit Jelioy comme s'il avait deviné les pensées de son neveu. Pas ce que tu crois être de l'amour quand tu te soulages avec les soubrettes, mais un amour sincère, pur... (Il se tut, les yeux dans le vague, immergé dans ses souvenirs.) Puis un soupirant jaloux l'a sauvagement assassinée et m'a éclaboussé de son sang. Une grande partie de mon âme a été emportée avec elle. Alors je me suis désintéressé des affaires de ce monde et j'ai choisi de cultiver sa mémoire. Elle me donne davantage de bonheur que les vivants.

Sous ses sourcils gris et broussailleux, les yeux embués de Jelioy exprimaient autant de joie que de tristesse. Noy vint s'asseoir à ses côtés sur la large souche.

—C'est pour cette raison que vous avez abandonné le titre de patriarche au profit de mon père?

—Entre autres. Je n'avais plus suffisamment d'énergie pour m'opposer aux manœuvres de certaines maisons.

—L'Aigle? Le Loup?

—Je pensais que ton père serait plus solide que moi, mais ils ont réussi à le corrompre. Le coup fatal porté au Drac n'est que le fruit d'un projet longuement mûri.

—Dans quel but?

Jelioy haussa les épaules.

—Je n'ai aucune certitude, seulement des hypothèses qui, je l'espère, ne se vérifieront pas. Il faudrait aller fouiner du côté des pétrocles et de la Désolation. L'élimination du Drac n'est sans doute qu'un prélude à l'anéantissement d'Arkane.

—Personne ne peut anéantir Arkane!

L'exclamation de Noy arracha un sourire à son oncle, qui désigna les environs d'un ample geste du bras.

—Tu crois donc que ces murs et ces labyrinthes suffisent à nous protéger? Les bannis des Fonds n'empêcheront pas toujours la cité de s'enliser. Encore moins les gouvernants des Hauts de s'enfoncer dans la corruption et la décadence. (Il arracha la branche de terre et la pointa sur le tas de fumier.) Voici ce qu'ils ont fait du grand rêve des Fondateurs : un gigantesque tas d'immondices, et même si cette vérité est pénible à entendre pour les autres familles, le patriarche Nunzio du Drac était le dernier rempart contre l'effondrement d'Arkane.

Les paroles de son interlocuteur soulevèrent une tempête de pensées dans l'esprit de Noy. Étaient-elles les simples divagations d'un esprit dérangé ou les éclats d'une terrible vérité ?

— Pourquoi n'en parlez-vous pas à mon père ?

Jelioy se leva et s'étira dans un concert de craquements. Noy ne l'avait jamais vu habillé d'une autre tenue que les loques qui lui servaient de vêtements.

— Il ne m'écoutera pas. Il ne m'a jamais écouté. Sa seule obsession est de renforcer la puissance du Corridan.

— Il veut me marier à une fille de l'Orbal. Je ne vois pas en quoi ce genre d'union renforcerait la puissance de notre famille.

Jelioy fixa son neveu avec une soudaine intensité qui le fit frissonner.

— Défie-toi du serpent ! Il est silencieux, sournois, et sa morsure est parfois fatale. Peut-être…

D'un geste, Noy invita son interlocuteur à poursuivre.

— … devrais-tu essayer d'en apprendre davantage du côté de l'Orbal ? Tu as un prétexte tout trouvé.

— L'Orbal n'est d'aucun poids dans le Conseil des Sept…

— Tu cherches des réponses, je t'indique seulement les endroits où tu peux les trouver.

Noy se releva à son tour ; la main de Jelioy se posa sur son avant-bras. Il résista de justesse au réflexe qui lui commandait de rétablir une distance salvatrice avec les doigts aux ongles noirs de son oncle.

— Nous vivrons bientôt des heures très graves, mon garçon, reprit ce dernier.

Un hennissement et un roulement de galop attirèrent l'attention de Noy. Sa respiration se suspendit lorsqu'il reconnut la silhouette du cavalier. Vêtu d'une cape et d'une cotte de mailles, le patriarche Augoy traitait son cheval de la même manière qu'il se comportait avec les êtres humains, avec une rudesse révélatrice de son tempérament brutal. Il immobilisa sa monture trois pas devant Noy et Jelioy et les fixa à tour de rôle avec une froideur inquiétante.

—Tu m'as désobéi.

—Père, je…

Le bras d'Augoy se détendit. Noy n'eut pas le temps d'esquiver la lanière du fouet qui lui cingla la pommette et lui arracha une large bande de peau. La douleur le fit chanceler, des larmes perlèrent à ses cils. Il essuya, de la manche de sa tunique, le sang qui dégouttait sur sa joue.

Jelioy vint se placer devant le cheval, qu'il apaisa d'une caresse sur le chanfrein.

—Ton fils n'est plus un enfant, mon frère…

—Ça ne te concerne pas, vieux fou!

—Je fais toujours partie de la famille, que tu le veuilles ou non.

—Toi?

Augoy ricana. Sa fureur, encore rentrée, enflammait ses yeux sombres. Il brandit le fouet de nouveau enroulé.

—Je ne m'abaisserai pas à discuter avec toi. Écarte-toi.

Jelioy ne bougea pas.

—Éloignez-vous, mon oncle, intervint Noy. Il n'y a aucune raison que vous…

Augoy donna un brusque coup de fouet. Jelioy leva le bras devant son visage. La lanière de cuir s'enroula autour de son poignet. Il se recula aussitôt d'un pas. Déséquilibré par son mouvement, le patriarche n'eut pas le réflexe de lâcher le manche. Il bascula sur le côté et chuta lourdement sur le sol. Son pied resta coincé dans l'étrier et un craquement sinistre retentit. Le juron qu'il lâcha s'acheva en un gémissement déchirant. Des serviteurs et des garçons d'écurie qui vaquaient non loin se figèrent. Noy ne réagit pas, abasourdi par la réaction fulgurante de son oncle, les yeux rivés sur l'angle insolite formé par la jambe de son père.

—Fiche le camp, lui murmura Jelioy.

—Mais…

—Fonce à la Porte des Supplices. Tu y trouveras une première réponse, tu chercheras ensuite les autres.

Comme Noy ne bougeait pas, il lui secoua sans ménagement l'épaule.

—File, je te dis.

—La colère de mon père risque de se retourner contre…

—Ce n'est pas maintenant que je vais commencer à avoir peur de mon crétin de frère! (Jelioy se saisit des rênes pour empêcher le cheval de partir au grand galop en traînant son cavalier désarçonné.) Fais bien attention à toi, ajouta-t-il. La ville est devenue dangereuse.

Noy désigna la masse d'armes passée à sa ceinture.

—Je ne crains rien avec elle…

Jelioy encouragea d'un sourire son neveu, qui s'éloigna en direction de la sortie du domaine du Corridan, accompagné des râles de son père sifflant à ses oreilles comme autant d'imprécations.

6

LA RÉSURRECTION

Ainsi sont les serviteurs des déesses du fleuve,
À la fois semblables dans leur nature,
Et dissemblables dans leur caractère,
Et différents dans leurs pouvoirs…
Des serviteurs du fleuve,
Le Drac est le plus proche de l'humain,
Car son pouvoir est de glisser dans ses pensées,
Pour lui montrer la juste voie…

Mythes primitifs arkaniens,
Tradition des diseurs du Chœur,
Arkane

L'HOMME QUI GUIDAIT OZIEL DANS LES GALERIES SOUTERRAINES n'avait pas prononcé le moindre mot. Son crâne rasé luisait par intermittences aux éclats vacillants de la torche qu'il maintenait levée devant son visage. Vêtu d'une robe de bure serrée à la taille par une cordelette, pieds nus, il s'orientait dans le labyrinthe sans marquer la moindre hésitation.

Son intervention relevait du miracle : alors que le cercle des soldats de l'Aigle s'apprêtait à se refermer sur elle, une trappe s'était ouverte à même le sol à quelques pas de la fuyarde. Elle s'y était ruée sans perdre un instant. Ses poursuivants avaient lâché deux foueurs, qui, malgré leur vélocité, n'avaient pas pu l'empêcher de se jeter dans l'ouverture. La trappe s'était refermée avant que les fauves ne soient parvenus à s'y glisser à leur tour.

79

Leurs grondements et les crissements de leurs griffes avaient retenti au-dessus de sa tête.

Elle était tombée, deux bonnes toises plus bas, sur un sol de terre battue. La serre de l'Aigle, qu'elle n'avait pas lâchée dans le choc, lui avait meurtri le flanc. Un homme était apparu près d'elle, torche en main. Il avait attendu qu'elle se relève pour lui faire signe de le suivre. Là-haut, à grand renfort de cris et d'ahanements, ses poursuivants tentaient d'entrouvrir la dalle métallique coiffant le conduit. La lumière de la torche révélait sur une paroi les roues dentelées et les chaînes du mécanisme qui permettait d'actionner le lourd couvercle.

Oziel avait emboîté le pas à l'homme au crâne nu. Sur leur passage, plusieurs portes avaient coulissé dans un gémissement sourd et condamné l'accès aux galeries. Si ses poursuivants parvenaient à soulever la trappe, il leur faudrait ensuite trouver le moyen de forcer les panneaux épais qui s'enfonçaient profondément de chaque côté dans les parois.

— Qui êtes-vous ? avait demandé la jeune femme à plusieurs reprises. Pourquoi m'avez-vous aidée ?

Elle n'avait obtenu aucune réponse. L'homme se contentait de marcher d'un pas égal, presque mécanique, sans jamais se retourner. Elle s'était rassurée en présumant qu'il était animé de bonnes intentions, ou il ne serait pas venu à son secours. Les images des corps suppliciés de ses parents se superposaient dans son esprit au visage livide et figé d'Ulio. Elle ne pleurait pas, elle ruminait sa haine, haine contre la maison de l'Aigle, haine contre tous ceux qui, de près ou de loin, avaient trempé dans la machination ; elle s'agrippait au souvenir de Matteo, dont le visage s'estompait de sa mémoire, pour nourrir le ferment d'une revanche éclatante. Les monstres qui avaient assassiné sa famille paieraient d'une manière ou d'une autre, si possible à l'issue d'une longue agonie. Elle regrettait de ne pas avoir cédé à son impulsion de trancher le sexe répugnant de Sylver et de lui fourrer dans la bouche. Le sinistre tableau aurait servi d'avertissement à ses semblables, le signe que la revanche était en marche, que les comploteurs recevraient bientôt leur juste châtiment. L'envie la taraudait de retirer les chaussures montantes de Haldre qui lui blessaient les pieds ; son guide ne lui en laissait pas le temps.

Une lumière vacillante éclairait l'extrémité du dernier tunnel, plus étroit et long que les autres. Ils passèrent dans une salle aux murs de pierre révélés par les torches plantées tous les cinq pas dans des socles métalliques. Un homme surgit d'une zone de pénombre et vint à leur rencontre. Réplique parfaite du guide d'Oziel : crâne lisse, robe de bure, cordelette serrée autour de la taille, pieds nus, joues hâves, air lugubre. Ils ne prononcèrent pas un mot. Le nouvel arrivant intima à la jeune femme de le suivre d'un geste de la main ; l'autre, toujours impassible, disparut par l'une des nombreuses ouvertures disposées autour de la salle.

Tandis qu'ils traversaient une série de pièces en enfilade, Oziel aperçut, sculpté dans l'un des murs, un serpent roulé en cercle se mordant la queue.

L'emblème de la Résurrection.

Elle comprit pourquoi ces hommes restaient muets. Leurs vœux les condamnaient au silence, ainsi qu'à la chasteté et à l'obéissance. Elle n'en avait jamais rencontré. Les adeptes de la Résurrection ne se montraient pas dans les cérémonies officielles ni dans les fêtes somptueuses données par les familles régnantes. D'eux on ne savait pratiquement rien, sinon qu'ils passaient la majeure partie de leur temps en prières, méditations, jeûnes et mortifications. On ignorait comment ils recrutaient leurs membres, puisqu'ils ne se livraient à aucun prosélytisme dans les rues ou sur les places des Hauts. Les rumeurs prétendaient qu'ils provenaient pour la plupart des niveaux inférieurs d'Arkane, voire des plaines de l'Odivir, mais, tant que la Résurrection n'intervenait pas dans leurs affaires, les familles régnantes ne tentaient pas de mettre fin à cette violation pourtant flagrante de la loi fondamentale de la Séparation.

Ils longèrent une succession de portes de bois massives. Le nouvel accompagnateur d'Oziel marchait sans bruit devant elle, aussi léger et discret qu'une ombre. Elle entrevit, par les judas grillagés, des silhouettes assises ou agenouillées à même le sol. Un silence profond ensevelissait les lieux, comme s'ils déambulaient à l'intérieur d'une gigantesque tombe. Seuls les claquements des chaussures de Haldre résonnaient de façon dérangeante sous les voûtes. Ils arrivèrent devant une porte de bronze trois fois plus grande que les autres et ornée en son centre d'un bas-relief de serpent enroulé. Elle s'ouvrit d'elle-même lorsqu'ils en furent à deux pas. L'homme s'effaça pour inviter la jeune femme à entrer, puis se recula et rebroussa chemin sans avoir affiché la moindre expression.

La salle, immense, n'était meublée que d'un fauteuil rudimentaire posé sur une estrade. Des rais de lumière tombaient en colonnes obliques de hautes lucarnes et s'écrasaient en flaques dorées sur les dalles de pierre rugueuses.

Oziel discerna une silhouette sur le siège de bois inondé de lumière. Les détails se précisèrent lorsqu'elle s'en rapprocha. Un vieillard au crâne tavelé et aux joues hachées de rides profondes, entrelacées, donnant l'impression que son visage se couvrait d'écailles. Ses yeux brillaient tout au fond d'orbites encaissées, semblables à deux puits miraculeux au milieu d'un désert craquelé. Sa robe de bure, tellement usée qu'on en distinguait la trame, était d'une couleur indéfinissable, entre gris et brun. Ses pieds également nus évoquaient les ceps de vigne noueux et desséchés qui gisaient en tas dans un recoin du domaine du Drac.

— Bienvenue dans le cœur de la Résurrection, Oziel du Drac.

Il s'exprimait d'une voix hésitante, chevrotante, entrecoupée de sifflements.

— Je croyais que vous n'aviez pas le droit de parler.

Les mots s'étaient échappés des lèvres d'Oziel comme des pensées égarées.

— Le silence est la règle absolue entre nos murs, mais, en tant que gardien de la parole, notre ordre me permet de me délier de mes vœux en cas de circonstances exceptionnelles.

— Ces chaussures m'ont blessé les pieds. Puis-je les retirer ?

Elle n'avait pas attendu la réponse de son interlocuteur pour se pencher et commencer à dénouer les lacets.

— Nul ne vous en fera le reproche. Nous avons oublié depuis longtemps à quoi servent les chaussures.

Elle les retira avec un soulagement indicible. Le cuir rigide avait semé des ampoules, dont certaines avaient éclaté, sur ses gros orteils et ses talons.

— Ces égratignures ne sont rien en comparaison des blessures qu'on vous a infligées, Oziel du Drac.

— Comment le savez-vous ? riposta-t-elle en se redressant. Comment me connaissez-vous ?

— Comment aurions-nous pu vous tirer de ce mauvais pas si nous ignorions tout des affaires des Hauts ? Ce n'est pas parce que nous vivons dans le secret que nous ne nous tenons pas informés.

— Pourquoi êtes-vous venus à mon aide ?

Le vieillard remua sur le siège ; il donnait l'impression de se disloquer à chacun de ses mouvements, à chacune de ses respirations.

— Le silence n'est pas le retrait du monde, jeune dame, répondit-il après s'être raclé la gorge. Il permet au contraire de mieux battre avec le cœur du monde. Nous nous tenons à l'écoute dans l'ombre et le recueillement. Le drame qui se joue dans les Hauts ne concerne pas seulement les populations d'Arkane, il regarde l'ensemble des êtres vivant sur les Terres du Méridian. L'élimination du Drac et la prise de pouvoir de l'Aigle et de ses alliés annoncent l'avènement des Ténèbres. (La tête penchée sur le côté, comme s'il rencontrait des difficultés à la maintenir droite, le gardien de la parole observa un long temps de silence.) Je ne parle pas seulement de lendemains difficiles comme il s'en produit dans chaque civilisation, je parle de l'extinction définitive de notre espèce. Des forces sont à l'œuvre, qui tentent de nous ensevelir dans l'oubli.

Interloquée par les révélations et le ton grave du vieillard, Oziel oublia un instant ses tourments moraux et physiques.

— Quelles forces ?

— Celles qui ont déjà failli nous détruire il y a de cela de nombreux siècles. Celles qui ont entraîné l'intervention des serviteurs des déesses du fleuve et qui ont été rejetées dans les profondeurs du temps. Elles se sont réveillées après un long sommeil et vont bientôt déferler sur nous.

— Quel rapport avec le Drac ? Avec Arkane ?

— Le patriarche Nunzio était un dirigeant avisé. Il risquait de contrarier les manœuvres de ces êtres appelés pétrocles.

Oziel exprima son agacement d'un claquement de langue.

— Que viennent faire les pétrocles là-dedans ?

— Ce sont des éclaireurs. Une avant-garde. Ils ont été envoyés pour diviser et affaiblir les défenses d'Arkane. Leur regard ne change pas en pierre, contrairement à ce qu'affirme la rumeur, ils recourent à une forme de connaissance qui engourdit l'esprit et altère la discrimination, la clairvoyance.

Le vieillard ne laissa pas le temps à Oziel de poser les questions qui se bousculaient dans sa tête.

— Ne cherche pas à tout comprendre, Oziel du Drac. Je n'ai ni le temps, ni la force, ni même les compétences de tout t'expliquer. Ma vie touche à sa fin, et mon successeur n'est pas encore prêt. Nous allons t'aider à descendre dans les Fonds pour informer ton frère Matteo. Lui seul a la possibilité d'orchestrer la résistance.

— Qu'est-ce qui vous permet d'affirmer cela?

Le gardien de la parole changea à nouveau de position sur son siège dans un concert de craquements et de froissements.

— Je te l'ai déjà dit: nous n'ignorons rien des événements des Hauts. Les pétrocles ont perçu Matteo comme un danger et se sont arrangés pour le neutraliser.

— Il n'a pas commis les crimes dont on l'accuse, n'est-ce pas? s'écria Oziel.

Elle n'avait jamais admis la culpabilité de son frère aîné qui, dans ses souvenirs, respirait la franchise, la droiture et la gaieté.

— Il ne nous appartient pas de répondre à cette question. Pour nous, il est le seul rempart contre les forces qui s'apprêtent à déferler sur le pays d'Arkane. Mais il doit en être informé: c'est la tâche qui t'incombe, jeune dame.

Elle acquiesça d'un vigoureux mouvement de tête.

— Telle était mon intention…

— Ton esprit est obscurci par le désir de vengeance, Oziel. Le rôle de Matteo ne sera pas de laver l'honneur du Drac, mais d'organiser la défense de la cité, d'en protéger les populations.

— J'ai vu les corps crucifiés de mes parents, j'ai vu le cadavre presque décapité de mon cher frère Ulio, riposta froidement Oziel sans desserrer les lèvres. Les survivants du Drac ne peuvent laisser ces crimes impunis.

— Les intérêts personnels doivent parfois s'effacer devant l'intérêt commun. C'est ainsi que se mesure la grandeur d'une famille régnante. Nous te confierons un message pour Matteo: s'il est vraiment celui que nous croyons, il prendra les décisions justes.

Oziel fit quelques pas devant l'estrade pour détendre ses jambes lasses. Le contact de ses pieds sur les dalles rugueuses et froides la tira en partie de l'engourdissement qui la gagnait.

— Vous avez parlé de m'aider à descendre dans les Fonds ? Comment ?

— Ta beauté serait une faiblesse dans les niveaux inférieurs : elle attirerait la concupiscence des hommes et augmenterait les difficultés de ton périple.

— Que pouvons-nous y changer ? objecta-t-elle.

Le regard de son interlocuteur gagna encore en intensité et lui brûla le front et les joues.

— Nous pouvons l'altérer. Notre frère herboriste te fera boire une potion qui t'inoculera la mécrose.

Des frissons glacés parcoururent la peau d'Oziel. Elle se rappela avoir un jour croisé une femme atteinte de mécrose dans une ruelle des Hauts, conduite par deux soldats du Dauphin à l'entrée du Laz. La maladie déformait les visages et les corps de ceux qui en étaient infectés au point de les rendre monstrueux. Indésirables dans les Hauts, revêtus de la tenue blanche d'infamie, expulsés vers les niveaux inférieurs, ils échouaient la plupart du temps à l'extérieur de la cité et devenaient des ombres errantes en butte aux persécutions des populations des plaines jusqu'à ce que la maladie les emporte.

Le vieillard contempla la jeune femme avec une attention teintée de compassion.

— Je comprends ta frayeur, Oziel. La robe d'infamie suffira à tenir à l'écart les hommes des niveaux inférieurs. La mécrose n'est pas contagieuse, mais comme elle frappe par vagues et qu'elle apparaît comme une malédiction, les gens se tiennent soigneusement à l'écart des malades. En outre, le frère herboriste te fournira une fiole d'antidote qui restituera en quelques heures ton apparence initiale lorsque tu seras parvenue dans les Fonds.

— En êtes-vous certain ?

— Il l'a déjà utilisé sur des frères atteints de mécrose. Avec succès : les tumeurs ont disparu en moins d'une journée.

L'horreur et la terreur submergeaient Oziel à l'idée de s'inoculer la maladie, de devenir l'un de ces monstres couverts de bandelettes, vêtus de la robe d'infamie, accablés de mépris, parfois repoussés par les membres de leur propre famille à coups de bâtons ou de fourches. Même si le vieillard lui promettait la guérison, elle ne se résolvait pas à profaner volontairement sa beauté.

— Le sacrifice que je te propose exige une grande abnégation, jeune dame, reprit le gardien de la parole. Aucun être n'accepte d'un cœur léger de s'enlaidir. Il te faut prendre une décision rapide : nous n'avons plus beaucoup de temps. Nous te fournirons la robe d'infamie et la clochette qui prévient et éloigne les passants. Mais tu ne seras peut-être pas seule…

Oziel leva un regard interrogateur sur le vieil homme.

— Notre ordre entretient également des relations privilégiées avec les serviteurs des déesses du fleuve, poursuivit ce dernier.

— Que voulez-vous dire ?

Le vieillard déplia ses jambes maigres et descendit en chancelant de son fauteuil de bois. La jeune femme crut un instant qu'il allait s'effondrer, mais, après être parvenu à s'équilibrer, il se rendit sur un côté de l'estrade et dévala avec une étonnante facilité les quelques marches d'un escalier latéral.

— Suis-moi. Le moment est venu de savoir si tu es la messagère dont Arkane a besoin. Tu peux te débarrasser de l'arme que tu caches sous tes vêtements. Là où je te conduis, elle ne te sera d'aucune utilité.

Une odeur indéfinissable s'échappait de la margelle circulaire. Le gardien de la parole avait disparu après avoir introduit Oziel dans une pièce minuscule qu'éclairait une vague lueur à la provenance incertaine. Il n'avait répondu à aucune de ses questions, lui recommandant seulement de chasser les pensées superflues, d'établir le calme en elle, de bannir toute colère, toute idée de vengeance, toute impatience. Il lui avait également ordonné de lui remettre la serre de l'Aigle ; elle s'était exécutée en dépit de l'impression angoissante d'être désormais sans défense.

Cela faisait un bon moment qu'il s'était retiré, et Oziel se demandait ce qu'elle fabriquait dans cet endroit lugubre enveloppé d'un silence épais, troublé de temps à autre par des ululements ou des sifflements qui semblaient surgir des profondeurs infernales. Elle grelottait sous ses vêtements imprégnés d'humidité. Elle se maudit de ne pas avoir eu le réflexe de récupérer les bottines de Haldre. Battue par l'envie de plus en plus pressante de s'enfuir, de respirer l'air pur des Hauts, elle s'appliquait à suivre les conseils du gardien de la parole : ne pas se laisser emporter par le flot d'images et de pensées qui déferlait en elle, ne pas frémir de colère au souvenir

86

des corps de ses parents et d'Ulio, ne pas laisser la moindre étincelle de violence l'embraser.

La fatigue lui pesant sur les épaules comme un joug, elle finit par s'asseoir sur la margelle de pierre. Un souffle tiède lui lécha aussitôt le visage. Elle fixa jusqu'au vertige l'œil ténébreux d'où montaient les relents nauséabonds. Elle se demanda une nouvelle fois ce qu'elle fichait là. Le vieillard lui avait pourtant affirmé qu'il n'y avait plus de temps à perdre. Les paupières de plus en plus lourdes, elle oscilla un temps entre veille et sommeil.

Tout cela n'était qu'un mauvais rêve. Elle allait bientôt reprendre conscience dans sa chambre, entrevoir le visage encore chiffonné d'Ulio s'immisçant dans l'entrebâillement de la porte… la vie reprendrait son cours ordinaire dans la maison du Drac… la voix monotone de Xaron dans la tour d'angle, la déclamation grisante des mythes primitifs, les leçons d'escrime de maître Mazin, les folles chevauchées dans les allées du domaine…

Un bruit la tira de sa somnolence. Elle sursauta.

Deux éclats dans la pénombre flottaient à moins d'un pied de son visage, comme deux étoiles menaçantes. Un froissement continu évoquait un bruissement d'ailes.

Elle se releva avec une telle précipitation qu'elle s'empêtra dans les plis de sa robe, trébucha et s'étala de tout son long sur les dalles de pierre. Un courant chaud et douloureux s'insinua sous son crâne, comme si une force inconnue tentait de prendre possession de son esprit. Elle se redressa en poussant un cri de peur et de rage. Les éclats lumineux se tenaient toujours devant elle, de plus en plus près. Elle se rendit compte que des yeux incandescents la scrutaient avec une intensité menaçante. Regrettant de s'être séparée de la serre de l'Aigle, elle se recula en direction de la porte ; les yeux accompagnaient chacun de ses mouvements. Elle crut que les os de son crâne éclataient sous la pression de plus en plus forte du courant. Son hurlement de terreur et de douleur resta un long moment en suspension dans le silence. Le froissement d'ailes continuait de résonner en sourdine. Elle entrevit, autour des éclats lumineux, une forme sombre de la taille d'une cracasse.

Un oiseau.

Elle n'en connaissait pas qui eussent un regard aussi puissant. Les yeux se rapprochèrent encore d'elle et se stabilisèrent à moins de deux pouces de son front. Une chaleur soudaine l'enveloppa, une odeur de feu, de soufre, estompa les relents nauséabonds.

La créature qui voletait devant elle n'était pas un oiseau; elle évoquait plutôt un démon des légendes d'Arkane. Les mots du gardien de la parole se frayèrent un chemin dans l'esprit d'Oziel: *« Notre ordre entretient également des relations privilégiées avec les serviteurs des déesses du fleuve… »*

Se pouvait-il que… ?

Elle rejeta cette pensée. Le drac était un être majestueux à l'envergure imposante, un géant ailé qui crachait un feu destructeur sur ses ennemis, aucune commune mesure avec ce petit volatile aux yeux incendiaires. Elle s'immobilisa, s'efforça de soutenir le regard fixé sur elle. La douleur s'accentua instantanément sous son crâne. Elle plaqua les mains sur ses tempes sans réussir à parer les lames chauffées à blanc qui lui cisaillaient le cerveau, comme si elle inhalait les vapeurs d'un métal en fusion.

Elle résista quelques instants, puis, à bout de forces, tomba à genoux, persuadée qu'elle allait mourir dans les entrailles fétides de la Résurrection. Des bribes d'un cours de Xaron remontèrent à la surface de son esprit. Il évoquait la toute-puissance du Drac dont les légendes prétendaient que son feu avait également le pouvoir de régénération. Elle se recroquevilla sur elle-même, la tête posée sur les genoux, les mains en protection sur la nuque, mais la brûlure, ne perdant rien de son intensité, s'étendit jusqu'aux extrémités de ses membres et conquit chaque parcelle de son corps. Elle rêva de se plonger dans un bassin d'eau glacée. Il lui sembla, avant de sombrer dans une inconscience apaisante, que quelque chose se posait sur son épaule, que des lames effilées traversaient ses vêtements pour lui lacérer la peau.

La douleur et la fatigue avaient disparu. Allongée sur les dalles, irradiée d'une énergie nouvelle, Oziel ne ressentait plus cette impression d'être calcinée de l'intérieur. Elle se rendit compte que quelque chose pesait et remuait sur son épaule. Elle n'eut pas le temps de s'en inquiéter. La créature s'envola et se maintint à quelques pouces de son visage. Habituée à la pénombre, elle la distinguait avec netteté désormais: écailles couleur rubis, ailes membraneuses et translucides, langue bifide jaillissant par intermittences du museau allongé et entrouvert, griffes recourbées aux extrémités de pattes en partie noires, yeux jaune d'or fendus par une pupille de l'épaisseur d'une aiguille…

Un drac ou, plus exactement, une réplique miniature du drac tel que l'avaient représenté les sculpteurs des premiers temps. Ulio avait toujours affirmé que l'emblème de leur famille revêtait un caractère purement symbolique ; elle comprenait en cet instant qu'il n'était pas une simple création de l'esprit. L'odeur de soufre qui se répandait dans l'air humide lui confirmait qu'elle n'était pas l'objet d'une illusion. Tout sentiment de peur l'ayant désertée, elle tendit machinalement la main vers le drac, qui se posa sur son poignet avec une délicatesse étonnante. Son regard toujours aussi puissant ne la dérangeait plus. Elle prit le temps de contempler la créature légendaire venue des profondeurs d'Arkane. Elle se demanda quel âge pouvait avoir le drac. Il était plus ancien que la fondation d'Arkane, sans doute. Elle ne résistait plus aux courants chauds qui s'insinuaient à l'intérieur de sa tête ; ils ne déclenchaient plus aucun malaise, ils diffusaient en elle de la douceur, de l'euphorie presque.

Elle se souvint d'Ulio déclamant une strophe des récits de la Fondation avec la solennité teintée de dérision qui le caractérisait.

> *Des serviteurs du fleuve,*
> *Le Drac est le plus proche de l'humain,*
> *Car son pouvoir est de glisser dans ses pensées,*
> *Pour lui montrer la juste voie…*

La créature ailée était en train d'établir le contact avec elle. Oziel s'immergea dans son regard et se sentit immédiatement enveloppée d'une gangue de chaleur bienfaisante. En elle s'imposa l'image d'une silhouette vêtue d'une robe blanche d'infamie et de bandelettes suintantes.

Une femme atteinte de mécrose.

—C'est ça que tu veux me dire ? murmura-t-elle. Que je dois accepter la proposition du gardien de la parole ? Que je dois accepter de me déformer ?

Le drac battit doucement des ailes et sa langue dansa quelques instants entre ses crocs dégagés.

— C'est vraiment le seul moyen de gagner sans encombre les Fonds ?

Une flamme minuscule s'échappa de la gueule du drac et frappa le front d'Oziel, chassant sa frayeur et ses pensées parasites comme elle aurait dispersé une volée d'oiseaux bruyants.

— M'accompagneras-tu dans mon expédition ?

La réponse s'était formulée dans son esprit avant même la fin de sa question : il veillerait sur elle comme il avait tiré ses ancêtres des eaux montantes de l'Odivir et les avait protégés à l'ère héroïque de la Fondation.

— Si ceux qui me veulent du mal me voient avec toi, ils me reconnaîtront et me tueront…

Le drac décolla de son poignet et, à l'issue d'un vol silencieux, vint se glisser sous sa robe. Elle craignit qu'il ne lui laboure les jambes de ses griffes, mais il se faufila avec souplesse et douceur sous l'étoffe jusqu'à se pelotonner dans le creux de sa hanche. Ainsi roulé en boule, il ne laissait paraître aucune déformation du tissu. N'était-ce la chaleur intense qu'il dégageait, elle aurait pu croire qu'il s'était purement et simplement escamoté.

Elle attendit encore un moment avant de se diriger vers la porte de la petite pièce. Ses pensées de haine revinrent la hanter lorsqu'elle passa dans le couloir étroit et obscur qui desservait la grande salle du gardien de la parole. Si Matteo ne s'en acquittait pas, elle se chargerait elle-même de laver dans le sang l'honneur de sa famille. Une pointe de chaleur vive lui transperça le ventre, au point qu'elle dut s'arrêter, les dents et les poings serrés, pour ne pas défaillir. Elle prit alors conscience que ses embrasements coléreux réveillaient le feu du petit drac camouflé sous ses vêtements et que, de protecteur, il pouvait à tout moment se transformer en destructeur.

7

LES TRACES DE LA HORDE

Respecte le ralaine, il est notre présent et notre avenir,
Piste sans trêve le ralaine, il est le garant de notre survie,
Tue le ralaine sans trembler, il est la joie de notre peuple,
Dépèce le ralaine avec entrain, il est la promesse d'un banquet,
Et si tu tombes entre les griffes ou les dents du ralaine,
Alors tu mourras en héros et nous célébrerons ton nom.

Chant des chasseurs,
Communauté mécros des Anglones,
Pays d'Arkane

Au glacier succédait un paysage de collines noires dénuées de toute végétation.

—Sinistre, le coin, marmonna Orik.

Il avait retiré sa cape et l'avait posée, soigneusement pliée, sur son épaule, laissant paraître des bras couturés de cicatrices. Renn, lui, avait l'impression que le froid était à jamais logé dans sa chair, dans ses os. Le soleil qui brillait de tous ses feux dans un ciel pur ne l'incitait pas à se dévêtir de sa propre cape ni de son bonnet de poil. L'air vif semait toujours autant de frissons sur sa peau. Peut-être ses tremblements étaient-ils également dus au souvenir obsédant de maître Hauhorn figé dans son tombeau de glace ? Pourquoi avait-on égorgé un homme aussi inoffensif, aussi paisible, aussi talentueux que l'enchanteur de pierre ?

—Son seul tort est d'avoir croisé la route des éclaireurs de l'armée des Conquérants du Nord, avait déclaré Orik. Ils ignorent

91

totalement la notion de pitié. Je ne comprends pas ce qu'il fichait sur ce glacier.

Renn se le demandait aussi. Maître Hauhorn avait-il eu vent de l'arrivée imminente des envahisseurs et pris la route de l'Odivir pour prévenir les populations du bord du fleuve ?

Ils découvrirent les premières traces de la horde au milieu des collines : des empreintes de bottes sur une terre meuble, des restes de repas, des excréments animaux et humains.

Le guerrier s'accroupit pour les examiner.

— Une cinquantaine, à mon avis. Ils sont probablement chargés de préparer le terrain jusqu'au fleuve. Ils doivent communiquer par oiseaux verbeurs. (Orik désignait des fientes blanches et sèches disséminées dans l'herbe ; il précisa, croisant le regard interrogateur de Renn :) Des oiseaux au plumage bleu et au bec rouge dressés pour répéter les messages qu'on leur dicte. Mot pour mot. Ils retrouvent immanquablement leur destinataire et leur mémoire est infaillible. Vous n'avez donc pas ça, par chez vous ?

L'apprenti répondit qu'il n'avait jamais entendu parler d'oiseaux de la sorte.

— Notre armée utilisait aussi les verbeurs, poursuivit le guerrier. Mais les rapaces dressés de l'armée des Conquérants du Nord les interceptaient sans leur laisser le temps de délivrer leurs messages. Et nous avons été désorganisés.

Il se releva, rajusta les plis de son skand et effectua quelques mouvements pour détendre ses jambes nues.

— Ils ont deux ou trois jours d'avance. Nous allons devoir accélérer l'allure. (Il marqua un temps de silence, la tête légèrement penchée.) Il y a une autre chose que je ne comprends pas : comment ton maître se débrouillait-il pour livrer ses sculptures ? Il faut de solides chariots et des attelages importants pour transporter de gros blocs de pierre, et il leur est impossible de franchir des routes aussi mauvaises.

Renn haussa les épaules.

— Je n'ai jamais vu personne se présenter à l'atelier...

Les sculptures réalisées au cours de la nuit avaient pourtant disparu sans un bruit les unes après les autres. Il avait tenté d'en apprendre davantage auprès de maître Hauhorn, mais ce dernier avait éludé la question d'un geste évasif de la main, comme s'il jugeait son élève indigne d'en recevoir la réponse. Renn n'avait pas insisté, considérant finalement que cela n'avait pas vraiment d'importance, que cela ne changerait rien à sa vie, à l'ennui qui le rongeait à petit feu dans le massif de l'Ostian.

— Tu continues de prétendre qu'il n'était pas un sorcier ?

Une flambée de colère embrasa Renn. Il se découvrait, un peu tard, une affection réelle, profonde, pour son maître et détestait qu'on salisse son souvenir.

— Garde ta rage pour d'autres combats. (Orik le dévisageait d'un air sarcastique.) Tu en auras bientôt besoin, crois-moi.

L'apprenti songea que son maître ne saurait jamais qu'il avait réalisé une sculpture sans recourir aux outils traditionnels des tailleurs de pierre, par la seule force de son esprit, et il en ressentit une profonde tristesse.

Ils aperçurent une masure au crépuscule après avoir marché toute la journée. Renn se demanda à plusieurs reprises s'il ne s'était pas trompé de route. Il ne se rappelait pas avoir parcouru ces étendues désolées en compagnie de son père, puis il s'était souvenu qu'il avait passé la plus grande partie du trajet à l'intérieur du chariot, allongé sur un banc qu'une couverture ne suffisait pas à rendre confortable, et que, perdu dans ses pensées, il n'avait pas prêté attention aux différents paysages traversés. Cette masure de pierre au toit de lauze éveillait en lui de vagues réminiscences, mais il ne parvenait pas à lui associer un souvenir précis.

Orik désigna la cheminée trapue d'où ne s'échappait aucun panache de fumée.

— L'endroit semble désert…

Il tira son épée d'un geste si fulgurant que Renn en vint à douter de ses perceptions. L'apprenti remarqua que les yeux du guerrier s'étaient instantanément assombris, que son allure s'apparentait maintenant à celle du rogre croisé la veille sur le glacier : il humait l'air comme un prédateur aux aguets tout en progressant avec une souplesse fascinante en direction de la construction. Aucun bruit ne résonnait dans le soir immobile, un silence qui accentuait l'impression de menace planant sur les environs.

De la porte de la masure, ne subsistaient plus que des esquilles de planches brisées encore fixées aux charnières. Des relents fétides estompaient l'odeur de bois brûlé qui s'en échappait. Renn marchait quelques pas derrière le guerrier, son bâton levé devant lui. Parvenu près de l'ouverture, Orik s'immobilisa contre le mur, se tint quelques instants à l'écoute du silence, puis, après avoir fait signe à l'apprenti de ne pas bouger, se rua à l'intérieur de la maison. Il poussa une série de jurons avant de ressortir précipitamment quelques instants plus tard. La pâleur soudaine de son visage atténuait en partie la rudesse de ses traits. Il prit une profonde inspiration avant de souffler, d'une voix moins assurée que d'habitude :

— Ne va surtout pas là-dedans…

— Qu'est-ce que vous avez vu ?

— Des choses que même un vieux soldat comme moi ne devrait jamais avoir vues. (Le guerrier resta un moment penché, les mains sur les genoux, la tête rentrée dans les épaules.) Je savais que les Conquérants du Nord étaient sans pitié ; je ne les croyais pas cruels à ce point. Ils n'ont pas grand-chose d'humain. Ce qu'ils ont fait à ces gens défie l'imagination. Malheur à ses habitants s'ils parviennent à conquérir le pays d'Arkane.

Renn lança un coup d'œil aux vestiges de la porte. L'envie pressante le traversa de s'introduire dans la maison et de contempler de ses yeux le spectacle qui avait à ce point ébranlé un homme de la solidité d'Orik. Sa raison l'en dissuada. Déjà qu'il rencontrait les pires difficultés à surmonter le traumatisme provoqué par la découverte de maître Hauhorn égorgé, il n'allait pas s'encombrer l'esprit d'une scène encore plus atroce.

— Je n'ai pas le temps ni le courage de donner à ces malheureux une sépulture décente. (Le guerrier secoua la tête avant de se redresser et d'ajouter :) Il y a des enfants dans le lot. Fichons le camp d'ici.

Ils s'éloignèrent de la masure dans le soir tombant. Les étoiles s'allumaient par grappes dans le ciel qui virait rapidement au bleu nuit. Ils marchèrent jusqu'à l'épuisement et décidèrent de se reposer au sommet d'une colline hérissée de rochers pâles et hautains. Ils mangèrent de la viande séchée, burent quelques gorgées d'eau au goulot de leurs gourdes, puis ils s'allongèrent sur l'herbe humide, enroulés dans leurs capes.

Ils mirent du temps à trouver le sommeil.

— Je me demande de quoi vivaient ces gens sur une terre aussi ingrate, murmura Orik d'une voix embrumée.

Renn n'en avait aucune idée. Il n'avait pas aperçu un seul champ cultivé dans les environs. Ils n'avaient pas non plus croisé d'animaux, grands ou petits, qui auraient pu servir de nourriture aux habitants des collines. Se contentaient-ils de manger des herbes et des racines ? Avaient-ils trouvé une façon de s'alimenter connue d'eux seuls ? Les questions et les pensées avaient tourné en des spirales envoûtantes dans sa tête avant de le déposer tout doucement sur le rivage des songes.

Un bruit métallique le réveilla.

Entrouvrant les paupières, il aperçut des ombres autour de lui. À l'obscurité de la nuit succédait la grisaille du jour naissant emmitouflé dans une brume épaisse et froide. Il voulut se relever, un objet pointu se piqua dans sa gorge et l'en empêcha.

Il eut un hoquet de terreur lorsqu'il se rendit compte qu'il s'agissait d'une pointe d'épée. Au-dessus de lui, se dressait un homme d'une maigreur effrayante, vêtu de hardes rapiécées. Son visage disparaissait en partie sous des bandelettes parsemées de taches. L'apprenti chercha Orik du regard, mais le guerrier, toujours allongé, n'était pas en meilleure posture. Deux hommes, également dépenaillés, également couverts de bandelettes, lui maintenaient la pointe de leurs lames sur la gorge et le bas-ventre. Il ressentit l'extrême tension d'Orik pour l'instant immobile, mais prêt à exploiter la moindre faille pour bondir et se saisir de sa lourde épée qui gisait dans les herbes à trois pas de lui.

Tournant légèrement la tête, Renn découvrit d'autres silhouettes alentour, une vingtaine d'hommes en haillons. Des excroissances déformaient les mains et les visages découverts de certains d'entre eux. Dans leurs yeux renfoncés brillaient des lueurs de colère, de souffrance et de désespoir. L'apprenti fit le rapprochement avec les groupes d'hommes et femmes expulsés de la cité qui traversaient les plaines comme des spectres blanchâtres. Une odeur remonta à la surface de son esprit, celle de la chair grillée de deux de ces maudits d'Arkane que des paysans avaient capturés et jetés sur un bûcher improvisé. Leurs cris et leurs râles avaient diverti les villageois qui, ivres de cette piquette tiède qu'ils lampaient à longueur de journée, les avaient agonis d'injures et d'imprécations.

95

—Vous deux, vous allez payer pour les autres ! gronda l'un des deux hommes qui tenaient Orik en respect.

—Quels autres ? s'enquit le guerrier d'une voix calme.

L'homme se pencha au-dessus de son prisonnier en lui enfonçant la pointe de son épée dans la gorge. Renn crut que le fer rouillé, ébréché, allait perforer le cou de son compagnon.

—Tu n'es pas en position de te foutre de nous. Vous avez eu tort de vous séparer de votre bande.

D'un geste de la main, Orik demanda à son interlocuteur de relâcher la pression de sa lame. L'autre s'exécuta après avoir consulté son acolyte du regard.

—Nous ne sommes d'aucune bande, déclara le guerrier avec fermeté. Je suis un soldat de l'armée du royaume de Mandrill et je viens prévenir les populations du pays d'Arkane de l'imminence d'une invasion. Ce garçon me sert de guide : il est apprenti enchanteur de pierre dans le massif de l'Ostian. Nous sommes devancés par une avant-garde des Conquérants du Nord qui ont dévasté le royaume de Mandrill. Sans doute est-ce la bande dont vous parlez. Il nous faut la rattraper et la mettre hors d'état de nuire avant qu'elle ne sème la terreur sur les bords de l'Odivir.

L'homme releva encore sa lame et la tint suspendue quelques pouces au-dessus du visage du guerrier.

—M'est avis qu'il cherche à nous embrouiller, grogna quelqu'un derrière Renn.

—Ils n'ont pas les mêmes tenues que ceux de la bande, intervint un autre.

—Et alors, ça ne veut rien dire !

Celui qui semblait être le chef hésita un petit moment avant d'enfoncer de nouveau le fer dans la chair d'Orik.

—Qu'est-ce qui nous prouve que tu dis la vérité ?

—Il ne me faudrait qu'un bref instant pour vous tuer tous. (Renn ne perçut aucune forfanterie dans la voix de son compagnon, seulement un léger agacement.) Si je ne le fais pas, c'est que je crois que nous aurions tout intérêt à unir nos forces.

Sa déclaration déclencha des ricanements et des rugissements au sein de la petite troupe ; elle accentua également la tension des deux hommes qui se tenaient de chaque côté du guerrier.

—Tu me parais bien présomptueux…

— Nous perdons du temps.

Orik roula soudain sur lui-même à une vitesse telle que ses deux gardiens, figés, n'esquissèrent pas un geste, s'empara de son épée, se releva d'un bond et se tint face à ses adversaires, les jambes fléchies, la lame dressée devant lui. Renn craignit un instant que l'homme qui le contraignait à rester allongé, nerveux tout à coup, ne perde la maîtrise de ses gestes et ne lui tranche la gorge par mégarde. Des tremblements inquiétants agitaient la lourde pointe posée sur son cou.

Les membres de la petite troupe se réorganisèrent avec une promptitude qui révélait leur cohérence et leur discipline. Leur chef se plaça devant eux et brandit à son tour son arme en direction d'Orik.

— Et maintenant ? aboya-t-il. Tu es seul contre plus de vingt !

— Je vous conseille de renoncer, siffla le guerrier.

Renn entrevoyait ses yeux noyés de ténèbres entre les haillons des silhouettes déployées devant lui. Il aurait voulu lui prêter main-forte, mais le fer fiché dans sa gorge le dissuadait de bouger, et puis le bâton magique d'Anaïth n'aurait sans doute pas été d'une grande utilité face aux épées.

La première attaque vint du côté droit. Orik l'esquiva d'un déplacement en arrière et, dans le mouvement, para d'un coup sec le fer de l'assaillant, qui, déséquilibré, s'affaissa de tout son long dans l'herbe. Il n'attendit pas que les autres prennent l'initiative, il fondit sur le groupe en frappant de taille et d'estoc. Chacun de ses coups arrachait leurs armes des mains de ses adversaires. Il se déplaçait au milieu d'eux avec une vivacité qui leur interdisait de l'ajuster, d'autant moins qu'ils se gênaient les uns les autres et que leurs loques et leurs bandelettes entravaient leurs mouvements. Évitant de plonger sa lame dans les chairs, le guerrier se contenta de les désarmer les uns après les autres, puis il reprit de la distance et les fixa lentement à tour de rôle. Abasourdis, ils n'essayèrent même pas de reprendre le combat.

— Vous devriez tous être morts.

Sa voix demeura un temps en suspension dans le silence stupéfait. Renn entrevit des mouvements dans la brume épaisse et crut que d'autres hommes allaient en surgir, mais, à la faveur d'un brusque coup de vent, il se rendit compte qu'il avait été le jouet d'une illusion.

— Toi, laisse tranquille mon jeune ami.

L'ordre, qui n'admettait aucune réplique, entraîna un éloignement immédiat de la lame pointée sur l'apprenti. Renn put enfin se relever après s'être machinalement frotté le cou. Il serra les poings pour contenir le tremblement de ses jambes dû au relâchement de sa tension et à sa frayeur rétrospective. Il vint se placer d'une démarche vacillante près du guerrier et contempla à son tour les hommes figés devant lui. Même à plus de vingt, ils n'étaient pas de taille à affronter un adversaire aussi redoutable qu'Orik, ils n'étaient que de pauvres hères rongés par la maladie qui tentaient de survivre dans une région hostile.

— Nous pouvons maintenant passer aux présentations officielles, reprit le guerrier. Je suis Orik, soldat de l'armée de Mandrill, et voici Renn, l'apprenti enchanteur de pierre. Nous cherchons à gagner le fleuve Odivir, puis, de là, la grande cité d'Arkane. L'armée des Conquérants du Nord va bientôt traverser le massif de l'Ostian. Nous devons d'urgence prévenir les souverains d'Arkane afin qu'ils puissent organiser la résistance. Le temps nous est compté. Vous pouvez nous aider. Leur avant-garde est sans doute chargée de préparer le terrain, et nous devons l'arrêter.

L'homme qui se tenait devant les autres s'avança d'un pas. Ses bandelettes dénouées laissaient entrevoir sur son front et ses joues des excroissances plus ou moins volumineuses et des cloques noirâtres.

— Je suis Garaï, l'officier responsable de ce détachement. On nous appelle les mécros. Nous sommes atteints d'une maladie qui nous déforme peu à peu. Elle nous a valu notre bannissement définitif de la cité et nous a condamnés à vivre sur ces terres désolées. Pourquoi viendrions-nous en aide à des gens qui nous ont rejetés ?

— Parce que, sinon, vous serez détruits en même temps qu'eux, rétorqua Orik.

— Quelle importance ? Notre vie ne vaut pas grand-chose.

— Vous n'avez pas de descendants ?

Garaï hocha la tête, un mouvement qui acheva de dénouer ses bandelettes. Renn se révélait incapable de soutenir son regard d'une rare intensité.

— Nous avons fondé des familles. Les enfants naissent sains, puis la maladie finit par les rattraper vers l'âge de sept ans. Ils n'ont pas beaucoup d'avenir.

—Ils ont un avenir tant qu'ils respirent, objecta Orik. Vous avez eu, je suppose, un petit aperçu de quoi sont capables les démons du Nord.

Garaï marqua un temps de silence, les sourcils froncés.

—Ils ont massacré une centaine d'hommes, de femmes et d'enfants de notre communauté. Ils les ont écorchés vifs et leur ont crevé les yeux avant de les couper en petits morceaux. (D'un coup de menton, il désigna la masure enveloppée de brume.) Comme les habitants de cette maison : ils n'étaient pas de notre communauté, mais nous les connaissions.

—Si nous n'arrêtons pas ces démons, chaque être qui vit dans ce pays subira un sort identique.

Les yeux perçants de Garaï se fichèrent comme des flèches dans ceux d'Orik.

—Nous pensions que vous étiez des membres de la horde, mais je sais maintenant que tes mots sont taillés dans la vérité. Nous nous sommes trompés, moi le premier, nous t'en demandons pardon.

Le guerrier accepta les excuses de son interlocuteur d'une brève inclinaison du torse.

—À partir de cet instant, nous mettons nos bras à ton service, ajouta Garaï. Nous ne sommes pas des soldats de métier, mais le courage ne nous manque pas.

Orik ramassa son harnais, enfila les bretelles de cuir et les ajusta avant de rengainer son espadon dans son fourreau. Impressionnés par la précision et la rapidité de ses gestes, les mécros le contemplaient avec une fascination qui dispersait les ultimes lambeaux de leur frayeur.

—Assez perdu de temps, mettons-nous en chemin.

—Notre communauté se trouve à environ cinq lieues d'ici dans la bonne direction, proposa Garaï. Nous nous y arrêterons pour nous restaurer et prévenir les nôtres de notre absence prolongée.

La communauté des mécros s'était installée dans des galeries souterraines qui tissaient un réseau complexe à une vingtaine de mètres de profondeur. Renn avait effectué le trajet en compagnie de Xug, un garçon de dix-huit ans qui avait intégré la troupe de Garaï depuis peu. Moins déformé par la maladie que ses semblables, il exhibait fièrement son visage qui avait conservé une bonne partie de sa beauté originelle. Son exubérante chevelure bouclée dans laquelle jouaient les rafales formait une auréole sombre et dansante autour de sa tête. Son épée passée dans la large ceinture de tissu qui fermait sa veste mille fois ravaudée lui battait régulièrement les mollets sans qu'il accorde la moindre attention aux égratignures semées par la lame ébréchée. Xug parlait avec une affectation et, parfois, une solennité qui déroutaient par instants l'apprenti. Il racontait des bribes de cette enfance qui lui collait toujours aux joues et au menton, la mort de sa mère terrassée par la maladie alors qu'il venait d'atteindre ses onze ans, le désespoir de son père, les chasses aux ralaines, d'énormes rongeurs souterrains qui, même s'ils se montraient très rarement, constituaient l'essentiel de la nourriture de la communauté. Des animaux pratiquement aveugles et dotés d'un redoutable odorat qu'on ne pouvait tromper qu'en s'enduisant de la tête aux pieds de terre mouillée. Puissants et féroces également : malheur au chasseur qui, balayé par un coup de queue ou de museau, tombait entre les griffes ou les énormes dents d'un ralaine. Il ne fallait qu'un bref instant au rongeur géant pour l'éventrer et lui dévorer les viscères, son mets préféré.

Renn soupçonna Xug d'en rajouter. Son côté hâbleur participait de la sympathie immédiate qu'il inspirait. L'apprenti lui raconta à son tour ses interminables journées dans le froid glacial de l'atelier de maître Hauhorn, le travail pénible de la taille de pierre, la dureté inflexible de son maître, les conditions éprouvantes de son séjour dans le massif de l'Ostian. Il grossit lui-même le trait à plusieurs reprises, surtout lorsqu'il aborda le sujet du rogre, le fauve féroce qui hantait les hauteurs enneigées et dont il valait mieux ne pas croiser le chemin. Il n'évoqua pas, en revanche, sa première sculpture réalisée par la seule force de l'esprit. Il ne s'agissait peut-être que d'un accident et, s'il s'en vantait, il risquait de briser le fil ténu de l'enchantement.

—À quoi cela servait-il à ton maître de sculpter des pierres en haut d'une montagne où personne ne va jamais ? s'étonna Xug.

Renn lui répondit que l'enchanteur n'avait pas eu le temps de lui transmettre toutes ses connaissances, tous ses pouvoirs. En prononçant ces mots, il prit de nouveau conscience de la mort de maître Hauhorn, et la tristesse, de nouveau, l'imprégna jusqu'à la moelle.

— Mère, originaire d'Arkane, me disait que la cité était ornée sur toutes les places et sur bon nombre de façades de splendides statues. Tu crois que ton maître en a fourni quelques-unes ?

— Je ne sais pas. Je sais seulement que les œuvres qu'il réalisait disparaissaient régulièrement de son atelier. Ne me demande pas comment, je n'en ai pas la moindre idée.

Une odeur singulière régnait dans les galeries et les grottes où vivait la communauté des mécros. Provenait-elle des torches plantées dans les parois tous les cinq pas ? Des peaux grises de ralaine en train de sécher tendues sur des châssis d'os et de cordes ? Du liquide épais et ambré emplissant des bassins creusés à même le sol et ceints de bordures en pierre ? De la maladie qui ravageait la plupart des hommes et des femmes couverts de cloques qui éclataient de temps à autre en répandant leur contenu séreux ?

Xug s'était rembruni depuis qu'ils étaient descendus par la trappe donnant sur la première galerie et indétectable pour le voyageur qui n'en connaissait pas l'emplacement, comme si, dans l'antre des siens, il reprenait conscience du malheur qui, tôt ou tard, le rattraperait.

— Comment les démons de la horde vous ont-ils trouvés ? demanda Orik.

— Ils ne nous ont pas trouvés, expliqua Garaï. Une centaine des nôtres étaient sortis pour déterrer des racines qui améliorent le goût de la viande de ralaine, et la horde leur est tombée dessus.

Les membres de la petite troupe se dispersèrent pour passer un moment avec leurs familles. Garaï leur ordonna de se rassembler à l'entrée de la grotte à palabres dans un quart de sixte.

— Je te laisse. (Xug s'adressait à l'apprenti avec un sourire espiègle.) Ma jeune sœur m'en voudrait beaucoup si je n'allais pas lui rendre une petite visite de courtoisie…

— Sa sœur, tu parles ! s'exclama un homme au visage couvert de bandes de tissu après que le jeune chasseur se fut éloigné. J'dirais plutôt une maîtresse. Il n'est pas encore trop abîmé, le bougre, ça en fait le chéri de ces dames.

8

MÉCROSE

Au jour s'oppose la nuit,
À la population des Hauts s'oppose la population des Bas,
À la joie s'oppose la tristesse,
À la santé s'oppose la mécrose,
À la vie s'oppose la mort,
À la Résurrection s'oppose la Désolation.

Proverbes et chansons des Dits,
Tradition des diseurs du Chœur,
Arkane

LES FLAMMES VACILLANTES DES DEUX TORCHES PEINAIENT À disperser la pénombre qui baignait la salle nue.

Le frère herboriste tendit le bol à Oziel. Elle hésita et frissonna avant de s'en saisir, puis, lorsqu'elle serra le bois rugueux entre ses doigts, elle fut agitée de tremblements tellement violents qu'elle faillit en renverser le contenu. Le gardien de la parole se tenait derrière elle. La chaleur douce du drac pelotonné dans le creux de son aine lui irradiait le bassin. La jeunesse du frère herboriste, qui paraissait tout juste sorti de l'adolescence, l'avait surprise, et tracassée : elle doutait qu'il eût les connaissances nécessaires pour lui garantir de recouvrer son apparence initiale après lui avoir inoculé la mécrose. La tête penchée, il lui adressait des regards fuyants, à la fois embarrassés et admiratifs. Le gardien de la parole ne lui avait posé aucune question lorsqu'elle était sortie de la petite pièce sombre, comme s'il n'avait pas conçu le moindre doute sur la rencontre entre la survivante de la maison du Drac et le serviteur ailé de la déesse du fleuve.

D'un geste de la main, le frère herboriste invita Oziel à boire le contenu du bol. Elle jeta, par-dessus son épaule, un coup d'œil furtif au vieillard qui l'encouragea d'un sourire, puis elle porta le récipient à ses lèvres. Le breuvage épais et tiède avait un goût prononcé d'herbe et de minéral. La première lampée ne put forcer le passage de sa gorge nouée. Elle eut l'affreuse impression de trahir son corps, de le livrer sans défense à la maladie, lorsqu'elle parvint enfin à déglutir. Les larmes roulèrent sur ses joues après qu'elle eut vidé la moitié du bol. Prise de nausée, elle voulut le rendre au frère herboriste, mais il l'obligea à ingurgiter la potion jusqu'à la dernière goutte. Elle s'en acquitta malgré la saveur amère abandonnée dans sa gorge par les spasmes. Son orgueil lui interdit de défaillir : Matteo et elle étaient les derniers héritiers du Drac, et elle devait se montrer digne de son rang, digne de la responsabilité qui lui était échue.

— Les premiers effets se feront sentir dans une demi-sixte, précisa le gardien de la parole. En attendant, viens te reposer et te restaurer dans la cellule qui t'est réservée. Nous t'y apporterons la robe d'infamie, les bandelettes, la clochette et la fiole d'antidote.

Le frère herboriste s'inclina et s'évanouit dans la pénombre de la grande salle.

Elle finit par s'assoupir sur la couche de paille de la cellule exiguë aux murs et au plafond suintants d'humidité.

Bien qu'elle eût perdu l'appétit, elle s'était forcée à manger le plat insipide qu'on lui avait servi, un bouillon gras où surnageaient des morceaux de pain, des légumes coupés en dés, des morceaux de lard et des lentilles noires. Attentive aux réactions de son corps, elle avait inspecté régulièrement son visage de la pulpe de ses doigts et n'avait pour l'instant rien remarqué d'anormal. Elle avait espéré, au fond d'elle-même, que la potion du frère herboriste ne produirait aucun effet, qu'elle échapperait à la malédiction, une perspective qui l'avait soulagée d'un poids. Le drac n'avait pas manifesté sa présence, aussi immobile qu'un accrode, un petit insecte doté d'une coquille indestructible, accroché à son rocher.

Le sommeil d'Oziel fut agité, peuplé de cauchemars. Lorsqu'elle se réveilla, elle eut l'impression d'émerger d'une bataille obscure qui avait abandonné en elle des blessures sourdes. Un tiraillement sur sa joue l'alerta. Elle la parcourut de l'index et palpa une boursouflure sous sa peau, une tumeur dont la fermeté ne laissait planer aucun doute sur sa nature. Elle en découvrit d'autres disséminées sur son corps, son ventre, ses seins, ses jambes. Son examen et ses gémissements dérangèrent le drac qui se glissa hors de ses vêtements, déploya ses ailes et voleta au-dessus de sa tête. Le regard incandescent de la créature ailée apaisa en partie la panique et la détresse qui s'emparaient d'elle. Elle observa un moment ses évolutions dans la cellule éclairée par une petite torche murale, émerveillée par la grâce et la légèreté de son vol, par la lenteur hypnotique de son battement d'ailes. De temps à autre, des lueurs fugaces s'échappaient de ses naseaux ou de sa gueule entrouverte. Des fulgurances étincelantes parcouraient ses écailles rubis, comme si de l'or fondu coulait à l'intérieur de son corps. À chacune de ses arabesques se dégageait une odeur de minéral chauffé à blanc. Elle oublia la mécrose qui la conquérait en silence et recouvra peu à peu son calme, sa détermination. Après tout, si l'herboriste savait préparer et inoculer la maladie, pourquoi n'aurait-il pas connu le secret des simples qui la guérissaient ?

Le gardien de la parole flanqué de deux frères se présenta à la porte de la cellule peu de temps après que le drac eut réintégré sa cachette sous les vêtements d'Oziel. Elle se leva pour l'accueillir. Il la dévisagea un instant avant de murmurer :

— La maladie commence à produire ses effets. Tu pourras partir dans moins d'un quart. Le plus tôt sera le mieux.

Les deux accompagnateurs du vieillard posèrent sur la couchette une robe écrue, des bandelettes, les chaussures de Haldre, une chaîne équipée d'une clochette, une fiole en verre fermée par un bouchon de liège et emplie d'un liquide jaunâtre, puis se retirèrent avec la discrétion caractéristique des adeptes de la Résurrection.

— Tu es très recherchée dans les Hauts, jeune dame. On raconte que tu as assassiné un héritier de la maison de l'Aigle. Les troupes de l'Aigle et de ses partisans sont lancées sur tes traces. Leurs sicaires fouillent toutes les maisons. La mécrose était vraiment la meilleure solution. Elle changera ton odeur, et même ta structure : ni les foueurs ni les furtifs ne pourront te reconnaître.

Le gardien de la parole tira la serre de l'Aigle des replis de sa bure et la tendit à la jeune femme.

—Je te la rends. Fais-en bon usage, jeune dame. Le drac peut devenir impitoyable si tu t'en sers à mauvais escient. Il ne t'accompagne pas seulement pour te protéger, mais pour te montrer la voie. C'est un maître exigeant aux colères dévastatrices.

—Vous ne m'avez jamais demandé s'il avait daigné se montrer à moi…

Un sourire fleurit dans le foisonnement de rides du vieil homme.

—Pas besoin de te le demander : son feu éclaire tes yeux.

—Les symboles des autres familles sont aussi réels que le drac ?

—Nous sommes en contact permanent avec eux, même si nous ne les voyons pas.

—Comment ?

Le sourire du gardien de la parole s'élargit, dévoilant ses dents irrégulières et grisâtres.

—Seuls les membres de notre ordre peuvent accéder à ce genre de connaissances. Le silence parle. Il suffit de l'écouter. Tous les événements qui se produisent dans les mondes de matière se trament d'abord dans le silence. (Il posa un regard presque douloureux sur son interlocutrice.) J'ai hâte d'ailleurs de m'y replonger. Les mots m'obscurcissent l'esprit. Le temps est venu pour moi de retrouver la paix avant de quitter ce monde.

—Je ne vous ai pas encore remercié…

—Pas besoin de remerciements. Nous avons seulement accompli notre devoir. Notre rôle s'arrête là. Tu es le maillon suivant, et unique, de la chaîne, Oziel.

La voix du vieillard se changeait peu à peu en murmure, comme s'il se retirait déjà dans le silence.

—On viendra te chercher et te conduire hors de nos bâtiments. Ce sera ensuite à toi de jouer. Le sort d'Arkane repose sur tes épaules. Bonne chance.

Ses derniers mots s'étaient achevés en expirations sifflantes à peine audibles. Il s'inclina, pivota sur lui-même et s'éloigna d'un pas brinqueballant dans le couloir.

Elle retarda le moment d'enfiler la robe d'infamie, une grossière pièce d'étoffe aux manches longues et à l'ample capuche. Après qu'elle eut retiré les vêtements de Haldre, elle se rendit nue dans le halo lumineux de la torche pour examiner son corps. Les bubons s'étaient multipliés ; certains atteignaient une taille respectable, presque aussi volumineux que la protubérance rouge formée par le drac roulé en boule sur un côté de son pubis – tout près du symbole gravé dans sa chair. Elle se demanda comment il prenait aussi peu de place et adhérait avec une telle solidité à sa peau. Elle chercha une surface miroitante pour se contempler, avisa, près de la torche, une pierre polie sur laquelle se réfléchit son visage ; les contours n'en étaient pas nets, mais suffisants pour discerner les excroissances qui se développaient sur ses joues, son front, son nez et son menton. Ses yeux s'emplirent de larmes. Elle poussa une plainte déchirante avant de se reculer et de se laisser choir sur la couche. Elle tenta de se remémorer les reflets de son corps intact dans la psyché de sa chambre de la maison du Drac. En vain. Sa beauté, son arrogance de femme, n'étaient déjà plus que des souvenirs vacillants.

Des pas résonnèrent dans le couloir. Elle enfila à la hâte la robe d'infamie, glissa la serre de l'Aigle, les rouleaux de bandelettes et la fiole d'antidote dans l'unique et profonde poche cousue sur le devant du vêtement, passa la chaîne métallique de la clochette autour de son cou, remonta la capuche sur sa tête, chaussa enfin les bottines de Haldre avec la sensation de soumettre à nouveau ses pieds à la torture.

La rondeur bonhomme du frère chargé de la conduire hors des bâtiments la rassura un peu. Ils parcoururent d'interminables couloirs humides et sombres, des pièces vides où déambulaient des silhouettes aussi discrètes que des ombres. La clochette égrenait à chaque pas ses notes aigrelettes. Ils s'immobilisèrent devant une porte de bois transpercée de rais de lumière et patientèrent jusqu'à ce qu'elle s'entrouvre. Son guide s'effaça pour inviter Oziel à sortir. Éblouie, elle attendit d'être habituée à la luminosité du jour naissant pour s'engager dans la ruelle qui s'enfonçait en ligne droite entre les façades.

Le lourd battant se referma derrière elle dans un interminable grincement.

Elle parcourut une distance d'environ trois arpents avant d'arriver sur une petite place plantée d'indolents qu'elle reconnut pour l'avoir déjà explorée lors de ses escapades matinales. Deux femmes alertées par les tintements de sa clochette l'évitèrent au prix d'un large détour. Elle garda la tête baissée, prenant conscience que si elle croisait une personne qui la connaissait, elle n'était pas encore assez déformée pour la tromper à coup sûr. Elle regretta la coquetterie qui l'avait dissuadée de dissimuler son visage sous les bandelettes. Afin de rectifier son erreur, elle chercha un endroit tranquille, découvrit, à l'extrémité d'une venelle, une petite cour pavée entourée de bâtiments visiblement abandonnés et hérissée d'herbes folles. Elle abaissa la capuche sur ses épaules, enroula une bandelette autour de sa tête, veillant à laisser dégagés les yeux, les narines et la bouche, et la noua sur sa nuque. Les bubons se déployant aux creux de ses aisselles et de ses aines l'élançaient à chacun de ses mouvements. Elle se demanda si la maladie, qui progressait à une vitesse alarmante, lui laisserait le temps d'atteindre son but. Quatre niveaux à franchir avant de gagner les Fonds : les Dits, les Marches, les Labeurs et les Bas, séparés les uns des autres par des labyrinthes inextricables dont seuls les torcherons, les passeurs, connaissaient les arcanes. Ulio disait que lorsqu'on voulait la mort de quelqu'un sans qu'elle apparaisse comme un crime, il suffisait de l'entraîner dans le Laz et de l'y abandonner sans guide. Il ajoutait que les allées du labyrinthe étaient jonchées de squelettes. Comment le savait-il ? Il jurait, la main sur le cœur, l'avoir exploré de long en large en compagnie de quelques amis et d'un torcheron grassement rétribué. L'évocation de son frère adoré réveilla le chagrin toujours tapi dans un recoin de son âme, prêt à sauter sur la moindre occasion pour la mordre.

Un craquement retentit derrière elle. Deux enfants de sept ou huit ans dans les herbes folles. Un objet dur, blessant, lui percuta le front. La bandelette amortit le choc sans empêcher la douleur de se déployer sous son crâne. Des rires étouffés retentirent, précédant de peu un nouvel impact près de sa clavicule. Elle perçut des sifflements prolongés et comprit qu'ils utilisaient des frondes. Un autre projectile fusa en direction de son visage. Elle l'esquiva de justesse, un réflexe désespéré qui provoqua les ricanements des deux garnements. Ils pouvaient la tuer sans que quiconque intervienne, sans risquer les rigueurs de la loi d'Arkane. Elle n'était plus qu'une mécrosée, une maudite, et cette cour en friche était un terrain de jeu idéal pour des apprentis mâles enfiévrés par la griserie de la chasse.

Elle plongea la main dans la poche de sa robe et la referma sur le manche de la serre. Les chuchotements des garçons lui donnèrent des indications précises sur leur position. Elle se mordit les lèvres. La colère se leva en elle comme un vent ardent. La chaleur augmenta brutalement dans son bas-ventre. Elle avait réveillé le feu du drac. Un projectile percuta une façade derrière elle et souleva un nuage de pierre pulvérisée rapidement dispersé par la brise. Elle s'appliqua à rétablir le calme en elle. Il existait sans doute une solution pour se sortir de ce mauvais pas sans être obligée de prendre la vie de ces enfants.

—Fichez le camp, cria-t-elle. Laissez-moi partir.

Ils ne réagirent pas. Elle suivit des yeux leurs déplacements en observant les frissonnements des herbes. La chaleur du jour et sa propre tension se conjuguaient pour accentuer sa transpiration, les gouttes de sueur devenaient acides, brûlantes, lorsqu'elles touchaient un bubon, le manche de la serre lui irritait la paume de la main gauche.

Un sifflement, à nouveau.

Elle leva son bras en bouclier devant son visage. Le projectile lui frappa le poignet et ouvrit une plaie d'où s'écoulèrent des gouttes de sang. À son hurlement répondirent en écho les éclats de rire des garçons. La chaleur dans son bas-ventre montait en même temps que son courroux. Ils ne lui laissaient donc pas d'autre choix que les tuer. Mais comment réagirait le drac ? Une conviction s'éleva au-dessus des pensées qui tourbillonnaient sous son crâne : les tuer, oui, mais sans colère, sans haine, simplement parce que leur inconscience compromettait la tâche qu'on lui avait confiée. Elle resserra les doigts sur le manche de la serre, déterminée à passer du rôle de proie à celui de chasseresse, et prit une profonde inspiration avant de ramper en direction de l'agresseur le plus proche. Un projectile s'écrasa plus loin sur un mur dans un bruit mat. Elle se faufila entre les tiges en veillant à ne pas donner d'indicaçons sur sa progression et parvint à moins de deux pas du garçon accroupi, affairé à garnir la poche de cuir de sa fronde d'un caillou aux arêtes tranchantes. Brun, bouclé, il lançait des coups d'œil inquiets sur les herbes, mais il n'avait pas repéré la jeune femme tapie tout près de lui. Elle décida de le frapper dans le bras en estimant que la blessure suffirait à le neutraliser et guetta le moment propice ; il se présenta quelques instants plus tard quand, distrait par un aubin doré posé sur l'épi d'une herbe, il perdit de sa vigilance. Elle fondit sur lui et le frappa de la pointe de la serre. Elle avait visé le haut du bras, mais un réflexe désespéré du garçon dévia la course de la lame courbe qui se ficha profondément dans ses côtes. Fou de douleur et de terreur, il redevint instantanément un enfant, lâcha sa fronde et s'affaissa sur le sol en poussant des hurlements stridents. Elle retira la lame et se tint prête à affronter son camarade de jeu. Comprenant que la chasse *a priori* divertissante virait au cauchemar, ce dernier battit en retraite sans demander son reste. Les claquements précipités de ses chaussures sur les dalles de pierre décrurent peu à peu.

Oziel se pencha sur le blessé qui continuait de gémir. Il s'en sortirait, même si le sang coulait en abondance en imbibant sa tunique écrue. Elle remit de l'ordre dans sa tenue, rajusta les bandelettes avant de se relever, s'éloigna de la place en espérant que les cris du garçon n'avaient pas attiré l'attention des passants ou des voisins. Personne ne se mit en travers de son chemin lorsqu'elle regagna la venelle et prit la direction de la place des Fondateurs.

Une foule nombreuse et bruyante se pressait sur la grande esplanade. Une nuée de serviteurs des différentes maisons, reconnaissables aux couleurs et aux formes de leurs livrées, bourdonnaient autour des étals dressés par les marchands ambulants venus des Marches ou des Labeurs. Ceux-là devraient rebrousser chemin à la fin de la journée et, comme il leur fallait traverser les Dits avant d'atteindre leur niveau, ils passeraient une partie de la nuit à l'intérieur du labyrinthe sous la responsabilité des torcherons. Les légionnaires des Hauts, reconnaissables à leurs uniformes noirs, leurs casques gris arrondis et leurs lances aux pointes effilées, patrouillaient par groupes de six, intervenant sitôt qu'un début de dispute opposait marchands et acheteurs. Pourquoi n'avaient-ils pas montré la même vigilance, la même intransigeance, lorsque l'Aigle et ses alliés avaient lancé l'offensive contre la maison du Drac? Le haut commandement de la Légion avait-il trempé dans le complot?

Oziel entreprit de se rapprocher de l'entrée du Laz dont elle était séparée de cinq ou six arpents. Elle crut que les tintements de la clochette pousseraient la multitude à s'écarter, mais le petit groupe de serviteurs aux livrées vertes et indigo vers lequel elle s'avança refusa de lui céder le passage. Leurs réactions d'hostilité l'obligèrent à battre en retraite. L'un d'eux lui jeta même un trognon de pomme qui la manqua et s'écrasa sur les dalles.

— Déguerpis !

— La malédiction est de retour, grogna un gros homme.

— On devrait brûler tous les mécrosés, siffla un autre.

Oziel attendit qu'ils se dispersent pour effectuer une nouvelle tentative. Elle décida cette fois de longer les façades bordant la place, mais, où que la portent ses pas, elle se heurtait à l'animosité des badauds. Les femmes se montraient encore plus agressives que les hommes, l'injuriant, la menaçant du poing, la frappant à coups de canne ou d'ombrelle. Sans doute rejetaient-elles l'insupportable miroir qu'elle leur tendait ? Sans doute exprimaient-elles leur peur immense d'être à leur tour touchées par la maladie et de voir leur beauté profanée ? Elle-même avait toujours refusé d'aborder le sujet de la mécrose avec sa mère et ses sœurs, craignant que le simple fait d'en parler n'attire sur elles la malédiction.

Elle entreprit de se couler dans le sillage creusé par les charrettes et les portefaix de la Guilde des Transporteurs, mais ces derniers la repoussèrent avec le même mépris, avec la même violence que les autres. Les conducteurs n'hésitaient pas à se servir de leurs fouets pour l'éloigner. Une lanière de cuir lui cingla un bubon entre le cou et l'épaule, provoquant une douleur si vive qu'elle faillit s'évanouir. Le drac ne se manifestait pas, mais, sans sa présence, sans son contact, elle aurait sans doute perdu connaissance. Les jambes tremblantes, elle dut s'asseoir contre une façade et fermer les yeux en attendant que les élancements s'apaisent.

Une odeur fétide l'entraîna à les rouvrir. Elle eut un hoquet de terreur lorsqu'elle découvrit, à quelques pouces de son visage, le museau d'un foueur tenu en laisse par un soldat de l'Aigle.

— Tout doux, Laro, on n'est pas dans une battue aux mécrosés, grommela l'homme.

Le museau du fauve la frôla. Elle sentit le drac s'agiter sous sa robe. Elle resta parfaitement immobile, respiration suspendue, tandis que le foueur la reniflait bruyamment en poussant des grondements sourds et en résistant aux tensions brutales de la laisse. Ses yeux rubis flamboyaient au milieu de son pelage noir.

— On n'a pas que ça à foutre, Laro !

Le museau du foueur tenta de se glisser sous la robe d'Oziel, mais le soldat, arc-bouté sur ses jambes, le tira violemment en arrière.

—Touche pas à cette mécrosée, stupide animal, ça va nous attirer la malédiction !

L'homme et le fauve s'éloignèrent et se fondirent dans la foule.

Gagner les Fonds ne serait pas une tâche aisée. Les réactions des habitants des Hauts, les plus paisibles en principe, auguraient une violence incontrôlable dans les niveaux inférieurs. Oziel évacua son découragement d'un long soupir. Faire preuve de patience malgré l'urgence de la situation.

Ignorant les gestes et les injures des passants, elle resta assise contre la façade jusqu'à ce que la place se vide peu à peu. Elle s'efforça d'oublier la soif et la faim qui la tenaillaient. Les marchands remballaient leurs marchandises, rangeaient leurs étals, attelaient leurs bœufs ou leurs mules aux brancards des charrettes, s'ébranlaient en direction du Laz, abandonnant derrière eux des emplacements jonchés de déchets et de déjections. La place serait nettoyée au début de la nuit par la corporation des proprets chargés de l'entretien des Hauts.

—Tu n'as rien à foutre là, maudite !

La voix, dure, blessante, la tira de son assoupissement. Un officier des légionnaires des Hauts la dominait de toute sa stature et la fixait sans aménité. Son glaive court, le cimier de son casque, la chaîne brillante ornant son plastron révélaient un grade élevé. Deux pas derrière lui, se tenaient une dizaine d'hommes armés de lances et de boucliers.

—Il n'y a pas de place pour les mécrosés dans les Hauts, reprit l'officier.

—Je cherche justement à…

Il la frappa violemment du pied sur le tibia. La chaleur du drac se déploya dans son corps.

—Ne m'adresse pas la parole, maudite ! Lève-toi et suis-nous.

—Où…

Elle ravala sa question, comprenant qu'elle ne récolterait qu'une nouvelle volée de coups. Elle se releva. Affaiblie par la maladie et la faim, saisie de vertige, elle dut prendre appui sur le mur pour ne pas défaillir. Le détachement se scinda en deux, cinq hommes se positionnant derrière elle et les cinq autres devant. Ils se mirent en marche d'un pas soutenu qui la contraignit, pour suivre leur allure, à puiser dans ses dernières réserves d'énergie. Ils traversèrent la place des Fondateurs désormais pratiquement vide. Les dernières charrettes et des portefaix escortés par les torcherons en uniforme blanc et doré se dirigeaient vers la porte monumentale du Laz ; l'arc au cintre arrondi reposait sur deux larges piliers ornés de fresques sculptées. Elle avait cru que l'escouade la conduirait à l'entrée du labyrinthe, mais elle s'enfonça dans les ruelles sinueuses et populeuses de la vieille ville. Les tintements de sa clochette attiraient sur elle les regards craintifs ou haineux des badauds. Les légionnaires écartaient les plus menaçants des hampes de leurs lances. Cela faisait bien longtemps qu'on n'avait pas déploré de cas de mécrose dans les Hauts. La robe d'infamie et la clochette rappelaient aux Arkaniens que la malédiction rôdait toujours au-dessus de leurs têtes. L'idée des frères de la Résurrection n'était peut-être pas aussi judicieuse qu'ils ne l'avaient envisagé : la mécrose n'éloignait pas d'Oziel les hommes et les femmes qu'elle croisait, elle attisait seulement leur colère et faisait planer sur elle un danger constant.

Ils abandonnèrent derrière eux la rumeur de la vieille ville pour pénétrer dans un quartier plus calme et plus aéré. Le soleil s'abîmait derrière la ligne sombre du rempart dans un déploiement fastueux de pourpre et de mauve. Une journée entière s'était écoulée depuis qu'Oziel avait quitté les bâtiments de la Résurrection. Le temps s'égrenait à une vitesse effarante. Les Fonds lui apparaissaient comme une destination lointaine, improbable. Ses pensées se diluaient dans la fièvre qui lui embrumait l'esprit. Elle ne maîtrisait pas ses mouvements, elle avait la démarche heurtée de l'un de ces automates que le patriarche Nunzio gardait comme les plus précieux des trésors dans une tour du domaine du Drac. À peine se rendit-elle compte qu'elle franchissait une porte cochère, qu'elle traversait une cour pavée au milieu des voitures et des attelages, qu'elle parcourait un premier couloir où se pressaient d'autres légionnaires en noir, qu'elle était poussée dans une salle humide et sombre, qu'une voix lui ordonnait d'attendre et l'autorisait à s'asseoir. Elle put enfin se laisser choir sur un banc de pierre et détendre ses jambes douloureuses.

Elle ne percevait plus la présence du drac. S'était-il envolé sans qu'elle s'en aperçoive ? L'avait-il abandonnée ? Les bubons lui tiraillaient la peau. Aucune partie de son corps ne semblait épargnée. Elle ne put empêcher les larmes de déborder à nouveau de ses yeux et de couler sur ses joues, absorbées par la gaze des bandelettes. La belle Oziel, la fière Oziel, la neuvième héritière de la famille du Drac, n'existait plus. N'avait jamais existé.

La nuit tombait sur les Hauts lorsqu'on vint la chercher. On l'entraîna dans une nouvelle enfilade de couloirs. Les torches disposées tous les dix pas répandaient une odeur piquante de résine. On l'introduisit dans une petite pièce éclairée par deux lampes à huile suspendues. Un officier de la Légion, assis derrière une table massive, l'examina un long moment avec une attention qui plissait ses yeux clairs.

—Depuis combien de temps, la maladie ?

Prise au dépourvu, Oziel bredouilla la réponse qui lui parut la plus plausible.

—Six… ou sept jours.

Il hocha la tête.

—Quel est ton nom ? Quelle était ta fonction dans les Hauts ?

Les pensées s'entrechoquèrent de nouveau dans l'esprit de la jeune femme.

—Haldre, servante au domaine de l'Aigle, furent les seuls mots qu'elle parvint à expulser.

—Que comptes-tu faire maintenant ?

—Descendre dans les niveaux inférieurs.

—Tu sais ce qui t'attend plus bas ? Ils ne sont pas tendres avec les mécrosés. Tu auras beaucoup de chance si tu réussis à sortir d'Arkane.

—La loi m'interdit de rester dans les Hauts.

L'officier se renversa sur sa chaise en écartant les bras.

—La loi, on peut s'en accommoder. Je te propose, moi, de rester parmi nous.

Le sourire cruel de son interlocuteur inquiéta Oziel, une impression confirmée par le réveil du drac dont elle ressentit la brûlure soudaine sur son bas-ventre.

—Je veux seulement partir des Hauts, objecta-t-elle avec toute la force de conviction dont elle était encore capable.

L'officier, un colosse de plus d'une toise, au cou puissant, aux épaules larges, aux bras épais, se leva et, les mains posées sur la table, se pencha vers Oziel. Des bracelets métalliques sertis de pierres bleues enserraient ses poignets.

— J'ai d'autres projets pour toi.

Elle se retint de plonger la main dans la poche de sa robe, de se saisir de la serre et de la lui planter dans la gorge. Elle n'aurait aucune chance, dans son état, d'échapper aux hommes regroupés dans le couloir.

— Quels projets ?

— Tu le sauras le moment venu.

— Mais…

Il l'interrompit d'un geste de la main, héla les légionnaires répartis de chaque côté de la porte, se rassit, déroula un parchemin posé sur un coin de la table et s'absorba dans sa lecture sans plus lui accorder la moindre attention. Il ne lui servirait à rien d'argumenter, elle devait seulement guetter et saisir la première occasion qui se présenterait. Si elle se présentait. Elle n'opposa aucune résistance lorsqu'on la conduisit dans un cachot obscur et malodorant peuplé de silhouettes recroquevillées sur des couches de paille ou à même les dalles du sol. Les tintements de sa clochette et les crissements de la clef dans la serrure de la lourde porte métallique soulevèrent de vagues grognements de protestation rapidement éteints par le silence.

Elle s'installa dans un recoin libre, s'allongea sur les dalles rugueuses et s'évertua à oublier la puanteur des lieux, son inconfort et son désespoir. Elle glissa machinalement la main dans la poche de sa robe pour s'assurer de la présence de la serre. Ses doigts frôlèrent la fiole du remède. La tentation la tarauda d'en boire immédiatement le contenu, avant qu'elle ne sombre dans un sommeil agité.

9

LES ZISSES

Si tu as besoin d'un renseignement, va voir le scripteur,
Si tu veux déchiffrer un langage disparu, va voir le
scripteur,
Si tu veux savoir à quoi ressemble le monde, va voir le
scripteur,
Si tu veux connaître le cœur des hommes, va voir le
scripteur,
Si tu veux comprendre le cœur de ta belle,
Le scripteur ne peut rien pour toi.

Chanson du scripteur,
Rives de l'Odivir,
Pays d'Arkane

—UN VERBEUR.

Orik désignait l'oiseau bleu qui traversait le ciel gris sombre d'où tombait depuis l'aube un crachin tenace et glacial. Un mécros banda promptement son arc et décocha une flèche qui manqua largement sa cible. L'oiseau disparut derrière les ombres lointaines et pétrifiées des collines noires et nues.

Ils parcouraient désormais une lande habillée d'une herbe ployée par la pluie. À Orik qui lui avait demandé pourquoi sa communauté ne s'était pas installée sur ces terres *a priori* plus fertiles, Garaï avait répondu que cette végétation verdoyante et d'apparence inoffensive abritait des zisses, des insectes rampants au poison mortel. Renn comprenait maintenant pourquoi son père

117

avait refusé de faire halte au milieu de ces étendues ondulantes, pourquoi il avait aiguillonné les bœufs, pourtant épuisés, toute la nuit jusqu'à ce que se dressent sous leurs sabots les premières pentes rocheuses. Comment un paysan borné des plaines de l'Odivir avait-il eu vent du danger guettant les voyageurs dans une région aussi éloignée, aussi mystérieuse? Était-il allé rendre visite, avant d'entreprendre le voyage, au scripteur du village voisin, un vieil homme considéré comme un puits de science?

Les mécros inspectaient sans cesse leurs vêtements et leurs chaussures pour vérifier qu'aucun zisse ne s'était faufilé sous les étoffes ou le cuir. On en découvrit deux, de couleur brun foncé, d'une longueur d'environ deux pouces, munis d'une multitude de crochets et d'un dard recourbé à l'extrémité de la queue. L'un s'était insinué dans la tige de la botte d'un jeune mécros qui réussit à s'en débarrasser avant d'être piqué; le deuxième, en revanche, parvint à inoculer son venin à son hôte humain sans que ce dernier, Esfog, l'un des hommes les plus expérimentés de la troupe, ait détecté sa présence. L'insecte avait trouvé un passage sous le tissu épais de son pantalon et grimpé jusqu'en haut de sa cuisse. Esfog poussa un cri rageur, baissa son pantalon, repéra le zisse et le frappa d'un geste précis avec son coutelas. Trop tard: une cloque rougeâtre s'était formée sur sa peau. Il incisa la plaie de la pointe de la lame, en pressa les bords de manière à en extraire le maximum de poison, puis, sans une plainte ni un commentaire, il se remit en chemin après s'être rhabillé.

Saisi par l'impression soudaine que des dizaines d'insectes grouillaient sur sa peau, Renn se retint d'arracher ses vêtements et d'inspecter chaque pouce carré de son corps. Il fixait jusqu'au vertige l'épais fouillis végétal qu'il foulait sans distinguer le moindre mouvement suspect.

—Ça ne sert à rien, lança Xug, qui marchait à ses côtés. La seule façon de les voir, c'est de vérifier régulièrement tes chaussures et tes vêtements.

Le poids de l'épée qu'on lui avait remise dans le refuge des mécros commençait à fatiguer l'apprenti. On lui avait également offert un ceinturon et un fourreau taillés dans du cuir brut de ralaine, qui lui battait et irritait les mollets. Il s'était senti important lorsqu'il s'était emparé du fer pourtant émoussé et rouillé. Il avait cherché Orik du regard, comme si le simple fait de porter une arme suffisait à l'introniser dans la caste prestigieuse des guerriers. Son compagnon l'avait adoubé d'un demi-sourire empreint de dérision. Renn déchantait à présent : non seulement l'épée l'encombrait, mais il éprouvait à son contact des émotions et des sensations qui ne l'avaient jusqu'alors jamais effleuré, des colères subites, des crises de désespoir, de violentes réactions de rejet. L'épée semblait exercer sur lui une influence maléfique qu'il tentait en vain de contrer en serrant dans sa main le bâton magique d'Anaïth. Sans doute était-ce le prix à payer pour devenir un guerrier ? Sans doute fallait-il sacrifier une partie de sa personnalité pour faire corps avec son arme ?

Esfog s'écroula dans les herbes une demi-lieue plus loin. À en croire ses yeux révulsés et l'écume qui s'échappait des commissures de ses lèvres, il ne résisterait plus très longtemps au venin. Garaï s'accroupit près de lui, dénoua les bandelettes qui lui recouvraient une partie du visage, dévoilant des excroissances noirâtres qui le transformaient en une masse informe.

— Respire lentement. (L'émotion fêlait la voix du chef de la troupe.) Nous attendrons que tu récupères.

La tête d'Esfog se balança lentement d'un côté sur l'autre.

— Je suis foutu. (Ses mots n'étaient plus que des souffles.) Laissez-moi, je vous fais perdre du temps.

— Nous n'abandonnons jamais un des nôtres, c'est notre règle.

— Mon esprit est mort depuis bien longtemps. Mon corps ne fait que le rejoindre. Partez : le coin n'est pas amical, et il y a bien plus important que mon sort.

Esfog se redressa et saisit le poignet de Garaï. La salive qui lui coulait sur le menton était maintenant de couleur noire. Secoué de spasmes violents, il lutta avec l'énergie du désespoir contre la mort dont l'ombre s'étendait sur lui.

— Tu diras à Geldinn que ma dernière pensée… est… pour…

Il retomba dans les herbes comme un pantin aux fils coupés en exhalant un long râle. Garaï, toujours accroupi, et les mécros se recueillirent quelques instants sur la dépouille d'Esfog, puis, sans un mot, rejoignirent Orik et Renn qui les attendaient une vingtaine de pas plus loin. Alarmé par une démangeaison sur le mollet, l'apprenti remonta avec fébrilité le bas détrempé de son pantalon, mais, à son grand soulagement, ne distingua pas de forme allongée et brune sur sa peau.

— Un vrai guerrier fait confiance au destin, déclara Orik. On ne sait pas à quel moment la mort va frapper sur le champ de bataille. La peur n'y a pas sa place.

— Nous ne sommes pas sur un champ de bataille, protesta Renn.

— La vie n'est qu'un champ de bataille. (Le guerrier désigna la lande qui s'étalait à perte de vue comme un gigantesque lac vert et figé, en partie estompée par la pluie persistante et la faible luminosité.) Qui peut prédire si nous sortirons vivants de ces foutues herbes ?

Renn rabattit le bas de son pantalon. Malgré l'épaisseur de sa cape, l'humidité froide le pénétrait jusqu'aux os.

— Si Esfog avait été plus attentif, il ne serait pas mort, répliqua l'apprenti sans desserrer les lèvres.

— Ça n'aurait rien changé : il était condamné.

Renn leva un regard outré sur Orik.

— Comment pouvez-vous en être sûr ?

Le guerrier entrouvrit sa cape pour arranger les plis désordonnés de son skand. De nombreuses traces brunes parsemaient sa cotte de mailles, de la rouille, du sang séché peut-être.

— J'ai vu tellement d'hommes mourir autour de moi que j'ai appris à reconnaître ceux qui vont bientôt être fauchés D'eux émane une énergie particulière. Et tu peux être tranquille : la mort n'est pas sur toi, pas encore.

— Vous saurez quand elle sera sur vous ?

Orik essora la natte brune qui dégoulinait sur l'une de ses épaules.

— Je le vois pour les autres, mais pas pour moi. Peut-être aujourd'hui, peut-être demain… Il suffirait que je marche sur la queue de l'un de ces satanés insectes.

Il lâcha un petit rire avant de refermer d'un geste sec le mécanisme de la fibule de sa cape.

Ils découvrirent un cadavre deux lieues plus loin. Orik dégagea les herbes qui le recouvraient à l'aide de la pointe de son épée. Un être à la taille impressionnante, sans doute pas loin de deux toises, que l'on ne pouvait qualifier ni d'animal ni d'humain. Faciès menaçant, arcades sourcilières proéminentes, nez effilé dont la longueur l'apparentait à un museau, lèvres épaisses, rainurées, retroussées sur des dents larges et puissantes. Il ne portait aucune autre protection, aucun autre vêtement qu'une peau sombre, épaisse, dure, parsemée de touffes de poils et de crevasses où grouillaient des larves brunâtres. Des bosses hérissaient son crâne, son cou et ses épaules comme des embryons de cornes.

— Déesses, c'est quoi, cette créature ? s'exclama Garaï.

— Un soldat de l'armée des Conquérants du Nord, répondit Orik. Un serkar. Capable de soulever et de lancer des rochers de plusieurs centaines de livres. Il se sert de son crâne comme d'un bélier. Sa peau est aussi dure que la terre sèche. Il n'y a qu'un seul défaut à sa cuirasse. (Il posa la pointe de son épée en bas du cou du cadavre.) Juste sous la gorge : la peau y est un peu moins épaisse. Vous pouvez aussi viser l'une des crevasses sur son corps ; ça ne le tue pas, mais ça le ralentit. (Il se retourna et fixa un à un les mécros.) Il faut en tout cas frapper vite, fort et juste, sinon, il ne vous laisse pas l'ombre d'une chance. Il n'a pas résisté au venin du zisse : l'un de ces satanés insectes a dû se glisser par une crevasse pour le piquer à l'intérieur.

— Ils sont nombreux ?

— L'armée des Conquérants du Nord compte deux légions de plusieurs centaines de serkars. Elles ont fait de terribles ravages dans le royaume de Mandrill.

— D'où viennent-ils ?

Orik remisa son épée dans sa gaine.

— Certains disent qu'ils ont été chassés d'une contrée du septentrion envahie par les glaces. Je crois quant à moi qu'ils sont les abominables descendants de démons ayant copulé avec des bêtes, ou bien des créatures issues de magie noire. (Il cracha par terre.) Que maudits soient la magie et ses servants.

Renn esquiva le regard en coin que lui jeta le guerrier.

Un deuxième cadavre deux arpents plus loin : un animal au pelage ras, blanc, tacheté de gris où sinuaient plusieurs zisses, moins volumineux qu'un foueur, une apparence inoffensive confirmée par la modestie de ses crocs et de ses griffes.

— Un flaireur, un animal à l'odorat infaillible, précisa Orik. Capable de détecter la présence de l'adversaire à plus de deux lieues. (Il marqua un temps de silence, les yeux fixés sur l'horizon.) Nous sommes peut-être déjà repérés. Ils peuvent à tout moment nous tendre une embuscade.

— Il n'y a aucun moyen de déjouer leur odorat ? demanda Garaï.

Renn observait avec attention les mouvements des zisses dans le poil de l'animal. Les rodomontades du guerrier au sujet de la mort ne l'avaient guère convaincu : il s'obstinait à penser que son destin dépendait en grande partie de sa détermination, et la proximité des insectes tueurs l'invitait à la vigilance. La pluie assombrissait son humeur, alourdissait son bonnet et sa cape, accentuait la fatigue qui l'accompagnait depuis leur départ du refuge des mécros. Il en arrivait à ressentir de la nostalgie pour son existence austère et solitaire dans le massif de l'Ostian. Au moins, dans la maison de maître Hauhorn, on ne s'inquiétait pas d'une invasion prochaine, on n'était pas obligé de marcher du matin au soir avec une lourde épée pendue à la ceinture, on ne traversait pas des landes peuplées d'insectes au poison mortel, on ne poursuivait pas une horde constituée de monstres à la puissance terrifiante et d'animaux qui pouvaient vous repérer des lieues à la ronde.

— S'enduire d'essences végétales suffisamment fortes pour masquer notre odeur, finit par répondre Orik.

— On ne trouvera pas ça dans les parages, objecta Garaï.

— Qu'y a-t-il plus loin ?

— La forêt.

Renn se souvenait d'arbres gigantesques aux branches noueuses et entrelacées formant une voûte épaisse au-dessus du chariot, du chemin qui disparaissait par endroits sous les fougères argentées, de passages où une végétation inextricable interdisait à la lumière du jour de descendre jusqu'au sol tapissé de mousse, de l'impression d'être épié à chaque instant par des êtres invisibles. Il avait retiré de la traversée autant d'enchantement que d'effroi.

— Un endroit idéal pour préparer une embuscade, marmonna Orik. Nous ne pouvons pas la contourner ?

— Ça nous coûterait trois jours, répondit Garaï.

— Trop long. Nous n'avons pas d'autre choix que de prendre le risque. Ils ont entre un et deux jours d'avance sur nous, soit entre trois et six lieues. Les flaireurs ne nous ont peut-être pas encore repérés. Et si nous atteignons la forêt sans encombre, nous trouverons sans doute des essences qui nous permettront de masquer nos odeurs.

Peu de temps après que le ciel se fut éclairci, ils perdirent un autre homme, qui ne s'était pas aperçu qu'un zisse s'était logé dans sa chaussure et qui expira à l'issue d'une brève agonie. Des rayons de soleil se glissèrent entre les nues déchirées, se réfléchirent sur les panaches des herbes encore mouillées, saupoudrèrent la lande de scintillements ondoyants. Ils marchèrent sans trêve jusqu'à ce qu'ils aient franchi l'étendue verdoyante et le danger constant qu'elle représentait. Ils mangèrent sans s'arrêter des tranches de viande séchée de ralaine et burent, au goulot de gourdes de peau, des gorgées d'une eau imprégnée d'un goût de graisse rance. Renn s'efforça d'ingurgiter quelques morceaux de viande malgré la répulsion qu'elle lui inspirait. Il ne parvenait pas à s'habituer à la saveur âpre, musquée, du ralaine. Xug ne se fit pas prier pour dévorer les restes dédaignés par l'apprenti qui, recru de fatigue, avançait de façon purement mécanique, trébuchant tous les dix pas sur les pierres disséminées dans la végétation.

—Tu as toujours tes parents ? lui demanda Xug après s'être essuyé les lèvres d'un revers de manche.

—Je suppose : ça fait deux ans que je n'ai pas eu de nouvelles. Ils sont des plaines de l'Odivir.

—J'espère qu'on aura la possibilité de contempler le grand fleuve. Je n'ai rien vu d'autre pour l'instant que les collines noires et ces stupides herbes. Pourquoi es-tu parti de chez toi ?

La réponse tarda à se formuler dans l'esprit de Renn. Il lança un regard machinal à la petite colonne qui, devant lui, progressait bon train au milieu de la lande. Fermant la marche en compagnie du jeune mécros, il rencontrait des difficultés grandissantes à suivre le rythme imposé par Orik.

—Ma grand-mère prétendait que les pierres changeaient de forme sur mon passage. Comme mon père me considérait comme une bouche inutile, il a sauté sur l'occasion de se débarrasser de moi, et il m'a conduit chez maître Hauhorn, l'enchanteur de pierre, qui m'a accepté comme apprenti.

—Et c'est vrai ?

—Quoi?

—Qu'il suffit que tu passes devant une pierre pour qu'elle change de forme?

Renn prit conscience qu'il n'avait jamais songé à s'en assurer. Il n'avait jamais cru dans le fond aux allégations de sa grand-mère, il avait eu tellement peur d'être déçu, tellement peur de réintégrer sa condition de simple cul-terreux des rives de l'Odivir qu'il avait préféré entretenir le doute. La cruette réalisée dans l'atelier ne suffisait pas à le convaincre de son don. Il lui manquait probablement l'approbation de son maître. Il n'était pas certain, en tout cas, de pouvoir reproduire à volonté le phénomène, d'autant moins que l'épée pendue à son ceinturon, non contente de lui alourdir le corps, lui obscurcissait l'âme.

—Je ne sais toujours pas, avoua-t-il avec un haussement d'épaule.

—L'avenir est écrit pour moi, murmura Xug d'une voix mélancolique. La maladie me déformera de plus en plus, et j'aurai encore une espérance de vie de vingt à trente ans si j'ai de la chance. Il est rare que nous dépassions les cinquante ans dans la communauté. Parfois… (Il hésita à poursuivre, les yeux rivés sur ses chaussures. Les herbes recouvraient leur forme initiale instantanément après avoir été foulées.) J'en veux à mes parents de m'avoir conçu, je hais les mécros et leur obstination à se reproduire, à perpétuer leur malheur par leurs descendants.

Les propos de Xug résonnèrent fortement dans l'esprit de Renn: il avait lui-même nourri des pensées de colère, voire d'exécration, à l'encontre de ses propres parents, leur reprochant de transmettre à leurs enfants une ignorance, une brutalité et une résignation indignes d'êtres humains.

—Enfin, il y a de grandes chances que les monstres que nous pistons mettent fin à tout ça plus tôt que prévu, reprit le jeune mécros avec un sourire triste.

L'apprenti partageait le point de vue de Xug: il lui paraissait inconcevable qu'un rescapé de l'armée de Mandrill et une poignée de mécros puissent arrêter une horde aussi implacable que celle qu'ils poursuivaient. La mort les guettait un peu plus loin, peut-être devant la barrière noire qui, à l'horizon, séparait le ciel et la terre. La nuit se déployait sur la lande transformée en territoire incertain.

Renn se rendit compte qu'il avait oublié depuis un bon moment la menace des zisses, et l'envie le tracassa d'examiner son corps tant qu'il restait un semblant de lumière. Mais il résista, d'abord pour ne pas perdre davantage de terrain sur le reste de la troupe, ensuite parce que son orgueil le dissuadait de le faire sous le regard de Xug. Et puis, Orik avait raison, à quoi bon s'inquiéter ? Si un zisse s'insinuait sous ses vêtements, il serait de toute façon trop tard quand il s'en apercevrait.

La horde n'avait plus abandonné aucune trace, aucun reste, sur son passage, comme si elle avait, elle aussi, résolu de s'extraire au plus vite de la lande.

Ils atteignirent enfin l'orée de la forêt, guidés par la seule lueur des étoiles et du croissant de lune. Aux herbes épaisses de la plaine succédait une mousse rase jonchée de rochers plus ou moins volumineux. Harassés, ils s'installèrent sur une éminence rocailleuse isolée qui faciliterait leur défense en cas d'offensive de la horde et organisèrent des tours de garde. Jamais Renn n'avait autant apprécié de retirer ses bottes et de détendre ses jambes après s'être allégé du ceinturon et de l'épée. Une démangeaison prolongée au niveau du bassin l'entraîna à glisser la main à l'intérieur de son pantalon. Un hoquet de surprise et de terreur le secoua lorsqu'il sentit une forme bouger sous ses doigts. Pris de panique, il ouvrit précipitamment sa cape, dégrafa et baissa son pantalon, découvrit un zisse de belle taille étiré le long de son aine, saisit l'insecte entre le pouce et l'index et le jeta le plus loin possible en poussant un hurlement de frayeur. Il inspecta ensuite fébrilement son bassin et ses jambes, mais il n'y remarqua aucune pustule, aucune plaie.

—Il a bien failli te piquer dans ce qui fait de toi un homme, commenta Xug avec un sourire.

Renn se demanda depuis combien de temps il transportait le tueur silencieux, pourquoi il n'avait pas décelé sa présence, pourquoi l'insecte ne l'avait pas frappé.

Assis non loin sur une pierre, Orik le fixait avec le mélange d'intérêt et d'ironie qui le caractérisait.

—Je te l'avais dit : la mort ne s'était pas déplacée pour toi.

Le guerrier dévorait un morceau de viande de ralaine après avoir étalé sa cape et posé son épée sur le sol. Les mécros se restauraient également en silence. Renn, lui, ne put rien avaler d'autre qu'une gorgée d'eau. Brisé de fatigue, il s'enroula dans sa cape, s'allongea sur la mousse et s'endormit aussitôt en dépit des cailloux qui, malgré l'épaisseur des étoffes, lui irritaient les côtes.

Une pression continue sur l'épaule le réveilla. Il eut la sensation de remonter d'un puits profond où s'agitaient des monstres à tête de serkar et à corps de zisse.

Le visage de Xug au-dessus du sien.

—C'est notre tour de garde.

L'apprenti eut besoin d'un peu de temps pour recouvrer la coordination entre son esprit et son corps, pour remuer ses jambes aussi dures et inertes que du bois. Il s'étira avant de se lever, de récupérer son ceinturon, son épée et son bâton, puis, d'une allure mal assurée, de suivre le jeune mécros jusqu'au poste de guet.

Xug pointa de l'index la voûte céleste où brillaient des étoiles éparses. Une lueur incertaine soulevait les ténèbres à l'horizon.

—Bientôt l'aube…

Les ronflements et les sifflements dominaient les bruissements en provenance de la forêt proche.

—Le fleuve est encore loin?

—Cinq à six jours de marche, répondit Renn.

Un voile de tristesse assombrit le visage de Xug.

—La vie me donnera-t-elle la chance de le voir?

Le sommeil engourdissait encore le corps de Renn assis à même le sol. Il ne réussissait à garder les yeux ouverts et à se concentrer sur ses pensées qu'au prix d'un effort surhumain. Il ne voyait pas ce que la contemplation de l'Odivir pouvait avoir de merveilleux. Le fleuve évoquait pour lui les crues qui dégénéraient en inondations, l'odeur omniprésente de vase, les hommes et les femmes pataugeant dans le limon pour repiquer les céréales, les flottes de bateaux qui acheminaient leurs cargaisons jusqu'à Arkane, les cris stridents des équipages et des débardeurs, les irruptions brutales des questeurs de la cité et de leurs soldats, les hurlements des paysans condamnés et cloués sur des planches, l'insupportable canicule, les odeurs fétides, les piqûres des insectes rouges et virulents qui s'abattaient en nuées sur les humains et le bétail…

—L'Odivir n'est pas aussi…

Un grondement prolongé l'interrompit, qui provenait de la forêt.

Xug se releva et scruta les environs. Renn l'imita, mais il ne distingua rien dans l'obscurité diffuse. La terre tremblait pourtant comme si un gigantesque troupeau était lancé au grand galop une lieue plus loin.

—On réveille les autres ? proposa l'apprenti.

—Attendons un peu. Ça ne vient peut-être pas vers nous.

À peine avait-il prononcé ces mots que des formes émergèrent de la forêt et avancèrent rapidement dans leur direction, comme une immense vague sombre encore trop éloignée pour qu'ils puissent en distinguer les détails. Ils n'eurent pas besoin de réveiller les autres, les vibrations de plus en plus amples s'en chargèrent.

Orik, l'épée en main, et Garaï les rejoignirent au poste de guet.

—La horde ? souffla le chef du détachement mécros.

—Elle n'est pas aussi importante, objecta le guerrier.

—Alors quoi ?

Orik leva son espadon et le pointa sur la déferlante qui fondait sur eux à grande vitesse.

—Quoi que ce soit en tout cas, je doute que nos armes soient suffisantes pour l'arrêter.

10

ADAMANTA

On ne doit pas se fier à l'immobilité de l'orbal commun. Son venin tue presque instantanément l'imprudent qui marche pieds nus près de lui. Après la crue du fleuve, lorsque mâles et femelles sortent de terre pour frayer, c'est alors qu'ils sont les plus dangereux. Les éclats violets qui chatoient dans ses alluvions sont autant d'invitations à se tenir à l'écart du fleuve et de ses dangers.

La Faune fabuleuse de l'Odivir,
Bibliothèque des Hauts,
Arkane

LE DOUTE N'ÉTAIT PLUS PERMIS : LES CORPS CLOUÉS AUX PLANCHES de la Porte des Supplices que se disputaient les cracasses étaient bien ceux de dame Albae et du patriarche Nunzio du Drac. Si l'on peinait à reconnaître leurs visages énucléés, déchiquetés par les becs des charognards, les sceaux gravés sur leurs pubis ne laissaient planer aucun doute sur leur identité.

L'indifférence des serviteurs en livrée et des badauds étonna Noy, l'indigna même. La vitesse à laquelle les citadins s'habituaient à la déchéance d'une famille gouvernante légitime, respectée, avait quelque chose de révoltant, comme s'il suffisait d'une simple brise pour bouleverser un équilibre millénaire, comme si l'ordre d'Arkane ne reposait sur aucune fondation solide. De nouveau, le visage d'Oziel du Drac se détacha de son tumulte intérieur. Il lui fallait absolument savoir ce qu'elle était devenue, la tirer des griffes de ses geôliers si elle était encore en vie. Jelioy ne lui avait pas glissé le nom de l'Orbal par hasard. Il doutait qu'une famille aussi insignifiante que le serpent violet eût trempé dans la conjuration contre le Drac, mais, à défaut, il y dénicherait peut-être des indices qui le mettraient sur une piste. Un ultime regard aux corps suppliciés de dame Albae et du patriarche Nunzio emplit ses yeux de larmes. Combien de fois avait-il rêvé d'entrer dans leur splendide domaine au bras de leur fille ? Il empoigna machinalement le manche rugueux de sa masse d'armes : tant qu'il n'aurait pas vu le cadavre d'Oziel, il remuerait tous les niveaux d'Arkane pour la retrouver et l'aider à reconquérir la place qui revenait au Drac dans le Conseil des Sept ; il restaurerait l'équilibre établi par les Fondateurs et les déesses du fleuve, n'en déplaise à son père et aux autres familles.

Dédaignant la voiture qui l'attendait un peu plus loin, il regagna le domaine du Corridan à pied. L'encombrement des ruelles où les attelages peinaient à se frayer un passage dans la multitude lui aurait fait perdre un temps précieux. Les hommes qu'il écarta de son chemin à coups d'épaule et de coude ravalèrent leurs protestations lorsqu'ils s'aperçurent qu'ils avaient affaire à un fils du Corridan.

Le domaine ressemblait à une ruche affolée. Les servantes surexcitées qui papotaient par petits groupes dans les escaliers lui jetèrent des regards furtifs. Son frère Enevoy l'accueillit avec un visage fermé dans le couloir qui desservait les chambres du premier étage. Il saisit Noy par le bras pour le contraindre à s'immobiliser et le fixa avec colère.

—Que s'est-il passé avec père ?

—Il est tombé de cheval.

Noy se dégagea de l'étreinte de son frère et se dirigea vers la porte de sa chambre.

—Pas si vite ! Des palefreniers prétendent que c'est toi et Jelioy qui l'avez désarçonné.

—Ils disent n'importe quoi.

—Ils affirment que père était en colère contre toi. (L'index d'Enevoy se pointa sur le visage de son vis-à-vis.) Il ne t'aurait pas arraché la moitié de la joue sinon…

—Il m'a seulement reproché d'être parti trop tôt de la cérémonie du sceau donnée par l'Orbal. (Noy entrouvrit la porte de sa chambre.) D'ailleurs, je m'apprête à y retourner.

Des lueurs soupçonneuses traversèrent les yeux sombres d'Enevoy.

— Qu'est-ce que tu fichais avec ce vieux fou de Jelioy?

— J'avais envie de prendre de ses nouvelles. C'est notre oncle, non?

— Je ne me considère pas comme le neveu d'un débris humain vautré sur son tas de fumier.

— Dommage pour toi: il a beaucoup de choses à nous apprendre.

— Quel genre de choses? aboya Enevoy, soudain tendu.

Noy se souvint que ses aînés fréquentaient volontiers les fils de l'Aigle et du Loup et se demanda s'ils n'avaient pas trempé dans la conjuration.

— Va donc le lui demander.

Il entra dans la chambre où s'activaient deux servantes de chaque côté du lit. Il avait troussé l'une d'elles, une grande brune aux épaules et aux hanches larges, à plusieurs reprises dans différents recoins du domaine. Il ne lui avait jamais demandé son avis ni son nom. « *Leurs corps protestent, leurs yeux protestent, leurs peaux protestent, leurs silences protestent…* » Il adressa un sourire aux deux femmes. Elles lui répondirent d'une brève courbette sans se départir de leur crispation. Il discerna une profonde tristesse dans les yeux de la servante brune, mais sa condition lui interdit de lui exprimer ses regrets. Après avoir posé sa masse d'armes sur les crochets rivés au mur, il se dévêtit sans attendre que les deux femmes eussent fini de changer les draps, se rendit ensuite dans le cabinet de toilette qu'un ingénieux système de conduits fournissait en eau et s'examina dans le miroir placé au-dessus du bac receveur: le fouet de son père avait creusé une large plaie sur sa pommette et sa joue.

— Tu ne devrais pas te montrer nu devant les servantes.

Enevoy s'était engouffré à son tour dans le cabinet de toilette.

— Je ne t'ai pas autorisé à entrer, répliqua Noy.

— J'avais oublié de te dire: père ne pourra plus jamais marcher normalement.

Noy pensa que le patriarche et lui garderaient chacun un souvenir marquant de leur dernière confrontation: Augoy une jambe hors d'usage, et lui, une cicatrice sur la joue.

131

—Certaines des servantes m'ont déjà vu nu, finit-il par répondre. Comme elles t'ont vu nu. Certaines nous ont même connus, nos frères et nous, très intimement…

Enevoy lâcha un soupir bruyant.

—C'est tout l'effet que te fait l'infortune de père ?

Noy contempla le reflet de son frère dans le miroir, un visage hâve, disgracieux, auréolé d'une chevelure ébouriffée. Ils ne s'étaient jamais appréciés tous les deux, sans doute parce que Enevoy n'avait pas admis l'arrivée de cet avorton qui lui avait volé la place confortable de petit dernier.

—L'infortune n'épargne personne. Ce n'est pas moi qui le dis, mais maître Ockart.

Enevoy se mordit les lèvres avant de sortir d'un pas rageur du cabinet de toilette.

—Nous en reparlerons au prochain conseil de famille.

Sa voix sèche resta un long moment suspendue dans le silence.

La fête du sceau battait son plein. Les farandoles se formaient et se déformaient sans cesse dans la grande salle des réceptions qui servait de piste de danse. Les musiciens regroupés sur une étroite estrade se démenaient comme de beaux diables pour donner aux invités vieux et jeunes l'envie de gigoter, associant les notes aigrelettes des instruments à cordes et des flûtes aux sons sourds et cadencés des tambourins.

Noy n'avait jamais aimé danser. Il fixait sans les voir les corps entremêlés qui se trémoussaient devant lui. Il trouvait grotesques les poses des filles tentant d'attirer l'attention des garçons, et stupides les postures des garçons cherchant à impressionner les filles. Personne ne semblait remarquer qu'il était revenu. Il apercevait par instants, au milieu de la mer de têtes environnantes, le visage rieur de dame Elvare cernée d'hommes, des bourgeois principalement, fascinés par sa beauté. Il lui parut tout à coup aberrant d'espérer recueillir des indices sur le traitement échu à Oziel du Drac. Il résolut de tenter le tout pour le tout en interrogeant directement un représentant de l'Aigle, mais il ne repéra aucune tenue orangée dans l'assistance.

—Vous avez changé d'avis ?

La voix, bien que fluette, avait dominé le brouhaha. Il se retourna. Adamanta de l'Orbal le salua d'une révérence maladroite et lui tendit une coupe emplie de vin rouge.

— Votre mère avait raison : nous devons profiter de notre jeunesse...

Une moue étira les lèvres pulpeuses de l'adolescente. Elle avait une poitrine opulente malgré son jeune âge.

— Vous n'avez pourtant pas l'air de vous amuser beaucoup...

— Quelque chose me tracasse. Mais vous n'avez probablement pas les réponses à mes questions.

— Essayez toujours.

Noy scruta les yeux clairs de son interlocutrice avant de boire une gorgée de vin : ils révélaient une intelligence vive et une gravité inattendue en dépit de son air poupin.

— Je ne vois dans cette assemblée aucun envoyé de l'Aigle ni du Drac. Votre famille est-elle fâchée avec ces deux familles ?

Elle le dévisagea de l'air navré dont elle aurait gratifié un enfant de quatre ans. Le débordement d'une farandole la contraignit à reculer et à marquer une pause avant de répondre :

— Allons dans une autre pièce, nous y serons plus à l'aise pour parler.

Elle le prit d'autorité par la main et l'entraîna vers la sortie de la salle. Ils traversèrent un premier couloir et s'installèrent dans un boudoir désert meublé de fauteuils profonds et d'épais tapis aux motifs complexes. Trois sculptures de serpent de vase ornaient les murs aux pierres épaisses. La gueule froide et noircie d'une cheminée encadrée d'un manteau de bois ouvragé béait sur le mur du fond.

Adamanta referma soigneusement la porte derrière eux et tira le verrou.

— Ainsi, personne ne nous dérangera, précisa-t-elle.

Ils s'installèrent dans un canapé deux places habillé d'un tissu de la même couleur que la robe de l'adolescente. Noy eut l'impression, qu'il chassa d'une expiration énergique, de s'être précipité tête baissée dans un piège. Il but une deuxième gorgée de vin dont l'amertume, qui ne l'avait pas frappé la première fois, lui tira une grimace.

— Vous ne saviez donc pas que le Drac a été exterminé et que l'Aigle est en deuil ? reprit l'adolescente.

—Je savais vaguement pour le Drac, pas pour l'Aigle.

—Messire Sylver est mort, égorgé par une héritière du Drac qu'il avait capturée.

La respiration de Noy se suspendit.

—Quelle héritière ?

La moue d'Adamanta exprimait cette fois le mépris.

—La catin qui faisait baver comme des foueurs tous les fils des Hauts : Oziel.

Il en appela à l'art de l'impassibilité inculqué par maître Ockart pour masquer son trouble.

—Sait-on ce qu'elle est devenue ?

L'adolescente haussa les épaules.

—Le sort de cette putain n'a aucune importance. Occupons-nous plutôt de nous. (Elle lui caressa le visage d'un revers de main aussi léger qu'une plume d'oiseau.) Qu'est-il arrivé à votre joue ?

—Un désaccord avec mon père…

—C'est ce désaccord qui nous a valu votre retour, n'est-ce pas ?

Ce brouillon de femme à peine sortie de l'enfance était décidément très futé.

—Pas seulement.

Elle accentua sa caresse et se rapprocha de lui. Son souffle chaud lui enveloppa le cou.

—Le principal est que tu sois revenu, Noy du Corridan…

Elle lui captura la bouche avec une telle rapidité, une telle adresse, qu'il n'eut pas le temps de réagir. Elle lui mordit violemment la lèvre inférieure, qu'elle garda un long moment entre ses dents tranchantes. Au gémissement étouffé du fils du Corridan répondit le rire à la fois moqueur et cristallin de la fille de l'Orbal. La saveur doucereuse du sang emplit le palais de Noy. Adamanta se recula, les yeux brillants, les lèvres barbouillées d'écarlate.

—Ton sang, Noy, est un véritable nectar.

Interdit, il but un peu de vin à la fois pour se donner une contenance et se rincer la bouche. Il se rendit compte à sa grande confusion qu'il avait une irrésistible envie d'elle. Sans doute pratiquait-elle les jeux de l'amour depuis quelques années, ou encore avait-elle versé des poudres aphrodisiaques dans le vin qu'elle lui avait servi. Elle continuait de rire aux éclats, évoquant l'une de ces harpies légendaires du fleuve qui se moquaient des hommes qu'elles séduisaient et vidaient de leur sang avant de les précipiter dans les eaux boueuses. Il ne tenta pas de se dérober lorsqu'elle revint à la charge. Les mains de l'adolescente se glissèrent comme des reptiles sous ses vêtements et l'affolèrent de ses caresses. Il eut beau se dire qu'elle le manipulait, que le piège se refermait sur lui, il n'eut pas la force de la repousser. Il la laissa lui retirer ses vêtements, puis la regarda se déshabiller à son tour, comme hypnotisé, étourdi par le feu dévorant qui se diffusait dans ses veines, interloqué par la violence de son propre désir. L'étroitesse des hanches d'Adamanta offrait un contraste affriolant avec l'opulence de sa poitrine. Une fois débarrassée de sa confidente, elle se percha sur lui et, avec une adresse qui démontrait une grande habitude dans le domaine, elle agrippa son membre et le guida jusqu'à ce qu'il soit enveloppé de sa chair chaude, palpitante, brûlante. Il eut l'impression d'être tout entier plongé en elle, comme si leurs deux corps n'en formaient plus qu'un. Jamais il n'avait éprouvé de telles sensations, si intenses qu'elles en devenaient douloureuses, avec les servantes du Corridan. Le bassin d'Adamanta montait et descendait avec une lenteur exaspérante le long de son ventre, le relâchant et l'aspirant comme une bouche insatiable. Chacune des morsures et des griffures qu'elle semait sur son cou, ses joues, son torse, son dos accentuait son plaisir jusqu'au vertige.

Des coups sourds retentirent. Il n'y prêta pas attention jusqu'à ce qu'il se rende compte qu'on frappait à la porte. Adamanta se détacha de lui avec une soudaineté qui l'abandonna hébété sur le canapé, puis elle se recroquevilla sur un coin du tapis en poussant des hurlements stridents.

De sombres pensées roulèrent sous le crâne de Noy, qui demeura pétrifié, transpercé par les cris de l'adolescente, incapable de rétablir la coordination entre son esprit et son corps. La porte s'ouvrit dans un fracas assourdissant. Les gonds et la serrure arrachés roulèrent sur les dalles de pierre. Une dizaine de serviteurs et de soldats s'engouffrèrent dans la pièce, précédant un deuxième groupe composé du patriarche Amiol, de dame Elvare, de dignitaires du Conseil et d'officiers de l'armée de l'Orbal.

Noy eut le réflexe de ramasser sa tunique et d'en couvrir son bassin. Dame Elvare se précipita sur Adamanta toujours prostrée, l'enlaça et lui caressa les cheveux en lui chuchotant des mots d'apaisement. Amiol s'avança vers le fils du Corridan, toujours allongé sur le canapé. La colère creusait les rides du patriarche et soulignait l'austérité de son visage. De près, il paraissait plus âgé qu'un tronc desséché par le temps, ses yeux avaient la noirceur d'un puits au fond de leurs orbites, ses cheveux longs s'écoulaient en ruisseaux gris et minces sur ses épaules affaissées.

— Est-ce ainsi que vous remerciez une famille qui vous fait l'honneur et l'amitié de vous accueillir à la fête du sceau, Noy du Corridan ?

Bien que posée, la voix du patriarche évoquait un roulement d'orage lointain. Le manche ouvragé du fouet traditionnel de l'Orbal saillait de la large ceinture de cuir serrant son habit violet orné de broderies. Une question saugrenue domina les pensées confuses de Noy : pourquoi son propre père utilisait-il l'arme symbolique d'une autre famille ? La marque du fouet sur sa joue lui apparaissait maintenant comme un sinistre présage des tourments qui l'attendaient. Il ne parvint pas à remettre un semblant d'ordre dans son esprit, il continuait de baigner dans une chaleur étouffante, son sang roulait dans ses veines comme de l'acier fondu.

— Vous rendez-vous compte de l'offense faite à notre famille ? reprit le patriarche. De l'offense faite à ma fille ? Le Conseil des Sept a condamné à mort des fils des Hauts pour des forfaits moins graves que le vôtre.

— C'est votre fille qui…, bredouilla-t-il.

— Menteur !

Adamanta s'était arrachée des bras de sa mère pour se redresser et protester, se voilant la poitrine de ses mains. Des larmes roulaient sur ses joues, des filets de sang tissaient une mantille écarlate sur sa peau blanche. Noy ne se souvenait pas de l'avoir griffée ni mordue pourtant. Une parfaite illusion de victime.

— Accusez-vous ma fille de vous avoir… forcé ? rugit Amiol.

Noy se leva à son tour, maintenant sa tunique serrée contre son bas-ventre, espérant recouvrer un peu de dignité et donner davantage de force à ses paroles. Il parvint à conserver son équilibre en dépit du tremblement de ses jambes.

— Seulement d'avoir pris l'initiative. C'est elle qui m'a invité dans cette pièce, elle qui a tiré le verrou…

136

—Il a dit qu'il voulait me parler d'une chose importante, l'interrompit Adamanta. Il m'a demandé de le conduire dans un endroit tranquille et de fermer la porte afin que nous ne soyons pas dérangés. Une fois dans cette pièce, il s'est jeté sur moi, m'a arraché mes vêtements et m'a… m'a…

L'adolescente éclata en sanglots.

—C'est lui qui t'a infligé ces blessures ? demanda le patriarche.

Elle renifla bruyamment à plusieurs reprises avant de répondre :

—Je me suis débattue, il m'a frappée et griffée pour m'empêcher de crier.

Noy comprit qu'il ne lui servirait à rien de se défendre. Le prix à payer pour son imprévoyance se montrerait sans doute exorbitant. Il maudit son oncle de l'avoir poussé à fouiner du côté de l'Orbal.

Amiol s'avança près de lui et le toisa à la façon d'un boucher examinant une bête.

—Nous vous traduirons devant le Conseil, Noy du Corridan. Votre crime est grand, et nul ne prendra votre défense, pas même ceux de votre famille.

Un reliquat de raison interdit à Noy de lancer sa tunique au visage de son interlocuteur. Maître Ockart lui avait recommandé la patience et le silence en cas de conflit avec un membre d'une autre famille gouvernante, plus encore s'il était considéré comme le responsable de l'offense. Il lui restait à savoir pourquoi le serpent violet s'était ainsi joué de lui. Si l'Orbal s'était donné cette peine, c'était sans doute qu'il avait une proposition inacceptable à lui soumettre. Il crut entrevoir des remords dans le regard furtif que dame Elvare lui lança.

—À moins que vous n'acceptiez de réparer votre faute, ajouta le patriarche.

—Comment ?

Amiol se dirigea vers sa fille, la prit par le bras et la poussa vers le fils du Corridan. Elle garda la tête baissée, comme mortifiée d'être offerte nue et souillée aux regards.

—En l'épousant. C'est la seule façon de lui rendre son honneur. La cérémonie aura lieu dans trois jours. Ma dame Elvare en fixera les modalités avec dame Velde, votre mère.

—Et si je refuse?

Noy avait posé la question pour la forme; il en connaissait déjà la réponse.

—Ce sera la crucifixion à la Porte des Supplices. (Un sourire vénéneux étira les lèvres fendillées du patriarche.) Quel est votre choix?

Noy contempla l'adolescente, le rideau de ses cheveux bruns tiré sur son visage, son corps mi-féminin mi-enfantin. S'il ne parvenait pas à échapper à ce mariage, il consacrerait une grande partie de ses nuits à se venger de l'affront que cette petite putain venait de lui infliger.

—Votre choix, insista Amiol.

Le fils du Corridan s'entendit dire, comme dans un cauchemar:

—J'accepte de l'épouser... à condition que mes parents agréent ce mariage.

11

LA DÉSOLATION

Pire que la guerre,
Pire que la pauvreté,
Pire que la vieillesse,
Pire que la faiblesse,
Pire que la faim,
Pire que la soif,
Pire que le déshonneur,
Pire que la mort,
Il y a la folie.

Proverbes et chansons,
Tradition des diseurs du Chœur,
Arkane

UN RAYON DE LUMIÈRE TOMBANT D'UNE LUCARNE IRRITAIT LES paupières d'Oziel. De l'autre côté de la grille s'élevait une rumeur qui lui rappelait les réveils matinaux de la maison du Drac. Les dalles de pierre lui avaient endolori les hanches et le dos. Elle palpa machinalement les bubons sous la gaze dissimulant son visage, et les souvenirs lui revinrent en rafales : les frères de la Résurrection, le drac blotti sous sa robe, la mécrose, les garçons et leurs frondes, les réactions des badauds et des conducteurs de la Guilde des Transporteurs, l'intervention des légionnaires, l'entrevue avec l'officier aux propos inquiétants… Elle s'aperçut que quelqu'un, probablement agacé par les tintements, lui avait retiré sa clochette pendant son sommeil. Un légionnaire? L'un de ses codétenus? Pourquoi ne s'était-elle pas réveillée?

Une dizaine d'hommes et de femmes peuplaient le cachot, certains encore allongés, d'autres assis ou prostrés contre les murs. Des gobats, des rongeurs au pelage rayé et à la longue queue nue, se promenaient sans crainte entre les captifs. Oziel n'en avait jamais vu d'aussi gros dans les bâtiments ou les jardins du domaine familial. La puanteur lui parut encore plus suffocante que la veille. Certains prisonniers se soulageaient à même le sol sans utiliser l'orifice d'un pied de diamètre béant dans un coin de la pièce. Pourquoi la Légion avait-elle jeté ceux-là dans ce cachot? Avaient-ils commis un crime? Avaient-ils insulté les déesses du fleuve ou un membre d'une famille régnante?

Elle chercha du regard un interlocuteur, arrêta son choix sur un homme entre deux âges assis non loin d'elle et dont les yeux, globuleux sous des arcades sourcilières saillantes, la fixaient avec insistance.

—Pour quel motif êtes-vous enfermé ici?

L'homme parut surpris, voire effrayé, par sa question. Il se rencogna contre le mur en secouant la tête, tira dans tous les sens sur ses haillons, proféra des sons qui n'étaient ni des mots ni des plaintes. Il avait perdu la raison. Affinant son observation, Oziel s'aperçut que ses codétenus étaient tous atteints de démence. Leurs regards et leurs comportements trahissaient un déséquilibre mental qui leur interdisait de contrôler leurs mouvements et leur langage. Elle ne s'était jamais demandé ce que devenaient les aliénés des Hauts. Elle n'en avait jamais croisé dans les rues, encore moins dans l'enceinte du Drac. Elle avait entendu dire que les parents qui avaient eu l'infortune de concevoir un enfant anormal s'en débarrassaient discrètement sans encourir les foudres de la justice arkanienne. On ne considérait pas ces disparitions comme des meurtres: les résidents des Hauts ne souhaitaient croiser que des êtres sains de corps et d'esprit. Les compagnons d'infortune d'Oziel avaient sans doute été frappés de folie à l'âge adulte, soit parce qu'ils avaient connu un important revers de fortune, soit parce qu'ils recélaient en eux le germe de l'aberration depuis leur naissance. Certains d'entre eux avaient-ils un lien de parenté avec une famille régnante? Pourquoi ne pas simplement les bannir hors de la cité? Quel sort réservait-on à ces malheureux?

Un cliquetis puis un crissement précédèrent l'irruption de deux hommes dans le cachot : un geôlier hirsute et bedonnant muni d'un énorme trousseau de clefs et le colosse en tenue noire d'officier de la Légion, qui avait reçu Oziel la veille. Ils examinèrent un à un les détenus avant d'en désigner trois, deux hommes et une femme, et de les forcer à se lever à coups de pied.

Le colosse tendit le bras en direction d'Oziel.

— La mécrosée, tu viens aussi.

La chaleur du drac s'amplifia sur le bas-ventre de la jeune femme jusqu'à se muer en brûlure. Elle se leva avec docilité, pas fâchée dans le fond de quitter cette pièce à l'odeur insoutenable. En elle s'imposait l'image d'une silhouette sombre et hiératique d'où émanait un froid pénétrant, intolérable. Le drac la prévenait qu'on la conduisait devant cet énigmatique personnage dont elle ne discernait pas les traits, et qu'il n'y avait rien de bon à attendre de leur rencontre.

Quatre légionnaires armés de lances encadrèrent les captifs à l'extrémité d'un couloir plongé dans une pénombre diffuse. L'officier les accompagna jusqu'à l'étroit escalier taillé directement dans la paroi, qui s'enfonçait presque à pic dans les entrailles du sol, puis se retira. Le poids de la serre tendait le tissu de la robe d'Oziel. Personne n'avait songé à la fouiller, comme si le port d'une arme était incompatible avec la condition de mécrosée. L'un des soldats alluma une torche dont la flamme dansante révéla des marches inégales, usées. De chaque côté de l'escalier, béaient des gouffres insondables. Des cailloux roulaient sous leurs pieds et dégringolaient dans le vide sans qu'un bruit en dévoile la profondeur. La fatigue, déjà, alourdissait et engourdissait le corps d'Oziel. Même si les bubons n'avaient pas grossi, du moins ceux qu'elle avait examinés à son réveil, la mécrose poursuivait son implacable travail de sape. Elle regrettait amèrement d'avoir suivi les conseils des frères de la Résurrection, d'avoir accepté d'être ainsi profanée. Aucune cause ne valait que l'on se dégrade de la sorte. La présence de la fiole dans la poche de sa robe ne suffisait pas à l'alléger de ses doutes. La proximité du drac ne changeait pas grand-chose non plus à son sort. Jamais elle ne s'était sentie aussi seule, aussi désemparée, aussi sale. Les déesses et les hommes l'avaient abandonnée. Son instinct de survie la poussait encore à choisir les bons passages en dévalant les marches, même si le légionnaire qui portait la torche prenait par endroits trop d'avance pour que la lumière fût d'une réelle utilité.

Ils atteignirent enfin le fond du gouffre et marchèrent encore un quart de lieue sur une surface rugueuse et nue avant d'entrevoir une paroi verticale et de s'avancer vers une ouverture au cintre arrondi surmontée d'un relief sculpté à même le rocher. Oziel ne parvint pas à en distinguer les détails : il lui sembla entrevoir des formes allongées semblables à des serpents, ou à des tentacules.

Quelqu'un les attendait de l'autre côté de l'ouverture, un homme à la blancheur et à la maigreur insolites. On aurait dit, sans les lueurs sourdes qui léchaient ses yeux étroits, un squelette enveloppé d'un suaire. Sa tunique noire tombait sur ses pieds chaussés de sandales. Ses cheveux clairsemés sinuaient sur son crâne comme des veines insolites. Elle reconnut la silhouette que lui avait montrée le drac avant sa sortie du cachot.

— Votre nouvelle livraison, comme convenu, déclara le légionnaire équipé de la torche.

Le regard de l'homme en noir vola d'un captif à l'autre avec la rapidité et la férocité d'un oiseau de proie. Lorsqu'il se posa sur Oziel, il fit signe au légionnaire d'approcher la flamme.

— Il se dégage de cette femme quelque chose qui ne me plaît pas, marmonna-t-il après l'avoir examinée avec une attention qui lui plissait le front et l'arête du nez.

— La mécrose peut-être, avança le légionnaire.

— Je croyais que la mécrose avait disparu.

— Elle est apparemment de retour, servant.

— Tant mieux : Hilyaon apprécie les mécrosés.

— Comment le savez-vous ?

L'homme en noir exprima son agacement d'une moue crispée.

— Rejoignez nos rangs, et vous en serez informé.

— Vos croyances ne sont miennes, servant. Je me borne à vous livrer les prisonniers que me confie mon supérieur.

Sans quitter Oziel des yeux, l'homme en noir hocha la tête d'assez mauvaise grâce.

— Inutile de prolonger davantage cet entretien.

Les légionnaires s'éloignèrent ; le bruit de leurs pas décrut peu à peu. Malgré sa faiblesse, Oziel jugea le moment venu de passer à l'action. L'homme en noir, seul face à elle, ne semblait pas de taille à lui opposer une véritable résistance. Elle glissa la main dans la poche de la robe, referma les doigts sur le manche de la serre et raffermit sa détermination. Elle n'eut pas le temps de mettre son projet à exécution : d'autres hommes vêtus de noir surgirent de l'obscurité et se déployèrent autour des quatre captifs. Ils s'étaient tenus dans l'ombre, prêts à intervenir à tout moment, le temps de la conversation entre le servant et le légionnaire. Elle relâcha la serre et retira sa main de la poche de la robe.

— Puissent leur sang et leur souffrance combler Hilyaon, déclara le servant.

Les autres saluèrent ses paroles d'une lamentation grave et monocorde qui se prolongea en échos décroissants sous les voûtes.

— Amenez-les dans la salle des sacrifices et préparez-les. Nous aurons du monde ce soir.

Escortés par une dizaine d'hommes, les captifs furent conduits, par une succession de salles et de couloirs qu'éclairaient des lampes à huile disposées tous les trente ou quarante pas, dans une pièce qui ressemblait à une scène fermée par un panneau métallique probablement escamotable. Les roues dentelées et les chaînes rappelèrent à Oziel les mécanismes dissimulés dans les galeries souterraines de l'antre de la Résurrection. Çà et là, se dressaient des appareils aux formes complexes dont elle ne parvint pas à deviner l'usage. Les regards mornes de ses trois compagnons d'infortune n'affichaient aucun étonnement, aucune crainte. L'odeur sourde qui imprégnait les lieux évoquait à la fois la rouille, la moisissure, l'urine et une office de cuisine. D'imperceptibles souffles d'air taquinaient les flammes des lampes. Des grondements indistincts montaient des profondeurs de la terre.

On leur apporta des plateaux garnis d'un repas dont Oziel se força à ingurgiter chaque bouchée, malgré sa nausée latente et le goût fade de la nourriture. Incapable de réfléchir, elle devait au moins fournir de l'énergie à son corps. Même si elle n'avait aucune idée de l'endroit où elle se trouvait, ni de ce que voulaient ces gens, elle savait que le piège s'était refermé sur elle. Assise contre une paroi, elle releva la tête et croisa le regard d'un jeune homme vêtu de noir accroupi quelques pas plus loin qui l'observait avec un intérêt non dissimulé. Ses longs cheveux blonds, ses traits délicats et son teint pâle lui donnaient l'air d'une divinité déchue. Ses yeux clairs exprimaient une compassion, une humanité indécelables chez les autres, comme s'il avait intégré leurs rangs par mégarde.

Elle lui adressa un sourire auquel il répondit d'un signe de tête complice. Une fois son repas achevé, elle s'approcha de lui et se plaça de manière à pouvoir lui parler sans être entendue des autres.

— Où sommes-nous ? chuchota-t-elle.

Il haussa les sourcils, surpris par la question, et vérifia que personne ne leur prêtait attention avant de répondre, à voix basse :

— Vous n'avez jamais entendu parler de la Désolation ?

Elle fut projetée quelques années en arrière, au temps des premières heures sombres du Drac, lorsque Matteo avait été condamné au bannissement perpétuel dans les Fonds pour avoir participé à d'abominables cérémonies orchestrées par la Désolation.

— Que vont-ils faire de nous ?

L'air affligé de son interlocuteur glaça Oziel.

— Vous sacrifier à Hilyaon, murmura-t-il à contrecœur.

— Qui est Hilyaon ?

Le jeune homme suivit quelques instants des yeux ses congénères qui s'affairaient autour des appareils en échangeant des banalités. Les trois autres captifs, prostrés dans un coin, paraissaient indifférents à ce qui se passait autour d'eux.

— Le Dieu des profondeurs. Celui que nous, les servants, devons nourrir du sang et de la souffrance des sacrifiés pour qu'il daigne nous apparaître un jour.

Il pointa l'index au-dessus de sa tête. Oziel aperçut, sculpté dans le plafond, un motif dont elle discerna cette fois les détails : sept tentacules, terminés chacun par une tête balançant entre serpent et murène des bassins, saillaient d'un corps allongé, écailleux, pourvu à l'une de ses extrémités d'une gueule ouverte sur d'énormes crocs.

— Ce n'est qu'un monstre !

Oziel regretta d'avoir prononcé ces mots lorsqu'elle vit se rembrunir son interlocuteur ; il était son seul allié dans cet endroit de cauchemar, sa seule lumière dans les ténèbres.

— Qui est monstrueux ? protesta-t-il d'une voix vibrante de colère contenue. Lui ou vous ?

Elle apaisa son courroux d'un nouveau sourire assorti d'un geste de la main.

— Pourquoi avez-vous rejoint les rangs de la Désolation ?

Il ouvrit la bouche pour répondre, mais l'intervention de l'un de ses congénères l'en empêcha.

—Arjo, qu'est-ce que tu fous ? Ça ne va pas se faire tout seul !

—J'arrive…

Il se releva après avoir lancé un regard désolé à la jeune femme et rejoignit les autres devant les appareils.

Elle espéra revoir Arjo lorsque la porte de la minuscule cellule s'entrouvrit dans un grincement. On l'y avait enfermée une bonne sixte plus tôt. Elle s'était allongée sur la planche épaisse fixée au mur et qui servait de couchette, et avait essayé de se détendre. On lui avait laissé une cruche contenant une eau au goût atroce de vase. Les bubons, qui la tiraillaient de plus en plus, semblaient à tout moment sur le point de se crever et de libérer leur contenu nauséabond. Elle avait cessé de ressentir la chaleur du drac. Une rapide vérification sous sa robe lui avait confirmé qu'il avait disparu. Il l'avait abandonnée lui aussi, profitant de son assoupissement pour s'éclipser. Peut-être avait-il compris que tout espoir était perdu et qu'il valait mieux pour lui regagner son repaire des profondeurs ? Il restait à Oziel la serre de l'Aigle pour se donner la mort si aucune autre issue ne se présentait. Par l'un de ces détours ironiques dont se délectait le destin, elle se servirait de l'arme d'un ennemi de sa maison pour mettre fin à la lignée du Drac.

Arjo ne faisait pas partie des trois servants chargés de l'emmener dans une nouvelle pièce meublée d'un bassin de pierre empli d'eau et d'une table où reposait une tenue noire repliée.

—Déshabille-toi, ordonna l'un des servants.

Se séparer de sa robe équivaudrait pour Oziel à se départir de la serre, donc, de la possibilité de mettre fin à ses jours. Les mots d'Arjo ne cessaient de retentir en elle : la Désolation ne nourrissait pas seulement son Dieu du sang des sacrifiés, mais également de leur souffrance, ce qui signifiait une interminable agonie, une mort odieuse. Se pouvait-il que Matteo, le premier héritier du Drac, eût réellement participé à ces abominables cérémonies ?

—Déshabille-toi, répéta le servant d'une voix plus dure. Retire les bandelettes aussi. Puis tu entreras dans le bain.

Elle examina les lieux d'un regard circulaire. Aucun bruit ne résonnait dans le couloir qui desservait la pièce. Elle n'aurait personne d'autre à affronter que ces trois hommes de corpulence moyenne. Elle devrait simplement les tuer avant que leurs cris ne donnent l'alerte. Elle feignit de remonter sa robe pour la faire passer par-dessus sa tête, saisit la serre au passage, puis continua de se dévêtir. L'un des servants vérifiait la température de l'eau tandis que les deux autres conversaient à voix basse. Une fois déshabillée, elle dissimula le plus longtemps possible la lame sous son vêtement tire-bouchonné tout en se rapprochant des deux hommes qui discutaient non loin de la porte. Lâchant sa robe, vêtue de ses seules bandelettes et chaussures, elle frappa le premier à la gorge d'un coup précis, fulgurant, retira le fer sans perdre un instant, et le plongea aussitôt jusqu'à la garde dans le cou de l'autre. Leur sang, jaillissant par saccades, l'éclaboussa. Leurs râles donnèrent l'alerte au troisième servant, qui se retourna juste à temps pour voir la jeune femme fondre sur lui et lui planter la lame courbe sous le menton. Elle l'y laissa enfoncée jusqu'à ce qu'il bascule en arrière et s'affaisse dans le bassin de pierre.

Bien que très bref, l'affrontement l'avait épuisée. Elle dut s'asseoir sur le bord du bassin pour récupérer quelques forces. Les trois hommes achevaient de se vider de leur sang. Elle ne décela aucun bruit alarmant dans la rumeur environnante, se demanda comment se repérer dans les entrailles fétides de la Désolation.

Un froissement la tira de ses réflexions. Le drac battait des ailes à hauteur de son visage, crachant des lueurs éphémères par sa gueule entrebâillée. Ses yeux phosphorescents la sondaient jusqu'aux tréfonds de son être. Une vague de chaleur et de joie la recouvrit avant que des images de couloirs, d'escaliers, de passages ne se succèdent dans son esprit. Elle comprit qu'il se proposait de lui servir de guide dans le dédale et, prise d'un regain d'énergie, elle enfila sa robe, remonta la capuche, rinça rapidement la serre avant de la glisser dans la poche, s'assura de la présence de la fiole d'antidote, puis se lança sur les traces de la créature ailée qui, volant deux pas devant elle, l'entraînait dans le couloir.

De l'éperon rocheux sur lequel elle était allongée, Oziel avait une vue d'ensemble d'une grande pièce équipée de gradins et de balcons qui l'apparentaient à une salle de spectacle. Elle se demandait toujours pourquoi le drac l'avait menée dans ce cul-de-sac.

Deux choix s'offraient désormais à elle : rebrousser chemin, autrement dit progresser à coups de reptations pénibles dans une succession de boyaux étranglés, ou sauter dans le vide, tomber d'une hauteur de deux perches avec toutes les chances de se rompre les os. Épuisée, incapable de prendre une décision, elle avait fini par s'endormir.

Les adeptes de la Désolation ne s'étaient pas lancés à sa poursuite, du moins elle n'avait observé aucun remue-ménage, aucun tapage révélateur d'une traque.

Un brouhaha l'avait réveillée. Des hommes se rassemblaient dans la pièce en contrebas ; les uns vêtus d'amples capes au col relevé qui dissimulaient en partie leur visage, les autres portant les tenues traditionnelles des familles régnantes – elle reconnut, malgré la distance, le visage carré et rougeaud de Jiun, le frère de Sylver –, d'autres encore les habits des financiers ou des questeurs. Leur nombre se montait à une trentaine lorsque se présenta un personnage qui l'intrigua. Tous s'écartèrent pour lui ménager un passage jusqu'au premier rang des gradins. Seule sa tête émergeait de son ample pèlerine brune. Aux lueurs mouvantes des torches, elle distingua les détails de son visage. Il correspondait trait pour trait à la description que lui en avait faite Ulio : peau rugueuse, grise et craquelée comme une terre aride, yeux brillant d'un éclat singulier au fond de leurs profondes cavités, cheveux rares d'une couleur brun-jaune de paille sèche. Un œil-de-pierre, un pétrocle, l'un de ceux qui, selon la légende, avaient le pouvoir de pétrifier les malheureux qu'ils fixaient. Sa conversation avec le gardien de la parole de la Résurrection revint à la mémoire de la jeune femme : « *Ce sont des éclaireurs. Une avant-garde. Ils ont été envoyés pour diviser et affaiblir les défenses d'Arkane… ils recourent à une forme de connaissance qui engourdit l'esprit et altère la discrimination, la clairvoyance.* » Elle craignit qu'il ne puisse, grâce à sa magie, détecter sa présence deux perches au-dessus de lui. Plusieurs fils de famille, reconnaissables aux couleurs de leurs uniformes, vinrent saluer l'œil-de-pierre avec une déférence obséquieuse. L'Aigle, le Loup, le Dauphin, le Corridan, l'Orbal, l'Ours, toutes les maisons étaient représentées. Elle prit alors conscience que les six autres familles avaient participé au complot. Le patriarche Nunzio avait-il contrecarré d'une manière ou d'une autre les manœuvres des pétrocles comme l'avait suggéré le gardien de la parole ?

147

Jiun ne paraissait guère abattu par la mort de son frère Sylver, bien au contraire : il avait grimpé d'un rang dans l'ordre de succession de l'Aigle, et son naturel ambitieux, envieux, s'en accommodait fort bien. Au regard pétri de morgue qu'il promenait sur les hommes réunis dans cette salle, il semblait même occuper un rang supérieur au sein de l'assemblée, sans doute parce que l'Aigle incarnait le noyau, le cœur, de la conjuration.

Le magma noir, brûlant et douloureux de la haine se répandit dans les veines d'Oziel. Elle faillit hurler, se l'interdit en s'enfonçant les ongles dans les paumes. Le drac avait de nouveau disparu. Son comportement demeurait une énigme. Quel dessein poursuivait-il ? L'avait-il conduite sur cet éperon rocheux afin qu'elle puisse contempler et compter ses ennemis, les ennemis du Drac, les ennemis d'Arkane ? Elle se raisonna : l'heure de la revanche sonnerait tôt ou tard, elle s'offrirait elle-même le plaisir de rentrer son arrogance dans la gorge de Jiun.

Un crissement domina le brouhaha et le silence descendit sur la salle, à peine troublé par une respiration précipitée. L'œil-de-pierre et les autres s'installèrent sur les premières rangées des gradins. Oziel devina qu'ils contemplaient une scène, sans doute la scène où l'avaient conduite les servants deux sixtes plus tôt. Elle n'avait pas la possibilité de l'entrevoir de l'éperon où elle était allongée.

Une voix vibrante s'éleva et gagna peu à peu en puissance.

— Daigne recevoir notre offrande, ô Hilyaon. Que ce sang, que cette souffrance te nourrissent, puisses-tu revenir des profondeurs où tu fus banni, puisses-tu recouvrer la gloire et la puissance qui étaient tiennes voilà de cela des millénaires, puisses-tu triompher de tes ennemis, que ton règne vienne et se prolonge jusqu'à la fin des temps.

Un gémissement étouffé et une succession de cliquetis ponctuèrent sa psalmodie. Une tension soudaine figea l'assistance. Les premiers hurlements retentirent, effroyables. Oziel eut beau plaquer de toutes ses forces les paumes de ses mains sur ses oreilles, ils continuèrent de lui perforer les tympans. Elle ne sut pas combien de temps les cris se prolongèrent, mais lorsque le silence retomba, elle se rendit compte qu'elle pleurait tandis que, deux perches plus bas, les fils de famille et les autres comploteurs, surexcités, commentaient le spectacle à grand renfort d'exclamations et de rires.

12

SIXORNES

Que ton cœur soit pur lorsque tu croises une sixorne,
Ou elle, l'envoyée des déesses, te punira de tes fautes,
Que tes pensées soient douces devant une sixorne,
Ou elle, la déesse incarnée, se montrera sans pitié,
Que les hommes fassent de leur monde un paradis,
Ou elles, les messagères des déesses, déserteront le pays
d'Arkane,
Que les hommes rétablissent rapidement l'harmonie,
Ou elles, les servantes des déesses, s'en iront pour toujours,
Que jamais un homme ne tue une sixorne,
Ou viendront les heures sombres, les temps du malheur,
Où les vivants envieront les morts.

La légende des sixornes,
La Geste arkanienne,
Tradition des diseurs du Chœur,
Arkane

LES FORMES ENCORE INDISTINCTES AVANÇAIENT EN RANGS
tellement serrés qu'elles ne formaient qu'un seul et gigantesque
corps occupant pratiquement toute la largeur de l'espace dégagé
entre la forêt et le tertre rocheux où Orik, Renn et les mécros avaient
passé la nuit.

— Des animaux…

Le grondement de plus en plus puissant avait contraint le
guerrier à hurler.

149

— On dirait des… (La pointe de la langue de Garaï humecta furtivement ses lèvres sèches.)… sixornes !

Il avait prononcé ce mot d'une voix empreinte d'incrédulité et de terreur.

— Les sixornes ne sont que des légendes, objecta Xug.

— Il faut croire que non. Il y en a même des centaines devant nous.

Les détails se précisaient à la lumière du jour naissant. Les pattes puissantes des animaux frappaient le sol avec une régularité de métronome, soulevant dans leur sillage un nuage de poussière et de mousse pulvérisée. Plusieurs cornes effilées, noires, légèrement recourbées ornaient leurs museaux allongés, dont l'une, la plus grande, la plus claire également, se dressait au milieu de leur front. Leurs yeux brillaient avec une extraordinaire intensité, jetant des éclairs étincelants qui tissaient au-dessus d'eux une trame lumineuse instable. Chacun d'eux pesait sans doute une dizaine de quintaux. Robe brune rayée de noir, cous massifs, poitrails musculeux, ils fonçaient droit devant eux, tête baissée, cornes en avant, comme poussés par un vent de panique.

— Nous devons dévier leur course, cria Orik. Ou ils nous réduiront en bouillie.

— Ils éviteront peut-être la butte sur laquelle nous…

Orik interrompit Garaï d'un geste du bras.

— Pas question de prendre le risque. Placez vos meilleurs archers devant. Qu'ils visent les animaux du milieu. Ils doivent en tuer quelques-uns pour séparer le troupeau en deux.

Aucun mécros ne bougea. La multitude approchait à vive allure, et leur refuge paraissait précaire à Renn tout à coup, incapable en tout cas de contenir l'immense déferlante qui s'apprêtait à les engloutir.

— Qu'est-ce que vous attendez ? glapit Orik.

— La légende dit : malheur à l'humanité si un homme tue une sixorne, répondit Garaï.

— Une foutue légende ! gronda le guerrier. Ces bêtes, elles, sont bien réelles.

Garaï baissa la tête, incapable de soutenir le regard de son interlocuteur. Le front du troupeau galopait désormais à moins de deux arpents de la butte. Le sol tremblait de plus en plus, des fissures apparaissaient çà et là, des rochers s'arrachaient de la terre et basculaient dans la pente.

—Donnez-moi un arc! ordonna Orik.

Un mécros s'avança de deux pas et lui remit son arc et ses flèches.

—M'aideras-tu, Renn?

L'apprenti se remémora ses jeux d'enfant sur les rives de l'Odivir, ses chasses aux ibis mauves avec un arc rudimentaire fabriqué par ses soins, sa nervosité et sa maladresse au moment de décocher ses flèches. Embusqué dans les roseaux, il n'avait jamais réussi à toucher l'un des grands volatiles dont la chair savoureuse en faisait un mets recherché.

—Alors? aboya Orik.

Renn se rendit compte qu'un arc et un carquois empli de flèches flottaient devant ses yeux, tendus par un mécros au visage découvert et criblé d'excroissances de deux pouces de longueur. Il s'en saisit machinalement et, oubliant la lourdeur de ses membres et le poids de son épée qui le déséquilibrait, se positionna près du guerrier au bord du tertre.

—Attends qu'elles soient à moins d'un arpent pour tirer. Vise celles du milieu. Il ne faudra pas perdre de temps pour encocher les flèches suivantes. Prêt?

Surpris par la dureté du bois, Renn peina à bander l'arc, à maintenir la flèche droite, à maîtriser ses tremblements. À ses côtés, Orik avait effectué les mêmes gestes sans effort apparent, avec un calme et une détermination qui chassèrent les appréhensions de l'apprenti. Il plissa les paupières pour mieux distinguer les sixornes, de plus en plus impressionnantes au fur et à mesure qu'elles se rapprochaient. Une pensée incongrue le visita: comme le rogre rencontré sur le glacier, leur puissance et leur grâce en auraient fait de parfaits modèles pour l'enchantement. Ces masses en mouvement étaient des cibles autrement plus difficiles que les paisibles ibis mauves perchés sur une patte dans le limon du fleuve. Fallait-il vraiment les tuer? Il avait entendu des histoires au sujet des sixornes, ces divinités bienveillantes qui, vivant aux confins orientaux du pays d'Arkane, n'apparaissaient aux êtres humains que pour les avertir d'un danger ou exécuter les sentences divines. Les mécros demeuraient toujours immobiles derrière lui. Que craignaient-ils?

La malédiction les avait déjà frappés, et transgresser l'interdit n'aurait pas changé grand-chose à leur sort. Renn s'arc-bouta sur ses jambes pour résister aux vibrations du sol. Le troupeau grossissait à une vitesse effarante dans son champ de vision ; les éclairs crachés par les naseaux des sixornes devenaient par instants aveuglants.

—Maintenant, souffla Orik.

Renn tira sa première flèche. Une bête fauchée roula sur le sol dans un éclaboussement de lumière et provoqua la chute des congénères qui la suivaient. L'apprenti encocha immédiatement un deuxième projectile et tira sans marquer la moindre hésitation. Ses frayeurs envolées, il accomplissait chacun de ses gestes avec une sérénité et une fluidité qui ne l'étonnaient même pas. Deux autres animaux, frappés au poitrail, s'effondrèrent et désorganisèrent un peu plus le troupeau.

—Encore ! hurla Orik.

Les premières lignes n'avaient pas ralenti, mais la brèche s'agrandissait et commençait à les scinder en deux. Ils décochèrent encore chacun deux flèches et touchèrent deux sixornes supplémentaires avant que leurs congénères lancées à toute allure n'arrivent à leur hauteur. Elles poursuivirent leur course déviée par les tirs d'Orik et de Renn et filèrent de chaque côté de la butte. L'écoulement du flot parut durer une éternité. Le troupeau comptait plusieurs milliers de têtes et soulevait un sillage de poussière et de chaleur qui submergeait le sommet du tertre.

—On ne voit plus rien, maugréa Renn.

—On ne peut rien faire d'autre qu'attendre, fit Orik. Espérons que les cinq bêtes que nous avons tuées suffiront.

—Je ne sais même pas combien j'en ai touché…

—Une, précisa le guerrier.

Sa réponse ne souffrait aucune contestation.

—Je n'ai pas été d'une grande utilité, marmonna l'apprenti.

—Quatre n'auraient peut-être pas suffi.

—J'ai attiré sur moi le malheur…

Orik lui lança un regard sarcastique.

—Ne me dis pas que tu ajoutes foi à ces enfantillages !

Renn ne jugea pas nécessaire de répondre : il ressentait, dans sa chair, la même ombre, le même froid que celui diffusé par l'épée, mais en plus intense, comme si chaque parcelle de son corps en était désormais imprégnée, comme si la malédiction s'enracinait en lui.

Le troupeau s'éloigna enfin, le silence retomba sur les environs et le vent dispersa la poussière. Les milliers de sabots avaient creusé un sillon sombre d'une demi-lieue de largeur. Des insectes noir et rouge surgis de nulle part grouillaient déjà autour des cinq cadavres qui jonchaient la terre dénudée.

Orik se tourna vers Garaï.

— D'où viennent ces animaux?

Le mécros resserra les bandelettes sur son visage avant de répondre :

— Lorsque les sixornes déserteront le pays d'Arkane, alors viendront les heures sombres, les temps du malheur où les vivants envieront les morts.

— Ça veut dire quoi, ce charabia?

— La légende…

— Une légende n'est pas une réalité.

— Jusqu'à ce jour, les sixornes n'étaient pas une réalité non plus.

— Qu'est-ce qui a pu provoquer leur panique?

Garaï haussa les épaules.

— Qui peut le savoir? Elles sont les messagères des déesses.

— Je dirais plutôt qu'elles ont été affolées par la horde. Possible qu'on se soit servi d'elles pour se débarrasser de nous. Ce qui confirmerait que nous sommes repérés.

Ils descendirent de la butte et contemplèrent les bêtes tuées par les flèches d'Orik et de Renn. De près, elles paraissaient encore plus imposantes, à la fois gracieuses et puissantes. Les pointes de leurs cornes, au nombre de six pour trois d'entre elles, de sept pour une autre, de neuf pour la dernière, étaient aussi effilées que des aiguilles. Les mécros n'osant pas retirer les flèches de leur chair, Orik s'en chargea avec son efficacité coutumière et nettoya les têtes métalliques en les frottant sur le poil brun et noir des cadavres.

— On pourrait en dépecer une pour reconstituer nos réserves de viande, proposa-t-il. Ça nous changerait du ralaine.

— Pas question! s'insurgea Garaï.

Orik n'insista pas, évitant d'accentuer le ressentiment des mécros. Xug, en tout cas, garda ses distances avec Renn lorsqu'ils se remirent en chemin, comme s'il refusait de prendre sur lui une part de la malédiction. Le jeune mécros aurait sans doute préféré être écrasé par les sabots des sixornes ou éventré par leurs cornes plutôt que d'en abattre une.

L'apprenti marchait en silence derrière Orik, les mollets de nouveau battus par la pointe de son épée, rattrapé déjà par la fatigue, assailli de sombres pensées. L'impression grandissait en son for intérieur qu'il avait trahi maître Hauhorn en abattant une sixorne, que la lumière s'enfuyait de lui, qu'il était à jamais renié par l'enchantement. Depuis qu'il avait accepté de guider le guerrier jusqu'à l'Odivir, les choses allaient de mal en pis. La mort moissonnait dans les pas d'Orik : l'enchanteur de pierre, la famille dans la masure, les mécros, le serkar, le flaireur, les sixornes... Même s'il n'était pas responsable de leur fin, même si certains appartenaient à l'armée ennemie, le guerrier semblait être l'envoyé des ténèbres, une porte par laquelle s'engouffrait le malheur provenant de l'autre versant du massif de l'Ostian. Renn riva son regard sur les talons d'Orik qui, devant lui, soulevaient régulièrement le bas de sa cape. L'envie soudaine, violente, le traversa de tirer l'épée de la gaine que son compagnon portait dans le dos et de la lui enfoncer entre les omoplates. Sa mort suffirait peut-être à rétablir l'équilibre et à ramener l'harmonie. Il y renonça, d'une part parce qu'il n'avait aucune chance face à un combattant de sa trempe, d'autre part parce qu'il savait, au fond de lui, que la désolation rongeait depuis bien longtemps le pays d'Arkane.

Le guerrier lui lança un regard furtif par-dessus son épaule : Renn y lut de la provocation, de l'ironie, comme si Orik avait deviné ses sombres pensées.

Hors de la bulle protectrice du chariot de son père, la forêt parut à Renn nettement plus hostile que lors du voyage aller. Obscure, dense, irrespirable. Des cris étranges, glaçants, brisaient de temps à autre le silence sépulcral. Les branches basses des arbres géants barraient par endroits le passage et les contraignaient à ramper sur un sol humide et pestilentiel. Des bulles grises éclataient sur leur passage et libéraient des nuages de spores qui s'infiltraient dans les narines et les gorges, provoquant des démangeaisons intolérables.

Ils trouvèrent les restes d'un campement au milieu de fougères argentées hautes de plus d'une toise.

—La horde, murmura Garaï.

Orik désigna les os, les sabots et les têtes hérissées de cornes disséminés sur le sol.

—Ça n'explique pas la migration massive des sixornes, mais ils ont bien quelque chose à voir avec la panique du troupeau.

—La fuite des sixornes est un mauvais présage, déclara Garaï. La malédiction s'est déjà abattue sur les mécros, elle va maintenant s'étendre à toute la population d'Arkane.

—Il y a encore une possibilité d'intervenir, affirma Orik.

—Si l'armée du Nord est aussi puissante que tu le dis, qui pourra l'arrêter ? La Légion des Hauts d'Arkane ? Les troupes des familles régnantes ? Elles sont tout juste bonnes à réprimer les rares révoltes qui secouent la cité et à rançonner les paysans des plaines.

—Tu es en train de me suggérer de renoncer ?

D'un regard pénétrant, Garaï tenta de sonder les intentions de ses hommes.

—Nous n'avons plus beaucoup de temps à vivre de toute façon, répondit-il. Peut-être serait-il préférable que nous le passions avec nos femmes et nos enfants ?

—Moi, je veux continuer et voir le fleuve, affirma Xug.

—Facile pour toi, tu n'es pas chargé de famille, lança un homme sur sa droite.

—L'occasion nous est offerte de changer le cours des événements. (Les yeux du jeune mécros flamboyaient ; un coup de vent fit frissonner les fougères au-dessus de sa tête.) Nous sommes des parias, condamnés à croupir dans une vie misérable. Qu'est-ce que nous risquons ? La mort ? Elle me paraît mille fois préférable à cette vie. Faites ce que vous voulez, je continue.

—Avec ces tueurs de sixornes ? cracha quelqu'un.

—Nous ne serions pas là pour en discuter s'ils ne les avaient pas tuées.

Renn fixa Xug d'un air étonné.

—Nous refusons de prendre nos responsabilités en nous réfugiant derrière les légendes, poursuivit le jeune mécros. Il est temps pour nous de relever la tête. Vos femmes et vos enfants ne vous en voudront pas. Mieux : ils vous respecteront, ils vous admireront, ils ne vous en aimeront que davantage. (Il s'avança vers Renn et lui posa la main sur l'avant-bras.) Je ne me suis pas tenu à l'écart parce que j'étais fâché contre toi, ou que j'avais peur de la malédiction, mais parce que j'avais honte de moi, honte de nous. Désormais, je me battrai à vos côtés quoi qu'il arrive, quels que soient nos ennemis. Et je verrai enfin le fleuve.

Renn n'eut pas d'autre réaction qu'une moue embarrassée. La détermination de Xug contrastait avec ses propres interrogations, ses propres doutes. Entraîné malgré lui dans une aventure qui le dépassait, il n'était pas et ne serait jamais un guerrier, seulement un apprenti enchanteur de pierre qui venait tout juste de lever un coin du voile sur le secret de maître Hauhorn et qui, déjà, voyait la grâce se détourner de lui. Sitôt qu'il aurait conduit Orik sur les rives de l'Odivir, il regagnerait la maison et l'atelier du massif de l'Ostian, s'assiérait devant les blocs jusqu'à ce que la pierre lui révèle ses mystères ou qu'il meure d'inanition. Puisque son maître avait disparu – il rencontrait encore des difficultés à se convaincre de sa mort –, il devrait parcourir lui-même le chemin jusqu'au cœur lumineux de la matière. S'il n'y parvenait pas, sa vie ne serait qu'un immense gâchis, et la confirmation de ce que son père pensait de lui. Il faillit jeter son épée, plus venimeuse qu'un zisse ; il s'en abstint pour ne pas offenser les mécros qui la lui avaient offerte.

Orik dévisagea les hommes l'un après l'autre.

— Que décidez-vous ?

— Chacun prendra sa décision, répondit Garaï.

Une douzaine de mécros exprimèrent leur volonté de rebrousser chemin et de rejoindre leurs familles dans la cité souterraine des collines noires. Cinq d'entre eux, Xug, Garaï, deux archers et un solide gaillard du nom de Tanch, résolurent de suivre Orik et Renn sur la piste de la horde jusqu'aux rives de l'Odivir.

Orik se mit en chemin sans un mot ni un coup d'œil en arrière. Renn, accélérant le pas, le rattrapa trois arpents plus loin.

— Pourquoi n'avez-vous pas cherché à les convaincre de rester avec nous ? Nous ne sommes plus assez nombreux pour affronter la horde.

Le guerrier tira son épée pour élaguer des branches qui obstruaient le passage.

— Une poignée d'hommes déterminés est préférable à une troupe nombreuse affaiblie par l'indécision.

Les sept hommes s'enfoncèrent peu à peu dans le ventre de la forêt. Renn n'avait aucun souvenir des paysages qu'ils traversaient. Sans doute avait-il dormi davantage qu'il ne le pensait dans le chariot de son père, ou avait-il dissipé son ennui dans d'interminables rêveries. Il ne se rappelait pas ces arbres aux formes torturées, ces buissons aux branches rampantes couvertes de feuilles luisantes et noires, ces fleurs géantes aux pétales rouges qui se refermaient dans un claquement sec pour dévorer les insectes butineurs, ces rochers gris et recouverts de mousse d'où dévalaient des cascades d'une eau pure et fraîche, ces lianes entrecroisées tissant des filets serrés qu'il fallait tailler à coups d'épée ou de coutelas. L'apprenti se demandait, même si son père était descendu à plusieurs reprises avec une hache en grommelant, comment un attelage de deux bœufs traînant un grand chariot avait pu se frayer un passage dans une végétation aussi dense. Des lambeaux de tissu ou des touffes de poils accrochés aux épines, des déjections animales ou humaines jalonnaient le passage de la horde. Ils progressaient en silence, poussant des ahanements lorsqu'il fallait trancher des lianes aussi épaisses que des troncs tombées des frondaisons ou traverser des buissons hérissés d'épines noires, probablement vénéneuses, plus longues et larges qu'un doigt.

— Si la horde est passée avant nous, le chemin devrait être ouvert, pesta Renn.

Xug, qui marchait à ses côtés, désigna les branches desséchées jonchant le sol.

— La végétation repousse instantanément. Sinon, on verrait le sillage laissé par le troupeau de sixornes…

L'apprenti escalada un rocher pour jeter un regard en arrière : le passage qu'ils venaient tout juste d'ouvrir se refermait déjà derrière eux. La forêt se hâtait d'effacer les traces de ceux qui la traversaient.

Ils trouvèrent les essences odorantes qu'ils cherchaient au bord d'un petit étang bordé de roseaux, des arbustes dont les feuilles grisâtres diffusaient des effluves âcres, presque insupportables.

— Des lupats, précisa Garaï. Avec ça, les flaireurs ne pourront plus percevoir nos odeurs.

Ils cueillirent les feuilles qu'ils frottèrent sur leurs cheveux, sur leurs visages, sur leurs vêtements. Renn se sentit imprégné d'une odeur immonde dont aucun bain ne pourrait un jour le purifier. Ils emplirent un sac de jute de feuilles pour renouveler l'opération au besoin et repartirent après s'être reposés sur des rochers lisses surplombant l'étang figé et nourris de viande séchée de ralaine.

Ils marchèrent jusqu'à la tombée de la nuit. La forêt s'éclaircissait, les intervalles augmentaient entre les arbres, l'espacement des buissons facilitait leur progression. La fatigue s'abattait de nouveau sur Renn, régulièrement distancé par les autres. L'envie le tenaillait de se débarrasser du fardeau de l'épée, de retrouver une légèreté physique et morale perdue depuis que le guerrier avait fracturé la porte de l'atelier de maître Hauhorn.

— Là-bas !

Xug désignait une lueur tremblotante entre les troncs d'arbres dans le lointain.

— Un feu de camp, murmura Orik.

— La horde ? demanda Garaï.

— Je vais m'en assurer…

Le guerrier puisa dans le sac une poignée de feuilles qu'il frotta avec minutie sur tout son corps.

— Vous ne bougez pas jusqu'à ce que je revienne, compris ?

— Et si tu ne reviens pas ? objecta Garaï.

— Ce sera à vous de prendre l'initiative. (Orik jeta les feuilles devant lui avant d'ajouter, avec un sourire de défi.) Je reviendrai.

13

ŒIL-DE-PIERRE

Il ne fait pas bon croiser l'œil-de-pierre,
Que le pétrocle te fixe,
Et tu te transformes en roche millénaire,
Ton agonie durera des siècles et des siècles,
Nul ne pourra te délivrer de ta prison,
Ton âme piégée épousera l'interminable temps,
Elle ne connaîtra ni repos ni oubli,
Consciente dans la matière dense qui la retient,
À jamais tournée sur son malheur,
Ne dit-on pas : malheureux comme les pierres ?

Chanson populaire des Labeurs,
Arkane

COMBIEN DE TEMPS LES CRIS AVAIENT-ILS DURÉ ? OZIEL AURAIT ÉTÉ incapable de le dire. Toute la nuit sans doute. Les bourreaux s'y entendaient pour prolonger l'agonie des suppliciés, dont la souffrance avait déclenché les transes des spectateurs répartis sur les gradins. Les incantations et les psalmodies obsédantes des servants de la Désolation n'étaient sans doute pas étrangères à l'hystérie qui s'était emparée de la petite assemblée. Seul l'œil-de-pierre n'avait pas bougé ni mangé l'un des morceaux de chair offerts par de jeunes servants dans des assiettes métalliques. Les autres les avaient dévorés à belles dents en vidant des hanaps emplis d'un liquide rouge qui ne pouvait être que du sang.

Oziel avait balancé durant la cérémonie entre frayeur, révolte et dégoût. À la peur persistante d'être découverte, s'étaient associés

159

l'inconfort de sa position et les tremblements nerveux provoqués par les hurlements des suppliciés. Les tiraillements des bubons s'étaient également accentués. Le découragement se diffusait en elle comme un lent venin. Les chances étaient minimes que Matteo eût survécu dans les Fonds, décrits par la rumeur comme un véritable enfer. Que pouvait-elle faire, seule, affaiblie, face à l'alliance de six maisons régnantes, de la Légion des Hauts, des pétrocles et des fanatiques de la Désolation ? La nouvelle disparition de l'animal symbole de sa famille semblait indiquer que lui-même ne plaçait que peu d'espoirs dans la dernière descendante de la maison du Drac. Comment pourrait-elle traverser, sans assistance, les niveaux intermédiaires encore plus incertains, plus dangereux, que les Hauts ?

Après avoir salué le pétrocle toujours assis, les membres de l'assemblée refluèrent vers la porte dans un brouhaha de voix et de pas. Quand tous furent sortis, le servant qui avait accueilli la veille les quatre captifs escortés par la Légion apparut dans le champ de vision d'Oziel, s'avança vers les gradins et s'immobilisa face à l'œil-de-pierre.

— Nos alliés vont bientôt arriver, servant suprême, déclara ce dernier.

La voix grave du pétrocle avait quelque chose d'hypnotique ; ses mots paraissaient emberlificoter son interlocuteur dans les mailles d'un invisible filet.

— Nous devons être prêts à les accueillir, poursuivit l'œil-de-pierre.

— Nous avons éliminé notre principal adversaire, affirma le servant. Les autres patriarches n'ont ni sa clairvoyance, ni son envergure. Ils n'opposeront qu'une résistance de principe.

— A-t-on repris la survivante du Drac qui s'est enfuie ?

Le servant s'assit à son tour sur un siège de la première rangée des gradins en gardant une distance de plusieurs pas entre lui et l'œil-de-pierre.

— On ne l'a pas encore capturée, répondit-il après avoir épousseté du bout des doigts sa tenue noire et mis un peu d'ordre dans ses cheveux clairsemés. La Légion, les armées des familles et des bandes de sicaires sont mobilisées pour la retrouver. Ce crétin de Sylver de l'Aigle n'a pas pu résister à ses pulsions sordides.

Il n'avait jamais été question d'épargner cette fille. Mais ce n'est qu'une question de temps. Quelle importance de toute façon? Qu'avons-nous à craindre d'une femme seule?

— Nous devons éliminer tout facteur d'incertitude, servant suprême.

L'impact de la voix du pétrocle, dont le volume avait subitement augmenté, laissa quelques instants son interlocuteur sans réaction. Oziel elle-même en ressentit toute la puissance, une crispation du ventre, une oppression, un engourdissement, un ralentissement de l'activité cérébrale.

— Une certitude, en tout cas... (Le servant rencontrait de sérieuses difficultés à transformer en mots ses pensées.) Elle... elle n'est toujours pas sortie des Hauts. Nous avons posté des gardes en permanence à la Porte du Laz.

— Ne la sous-estimez pas. Elle projette sans doute de rejoindre son frère aîné dans les Fonds.

— Matteo? (Le servant ricana.) Il doit être mort depuis longtemps! Les conditions d'existence dans les Fonds autorisent aux bannis une espérance de vie maximale de deux ans.

— Ne sous-estimez pas non plus les ressources d'un homme comme lui.

— Ne vous inquiétez pas: le Drac est bel et bien anéanti. Bientôt, grâce à vos alliés, Hilyaon moissonnera en abondance et remontera des profondeurs pour instaurer son règne.

L'œil-de-pierre se leva et marcha vers la porte d'un pas lent, pesant.

— Qu'il en soit ainsi, ajouta-t-il avant de sortir.

Le silence redescendit sur la salle. Oziel ne s'autorisa à détendre ses membres douloureux que longtemps après le départ du servant. La conversation entre les deux hommes – l'œil-de-pierre appartenait-il à l'espèce des hommes? – lui avait rendu sa détermination. Les mots du gardien de la parole de la Résurrection prenaient une résonance singulière à la lueur de ce qu'elle venait d'apprendre: « *Le drame qui se joue dans les Hauts ne concerne pas seulement les populations d'Arkane, il regarde l'ensemble des êtres vivant sur les Terres du Méridian... L'avènement des ténèbres... L'extinction définitive de notre espèce... L'oubli... Matteo seul a la possibilité d'orchestrer la résistance... Il est le seul rempart…* » Les frères de la Résurrection se tenaient informés de tout ce qui se tramait dans la cité d'Arkane et, s'ils lui avaient conseillé de rejoindre son frère aîné, c'était qu'ils pensaient, qu'ils savaient, que Matteo avait survécu dans les Fonds. Ragaillardie, elle réfléchit au moyen de s'échapper des entrailles de la Désolation. La faim et la soif estompaient désormais sa nausée latente. Elle hésita entre rebrousser chemin par les conduits étranglés et sinueux, ou sauter de son promontoire et couper par la grande salle.

Une odeur et un froissement familiers l'avertirent quelques instants avant son apparition que le drac était de retour. Elle n'eut pas le temps de s'en réjouir : la créature ailée traça une série d'arabesques enflammées au-dessus de sa tête avant de piquer tout droit vers les gradins, lui montrant la voie à suivre. La hauteur de deux perches parut soudain vertigineuse à Oziel. Elle décida de la réduire d'un peu moins d'une toise en se suspendant par les mains au bord de l'éperon. Se laissa glisser sur un côté de l'avancée rocheuse. N'y resta pas accrochée très longtemps : ses doigts ripèrent et, happée par le vide, elle tomba lourdement sur le sol en contrebas, tenta d'amortir sa chute en fléchissant les jambes, roula sur elle-même, se releva, un peu étourdie, s'assura qu'elle n'avait rien de cassé, rajusta les bandelettes autour de son visage, vérifia que la serre et la fiole d'antidote se trouvaient toujours dans la poche de sa robe, et, d'une allure encore chancelante, rejoignit le drac dans l'allée entre les gradins.

Elle parcourut un premier couloir éclairé par des lampes suspendues. Aucun servant n'étant en vue, elle suivit la créature ailée qui, sans hésitation, s'était orientée vers la droite. Elle enfouit la main dans la poche de sa robe et garda les doigts serrés sur le manche de la serre. Le contact du fer la rassura. Le couloir s'achevait par un étroit escalier taillé dans la roche. Le drac survola les premières marches et s'évanouit dans la pénombre. Ne percevant dans le silence que le froissement des ailes de son petit guide et des bruits lointains d'écoulement, elle s'efforçait de gravir sans bruit les marches usées. Les chaussures de Haldre lui blessaient de nouveau les pieds. La fatigue accumulée des derniers jours, la faim et la soif minaient son organisme déjà rongé par la maladie. Les flammes fugaces émises par le drac étaient les seules sources d'éclairage.

Une autre lueur, plus haut.

Des pas.

Elle s'immobilisa. Quelqu'un dévalait l'escalier. Elle tira la serre de la poche de sa robe, se plaqua contre la paroi rocheuse et appliqua le conseil de maître Mazin avant un assaut : contrôler sa respiration, interdire au souffle de s'emballer, de perturber la coordination entre l'esprit et le bras. La lumière instable d'une torche écarta les ténèbres et révéla la silhouette d'un servant. Il ne poussa pas un cri ni ne tourna les talons lorsqu'il aperçut la fuyarde quelques marches plus bas, il se contenta de la dévisager. Elle le reconnut en dépit de la faible luminosité de la torche : Arjo, le servant aux cheveux blonds et au teint pâle avec lequel elle avait échangé quelques mots la veille. Le regard du jeune homme passait tour à tour de son visage à la serre qu'elle tenait levée devant elle.

—Je vous cherchais, chuchota-t-il.

—Pourquoi ?

—Pour vous aider.

—Pourquoi voulez-vous m'aider ?

Il lança un coup d'œil vers le haut de l'escalier avant de répondre, toujours à voix basse :

—Je sais qui vous êtes.

Elle l'invita à poursuivre d'un mouvement de tête.

—Dame Oziel du Drac.

—Comment le savez-vous ?

—Je suis en contact permanent avec quelqu'un de la Résurrection : mon frère jumeau.

—Je croyais que Résurrection et Désolation n'avaient aucun lien.

—En principe, non. Mais Jifar et moi, nous communiquons à distance. Il serait plus exact de dire que nous ne pouvons rien nous cacher l'un l'autre. Comme si nous étions le même esprit en deux personnes. J'ai lu en lui que vous aviez l'intention de descendre vers les Fonds et que, pour passer inaperçue, on vous avait inoculé la mécrose. Vous aviez la réputation d'être très belle avant d'être déformée par la maladie.

Elle chassa d'un soupir la mélancolie qui se déployait en elle.

—Comment se fait-il que deux frères se retrouvent dans des confréries ennemies ?

—L'attrait du lucre de nos parents : ils m'ont vendu aux envoyés de la Désolation et vendu Jifar à ceux de la Résurrection. Mon père est ferronnier au niveau des Marches. Il estimait sans doute qu'il ne gagnait pas assez d'argent. Vous pouvez ranger votre lame. Vous n'aurez pas besoin de me tuer comme vous l'avez fait des trois servants chargés de vous préparer pour le sacrifice.

La pensée effleura Oziel qu'Arjo essayait de l'attirer dans un traquenard. Elle chercha le drac des yeux, ne le repéra nulle part, comprit qu'il ne se montrerait pas tant qu'elle serait en compagnie d'une tierce personne, amicale ou hostile, remisa la serre dans la poche de sa robe.

—Jifar est heureux à la Résurrection, reprit Arjo. Moi, je veux m'en aller. Retourner dans les Marches. Me venger de mes parents. Découvrir le monde en dehors de la cité. Je descendrai avec vous.

—Dangereux, objecta-t-elle. Les populations des niveaux inférieurs sont impitoyables avec les mécrosés.

—Justement : à deux, nous augmenterons nos chances.

—Vous ne croyez donc plus en votre dieu ?

Le regard du jeune servant resta un moment rivé sur la flamme moribonde de la torche.

—Vous l'avez dit hier : Hilyaon n'est qu'un monstre enfanté par la perversité des hommes. Les servants de la Désolation veulent lui sacrifier la population entière d'Arkane en pensant qu'ils lui redonneront chair. On les a manipulés : ils ne se rendent pas compte que c'est la fin des temps, l'anéantissement total qu'ils préparent.

—Qui les manipule ?

—Les pétrocles.

—Que savez-vous des pétrocles ?

Arjo haussa les épaules.

—Pas grand-chose. Seulement qu'ils viennent d'une contrée très lointaine et qu'ils exercent leur pouvoir sur les esprits.

—Savez-vous si mon frère Matteo a trempé dans les sacrifices ?

—Je ne suis servant que depuis deux ans. J'ai appris par Jifar qu'un complot a été ourdi contre la maison du Drac, dirigé en sous-main par la Désolation et les pétrocles, mais je n'en connais pas les détails. (Il se tut et, comme un animal aux aguets, se tint un petit moment à l'écoute du silence.) Suivez-moi, reprit-il.

— Une dernière question : comment m'avez-vous retrouvée ?

Il se lança immédiatement à l'assaut de l'escalier, de plus en plus raide et étroit au fur et à mesure qu'il s'élevait.

— L'intuition, répondit-il sans se retourner. La chance. Le destin, si vous préférez.

Ils durent s'arrêter et reprendre leur souffle à plusieurs reprises avant d'atteindre un palier qui, selon Arjo, donnait sur les réserves et les cuisines.

— Il nous faut les traverser, précisa le jeune servant. Il n'existe qu'une seule issue.

— Les légionnaires nous ont amenés ici par un autre chemin…

— Je ne le connais pas. Et puis, nous n'allons pas prendre le risque de nous jeter dans la gueule de la Légion. (La voix d'Arjo était devenue tranchante, presque blessante.) Il est préférable de franchir les salles d'accueil, probablement le passage le plus délicat, puis de sortir par la porte principale gardée en permanence par deux hommes.

— Vous avez une idée de la façon de…

— On s'en occupera le moment venu, l'interrompit le servant.

La torche s'éteignit, comme vaincue par les ténèbres. Oziel se demanda où était passé le drac : pourquoi ne s'était-il pas caché sous sa robe ? Avait-il le pouvoir de se rendre invisible ? Se tenait-il à ses côtés en cet instant ? Lui transmettait-il l'énergie qui lui permettait de continuer malgré son épuisement ? Elle bouillait d'impatience de quitter cet endroit de malheur, de revoir la lumière du jour, de sentir la caresse du vent et la brûlure du soleil sur sa peau. Sa peau… qu'en restait-il ? Un amas d'excroissances qui la métamorphosaient en aberration, en abomination. Elle voulut battre le rappel des souvenirs des jours heureux, en vain, comme s'ils avaient à jamais déserté sa mémoire. Elle se mordit l'intérieur des joues pour ne pas verser les larmes qui lui embuaient les yeux. La tentation la visita encore de boire le contenu de la fiole d'antidote, de recouvrer son apparence originelle, d'effleurer du bout des doigts la soie de sa peau. Puis les mots du gardien de la parole s'élevèrent du fracas de ses pensées : « *Ta beauté serait une faiblesse dans les niveaux inférieurs…* », et elle se ressaisit : elle avait mieux à faire que s'apitoyer sur son sort.

165

Ils s'engagèrent avec prudence dans une salle où étaient entreposées les réserves de nourriture, dérangeant quelques gobats en maraude. Leurs yeux s'accoutumant à l'obscurité, ils entrevoyaient les formes grises et anguleuses des étagères de bois, les arrondis des voûtes, ainsi que les amas pyramidaux de sacs de grains. Des relents de légumes avariés, de viande séchée, de céréales fermentées et de graisse supplantaient l'odeur de moisissure des profondeurs de la Désolation.

Un bruit grandissant de pas et de voix les incita à se recroqueviller derrière l'un des grands tonneaux alignés contre un mur. Oziel se saisit de la serre. La lumière ambrée d'une lampe emplit la pièce. Deux hommes se dirigèrent vers l'une des étagères, entassèrent des vivres dans des paniers d'osier, puis rebroussèrent chemin sans cesser de bavarder.

—Allons-y, chuchota Arjo.

—Comment se fait-il qu'il n'y ait pas davantage de remue-ménage pour me reprendre? J'ai pourtant tué trois des vôtres…

Il marqua un temps de réflexion avant de répondre.

—On vous cherche. Mais discrètement, pour ne pas jeter le trouble dans l'esprit des servants.

—Discrètement?

—Avec des furtifs…

Elle avait entendu parler des furtifs, de minuscules reptiles aux écailles grises et noires utilisés pour retrouver la trace de fuyards ou de rivaux. Ils ne recouraient pas à leur flair, quasiment inexistant chez eux, mais à d'autres facultés qui restaient inexpliquées. Il suffisait de leur présenter un cheveu ou un ongle ou un bout de peau de la personne recherchée pour qu'ils se mettent en chasse. Il fallait seulement les empêcher d'enfoncer leur dard venimeux dans le corps de leur proie lorsqu'ils l'avaient identifiée. Leur venin provoquait une paralysie partielle ou totale d'une durée de plusieurs mois. Le patriarche Nunzio avait suggéré au Conseil des Sept d'interdire l'usage des furtifs dans les Hauts, mais les six autres maisons s'y étaient opposées. Des cheveux ou des bouts de peau, Oziel en avait certainement perdu dans la cellule où elle avait dormi, ou encore lors de son affrontement avec les trois servants.

—S'ils ont lancé des furtifs sur mes traces, ils finiront par me rattraper, tôt ou tard, murmura-t-elle. On dit qu'ils sont infaillibles.

166

— La maladie vous protège en vous métamorphosant.

— Je n'en suis pas aussi sûre que vous.

— Elle agit sur votre structure profonde, votre construction intime.

— De quoi parlez-vous ? s'impatienta Oziel.

— Votre maître d'éducation ne vous a donc pas appris que nous sommes constitués de minuscules briques qui déterminent à la fois nos ressemblances et nos différences ? Les vôtres sont en train de se modifier, j'en déduis que vous serez de moins en moins repérable par les furtifs.

— On ignore sur quel critère ils se basent pour remonter les pistes…

— Nous aurons bientôt les réponses.

Ils se risquèrent dans une deuxième salle où, comme dans les arrière-cuisines de la maison du Drac, étaient conservés les produits frais dans d'immenses jarres en terre cuite. D'imperceptibles courants d'air propageaient des bouffées de beurre rance. Ils entendaient à présent les éclats de voix en provenance des cuisines. La tension nouait les nerfs d'Oziel qui, la serre en main, marchait derrière Arjo.

— Je prends un peu d'avance pour vérifier que la voie est libre, proposa le jeune servant.

Elle acquiesça d'un clignement de cils.

Il ouvrit une porte de bois, disparut, revint au bout de quelques instants pour faire signe à Oziel de le suivre. Elle s'introduisit à son tour dans une pièce étroite où régnait une forte odeur de détergent. Des monceaux de récipients en métal et en terre emplissaient de grands éviers de pierre surmontés de becs ou de bouches d'écoulement. Des rayons de jour tombaient d'invisibles lucarnes sur les dalles de pierre tellement piétinées qu'elles en étaient devenues creuses et lisses.

— Une chance, souffla Arjo. Ils sont presque tous rassemblés dans le grand temple pour les invocations matinales à Hilyaon.

Le bourdonnement grave et lointain qui sous-tendait le silence corroborait les propos du jeune servant.

— Ils ne vont pas remarquer votre absence ?

— Ils présumeront que je suis souffrant ou de corvée.

La vapeur émanant de grands chaudrons suspendus à leurs crémaillères dans l'immense cheminée embrumait la cuisine principale. Plus loin, deux hommes, vêtus de tabliers sales par-dessus leurs tuniques noires, les mêmes sans doute qui s'étaient présentés dans l'entrepôt quelques instants plus tôt. L'un d'eux, corpulent, s'affairait à découper un quartier de viande sur une table massive ; le deuxième, plutôt maigre, ajoutait des condiments dans l'un des chaudrons dont il goûtait le contenu à l'aide d'une louche. Arjo choisit d'effectuer un large détour par le mur opposé pour se tenir hors de leur vue. Oziel lui emboîta le pas, courbée sur elle-même, le regard rivé sur les deux hommes. Ils parcoururent sans encombre la moitié du trajet avant qu'un cri retentisse. Le servant qui découpait la viande les avait repérés.

— Qu'est-ce que… Hé, mais ça ne serait pas la mécrosée qui a échappé au sacrifice ?

— Je lui ai remis la main dessus, affirma aussitôt Arjo avec un sang-froid et un naturel qui impressionnèrent Oziel. Je la conduis au servant suprême.

L'homme corpulent tendit son hachoir en direction de la jeune femme.

— Elle était cachée où ?

— En bas, juste au-dessus de la bouche d'Hilyaon.

— Elle n'a pas essayé de t'égorger ? Elle en a tué trois, hier.

Les deux cuisiniers délaissèrent leurs activités pour converger vers le jeune servant. La sueur ruisselait sur leurs fronts et criblait leurs tuniques noires d'auréoles grisâtres.

— La maladie l'affaiblit, répondit Arjo. Elle ne m'a opposé aucune résistance.

La serre dissimulée dans un repli de sa robe, Oziel feignit la prostration, le dos voûté, le regard perdu dans le vide.

— Elle peut encore être dangereuse, insista le gros homme en se défaisant de son tablier. Je t'accompagne chez le servant suprême.

— Inutile de t'interrompre dans ta tâche. (Le sourire d'Arjo se voulait rassurant.) Elle est parfaitement docile.

— Pas question de prendre le moindre risque, je viens avec toi. (Le cuisinier frappa sa paume du plat de la lame de son hachoir.) J'ai de quoi la calmer si elle se rebiffe.

Les doigts d'Oziel se crispèrent sur le manche de la serre. Le gros homme s'approcha d'elle et, les lèvres déformées par un rictus, l'inspecta de la tête aux pieds.

— Je me demande comment elle a pu tuer ces trois idiots, grommela-t-il. Ce sang sur sa robe, c'est sûrement le leur.

— Elle a dû les avoir par surprise, avança Arjo.

— Raison de plus pour se méfier d'elle. Allons-y : le servant suprême sera content de nous.

— Je vous accompagne, intervint le deuxième cuisinier.

— Toi, tu ne bouges pas d'ici et tu surveilles la cuisson, ordonna le gros homme.

L'autre, son subordonné sans doute, se le tint pour dit et retourna d'une allure traînante près de la cheminée. Oziel décela un début de panique dans le regard d'Arjo. Elle le rassura d'un geste furtif. Il lui signifia qu'il avait compris d'un hochement de tête, puis il se dirigea vers la sortie de la cuisine, suivi de la jeune femme et du cuisinier corpulent dont les expirations bruyantes retentissaient derrière elle comme des craillements de cracasses.

14

LE VERBEUR

Qu'y a-t-il de plus stupide qu'une poule ?
Qu'y a-t-il de plus plaintif qu'une mécrosée ?
Qu'y a-t-il de plus sinistre qu'une pluie sans fin ?
Qu'y a-t-il de plus sale qu'un porc dans sa soue ?
Un paysan des rives de l'Odivir.

Proverbes et chansons,
Tradition des diseurs du Chœur,
Arkane

LES FOUGÈRES S'ÉCARTÈRENT POUR LIVRER LE PASSAGE À ORIK.

Précédée de lueurs pâles, l'aube commençait à poindre. Enroulé dans sa cape, Renn dormait à poings fermés sur son tapis de mousse. Il avait effectué son tour de garde au début de la nuit, luttant sans cesse pour ne pas s'endormir. Lorsque Xug l'avait enfin remplacé, il s'était traîné dans un recoin sous un arbre et avait aussitôt plongé dans un sommeil profond. Réveillé par l'irruption du guerrier et les mouvements autour de lui, il s'étira de tout son long pour chasser les lambeaux de rêves accrochés à ses épaules, à son cou, à son crâne. Les premiers trilles enchantaient le silence à peine effleuré par les frissonnements des frondaisons.

— Il s'agit bien de la horde. (Orik dévorait à pleines dents un morceau de ralaine.) Une cinquantaine d'hommes, une dizaine de serkars, quatre flaireurs, deux volières à verbeurs.

— Nous ne sommes que sept, soupira Garaï. Et pas un d'entre nous n'a la force d'un serkar.

171

Orik but une lampée au goulot d'une gourde et s'essuya les lèvres d'un revers de main.

—Les serkars sont forts, mais peu endurants, ce qui les oblige à observer de nombreuses pauses. Sans ça, nous ne serions pas parvenus à les rattraper.

—De là à les affronter…

—Nous n'allons pas les combattre, mais trouver le moyen de les attirer dans un piège avant qu'ils n'atteignent les rives de l'Odivir.

—Difficile de les piéger s'ils nous ont repérés…

—Je n'en suis pas certain. Les feuilles de lupat ont sans doute suffi à tromper l'odorat des flaireurs. En tout cas, ils ne m'ont pas découvert alors que j'étais tout près d'eux.

—Que proposes-tu ?

Renn prit la gourde de peau que lui tendait Xug. Même s'il n'était pas parvenu à s'habituer au goût de l'eau, il s'efforça d'en ingurgiter plusieurs gorgées en contenant tant bien que mal ses haut-le-cœur. De la pointe de son épée, Orik traça des lignes sur la terre sèche.

—Nous allons progresser à marche forcée pour les dépasser. Il nous faut compter au minimum un jour d'avance pour nous laisser le temps de leur préparer un traquenard.

—Ils n'ont peut-être pas l'intention de semer la terreur, argumenta Garaï. Simplement de préparer le terrain pour…

—La terreur fait partie intégrante de leur stratégie, l'interrompit Orik d'un ton sans réplique. Ils feront autant de dégâts que possible, histoire de marquer les esprits. Ils ont employé les mêmes méthodes pour conquérir le royaume de Mandril. Nous devons les arrêter avant qu'ils ne sapent le moral de la population d'Arkane. Assez parlé. Nous allons effectuer un détour pour réduire les risques d'être repérés.

Joignant le geste à la parole, le guerrier remisa son épée dans sa gaine et se mit en chemin. Renn, qui aurait bien voulu bénéficier d'un répit supplémentaire, se leva et, en grognant, accéléra le pas pour rejoindre le petit groupe.

Ils suivirent un temps la direction du soleil levant, puis, alors que la forêt se transformait peu à peu en un foisonnement de buissons aux feuilles gluantes, ils s'estimèrent suffisamment loin de la horde et infléchirent leur trajectoire en piquant droit sur le zénith. La chaleur douce qui supplantait la fraîcheur matinale invita Renn à retirer sa cape et son bonnet de poil. Son corps semblait revivre à mesure qu'il se rapprochait des plaines de l'Odivir. La fatigue s'estompait, une vigueur nouvelle l'irriguait, l'épée cessait d'être un poids, il retrouvait sa légèreté d'enfant.

Korg, l'un des deux archers, abattit d'une flèche dans le cou un grand oiseau blanc qu'ils déplumèrent, embrochèrent sur une branche taillée et rôtirent sur les braises lors de la pause. Bien qu'elle eût un goût fort et qu'elle fût un peu dure, Renn trouva sa chair délicieuse en regard de la saveur doucereuse du ralaine.

—Le fumet ne va pas alerter les flaireurs de la horde? s'inquiéta Garaï.

—Aucun risque: nous avons mis entre elle et nous une distance d'au moins cinq lieues, répondit Orik.

Xug vint s'asseoir à côté de Renn, légèrement à l'écart, en veillant à ne pas frotter ses vêtements aux feuilles des buissons environnants. Une fois qu'elles adhéraient au tissu, il devenait presque impossible de les arracher et leur contact provoquait des démangeaisons insupportables.

—J'ai observé les pierres sur ton passage, déclara le jeune mécros. Je n'en ai vu aucune changer de forme.

L'apprenti ne décela pas de reproche ni de moquerie dans les propos de Xug, simplement une curiosité bienveillante. Son regard tomba sur le bâton d'Anaïth posé dans l'herbe à ses pieds.

—C'était sans doute une lubie de ma grand-mère. Elle était… (Il s'interrompit, s'apercevant brusquement qu'il parlait d'elle au passé; il chassa les pensées morbides qui éclataient comme des bulles à la surface de son esprit.) Elle est un peu… différente, originale. La seule qui m'ait donné de l'affection. Peut-être qu'elle a raconté ça pour me soustraire aux plaines de l'Odivir, à la condition de paysan.

—Tu veux dire que tu n'es pas un véritable enchanteur de pierre?

Renn mangea sa dernière bouchée de viande, froide et sèche maintenant, et la fit passer avec une gorgée d'eau.

—Je n'en sais rien: ce n'est pas toi qui choisis le pouvoir, c'est le pouvoir qui te choisit.

En prononçant ces mots, il s'aperçut qu'il avançait dans la vie comme un brin d'herbe arraché et ballotté par les bourrasques ; il ne maîtrisait rien, il n'avait aucune prise sur les événements, il subissait son destin comme il avait subi sa naissance, sa famille, son apprentissage, la volonté d'autrui. À jamais marqué du sceau de la soumission. Comme les siens.

— Je comprends, je n'ai pas non plus choisi de naître dans une famille mécros, acquiesça Xug.

Ses propres pensées et les mots de son interlocuteur ne sonnaient pas juste dans l'esprit de Renn. Au-delà des apparences, au-delà des conditionnements, existait une autre réalité, cette réalité qu'il avait effleurée dans le cœur de la roche et de la neige, cette trame lumineuse instable, splendide, que l'esprit pouvait modeler à volonté. À nouveau, il pensa que l'épée qu'il portait, la mort qu'il semait, l'éloignaient de l'enchantement transmis par maître Hauhorn. Choisir ne signifiait pas obéir à sa propre volonté, mais découvrir, au plus profond de soi, la porte secrète qui ouvrait sur d'autres mondes, sur d'autres relations à la matière et au temps.

— Nous verrons bientôt le fleuve, reprit l'apprenti avec un sourire.

— Je pourrai mourir après ça ! s'exclama Xug.

La vie, toute vie, Renn en prit conscience à l'instant, revêtait une importance capitale de la même façon que chaque éclat lumineux se révélait indispensable dans le cœur de la matière. Prendre celle de la sixorne l'avait souillé. Avait-on le droit de tuer pour défendre sa propre vie ? Pourrait-il un jour se laver de sa faute ? Ou deviendrait-il, comme Orik, un serviteur des ténèbres ? Il releva la tête et croisa le regard du guerrier assis un peu plus loin qui, tout en rongeant l'os de la cuisse du grand volatile, le fixait d'un air mi-interrogateur mi-courroucé.

Au crépuscule, un verbeur traversa le ciel empourpré une vingtaine de pas au-dessus d'eux. Korg ne le rata pas cette fois : sa flèche transperça une aile de l'oiseau, qui tomba comme une masse un arpent plus loin. Ils le retrouvèrent en train d'agoniser dans le cœur d'un buisson d'où ils l'extirpèrent avec précaution. Émerveillé par le bleu somptueux de ses plumes et l'orangé vif de son long bec légèrement recourbé, Renn se demanda s'il avait vraiment la faculté, comme le prétendait Orik, de transmettre des messages parlés à ses destinataires. Hormis ses couleurs étonnantes, rien ne le distinguait des autres volatiles. Son envergure moyenne, ses yeux ronds et noirs, ses pattes parsemées de taches grises rappelaient la faulinette des plaines, un migrateur dont le plumage brun doré se confondait avec les roseaux des bords du fleuve. Le sang maculait les plumes du verbeur, dont la gorge palpitait encore. Il émit tout à coup une suite de sons précipités, qui, lorsqu'on y prêtait attention, évoquaient un langage. L'effet était d'autant plus saisissant qu'il reproduisait à la perfection la voix humaine. Un genou en terre, Orik se pencha sur l'oiseau pour mieux l'écouter. Lorsqu'il se releva, le messager ailé avait cessé de vivre.

—Je pense avoir compris l'essentiel.

—Je croyais qu'ils ne délivraient le message qu'à leur destinataire, objecta Garaï.

—Quand ils agonisent, l'instinct leur commande de le transmettre au premier venu.

—Qu'est-ce qu'il dit?

Orik essuya d'un revers de main son front perlé de sueur.

—C'est seulement un rapport de routine: l'avant-garde compte atteindre l'Odivir dans quatre ou cinq jours et progresse sans aucune difficulté.

—Ce que je ne comprends pas, c'est pourquoi cet oiseau est passé au-dessus de nous, s'étonna Garaï. Ce n'est pourtant pas le chemin le plus court.

—Le ciel a ses propres lois. Sans doute a-t-il détecté des rapaces qui l'ont obligé à se détourner?

Ils ne s'arrêtèrent que longtemps après la tombée de la nuit, au milieu d'un plateau jonché de rochers arrondis et polis par les éléments. Renn se vit attribuer le deuxième tour de garde, Tanch se chargeant du premier. L'apprenti ne parvint pas à trouver le sommeil, les yeux rivés sur les étoiles, dérivant sur le flot tumultueux de ses pensées. Il n'avait pas rêvé la cruette réalisée dans l'atelier de maître Hauhorn. Il fut tenté de réveiller Orik, témoin du phénomène, pour lui demander de confirmer ses souvenirs. Il s'en abstint: le guerrier les avait traités, maître Hauhorn et lui, de sorciers avec un mépris et une agressivité qu'il valait mieux ne pas ranimer.

Tanch lui secoua l'épaule alors qu'il venait tout juste de s'égarer dans le labyrinthe des songes. Il crut un instant qu'une créature démoniaque flottait au-dessus de son visage, puis il reconnut les bandelettes, les yeux globuleux et la chevelure emmêlée du mécros.

— Ton tour, murmura Tanch d'une voix déjà embrumée.

L'apprenti hocha la tête, se leva comme un automate et grimpa sur la roche qui servait de poste de guet. La clarté diffuse des étoiles et du quartier de lune habillait les reliefs de voiles argentés. Aucun souffle n'agitait la nuit. Seules les respirations plus ou moins sifflantes des dormeurs profanaient le silence. Assis en haut de la roche, l'épée et le bâton d'Anaïth posés devant lui, Renn résista tant bien que mal à l'envoûtement du sommeil en observant le ciel et les environs.

Son regard accrocha, à cinq pas de lui, une pierre qui lui rappela les blocs de l'atelier de maître Hauhorn. Comme il était seul et qu'il disposait d'un peu de temps, l'idée germa en lui de vérifier qu'il avait encore la capacité de modeler la matière par la seule entremise de son esprit. Il examina le flanc arrondi de la pierre, chercha des yeux les veines, en découvrit une, noire, incurvée, qui sillonnait entre les reliefs et les cavités, la suivit jusqu'à l'orifice où elle se jetait, s'attendit à percevoir le murmure enchanteur, à perdre l'équilibre, à être happé par l'irrésistible courant, à plonger la tête la première dans la bouche minuscule ; il demeura immobile, les yeux douloureux à force de fixer la surface grenue, les muscles alourdis par la longue marche du jour, la nuque et le dos raides. La pierre lui refusait son enchantement. Il était de nouveau confronté à la matière dure et blessante, exclu du ventre de la création. Il se ressaisit, entreprit de recommencer depuis le début, se concentra sur l'orifice qui avalait la veine noire, supplia les déesses du fleuve de l'aider à retrouver les sensations fabuleuses expérimentées dans l'atelier, crut un temps que le courant l'emportait, se rendit compte qu'il tremblait seulement de colère et d'impatience.

Des larmes lui vinrent aux yeux. Il ramassa l'épée et fixa son attention sur le contact du métal rugueux et froid sur sa paume et ses doigts. C'était elle qui lui interdisait de pénétrer dans le cœur secret et ravissant de la matière, elle qui l'imprégnait de l'ombre grise et froide, elle qui éteignait peu à peu toute lumière en lui. Il se demanda si la lame avait déjà plongé dans un corps, si elle avait déjà pris une ou plusieurs vies. Les mécros ne lui avaient pas précisé, lorsqu'ils la lui avaient remise, si elle avait appartenu à quelqu'un avant lui. Il devait à présent admettre qu'il n'y avait pas de place pour les enchanteurs dans les temps de guerre. Peut-être était-ce la véritable raison pour laquelle maître Hauhorn avait quitté ce monde ?

Des pas retentirent derrière lui. La tête d'Orik émergea de la pénombre en contrebas du poste de guet.

— Tu as largement dépassé ton tour. Tu as oublié de me réveiller.

— Je n'ai pas sommeil, répondit Renn.

— On a une grosse journée demain. (Le guerrier grimpa sur la roche, s'assit à côté de l'apprenti et rabattit son skand sur ses jambes croisées.) Pourquoi ne réussis-tu pas à dormir ?

Renn jeta un regard attristé à la pierre qui lui avait refusé son ventre.

— Je me demande quelle est ma place.

— La place de chacun dépend des événements.

— Je ne suis pas un guerrier…

— C'est la guerre qui fait les guerriers.

Renn désigna son épée.

— J'ai l'impression de… perdre mon âme avec elle.

— Je dirais plutôt qu'elle t'évite de devenir un sorcier, un maudit.

La colère frémit dans les veines de l'apprenti.

— C'est plutôt dans vos yeux que je vois la malédiction !

Orik eut une réaction inattendue puisqu'il éclata de rire.

— Mon âme a vu tant de morts, tant de mutilations, entendu tant de cris, qu'elle a renoncé depuis longtemps au bonheur, à la paix. J'ai perdu une compagne et un enfant, et mon épée est devenue ma seule confidente, ma seule amie. Qu'elle me conduise à la damnation éternelle n'a aucune importance. Elle et moi ne sommes à notre place que sur les champs de bataille. Et j'espère mourir en combattant.

— Vous pensez que nous avons une chance contre l'armée des Conquérants du Nord ?

Les doigts d'Orik triturèrent un petit moment sa natte.

— Tu veux une belle histoire ou la vérité ?

— La vérité.

—Il nous faudrait un miracle. Un miracle qu'aucun dieu, aucune déesse n'est capable de nous accorder.

—Qu'en savez-vous ?

L'index du guerrier tapota le front de Renn.

—Les dieux et les déesses n'existent que dans l'esprit des idiots.

—Vous ne croyez en rien ?

Orik dégaina son épée, la planta devant lui et la contempla avec une expression d'adoration.

—Seulement en elle. Elle, elle a accompli des miracles. Va dormir maintenant.

Au loin scintillait la surface miroitante d'un lac. Le soleil qui régnait sans partage dans un ciel presque blanc arrosait le plateau d'une chaleur douce, agréable. La brise dispersait des odeurs enivrantes. Ils marchaient sans interruption depuis l'aube, toujours dans la direction du zénith. Renn se souvenait que son père et lui avaient passé une nuit près du lac deux ans plus tôt. Il avait eu la surprise en goûtant l'eau de s'apercevoir qu'elle était salée. Des oiseaux-pêcheurs blanc et noir en perçaient régulièrement la surface et ressortaient quelques instants plus tard avec des poissons ruisselants dans leurs becs. L'Odivir n'était plus très loin, maintenant, trois jours de marche, peut-être un peu moins.

—Du monde, là-bas ! s'écria Tanch, qui, l'épée sur l'épaule, marchait une trentaine de pas devant le groupe.

Orik et les autres pressèrent l'allure pour se porter à sa hauteur. L'index de Tanch désignait les ombres regroupées au bord du lac.

—La horde ? souffla Garaï.

Renn essuya les gouttes de sueur qui empoissaient ses cils pour mieux discerner les silhouettes qui, de loin, ressemblaient à de grands échassiers.

—Je ne crois pas, répondit Orik. Nous sommes en avance sur elle.

—Alors qui ?

—On n'a pas d'autre choix que d'aller voir, suggéra Tanch.

Orik acquiesça d'un hochement de tête.

—Restons quand même sur nos gardes.

Ils s'avancèrent vers le lac, la main sur la poignée de leur épée, les flèches des deux archers encochées. Arrivés à moins d'un arpent, une femme âgée vint à leur rencontre, vêtue, à la mode des paysans des rives, d'une ample robe grise qui la couvrait du cou aux pieds tout en lui laissant une entière liberté de mouvement. Renn eut l'impression de revoir sa grand-mère, et une envie folle le tourmenta de courir vers elle et de se jeter dans ses bras. La déception fut à la hauteur de sa stupide espérance lorsqu'il se rendit compte qu'il s'agissait d'une inconnue au visage ridé, aux yeux ternis par un voile vitreux, à la peau tannée par le soleil. Elle posa un regard empli de défiance sur le petit groupe, s'attardant un moment sur Orik et Garaï. En arrière-plan, des hommes et des femmes s'étaient immobilisés pour observer les nouveaux arrivants.

— D'où venez-vous ?

La voix de crécelle de la vieille femme froissa les tympans de Renn, et ceux de Xug à en juger par la grimace du jeune mécros.

— Je viens du royaume de Mandril et eux… (Orik présenta les mécros d'un geste du bras)… de la région des Anglones. Et vous, qui êtes-vous ?

Elle hésita, ignorant toujours si elle avait affaire à des brigands ou à de simples voyageurs.

— Des paysans des rives de l'Odivir…

— Que faites-vous dans le coin ?

La vieille femme dressa un index noueux et tremblant vers le ciel.

— Nous sommes venus chercher de l'eau. Il n'a pas plu et le fleuve n'a pas fait de crues depuis plus de deux ans. La famine menace les rives. Les questeurs de la cité, ces cracasses, ne nous laissent pratiquement rien.

Renn aperçut une dizaine de citernes alignées, les roues en partie dans l'eau, derrière un rideau d'arbres aux frondaisons tombantes. Les bœufs des attelages broutaient l'herbe jaune et haute qui poussait sur les berges sablonneuses.

— Les déesses nous ont abandonnés, ajouta la vieille femme avec un soupir bruyant. Cette eau est salée. Les charognards planent déjà au-dessus de nos têtes.

Renn songea à sa famille. Avait-elle aussi été touchée par la sécheresse, par la famine ? Les récoltes dépendaient entièrement des crues de l'Odivir, et les rares années où le fleuve se montrait avare de ses eaux, il fallait puiser dans les réserves de l'année précédente. Deux années de suite sans débordement, sans alluvions, débouchaient à coup sûr sur la disette, les maladies, l'hécatombe des plus faibles, enfants, vieillards, femmes enceintes.

Garaï se tourna vers Orik.

— Tu persistes à penser que la population peut arrêter l'armée des Conquérants du Nord ?

— L'important, c'est de sauver le cœur, Arkane, répondit le guerrier avec une pointe d'agacement. Nous devons convaincre les familles régnantes d'organiser la résistance.

Les yeux plissés de la vieille femme s'arrondirent de surprise et de colère.

— Sauver la cité ? Ces usurpateurs ne méritent pas d'être sauvés ! Si une armée vient d'un autre pays pour les renverser, qu'elle soit la bienvenue !

— Votre sort sera encore pire, affirma Orik.

— Pire ? (Elle cracha à ses pieds.) Qu'y a-t-il de pire que de trimer toute la journée du matin au soir pour donner la plus grande partie de nos récoltes aux questeurs ? Qu'y a-t-il de pire que de s'entasser dans des maisons insalubres, d'être harcelé par les insectes, de voir mourir ses enfants touchés par les épidémies ? Peut-on appeler ça une vie ?

Ses lamentations ressuscitèrent dans l'esprit de Renn les complaintes permanentes de ses parents. Le gémissement était le mode d'expression usuel sur les rives de l'Odivir. Il se reprocha aussitôt son jugement : les conditions d'existence des paysans n'autorisaient aucun répit, aucun plaisir, aucune compensation.

— L'armée qui vient n'a pas l'intention de laisser un seul survivant derrière elle.

— Qu'en savez-vous ?

— Elle a anéanti mon pays, le royaume de Mandril. Nous précédons de peu son avant-garde.

La vieille femme prit à témoin les hommes en retrait, tous vêtus des tenues traditionnelles des paysans des rives, pans de tissu noués autour de la tête appelés sabaches, tuniques et pantalons amples, sandales de cuir. La poussière teintait de gris leur peau noircie par le soleil, leurs yeux brillaient de fièvre et de fatigue.

— Personne ne se mettra en travers du chemin de ceux qui, ennemis ou pas, pourraient nous débarrasser des charognards de la cité. Personne. Et ce n'est pas cinq mécros, un géant et un gamin qui vont y changer quoi que ce soit.

15

DAME ELVARE

Il y a deux façons de réunir deux familles : la mort ou le mariage.

Proverbe des Hauts,
Arkane

Ornée du serpent violet, tirée par quatre chevaux blancs, escortée par une dizaine de soldats en uniforme mauve, la voiture de dame Elvare s'avança dans l'allée centrale bordée de chênes bleus. Dame Velde et Aroy, le premier héritier du Corridan, attendaient la visiteuse sur le large perron du bâtiment central, une construction tarabiscotée que Noy jugeait grotesque en regard des formes pures et élégantes de la maison du Drac. De la fenêtre de sa chambre située dans une aile, il distinguait entre les frondaisons les toits rouille des annexes et des écuries. Le domaine résonnait des bruits familiers, cris des palefreniers, éclats de voix des jardiniers, tintements du marteau du maréchal-ferrant, grincements des charrettes des fournisseurs, rires des servantes…

La maison de l'Orbal ne perdait pas de temps : la cérémonie du sceau à peine achevée, elle dépêchait l'épouse du patriarche pour fixer les modalités du mariage entre Adamanta et Noy, qui présuma que les oiseaux messagers avaient déjà informé sa famille des événements de la veille. Le philtre aphrodisiaque qu'on avait versé dans son vin continuait de perturber ses pensées. Ses souvenirs restaient confus, des bribes de cauchemar ; il ne se rappelait plus comment il était rentré. Sans les égratignures semées sur ses lèvres et sa peau par les dents et les ongles d'Adamanta, sans la visite matinale de dame Elvare, il aurait douté de son équilibre mental. En outre, le désir, un désir mécanique, tyrannique, continuait de le tourmenter, au point qu'à son lever, il était sorti dans le couloir en quête d'une servante disponible. Aucune d'elles ne s'était présentée dans les parages. Il s'en félicitait à présent : ces étreintes brutales et brèves ne lui procuraient qu'un plaisir superficiel aussitôt oublié, amer et décevant dans le fond.

Parée d'une somptueuse robe violette, dame Elvare gravit avec élégance les marches de l'escalier du perron. Noy s'éloigna de la fenêtre et s'allongea sur son lit, aux prises avec une nausée latente. On viendrait le chercher bientôt pour officialiser son mariage avec cette petite traînée d'Adamanta. Pourquoi l'Orbal avait-il préparé une telle mise en scène pour le contraindre à épouser l'une de ses filles ? Les questions tournaient et retournaient dans sa tête sans trouver le moindre embryon de réponse. Sans doute les familles cherchaient-elles à nouer des alliances après la chute du Drac, mais fallait-il à l'Orbal cette mascarade pour tenter de se ménager une place dans le Conseil des Sept ? Son projet de partir à la recherche d'Oziel resterait en tout cas un rêve, un regret. Avait-elle échappé aux sbires de l'Aigle après avoir tué cette brute de Silver ? En voilà un, en tout cas, dont il ne pleurerait pas la mort.

On frappa à la porte quelques instants plus tard. Une jeune soubrette s'introduisit dans la pièce avec, posé sur ses deux avant-bras, un habit de cérémonie soigneusement plié ; elle se tint devant le pied du lit, inclinée, les yeux baissés.

— Votre mère vous attend dans la salle des réceptions, messire.

Noy résista à la tentation de lui ordonner de le rejoindre dans le lit. Le désir était la seule énergie dont il disposait, et il aurait besoin de toutes ses forces au cours d'une journée qui s'annonçait pénible, interminable.

La famille l'attendait dans la salle des réceptions, le patriarche y compris, assis dans un fauteuil, la jambe enserrée dans une attelle de bois et le pied posé sur une table basse munie d'un coussin. Son père, ses frères, leurs épouses lui jetèrent des regards sévères ; sa mère l'accueillit d'un visage empreint de froideur. Dame Elvare s'abstint de le fixer. Elle ne rayonnait pas comme d'habitude, comme si un voile assombrissait sa beauté. Le patriarche déclara sans préambule que le mariage serait célébré dans trois jours, le temps pour les deux maisons d'effectuer des préparatifs convenables, puis il salua la visiteuse d'un mouvement de tête et frappa dans ses mains. Deux serviteurs qui se tenaient dans une pièce adjacente vinrent soulever son fauteuil et le porter hors de la salle.

Suivi à distance de son épouse, une fille de l'Ours nocturne aussi sèche que revêche, Aroy l'aîné se dirigea vers son jeune frère et lui glissa, à voix basse :

— Tu as déshonoré le Corridan. Ta place n'est plus ici. Tu iras vivre dans ta nouvelle famille après le mariage.

Noy n'essaya pas de se défendre. Pour tous, il était le scélérat qui avait abusé de la fille de son hôte lors d'une cérémonie officielle. Il s'appliqua seulement à garder la tête haute et à contenir ses larmes. Ses autres frères et leurs épouses s'égaillèrent également, le laissant seul face à sa mère et à dame Elvare.

— Toutes mes félicitations, mon fils, déclara dame Velde d'une voix aride. Vous vous chargerez de raccompagner votre future mère à sa voiture. Il nous faut sans tarder préparer une cérémonie qui soit digne de notre rang.

Elle hésita un instant, balançant comme toujours entre ses sentiments maternels et la préservation de l'honneur de sa maison d'adoption. Sa réputation de maîtresse femme lui venait sans doute des temps où, fille morganatique du patriarche du Dauphin et d'une lavandière, elle avait réussi à s'imposer comme héritière légitime et à contracter une union prestigieuse avec le futur patriarche du Corridan. Noy la soupçonnait d'avoir poussé Augoy à remplacer son frère aîné Jelioy. Elle menait le domaine d'une main de fer, et son autorité s'exerçait sans relâche sur ses quatre brus à peine mieux traitées que des domestiques. Elle ne se détendait qu'en compagnie de ses petits-enfants, au nombre de cinq, dont elle encourageait les moindres caprices, au grand dam de leurs mères. Après avoir enveloppé Noy d'un dernier regard douloureux, elle sortit à son tour de la salle des réceptions, l'abandonnant seul avec la visiteuse.

Un long temps s'écoula avant que dame Elvare ne rompe un silence qui devenait pesant.

— Votre famille ne semble pas tenir l'Orbal en très haute estime… L'accueil a été frais, pour ne pas dire glacial. Dame Velde

185

semblait pourtant favorable au rapprochement de nos deux maisons.

Comme il ne répondait pas, elle poursuivit :

— Eh bien, jeune Noy, me raccompagnerez-vous à ma voiture comme vous l'a ordonné votre mère ?

— Avez-vous vraiment besoin de mon assistance, dame Elvare ? répliqua-t-il sans relever la tête.

Elle se rapprocha de lui et lui posa la main sur l'avant-bras. Il l'écarta sans ménagement et se recula d'un pas.

— Ne faites pas l'enfant, dit-elle avec un sourire. Allons marcher dans le parc. Nous y serons plus tranquilles.

— La dernière fois qu'une femme de votre famille m'a proposé de converser dans un endroit tranquille, je l'ai amèrement regretté…

— Venez, vous dis-je.

Elle se dirigea vers le perron sans attendre la réponse de son interlocuteur. Il la rattrapa en haut de l'escalier. Ils marchèrent d'abord sur l'allée centrale puis, parvenus à hauteur de la voiture de l'Orbal, ils bifurquèrent vers le labyrinthe des roses, fierté de dame Velde. Ils s'engagèrent dans une allée bordée de fleurs d'un bleu éclatant qui répandaient à profusion leur parfum capiteux.

— Adamanta est un petit monstre, déclara dame Elvare après s'être machinalement assurée que personne ne rôdait dans les parages.

— Merci en ce cas de l'avoir poussée dans mes bras !

La brise dispersa les éclats amers du rire de Noy.

— Elle m'a bien poussée hors du lit de mon époux ! repartit dame Elvare.

— Vous voulez dire…

— Qu'elle est la maîtresse de son père, et ce, depuis plus de trois ans. Il n'a jamais su lui résister. Je suis désolée de vous apprendre que votre future épouse n'est pas vierge, ajouta-t-elle avec une moue provocante.

— Qui serait assez fou pour croire qu'il existe encore des filles de famille vierges dans les Hauts ? (La voix de Noy se teintait de colère.) Et comment votre époux peut-il vous préférer Adamanta ? Elle n'a pas votre beauté…

— Un père ne trouve à sa fille que des beautés. Elle a une telle influence sur lui que, depuis trois ans, c'est elle qui régit la maison de l'Orbal.

— Elle est aussi votre fille…

Elle éclata à son tour d'un rire dont Noy ne perçut que la blessure.

— De cela au moins je suis sûre…

— Du père, moins, je suppose…

Elle s'arrêta et plongea ses magnifiques yeux clairs dans ceux de son interlocuteur.

— Je vous ai choisi pour cela, mon jeune ami : la vivacité de votre esprit n'a d'égale que votre aptitude au combat, du moins à ce que l'on m'en a rapporté.

— Si j'avais l'esprit aussi vif que vous le prétendez, je n'aurais pas laissé votre fille me piéger comme le dernier des garçons d'écurie.

Elle lui posa de nouveau la main sur le poignet ; cette fois, il ne la rejeta pas.

— Pardon pour ce grossier subterfuge, Noy du Corridan, mais j'ai réellement besoin de vous à mes côtés dans le domaine de l'Orbal.

— Qui vous dit que je ne vais pas rester vivre ici avec mes frères ?

— Je serais étonnée qu'une famille digne de ce nom permette à l'un de ses membres accusé de viol sur une héritière de haute naissance de continuer de vivre sous son toit.

Noy évacua son courroux d'une expiration sifflante.

— Vous avez tout prévu, n'est-ce pas ? Vous savez bien qu'il n'y a pas eu de viol.

— Tout le monde soutiendra le contraire.

— Que voulez-vous de moi ?

Elle se pencha pour humer le parfum d'une rose. Noy contempla son cou, sa nuque, sa chevelure brune nouée en un chignon lâche, et son désir, ce désir qui le taraudait depuis la veille, revint lui rendre visite avec une telle violence qu'il en eut le souffle coupé.

Elvare se retourna, la bouche entrouverte, le regard trouble.

— Que vous teniez ma fille éloignée de son père. C'est une porte du mal. Si on la laisse contrôler le patriarche de l'Orbal, alors Arkane finira par s'effondrer.

Noy faillit rétorquer que l'Orbal n'était qu'une famille mineure à l'influence dérisoire, que la cité n'avait pas besoin d'elle pour s'écrouler.

—Pourquoi une porte du mal ?

—Son père, son vrai père je veux dire, a commis des actes abominables…

—Quel genre d'actes ?

—De ceux qui entraînent l'homme à contacter des forces incontrôlables.

—Qui est-ce ?

Elle éluda la question d'un revers de main.

—Quand Adamanta a jeté son dévolu sur vous, j'ai consulté les cartes : elles m'ont confirmé que vous étiez l'homme de la situation. Je l'ai donc aidée à vous piéger. Vous devrez l'occuper, la divertir, l'empêcher de se livrer à ses penchants démoniaques.

—Mon agrément n'avait donc pour vous aucune importance ?

—Vous nous l'auriez refusé. (Elle se percha sur la pointe des pieds pour hisser son visage à hauteur de celui de Noy.) Il s'agit d'une urgence. De sombres manœuvres agitent les familles régnantes, et…

Il l'interrompit d'un geste de la main.

—Si vous parlez de la chute du Drac, je ne vois pas le rapport avec Adamanta.

—Il y en a un, j'en suis certaine. À vous de le découvrir lorsque vous serez dans son intimité. La tâche ne sera pas facile, mais j'ai une entière confiance en vous.

—D'où vous vient cette confiance ?

—J'ai appris à me fier à mes intuitions… Les cartes me les ont confirmées.

Noy suivit des yeux le vol silencieux d'un aubin dans le ciel d'un bleu sans tache.

—Vous me proposez… vous m'imposez un bien curieux mariage, dame Elvare.

Elle le dévisagea avant d'effleurer sa joue de l'index.

—La cicatrice vous ira bien, elle vous donnera un air viril.

Il lui saisit la main et embrassa le creux de sa paume.

—J'accepte votre marché. À une condition…

Aucune surprise dans les yeux clairs de dame Elvare.

—Quelle condition, jeune messire ?

Il marqua un temps de silence, fasciné par la lumière retrouvée de sa beauté.

— Vos poudres continuent de me rendre fou de désir, ma dame. Il me paraît juste que l'élan qu'elles m'ont inspiré vous soit destiné. Je veux sceller notre accord. Ici. Maintenant.

Elle approcha son visage de celui de Noy.

— Je le désire également, mon ami. Ce sera notre unique fois. Notre secret. Ensuite, vous vous occuperez de ma fille.

Il songea, lorsque les lèvres de la visiteuse se posèrent sur les siennes, qu'une porte venait de s'entrouvrir sur un paradis d'où il serait trop tôt expulsé.

Des cris réveillèrent Noy, que la fatigue d'une nuit agitée et la joute enflammée avec dame Elvare avaient fini par terrasser. Il se leva et se rendit près de la fenêtre restée entrouverte. Des domestiques couraient dans l'allée centrale baignée de lumière crépusculaire.

Il avait dormi une bonne partie de la journée. Les effets du philtre aphrodisiaque s'étaient enfin estompés. Les pensées se déployaient dans son esprit de nouveau clair. Les révélations d'Elvare au sujet d'Adamanta provoquaient en lui une excitation à peine voilée par l'inquiétude. Elle était une porte selon sa mère, une porte qui semblait s'ouvrir sur des mystères qu'il brûlait d'explorer. Jelioy avait eu raison, dans le fond, de l'encourager à commencer ses investigations par l'Orbal. Elles se soldaient certes par un mariage contraint, mais, au moins, il pourrait avancer sur une piste qui le conduirait peut-être dans les entrailles d'Arkane, et qui, pourquoi pas, le mènerait à Oziel du Drac. Si Adamanta se révélait trop pénible, il l'écraserait comme un insecte malfaisant : il existait mille façons de se débarrasser de quelqu'un en se débrouillant pour que sa mort paraisse naturelle. Il suivit du regard les domestiques qui continuaient de courir dans l'allée centrale, puis, frissonnant, il ferma les yeux pour se replonger dans le souvenir de ses ébats avec dame Elvare entre deux massifs de roses bleues. La crainte d'être surpris s'était mêlée à l'extraordinaire sensualité de sa future belle-mère pour porter son plaisir au paroxysme.

Enevoy s'introduisit dans sa chambre sans s'être au préalable annoncé.

— Encore une fois, je te demande de frapper avant de…

— Pas le moment ! l'interrompit son frère. Habille-toi et viens avec moi.

— Pour aller où ?

— Viens avec moi, te dis-je !

Noy n'insista pas, pressentant qu'un événement grave bouleversait le domaine. Il suivit Enevoy dans les couloirs, puis dans les allées du parc en direction des écuries. Ils se frayèrent un passage au milieu des domestiques rassemblés près du tas de fumier où avait l'habitude de s'installer Jelioy. Aroy et Lenoy, les deux aînés, se tenaient de chaque côté d'un corps dénudé qui gisait dans une flaque pourpre diluée par le purin. Noy se pétrifia lorsqu'il reconnut le visage livide et figé de son oncle : il s'était vidé de son sang par la large entaille béant sous son menton. On lui avait tranché la gorge comme à une bête livrée au couteau du boucher. On lui avait également retiré ses vêtements comme pour le dépouiller des derniers vestiges de sa dignité. La maigreur de son corps frappa Noy, un squelette enveloppé d'une peau fripée, crevassée. Il crut entrevoir, dans les yeux de ses frères, une forme de soulagement qui le révolta.

— Père a été prévenu ? demanda Enevoy.

— Il le sait, répondit Aroy. Mais dans son état, il ne lui sert à rien de se déplacer jusqu'ici.

Noy s'accroupit près de la dépouille de son oncle. Jelioy n'avait pas eu le temps de lui confier tous ses secrets. Il refoula son chagrin et sa colère. Pourquoi avait-on assassiné ce vieil homme inoffensif ? Ce n'était pas un meurtre occasionnel en tout cas : la précision de la plaie révélait l'action d'un tueur professionnel, et la nudité de la victime avait quelque chose d'une signature, d'un avertissement.

— Ça tombe mal, grommela Lenoy. Le mariage de Noy est prévu dans…

— Il aura lieu le jour prévu, l'interrompit sèchement Aroy. (Il désigna le cadavre d'un mouvement de menton.) Il sera enterré demain dans la plus grande discrétion.

Noy ne parvint pas cette fois à se contenir.

— Vous oubliez qu'il a été le patriarche du Corridan !

Aroy enjamba le corps pour venir toiser son jeune frère, qui soutint sans ciller le regard étincelant de son aîné. Ce dernier, quand il deviendrait le patriarche de la famille, se montrerait sans doute aussi sévère, aussi brutal, qu'Augoy, même si, tenant plutôt de sa mère, il n'avait pas le physique imposant de son père.

— Et toi, tu oublies que tu ne fais déjà plus partie de la famille.

— Une vraie famille ne traite pas le corps de l'un de ses membres avec la même désinvolture qu'on jette un os aux foueurs, répliqua Noy.

Un sourire venimeux aux lèvres, Aroy tira un poignard du fouillis de ses vêtements à une vitesse qui prit son vis-à-vis au dépourvu, et en pointa la lame sur sa joue.

— Il te faut une deuxième cicatrice, murmura Aroy. Pour la symétrie. Tu seras plus présentable à ton mariage.

La lame s'enfonça dangereusement dans la chair de Noy. L'orgueil lui interdit de reculer.

— Arrête! intervint Enevoy.

Aroy maintint un petit moment la pointe de sa lame piquée dans la joue de Noy, puis, avec un ricanement, il la retira et la remisa dans une poche de ses vêtements.

— Nous serons débarrassés de deux parasites en même temps, ajouta-t-il sans desserrer les dents.

Noy faillit se jeter sur lui, puis, ravalant sa rage, il se détourna et fendit le groupe des serviteurs pour se diriger vers le bâtiment principal.

16

LE CAVEAU

Il arrive aux âmes pures de recourir à la supercherie,
De même que les âmes sombres sont capables d'honnêteté.
C'est seulement une question de circonstances.

Proverbes et chansons,
Tradition des diseurs du Chœur,
Arkane

TROIS COULOIRS PARTAIENT DE LA PETITE PIÈCE DANS LAQUELLE
ils venaient d'entrer ; Arjo se dirigea vers celui de gauche.

— Pas par là ! glapit le cuisinier.

Le jeune servant feignit de ne pas avoir entendu et continua son chemin. Oziel voulut lui emboîter le pas, mais leur
accompagnateur, plus vif que ne le laissait supposer sa corpulence,
la saisit par le bras, la maintint fermement près de lui et lui colla la
lame de son hachoir sur le cou. Arjo rebroussa chemin.

— Tu connais pourtant les lieux ! gronda le cuisinier.

— Où avais-je la tête ? s'excusa le jeune servant avec un sourire
contrit.

Oziel n'opposa aucune résistance lorsque le gros homme
l'entraîna avec brutalité dans le couloir de droite, éclairé par des lampes
suspendues, puis dans un escalier dont la bouche obscure béait sur la
paroi. Le cuisinier relâcha son étreinte et la pression du hachoir sur son
cou. Elle empoigna aussitôt le manche de la serre, et comme elle dévalait
les premières marches juste devant lui, elle se retourna brusquement et
lui planta de toutes ses forces la lame courbe dans le ventre.

—Maudite…

Il vacilla mais ne tomba pas, ni ne lâcha le hachoir. Après avoir retiré le fer, elle voulut rejoindre Arjo qui l'attendait un peu plus haut, mais le cuisinier lui barra le chemin de son bras tendu.

—Viens m'aider, toi ! cria le gros homme à l'adresse de son confrère. Elle m'a troué le ventre !

Elle se débattit pour lui échapper, mais, maintenant le hachoir levé au-dessus de sa tête, il résista bien que son sang coulât en abondance et imbibât sa tunique et son tablier. Ils luttèrent pendant quelques instants jusqu'à ce qu'un bruit mat retentisse, qu'il bascule tout à coup vers l'avant et dévale l'escalier en roulé-boulé. Son hachoir lui échappa et rebondit sur les marches dans une cascade de tintements métalliques.

—Fichons le camp, souffla Arjo.

La roulade du cuisinier, déséquilibré par le coup de pied du jeune servant, s'arrêta une vingtaine de marches plus bas. À la lueur d'une lampe, ils constatèrent qu'il ne bougeait plus et qu'une flaque de sang s'élargissait autour de lui.

—Vite, dit Arjo. C'est bientôt la fin des invocations matinales. Le coin va grouiller de monde dans peu de temps.

Ils regagnèrent la petite pièce, puis s'engouffrèrent dans le couloir de gauche.

—La sortie est proche.

Oziel peinait à soutenir l'allure imposée par son compagnon. Le sang du cuisinier collait le tissu de sa robe à sa peau. Des rayons de jour tombant de meurtrières réparties tous les quinze pas éclairaient le couloir de plus en plus large.

—Deux gardiens surveillent la porte en permanence, précisa Arjo à voix basse sans ralentir. Eux seuls peuvent l'ouvrir.

Ils approchaient d'un espace dégagé et inondé de lumière, une immense salle dont la voûte, haute de plus de trois perches, s'ornait de rosaces en verre et, en son centre, d'une clef représentant Hilyaon. La porte monumentale, parée elle aussi d'une fresque sculptée où dominait la figure sinistre du dieu de la Désolation, se dressait une trentaine de pas plus loin. Sur un côté du chambranle, se découpait l'espace sombre du renfoncement où veillaient les deux gardiens.

—Ont-ils des armes ? demanda Oziel.

— Aucune idée.

L'un d'eux, un homme dont les larges épaules et le torse massif tendaient le vêtement noir, s'avança à leur rencontre. Il leur restait quinze pas à parcourir. Quinze pas pour regagner les Hauts. Quinze pas pour recouvrer la liberté. Le cœur d'Oziel battait à tout rompre.

— Que faites-vous ici ? demanda le gardien.

— Le servant suprême m'a demandé de conduire cette mécrosée dehors, répondit Arjo d'un ton aussi neutre que possible.

Des éclats de méfiance scintillèrent dans les yeux de leur interlocuteur, dont les mâchoires carrées, les traits anguleux signalaient qu'il n'était pas du genre facile à manœuvrer.

— Pouvez-vous m'ouvrir la porte ? insista le jeune servant.

Le gardien réfléchit un moment avant de hocher la tête.

— Attendez là.

Il retourna dans le renfoncement d'une allure traînante qui démentait sa vigueur apparente.

Ils patientèrent une éternité. Une boule gonflait dans la gorge d'Oziel et rendait sa respiration difficile. La fatigue, de nouveau, la rattrapait ; elle ressentait le besoin urgent de manger, de dormir.

Le gardien réapparut enfin, suivi de son confrère, gardant tous les deux l'un de leurs bras caché dans leurs dos. Oziel agrippa la serre sans sortir la main de la poche de sa robe, puis elle fléchit légèrement les jambes, craignant de ne pas avoir suffisamment de force pour affronter deux hommes robustes autrement plus dangereux que le cuisinier.

Le gardien aux traits anguleux se planta à moins de trois pas d'eux et les fixa sans aménité.

— Vous avez le choix, déclara-t-il. Ou vous vous rendez sans résistance, ou nous serons contraints d'utiliser ça !

Il ramena son bras caché devant lui et exhiba une masse d'armes dont la boule hérissée de pics faisait pratiquement le double de sa tête.

— Vous vous opposez à un ordre du servant suprême ? protesta Arjo.

— Te fatigue pas. Nous savons qui elle est. Plusieurs furtifs la cherchent en ce moment dans les bâtiments. Elle a une grande valeur : elle a tué trois des nôtres. Son sang réjouira Hilyaon. Il faudra aussi que tu nous dises pourquoi toi, un des nôtres, tu l'aides à s'évader.

Croisant le regard désespéré d'Arjo, Oziel refoula impitoyablement toute manifestation de panique, se remémora le visage exsangue d'Ulio, les corps suppliciés de ses parents, sombra aussitôt dans ses abîmes ténébreux, redevint l'Oziel galvanisée par la perspective du combat, l'Oziel grisée par sa propre violence.

— Que décidez-vous ? aboya le gardien.

Elle ne sentait plus la fatigue ni la douleur, elle n'était plus qu'un bloc d'énergie haineuse. Ses deux adversaires lui apparaissaient désormais comme des ombres figées, distantes l'une de l'autre de trois ou quatre pas. Elle perçut encore la voix du gardien le plus proche, une succession de sons dont elle ne retint que la tonalité menaçante. Il leva sa masse d'armes. Comme elle était lourde, même pour un gaillard de sa trempe, il marqua un temps d'arrêt, pas long, mais suffisant pour offrir une occasion à Oziel. Elle fondit sur lui à la vitesse d'un oiseau de proie et le frappa dans la poitrine. Il eut un hoquet de surprise, tenta de riposter, mais elle maintint la lame enfoncée entre ses côtes. Les pointes de la masse d'armes crissèrent sur les dalles du sol. Elle arracha la serre un bref instant avant qu'il ne tombe à genoux et le repoussa du pied pour faire face à son deuxième adversaire. Celui-ci n'avait pas encore réagi, ébahi par la vitesse et la précision de la mécrosée, effaré par la facilité avec laquelle elle s'était débarrassée de son confrère. Il se ressaisit, brandit une francisque au manche noueux et à la double lame luisante, se rua sur elle et abattit sa hache avec un rugissement. Habituée aux canistes, les épées du Drac aux lames fines et souples difficiles à parer, elle n'eut aucun mal à l'esquiver. La francisque siffla dans le vide. Le servant perdit l'équilibre, se rattrapa de justesse et prépara une nouvelle offensive.

Un liquide s'écoulait entre les seins d'Oziel, un fluide plus épais, plus visqueux que du sang, provenant peut-être d'un bubon crevé. Elle eut un moment d'inattention qui faillit lui être fatal. Elle entrevit la large lame au dernier moment tout près de sa tête et, en un réflexe désespéré, se jeta sur le côté. Le hurlement de dépit du gardien précéda de peu le raclement de la hache sur le sol. Elle se retourna, se fendit sous son bras avant qu'il n'ait pu relever son arme, lui planta la serre dans le flanc, puis elle le contourna et lui assena un deuxième coup entre les omoplates. Le fer sinueux se fraya un passage entre les os et le transperça presque de part en part.

Il s'effondra après une série de mouvements spasmodiques ; ses membres tremblants claquèrent un petit moment sur les dalles.

Un brouhaha grandissant tira Arjo de son hébétude.

—La cérémonie est finie, bredouilla-t-il. Je vais ouvrir la porte.

Tandis qu'il se dirigeait vers le renfoncement qui servait de guérite, Oziel essuya la lame sur le vêtement du gardien agonisant avant de la remiser dans sa cachette. Elle se retint de passer sa main sur sa poitrine pour vérifier la nature du liquide qui continuait de se répandre et d'imprégner sa robe. Il lui fallait d'abord s'enfuir, creuser la plus grande distance possible entre elle et la Désolation, trouver un endroit sûr pour se reposer et se restaurer, puis entreprendre la descente vers les Fonds. Elle ressentit un premier vertige en se redressant. Les formes se mirent à tournoyer autour d'elle. Elle avait dépensé une telle énergie dans le combat que son corps n'était plus qu'une coquille vide.

La porte s'entrebâilla dans un grincement. Elle marcha comme dans un rêve en direction de la lumière du jour qui entrait à flots dans la grande salle. Elle ne l'atteignit pas : ses jambes refusèrent de la porter, et elle s'affaissa sur les dalles comme un pantin aux fils coupés.

Oziel entrouvrit les yeux.

Elle reposait sur un lit de paille dans une pièce obscure. Elle pensa d'abord que la Malédiction l'avait reprise et bouclée dans un cachot, et un étau de glace lui comprima la poitrine. Cette fois, elle n'aurait pas la force de se sortir des griffes des servants. À moins d'éliminer rapidement la maladie. Elle fouilla dans la poche de sa robe. La serre était toujours là, mais quand elle voulut récupérer la fiole, elle se rendit compte avec horreur qu'il ne restait du petit récipient que des morceaux de verre brisé. Elle se souvint du liquide visqueux se répandant sur sa poitrine. La fiole s'était vidée de son contenu au cours de son affrontement avec les gardiens. Elle glissa la main sous sa robe : du remède, ne subsistaient plus que quelques taches durcies sur sa poitrine, son ventre et le tissu. Elle ne recouvrerait jamais son apparence d'avant, elle était condamnée à vivre avec la mécrose jusqu'à la fin de son existence. Condamnée à rester un monstre. Quelle importance de toute façon ? Cette fois, la Désolation ne la laisserait pas filer et, comme elle avait tué six de ses adeptes, elle souffrirait de longues heures sur la scène de la salle des sacrifices. Luttant contre le désespoir, elle se demanda si Arjo avait, lui, pu s'échapper. Elle se concentra sur le silence, ne discerna qu'une rumeur étouffée qui ne lui offrait aucune indication. S'accoutumant aux ténèbres, elle constata que la pièce était minuscule. Son plafond bas lui interdisait de s'y tenir debout. L'endroit ressemblait étrangement à un caveau mortuaire. Il y régnait une vague odeur de décomposition qui, également, évoquait la mort. L'avaient-ils cloîtrée dans ce réduit jusqu'à ce qu'elle meure de soif à l'issue d'une interminable agonie? Était-ce leur façon de se venger d'elle? Un réflexe la poussa à explorer à tâtons la paille alentour pour vérifier qu'on ne lui avait pas laissé de l'eau et de la nourriture; ses doigts ne palpèrent que des brins secs et cassants. Une araignée, dérangée, lui courut sur l'avant-bras. Elle aurait bien voulu pleurer pour se laver un peu de sa détresse, mais les larmes ne vinrent pas, comme si son corps était devenu aussi sec qu'un vieux tronc d'arbre. Elle n'avait pas encore atteint ses vingt ans, et sa vie s'achevait dans ce réduit sombre avant même d'avoir réellement commencé. Le complot orchestré par les six autres familles régnantes avait piétiné ses rêves. Elle ne comprenait pas leur dessein: rompre l'équilibre, c'était prendre le risque insensé de créer des fissures qui s'élargiraient tôt ou tard en failles et aboutiraient à l'écroulement du fragile édifice d'Arkane. Rien d'étonnant à ce que la Désolation, qui œuvrait pour l'anéantissement, se soit alliée aux maisons impliquées dans la conjuration, mais quel but poursuivaient les pétrocles?

Un crissement la tira de ses réflexions. La porte, une trappe plus exactement, s'ouvrit et libéra un flot de clarté éblouissante dans lequel apparut une tête.

—Comment vous sentez-vous?

Elle reconnut la voix d'Arjo avant de distinguer son visage. Il se glissa dans l'étroit espace et déposa à côté d'elle une cruche et un panier empli de provisions. Il ne portait plus la tenue noire des servants, mais un ensemble veste, pantalon et bottes usuel dans les rues des Hauts. Elle voulut se redresser; n'y parvint pas.

—Restez tranquille, il faut que vous repreniez des forces. (Il versa de l'eau dans un gobelet en fer-blanc, préleva des morceaux de pain et de fromage dans le panier, et lui tendit le tout.) Buvez et mangez d'abord.

Elle vida le gobelet d'une traite, fourra pain et fromage dans sa bouche au mépris de toute règle protocolaire en usage dans le domaine du Drac.

—À propos de forces, reprit-il, incapable d'attendre plus longtemps pour poser la question qui, visiblement, le démangeait. Où avez-vous puisé les vôtres pour combattre deux hommes aussi costauds que les gardiens de la porte ?

Elle engloutit plusieurs morceaux de pain et de fromage qu'elle aida à passer avec une rasade d'eau.

—Où avez-vous appris à vous battre de la sorte ? insista-t-il.

—Mon père tenait à ce que tous ses enfants, garçons et filles, sachent se défendre, répondit-elle la bouche de nouveau pleine.

—Je pensais que vous étiez exténuée…

—Dans certaines circonstances, on se découvre des ressources inattendues. Où sommes-nous ?

—Quelque part dans les catacombes des Hauts. J'ai pensé que nous y serions en sécurité.

—Vous m'avez portée jusque-là ?

Il éclata de rire.

—Vous êtes plus lourde qu'on pourrait le supposer. Heureusement, je connaissais une entrée assez proche de la Désolation. Et je vous ai installée dans ce caveau vide.

—Où avez-vous trouvé cette nourriture et ces vêtements ?

—Volés. Avant d'être vendus, mon frère et moi étions de vrais larrons. Nous ne volions pas pour nous, mais pour le compte de nos parents, qui écoulaient ensuite les produits de nos larcins.

Oziel vida le panier sans pour autant se sentir rassasiée. La nourriture, cependant, lui avait donné un regain d'énergie et une nouvelle lucidité. Une résolution émergea du déferlement de ses pensées : il lui fallait récupérer une fiole d'antidote avant d'entamer la descente vers les Fonds.

—J'ai perdu mon antidote. Je dois absolument revoir le frère herboriste de la Résurrection avant de franchir la Porte du Laz.

Arjo examina le panier.

—Vous aviez vraiment faim. Je contacte mon frère pour lui faire part de votre demande.

—Comment allez-vous le contacter?

—Je vous l'ai dit : nous n'avons qu'un esprit pour nos deux corps. La distance ne nous empêche pas de communiquer.

Il ferma les yeux, les jambes croisées, le dos appuyé contre le mur du fond du caveau. Oziel se rallongea sur la paille. La vie bouillonnait de nouveau en elle, chassant ses peurs et ses doutes. Si le drac l'avait abandonnée, elle se passerait de lui, elle se débrouillerait seule pour atteindre les Fonds, retrouver Matteo, entreprendre en sa compagnie la reconquête.

—Évitons de nous rendre dans les bâtiments de la Résurrection, dit soudain Arjo. Ça grouille de soldats, de foueurs et de furtifs par là-bas. Jifar va nous rejoindre ici.

—Avec l'antidote?

—Il n'a rien précisé à ce sujet.

Arjo referma la trappe et s'allongea à côté d'Oziel. Malgré son impatience, elle finit par s'assoupir. Une succession de coups la réveillèrent en sursaut.

—Jifar? demanda Arjo en se redressant.

—Qui veux-tu que ce soit?

Le jeune servant ouvrit la trappe. Une silhouette se glissa dans la pièce minuscule avant de refermer le panneau métallique derrière elle. En dépit de la faible luminosité, la ressemblance entre les deux frères stupéfia Oziel. Leurs traits, leurs yeux, leurs sourires, leur allure et leur voix étaient strictement identiques. Seules les différenciaient la chevelure blonde de l'un et la tête rasée de l'autre. Jifar leur tendit les fruits entassés dans les poches de sa bure.

—Vous n'avez pas beaucoup progressé depuis votre dernière visite, dame Oziel, déclara-t-il avec un sourire.

—Vous étiez au courant de mon passage dans vos bâtiments? s'étonna-t-elle.

—Nous partageons tout à la Résurrection. Il n'existe aucun secret entre frères. De la même façon qu'il n'y a aucun secret entre Arjo et moi. Je l'ai encouragé à déserter la Désolation. En revanche, je désapprouve son intention de se venger de nos parents. Leur mort ne lui rendra pas le bonheur, ni ne lui procurera la moindre satisfaction. Le bonheur, on le porte en soi.

—En deux ans, les servants ont tué en moi toute joie, plaida Arjo.

Jifar lui posa la main sur l'épaule.

—J'ai atténué au mieux tes souffrances, mon frère, mais chacun doit parcourir son propre chemin.

—Vous n'êtes donc pas astreint au silence? demanda Oziel.

Jifar passa la paume de sa main sur son crâne lisse.

—Il m'arrive de rompre mes vœux, dame. Lorsque l'urgence le commande, par exemple. Ou qu'un supérieur de notre ordre m'y autorise pour une raison bien précise.

—Avez-vous apporté l'antidote?

L'air navré de son interlocuteur eut l'effet d'une gifle glacée sur le visage de la jeune femme.

—Le gardien de la parole m'a chargé d'un message pour vous.

—Avez-vous l'antidote, oui ou non? répéta-t-elle d'une voix dure.

—L'antidote n'a jamais existé, finit par répondre Jifar.

—Comment ça?

—Vous n'auriez pas accepté la mécrose si on n'avait pas entretenu en vous l'espoir d'en guérir. Le remède qu'on vous a remis n'aurait eu aucun effet sur la maladie.

Elle se tourna vers Arjo, ulcérée.

—Vous le saviez?

Il tenta de dissimuler son embarras en se balançant d'un côté sur l'autre.

—Je... l'avais lu dans l'esprit de mon frère.

—Pourquoi ne m'en avez-vous rien dit?

—Pour les mêmes raisons que Jifar: sans espoir, vous auriez perdu toute envie de vous battre.

—Alors pourquoi ne pas m'avoir simplement remis une autre fiole en me faisant croire qu'elle pourrait me guérir?

—Nous avons commis une faute: seule la liberté de choix donne du prix aux actes, répondit Jifar.

—Il fallait y penser avant de m'inoculer une maladie incurable! rugit Oziel, hors d'elle.

—Nous en sommes désolés, mais nous ne pouvons plus revenir en arrière.

La colère roulait en Oziel comme un orage et vibrait jusqu'aux extrémités de ses doigts. En la mystifiant, les frères de la Résurrection l'avaient condamnée de façon irrémédiable à la difformité, à l'abomination. L'envie la brûla de planter la serre dans la gorge de Jifar.

— Ce que je vais vous dire ne va sans doute pas vous consoler, mais continuez de croire en vous, reprit celui-ci. Une solution vous apparaîtra peut-être…

— Personne n'a jamais guéri de la mécrose, rétorqua-t-elle d'un ton tranchant.

— Qu'en savons-nous ? Puisque les mécrosés sont expulsés hors de la cité, nous n'avons pas la moindre idée sur l'évolution de la maladie.

— Vous qui n'avez que les mots de justice et de fraternité à la bouche, vous vous êtes conduits comme les servants de la Désolation, intervint Arjo.

Ployant sous le poids de l'accusation, Jifar garda le courage de regarder Oziel dans les yeux.

— Le gardien de la parole a pensé… nous avons tous pensé que l'injustice faite à l'une permettrait de sauver tous les autres. Nous avons réfléchi en termes de stratégie, et celle-ci nous semblait être la meilleure. Une erreur, encore une fois : on ne peut commettre une injustice, même minime, pour empêcher une catastrophe. L'injustice nourrit au contraire la catastrophe, comme les ruisseaux, les rivières. Accepterez-vous de nous pardonner, dame Oziel ?

À la colère succédait en elle une amertume brûlante qui dissolvait tout ce en quoi elle avait cru, tout ce qui la constituait. Les larmes aux yeux, incapable de penser, elle s'allongea sur la paille et gémit :

— Laissez-moi seule.

D'un mouvement de tête, Jifar invita son frère à sortir.

17

YSEH

Et si la plus belle des magies se terrait,
finalement, dans le fond des cœurs ?

Proverbe du niveau des Marches,
Arkane

ORIK ET OSPHEH, L'ANCIENNE QUI EXERÇAIT UNE CERTAINE autorité sur les autres paysans, s'accordèrent pour parcourir le chemin ensemble jusqu'à l'Odivir.

Le guerrier leur exposa rapidement son dessein : entraîner l'avant-garde de l'armée des Conquérants du Nord dans une nasse pour éviter qu'elle ne sème la terreur dans les populations des rives du fleuve. Il comptait ainsi se ménager un répit qui lui permettrait de prévenir les autorités et de préparer la défense du pays d'Arkane. Malgré leur réticence à soutenir d'une manière ou d'une autre les familles régnantes de la cité, malgré leur répugnance pour les mécrosés, les paysans finirent par se ranger à ses arguments, comprenant que, de deux maux, ils devaient choisir le moindre, présumant que l'épreuve, s'ils la surmontaient, redistribuerait les cartes et améliorerait leurs conditions d'existence. Ils acceptèrent d'aiguillonner sans trêve les attelages pour essayer de gagner encore un peu de temps sur la horde. Ils disposaient de suffisamment d'eau, conservée dans des tonneaux, et de vivres pour regagner d'une traite leur village situé une vingtaine de lieues en aval de la source du fleuve.

Une excitation inhabituelle, surprenante, supplantait chez Ospheh et ses semblables l'apathie coutumière des habitants des rives, comme si les paroles d'Orik leur ouvraient de nouvelles perspectives, comme si une occasion se présentait enfin d'infléchir le cours de leur vie. La conséquence de l'accord passé avec les paysans ravissait Renn en tout cas : ils finiraient le trajet sans se fatiguer à marcher.

Les bêtes attelées, les chariots tirés hors du lac, ils prirent aussitôt la direction du zénith. Les bœufs avançaient d'un pas régulier, éperonnés par les piques des conducteurs. Ils longèrent la grande étendue d'eau salée sur plusieurs lieues. Le tintamarre des roues cerclées de fer sur les cailloux sertis dans la terre sèche délogeait des nuées d'oiseaux qui s'envolaient par-dessus les arbustes et s'évanouissaient en piaillant dans le bleu étincelant de la voûte céleste.

Renn avait pris place en compagnie de Xug dans le chariot placé en deuxième position dans la colonne. Assis à même le plancher, brinquebalés par les secousses, ils peinaient à garder les yeux ouverts, rattrapés par la fatigue des jours précédents. Deux paysans se tenaient sur le banc, un homme d'une cinquantaine d'années et un adolescent, tous les deux coiffés de sabaches, l'un maniant les guides et l'autre, la pique.

Une jeune femme à la peau mate, adossée à l'un des tonneaux alignés sur un côté du chariot, ne cessait de dévisager les deux passagers. Ses yeux rieurs passaient de l'un à l'autre avec la vivacité d'un passereau des blés, s'arrêtant plus longtemps sur Xug, empreints subitement de fascination et de répulsion. Elle portait la tenue traditionnelle des femmes des rives, l'ample robe munie d'attaches latérales qui permettaient de la maintenir remontée sur les cuisses. Un vêtement identique à ceux de la mère et des sœurs de Renn : il se souvint d'elles dans les champs irrigués, enfoncées dans l'eau jusqu'aux genoux, comme posées dans leurs robes retroussées, en train de repiquer le ghoo.

—Je t'inspire du dégoût ? lança Xug.

Interdite, la jeune femme lissa du plat de la main ses cheveux bruns et ondulés.

—Je… je ne savais pas qu'il y avait des mécrosés par là, finit-elle par répondre en tendant le bras vers l'arrière du chariot.

—Ceux que vous n'avez pas pu massacrer se sont réfugiés dans la région des Anglones. Ils y ont fondé une communauté.

Renn perçut de l'amertume dans la voix de Xug.

— Tu n'es pas comme les autres, reprit-elle.

L'apprenti la trouva attirante dans la pénombre sous la bâche. Il n'avait jamais prêté attention aux filles jusqu'alors. L'occasion ne s'était pas présentée d'en rencontrer pendant les deux ans de son apprentissage dans le massif de l'Ostian. Des désirs lui étaient venus, bien sûr, tyranniques parfois, mais, sans objet, il les avait purement et simplement ignorés. Ils se réveillaient en force face à cette jeune paysanne, à l'intérieur de ce chariot baigné d'une moiteur troublante.

— Qu'est-ce que tu connais des mécros ? demanda Xug d'un ton rogue.

— Les mécrosés ? On en voit parfois dans les plaines. (Elle se redressa et, avec une lenteur calculée, décolla le tissu de sa robe plaqué sur sa poitrine.) Les garçons s'amusent à les pourchasser à coups de bâton. On a beau leur dire qu'ils sont idiots, ils ne peuvent pas s'en empêcher.

— En quoi ne suis-je pas comme les autres ?

Elle le fixa avec une certaine effronterie.

— Tu… es moins…

— Repoussant ?

Elle acquiesça d'un timide mouvement de tête.

— Comment t'appelles-tu ? reprit Xug.

— Yseh.

Il se passa la main sur le visage comme pour vérifier que ses excroissances, à peine visibles pour le moment, n'avaient pas subitement enflé au cours des derniers quarts.

— Eh bien, Yseh, je suis né de parents mécros, déclara-t-il d'une voix imprégnée de colère et de tristesse. La maladie met peut-être un peu plus de temps à se développer chez les enfants de mécros, mais elle finira par me rendre aussi affreux que les autres. Je poserai des bandelettes sur mon visage, davantage pour cacher ma vilaine bobine que pour empêcher les bubons de suppurer. Et je ferai partie de ceux qu'on chasse des villages à coups de bâton.

Le regard d'Yseh vola vers Renn comme un oiseau effrayé cherchant une branche sur laquelle se poser.

— Je vais marcher un peu.

Xug se releva, remit un semblant d'ordre dans ses vêtements, s'assura que son ceinturon était correctement bouclé et se dirigea vers l'arrière du chariot.

—Besoin de me dégourdir les jambes, ajouta-t-il avant de sauter.

Tenté un temps de le rejoindre, Renn choisit de prolonger l'émoi délicieux que lui procurait la présence de la jeune paysanne. À la fois embarrassé et charmé, il se donna une contenance en repliant sa cape, devenue plus encombrante qu'utile, et en extirpant les feuilles et les débris de branches incrustés dans son bonnet de poil.

Ce fut elle qui prit l'initiative de rompre le silence :

—Tu es aussi né de parents mécrosés ?

Il releva la tête et plongea dans les yeux noirs d'Yseh.

—Je suis... j'étais apprenti enchanteur de pierre dans le massif de l'Ostian.

—Je croyais que les enchanteurs n'étaient que des légendes.

—Ils ne paraissent pas dans le monde, mais ils existent.

—Tu peux vraiment changer la forme des pierres ?

Il éluda la question d'un geste de la main.

—Je... je n'étais qu'un apprenti.

—Que fais-tu avec ce guerrier étranger et ces mécrosés ?

—Orik, le guerrier, précisa-t-il devant l'air interrogateur de son interlocutrice, m'a demandé de le guider jusqu'à l'Odivir.

—Il n'a plus besoin de toi maintenant.

—Mon maître a été tué par la horde. Je suis, comme toi, des rives. Ma famille habite à mi-chemin environ entre la source du fleuve et la cité d'Arkane.

—Tu vas la retrouver ?

Renn masqua de son mieux l'amertume de son sourire.

—Ils n'ont sans doute pas très envie de me revoir.

—Pourquoi ?

Il suspendit ses gestes et dévisagea Yseh dont la face ronde, la chevelure ondulée, les yeux noirs et les lèvres pleines ravivèrent son désir au point de le rendre douloureux.

—Ils étaient contents de me voir partir. Je n'étais pas doué pour les travaux des champs.

L'adolescent chargé d'aiguillonner les bœufs avec la pique se retourna pour leur jeter un regard noir.

—Kayer devient fou quand il me voit parler avec un autre garçon, précisa Yseh à voix basse.

—C'est ton frère?

Elle éclata de rire.

—Mon promis. Nous nous marierons dans deux ans.

Renn observa la nuque du garçon dont les coups de pique étaient devenus plus secs, plus cinglants, au point de lui valoir les remontrances de l'homme qui tenait les guides.

—Ne les frappe pas comme ça, Déesses! Tu vas finir par les blesser.

Une nuque large, tannée, solide d'un paysan des rives, une nuque taillée pour supporter le soleil et le labeur des champs, une nuque dure au mal, capable d'encaisser les coups du sort et l'arrogance des questeurs de la cité.

—Nos familles se sont mises d'accord depuis l'âge de nos cinq ans, reprit Yseh.

—Tu n'as pas eu ton mot à dire?

—Les enfants n'ont rien à dire chez nous.

Dans la famille de Renn non plus: ses deux sœurs aînées avaient épousé sans joie les deux garçons qu'on leur avait imposés. Il se remémora leurs mariages, leurs yeux noyés de détresse, leurs rires forcés, leurs danses mécaniques, la satisfaction de son père, la tristesse de sa mère.

—Il est tellement jaloux qu'il peut devenir violent, ajouta Yseh. Il m'a giflée une fois parce que j'avais souri à un ami d'enfance.

—Vous n'êtes pas encore mariés, objecta l'apprenti.

—Il me considère déjà comme son champ, il pense que lui seul a le droit de me labourer.

—Il n'y a aucun moyen d'empêcher ce mariage?

Elle lança un coup d'œil vers l'avant du chariot.

—Aucun. J'ai imploré ma mère, mais elle refuse de s'opposer aux décisions de mon père. Elle dit que les enjeux sont importants, que c'est une façon pour nous d'agrandir nos terres.

Les parents de Renn parlaient eux aussi de leurs terres comme du bien suprême, plus précieuses que leurs propres enfants. La terre était leur véritable divinité, réduisant les déesses du fleuve à des entités secondaires dont le rôle était de veiller aux crues fécondatrices de l'Odivir.

—Tu ferais mieux d'aller t'asseoir près de lui si tu ne veux pas avoir d'ennuis…

Elle lui sourit avant de se relever et d'ajouter :

—Je ne connais même pas ton nom.

—Renn.

—Tu me plais, Renn. Je reviendrai te voir.

Elle se rendit à l'avant du chariot et se ménagea une place entre les deux conducteurs sur le banc.

Une pression insistante sur l'épaule réveilla Renn, qui s'était installé dans un bosquet à l'écart pour ne pas être dérangé par les ronflements et les sifflements des autres dormeurs. Il reconnut le visage souriant d'Yseh penché sur le sien. Tout autour d'elle, les étoiles fourmillaient dans le velours sombre du ciel. La caravane s'était arrêtée au milieu de la nuit pour faire souffler les bêtes.

—Qu'est-ce que…

Elle lui posa l'index sur les lèvres, se glissa sous sa cape et s'allongea contre lui. Sa chaleur l'embrasa au travers de leurs vêtements. Il jeta un regard inquiet sur les environs, n'y discerna aucune silhouette, aucun mouvement suspect. Seules frissonnaient les frondaisons des arbres aux feuilles saupoudrées de l'argent des étoiles.

—Ils dorment comme des souches, on n'a rien à craindre, lui murmura-t-elle dans le creux de l'oreille.

Son souffle tiède enveloppa le visage de l'apprenti et attisa son ardeur naissante avec la force d'un ouragan. Il balança un moment entre crainte et désir. C'était la première fois qu'il se retrouvait seul avec une femme autre que sa mère et ses sœurs, et il ne savait pas par quels gestes commencer. Alors il réagit comme tous les garçons dans la même situation, il lui abandonna l'initiative, il la laissa capturer sa bouche et lui enseigner l'art du baiser. Effarouché et gauche au début, il comprit rapidement qu'il lui fallait épouser le mouvement, que ses lèvres et sa langue devaient danser avec celles d'Yseh, et il plongea dans un tourbillon de délices, un feu dévorant se propagea dans ses veines, il perdit toute notion d'espace et de temps, enroulé dans cette bouche qui palpitait, qui se dilatait comme une fleur carnivore pour l'avaler tout entier. Les mains d'Yseh se glissèrent sous ses vêtements et rampèrent sur son ventre. Il eut envie à son tour d'explorer le corps brûlant de la jeune femme, de caresser cette peau qu'il devinait soyeuse sous la rudesse de l'étoffe. Elle dénoua le lacet qui fermait l'encolure de sa robe pour lui faciliter la tâche. Il eut l'impression de cueillir des fruits fabuleux lorsqu'il effleura ses seins ronds et tendres, cette partie du corps féminin qui l'avait toujours fasciné. Le gémissement d'Yseh résonna en lui comme la plus exquise, la plus vibrante, des musiques.

—Yseh !

Elle se redressa, pâle, tendue, les yeux agrandis par la frayeur.

—Kayer, chuchota-t-elle. Ne bouge pas.

Elle repoussa la cape, resserra l'encolure de sa robe, renoua le lacet, prit le temps de caresser la joue de Renn du bout des doigts avant de se lever et s'éloigner. Dégrisé, pantelant, il se retint à grand-peine de pousser un hurlement de dépit. Les cieux à peine entrevus venaient de refermer brutalement leur porte, comme la pierre deux jours plus tôt.

La voix masculine, empreinte de colère, fracassa de nouveau le silence de la nuit.

—Je te cherche partout. Qu'est-ce que tu fais là ?

—Kayer ? Je ne vais quand même pas te prévenir chaque fois que je dois me soulager.

—Tu n'étais pas obligée de t'éloigner autant !

—Je ne voulais pas vous déranger, toi et père.

Renn agrippa la poignée de l'épée, craignant à tout moment que Kayer, dont il entrevoyait la silhouette quelques pas plus loin, ne le découvre au milieu du bosquet et ne comprenne ce qui s'était passé, mais, faisant preuve de sang-froid, Yseh parvint à entraîner son promis dans la direction opposée.

—Retournons dormir, nous n'avons pas beaucoup de temps.

Des lueurs soupçonneuses léchaient les yeux de Xug.

—Il s'est passé quelque chose entre toi et elle cette nuit ?

L'embarras de Renn était le plus probant des aveux. Assise sur le banc à côté de Kayer, Yseh feignait de l'ignorer depuis le départ de la caravane, une attitude qui, même s'il la comprenait, le blessait. Elle aurait pu s'arranger pour lui adresser un signe discret, pour célébrer d'une manière ou d'une autre leur complicité de la nuit.

—Je la trouve attirante moi aussi, poursuivit Xug. Mais je n'ai pas la moindre chance avec une femme saine. Aucune d'elles n'accepterait de se frotter à un mécros. L'apparence les empêche de découvrir les âmes. Je ne me plains pas, j'en profite même. Comme je suis pour l'instant moins difforme que les autres, j'ai connu pas mal de femmes dans la communauté des Anglones, dont quelques-unes étaient mariées mais rêvaient d'un homme un peu moins laid à regarder. Cette fille, Yseh, est pour moi un implacable miroir. C'était bien, au moins ?

Renn désigna Kayer d'un mouvement de menton.

—Nous avons été interrompus par son promis.

—Il vous a surpris ?

L'apprenti fut de nouveau envahi par la sensation de froid et de désolation qui avait suivi le départ d'Yseh et l'avait empêché de retrouver le sommeil. La tension de son corps était devenue irritante, presque nauséeuse.

—Il s'en est fallu de très peu.

—Il vous a dérangés à quel moment ? insista Xug.

—Au début…

Le jeune mécros hocha la tête d'un air compatissant.

—Pas de chance. Ne t'inquiète pas : elle reviendra.

Renn chercha des traces de moquerie dans les yeux de Xug.

—Elle m'ignore depuis ce matin…

Le rire de son interlocuteur domina le crissement des roues sur la terre sèche. La chaleur augmentait peu à peu sous la bâche. Des odeurs nouvelles, fleuries ou âpres, flânaient dans la douceur émolliente.

—Elle feint de t'ignorer pour ne pas attirer les soupçons. Mais tu es tellement mortifié que tu ne vois même pas les coups d'œil dérobés qu'elle te jette. Tu as encore beaucoup de progrès à faire en matière de femmes, mon ami. Sois patient, elle se chargera de tout. Ne te berce pas d'illusions : elle ne quittera pas les siens pour toi, elle a seulement besoin d'ouvrir une fenêtre de liberté dans sa prison.

Renn masqua son agacement d'un sourire, puis, comme pour illustrer les leçons de Xug, le regard fugace et brillant d'Yseh croisa le sien, et le feu, de nouveau, courut dans ses veines. Il leur restait un jour et une nuit avant d'atteindre le fleuve. Auraient-ils assez de temps pour récolter les promesses à peines esquissées ? En aurait-elle encore l'envie, le courage ?

Au zénith, alors que la chaleur se transformait peu à peu en fournaise et que la caravane observait une halte d'un quart de sixte,

Orik ordonna à l'apprenti et au jeune mécros de rassembler les autres devant le chariot de tête. Les sept membres du petit groupe se retrouvèrent en compagnie d'Ospheh et d'un paysan robuste du nom de Grak. On leur servit des galettes de céréales et des morceaux de viande confite ; deux gourdes d'un vin au goût aigre circulèrent de main en main.

— Nous arrivons demain dans les plaines de l'Odivir, déclara Orik. Selon mes estimations, nous avons un jour et demi d'avance sur la horde.

Xug donna un coup de coude dans les côtes de Renn.

— Le fleuve, bientôt !

La joie communicative de son compagnon réjouit l'apprenti. Les excroissances saillaient davantage que la veille sur son front et ses joues, estompant la finesse de ses traits. La maladie gagnait du terrain par à-coups. Si Orik avait retiré sa cotte de mailles et sa tunique pour exhiber un torse musculeux et couturé de cicatrices, les mécros n'osaient pas se dévêtir et restaient condamnés à supporter la chaleur accablante. Bien qu'il transpirât en abondance, Renn garda ses vêtements autant par solidarité que par pudeur. Ayant aperçu à plusieurs reprises la silhouette d'Yseh dans les parages, il refusait de prendre le risque que sa maigreur, qu'il jugeait affligeante, ne la dissuade de le rejoindre dans le cœur palpitant de la prochaine nuit.

À nouveau, Orik traçait des lignes sur la terre sèche de la pointe de son espadon.

— D'après Ospheh, nous allons, avant d'arriver, traverser le marais profond qui borde le fleuve. Nous prévoyons d'attirer la horde sur une terre mouvante.

— Je connais ce marais, réfuta Garaï. Il n'y a qu'un chemin. Si la horde s'enlise dans une terre mouvante, nous nous enliserons avec elle.

— Nous pouvons, selon Grak, créer un faux passage, un leurre. Nous nous tiendrons sur la terre ferme pour lui servir d'appât, comme si nous l'attendions pour un affrontement.

— Un faux passage ? s'étonna Tanch.

Renn se remémorait vaguement le marais qu'il avait traversé dans le chariot de son père. Un chemin plat, interminable, bordé de plantes noires, d'arbustes tortueux, de flaques verdâtres, croupies, crevées de temps à autre par des bulles. L'humeur massacrante de son père l'avait poussé à se réfugier à l'intérieur du chariot et à se désintéresser du paysage. Il se pencha pour mieux contempler l'ébauche tracée par le guerrier : deux lignes horizontales figuraient sans doute les limites nord et sud du marais ; le trait central, le chemin ferme ; le trait courbe qui en partait comme un embranchement, le faux passage, à moins que ce ne fût l'inverse ; le large cercle, la terre mouvante ; le deuxième cercle, plus petit, la terre ferme où ils se tiendraient pour exciter la horde et l'attirer dans le piège.

—Nous aurons une journée pour camoufler le véritable chemin et fabriquer un passage factice.

La proposition d'Orik ne souleva qu'un enthousiasme modéré parmi les mécros.

—On dit qu'il y a des bêtes féroces dans le marais, lança Korg.

—On ne les a jamais vues, répondit Grak.

—Les sixornes non plus, on ne les avait jamais vues ! grommela Garaï.

—Comment comptes-tu fabriquer un faux chemin sur de la terre mouvante ? intervint Tanch.

—J'ai mon idée. Je vous expliquerai sur place. (Orik planta d'un coup sec son espadon dans le sol.) Si tout se passe bien, nous nous débarrasserons de la horde sans perdre un seul d'entre nous.

La main de Xug se posa sur l'avant-bras de Renn.

—S'il m'arrive quelque chose avant l'Odivir, promets-moi de confier mon corps à l'eau du fleuve.

—Mais pourquoi tu…, bredouilla l'apprenti, interloqué par le ton grave et l'intensité du regard de son vis-à-vis.

—Promets.

Renn finit par lâcher, du bout des lèvres, les mots qui le liaient au jeune mécros jusqu'à la fin de leur existence.

—Je te le promets.

18

LA PORTE DU LAZ

Je suis un passeur, un homme qui guide ses frères humains d'un niveau à l'autre de la cité d'Arkane. J'ai appris à m'orienter dans le Laz avant même de savoir marcher. Le flambeau que je porte est l'étoile qui brille dans la nuit. Je suis responsable de la vie de ceux que j'entraîne dans les méandres du labyrinthe. Je suis un père accompagnant ses enfants : ils dépendent entièrement de ma mémoire, de ma compétence. Jamais je n'exploiterai mon pouvoir pour nuire à qui que ce soit. Je n'ai pas d'ennemi parmi les hommes, de même que je ne suis pas leur ennemi. Je suis un torcheron, tel est mon honneur, telle est ma fierté.

Extrait du serment du Torcheron,
Guilde des Torcherons,
Arkane

LA PLACE DES FONDATEURS COMMENÇAIT À SE VIDER LORSQUE Arjo et Oziel se dirigèrent vers la porte monumentale du Laz. Était-ce la présence à ses côtés du jeune servant muni d'un bâton ? Personne n'était venu importuner la mécrosée lorsqu'elle s'était présentée sur la grande esplanade au sortir d'une ruelle. Les passants s'étaient contentés de l'accabler de regards méprisants ou haineux. Le ciel s'assombrissait, les marchands ambulants repliaient leurs étals et attelaient leurs bêtes aux brancards des chariots, des voitures ou des tombereaux sous la surveillance distraite des légionnaires.

Oziel espéra qu'elle ne tomberait pas sur la même patrouille que lors de sa première tentative. Elle avait pris le temps de se baigner, de laver sa robe et ses bandages dans une citerne de pierre des catacombes alimentée par les eaux de pluie, puis elle avait mis le linge à sécher dans la colonne de lumière tombant d'une lucarne placée trois perches plus haut. Arjo et Jifar s'étaient éclipsés pour respecter son intimité et son besoin de solitude. Elle était restée un long moment allongée nue sur le sol de terre. La chaleur douce, bienfaisante, du soleil avait peu à peu dissipé sa colère et son désespoir. Elle avait admis que, sans la supercherie de la Résurrection, elle n'aurait eu aucune chance d'atteindre les Fonds. Les conjurés avaient déployé de tels moyens pour la capturer qu'elle n'aurait même pas tenu une journée et qu'elle pourrirait déjà sur une planche de crucifixion de la Porte des Supplices.

Une sensation de mouvement l'avait incitée à ouvrir les yeux. Elle n'avait pu retenir un cri de joie en apercevant, au-dessus d'elle, le drac qui virevoltait à l'intérieur de la colonne de lumière. Ses écailles rubis et ses ailes translucides semaient autour de lui des éclats étincelants. Émerveillée, Oziel l'avait admiré un long moment, incapable de détacher son regard de ses insaisissables spirales, le cœur débordant de reconnaissance : il ne l'avait pas abandonnée, il se tenait près d'elle quelles que soient les circonstances, dans le monde visible et dans le non-manifesté. Il ne l'accompagnait pas pour rendre son honneur à sa famille, mais parce que Arkane avait besoin d'elle, que le monde était sur le point de basculer dans les ténèbres. Elle comprenait maintenant pourquoi il l'avait conduite dans la salle des sacrifices de la Désolation : il lui avait permis de prendre connaissance des ramifications du complot et d'appréhender l'urgence de la situation. Des forces inconnues déferleraient bientôt sur le pays d'Arkane, et l'orgueilleuse cité, bâtie pour défier les millénaires, réputée inexpugnable avec ses multiples niveaux, ses labyrinthes, ses gigantesques remparts, capitulerait sans résistance, minée de l'intérieur par les manœuvres des pétrocles et des servants. Matteo avait sans doute fréquenté certains des conjurés dans les entrailles fétides de la Désolation. Avait-il refusé de s'associer au complot ? L'avait-on piégé au cours d'une cérémonie sacrificielle pour obtenir son bannissement perpétuel ?

La chaleur du soleil avait rendu à Oziel énergie et détermination. Le drac avait de nouveau disparu sans qu'elle s'en rende compte. Elle ne s'en était pas inquiétée : il se montrerait lorsqu'il le jugerait nécessaire. Elle s'était rhabillée, avait disposé soigneusement les bandelettes sur son visage, puis elle avait rejoint les jumeaux qui patientaient dans une galerie adjacente baignée de pénombre.

— Je vous ai pardonné, avait-elle déclaré à Jifar.

Un large sourire avait illuminé le visage du frère de la Résurrection.

— J'en informerai le gardien de la parole, avait-il répondu, visiblement ému. J'espère que votre exemple inspirera Arjo, que la haine et la colère feront place dans son cœur au pardon. (Il avait désigné le bâton noueux que son frère maintenait plaqué contre sa jambe.) Il a trouvé ce bâton et pense qu'il lui sera utile. Mais il n'existe pas de meilleure arme que la bonté. Je resterai en contact avec toi, Arjo. Bonne chance à vous deux. Je vous garde dans mon cœur.

Jifar avait salué Oziel d'une inclination de la tête, puis il avait donné à son jumeau une brève accolade avant de s'éloigner dans la galerie.

Oziel, la tête enfouie dans la capuche de sa robe, et Arjo se mêlèrent au flot des derniers marchands qui convergeaient vers l'entrée du Laz. Le soleil couchant teintait de pourpre la porte monumentale dont les deux piliers surchargés de fresques sculptées enjambaient la bouche, elle-même précédée d'une rampe en pente douce. Des torcherons en uniforme blanc et doré accueillaient les équipages et les piétons désireux de descendre vers les niveaux inférieurs, tandis que d'autres accompagnaient les hommes et les femmes qui investissaient les Hauts pour la nuit, proprets et lavandières principalement.

— Vous vous souvenez de votre passage lorsque vous êtes monté dans les Hauts ? demanda Oziel.

Arjo réfléchit un instant, les yeux rivés sur l'arrière du chariot qui avançait devant eux au rythme pesant des bœufs. Une voiture extravagante tirée par quatre chevaux blancs somptueusement harnachés s'éloigna dans un insupportable vacarme, transportant probablement l'un de ces diseurs invité – et grassement rétribué – des Dits par une famille régnante, un traiteur prestigieux ou un grand financier. Ulio et Oziel s'étaient souvent gaussés de ces phraseurs emplumés et ridicules qui déclamaient d'une voix de stentor les récits épiques de la Fondation : « On devrait les crucifier pour insulte à la métrique et à l'art en général », pestait Ulio. Le souvenir de son frère raviva la nostalgie d'Oziel, estompée par les événements des jours précédents. Une vie entière s'était écoulée depuis l'attaque de la maison du Drac.

— Vaguement, répondit Arjo. Et je n'en garde pas une bonne impression.

— Pourquoi ?

— Ça ressemble à un cauchemar. Vous n'êtes jamais allée dans le Laz ?

— Je n'ai jamais eu besoin de me rendre dans les niveaux inférieurs.

La pente s'accentuait légèrement à mesure qu'ils se rapprochaient de la porte. Le conducteur du chariot devant eux calmait ses bœufs de la voix pour les empêcher de s'emballer. Oziel croisa le regard d'un torcheron immobile sur un côté de la rampe ; ses yeux presque entièrement blancs, son absence d'expression, son hiératisme l'intriguèrent.

— C'est vrai que vous, les habitants des Hauts, vous descendez rarement dans les niveaux inférieurs, reprit Arjo. Vous savez comment on vous appelle chez moi ? Culs propres. Vous n'avez pas envie de vous les salir en les frottant aux autres populations.

Il ponctua sa déclaration d'un rire. Oziel resta de marbre en vraie fille de famille régnante hermétique à l'humour des niveaux inférieurs.

Le chariot s'arrêta devant l'immense gueule sombre du Laz, attendant qu'un torcheron vienne le prendre en charge.

— Des foueurs, là-bas, murmura Arjo.

Le ventre noué, Oziel compta six hommes et trois animaux au pelage foncé un peu en retrait dans la pénombre de la bouche. Capes sombres, couvre-chefs emplumés, masques faciaux, épées aux pommeaux ronds, dagues aux manches ouvragés ; des sicaires à la solde des familles régnantes.

—Ils sont là pour moi. On leur a probablement donné mes vêtements à flairer. Espérons que la mécrose a aussi modifié mon odeur.

—Quelque chose m'étonne, dit Arjo. Je ne croyais pas que les torcherons toléreraient la présence d'assassins à l'entrée du Laz. Ils se veulent les seuls maîtres dans leur espace.

Le chariot se remit en branle et s'immobilisa de nouveau devant le groupe de sicaires. Un foueur sauta sur la plate-forme arrière, s'engouffra sous la bâche, en ressortit quelques instants plus tard et se coucha sans un grognement aux pieds de son maître. Puis, alors que le marchand croyait en avoir fini avec les formalités, deux autres hommes s'avancèrent vers lui. Des formes grises, qui, de loin, ressemblaient à des lézards, jaillirent de leurs mains ouvertes.

—Des furtifs, souffla Oziel. Ils ont vraiment tout prévu.

Les reptiles se déplaçaient à une vitesse étonnante sur leurs courtes pattes. Un dard luisant se dressait à l'extrémité de leur queue. Les crêtes dentelées et noires au-dessus de leurs crânes, les langues bifides saillant régulièrement de leurs gueules pourtant closes leur donnaient un aspect menaçant.

—Qu'est-ce qui se passe, ici ? grogna le marchand, prenant le torcheron à témoin.

—On cherche une fugitive qui a tué un fils de famille, répondit ce dernier. Nous avons reçu l'ordre de laisser ces hommes contrôler les véhicules et les piétons.

—Vous acceptez les ordres d'assassins, vous, maintenant ?

—Notre Guilde n'a parfois pas d'autre choix que d'obéir au Conseil des Sept.

Les furtifs se faufilèrent à l'intérieur du chariot. Oziel frissonna : les reptiles lui inspiraient une répulsion mêlée de frayeur. Elle les vit filer comme des flammes grises sur la bâche, courir sur les vêtements et le visage du marchand plus mort que vif, sillonner l'échine des bœufs, grimper le long des jambes de leurs dresseurs et se replacer entre leurs mains.

Le chariot s'ébranla et s'enfonça dans l'obscurité du Laz. Le torcheron fit signe à Oziel et Arjo d'avancer. Il les scruta un petit moment avant de s'adresser à la jeune femme :

—Je ne vous demande pas où vous allez. Les mécrosés n'ont guère le choix. (Des nuances de compassion et de regrets dans

217

sa voix.) Je vous souhaite le meilleur des voyages jusqu'à la Porte des Bas.

Son visage rond exprimait la bonté. Son uniforme blanc s'ornait, outre les traditionnels galons dorés, de barrettes sur ses manches, révélant un grade élevé. Il se tourna vers Arjo, qui triturait son bâton avec nervosité.

—Et vous, jeune homme? Où allez-vous?

—Rejoindre mes parents au niveau des Marches.

—Que faisiez-vous dans les Hauts?

—Servant de la Désolation.

La surprise fronça les sourcils du torcheron.

—On vous a laissé partir?

—J'ai pris la décision de m'en aller.

D'un geste du bras, le torcheron les invita à passer et reporta son attention sur le groupe suivant.

—Vous devrez subir le contrôle de ces hommes avant d'entrer dans le Laz, ajouta-t-il sans se retourner, des nuances de dédain, cette fois, dans sa voix.

Les énormes gueules de deux foueurs tenus en laisse se suspendirent à moins d'un pouce des bassins d'Oziel et d'Arjo. L'animal au pelage noir et feu qui flairait la jeune femme poussa un grondement sourd. Craignant d'avoir été trahie par son odeur, elle s'abstint de glisser la main dans la poche de sa veste : elle ne devait à aucun prix attirer l'attention des sicaires. S'il leur prenait l'idée de la fouiller, ils découvriraient la serre de l'Aigle et établiraient aussitôt la relation avec la mort de Sylver. Elle s'appliqua à garder son calme, à ignorer le foueur aux babines rosâtres dégoulinantes de bave. Lorsqu'il s'écarta enfin, elle rejoignit Arjo quelques pas plus loin sans jeter un regard en arrière, soulagée mais consciente qu'une épreuve encore plus redoutable l'attendait.

Les dresseurs de furtifs avaient les faces rudes et tannées de ceux qui travaillent dehors du lever au coucher du soleil. Oziel n'avait jamais vu de vêtements aussi informes et crasseux que les leurs.

—Nomades du désert du Tchezz, chuchota Arjo. C'est là-bas qu'on capture les meilleurs furtifs.

Il tenta de la rassurer d'un sourire. Elle fixa jusqu'au vertige leurs mains levées à hauteur de leur poitrine. Les reptiles agitaient leurs queues au travers des doigts de leurs maîtres, comme impatients d'accomplir la tâche pour laquelle ils étaient dressés.

L'un des deux hommes émit un rire étouffé avant d'entrouvrir les mains. Le furtif sauta au sol et piqua droit sur Oziel. Elle eut un mouvement de recul lorsqu'il se glissa sous sa robe et entreprit d'escalader l'une de ses jambes. Le contact de ses pattes griffues sur sa peau faillit lui arracher un hurlement. Il traversa son bassin, puis sa poitrine avant de resurgir par l'encolure de sa robe et de se percher sur son épaule. Elle évita de bouger, craignant que le dard du reptile ne s'enfonce dans sa chair au moindre mouvement. Il se glissa dans sa capuche et tourna à plusieurs reprises autour de son cou. Des lueurs soupçonneuses s'allumèrent dans les yeux du dresseur. Il entrouvrit la bouche, dévoilant une dentition incomplète, et modula un son grave et prolongé. Le furtif s'insinua dans la chevelure d'Oriel et s'immobilisa sur sa nuque.

— Djaïko ? cria le dresseur.

Elle frémit lorsque les griffes labourèrent son crâne. Des gouttes de sueur froide coulèrent dans le creux de son échine.

— Djaïko ? insista le dresseur.

Le furtif bougea enfin, sortit de la capuche, se faufila de nouveau sous sa robe, dévala son corps et reprit sa place dans les mains de son maître. Le dresseur s'approcha d'Oziel et la dévisagea avec une telle crudité qu'elle se sentit profanée. Le manche ouvragé d'un coutelas dépassait de la large ceinture de tissu ceignant la tunique brune et maculée de taches du nomade du Tchezz. Ses yeux flamboyaient dans l'entrelacs de ses rides profondes.

— Qu'est-ce qu'il y a, Joodi ? s'enquit le deuxième dresseur, intrigué par le comportement de son confrère.

— Djaïko a eu une réaction inhabituelle.

— Parce qu'elle est mécrosée, sans doute…

— On aurait dit qu'il avait perdu ses moyens. Qu'il ne savait plus quoi faire.

Le deuxième dresseur se pencha pour examiner le reptile enroulé dans les mains de son confrère.

— Il est fatigué, comme nous. Et il nous en reste pas mal à contrôler.

Le dénommé Joodi observa d'un air perplexe son animal avant de s'écarter pour céder le passage à Oziel. Elle ne se détendit qu'après qu'Arjo et elle eurent parcouru une distance de plusieurs arpents sur la rampe qui plongeait en lacets serrés vers le labyrinthe.

Deux voitures tirées par des chevaux nerveux les contraignirent à s'immobiliser sur le côté. La rampe donnait plus bas sur un large espace où des torcherons équipés de flambeaux répartissaient les véhicules et les piétons en groupes. Trois énormes lustres métalliques pourvus de dizaines de bougies tombaient de la voûte en pierre et dispensaient un éclairage diffus. Au fond, sur une paroi verticale, se découpaient trois ouvertures d'environ deux perches de hauteur. Des hommes vêtus de gris équipés de pelles et de seaux nettoyaient en permanence les déjections des animaux des attelages sur les dalles de pierre. L'âcre odeur imprégnant les lieux rappelait à Oziel les effluves des écuries de la maison du Drac. Elle se demanda comment les comploteurs s'étaient réparti les chevaux du domaine, une cavalerie parmi les plus belles des Hauts et grande fierté du patriarche Nunzio, comment ils s'étaient partagé les biens, les bâtiments et les terres. Qui occupait maintenant sa chambre? Qui s'était attribué ses somptueuses toilettes confectionnées par les meilleurs tailleurs des Hauts? Ses chaussures? Ses bijoux? Ses canistes finement ouvragées alignées dans une vitrine? Elle ne chercha pas à combattre les pensées de haine qui assombrissaient son esprit.

—Par ici.

Un torcheron désignait le groupe de journaliers alignés devant la porte de droite. Des charpentiers parmi eux, reconnaissables à leurs couvre-chefs à bords relevés et aux outils glissés dans des étuis de cuir passés dans leurs ceintures; des maçons aux vêtements et aux cheveux couverts de poussière grise; des portefaix aux muscles saillants et aux hottes d'osier vides… Ils rentraient chez eux après une longue journée de travail. Chaque matin, des centaines d'ouvriers, d'artisans, de porteurs, de marchands investissaient les Hauts pour effectuer les travaux privés ou publics, restaurer les voies malmenées par les roues et les sabots, réparer les façades, les toitures, les chéneaux, les gouttières exposées aux intempéries, entretenir les places, les jardins, les arbres et les bassins, livrer les produits de première nécessité, transporter les ballots en provenance des Bas… À en croire leurs mines fermées, la présence d'une mécrosée dans leur groupe ne les enchantait guère. Rien à voir avec les regards dérobés que, trois jours avant le déclenchement des hostilités contre le Drac, les journaliers travaillant au domaine familial avaient jetés à Oziel : elle y avait lu une admiration et un désir rentré qu'elle avait sur le moment jugés offensants, comme si ces hommes issus des niveaux inférieurs n'étaient pas dignes de lever les yeux sur elle.

Les travailleurs se demandaient visiblement ce que le garçon blond au bâton fabriquait avec cette maudite. Était-il chargé de l'escorter jusque dans les Bas et de s'assurer qu'elle quittait bien l'enceinte de la cité ? Condamnée à passer un certain temps avec eux, elle se tint légèrement à l'écart, la tête baissée, pour ne pas aiguillonner leur courroux. Un peu plus loin, une dizaine de voitures s'étaient réparties en file devant la porte du milieu. La lenteur et la solennité des dispositions à l'entrée du Laz étonnaient Oziel : avec leurs flambeaux et leurs tenues blanches, les torcherons évoquaient des religieux célébrant un office.

— Hé, la mécrosée, tu ne devrais pas porter une cloche ? gronda soudain un charpentier. Qu'on ait le temps de s'écarter pour ne pas prendre sur nous ta malédiction !

Arjo se tendit et serra son bâton avec nervosité.

— On me l'a prise, répondit Oziel.

— Garde pour toi tes mots et ta salive ! glapit le charpentier. Sois heureuse déjà qu'on te laisse en vie.

Quelques membres du groupe poussèrent des grognements d'approbation. Un torcheron d'une trentaine d'années, un homme aux cheveux bruns dont l'uniforme blanc et doré soulignait la sveltesse, se présenta et leva son flambeau au-dessus de sa tête avant de déclarer :

— Ne perdez jamais la flamme des yeux. En principe, elle ne s'éteint pas, mais si par hasard cela arrivait, la consigne formelle est que vous restiez sur place jusqu'à ce que je revienne vous chercher, quelle que soit la durée de mon absence…

— On sait déjà tout ça, soupira un maçon. C'est le même baratin à chaque passage.

Le torcheron ignora l'intervention.

— Ne vous écartez jamais du groupe et ne prenez jamais l'initiative de vous diriger par vous-même dans le labyrinthe, poursuivit-il. Vous vous perdriez à coup sûr et vous n'en sortiriez jamais. Faites attention, certains passages sont très raides.

— Assez perdu de temps, maugréa le maçon. Je suis pressé de rentrer, moi.

Le torcheron le dévisagea sans aménité.

—Les consignes doivent être répétées à chaque passage, affirma-t-il d'une voix calme mais ferme. Certains ne les ont jamais entendues.

—Ce serait plus simple si on suivait toujours le même chemin, insista le maçon.

—Les règles établies par notre Guilde n'ont pas changé depuis la Fondation.

—On sait pourquoi! Elles protègent les Hauts des révoltes des populations des niveaux inférieurs.

—Elles sont le garant de l'équilibre.

Lors d'un cours consacré à la Fondation, Xaron avait expliqué que le Laz avait été conçu pour garantir l'application de la loi fondamentale de la Séparation, basée sur les différences sociales et culturelles. Oziel en avait retenu que les familles régnantes devaient être mises à l'écart des turpitudes des autres populations afin qu'elles puissent prendre les décisions concernant l'ensemble de la cité sans que rien ne vienne troubler leur quiétude, ni leur discernement. Si l'on pouvait changer de niveau, s'élever au-dessus de sa condition, le Laz était un rappel permanent de la difficulté de la tâche. À trois reprises dans l'histoire, selon Xaron, des émeutiers venus des Bas étaient parvenus à franchir les labyrinthes, probablement guidés par des torcherons acquis à leur cause. Ils avaient semé la terreur dans les Hauts, pillant, violant, massacrant, avant d'être défaits par la Légion et crucifiés sur le rempart. La corporation des torcherons cultivait le secret, il n'existait aucun plan du Laz. On disait qu'elle recrutait les enfants très jeunes pour les exercer à mémoriser les différents itinéraires en même temps qu'ils apprenaient à marcher. Consacrant leur existence à leur fonction, discrets, réservés, les torcherons ne s'immisçaient jamais dans les affaires de la cité et détestaient qu'on vienne se mêler des leurs.

Les éclats de voix des arrivants et les hennissements des chevaux affolés vomis par les bouches s'entrelaçaient et se suspendaient sous la voûte. Ils patientèrent encore un bon moment, au grand dam des ouvriers fatigués et affamés. Longtemps après que la bouche du milieu eut avalé la colonne des véhicules située à leur gauche, le torcheron donna enfin le signal du départ.

19

LE GOB

Les habitants de la cité ne connaissent pas toutes les créatures du pays d'Arkane. Des expéditions sont parfois lancées pour répertorier de nouvelles espèces, mais le pays d'Arkane est tellement vaste qu'il nous faudrait des siècles pour l'explorer dans ses moindres recoins. Nous sommes dès lors condamnés à ignorer certaines parties et formes de vie de notre monde. Les voyageurs sont donc avertis qu'ils peuvent à tout moment croiser un animal inconnu qui peut se révéler dangereux, voire mortel.

Académie des sciences et des découvertes,
Niveau des Hauts,
Cité d'Arkane

UNE CHALEUR ÉTOUFFANTE ACCABLAIT LE MARAIS. RENN N'AVAIT pas résisté cette fois à l'envie de retirer sa tunique et d'exposer son torse aux caresses de la brise qui, de temps à autre, effleuraient l'air immobile ; il n'avait pas perçu de déception dans le regard d'Yseh qui déambulait de temps à autre dans les parages.

Les chariots avaient été alignés sur une petite bande de sol ferme qui bordait la terre mouvante, là où le groupe avait décidé d'attendre la horde. On y accédait après une large boucle décrite par le chemin, qui, ensuite, repartait en ligne droite. La surface de la terre mouvante ne se distinguait pas vraiment des autres parties du marais, mais, si l'on y jetait une grosse pierre, elle l'aspirait au bout de quelques instants avec un bruit inquiétant de succion.

Si Renn avait bien compris le dessein d'Orik, il leur fallait d'une part camoufler la boucle du chemin ferme, d'autre part créer une illusion de chemin droit au beau milieu de cette surface grise qui risquait de les engloutir à tout moment. Il ne voyait pas, ni Xug non plus, comment on pouvait réaliser un prodige pareil en moins d'une journée. Le jeune mécros transpirait à grosses gouttes sous ses vêtements maculés d'auréoles sombres. Les frôlements incessants et les bourdonnements des insectes noirs réveillés par le soudain remue-ménage devenaient vite horripilants.

Après un rapide repas arrosé de vin aigre, Grak, chargé des opérations, répartit les tâches. Les femmes s'occuperaient de masquer le chemin ferme sous des plaques de mousse brune, des branches et des feuilles de buissons, en essayant de reproduire le mieux possible le paysage environnant ; les hommes se chargeraient de réaliser le leurre en installant deux bordures d'herbes assez légères pour ne pas être avalées par la terre mouvante et en saupoudrant l'intervalle d'une épaisse couche de poussière ocre. Chaque homme œuvrant au faux chemin serait relié par une corde à un équipier qui se tiendrait sur le bord de la nappe ; on utiliserait les bœufs en cas de difficulté.

La distance à couvrir étant de deux arpents, ils s'attelèrent immédiatement à la tâche. Les femmes s'égaillèrent dans les environs pour remplir des sacs de jute de mousse, d'herbes, de feuilles, de branches ; trois adolescents, dont Kayer, ainsi que Renn se virent confier la besogne de récupérer la terre ocre qu'on étalerait sur le faux passage ; Orik et quelques paysans retirèrent leurs tuniques – ainsi que son skand pour le guerrier, désormais vêtu d'un seul pagne court – et ceignirent des cordes autour de leur poitrine ; les mécros, dont Xug, nouèrent les autres extrémités des cordes autour de leur taille et se répartirent sur le bord de la nappe.

Renn recueillait de la terre sèche dans le creux de ses mains et la versait, poignée par poignée, dans un grand panier d'osier garni d'un tissu. L'entreprise lui paraissait insensée, davantage que lorsqu'il s'était retrouvé la première fois devant un bloc de pierre dont il devait tirer une forme précise. La tranquillité du marais écrasé de lumière et de chaleur semblait recéler une foule d'invisibles dangers. La gaine de l'épée l'entravant dans ses mouvements, il se défit de son ceinturon, puis resserra la taille de son pantalon avec une ficelle. La pointe ferrée du bâton d'Anaïth lui servait à gratter le sol et à pulvériser la terre. Kayer, qui besognait quelques pas plus loin, utilisait quant à lui un coutelas et lui lançait des regards chargés d'hostilité. Yseh lui avait-elle avoué ce qui s'était passé entre elle et l'apprenti la nuit précédente ?

Renn porta son panier plein au groupe d'Orik, qui avait commencé à délimiter le leurre avec des touffes d'herbes sèches alignées sur les bordures du chemin ferme avant qu'il ne décrive sa boucle. Le guerrier et le paysan s'enfonçaient inexorablement dans la terre mouvante, contraignant leurs équipiers à s'arc-bouter sur leurs jambes à l'autre bout des cordes pour les maintenir à la surface.

Le résultat obtenu par les femmes étonna l'apprenti : la distance d'une dizaine de pas qu'elles avaient recouverte donnait l'impression que le chemin disparaissait brusquement avant de resurgir un peu plus loin. Il se prit à croire à l'idée d'Orik et se remit au travail avec un regain d'ardeur. Yseh entrait de temps à autre dans son champ de vision et lui adressait un sourire ; il s'assurait que Kayer n'était pas dans les parages pour lui répondre d'un clin d'œil.

Le chemin illusoire s'annonçait plus compliqué à réaliser, mais lorsque Orik et ses compagnons eurent étalé les premiers paniers de terre ocre entre les fausses bordures d'herbe, l'illusion se révéla satisfaisante. Vu de loin, le chemin semblait continuer tout droit pour aller s'aligner, deux arpents plus loin, sur son autre segment qui se confondait dans le lointain avec la platitude infinie du marais. Encouragés par les premiers résultats, ils travaillèrent d'arrache-pied sous la houlette de Grak qui coordonnait les différents groupes. Les deux chantiers avançaient de pair, la boucle s'effaçant du paysage et le faux tronçon droit gagnant peu à peu du terrain. La besogne devint plus ardue lorsque le groupe d'Orik atteignit le centre de la nappe mouvante. La longueur de la corde augmentait sans cesse et les mécros peinaient à empêcher leurs équipiers de s'enfoncer. On frôla l'accident à plusieurs reprises : Garaï perdit l'équilibre en essayant de sortir le paysan auquel il était encordé, enfoncé dans la terre jusqu'au cou, et il fallut l'assistance de deux autres mécros pour parvenir à extraire le malheureux du piège qui se refermait sur lui. Orik lui-même fut englouti et, les cheveux et le visage enduits de boue noire, réapparut un petit moment plus tard grâce aux efforts de Korg, son partenaire.

Ils s'accordèrent une pause au zénith, au grand soulagement de Renn, qui ressentait le besoin urgent de détendre son dos martyrisé et ses membres douloureux. Ils avaient accompli un peu moins de la moitié du chantier.

— Pourvu que la horde ne déboule pas avant qu'on ait fini, marmonna Garaï une fois qu'ils furent rassemblés sur la bande de terre ferme près des chariots.

— Elle sera là demain, affirma Orik.

— Comment peux-tu en être sûr?

— Je ne suis sûr de rien, c'est une estimation.

Xug grimaça en s'asseyant à côté de Renn.

— La pression de la corde sur les bubons, expliqua-t-il. En phase d'apparition, ils sont très sensibles. Après, ils deviennent durs et on ne les sent plus, c'est ce que disent les plus vieux en tout cas.

— Demande à changer de groupe, suggéra Renn.

Xug se rencogna dans sa fierté.

— Hors de question!

Ils mangèrent de bon appétit la viande confite et les galettes de céréales séchées qui constituaient la base de la nourriture des paysans des rives. Yseh se tenait à côté de Kayer à l'ombre d'un chariot. Sa robe, qu'elle maintenait relevée pour supporter la chaleur, dévoilait ses jambes brunes repliées. Sa beauté, sa sensualité ensorcelaient Renn.

— C'est à toi qu'elle montre ses jambes, affirma Xug.

— Pourquoi tu dis ça? protesta l'apprenti sans conviction – les paroles du jeune mécros ne faisaient que confirmer sa propre impression.

— Elle s'est placée de façon que tu puisses la voir. Elle t'envoie des signaux. Cette nuit, elle se débrouillera pour venir te rejoindre.

Le sourire de Xug le rendit un bref instant à sa beauté originelle. Le cœur de Renn battit à tout rompre. La perspective de passer une partie de la nuit avec Yseh l'exaltait autant qu'elle l'effrayait. Leur baiser de la veille augurait de fabuleuses célébrations, mais il craignait, par son ignorance, par sa maladresse, de tout gâcher, de se retrouver par sa faute banni du bonheur entrevu. Ce n'était pas avec maître Hauhorn qu'il aurait pu apprendre quoi que ce soit sur les relations avec le sexe opposé. Il lui fallait se débrouiller seul, une épreuve qui équivalait à sauter dans le vide en espérant que des ailes lui pousseraient miraculeusement pour éviter l'écrasement fatal.

—Tu sais, je…, commença-t-il.

Xug lui posa la main sur l'avant-bras.

—Ne t'inquiète pas, aie confiance et tout se passera bien.

Le ciel d'un gris uniforme et étincelant s'assombrit en fin d'après-midi. Les paysans s'arrêtèrent de travailler pour relever la tête et scruter les nues, le regard brillant d'espoir. L'air soudain saturé d'humidité et les nuages noirs qui s'amoncelaient au-dessus d'eux annonçaient peut-être les pluies qu'ils guettaient depuis deux ans. Orik, lui, fixait la voûte céleste d'un air soucieux : une averse torrentielle risquait d'anéantir leur ouvrage, d'éventer le piège. Un vent violent diffusa une forte odeur de vase et souleva des tourbillons de poussière ocre sans disperser toutefois celle qu'ils avaient étalée sur le faux chemin. Il ne leur restait plus qu'une vingtaine de pas à couvrir pour rejoindre la bande de terre ferme et, par-delà, le chemin qui se perdait à l'horizon. Aiguillonnés par les cris de Grak, ils s'efforçaient d'achever leur ouvrage avant la tombée de la nuit. Quelques gouttes tombèrent, éparses, provoquant des cris de joie parmi les paysans, puis les nuages s'éloignèrent sans s'éventrer, au grand soulagement d'Orik.

Le guerrier venait tout juste de regagner la terre ferme quand un énorme tentacule jaillit à la surface et s'enroula autour d'un paysan plongé dans la terre mouvante jusqu'à la taille. Le malheureux lâcha le panier de terre qu'il avait presque entièrement vidé et, poussant un hurlement, se débattit avec l'énergie du désespoir. Tanch, le mécros qui se tenait à l'autre bout de la corde, eut beau s'arc-bouter sur ses jambes, résister de toutes ses forces, il ne parvint pas à lutter contre la traction exercée par le tentacule surgi des profondeurs.

—Un gob ! glapit Ospheh.

Orik se précipita sur son espadon posé contre la roue d'un chariot. Les autres ne réagirent pas, pétrifiés. La vague pensée effleura Renn de se saisir de sa propre épée et de prêter main-forte au guerrier, mais, épouvanté, il demeura incapable d'esquisser le moindre geste. Tanch parvint à se séparer de la corde avant d'être lui-même entraîné dans la terre mouvante. Le tentacule, d'une largeur d'une dizaine de pouces, évoquait un tronc d'arbre crevassé. Des protubérances grises et palpitantes, semblables à des ventouses, en parsemaient les replis intérieurs. Orik s'avança avec détermination vers le tourbillon qui aspirait le paysan, leva son espadon, l'abattit sur la partie visible du tentacule, puis commença à s'enfoncer à son tour. Korg se recula de quelques pas pour tendre la corde et permettre à son partenaire de donner un deuxième coup avant que la surface de la terre ne se referme. Un liquide noir jaillit de l'entaille du tentacule, qui se déroula, relâcha sa proie et s'affaissa dans la nappe mouvante. Orik saisit le paysan par les cheveux avant qu'il ne soit aspiré par le tourbillon. Garaï et Tanch, recouvrant leurs esprits, aidèrent Korg à extraire les deux hommes de leur inconfortable situation.

À peine le guerrier et le paysan furent-ils halés sur le sol ferme que d'autres tentacules crevèrent la surface de la terre mouvante et se trémoussèrent à une hauteur de plus de deux toises.

—Reculez! hurla Ospheh.

Ils refluèrent vers les chariots, mais deux des tentacules, se détendant à une vitesse extraordinaire, se saisirent d'une jeune paysanne et de Korg qui, exténué par l'effort qu'il venait de fournir, n'avait pas eu le temps de se replier. Ils traînèrent aussitôt leurs deux proies vers le centre de la nappe mouvante. La corde qui reliait Orik à l'archer mécros se tendit et l'entraîna dans le mouvement. Le guerrier la trancha d'un coup de son espadon, puis, aiguillonné par les cris perçants de la jeune paysanne, il demanda à l'équipier de Garaï de lui remettre sa corde, la glissa autour de sa poitrine et ordonna au mécros de se tenir prêt. Garaï fléchit les jambes tandis que le guerrier s'avançait dans la nappe mouvante. Enfoncé dans la matière souple jusqu'à mi-cuisse, il s'approcha du tentacule qui emprisonnait Korg et lui assena un coup puissant du tranchant de la lame. Un panache de liquide noir gicla à nouveau de la profonde coupure. Le tentacule se détendit et libéra Korg. Xug eut le réflexe de lui lancer l'extrémité de la corde enroulée autour de sa poitrine.

—Attrape, Korg!

L'archer parvint à s'en saisir dans un sursaut désespéré, et Xug, aidé de Renn, entreprit aussitôt de le ramener sur le sol ferme.

Enfoncé dans la terre meuble jusqu'à la taille, Orik se dirigea aussi vite que possible vers la paysanne, dont on ne distinguait plus que la chevelure dorée, et s'étendit de tout son long pour abattre son espadon à côté de la tête de la jeune femme en espérant ne pas la blesser. Le fer heurta une matière à la fois souple et dure quelques pouces sous la surface. Orik ne perdit pas de temps à vérifier qu'il avait touché sa cible, il referma son bras autour du cou de la paysanne, l'arracha à la nappe mouvante, la plaqua contre lui et cria à Garaï de les tracter vers la terre ferme.

Les tentacules disparurent l'un après l'autre, et le calme redescendit sur les lieux.

La jeune femme, allongée au pied d'un chariot, respirait avec difficulté en refoulant de la boue par les narines et la bouche. Les protubérances grises et palpitantes avaient semé des cloques rougeâtres sur sa peau. On découvrit des boursouflures identiques sur le corps du paysan qui avait subi la première attaque du prédateur du marais. Korg, lui, refusa catégoriquement de se dévêtir pour être examiné.

Un homme d'une cinquantaine d'années s'inclina devant Orik et lui pressa la main avec ferveur.

—Que les déesses vous bénissent, vous avez sauvé la vie de ma fille. Ma maison vous sera toujours ouverte.

Le guerrier, assis sur le moyeu de la roue d'un chariot, continua de nettoyer son épée à l'aide d'un chiffon.

—Cette saloperie est encore plus difficile à éliminer que le sang séché, grogna-t-il. Un combat intéressant, en tout cas. Vous savez ce que c'était, cette créature?

—Un gob, répondit l'homme. Un monstre qui vit dans les eaux putrides du marais. Mais je ne pensais pas qu'il s'aventurait dans les terres mouvantes.

—À en juger par la taille des tentacules, ça doit être un sacré morceau!

—On ne le voit jamais en entier. On dit qu'il vit dans les profondeurs et qu'il se sert de ses tentacules pour chasser à la surface.

Grak s'approcha d'eux, la mine soucieuse.

—La nuit ne va pas tarder, dit-il. Et on n'a pas encore terminé le faux chemin.

—On peut retourner dans la nappe sans craindre une nouvelle attaque?

Grak secoua sa grosse tête ébouriffée.

—Je n'en sais rien. Les hommes ne sont pas très chauds. Certains veulent qu'on reparte tout de suite.

—Le monstre, le gob, n'a pas foutu notre travail en l'air ?

—Une partie. L'équivalent d'une quarantaine de pas.

—Qu'en penses-tu, toi, Grak ?

Le paysan réfléchit quelques instants, les sourcils froncés, le front plissé.

—Je pense qu'on doit terminer l'ouvrage, déclara-t-il. Je pense qu'on doit t'aider à arrêter cette horde. Je pense que mes semblables sont des ingrats et des lâches.

—Et Ospheh ? Qu'en pense-t-elle ?

Cette fois, Grak ne marqua aucune hésitation.

—La même chose que moi.

Orik glissa son épée dans le fourreau de cuir gisant dans l'herbe sèche.

—Au travail.

Ils achevèrent le chemin leurre et escamotèrent la boucle du chemin réel avant la tombée de la nuit malgré la réticence d'une partie des hommes, mécros et paysans mêlés. Ils n'essuyèrent pas d'autre attaque du gob ; les blessures infligées à ses tentacules l'avaient sans doute dissuadé de récidiver. L'illusion était presque parfaite dans la pénombre du crépuscule. Suffirait-elle à tromper la horde à la lumière du jour ?

Renn aurait donné n'importe quoi pour se plonger dans un bassin d'eau fraîche. Les rayons du soleil lui avaient rougi la peau et son corps n'était plus que fatigue et douleur. Le regard qu'il portait sur Orik avait changé : non seulement le guerrier était parvenu à concrétiser une idée qui paraissait irréalisable, mais il n'avait pas hésité à sauter dans la nappe mouvante pour sauver des paysans des rives, des gens qui ne revêtaient aucune importance aux yeux des puissants. L'ombre qui le suivait en permanence depuis le massif de l'Ostian, qui assombrissait ses yeux dès qu'il empoignait son espadon, semblait l'avoir désertée. Il se montrait également capable de mettre son énergie au service de la vie, une constatation qui modifiait quelque peu l'avis de Renn sur les serviteurs des armes. L'apprenti aurait désormais moins de scrupules à se servir de son épée ; il garderait à l'esprit que prendre des vies n'empêchait pas d'en préserver d'autres.

Un coup de coude de Xug le tira de ses réflexions.

—C'est le grand soir, murmura le jeune mécros avec un sourire entendu.

Ils avaient fini de manger. Korg, placé à sa droite, tendit la gourde de vin à l'apprenti, qui en but une bonne lampée malgré son goût aigre, espérant sans doute que l'ivresse l'aiderait à surmonter son appréhension.

—Tout doux ! s'interposa Xug. Un peu de vin donne vigueur et assurance, mais en trop grande quantité, il peut devenir ton pire ennemi.

Le jeune mécros prit d'autorité la gourde des mains de Renn et souda à son tour ses lèvres au goulot.

—Tu as de la chance, reprit-il après avoir passé la gourde à son voisin de gauche et observé un moment la voûte céleste. Le ciel s'est dégagé : on peut dormir à la belle étoile. Il faudra que tu choisisses le coin le plus reculé possible.

—Et si elle ne me trouve pas ?

—Elle te trouvera.

Renn chercha des yeux Yseh dans la petite assemblée. Il ne la vit pas, pas davantage que Kayer. S'étaient-ils isolés ? Son promis la tenait-il à l'écart pour s'assurer qu'elle resterait toute la nuit près de lui ?

—Sauf si Kayer l'en empêche, soupira-t-il.

Xug écarta les bras comme pour prendre le ciel à témoin.

—La vie comporte un certain nombre d'incertitudes. (Il se leva et tapota l'épaule de Renn.) Je suis éreinté, je vais me coucher. Finalement, j'ai de la chance, moi aussi : je n'ai rien d'autre à faire que dormir !

Il s'évanouit dans la nuit naissante en semant derrière lui les éclats de son rire.

Le sommeil ne voulait pas de Renn malgré son épuisement. Allongé sur sa cape à l'écart des chariots, isolé des autres dormeurs par une haie de buissons aux feuilles frissonnantes, il avait attendu une partie de la nuit, fébrile, inquiet, pensant à chaque froissement qu'Yseh venait enfin le retrouver. Il baignait dans une chaleur moite, humide, qui accentuait sa nervosité. Il avait eu beau se raisonner, se dire que Kayer la surveillait de près, se répéter qu'elle voulait le rejoindre mais ne le pouvait pas, la présomption qu'elle n'avait plus envie de lui finissait par prendre le pas sur ses autres pensées. Son corps pourtant réclamait le contact avec Yseh, ses mains rêvaient de toucher sa peau, ses lèvres se languissaient des siennes. Le monstre du marais et l'épouvante qu'il avait suscitée, la horde et la menace qu'elle représentait n'étaient plus que des souvenirs lointains, abstraits, un peu comme ces contes effrayants qui avaient bercé son enfance. Il fixait les étoiles, redoutant de les voir pâlir devant la lumière du jour. Des nuages effilochés les occultaient par moments, poussés par un vent tiède. Des bruits étranges retentissaient au loin, cris, sifflements, ululements, bourdonnements…

Un craquement l'alerta alors qu'il flottait dans un état incertain entre veille et rêve. Il se rendit vaguement compte que quelqu'un s'allongeait à ses côtés. Il eut besoin d'un moment pour reconnaître l'odeur d'Yseh. D'un moment supplémentaire pour constater qu'elle l'embrassait à pleine bouche. D'un autre pour s'apercevoir que les doigts agiles de la jeune femme s'affairaient à dénouer la ficelle de son pantalon, puis à le lui retirer. Elle caressa et contempla son membre dressé avec un sourire malicieux avant de faire passer sa robe par-dessus sa tête et de s'installer à califourchon sur lui. La vue de ses seins, de son ventre, de ses hanches, le bouleversa. Une sensation exquise et chaude l'informa qu'il était en elle, un enveloppement de douceur, de moiteur, pareil à mille caresses. Il gémit, elle lui posa l'index sur les lèvres pour l'implorer de garder le silence. Elle-même s'efforçait de contrôler sa respiration de plus en plus rauque. Elle basculait régulièrement, lentement, son bassin d'avant en arrière. À chacun de ses mouvements, un plaisir ineffable se déployait dans le bas-ventre de Renn, accompagné d'un vague sentiment de perte irrémédiable, comme une ombre tapie dans la jouissance. Les ongles d'Yseh se plantèrent dans sa peau. Il se contint pour ne pas hurler. La douleur et le ravissement dansaient enlacés en lui. La jouissance se déroulait comme une pelote entre ses cuisses, montait peu à peu le long de sa colonne vertébrale. Bien que n'ayant aucune expérience dans le domaine, il sut que rien ne pourrait l'arrêter, que ce serait à la fois l'éblouissement et la fin, et Yseh semblait elle-même précipiter le dénouement par des mouvements de plus en plus amples, une respiration saccadée, des griffures frénétiques, des baisers mordants.

Le corps de Renn se tendit et fut agité de tremblements violents lorsque le plaisir le déborda et jaillit hors de lui. Il maîtrisa de son mieux ses gémissements tandis qu'il jouissait en elle et qu'elle-même s'abattait sur lui, hors d'haleine, secouée de spasmes.

— Je suis ta première ? chuchota-t-elle après un long silence.

— Pourquoi as-tu tant tardé ?

— Kayer ne me lâchait pas. J'ai dû attendre qu'il s'endorme.

— Tu n'as pas peur qu'il se réveille ?

— Il ronflait comme une souche. Mais je ne peux pas rester plus longtemps.

Elle se décolla de lui avec un soupir de regrets, se releva et le laissa admirer quelques instants son corps à la lueur des étoiles.

— Ne te mets pas torse nu demain : les autres se demanderaient d'où viennent les marques sur ta peau.

Elle étouffa un rire, enfila sa robe, s'accroupit pour lui donner un baiser et disparut dans la nuit. Il se raccrocha aux brûlures des égratignures semées par les ongles d'Yseh et à l'ombre du plaisir qui rôdait sur sa peau pour se persuader qu'il n'avait pas rêvé.

Il fut réveillé peu avant l'aube par une pluie battante. Il se rhabilla rapidement, récupéra son bâton, son épée, se couvrit de sa cape et courut se réfugier sous un chariot. Il y retrouva Orik qui, lui, n'avait pas pris le temps de remettre ses vêtements, en tas près de la roue.

Il comprit à l'air sombre du guerrier que cette averse le contrariait.

— La horde arrive, et cette satanée pluie risque de foutre en l'air notre travail, maugréa-t-il.

20

NOCES

Femme, quand tu prends mari,
Commence le temps de l'ennui,
Homme, quand tu prends femme,
Commence le temps des soucis.

Proverbe populaire des Bas,
Arkane

LE JOUR DU MARIAGE APPROCHAIT, ET NOY NE PARVENAIT toujours pas à prendre conscience qu'il était sur le point d'épouser Adamanta, une fille de l'Orbal, la petite peste qui couchait avec son père – pas vraiment de manière incestueuse puisque, aux dires de dame Elvare, il n'était pas son père biologique.

Malgré les délais très courts, dame Velde s'était démenée pour préparer une cérémonie digne du Corridan. On avait au préalable enterré Jelioy à la sauvette dans le cimetière du domaine, sans discours, ni chant, ni aucun autre hommage posthume. Seuls Aroy, représentant le patriarche toujours incapable de marcher, Noy et une poignée de vieux serviteurs s'étaient déplacés dans le petit matin blême pour assister à l'inhumation de Jelioy dans une fosse creusée à l'écart des orgueilleux monuments funéraires de la famille. Le corridan ne cachait pas son soulagement d'être débarrassé d'un homme qui salissait sa réputation, au point que Noy se demandait si les assassins de son oncle n'avaient pas été commandités par sa propre famille.

Le chagrin profond suscité par la disparition de Jelioy, son seul allié dans le domaine, le maintenait dans un état d'inertie dont il ne cherchait pas à s'extraire. Il avait repoussé à plusieurs reprises la tentation de partir à la recherche d'Oziel du Drac, renonçant par crainte d'être déshérité, de devenir jusqu'à la fin de sa vie un errant, une ombre entre les murs d'Arkane. Les siens ne lui auraient pas pardonné de disparaître à la veille son mariage et de laisser les deux familles dans l'embarras. Difficile pour un héritier des Hauts de se retrouver anonyme parmi les anonymes, de se frotter à la vulgarité des populations des niveaux inférieurs, de devoir se battre ou mendier pour un simple repas. Il n'était pas encore taillé pour le rôle de paria. Jelioy avait misé sur lui pour déjouer les manœuvres des conspirateurs qui, en éliminant le Drac, avaient rompu l'équilibre millénaire, mais, malgré sa clairvoyance, le vieil homme s'était trompé sur son compte. Noy s'était fait piéger comme le dernier des idiots par Adamanta et sa mère, et, au lieu de fuir un mariage qui lui inspirait horreur et dégoût, il regardait le temps s'écouler, se persuadant, pour se donner bonne conscience, qu'il commencerait son enquête une fois installé dans le domaine de l'Orbal. En attendant, il demeurait dans sa chambre où une servante lui apportait ses repas —pour peu qu'elle lui plaise un minimum, elle finissait par le partager avec lui dans son lit—, pas fâché d'échapper aux regards acerbes de ses parents et de ses frères dans la salle à manger.

Il ne sortait que pour son cours de masse d'armes, délaissant les enseignements du précepteur Ockart, au grand dam de ce dernier, puisque Noy était le dernier de la fratrie et que ses belles-sœurs avaient décidé de confier leurs enfants à un autre pédagogue.

—On frappe, messire.

La servante brune allongée près de Noy lui pressa légèrement le bras. Brusquement tiré de sa somnolence, il grogna à la jeune femme de se rhabiller. Lui-même sauta du lit, enfila une tunique, puis attendit qu'elle eût fini de passer ses vêtements pour entrouvrir la porte.

Une silhouette massive se tenait dans la pénombre du couloir.

—Je suis venu vous saluer avant mon départ.

Maître Ockart semblait avoir vieilli d'une vingtaine d'années en quelques jours. Teint cireux, crâne lisse maculé de taches brunes, poches gonflées sous les yeux, yeux aux couleurs enfuies, comme délavés par les pluies, mains légèrement tremblantes. Il avait troqué la toge bleue du précepteur pour une tenue usuelle de couleur grise. Noy s'effaça pour laisser passer la servante qui, la tête baissée, s'éloigna dans le couloir.

— Vous partez ?

— Comme je n'ai plus d'élève, Aroy m'a signifié mon congé. Je m'apprête à quitter le domaine après avoir servi le Corridan pendant plus de quarante ans.

La tristesse fêlait la voix d'habitude puissante et claire du précepteur.

— Où comptez-vous aller ?

Une moue mélancolique étira la face ronde de maître Ockart.

— Je n'ai plus rien à faire dans la cité. Je compte m'installer quelque part sur les rives du fleuve. (Il fixa son élève avec une intensité oppressante.) Ce mariage…

— Eh bien quoi, ce mariage ? s'impatienta Noy.

— Vous convient-il ?

Le fils du Corridan haussa les épaules.

— Ai-je vraiment le choix ?

— Vous avez toujours le choix.

— C'est ce que vous m'avez toujours enseigné, mais la vie, elle, apprend que c'est faux.

Noy avait craché ces mots avec colère. Le précepteur resta un instant silencieux, les yeux toujours vrillés dans ceux de son interlocuteur.

— J'avais de grands espoirs en vous, Noy du Corridan.

— Décidément, c'est une manie !

— Il ne s'agit pas d'une manie, rétorqua Ockart, se méprenant sur le sens des paroles de Noy. Il me semblait que vous étiez taillé pour occuper une place prépondérante dans le Conseil des Sept.

— Comment cela se pourrait-il ? Je ne suis que cinquième dans l'ordre de succession…

— L'ordre de succession n'est pas nécessairement un problème. Voyez ce qui est arrivé dans votre famille. J'ai tendance à croire que le mérite finit par être reconnu à sa juste valeur. (Il rapprocha son visage de celui de Noy et ajouta, à voix basse.) Ni votre frère aîné Aroy ni vos autres frères n'ont vos qualités…

— Parlant de mérite, mon oncle Jelioy ne méritait donc pas le siège de patriarche du Corridan ?

— Disons qu'il était dévasté par le chagrin et qu'il n'était plus apte à gouverner...

L'adorable visage d'Oziel du Drac se détacha du tumulte intérieur de Noy.

— Est-ce pour reconnaître ses mérites qu'on a abattu la maison du Drac ?

— Son orgueil rendait le Drac aveugle, vulnérable. Le patriarche Nunzio a manqué de discernement. Le Conseil a besoin d'hommes comme vous pour rétablir l'équilibre.

— La seule manière de le rétablir serait de rendre son rang au Drac.

— Impossible : il a été décimé.

Noy hésita un instant, se demandant s'il pouvait accorder sa confiance au précepteur.

— J'ai entendu dire qu'il restait une survivante...

— Vous parlez d'Oziel ? Elle a tout ce que la cité compte de sicaires et d'assassins aux trousses. Elle n'ira pas très loin.

Une moue de contrariété étira les lèvres de Noy.

— Que savez-vous exactement ?

— Votre oncle Jelioy et moi-même pensions la même chose : il vous faut chercher du côté des pétrocles.

— À quoi cela servirait-il ?

— À empêcher la destruction d'Arkane, peut-être.

— Qui peut vouloir la ruine de la cité ?

Maître Ockart boutonna sa veste avant d'en remonter le col.

— Si vous découvrez l'origine des pétrocles, vous aurez sans doute la réponse à cette question. Adieu et bonne chance, mon garçon.

Le précepteur n'attendit pas la réponse de Noy pour se diriger vers l'extrémité du couloir.

Le mariage ne fut pas le plus prestigieux des Hauts, ni même le plus fastueux de la maison du Corridan, mais il fut célébré avec un éclat digne d'une famille fondatrice. Trois sigillaires en robe de brocart présidaient à la cérémonie. Le cortège de l'Orbal, tout de violet vêtu, se présenta à l'entrée du domaine à la première sixte du jour, puis on conduisit la promise, le visage recouvert d'un tissu orné de broderies, au pied de l'escalier du perron d'honneur où attendait le promis entouré de ses frères et de sa mère – le patriarche Augoy avait fait savoir que son état l'empêcherait d'honorer le mariage de sa présence. Adamanta de l'Orbal gravit les marches au bras du patriarche Amiol, toujours aussi disgracieux en dépit de sa tenue d'apparat.

Le regard de Noy croisa celui de dame Elvare restée en contrebas, dont le sourire exprimait à la fois complicité et tristesse. Il frémit au souvenir de leur étreinte dans le labyrinthe des roses, et la certitude le traversa qu'ils se livreraient à d'autres joutes, qu'ils connaîtraient d'autres fièvres.

Un sigillaire s'approcha des deux époux d'une démarche branlante et les plaça face à face avant de prononcer les paroles rituelles :

— Que louées soient les déesses du fleuve. Qu'elles bénissent cette union entre le fils du Corridan et la fille de l'Orbal, deux des sept familles fondatrices que les serviteurs du fleuve sauvèrent de la crue et de la faim. Puisse régner entre elles l'entente qui fera d'Arkane une cité glorieuse. Puisse le père Odivir fertiliser les terres de ses crues. Que de l'union de cet homme et de cette femme naissent de nombreux enfants, qu'ils servent les intérêts de la cité comme leurs parents et leurs aïeux avant eux, qu'ils vénèrent les déesses qui épargnèrent la vie des sept premiers.

Le sigillaire reprit son souffle et s'éclaircit la voix. Noy tenta d'apercevoir le visage d'Adamanta au travers du voile, mais il ne distingua que les légères ondulations du tissu dues à la respiration de la promise. Il ne connaissait d'elle rien d'autre que sa perversité rapportée par dame Elvare et son expertise troublante dans les jeux de l'amour.

— Noy du Corridan, acceptes-tu pour épouse Adamanta de l'Orbal ici présente, jures-tu de subvenir à ses besoins, de la protéger et de la chérir ainsi qu'il convient à un bon époux ?

Noy s'entendit prononcer le oui fatidique alors que son corps tout entier hurlait non.

— Adamanta de l'Orbal, acceptes-tu pour époux Noy du Corridan ici présent, jures-tu de lui obéir, de lui être fidèle et de le chérir en toutes circonstances ainsi qu'il convient à une bonne épouse ?

Comme elle ne répondait pas, Noy fut traversé par un espoir fou : elle ne désirait peut-être pas ce mariage, elle aurait peut-être le courage – ce courage qui lui avait manqué – de le refuser.

— Oui.

La voix acidulée de l'adolescente se prolongea dans le silence comme une note funèbre.

— Vous pouvez maintenant dévoiler la mariée.

Noy retira le voile d'Adamanta avec la lenteur d'usage. Elle l'accueillit d'un sourire et le fixa avec une cruauté qui le fit frissonner. Deux fleurs blanches étaient piquées dans ses cheveux tirés en arrière et rassemblés en chignon. Elle se haussa sur la pointe des pieds et ferma les yeux. Il se pencha sur elle et posa ses lèvres sur les siennes, pour le baiser rituel qui souleva une salve d'applaudissements et de vivats.

Le banquet eut lieu dans la grande salle des réceptions dans laquelle on avait dressé quatre immenses tables capables d'accueillir chacune une centaine d'invités. Hormis le Drac, toutes les familles gouvernantes étaient représentées, y compris l'Aigle en la personne de Jiun. On servit les mets réservés aux grandes occasions, poissons du fleuve farcis, viandes marinées, fromages de toutes sortes, gâteaux au miel fourrés aux fruits confits, le tout accompagné de vin à profusion. Des diseurs déclamèrent des extraits de la Geste arkanienne avec une emphase qui horripilait Noy autant qu'elle ravissait les anciens. Le regard d'Adamanta, qui ne prêtait aucune attention à son époux, s'échouait régulièrement sur son père, assis à sa droite. Le banquet fini, on retira les tables et l'on dressa une estrade où prirent place les musiciens. Après que le patriarche Amiol et dame Velde eurent donné le coup d'envoi du bal selon l'usage, les farandoles se multiplièrent rapidement dans la salle.

Noy demeura en retrait, appuyé contre un pilier, légèrement étourdi par le vin.

— Eh bien, mon gendre, vous ne dansez pas ? Vous êtes le héros de la fête, pourtant.

Dame Elvare s'était approchée dans son dos. Elle avait elle-même abusé du vin à en croire ses yeux brillants, son sourire trouble et ses pommettes embrasées.

— Je ne suis pas un héros et je n'ai jamais aimé danser.

— Prenez exemple sur ma fille. (Elle tendit le bras en direction de la salle.) Voyez comme elle s'amuse !

Noy repéra les fleurs piquées dans la chevelure d'Adamanta, qui tenait la main d'Amiol au centre d'une farandole.

— Nous sommes tous les deux délaissés, ma dame.

— Délaissé le jour de votre mariage… Cette enfant n'a vraiment aucun savoir-vivre.

— N'est-ce pas vous qui l'avez élevée ?

Un ombre glissa sur le visage de dame Elvare.

— Vous vous apercevrez très vite qu'elle est difficilement contrôlable. Elle a épuisé quatre précepteurs.

— J'en ai déjà eu un petit aperçu.

— Il fait beau dehors. Allons prendre l'air, voulez-vous ?

Ils se frayèrent un chemin jusqu'au perron où papotaient de petits groupes épars. Des hommes et des femmes habillés aux couleurs de leurs familles levèrent leurs coupes au passage de Noy, qui leur répondit d'un sourire. La nuit était tombée sur les Hauts. La lune ronde et basse et les étoiles plaquaient sur les reliefs un vernis argenté. Ils s'engagèrent sur l'allée centrale entre les rangs de soldats du Corridan en uniforme bleu.

— Vous ne disposez pas de gardes du corps, ma dame ?

— Pour quoi faire, Déesses ? Je déteste m'encombrer de ces lourdauds. Et puis, qui pourrait en vouloir à une femme de l'Orbal ? (Elle marcha un instant en silence avant d'ajouter :) Sacrifier la liberté au nom de la sécurité revient à s'enfermer soi-même en prison.

Ils longèrent les voitures frappées des animaux symboles et leurs attelages qui attendaient le retour de leurs passagers, et gagnèrent la sortie du domaine gardée par une imposante escouade. Un officier vint à leur rencontre et les salua avant de se reculer avec une courbette quand il eut reconnu le cinquième fils du Corridan. Une fois hors de l'enceinte, ils suivirent une première ruelle baignée de pénombre, puis, arrivés sur une petite place déserte, dame Elvare s'immobilisa et dévisagea Noy.

— Je vous emmène visiter votre futur domaine. Personne ne nous y dérangera.

Ses yeux jetaient des éclats dans la pénombre qui attisèrent le désir du fils du Corridan. Ils traversèrent un quartier endormi où rôdaient quelques ombres dans les replis d'obscurité. Il regretta de ne pas s'être muni de sa masse d'armes : les égorgeurs et autres détrousseurs pullulaient dans les Hauts, masqués, insaisissables pour les patrouilles de légionnaires chargées du maintien de l'ordre, souvent d'anciens sicaires congédiés par les familles pour lesquelles ils avaient accompli de basses besognes, des hommes qui savaient se battre et maintenaient une partie d'Arkane dans une terreur nocturne de plus en plus palpable.

— Je n'aime pas me promener sans arme et sans escorte en pleine nuit dans les rues, murmura-t-il. Surtout avec une femme.

— Ne vous inquiétez pas, je sais me défendre.

Ils parvinrent sans encombre à l'entrée du domaine de l'Orbal. L'odeur qui avait saisi Noy lors de sa visite précédente le suffoqua de nouveau. Il eut une violente réaction de rejet à l'idée qu'il pénétrait dans sa future demeure, qu'il était condamné à vivre jusqu'à la fin de ses jours dans cette puanteur, dans cette crasse.

— Comment une femme comme vous a-t-elle pu atterrir dans ce domaine ?

— On n'a pas toujours le choix.

Au moment où ils franchissaient la porte monumentale, des silhouettes surgirent de l'obscurité et leur barrèrent le passage.

— Qui va là ?

— Tu ne reconnais donc pas ta maîtresse ?

Le soldat baissa son fouet aux lanières incrustées de pointes métalliques et s'inclina.

— Faites excuse, dame Elvare, avec cette obscurité, je ne vous avais pas reconnue.

— Je vous présente mon nouveau gendre, Noy du Corridan. Il fait désormais partie de la famille.

— Bonsoir, messire.

Les fenêtres du bâtiment principal se découpaient aux lueurs tremblotantes des lampes à huile. La clarté lunaire et les braises mourantes des braseros révélaient les groupes de soldats épars.

— Nous serons bien dans la chambre qui vous est destinée, chuchota dame Elvare, qui ajouta, avec un petit rire : Votre chambre nuptiale.

Elle l'entraîna dans un dédale de couloirs éclairés par des bougies ou des lampes où ils croisèrent plusieurs valets et servantes.

Un escalier à vis aux marches étroites et usées donnait sur un couloir qui débouchait sur une grande pièce où trônait un lit à baldaquin. Deux femmes s'affairaient à disposer des malles à parfum dans différents coins de la chambre et des pétales de fleurs sur le lit. Des bougies se consumaient en grésillant dans un candélabre posé sur une cheminée. D'un claquement de mains, Elvare pria les servantes de déguerpir. Elles se retirèrent sans un mot ni un regard.

—Nous allons célébrer vos noces à notre manière, déclara-t-elle en commençant à déboutonner le haut de sa robe.

—On ne risque pas de nous surprendre?

—Non, et quand bien même! Tu le désires?

—Plus que tout!

—Alors viens.

Elle laissa glisser sa robe sur son corps et, vêtue de sa seule confidente, aida Noy à se déshabiller. Sa beauté l'envoûta. Âgée sans doute de plus de cinquante ans, elle n'avait rien perdu de son éclat. Elle faisait partie de ces femmes que le temps ne dévorait pas, qu'au contraire il embellissait.

—Viens, Noy.

Elle l'entraîna vers le lit. Il s'allongea sur elle avec une telle fougue que des pétales blancs s'envolèrent autour d'eux et que le sommier poussa un grincement de protestation.

Un sentiment d'inquiétude assombrit soudain son désir. Il se redressa et demeura immobile, tendu, comme un animal aux abois. La nuit pourtant paisible semblait dissimuler une multitude de dangers.

—Noy? haleta dame Elvare.

Un craquement dans le fond de la chambre. Il se retourna et discerna des ombres dans le recoin obscur que ne parvenait pas à éclairer la lumière des bougies. Il pensa d'abord qu'il s'agissait de détrousseurs, mais ils ne portaient pas les capes ni les masques généralement associés aux brigands des Hauts.

Ils ne portaient d'ailleurs aucun vêtement.

Sans doute parce qu'ils n'étaient pas des hommes.

21
LABYRINTHES

*Que sait-on de ceux qui conçurent les labyrinthes d'Arkane?
De ces hommes méconnus qui mirent leur immense science
au service des patriarches fondateurs, au service de la
sécurité de la cité? Certains prétendent qu'aucun labyrinthe
n'est totalement hermétique, qu'il existe toujours une façon
d'en trouver l'issue, mais le Laz s'est immanquablement
transformé en tombeau pour tous ceux qui ont essayé
de le franchir par eux-mêmes. Ses créateurs n'ont laissé
aucune trace, écrite ou orale, de leur génie. La Guilde des
Torcherons, si elle connaît par l'habitude les innombrables
passages des labyrinthes de différents niveaux, n'a jamais
percé les secrets de leur conception. Laquelle repose selon les
uns sur une magie oubliée — et l'enseignement de la Guilde
des Torcherons, qui inclut des connaissances rudimentaires
en magie des éléments, semble leur donner raison —, et
selon les autres sur une logique rigoureuse propre aux
architectes — mais toute logique n'est-elle pas susceptible
d'être surpassée par une logique supérieure? Il n'est pas
question ici d'émettre un jugement, nous n'en avons pas
les compétences; il ne nous reste donc qu'à constater que
le Laz a parfaitement rempli son rôle de garant de la loi
fondamentale de la Séparation.*

La Geste arkanienne,
Tradition des diseurs du Chœur,
Arkane

LES YEUX RIVÉS SUR LA LUEUR MOUVANTE DU FLAMBEAU, OZIEL ET Arjo marchaient en gardant une distance d'une dizaine de pas avec le reste du groupe. Les galeries se succédaient, étroites, déclives, identiques les unes aux autres. Des embranchements circulaires proposaient régulièrement quatre, cinq ou six entrées différentes. Le torcheron s'engageait dans l'une d'elles sans marquer la moindre hésitation.

Les ouvriers lançaient de temps à autre des regards par-dessus leurs épaules en direction de la mécrosée, espérant sans doute qu'elle ne pourrait pas suivre l'allure soutenue imposée par leur guide. La maladie contraignait Oziel à puiser dans ses réserves. Elle n'était pas certaine que le torcheron l'attendrait si elle se laissait distancer, et elle se perdrait au premier embranchement. Le Laz n'offrait aucun point de repère. Çà et là, sur les parois lisses, taillées dans la roche avec une perfection étonnante, des voyageurs égarés avaient gravé des signes à l'aide d'une pointe métallique.

— Pas trop fatiguée ? lui demanda Arjo à voix basse.

— Combien de temps dure la traversée ?

— Entre un et deux quarts de sixte, ça dépend des niveaux.

— Les passages sont trop étroits pour les voitures, non ?

— Elles empruntent d'autres itinéraires.

— Si je comprends bien, les journaliers qui viennent travailler dans les Hauts perdent chaque matin et chaque soir un temps précieux dans le Laz ?

Arjo accéléra le pas pour combler la distance qui s'était allongée entre le groupe et eux.

— L'équivalent de la moitié de la nuit pour ceux qui viennent des Labeurs. Tout ça à cause de la loi de Séparation. (Il se retourna pour l'encourager d'un geste.) Encore un effort, dame : vous vous reposerez au niveau inférieur.

Les tiraillements de plus en plus douloureux informaient Oziel que les bubons poussaient un peu partout sur son corps, comme des bourgeons se déployant aux rayons d'un soleil printanier. Les frottements du tissu rêche de sa robe lui donnaient par instants la sensation de progresser à l'intérieur d'un buisson d'épines. La pente descendante, qui s'accentuait brusquement par endroits, lui réclamait des efforts supplémentaires pour garder l'équilibre. Elle avait hâte de respirer l'air frais du dehors. Elle comprenait maintenant pourquoi Arjo avait parlé de cauchemar : elle avait la sensation de déambuler dans un enfer minéral d'où était bannie toute forme de vie.

Les ouvriers et les portefaix eux-mêmes, guère rassurés, se serraient à la façon d'un troupeau frileux derrière leur guide sans prononcer un mot, comme s'ils craignaient de le voir disparaître au premier embranchement. Selon Xaron, les concepteurs du Laz l'avaient élaboré de manière à le rendre totalement indéchiffrable pour les non-initiés. Bien que liés par leur serment de conduire à bon port les candidats à la traversée sans distinction de classe, de sexe ou d'âge, les torcherons n'étaient après tout que des hommes, sujets comme les autres aux changements d'humeur, aux émotions, aux erreurs, aux coups de folie.

Oziel entrevit une forme indistincte dans la pénombre d'une galerie. Elle se rendit compte, en s'en rapprochant, qu'il s'agissait d'un cadavre. Il pourrissait sans doute là depuis plusieurs jours. Les torcherons n'avaient pas eu le temps ou la volonté de l'enlever. L'homme avait-il tenté de traverser le labyrinthe par lui-même ? Avait-on corrompu un passeur pour le perdre ?

Oziel se remémora les paroles d'Ulio : « *Si on veut assassiner quelqu'un sans laisser de traces, il suffit de le conduire dans le Laz.* »

Ils atteignirent une place circulaire d'un rayon d'environ quarante pas d'où partaient une douzaine de galeries. Le torcheron s'arrêta pour permettre à Oziel et Arjo de combler leur retard.

— On n'a pas que ça à faire, l'attendre ! grogna le charpentier qui l'avait prise à partie à l'entrée du Laz.

— Mon serment me commande de mener au niveau suivant chacun de ceux dont je suis responsable, répliqua calmement le torcheron.

— Et le cadavre à moitié décomposé, là-bas ?

Les traits du guide se crispèrent légèrement.

— J'ignore ce qui a pu se passer.

La lueur de son flambeau fléchissant, il observa la flamme d'un air préoccupé.

—Allons-y. Il nous reste la moitié du trajet à franchir.

Ils s'engagèrent dans une nouvelle succession de galeries aux parois et aux voûtes lisses. Leur halte, bien que brève, avait permis à Oziel de souffler un peu. Elle se redonnait du courage en repensant à la machination qui se tramait dans l'antre de la Désolation, aux déclarations du gardien de la parole de la Résurrection, à l'image fuyante qu'elle conservait de Matteo.

Les pentes s'accentuaient encore. Des ébauches de marches creusées dans certains passages facilitaient la descente. Le flambeau du torcheron s'éteignit alors qu'ils dévalaient une galerie particulièrement abrupte. L'obscurité ensevelit les lieux, dense, impénétrable. Les jurons des ouvriers résonnèrent comme des aveux de peur.

—Je reviens dans un moment, déclara le torcheron. Que personne ne bouge jusqu'à mon retour.

—On va passer toute la nuit dans ce foutu Laz! protesta une voix éraillée.

—Ne prenez aucune initiative. Ce serait votre dernière. Je n'en ai pas pour longtemps.

Le silence oppressant absorba peu à peu le bruit des pas du torcheron. Quelqu'un s'assit près d'Oziel. Elle se détendit lorsqu'elle vit émerger de la pénombre le visage d'Arjo.

—Restez près de moi, dame, souffla-t-il. Ce contretemps risque de les rendre enragés.

Elle plongea la main dans la poche de sa robe, referma les doigts sur le manche de la serre, puis s'évertua à respirer calmement, à reprendre des forces. Une hostilité sourde imprégnait les ténèbres. Les membres du petit groupe étaient presque tous équipés d'outils qui pouvaient se transformer en armes mortelles.

Un homme en contrebas lança une première pique:

—La maudite nous porte malheur! (Des grognements l'approuvèrent.) Je dis qu'on restera bloqués dans le Laz tant qu'elle sera avec nous. Si on veut rentrer chez nous, on doit s'en débarrasser.

Oziel tira la serre de sa poche et se releva, aussitôt imitée par Arjo, qui, brandissant son bâton, se tint prêt à combattre. Divers bruits montèrent des marches plus basses et se rapprochèrent d'eux. Impossible de discerner quoi que ce soit dans cette obscurité. Oziel rejeta la solution de la fuite: ils la rattraperaient rapidement et, même si elle leur échappait, elle finirait par s'égarer dans le labyrinthe. Elle décida de les affronter, espérant que si elle en neutralisait un, les autres reculeraient peut-être. Elle devait seulement choisir le bon adversaire, celui qui exerçait la plus forte influence sur le groupe. Elle percevait à ses côtés la tension d'Arjo dont le bâton était une arme ridicule face aux marteaux, hachettes, pioches et autres poinçons.

Les ouvriers montaient avec prudence désormais ; les froissements, les glissements, les respirations ne donnaient que peu d'indications sur leur progression.

Un crissement prolongé se fit entendre. Une lumière vive déchira l'obscurité. Oziel crut un temps que le torcheron était de retour. La face grimaçante qui apparut à moins de trois pas d'elle la détrompa. L'homme brandissait l'une de ces mèches enduites de résine et plantées dans un éclat de bois qu'utilisaient les serviteurs pour se rendre dans les caves ou dans les greniers. Elle entrevit le marteau à double pointe plaqué le long de sa jambe.

Arjo le menaça de son bâton.

—Reculez ! Elle ne vous a fait aucun mal !

—Ferme-la, gamin, et tiens-toi à l'écart, ça ne te concerne pas.

Le jeune servant ne vit pas arriver le manche de pioche ou de fourche qui le frappa une première fois dans le creux de l'épaule, une deuxième fois au milieu du front. Il voulut riposter, mais il lâcha son bâton, perdit l'équilibre et tomba lourdement sur le dos. L'arrière de son crâne heurta l'arête d'une marche dans un bruit sourd.

—Attention, elle a une lame, cria une ombre sur la gauche d'Oziel.

Elle évita de justesse une masse qui surgit de sa droite et acheva sa course à ses pieds, soulevant une gerbe d'étincelles et de roche pulvérisée. Elle tenta de frapper l'homme entraîné par le poids de son outil, mais il se recula avec une vivacité surprenante, et la serre siffla dans le vide. Elle para encore du bras un marteau qui lui visait le crâne. Une douleur fulgurante lui irradia le coude, puis la moitié du corps. Elle perçut un mouvement de l'autre côté, se retourna pour faire face au nouvel agresseur, pas assez vite pour esquiver le manche qui avait frappé Arjo quelques instants plus tôt et dont l'extrémité lui percuta violemment la tempe. Elle crut que sa tête explosait, puis elle chuta en tournoyant dans un gouffre sans fond. Elle entendit encore des vociférations, des rires, se révolta au plus profond d'elle, avec le sentiment désespérant qu'elle avait échoué, que les siens étaient morts pour rien, puis ses pensées lui échappèrent, se dispersèrent dans une nuit silencieuse et froide.

Vivante.

Elle était vivante.

Une douleur lancinante lui labourait le crâne. Après avoir ouvert les yeux, elle avait pris conscience au bout d'un long moment qu'elle était allongée sur un sol rugueux et que la serre de l'Aigle n'avait pas quitté sa main. Bien qu'inconsciente, elle y était restée cramponnée de toutes ses forces. L'obscurité était toujours aussi dense. Elle avait peu à peu réintégré les limites de son corps et les douleurs qui s'y associaient. La surface sous son dos était plane. Ses agresseurs ne l'avaient pas frappée ailleurs qu'à la tempe. Peut-être l'avaient-ils crue morte, ou bien pensaient-ils qu'elle n'avait de toute façon aucune chance de sortir par elle-même du Laz, toujours est-il qu'ils n'avaient pas pris le temps de l'achever, se contentant de la transporter dans un autre endroit.

La douleur l'empêchait de remettre un minimum d'ordre dans ses pensées. Elle tendit le bras pour vérifier qu'ils n'avaient pas déposé le corps d'Arjo à côté du sien. Sa main ne rencontra que le vide. Le jeune servant avait-il succombé aux coups? Elle entreprit de se relever, y renonça en constatant que le moindre de ses efforts générait un regain de souffrance insupportable. Elle demeura longtemps allongée, immobile, désespérée, agrippée à la seule pensée qu'elle était en vie. La douleur à sa tempe s'atténuant peu à peu, elle put s'asseoir et, à nouveau, s'assurer que tous ses os étaient en place. Bien qu'une bosse de la taille d'un œuf eût poussé tout près du coude qui avait paré le coup de marteau, elle pouvait plier l'articulation. Elle discerna peu à peu les parois et la voûte grisâtres d'une galerie. Ses agresseurs avaient tellement peur de se perdre qu'ils n'avaient sans doute pas parcouru une longue distance pour se débarrasser d'elle.

Elle parvint à se relever, prit appui sur une paroi pour garder l'équilibre, attendit que le vertige s'estompe pour esquisser ses premiers pas. Lorsqu'elle s'estima suffisamment stable, elle suivit une direction au hasard dans la galerie au sol plane. Elle parcourut une longue distance avant d'atteindre un premier embran- chement circulaire. Des bruits lointains, étouffés, résonnaient dans le silence. Les itinéraires étant sans doute nombreux et complexes, les chances étaient infimes, pour ne pas dire nulles, de croiser un autre groupe guidé par un torcheron. Elle dénombra quatre bouches noires. Elle hésita entre s'engager dans l'une de ces entrées ou rebrousser chemin. Elle opta pour la deuxième solution. La galerie lui sembla nettement plus longue qu'à l'aller. S'était-elle déjà trompée ? Elle dut prendre un temps de repos, assise contre une paroi, battue par des vagues de panique. Elle regretta de ne pas s'être informée sur l'évolution de la maladie auprès du gardien de la parole. De combien de temps disposait-elle ? La mécrose la dépouillerait-elle de toutes ses forces pour l'entraîner vers une interminable agonie ? Ou lui offrirait-elle des temps de répit ? Lui revenaient en mémoire les bribes d'une conversation lors d'un repas familial où quelqu'un – son père ? l'un de ses frères ? – prétendait que des maudits bannis de la cité avaient fondé une communauté dans les confins septentrionaux du pays d'Arkane, une rumeur qui, si elle était confirmée, augurait une espérance de vie non négligeable pour les mécrosés.

Elle se remit en marche et atteignit enfin l'extrémité de la galerie : même embranchement que celui qu'elle venait de laisser derrière elle, mêmes bouches sombres au nombre de quatre. Elle s'engagea dans la première entrée située sur sa droite. La pente descendante qui allait en s'accentuant et se transformait en embryon d'escalier un peu plus bas lui donna l'impression d'être sur la bonne voie. Galvanisée, elle dévala les marches de plus en plus rapidement, au point qu'elle faillit se prendre les pieds dans les plis de sa robe. Elle crut qu'elle ne verrait jamais la fin du passage, qui paraissait se perdre plus loin dans d'insondables abîmes, et fut soulagée de sentir sous ses pieds un sol de nouveau plat. La galerie débouchait, environ deux arpents plus loin, sur un nouveau carrefour d'où partaient cette fois huit portes. Elle obéit à l'intuition qui lui suggérait d'emprunter l'un des passages du milieu, plus étroit que les autres. Elle le suivit jusqu'au bout, une marche harassante qui lui coûta sans doute plus d'un quart de sixte. Il aboutissait à une pièce carrée et basse qui ne présentait aucune ouverture.

Un cul-de-sac.

Son pied heurta un objet dur. Elle poussa un hurlement de terreur quand elle s'aperçut qu'il s'agissait d'un os détaché du squelette qui gisait un peu plus loin dans des vêtements tombant en poussière.

Elle résista à la tentation de se reposer, même si parcourir le chemin dans l'autre sens lui semblait au-dessus de ses forces. Si elle s'asseyait ou s'allongeait maintenant, elle capitulerait, elle n'aurait plus le courage de repartir, elle mourrait dans cette pièce abandonnée des hommes et des déesses, comme ce voyageur égaré dont personne n'avait jamais retrouvé les restes.

Oziel avait perdu toute notion d'espace et de temps. Fourvoyée à plusieurs reprises dans des impasses, elle était revenue sur ses pas, avait essayé d'autres passages, tous ressemblants, commencé à graver des signes de la pointe de la serre sur les parois pour s'assurer qu'elle n'explorait pas des galeries déjà visitées, découvert plusieurs squelettes, mobilisé sa volonté pourtant défaillante pour continuer, puis, minée par le découragement, ivre de fatigue, elle avait fini par abdiquer. Assise au milieu d'un embranchement, elle avait prêté attention au silence, qui ne lui avait renvoyé aucun autre écho que les bruits d'écoulement et les couinements des gobats.

Résignée, elle s'allongea sur le dos. Malgré l'inconfort et les tiraillements des bubons disséminés sur son corps, elle ressentit un soulagement immédiat. Enfin, elle renonçait. Sa condition de fille de famille régnante ne lui avait jamais permis de s'abandonner. La formation à la fois intellectuelle et physique des héritiers du Drac leur imposait de se maîtriser sans cesse, de donner d'eux une image proche de la perfection. Ulio et elle avaient essayé de se ménager des espaces de liberté, de secouer la rigidité des protocoles, de franchir les lignes de la morale et de la bienséance, mais jamais ils n'avaient échappé à la pression de leur milieu, raison pour laquelle, sans doute, ils n'avaient pas consommé leur amour.

Elle ferma les yeux. Une sérénité bienfaisante supplantait sa tristesse, une chaleur douce se diffusait en elle et chassait ses douleurs. Jamais elle n'avait éprouvé un tel calme. Ses regrets, ses remords, ses déceptions volaient au-dessus d'elle comme des oiseaux improbables et silencieux. Elle allait rejoindre Ulio de l'autre côté, une perspective qui la ravissait. Elle n'avait plus qu'une perception confuse de son corps, elle flottait dans une énergie infiniment puissante et fluide, infiniment aimante, elle se sentait enfin acceptée, elle pouvait maintenant être la véritable Oziel, affranchie de sa colère, de sa violence, de son orgueil.

22

LE PIÈGE

Déesses du fleuve, veillez sur le corps que je vous confie,
Reprenez-le dans votre ventre où la mort n'entre pas,
Redonnez-lui le souffle afin qu'il puisse de nouveau
marcher sous le soleil,
Déesses du fleuve, que louées soient votre générosité, votre
grandeur.

Ode funéraire aux sept divinités du fleuve,
Rives de l'Odivir,
Pays d'Arkane

LA HORDE S'ÉTAIT DÉPLOYÉE À UNE QUARANTAINE DE PAS DE LA terre mouvante. Les soldats bardés d'acier et de cuir, armés d'arcs, de franciques, d'épées, de piques, s'étaient répartis en cinq ou six lignes sur la largeur du chemin. Derrière eux se découpaient les hautes et massives silhouettes des serkars. Les quatre flaireurs tournaient en rond en poussant des cris aigus qui s'achevaient en interminables plaintes. Les verbeurs s'agitaient à l'intérieur des grandes volières portées sur leurs épaules par deux serkars. Les plumes bleues qui s'échappaient par les mailles des grillages volaient au gré des rafales d'un vent toujours chargé d'humidité.

Orik scruta une nouvelle fois le ciel. Les pluies de l'aube n'avaient pas effacé le faux chemin ni découvert le vrai, et l'illusion persistait, mais de nouvelles averses risqueraient fort d'éventer le dispositif. Renn et Xug s'étaient placés d'un côté du guerrier tandis que Garaï et Ospheh se tenaient de l'autre. Bien qu'encore trop

253

éloignés pour qu'on puisse en distinguer les détails, les soldats de l'armée des Conquérants du Nord glaçaient d'effroi l'apprenti. De redoutables machines à tuer auxquelles aucun adversaire n'était en mesure de résister. Que dire des serkars, ces créatures monstrueuses de deux toises de hauteur dont la puissance et la férocité semblaient sans limites ? Les autres membres du petit groupe des paysans et des mécros étaient aussi terrifiés que lui. Xug lui-même, d'habitude épargné par la peur, contemplait la horde avec des lueurs d'inquiétude dans les yeux.

— Pourvu que le piège fonctionne, murmura ce dernier à l'oreille de Renn. Sinon, ce sera notre dernier jour, et je mourrai avant d'avoir vu le fleuve.

L'apprenti désigna les nuages noirs poussés par un vent irascible.

— Ça dépend du ciel…

— Et toi, mourras-tu avant d'avoir goûté la chair d'une femme ?

Malgré sa tension, Renn ne put s'empêcher de sourire en repensant à l'expérience merveilleuse qu'il avait vécue peu avant l'aube.

— Oh, oh, je crois comprendre qu'il s'est passé quelque chose cette nuit. (Le jeune mécros émit un petit rire dont une rafale dispersa les allègres éclats.) Personne ne vous a interrompus ?

Renn secoua la tête, incapable de prononcer un mot.

— Le plus difficile, reprit Xug, c'est de retrouver la magie de la première fois. J'espère que ta vie sera suffisamment longue pour que tu puisses connaître plein d'autres fois.

L'apprenti se retourna et chercha Yseh des yeux. Il s'en était abstenu jusqu'alors, craignant d'éveiller les soupçons de Kayer, mais il ressentait le besoin urgent de vérifier que le lien n'était pas coupé entre la jeune femme et lui. Il l'entrevit une dizaine de pas en arrière, entre son père et son promis. Il croisa furtivement son regard et, même si elle n'osa pas lui sourire, il lut dans ses yeux une complicité intense, scellée par le secret.

— Quand vont-ils attaquer ? demanda Garaï.

— Ils peuvent attendre plusieurs sixtes avant de lancer leur offensive, répondit Orik. Ça fait partie de leur stratégie d'intimidation. Leur immobilité finit par saper le moral, et donc la résistance de leurs adversaires. Le temps joue contre nous : la pluie menace. À moins que… (Orik se tourna vers Korg.) Tu crois que tu peux les atteindre d'ici ?

L'archer s'avança de deux pas pour évaluer la distance.

—Je pense que oui…

—Essayons de les provoquer.

Korg banda son arc. Sa flèche siffla dans les airs et, à l'issue d'une trajectoire courbe, se planta dans la terre du chemin à trois pas du premier rang de la horde. La deuxième rebondit sur un bouclier métallique, la troisième se ficha dans la gorge d'un soldat de la deuxième ligne, qui s'affaissa sans un cri. Ses compagnons ne réagirent pas dans un premier temps, puis ils frappèrent du poing leurs boucliers en cadence jusqu'à ce que le vacarme devienne assourdissant.

—Encore, ordonna Orik.

Le deuxième archer mécros vint prêter main-forte à Korg. L'une de leurs flèches fit une deuxième victime, un soldat dont elle transperça la cuirasse. Une autre toucha un serkar sans le blesser, mais provoqua chez lui une colère qui se manifesta par des hurlements stridents et de grands gestes de défi.

—Je ne suis pas certain que les provoquer soit une bonne solution, intervint Garaï.

—Il faut les attirer dans la terre mouvante avant que la pluie ne se mette à tomber, répliqua le guerrier.

Le rythme des coups sur les boucliers s'accéléra progressivement et résonna bientôt comme un son continu et sourd. Korg et son compère continuèrent de décocher leurs flèches, Orik brandit son épée en poussant un rugissement, Grak contraignit la vieille Ospheh à rejoindre les autres femmes légèrement en retrait, Xug, imitant le guerrier, glapit des insanités à l'adresse de la horde, Renn tritura avec une nervosité grandissante la poignée de son arme. Quelques gouttes de pluie malmenées par le vent se déposèrent avec délicatesse sur leurs cheveux et leurs épaules. L'apprenti scruta le ciel d'un regard anxieux. Leur sort, en cet instant, dépendait entièrement des nues. Si elles libéraient brusquement leur contenu, elles ne leur laisseraient aucune chance face à des adversaires aussi terrifiants. Un guerrier d'exception comme Orik ne suffirait pas à les contenir. Renn n'avait pas le cœur à mourir. Pas maintenant.

Les instants précieux partagés avec Yseh au cœur de la nuit avaient soulevé en lui une formidable envie de vivre.

Les vociférations se substituèrent au tintamarre des boucliers. La horde s'élança avec une soudaineté et une cohérence saisissantes. Les serkars s'ébranlèrent également, abandonnant les volières sur le chemin. Les ululements des flaireurs restés en arrière se mêlèrent au vacarme. Quelques paysans battirent en retraite, épouvantés par l'impression de puissance dégagée par la troupe qui fondait sur eux. Renn constata avec soulagement que leurs adversaires fonçaient tout droit, galvanisés par la perspective de répandre le sang. Il se demanda s'ils tomberaient tous dans le panneau ou bien si ceux des derniers rangs, s'apercevant que leurs comparses s'enlisaient, réussiraient à s'arrêter à temps. Les soldats des premières lignes se jetèrent dans la terre mouvante. Emportés par leur élan, ils ne s'enfoncèrent pas tout de suite. Le temps de se rendre compte qu'ils s'étaient précipités dans un piège, ils avaient déjà parcouru un bon tiers de la nappe dont ils foulaient désormais la partie la plus molle. Hommes et serkars commençaient à sombrer, et leurs gestes désordonnés ne parvenaient qu'à les embourber davantage. Les uns tentaient de s'en sortir en prenant appui sur les autres, mais ils avaient beau se débattre avec l'énergie du désespoir, la nappe n'offrait aucun point d'appui et se dérobait sans cesse. Les plus proches du bord tentaient de regagner le sol ferme. Les flèches des deux archers mécros qui continuaient de s'abattre sur eux accrurent leur panique.

Les voyant disparaître l'un après l'autre, Renn ne pouvait s'empêcher d'éprouver un sentiment de compassion. Le piège d'Orik avait fonctionné. Par l'un de ces détours ironiques dont le destin avait le secret, la pluie choisit ce moment pour dégringoler, crépitante, rageuse, délayant la fine couche de terre du faux chemin et hachant les touffes d'herbe et de mousse qui masquaient le vrai. Les rires et clameurs des paysans saluèrent l'eau qui se déversait du ciel et qui, pour eux, symbolisait la fécondité, la vie. Renn profita de leur liesse pour chercher Yseh des yeux. Les bras écartés, la tête renversée, dans une posture quasi extatique, elle offrait son corps aux gouttes cinglantes qui plaquaient ses cheveux et sa robe sur son corps.

La voix puissante d'Orik domina le crépitement de la pluie et les manifestations de joie des paysans.

—Attention ! Quelques-uns ont réussi à en réchapper.

Renn déplaça aussitôt son attention vers l'autre côté de la terre mouvante où quatre hommes et un serkar, maculés de boue noire, assis ou recroquevillés sur le sol ferme, reprenaient leur souffle et leurs esprits. Les soldats du Nord n'avaient pas lâché leurs armes malgré l'énergie déployée pour échapper à l'enlisement. Deux d'entre eux avaient gardé leur épée, un autre sa francisque et le dernier, sa pique d'une toise de longueur à la pointe effilée. Étendu sur le dos, immobile, le serkar paraissait mal en point, mais Renn ne pouvait pas voir s'il continuait de respirer.

—C'était trop beau, marmonna Xug. Va quand même falloir ferrailler.

Une excitation mal contenue imprégnait sa voix, comme s'il brûlait de montrer sa valeur au combat.

—Le serkar n'est peut-être pas mort, souffla l'apprenti.

—En tout cas, la terre mouvante nous a donné un bon coup de main. C'était une idée brillante, et… Oh !

Le serkar, redressé, entouré des flaireurs surexcités, se secouait comme un animal pour débarrasser sa peau rugueuse et noire des plaques de boue qui la souillaient. L'un des quatre hommes, également relevés, plongea la main dans une volière pour se saisir d'un verbeur, murmura quelques mots tout près de la tête de l'oiseau au plumage bleu, puis le lâcha. Fendant la pluie, le verbeur prit rapidement de la hauteur et disparut à l'horizon.

—Ceux qui veulent combattre, tenez-vous prêts, cria Orik. Je m'occupe du serkar. S'il m'arrive quelque chose, n'oubliez pas : visez son point faible, juste sous la gorge.

Renn n'avait jamais combattu, et ne s'estimait pas prêt à combattre, mais il bâillonna la petite voix intérieure qui l'implorait de fuir : il refusait de décevoir Orik et de passer pour un couard aux yeux de Xug et d'Yseh. Son cœur battait à tout rompre. Les rescapés de la horde, le serkar à leur tête, marchaient d'un pas résolu sur le chemin réel dont la boucle contournait la terre mouvante. Son épée parut soudain dérisoire à l'apprenti, un bout de fer insignifiant face aux lourdes armes des soldats du Nord. Il repoussa une nouvelle et pressante tentation de rejoindre les paysans qui se dispersaient dans le lointain, hormis Grak et deux autres qui, munis de bâtons et de fourches, avaient choisi de prêter main-forte à Orik et au groupe des mécros.

Le serkar allongea la foulée et distança peu à peu les quatre soldats. Chacun de ses pas ébranlait le sol avec la puissance d'un cheval ou d'un taureau au galop. Orik s'avança à sa rencontre, l'espadon levé à hauteur de sa poitrine. Lorsque le serkar l'aperçut, il marqua un temps d'arrêt, puis il se rua sur le guerrier, crâne bosselé en avant, soulevant derrière lui des gerbes de boue. Orik esquiva sa charge au dernier moment d'un saut sur le côté et, dans le même mouvement, abattit sa lame. Le fer frappa le dos de la créature avec un son mat sans provoquer la moindre égratignure, comme s'il avait heurté une surface métallique. Le serkar s'immobilisa et promena son regard sur le petit groupe en retrait. Le sang de Renn se figea lorsque les yeux noirs et luisants du monstre se posèrent sur lui. Impossible d'y déchiffrer la moindre expression, la moindre intention. Des crevasses plus ou moins larges et profondes parsemaient son corps massif. Il ne portait pas d'autres vêtements que quelques touffes de poils rêches qui évoquaient des buissons disséminés dans les creux d'un rocher.

—Enfer, murmura Xug, les mâchoires serrées.

Chacun des membres du groupe, craignant d'attirer sur lui l'attention du serkar, évitait d'esquisser le moindre mouvement. Une peur glacée inondait Renn, gelant toute relation entre son esprit et son corps. Les silhouettes sombres des soldats du Nord s'étaient immobilisées une vingtaine de pas derrière le monstre.

—Par ici, fils du démon! hurla Orik.

Le serkar se retourna avec un grondement sourd et frappa le sol du pied à deux reprises avant de fondre sur le guerrier. Renn n'eut pas la possibilité de regarder la suite de l'affrontement.

—Bouge-toi! cria Xug.

Un soldat courait vers eux, la pique tendue à l'horizontale, vêtu d'une cotte de mailles, d'un pantalon de cuir épais et d'une seule botte, ayant probablement abandonné l'autre dans la nappe mouvante. Renn distingua son crâne rasé, son visage sacrifié, ses dents taillées en pointe, ses épaules larges, ses bras couverts de tatouages, ses yeux renfoncés et brillants, le poignard sinueux passé dans sa ceinture. Un violent coup de coude de Xug le tira de sa léthargie. Un réflexe lui permit d'éviter de justesse la pointe de la pique. Il faillit lâcher la poignée glissante de son épée, la rattrapa au dernier moment et tenta de localiser son adversaire.

Celui-ci s'affairait à parer les assauts de Xug qui frappait sans répit de taille et d'estoc. Renn se demanda comment venir en aide au jeune mécros. Les événements se succédaient à une vitesse telle qu'ils ne lui laissaient pas le temps de réfléchir. On se battait entre les chariots ; les cris, les ahanements, les chocs sourds des lames, les crissements des fers dominaient le crépitement de la pluie, les mugissements des bœufs des attelages affolés par le tapage et les couinements plaintifs des flaireurs restés en arrière. L'apprenti leva son arme, qui lui parut étrangement lourde, et guetta le moment propice pour intervenir. Il se présenta lorsque Xug, déséquilibré par la pression incessante du soldat, se retrouva en mauvaise posture. L'homme, tournant le dos à Renn, s'apprêtait à enfoncer la pointe de sa pique dans la poitrine du jeune mécros à terre. L'apprenti lui abattit aussi fort que possible sa lame entre les épaules. Le choc lui endolorit le bras. Le fer crissa sur les mailles de la cotte du soldat qui, délaissant Xug, se tourna vers son nouvel adversaire.

— Tu cognes comme une fille ! cracha-t-il d'une voix gutturale.

La pointe acérée de sa pique se promena à quelques pouces du visage de Renn. Il prolongeait le plaisir avant de donner le coup fatal. Voyant Xug se relever en arrière-plan, l'apprenti maintint son épée à la verticale. Il lui fallait gagner du temps pour permettre au jeune mécros de prendre à revers le soldat, qui porta une première attaque. D'une parade réflexe, Renn dévia la pique qui manqua sa joue de quelques pouces.

— Pas trop mal pour une fille !

La deuxième attaque, le visant au ventre, faillit réussir : la pointe effilée se ficha dans sa tunique détrempée et lui effleura la peau. Il tenta de se dégager, mais le soldat, riant de plus belle, se plaqua contre lui, le contraignit à lâcher son épée en lui tordant le bras, le souleva, le maintint quelques instants en l'air, puis le projeta violemment au sol. La pointe métallique incisa la peau de Renn et déchira sa tunique. Le souffle coupé par le choc, il se rendit vaguement compte que son adversaire brandissait sa pique au-dessus de lui, n'eut pas la force de se révolter, puis il crut voir une forme pointue et rougeâtre se glisser entre les mailles de la cotte du soldat et jaillir de sa poitrine comme une langue monstrueuse. Il entendit également le rugissement de Xug. Les yeux arrondis de surprise, le soldat hoqueta, vacilla, fléchit avant de pivoter brusquement sur lui-même, mouvement qui extirpa la lame de sa chair, de prendre un pas de recul et de donner un puissant coup de pique devant lui. Un cri étouffé retentit, suivi d'un bruit de chute.

Renn put enfin se redresser.

Deux corps enchevêtrés à quelques pas de lui. Le soldat du Nord et Xug.

Ils ne bougeaient plus. Il ramassa son épée et s'approcha d'eux avec circonspection. Le sang dilué par la pluie coulait en abondance entre les mailles de la cotte du soldat. Il piqua timidement celui-ci à la nuque pour s'assurer qu'il ne réagissait plus, puis il se pencha vers la tête de Xug enfouie sous le bras replié de son adversaire. Il tressaillit de joie en constatant que la vie brillait toujours dans les yeux noirs du jeune mécros.

—Dégage-moi.

La voix de Xug s'écoulait de sa bouche comme un maigre filet d'eau sur le point de se tarir. Du pied, Renn poussa le corps inerte du soldat qui roula sur lui-même et buta contre une grosse pierre deux pas plus loin. Sa joie se changea en glace lorsqu'il avisa la tache pourpre sur la tunique et le pantalon de son compagnon. La pique gisant dans une flaque l'avait transpercé de part en part.

—Renn… Renn…

L'apprenti s'accroupit près du jeune mécros, les larmes aux yeux.

—Je… ne verrai pas le fleuve, murmura Xug d'une voix de plus en plus faible. Tu… tu tiendras ta promesse, mon ami?

Renn lui prit la main et la pressa avec ferveur.

—Tu as donné ta vie pour sauver la mienne.

En même temps qu'il prononçait ces mots, il prit conscience de l'immensité du sacrifice de Xug et en fut bouleversé.

—Alors… alors, c'est que ta vie… est plus importante que la mienne… La… meilleure façon de… me remercier est d'en faire bon usage… Tiendras-tu ta promesse?

Renn essuya d'un revers de main les larmes mêlées aux gouttes qui ruisselaient sur ses joues. Le silence qui régnait sur le marais, égratigné par le martellement de la pluie, le frappa tout à coup. Le combat avait cessé. Il crut apercevoir la silhouette massive d'Orik entre les rideaux de pluie, puis celles de Garaï et de Korg l'archer.

—Je confierai ton corps à l'eau du fleuve.

Des sanglots hachaient la voix de l'apprenti.

—Ainsi tout… est… bien…

Les mots de Xug s'achevèrent en une longue exhalaison à l'issue de laquelle sa tête se renversa. Renn la reposa délicatement sur le sol détrempé et resta agenouillé près de la dépouille du jeune mécros un temps qu'il aurait été incapable d'évaluer, en proie à un immense chagrin.

Quelqu'un lui agrippa l'épaule et le tira de sa prostration.

—C'est fini.

Il reconnut la voix d'Orik.

—Il n'est pas mort pour rien, ajouta ce dernier. Nous avons anéanti la horde.

Le guerrier contraignit Renn à se relever et l'examina. L'apprenti garda la tête baissée pour dissimuler ses larmes.

—Tu es blessé ?

Orik désignait la déchirure de sa tunique et la tache de sang qui imbibait le tissu.

—Une simple éraflure…

—Laisse-moi vérifier.

Le guerrier décolla avec une délicatesse surprenante la tunique collée à la peau de Renn.

—Ça devrait aller, elle n'est pas profonde, conclut-il après avoir examiné la plaie.

—Tu as vaincu le serkar ?

—Un adversaire fort, mais pas très malin. Je n'ai eu aucun mérite. (Orik se recula et considéra son interlocuteur avec un sourire ; l'ombre qui voilait ses yeux s'éclaircissait peu à peu.) Te voilà devenu un vrai guerrier ! Première bataille, première blessure, premières larmes pour le compagnon d'armes qui a eu moins de chance que toi.

—Il m'a sauvé la vie.

—La mort était sur lui. Et puis tu en sauveras à ton tour. Des centaines peut-être, voire des milliers.

—Pourquoi dites-vous ça ?

Orik haussa les épaules.

—Qui sait ce que nous réserve l'avenir? Nous sommes presque arrivés au fleuve. Que comptes-tu faire?

L'apprenti n'avait pas encore réfléchi à la question. L'envie lui était passée, en tout cas, de retourner seul dans le massif de l'Ostian. Pas question non plus de reprendre sa place dans sa famille.

—J'ai promis à Xug de confier son corps à l'eau du fleuve s'il ne vivait pas assez longtemps pour le voir.

—Et ensuite?

Renn n'eut pas besoin de réfléchir pour formuler sa réponse.

—Acceptez-vous que je vous suive jusqu'à la cité d'Arkane?

Le nouveau sourire d'Orik, franc, chaleureux, chassa les dernières zones d'ombre dans ses yeux.

—Excellente décision. Tu connais le pays. À deux, nos chances augmenteront. Il est temps de repartir.

Il leur fallut un quart de sixte pour rassembler les paysans et les bœufs dispersés dans les environs, atteler les chariots, jeter les corps dans la terre mouvante, hormis le serkar – trop lourd à transporter – qu'on abandonna sur place, et Xug qu'on enroula dans un tissu et installa dans un chariot. Ils ouvrirent les volières des verbeurs, qui s'envolèrent l'un après l'autre et se fondirent rapidement dans la grisaille du ciel. Les flaireurs rendus à la liberté s'égaillèrent dans le marais. Du petit groupe qui avait affronté les rescapés de la horde, il ne restait que quatre survivants: Orik, Renn, Garaï et Korg.

Les deux mécros décidèrent de rentrer chez eux et, après de brefs adieux, prirent la direction des collines noires des Anglones.

—Inutile. (Garaï avait interrompu d'un mouvement péremptoire du bras les premiers mots de remerciement du guerrier.) Nous avons vengé les nôtres et, même si j'ai perdu beaucoup de mes hommes, nous n'avons fait que notre devoir.

Personne ne pleura les trois paysans qui avaient succombé pendant la bataille et qui ne comptaient aucun membre de leur famille parmi les survivants. Ospheh et les siens se montraient pressés de rentrer pour, affirmaient-ils, profiter au plus vite de l'eau enfin tombée du ciel.

—Ils fuient le théâtre de leur lâcheté, gronda Orik.

—Tout le monde n'est pas taillé pour le combat, objecta Renn.

—C'est vrai, mais tout le monde peut faire face, tout le monde dispose d'une inépuisable source de courage.

L'apprenti en doutait : il était de la même espèce que les paysans, un homme de la terre qui n'avait jamais appris à manier les armes ; il aurait pu abandonner lui aussi, parce qu'ils se fichaient comme de leur première sabache des questions d'honneur et de courage, parce que seules leur importaient la fécondité des rives, la couleur du ciel et les crues du fleuve.

Yseh vint le rejoindre entre deux chariots qui les dissimulaient aux regards des autres. Indifférente aux cataractes d'eau tiède qui se déversaient sur eux, elle lui posa l'index sur les lèvres, puis se haussa sur la pointe des pieds pour lui déposer un baiser dans le cou.

—J'ai eu peur pour toi, chuchota-t-elle. Kayer a refusé de vous aider. Je n'ai pas envie d'être mariée à un homme comme lui.

—Ne le juge pas, répondit Renn à voix basse. Il fait ce qu'il estime nécessaire.

Elle rejeta l'argument d'une moue agacée.

—Je ne l'aime pas. J'en discuterai à la maison avec mes parents. Et toi ? Que comptes-tu faire ?

—Je n'ai nulle part où aller. J'accompagnerai Orik jusqu'à la cité d'Arkane.

Elle hésita à lâcher les mots qu'elle brûlait visiblement de prononcer.

—Pourquoi… ne viendrais-tu pas avec nous ?

Il marqua un temps de silence avant de répondre, conscient qu'il allait la décevoir.

—Je suis né dans une famille paysanne, mais je ne suis pas fait pour être paysan.

—Pour quoi es-tu fait, alors ?

La voix d'Yseh vibrait de tristesse, de colère rentrée.

—Je ne sais pas, je dois le découvrir.

Les yeux flamboyants de la jeune femme transpercèrent les rideaux de pluie.

—Je ne te plais donc pas ?

—Il ne s'agit pas de ça.

Yseh entrouvrit la bouche pour ajouter quelque chose, puis elle se ravisa et, après avoir adressé à Renn un dernier regard lourd de regrets, elle se détourna et disparut à l'angle d'un chariot.

Le convoi atteignit le bord du fleuve au crépuscule sous une pluie battante. Renn avait pris place dans le chariot de tête qui transportait le corps de Xug. Les femmes avaient enveloppé le mécros de manière à laisser son visage découvert et lorsque les roues s'enfonçaient dans une ornière, sa tête se soulevait légèrement, donnant à l'apprenti l'impression fugace et déstabilisante qu'il était toujours en vie. Imprégné d'une tristesse profonde, Renn dérivait sur un courant paresseux qui le ramenait toujours à son point de départ, la maison et l'atelier de maître Hauhorn où s'étaient égrenées des journées solitaires, interminables, désespérantes. Bien qu'il eût vécu mille vies depuis qu'il avait quitté le massif de l'Ostian, Xug était le seul véritable ami qu'il eût jamais connu. Assis sur le banc aux côtés de la vieille Ospheh, Orik le regardait régulièrement par-dessus son épaule.

—On arrive, annonça le guerrier.

Renn se leva et vint s'asseoir à son tour sur le banc. L'Odivir se dévoilait dans toute sa majesté en contrebas. Bordé d'épaisses forêts de roseaux aux panaches bruns et rouges, d'une largeur d'une dizaine d'arpents, il décrivait un ample méandre entre les collines jaunes et pelées dont le moutonnement se perdait dans le lointain. L'émotion serra la gorge de Renn : il revenait chez lui après deux ans d'absence, et il avait l'impression de réintégrer un ventre nourricier, d'être reconnu et bercé par l'air et par l'eau, de redevenir l'enfant joyeux et insouciant de l'Odivir. La splendeur du panorama aurait émerveillé Xug. Aucun bateau sur le miroir de l'eau haché par la pluie. On était près de la source, et l'activité fluviale et agricole commençait une dizaine de lieues en aval.

Ils descendirent tout droit vers le fleuve, puis, tandis qu'ils longeaient une grève de terre dénudée, Orik suggéra à Renn de s'acquitter de sa promesse. L'apprenti l'approuva d'un hochement de tête. Ospheh immobilisa le chariot. Le guerrier descendit le corps de Xug et le déposa sur la grève. Ils lestèrent le linge mortuaire de pierres, le ceignirent avec soin d'une corde, puis Orik se retira, laissant l'apprenti seul.

Renn se recueillit et, vieux réflexe hérité de son enfance, adressa une prière aux déesses du fleuve. Puis il souleva le corps, pénétra dans l'eau jusqu'à la taille et le confia au faible courant qui charriait des feuilles et des brindilles de roseaux. Des larmes se mêlèrent à nouveau aux gouttes de pluie sur ses joues. Il se consola en pensant que l'Odivir était la plus belle des dernières demeures pour son ami Xug.

23

LA PROPHÉTIE DE MOLPOOR

Seule, sans visage, Elle franchira le Laz,
Annonçant des heures sombres pour le pays d'Arkane,
Les temps viendront de la chute,
Des milliers mourront et l'affliction régnera,
L'orgueilleuse cité de nos pères s'effondrera dans un terrible
fracas,
La souffrance régnera jusque dans les confins,
Et nul ne pourra prédire quand reviendra la vie.

La prophétie de Molpoor,
Archives de la Guilde des Torcherons,
Arkane

LES LUEURS VIVES QUI ZÉBRAIENT LES ÉCAILLES DU DRAC ET LES flammes s'échappant de sa gueule éclairaient fugitivement les parois, les voûtes et le sol des galeries. Oziel avait eu un regain de vitalité lorsqu'il s'était présenté au-dessus d'elle et l'avait tirée de son engourdissement : s'il l'avait retrouvée au beau milieu du Laz, c'était qu'il avait la capacité de la guider vers l'extérieur. Puis, la fatigue, la faim et la soif se rappelant à son bon souvenir, elle avait eu de nouveau l'impression de marcher depuis une éternité, d'être à jamais prisonnière du labyrinthe.

Le drac prenait parfois un peu d'avance sur elle, stabilisait alors son vol jusqu'à ce qu'elle parvienne à sa hauteur, puis repartait de l'avant, passant sans trêve d'une galerie à l'autre. Les passages, pour la plupart en descente, présentaient parfois des pentes très raides qu'Oziel franchissait avec une extrême prudence. Elle crut percevoir des voix proches, hurla pour signaler sa présence, mais seul lui répondit le froissement délicat des ailes de son guide. Elle ignorait d'où lui venait l'énergie de continuer, pas d'elle en tout cas, peut-être de la boule de chaleur tapie en bas de son ventre dont elle ignorait l'origine.

Le drac s'engouffra dans une galerie perpendiculaire. Elle accéléra le pas pour le rattraper, mais lorsqu'elle s'engagea à son tour dans l'étroit boyau, il avait disparu. Après une brève hésitation, elle résolut de poursuivre son chemin. Le sol se transformait un peu plus loin en escalier. Elle perçut une vague rumeur en contrebas, puis, au fur et à mesure qu'elle descendait, les bruits se précisèrent, éclats de voix, claquements, crissements, hennissements, autant de manifestations d'une activité intense. Elle entrevit également une lueur dans le lointain, oublia tout à coup la fatigue et dévala les marches avec une légèreté retrouvée.

Des courants d'air répandaient des odeurs d'urine et de crottin. L'escalier donnait sur une petite place éclairée par des rais obliques tombant de meurtrières. Son intrusion dérangea quelques gobats affairés à grignoter des fruits et des légumes perdus ou jetés par les marchands ambulants. Elle traversa la place et franchit une ouverture ogivale qui donnait sur un large espace où se pressaient des chariots et des groupes de piétons débouchant des multiples sorties, guidés par des torcherons.

La lumière du jour, qui entrait à flots par une gigantesque ouverture, éblouit Oziel. Son arrivée passa inaperçue, mais lorsqu'elle voulut se mêler à la multitude, les réactions agressives des hommes et des femmes, qui revenaient des Hauts où ils avaient sans doute travaillé toute la nuit, l'en dissuadèrent. Elle reprit brutalement conscience de sa maladie, de sa robe d'infamie, de ses bandelettes, de la répulsion que son apparence inspirait à ceux qu'elle croisait.

Des pas précipités retentirent dans son dos. Une silhouette la dépassa et se planta devant elle. Elle reconnut le torcheron qui les avait guidés, le groupe de journaliers, Arjo et elle, à la tombée de la nuit. Son regard exprimait, davantage que de la surprise, de la sidération. Des taches sombres maculaient son uniforme blanc et doré.

—Comment avez-vous réussi à sortir du Laz ?

Une seule réponse vint à l'esprit d'Oziel.

—J'ai eu de la chance…

Il rejeta l'argument d'un geste agacé.

—La chance n'a rien à faire là-dedans ! Il est impossible, impossible vous m'entendez, de franchir les labyrinthes sans guide.

—Ça s'est produit dans le passé.

—Si vous voulez parler des révoltes des niveaux inférieurs, les émeutiers étaient accompagnés de passeurs corrompus.

Le torcheron secoua la tête à plusieurs reprises, comme pour chasser des pensées perturbantes.

—Les autres m'ont dit que vous en aviez assez d'attendre et que vous étiez partie, reprit-il. Je ne les ai pas crus. J'ai présumé qu'ils vous avaient molestée et chassée. Après les avoir conduits au niveau des Dits, je suis retourné sur mes pas pour vous retrouver. Comment…

Il s'interrompit, pâle tout à coup, les yeux écarquillés.

—La femme sans visage. Se pourrait-il que vous soyez…

Il lança des coups d'œil affolés autour de lui, comme s'il cherchait une issue de secours. Les bouches du Laz continuaient de vomir des groupes de piétons et de véhicules. Ces déplacements massifs et quotidiens des populations des niveaux inférieurs étaient l'une des conséquences, la plus importante probablement, de la loi originelle de Séparation. Combien étaient-ils à effectuer le trajet chaque jour, chaque nuit ?

—Suivez-moi, reprit le torcheron.

—Je dois gagner les Bas au plus vite, objecta Oziel.

—Vous êtes donc pressée de quitter la cité ?

Elle ne répondit pas. Elle ignorait les intentions de son interlocuteur et risquait de divulguer involontairement ses véritables motifs.

—Si vous avez vraiment trouvé seule la sortie du Laz, je dois vous présenter à l'un de mes supérieurs. C'est la règle. Je peux me tromper, mais il me faut m'en assurer.

Elle baissa la tête pour échapper à la pression soudaine des yeux noirs du torcheron.

—Suis-je vraiment obligée de vous suivre ?

—La Guilde n'impose jamais rien à personne. Notre organisation repose entièrement sur le consentement. Je comprends que vous hésitiez après la nuit que vous venez de passer. Venez avec moi, vous aurez un endroit pour vous reposer et de quoi vous restaurer. Soyez sans crainte : tant que vous serez sous notre protection, vous ne courrez aucun risque.

La proposition la tenta : il lui offrait la nourriture et le repos que son corps réclamait avec insistance depuis plusieurs sixtes. En outre, le patriarche Nunzio avait toujours parlé avec respect de la Guilde des Torcherons, une organisation qui, hormis les deux révoltes des populations des niveaux inférieurs guidées par une poignée de félons, n'avait jamais trahi la confiance des familles régnantes. Elle signifia son accord d'un mouvement de tête qui accrocha un sourire aux lèvres de son vis-à-vis.

—Allons-y.

Il se dirigea vers une petite porte dissimulée par un pilier et gardée par deux hommes dont les uniformes, bien que blancs et dorés, présentaient des différences avec ceux de leurs confrères, à la fois plus épais et rugueux, comme taillés dans des tissus bruts et rembourrés. Contrairement aux autres membres de la Guilde, ils portaient des dagues aux manches dorés et lisses qui saillaient d'étuis de cuir noir. Lorsque Oziel et son accompagnateur s'approchèrent de la porte, l'un d'eux les arrêta d'un geste du bras.

—Que veux-tu, Sabain ? demanda-t-il d'un ton rogue.

—Je sollicite une entrevue avec le maître du niveau, répondit le torcheron.

—Il est occupé.

—Je ne le dérangerais pas si ce n'était pas important.

Le garde lui décocha un regard mi-courroucé mi-condescendant.

—Désolé, Sabain, ça ne suffira pas.

Le torcheron s'avança jusqu'à ce que sa poitrine touche la main de son interlocuteur.

—Si tu ne nous laisses pas passer, cette mécrosée et moi, tu commettras la plus grosse bévue de ta vie, Loskol.

Le garde ricana, même si la force de persuasion du torcheron avait déjà instillé le doute en lui.

—Si je te laisse passer et que tu déranges maître Carr pour rien, j'en prendrai pour mon grade, moi !

—Aucun risque, je t'en fais le serment.

Les yeux du garde se posèrent un bref instant sur Oziel. Son confrère feignait de se désintéresser de la conversation, évitant de se mêler de ce qui avait toutes les apparences d'une embrouille.

— Tu ne veux pas m'en dire un peu plus ?

— Je ne parlerai qu'à maître Carr.

Le garde finit par capituler devant la détermination de Sabain. Il replia le bras et les invita à entrer en ajoutant :

— Il y aura d'autres barrages plus haut…

— Je m'en charge, répondit le torcheron sans se retourner.

Des barrages, ils durent en franchir trois pour arriver à maître Carr. La roche abritait un enchevêtrement inattendu de couloirs et d'escaliers éclairés par des lampes à huile ou des torches murales. Oziel entrevit, par les fenêtres ouvrant sur de minuscules cellules, des hommes vêtus d'uniformes blancs et dorés penchés sur des parchemins étalés sur des tables. Aucune femme parmi eux : comme la Résurrection et la Désolation, la Guilde des Torcherons était entièrement constituée d'hommes. Une évidence frappa tout à coup Oziel : la structure d'Arkane, qui reposait entièrement sur le patriarcat, n'avait jamais permis aux femmes de prendre leur véritable place. Elle se souvint du regard éternellement soumis de sa vénérée mère, de ses silences résignés, de ses souffrances muettes. Même si, contrairement aux autres familles régnantes, ses sœurs et elle n'étaient pas confinées aux corvées domestiques habituellement dévolues aux femmes, le mariage finissait par les ramener dans le rang, les assujettir à l'autorité de l'homme. Elle-même n'aurait pas supporté de ployer sous le joug d'un époux dont le seul mérite résidait dans le fragile appendice pendant entre ses cuisses. Les moments exaltants partagés avec Ulio lui avaient donné une tout autre vision du rapport avec les hommes. Elle mourrait sans connaître le vertige effleuré avec son frère, une prise de conscience brutale qui la baigna d'amertume.

À chaque interrogatoire, Sabain fournissait les mêmes réponses, quasiment mot pour mot : il avait quelque chose de très important à dire à maître Carr, cela avait un rapport avec la mécrosée, il ne parlerait qu'au maître du niveau, on serait bien avisé de ne pas le refouler. Ébranlés par sa conviction, ses interlocuteurs se rendaient à ses arguments et s'écartaient pour lui céder le passage, non sans le prévenir que s'il dérangeait maître Carr pour des motifs futiles, il en subirait les conséquences.

271

—Les conséquences, murmura Sabain une fois admis dans un vestibule meublé de quelques fauteuils et éclairé par deux lustres surchargés de bougies, ce serait de m'affecter à des tâches jugées dégradantes comme explorer les labyrinthes à la recherche des corps de ceux qui s'y sont perdus, ramasser les excréments des chevaux, des bœufs et des humains, entretenir les galeries et les escaliers pendant une ou deux années, voire davantage selon l'humeur de mon supérieur.

—Pourquoi prenez-vous ce risque?

Les yeux noirs du torcheron s'enfoncèrent dans les siens.

—Si vous êtes celle que je crois, je ne prends aucun risque.

—Je ne suis qu'une mécrosée épuisée et affamée qui n'a plus sa place dans la cité.

—Patience: on vous apportera bientôt votre repas et vous pourrez vous reposer. Comment vous appelez-vous?

Elle pensa de nouveau à la servante vêtue de sa seule confidente, attachée et bâillonnée dans le nid d'amour de Sylver de l'Aigle.

—Haldre.

—Eh bien, Haldre, vous avez réussi à sortir du Laz sans guide, et cela fait de vous plus qu'une simple mécrosée.

Elle faillit le détromper, lui avouer qu'elle avait bénéficié de l'aide d'un guide, qu'elle n'était qu'une mystificatrice, puis, liée par son secret, elle raffermit sa détermination. Quelle importance après tout? Elle devait seulement prendre ce que lui offraient les torcherons, une pause bienvenue avant de poursuivre sa descente vers les Fonds.

—Au fait, savez-vous ce qu'est devenu le jeune homme qui m'accompagnait? demanda-t-elle.

—Il avait une bosse au front et était mal en point quand je suis revenu, mais il a pu suivre le rythme du groupe.

Une porte s'ouvrit, livrant passage à un adolescent vêtu d'un uniforme entièrement blanc.

—Maître Carr vous attend.

Sabain et Oziel passèrent dans une deuxième pièce; l'adolescent, resté dans le vestibule, referma la porte derrière eux. Deux bougies posées sur des pierres plates répandaient une odeur parfumée et dispensaient un éclairage diffus, révélant des murs et un plafond habillés de faïences aux couleurs vives. Assis à une table de bois précieux, un homme les invita, d'un geste de la main, à prendre place sur les deux chaises disposées en face de lui.

Difficile de donner un âge à maître Carr. Autant la blancheur de ses cheveux et l'aspect vitreux de ses yeux trahissaient une certaine ancienneté, autant son visage lisse et sa vigueur apparente semblaient frappés du sceau de la jeunesse. Le doré de son uniforme l'emportait sur le blanc, et Oziel devina que cette répartition des couleurs indiquait un rang supérieur dans la hiérarchie de la Guilde.

—Mon temps est précieux, Sabain, déclara maître Carr. J'espère que vous avez une bonne raison de me déranger. (Il examina Oziel avec une attention qui réveillait les ridules aux coins de ses yeux.) Qui est cette femme?

—Précisément l'objet de ma visite, Vénérable, répondit le torcheron en esquissant une brève courbette.

—En quoi une mécrosée pourrait-elle nous intéresser?

—Il ne s'agit pas de son état, Vénérable. (Sabain marqua un temps de silence pour conférer de la solennité à ses propos; son interlocuteur le pria de poursuivre d'une moue agacée.) Cette femme était sous ma responsabilité hier soir. Mon flambeau s'étant éteint, j'ai appliqué la procédure appropriée: j'ai demandé au groupe de m'attendre et suis allé chercher un nouveau flambeau. Pendant mon absence, des membres du groupe ont chassé cette femme, cette maudite comme ils disent. Je suis retourné sur mes pas à sa recherche, mais ne l'ai pas vue. Je la croyais perdue. Or, elle s'est présentée à la porte ce matin. Cette femme… (Sabain observa une nouvelle pause.)… est la première dans la longue histoire du Laz à retrouver la sortie sans recourir à la compétence d'un guide. Et on peut dire qu'elle est sans visage.

Il se tut pour mesurer l'impact de ses paroles sur son vis-à-vis. Incapable de masquer son trouble, maître Carr demeura un long moment immobile, sans proférer un son, puis il se frotta les lèvres du dos de la main et bredouilla:

—En êtes-vous… certain?

—Certain, Vénérable.

Maître Carr se pencha par-dessus la table et ficha son regard dans celui d'Oziel.

—Est-ce vrai?

À nouveau tracassée par la sensation dérangeante d'être une usurpatrice, elle s'accorda un temps de réflexion avant de répondre :

— Il dit la vérité : je n'ai pas eu besoin de torcheron pour sortir du labyrinthe.

Le visage livide de maître Carr s'apparentait désormais à un masque mortuaire.

— Comment avez-vous… procédé ?

Sa voix avait peiné à se frayer un passage dans sa gorge.

— Je ne sais pas, j'ai enfilé les galeries au hasard, sans savoir où elles menaient. Je pense que j'ai eu de la chance.

Un souffle agita les bougies, les ombres dansèrent sur le sol et les murs.

— Si la chance avait quelque chose à voir avec cette histoire, cela se saurait. En plusieurs millénaires, personne, je dis bien personne, n'a pu se sortir du Laz sans l'assistance d'un torcheron.

— Je le lui ai déjà dit, Vénérable, intervint Sabain. Mais elle n'a pas l'air de comprendre. Vous pensez qu'il s'agit… d'Elle ?

Les rides apparues tout à coup sur le front et les tempes de maître Carr le vieillissaient d'une bonne vingtaine d'années.

— Le texte est formel, répondit-il d'un air grave. Lorsqu'Elle, sans visage, sera parvenue à déchiffrer l'énigme du Laz, alors la cité rongée par les querelles intestines s'effondrera dans l'Odivir.

— Quel rapport avec moi ? s'étonna Oziel.

— C'est l'une des trois prophéties majeures de Molpoor, le fondateur de la Guilde. (Maître Carr recouvrait peu à peu la maîtrise de sa voix et de ses gestes.) Si vous êtes la femme de la prédiction de Molpoor, votre présence ici annonce l'effondrement imminent d'Arkane.

Des frissons glacés coururent sur la nuque et l'échine d'Oziel : le responsable du niveau ignorait à quel point ses propos résonnaient avec les événements récents. Il réagissait en homme pris de court et, pourtant, une organisation aussi importante, aussi puissante, que la Guilde des Torcherons disposait probablement d'un réseau d'informateurs avertis des intrigues qui secouaient les Hauts. À nouveau, il plongea son regard dans celui de la jeune femme.

— Qui êtes-vous ?

— Une simple servante des Hauts qui ne comprend pas grand-chose à ce que vous dites.

—Vous ne vous exprimez pas comme une servante…

—J'ai appris à parler en écoutant ceux que je servais.

Maître Carr ne parut guère convaincu par l'argument.

—Depuis combien de temps êtes-vous mécrosée ?

—Cinq jours.

—La maladie se développe de façon foudroyante chez vous. (Il poussa un soupir bruyant, révélateur de son désarroi.) Quelque chose sonne faux dans votre histoire…

—Je ne demande qu'à descendre au plus vite dans les Bas et m'éloigner de la cité. Je ne suis pas responsable de vos croyances.

—Rassurez-vous, nous n'allons pas vous livrer à la justice des Hauts. Vous n'avez commis aucun crime. Mais comprenez notre surprise, à Sabain et à moi-même.

—Elle a faim et elle est fatiguée, Vénérable, précisa ce dernier.

Maître Carr hocha la tête à plusieurs reprises.

—Je dispose d'une salle de repos à côté de mon bureau. Qu'elle s'y installe. Je vais lui faire livrer un repas.

—Je pourrai partir ensuite ? demanda Oziel.

Le responsable du niveau réfléchit quelques instants, le menton posé sur ses mains jointes.

—Je trouve également étrange votre hâte à rejoindre le monde du dehors : il est encore plus impitoyable que les bas niveaux de la cité. Mais nous n'avons aucune raison de vous retenir.

Oziel s'endormit rapidement sur la confortable banquette de la salle de repos. Elle avait au préalable dévoré le plat qu'on lui avait servi dans une assiette conique, une cuisse de volaille accompagnée de légumes et de lentilles noires au goût délicieux. Elle avait également vidé le hanap de vin capiteux qui lui avait tourné la tête. La pensée l'avait effleurée que les torcherons avaient ajouté dans sa boisson l'une de ces poudres anesthésiantes en vogue dans les Hauts, puis, recrue de fatigue, elle avait cédé aux implorations envoûtantes du sommeil.

Elle était toujours seule dans la salle de repos lorsqu'elle se réveilla. Elle ne sut combien de temps elle avait dormi. Elle se sentait régénérée en tout cas, prête à entreprendre la descente vers les Fonds. La serre n'avait pas quitté la poche de sa robe. La pièce disposant d'un petit miroir – elle soupçonnait maître Carr de soigner son apparence, voire de faire preuve de coquetterie –, elle retira les bandages pour observer son visage. Les bubons avaient tellement grossi sur ses joues, sur son front, sur son cou, qu'elle se reconnaissait à peine. La métamorphose s'était accélérée, le monstre émergeait de ses traits déformés, occultant définitivement sa beauté. Elle refusa de se laisser emporter par le désespoir. Pas le moment de s'apitoyer sur elle-même : sa mission concernait les populations entières de la cité et du pays d'Arkane. Elle renoua les bandages sur son visage en dissimulant les excroissances de son mieux, laissant dégagés ses yeux, ses narines, sa bouche, puis elle inspecta sa robe que son séjour prolongé dans le Laz avait tachée en plusieurs endroits. Porter des vêtements sales l'aurait révulsée au domaine familial, où, à la moindre auréole, elle houspillait les servantes pour qu'elles lui apportent immédiatement une nouvelle tenue.

Maître Carr s'engouffra dans la pièce, accompagné de Sabain.

— Comment vous sentez-vous ?

— Mieux.

L'air préoccupé, le responsable du niveau s'assit sur un coin de la banquette.

— Nous avons établi le lien entre votre traversée miraculeuse du Laz et les troubles qui agitent les Hauts.

Elle se tendit, persuadée qu'ils avaient percé à jour sa véritable identité.

— L'une des sept familles régnantes a été éliminée, poursuivit maître Carr. L'équilibre a été rompu. Votre venue nous confirme que la cité court un grave danger, le plus grand qu'elle ait jamais connu au long de son histoire.

— Comment l'avez-vous appris ?

— Par le responsable du niveau des Hauts. Il n'a pas souhaité répandre l'information pour ne pas provoquer un effet de panique au sein de la Guilde. Nous devons assumer nos responsabilités jusqu'au bout et les torcherons ont besoin de sérénité. Quant à vous, dame… (Il se releva et se dirigea vers la porte de son bureau.)… vous pouvez poursuivre votre chemin vers les Bas. Sabain va vous accompagner jusqu'à la sortie. Il vous suffira de vous rendre à la Porte des Marches, à environ deux lieues d'ici.

— Dans les Hauts, l'entrée et la sortie du Laz se confondent…

— Pas dans les niveaux inférieurs. Plus vous descendrez, plus les sorties et les entrées seront éloignées l'une de l'autre. C'est peut-être vous, finalement, qui avez raison de fuir la cité.

— Merci pour le repas et…

— Bonne chance, l'interrompit maître Carr.

Sabain la conduisit à l'immense ouverture par laquelle s'écoulait le flot des chariots et des piétons, beaucoup moins nombreux qu'au matin. Le soleil s'abîmait déjà derrière le rempart qui ceinturait les Dits. Une gigantesque muraille rocheuse cylindrique se dressait au-dessus des toits des habitations.

— Le socle porteur des Hauts, expliqua Sabain ayant remarqué l'étonnement d'Oziel. D'une largeur d'une quinzaine de lieues. Le niveau des Dits s'étend tout autour. Et chaque niveau inférieur relève du même principe. Plus on descend et plus les socles porteurs sont larges. Dans les Bas, il atteint un rayon de plusieurs dizaines de lieues. Vous avez passé toute votre vie dans les Hauts ?

— J'y suis née.

Le torcheron s'arrêta au pied de la rampe qui montait en pente douce vers les Dits.

— C'est ici que je prends congé de vous. (Il ajouta, après une brève hésitation.) Je ne crois pas que vous soyez une servante, ni que vous vous appeliez Haldre. Je ne sais pas ce que vous allez faire dans les Bas, mais je devine que votre quête revêt une importance capitale dans la période que nous sommes amenés à traverser. J'ai suggéré à mon supérieur de vous adjoindre une escorte, mais il a refusé de m'écouter. Il n'est pas convaincu, je pense, que vous soyez vraiment la femme de la prophétie. Il penche plutôt pour un concours de circonstances, une coïncidence. Je le regrette. Suivez cette rue, puis longez le rempart sur votre droite. Vous finirez par tomber sur l'entrée du niveau inférieur. Elle est facilement reconnaissable. (Il s'inclina.) Tous mes vœux vous accompagnent, dame.

Le sourire d'Oziel exprima autant sa reconnaissance à Sabain qu'il rendait hommage à sa perspicacité.

Elle gravit la rampe sans prêter attention aux regards outragés des passants, puis elle s'engagea dans la rue qui s'enfonçait entre les façades d'habitations plus modestes que dans les Hauts. L'ombre étirée du socle porteur plongeait dans l'ombre une grande partie du quartier. Une étrange sensation l'envahit en songeant qu'elle

277

avait passé les dix-neuf années de son existence au sommet de ce support rocheux qui, vu d'en bas, paraissait crever les cieux, à la fois d'une solidité à toute épreuve et d'une fragilité dérisoire. Elle n'aurait pas aimé vivre en permanence à proximité de cette énorme protubérance qui aimantait le regard et occultait une grande partie de l'horizon.

Une voix retentit dans son dos.

— Enfin, je vous retrouve !

24

LES RIVES DE L'ODIVIR

Il y a pire que le vautour géant,
Il y a pire que le démon Harana,
Il y a pire que la furie de l'Odivir,
Il y a pire que la colère d'une déesse,
Il y a pire que le courroux de la terre,
Il y a le questeur d'Arkane.

> Chanson populaire des rives de l'Odivir,
> Pays d'Arkane

—NOUS SOMMES ARRIVÉS.

La voix rauque d'Ospheh tira Renn de son engourdissement. Bercé par le roulis du chariot, il avait passé la majeure partie du trajet dans un état léthargique, éprouvant l'irrésistible besoin de récupérer de la fatigue et des émotions des jours précédents. Le convoi avait suivi un chemin de terre surplombant le fleuve dont la largeur, par endroits d'une demi-lieue, avait suscité l'étonnement d'Orik.

«Oh, par chez nous, il est encore bien plus large», avait affirmé Ospheh avec une pointe de fierté.

Le voyage s'était déroulé sans autre encombre que le bris d'une roue dans une ornière et l'effondrement d'un bœuf foudroyé par une mystérieuse maladie appelée la «soudaine». Les effluves de vase ne laissaient de place à aucune autre odeur. Des nuées piaillantes d'oiseaux blancs aux becs jaune orangé plongeaient sans relâche dans les eaux gonflées par les abondantes pluies de la veille.

Bien qu'encore confiné dans son lit, l'Odivir avait déjà recouvert les bandes latérales de terres dénudées et craquelées par la sécheresse. Les roseaux soudain gorgés de vie redressaient la tête et déployaient leurs panaches mouchetés. Les embarcations légères de pêcheurs dérivaient sur le courant de plus en plus fort, ralenties par les filets déployés à leur poupe. Le soleil ne parvenait pas à transpercer les nuages gris sombre roulant dans le ciel. L'air saturé d'humidité annonçait de nouvelles précipitations.

— Nous allons bientôt pouvoir semer, puis repiquer ! s'exclama Ospheh.

Le village s'étendait en haut d'une falaise d'une hauteur d'un arpent. Les habitations aux toits pentus habillés de chaume rappelaient à Renn la maison familiale, également en bois et recouverte de tiges de roseaux liées en bottes. Le convoi s'engagea dans l'artère principale boueuse avant de se disperser dans les rues perpendiculaires, toutes assez larges pour autoriser le passage des chariots et de leurs attelages. Par les espaces entre les maisons, le fleuve se dévoilait dans toute sa splendeur en contrebas. Des jetées consolidées par de grosses pierres s'avançaient tels des éperons sur une longueur de trois ou quatre arpents dans l'eau d'une couleur dominante jaune.

— Je vous accueillerais bien chez moi, dit Ospheh tandis que son véhicule longeait une grande bâtisse qui servait probablement de silo, mais, depuis la mort de mon mari, mon gendre a pris le commandement, et le bougre n'est pas très commode.

— Je croyais que vous exerciez la fonction de chef, dans ce village, releva Orik.

Une moue déforma les lèvres rainurées de la vieille femme.

— Mon mari était respecté. Moi, je n'ai aucun pouvoir. Les gens qui ont pris part à cette expédition ont fini par s'en remettre à moi parce que aucun d'eux n'était capable de prendre de décision.

Elle arrêta son chariot à l'entrée d'une rue perpendiculaire.

— J'habite ici.

— Où sont vos terres ? demanda le guerrier.

Elle tendit le bras en direction du fleuve.

— Nous en possédons dix acres en bas, à environ un quart de lieue d'ici. De bonnes parcelles, idéalement placées pour les crues. Beaucoup nous les envient. Mon gendre a compris que, comme nous n'avons pas eu de fils, le meilleur moyen de se les accaparer, c'était de se marier avec notre fille aînée. Pour l'instant, il me tolère dans ma propre maison, mais pour combien de temps? Je suis désolée : je ne suis plus maîtresse chez moi. Et je ne peux pas vous accueillir comme je le souhaiterais.

Orik rajusta les plis de son skand.

— Il va falloir que vous organisiez l'évacuation de votre village. Vous êtes les premiers sur le chemin de l'armée des Conquérants du Nord. À mon avis, ils seront là dans moins de trois mois.

Ospheh secoua la tête d'un air navré.

— Personne, fût-ce le démon Harana en personne, ne forcera les gens d'ici à abandonner leurs terres.

— Alors ils mourront sur leurs terres.

La vieille femme resta pensive un moment.

— Je leur dirai ce que nous avons vu, reprit-elle. J'essaierai de les convaincre d'abandonner momentanément le village, de se cacher dans les collines, puis de revenir dans leurs maisons après le passage de l'armée du Nord, mais j'ai bien peu de chances d'y parvenir.

Un homme se présenta sur un côté du chariot. Renn reconnut le père de la jeune paysanne qu'Orik avait délivrée du gob et de la terre mouvante.

— Je serais honoré de vous recevoir chez moi tout le temps dont vous aurez besoin, déclara-t-il avec un brin de solennité.

— Nous acceptons volontiers votre invitation, répondit Orik. Nous partirons demain à la première heure.

Les doigts noueux d'Ospheh se posèrent sur l'avant-bras d'Orik.

— Merci pour tout.

— Faites tout votre possible pour sauver les habitants de votre village.

Le guerrier sauta du chariot, imité par Renn. Une pluie fine se mit à tomber.

— Je m'y emploierai, d'autant qu'il y a mes petits-enfants parmi eux, ajouta Ospheh avant de stimuler ses bœufs d'un coup de guide et d'un claquement de langue. Bonne chance.

Renn lança un coup d'œil en arrière pour essayer d'entrevoir Yseh, mais il ne la distingua pas parmi les silhouettes qu'il apercevait par les ouvertures des bâches des trois derniers chariots du convoi. Ses pensées le dirigeaient souvent vers elle, vers leur étreinte brûlante dans le cœur de la nuit humide, et il entendait de nouveau la voix de Xug : *« Le plus difficile, c'est de retrouver la magie de la première fois. J'espère que ta vie sera suffisamment longue pour que tu puisses connaître plein d'autres fois. »* Le jeune mécros vivait avec intensité à l'intérieur de lui, au point qu'il refusait d'admettre sa mort et doutait d'avoir confié son corps à l'eau du fleuve.

Ils se dirigèrent vers la maison de leur hôte qui s'appelait Edel et dont la fille, Laneh, conduisait le chariot derrière eux. Âgée d'une vingtaine d'années, elle n'avait pas retrouvé ses couleurs depuis que le guerrier l'avait tirée de la terre mouvante. Son teint diaphane et ses yeux couleur de sable exprimaient encore l'horreur de son court séjour dans le tentacule du gob.

Son père avait fait partie de ceux qui avaient fui l'affrontement avec la horde.

— J'aurais dû vous épauler, mais je n'ai jamais eu de goût pour le combat, plaida-t-il. Je n'aurais été d'aucune utilité.

— Inutile de vous justifier, coupa sèchement le guerrier. Réfléchissez plutôt au moyen de mettre votre famille à l'abri de l'armée du Nord. La prochaine fois, ils ne seront pas cinquante, mais plusieurs dizaines de milliers.

— Que pourrons-nous faire ? soupira Edel.

— Comme vous n'avez aucune chance de leur résister, il ne vous reste qu'à vous réfugier dans un lieu sûr. Soit dans les environs, soit en demandant asile dans la cité d'Arkane.

— Les familles régnantes n'ouvriront jamais les portes de la cité aux paysans des plaines.

— Alors elles ne sont pas dignes de régner.

La maison d'Edel, identique aux autres avec ses cloisons en planches et son toit de chaume, se dressait tout près du bord de la falaise. De la terrasse orientée au sud, on avait une vue imprenable sur l'Odivir, sur les arabesques des oiseaux-pêcheurs, le glissement silencieux des barques, les vagues frissonnantes des roseaux, le miroir de l'eau piqueté par les gouttes de pluie, la grève de terre où des enfants à moitié nus jouaient dans les flaques. On ne discernait, de l'autre rive, qu'une vague forme sombre qui se confondait avec la grisaille du ciel. Quand Edel lui eut raconté l'attaque du gob et l'affrontement avec la horde dans le marais, son épouse, une femme ronde et joviale du nom d'Imoh, étreignit de bon cœur Orik qui, embarrassé, n'esquissa pas le moindre geste. La fascination arrondissait les yeux de leurs deux fils, l'un plus âgé que Laneh, l'autre un peu plus jeune, lorsqu'ils se posaient sur le guerrier. Edel alloua aux visiteurs la plus spacieuse des chambres, dont le balcon, battu par une pluie de plus en plus drue, donnait sur le fleuve. Imoh et Laneh leur préparèrent de confortables lits, et les deux fils se chargèrent d'apporter deux baignoires de bois, puis de les remplir d'eau chaude parfumée à l'essence de cruette. La fragrance de la fleur des crues raviva des souvenirs dans l'esprit de Renn.

Le guerrier n'attendit pas que les femmes soient sorties pour se dévêtir, et l'apprenti surprit les regards furtifs et admiratifs de la mère et de la fille devant son imposante musculature. Renn, quant à lui, refusa de leur montrer son corps malingre et ne retira ses vêtements qu'après qu'elles eurent quitté la pièce. L'eau chaude lui procura un bien-être ineffable. Il n'en avait jamais pris dans la maison de maître Hauhorn, se contentant d'aspersions d'eau glacée l'hiver et d'eau froide l'été. Imoh vint ramasser leurs vêtements pour les laver et leur remit en attendant de longues tuniques de laine grossière et un peu rêche. Ils paressèrent dans le bain jusqu'à ce que le soir enveloppe les formes dans les replis de son ombre.

Le dîner se révéla à la hauteur de la gratitude de leurs hôtes. Un véritable banquet : poisson du fleuve, viande grillée de lopp, un petit animal vivant dans les environs, difficile à capturer et donc réservé aux repas de fête, le tout accompagné de céréales, de légumes, de fruits que Renn ne connaissait pas, et arrosé d'un vin âpre provenant de la vigne familiale plantée sur les coteaux.

À la fin du dîner, Renn, se sentant un peu lourd, décida de se promener au bord du fleuve. Orik lui recommanda de ne pas tarder : ils se lèveraient tôt le lendemain, une très grosse journée de marche les attendait. Plus tôt ils atteindraient Arkane, et plus on donnerait du temps à la cité pour se préparer à l'assaut des Conquérants du Nord. Toujours vêtu de la tunique prêtée par Imoh, pieds nus, muni de son bâton, l'apprenti dévala l'escalier taillé directement dans la falaise et foula la terre souple de la grève jonchée de barques et de filets étalés. L'odeur de vase se mêlait à celle du poisson. La pluie avait cessé, des nuages convoyés par le vent occultaient par intermittences les étoiles et le croissant de lune.

Écartant les branches souples avec son bâton, Renn traversa une première forêt de roseaux et contempla un long moment le lent mouvement de l'eau où se réfléchissaient les luminaires célestes. Le fleuve avait le pouvoir de l'imprégner de sérénité. Il songea à Xug, à maître Hauhorn, deux êtres qui, chacun à leur manière, avaient forcé les portes de son amitié, de son affection, une expérience qu'il n'avait jamais connue sur les rives de l'Odivir. L'amour d'Anaïth n'était pas de même nature, il coulait dans son sang comme une évidence. S'il revoyait sa grand-mère, il devrait lui avouer qu'il n'avait pas été digne de l'enchantement, pas digne des espoirs qu'elle avait placés en lui. Il versa des larmes silencieuses, sur son maître et son ami disparus, sur son rêve à peine entrevu et sitôt brisé, avant de rebrousser chemin.

Au sortir de la forêt de roseaux, une silhouette surgit de la nuit et s'avança dans sa direction. Il s'arrêta, aux aguets, son bâton levé et prêt à frapper, puis se détendit en se rendant compte que la silhouette était celle d'une femme.

—Renn?

Cette voix le ramena instantanément deux nuits en arrière. Un rayon de la lune découverte éclaira un visage rond, une chevelure brune, des jambes nues dépassant d'une chemise échancrée et courte.

—Yseh? Qu'est-ce que tu fais là?

—Je te suis depuis que tu es sorti de la maison d'Edel.

—Tu savais que nous étions hébergés chez lui?

—Tout se sait dans le village. J'espérais que tu sortirais après le dîner, mais je n'ai pas osé t'aborder.

—C'est ce que tu viens de faire, il me semble.

Elle l'enveloppa d'un regard brûlant.

—Il fallait que je te voie avant ton départ.

—Pourquoi?

—Pour ça!

Elle se haussa sur la pointe des pieds et captura ses lèvres. Son baiser plein de fougue l'étourdit, l'enivra. Elle retira fébrilement sa chemise, lui, sa tunique, et ils se retrouvèrent entrelacés sur la terre humide. Il lui sembla entendre de nouveau les mots de Xug au moment où, allongé sur Yseh, il s'abîmait en elle.

« J'espère que ta vie sera suffisamment longue pour que tu puisses connaître plein d'autres fois. »

La nuit était bien avancée lorsqu'il regagna la chambre de la maison d'Edel.

Yseh et lui s'étaient aimés avec une ardeur enrobée de tendresse, puis ils s'étaient baignés dans l'eau du fleuve, et, nus, frissonnants, s'étaient étendus sur la grève pour contempler les étoiles entre les déchirures des nuages. Ils y auraient probablement passé le reste de la nuit s'ils n'en avaient pas été chassés par une pluie battante. Yseh avait accompagné Renn jusqu'à la maison d'Edel, l'avait attiré sous un auvent pour l'embrasser une dernière fois, puis s'était reculée et l'avait fixé d'un air grave.

—Je vais me marier avec Kayer.

—Je croyais que tu n'en voulais plus…

—Lui ou un autre, quelle importance?

—Tu en as parlé à tes parents?

Elle écarta d'un geste gracieux les mèches collées à son visage. La pluie plaquait sa chemise sur sa peau, soulignant les courbes de son corps. Il la trouva particulièrement désirable dans la pénombre battue par les trombes.

—J'ai pris ma décision seule.

Son sourire fugace ne parvint pas à estomper sa tristesse. Des larmes dévalaient ses joues au milieu des gouttes d'eau.

—Fais attention à toi, Renn.

Elle leva la main vers le visage de l'apprenti, suspendit son geste, se détourna brusquement, puis s'évanouit dans la nuit.

Il regagna la chambre en veillant à se faire le plus discret possible. Il crut avoir réveillé Orik lorsqu'il entendit craquer son lit, retira sa tunique humide et se glissa dans les draps dont il eut le temps, avant de s'endormir, d'apprécier l'ensorcelante douceur.

Il eut l'impression de remonter d'un puits profond lorsque le guerrier lui secoua sans ménagement l'épaule. La lumière du jour naissant lui blessa les yeux.

—Debout. On a perdu trop de temps.

Orik avait déjà passé son skand et sa tunique lavée par Imoh. Renn s'étira avant de s'asseoir au bord du lit.

—Un fantôme est venu te voir cette nuit, on dirait…

L'apprenti se demanda ce que voulait dire le guerrier, puis il comprit qu'il parlait des griffures abandonnées sur sa peau par les ongles et les dents d'Yseh. L'ironie d'Orik ne lui inspira aucune réponse. Il ramassa le bâton d'Anaïth, le contempla un petit moment, récupéra ses vêtements pliés sur une petite table et s'habilla en silence, n'oubliant pas cette fois de serrer autour de sa taille le ceinturon dans lequel était glissé le fourreau de son épée. Ses chaussures, réparées et nettoyées, lui semblèrent plus confortables qu'avant. De même, plus aucune tache ne souillait la cotte d'Orik dont les mailles métalliques brillaient comme neuves. Les cheveux du guerrier avaient poussé sur ses tempes et sa nuque, et une barbe fournie lui envahissait les joues, donnant à son visage une douceur inattendue. Seuls ses yeux, d'une dureté par instants minérale, trahissaient la férocité qui l'habitait.

À l'issue d'un petit déjeuner presque aussi copieux que le dîner de la veille, Imoh leur remit une besace qui contenait du pain, de la viande séchée, des galettes de céréales et des fruits, ainsi que deux gourdes de cuir, l'une emplie d'eau et l'autre de vin.

Edel leur conseilla de prendre un bateau à destination d'Arkane au port de Kollan.

—Vous devrez marcher sur une cinquantaine de lieues avant d'arriver à Kollan. Vous gagnerez du temps : certains passages sont difficiles par la terre, surtout avec les crues qui s'annoncent. À pied, vous en auriez pour deux bons mois minimum.

—Nous n'avons pas de quoi payer un embarquement.

Edel lui tendit une bourse de cuir.

—C'est pas grand-chose, mais…

—Toutes nos économies, l'interrompit Imoh avec un soupir excédé.

Orik la refusa.

—Vous en aurez sans doute besoin dans les temps qui viennent. Nous nous débrouillerons. Merci encore pour votre hospitalité.

Edel pressa la main du guerrier avec une ferveur proche de la dévotion.

—Nous vous devons bien plus. Que les sept déesses du fleuve vous accompagnent.

Ils s'engagèrent sur le chemin à flanc de coteau qui longeait l'Odivir en direction de l'est. Avant de sortir du village, Renn crut entrevoir la silhouette d'Yseh entre deux habitations, mais, comme elle ne se manifesta plus, il en conclut qu'il avait été victime d'une illusion d'optique. La fatigue le rattrapa au bout seulement d'une demi-lieue de marche. De nouveau déséquilibré par le poids de son épée, il devait déjà puiser dans ses réserves pour suivre le train imposé par Orik. La pluie incessante ne facilitait pas leur progression. La voie se couvrait par endroits de flaques larges et profondes qui les contraignaient à d'importants détours. Ils perdaient parfois le fleuve de vue, masqué par des roseaux aussi hauts que des arbres, ou des collines emmitouflées dans une végétation inextricable. Les cris stridents des oiseaux-pêcheurs les accompagnaient sans relâche, estompant en partie le crépitement de la pluie et le grondement sourd du courant de plus en plus violent.

Ils surent qu'ils approchaient d'un autre village lorsqu'ils aperçurent en contrebas des barques de pêche et des parcelles délimitées par des murets de pierre pas encore recouverts par les eaux. Au sortir d'une large boucle qui contournait une butte, ils tombèrent sur une troupe d'une trentaine d'hommes équipés de casques coniques, d'uniformes, de bottes, de plastrons noirs, de lances à large pointe incurvée, escortant une luxueuse berline fermée tirée par deux chevaux somptueusement harnachés.

— Tu sais qui ils sont ? demanda Orik.

— Des légionnaires d'Arkane, répondit Renn.

— Qu'est-ce qu'ils font dans le coin ?

— La tournée d'un questeur, sans doute.

— Un questeur ?

— Ceux qui sont chargés de prélever les parts des récoltes qui reviennent à la cité.

— Ils prennent beaucoup ?

— Plus de la moitié.

— Et quand il y a des sécheresses comme ces deux dernières années ?

— Ils puisent dans les réserves.

— Que se passe-t-il si quelqu'un refuse d'obtempérer ?

— Il est crucifié sur la place du village.

— Il n'y a jamais eu de révolte ?

Une terreur très ancienne, enfouie au plus profond de Renn, se réveillait face à cette voiture qui s'avançait vers eux au rythme du pas des chevaux. La peur s'emparait du village le jour du passage du questeur. Enfant, il avait assisté à des scènes qui avaient laissé dans son esprit des traces durables et douloureuses. Les malheureux qui ne pouvaient pas fournir la part de la cité étaient battus, humiliés en public, parfois condamnés à mort. Il avait vu la colère dans les yeux de son père, ses traits crispés, ses poings fermés, sa tête baissée comme tous les villageois, il avait entendu les hurlements d'agonie des suppliciés, les pleurs des femmes, les sanglots des enfants.

—Si. Anaïth, ma grand-mère, m'a parlé de la dernière révolte : elle s'est achevée en bain de sang. Une grande armée est venue de la cité, et plus d'un millier d'hommes ont été crucifiés.

Ils s'immobilisèrent sur le côté du chemin pour céder le passage à la troupe. Les premiers soldats défilèrent devant eux sans leur prêter attention. Le cœur de Renn battit à tout rompre lorsque la voiture parvint à leur hauteur. Il entrevit une tête dans l'écartement du rideau qui occultait en partie la fenêtre. Le cocher vêtu d'un uniforme moiré et coiffé d'un chapeau au panache ployé par la pluie se tenait debout à l'arrière sur un banc surélevé et tenait les guides par-dessus le toit du véhicule.

—Arrêtez ! cria une voix.

Le cocher tira sur les guides et l'escorte s'immobilisa. Le passager descendit de la voiture.

—Pourquoi s'arrête-t-on ici ? protesta une voix féminine.

—Je n'en ai pas pour longtemps, ma chère…

L'homme portait la tenue traditionnelle des questeurs, une longue tunique écrue arborant l'emblème brodé de sa fonction, un glaive pourpre entre les deux plateaux d'une balance noire. Il s'avança vers le guerrier et l'apprenti, essuyant du plat de la main les gouttes de pluie qui sillonnaient son crâne chauve. La malveillance de son regard, lorsqu'il croisa le sien, déclencha une alarme dans l'esprit de Renn.

25

AKCHAS

Le conflit entre Harana, le terrible roi des akchas, et les déesses du fleuve dura des siècles [...] Harana faillit parvenir à ses fins à plusieurs reprises, mais chaque fois, les déesses et leurs serviteurs déjouèrent ses complots et lui infligèrent de cinglantes défaites. Les akchas enfin vaincus furent condamnés à demeurer dans les profondeurs de la terre [...] Il est dit à leur propos que s'ils reviennent un jour à la surface, le temps des souffrances reviendra pour toutes les créatures vivantes peuplant le pays d'Arkane. Toi qui vois un akcha, sa peau brune, ses yeux rouges, ses longues griffes, ses redoutables crocs, sache que la mort est sur le point de t'emporter et que la ruine va bientôt s'abattre sur ton monde.

La Geste arkanienne,
Tradition des diseurs du Chœur, niveau des Dits,
Arkane

LES YEUX DES CRÉATURES DANS LA PÉNOMBRE LANÇAIENT DES éclats rougeoyants. Leur forme générale était celle des êtres humains, une tête, deux bras, deux jambes, mais leurs faces bestiales, les canines recourbées qui saillaient de leurs gueules, leur épiderme brun parsemé d'excroissances noires, les longues griffes acérées qui dépassaient de leurs mains et de leurs pieds, les apparentaient plutôt à des animaux ou à des monstres.

Le cri de dame Elvare s'enraya dans sa gorge.

—Il y a une arme dans cette chambre? demanda Noy sans lâcher du regard les créatures pour l'instant immobiles.

—Sur le mur, un croc offert à mon époux par le Loup, répondit-elle d'une voix blanche.

Il repéra l'arme sur le mur situé à sa gauche, une lame en forme de croc emboutée à un long manche de bois ouvragé. Il s'en approcha en essayant de maîtriser chacun de ses gestes, craignant une attaque des créatures au moindre faux mouvement. Elles poussaient maintenant des gémissements sourds qu'elles entrecoupaient de claquements de mâchoires. Une fois près du mur, il leva lentement le bras, referma la main sur le manche et le souleva avec délicatesse pour l'extraire des crochets métalliques sur lesquels il était posé.

Les créatures se ruèrent sur dame Elvare avec une soudaineté qui ne lui laissa pas le temps d'intervenir. La gueule de l'une d'elles se referma sur la gorge de l'épouse du patriarche de l'Orbal dont le hurlement se brisa net; les griffes de l'autre lui lacérèrent la poitrine et le ventre. Noy se rua sur elles, mais elles se retournèrent et esquivèrent chacun de ses coups avec une étonnante facilité, comme si elles évoluaient dans un autre temps que lui. Son croc se planta dans le lit et souleva les derniers pétales alourdis du sang de dame Elvare. Les yeux des créatures flamboyaient désormais, tandis qu'une substance brillante s'écoulait de leurs gueules grandes ouvertes.

Un mot émergea du tourbillon de pensées du fils du Corridan : *akchas*. Les démons des légendes de l'Odivir condamnés à demeurer à jamais dans les profondeurs de la terre après leur guerre perdue contre les sept déesses du fleuve. L'un des poèmes épiques qu'il avait appris par cœur sous la férule de maître Ockart affirmait que leur réapparition à la surface annoncerait le retour des conflits et des souffrances. L'apparence des deux créatures concordait de façon troublante à la description des akchas des légendes.

Le sang jaillissait par à-coups de la gorge de dame Elvare et maculait son corps encore agité de soubresauts. L'un des démons lança une première attaque d'un bond prodigieux. Noy parvint à l'esquiver d'un déplacement sur le côté en lui frappant le flanc de la pointe du croc. Il eut l'impression d'avoir heurté une surface aussi dure que de la pierre. L'akcha se précipita de nouveau sur lui avec un rugissement assourdissant. Noy ne fut cette fois pas assez rapide pour l'esquiver. Les griffes de la créature crissèrent sur ses côtes, une haleine brûlante lui lécha le visage. Déséquilibré, il partit en arrière et ne parvint pas à amortir sa chute. Le souffle coupé par le choc, il réussit à glisser le manche du croc sous le menton du démon dont la gueule se rapprochait dangereusement de son cou et, bandant ses muscles, le contraignit à desserrer l'étreinte en lui appuyant de toutes ses forces le bois sur la gorge. Les cris d'excitation du deuxième akcha, qui guettait le moment propice pour se mêler à la lutte, accompagnaient leurs ahanements. La pression de son adversaire se relâcha, pas entièrement, mais suffisamment pour permettre au fils du Corridan de rouler sur lui-même et de se dégager. Voyant que dame Elvare ne bougeait plus, et comprenant qu'il n'aurait aucune chance de vaincre les créatures des profondeurs de la terre, il se résolut à fuir. Il se releva aussi vite que possible et fonça vers la sortie de la chambre. Le deuxième démon entreprit de lui barrer le passage. Ils arrivèrent en même temps devant la porte. Noy lui donna un coup de croc. Le pic se planta dans l'œil de l'akcha qui recula en semant derrière lui un liquide étincelant. Son congénère, prenant le relais, passa aussitôt à l'offensive. Noy eut le temps d'ouvrir la porte et de se glisser dans le couloir baigné d'obscurité. Évitant de regarder derrière lui, il gagna en quelques foulées l'extrémité du passage et se jeta dans l'escalier à vis qui conduisait au rez-de-chaussée. Des raclements de griffes sur la pierre l'avertirent qu'ils s'étaient lancés à sa poursuite. En bas des marches, il s'engouffra dans un passage au hasard, croisa un vieux serviteur muni d'une torche qui lui demanda ce qui se passait, le bouscula, entendit encore les imprécations du vieil homme, puis un cri lugubre qui lui glaça le sang.

Le passage donnait sur une cour intérieure baignée de la lumière diffuse des astres. Il la traversa en deux bonds. La bise nocturne sema sur sa peau des baisers glacés. Il ne chercha pas à escalader le haut mur d'enceinte, il fila vers un portail monumental en bois en espérant qu'il ne serait pas fermé à clef ou bloqué par une barre. Retardés par l'intervention du vieux serviteur, les démons n'avaient pas encore atteint la courette.

Noy avisa un énorme verrou et, bien qu'une rouille épaisse en grippât le mécanisme, il parvint à l'engager dans le crampon. Les crissements du fer résonnèrent avec la puissance d'un grondement d'orage. Le battant du portail s'ouvrit en grinçant. Il donnait sur un couloir voûté bordé de plusieurs portes. Il le parcourut jusqu'à ce que l'une d'elles s'entrouvre devant lui et révèle la présence d'une jeune femme vêtue d'une seule confidente et maintenant une bougie levée à hauteur de son épaule.

— Que se passe-t-il? Qui êtes-vous? Pourquoi vous promenez-vous tout nu en pleine…

Il la saisit par le bras et la refoula dans la pièce. Elle voulut protester, il la plaqua contre lui et lui colla la main sur la bouche en lui faisant signe de se taire. Elle réinséra la bougie dans son support métallique, puis ses yeux se posèrent sur la lame du croc maculé de taches de sang et s'agrandirent d'horreur. Il referma la porte derrière lui et en tira le verrou en veillant à ne faire aucun bruit. Il crut percevoir des froissements dans le couloir, puis le silence retomba sur les lieux.

Il attendit encore un long moment avant de retirer sa main de la bouche de la jeune femme.

— Des démons, chuchota-t-il. Ils me poursuivaient.

Il vit, à sa mine perplexe, qu'elle ne le croyait pas.

— Vous allez me tuer?

Comme la flamme de la bougie, la voix de la jeune femme semblait sur le point de s'éteindre au premier souffle.

— Je n'en ai pas l'intention.

— Qui êtes-vous?

— Noy du Corridan, le nouvel époux de dame Adamanta.

— Pourquoi n'êtes-vous pas à vos propres noces dans votre domaine?

La lumière vacillante de la bougie soulignait la pureté du visage de la jeune femme ainsi que la finesse de son cou.

— Dame Elvare a souhaité me faire visiter l'Orbal, mon futur domaine.

Elle désigna la lame du croc d'un mouvement de tête.

— D'où vient ce sang?

— C'est celui de dame Elvare, répondit-il après un temps d'hésitation. Les démons l'ont égorgée, je suis intervenu trop tard.

Son explication n'eut pas l'air de convaincre son interlocutrice.

— Qui vous a infligé ces plaies? insista-t-elle en pointant l'index sur les égratignures striant les côtes de Noy.

—Je me suis battu avec les démons.

—Pourquoi êtes-vous tout nu ?

Il ne trouva pas d'explication plausible qui préservât l'honneur de dame Elvare.

—Avez-vous des vêtements à me donner ?

Elle reprit la bougie, se dirigea vers un coin de la chambre, éclaira un tas de vêtements soigneusement pliés sur une table.

—J'étais chargée de préparer les tenues ordinaires du sieur Amiol. Il est plus gros que vous, mais vous êtes à peu près de la même taille.

S'efforçant de contenir sa peur trahie par les fêlures de sa voix, elle choisit un pantalon et une chemise qu'elle apporta à Noy.

—Pour les chaussures, il faudra vous débrouiller autrement, reprit-elle.

Il enfila les vêtements, trop larges pour lui, puis revint se poster près de la porte.

—Comment t'appelles-tu ?

—Lovia.

Des cris lacérèrent tout à coup le silence, accompagnés de rugissements de foueurs.

—Il ne doit pas être bien loin !

—Fouillez tous les bâtiments.

Les voix se rapprochaient, une troupe nombreuse se déployait dans le domaine de l'Orbal. Ils avaient probablement découvert le corps ensanglanté de dame Elvare, peut-être également celui du vieux domestique, et ils considéraient Noy comme le meurtrier. Les akchas avaient sans doute disparu. Si personne d'autre que lui ne les avait vus, il lui serait difficile, voire impossible, de se justifier.

Des coups répétés et puissants furent donnés sur le grand portail en bois.

—Holà ! Que quelqu'un vienne ouvrir le verrou !

D'autres bruits se firent entendre, un brouhaha de voix et de pas, un crissement prolongé, horripilant.

—Fouillez les chambres.

Noy plaqua de nouveau Lovia contre lui et lui glissa, dans le creux de l'oreille :

—Tu sais ce qu'il te reste à faire.

On vint tambouriner à la porte de la chambre au bout de quelques instants. Noy se figea contre le chambranle tandis que Lovia débloquait le verrou. Équipés de torches et de grands couteaux, vêtus de chemises de nuit crasseuses d'où tombaient leurs jambes nues et cagneuses, deux hommes se tenaient dans le couloir. Par chance, ils n'étaient pas accompagnés de foueurs.

—On cherche le gars qui a tué dame Elvare, déclara l'un d'eux. Son propre gendre. T'as rien vu, rien entendu ?

—Je dormais. Il ne peut pas être ici en tout cas, j'avais fermé ma porte. Dame Elvare est vraiment morte ?

—Égorgée comme une bête par le boucher. (L'homme consulta son acolyte du regard.) Essayons plus loin.

La flamme dansante de leur torche s'éloigna et se mêla à celles des autres groupes chargés de fouiller le bâtiment.

—Enferme-toi, on sait jamais, ajouta l'un des deux hommes sans se retourner.

Lovia s'assit sur le rebord du lit après avoir tiré le verrou. Ils demeurèrent silencieux et immobiles jusqu'à ce que le silence fût retombé sur les lieux.

—Vous… vous avez tué dame Elvare, n'est-ce pas ? murmura Lovia.

—Elle a été égorgée par deux démons, je vous l'ai déjà dit.

—Les démons n'existent que dans les légendes…

—C'est ce que je croyais également.

—Vous étiez son amant ?

Noy s'efforça de recouvrer son calme. Les événements s'étaient enchaînés à un tel rythme que ses pensées, ses souvenirs, dansaient une sarabande effrénée sous son crâne. Son mutisme équivalant à un aveu, elle ajouta :

—Curieuse famille que l'Orbal : la fille couche avec le père, la mère avec le gendre…

—Je n'étais pas son gendre quand…

—Vous l'étiez en tout cas ce soir, l'interrompit-elle. Pourquoi l'avez-vous tuée ?

La réaction de Lovia le confortait dans l'idée qu'on ne lui laisserait pas la moindre chance de se disculper si on le capturait, et qu'il finirait crucifié sur la place des supplices. La lassitude lui pesait désormais sur les épaules comme un joug. L'alerte serait donnée très rapidement, on lancerait à ses trousses sicaires, foueurs et furtifs, on bouclerait les portes des niveaux inférieurs jusqu'à ce qu'on l'ait capturé, jugé, exécuté, puis on enfouirait le souvenir de Noy du Corridan, dernier fils d'une maison honorable, dans les tréfonds des mémoires d'où il ressortirait de temps à autre comme un emblème de malédiction. Comment en était-il arrivé là, lui à qui les augures de toutes sortes avaient prédit un avenir brillant ?

— Vous ne leur échapperez pas, reprit-elle avec des lueurs de défi dans les yeux.

— Tais-toi, vitupéra-t-il en brandissant le croc.

Il prit conscience que ses éclats risquaient de donner l'alerte et modéra le son de sa voix. Il admira le courage de la servante, ce courage qui lui avait manqué à plusieurs reprises devant ses parents et ses frères. Devant cette petite sorcière d'Adamanta de l'Orbal.

Le lien lui parut tout à coup évident entre l'adolescente et les akchas ; il entrevit l'esquisse d'une solution.

— Il y a peut-être une façon de prouver mon innocence, déclara-t-il en fixant Lovia.

Elle lui retourna une moue dubitative.

— Que penses-tu d'Adamanta ?

Les sourcils froncés, les yeux baissés, la jeune femme réfléchit un long moment avant de consentir à lâcher quelques mots.

— C'est votre épouse, messire.

— Que penses-tu d'elle ? insista-t-il d'une voix plus dure.

— Elle me fait peur.

— Pourquoi ?

— Elle paraît folle par moments, elle a des crises de violence incontrôlables, on ne sait jamais comment elle va réagir, elle peut nous battre pour un oui, pour un non, elle s'enferme parfois pendant plusieurs jours dans une pièce où personne d'autre qu'elle n'a le droit d'entrer, pas même son père…

Elle se tut, comme si, reprise par ses réflexes de servante, elle se rendait compte qu'elle en avait déjà trop dit. Noy reposa le croc contre le mur, s'accroupit devant elle et lui prit les mains. Elle ne protesta pas ni n'essaya de lui échapper.

— M'aideras-tu à me cacher dans le domaine ?

Lovia blêmit.

— On me crucifiera en même temps que vous si on apprend que je vous ai aidé.

— Nous devons savoir ce qui se passe dans cette maison, pas seulement pour prouver mon innocence, mais parce que, j'en suis persuadé, le sort d'Arkane se joue en partie dans la chambre d'Adamanta.

Il se remémora sa conversation avec Jelioy. Quel cheminement avait suivi son oncle pour établir le lien entre le complot contre le Drac et la maison de l'Orbal ? Son intuition était-elle juste, ou n'était-elle que le délire d'un vieillard excentrique ? Quoi qu'il en soit, Noy ne disposait d'aucune autre carte dans son jeu.

— Pourquoi devrais-je vous croire, messire ?

— Regarde-moi, Lovia, et vois si tu trouves dans mes yeux la couleur du mensonge.

Il avait machinalement resserré ses mains sur celles de la servante. Elle peinait à reprendre sa respiration, une veine battait avec frénésie le long de son cou. L'obscurité reprenait ses quartiers et assiégeait la flammèche de la bougie peu à peu noyée par la cire.

— Je ne suis qu'une servante, je ne sais pas si…

— Tu es une femme comme les autres.

Il s'étonna d'avoir prononcé ces mots, lui qui avait toujours été pénétré du sentiment de supériorité des familles régnantes. Lovia releva la tête et soutint son regard.

— Le mieux est que vous restiez caché dans ma chambre, messire. Personne ne vous y cherchera. Je vous apporterai de quoi boire et manger. Pour vos besoins, je dispose d'un petit cabinet de toilette.

Il tenta de mesurer le degré de sincérité de la jeune femme, et ne lut aucune intention malveillante dans ses yeux. Il n'avait pas d'autre choix de toute façon que de lui faire confiance.

— Personne d'autre que toi n'entre dans cette pièce ?

Elle s'absorba quelques instants dans ses pensées.

— Il y avait un homme avant, mais il ne me rend plus aucune visite.

— Pourquoi ?

— Il en préfère une autre.

Elle était au bord des larmes. La bougie choisit ce moment pour s'éteindre.

— L'idiot ! s'exclama Noy.

Elle se leva et alla chercher une deuxième bougie qu'elle enflamma à l'aide d'un bâton résineux frotté contre une pierre blanche.

— Je vais vous préparer un endroit pour dormir, messire.

Noy la regarda entasser couvertures et oreiller à même le carrelage froid dans un coin de la chambre. Il la trouva désirable et aurait préféré qu'elle l'invite dans son lit ; une pensée qu'il jugea aussitôt malvenue. Il remettait son sort entre les mains de l'une de ces servantes dont, en fils de famille pétri d'arrogance, il avait abusé sans vergogne.

Il dépendait entièrement d'elle.

Comme un enfant.

26

LES DITS

*Les Dits semblent entièrement voués à l'art de la comédie.
Les spectacles se multiplient sur les places, dans les rues,
sous les halles, dans les innombrables salles de théâtre
disséminées dans la ville. Le jeu, l'artifice, la bouffonnerie,
l'apparence, l'outrance, la superficialité, règnent en
maîtres dans le niveau. Des tyrans qui font oublier que
les Dits sont également peuplés de juristes, d'usuriers,
d'orfèvres dont la discrétion offre un agréable contraste
avec la démesure des gens de théâtre. Bien sûr, il nous
plaît parfois d'entendre des diseurs ou des troubadours
déclamer les poèmes épiques de la Fondation, il nous arrive
également de rire de bon cœur devant une bouffonnerie
bien troussée, mais l'omniprésence et l'extravagance
des artistes, qui cherchent par tous les moyens à se faire
un nom pour être invités à jouer leurs spectacles dans
les Hauts, donnent des Dits une image de frivolité peu
flatteuse en regard de la position hiérarchique du niveau.*

Journal anonyme d'un explorateur vertical,
Bibliothèque privée de la maison de l'Ours,
Arkane

ARJO SEMBLAIT HEUREUX D'AVOIR RETROUVÉ OZIEL. LA BOSSE à
son front atteignait la taille d'un œuf de poule. D'autres stigmates
sur son visage témoignaient de la violence des coups qu'il avait reçus
et de sa lourde chute dans l'escalier de la galerie du Laz. Il avait

récupéré son bâton après sa mésaventure, mais n'avait pas eu besoin de s'en servir : les ouvriers s'étaient désintéressés de lui après s'être débarrassés de la mécrosée et, bien que mal en point, il avait pu suivre le groupe après le retour du torcheron. Il était ensuite resté toute la nuit près de la porte en espérant la voir apparaître au milieu des piétons qui se succédaient en haut de la rampe.

— Vous pensiez donc que j'allais m'en sortir seule ?

— J'ai lu dans l'esprit de mon frère Jifar que vous étiez soutenue par des forces supérieures et j'ai décidé de vous attendre.

Difficile de se frayer un passage au milieu de la foule dense et bruyante qui se pressait dans les rues. Hommes et femmes vêtus de tenues plus colorées, plus criardes que dans les Hauts s'écartaient avec vivacité lorsque la maudite s'approchait d'eux, brandissaient le poing, leur outil ou leur canne avant de s'éloigner en proférant des menaces.

Le soleil avait disparu derrière la ligne crénelée du rempart. Oziel s'était toujours demandé à quoi pouvaient bien servir ces gigantesques murailles, et la réponse s'imposa d'elle-même : les hauteurs combinées du socle porteur et du rempart les rendaient inexpugnables, un effet dissuasif pour l'armée qui aurait envisagé de conquérir la cité niveau par niveau sans passer par les labyrinthes intermédiaires, contraignant les éventuels assiégeants à disposer d'échelles, de tours, de balistes, de grappins démesurés, peu maniables, faciles à neutraliser depuis les chemins de ronde et les meurtrières.

— J'ai également lu dans l'esprit de Jifar que vos ennemis savent maintenant que vous avez l'apparence d'une mécrosée et que vous avez réussi à passer la Porte du Laz, reprit Arjo.

— Qui a pu les renseigner ? Seuls les frères de la Résurrection étaient au courant…

— Ils savent que vous vous faites appeler Haldre : ils ont fait le recoupement avec la servante retrouvée attachée et bâillonnée dans la chambre de la vieille ville des Hauts, avec votre passage dans les murs de la Désolation, avec le comportement inhabituel du furtif qui vous a contrôlée à l'entrée de la Porte du Laz… Ils ont lancé une imposante troupe de soldats, de spadassins et de foueurs à vos trousses. Nous avons gardé un peu d'avance sur eux, mais, toujours selon mon frère, ils disposent d'oiseaux messagers dont ils se serviront pour prévenir leurs confrères des niveaux inférieurs. Nous n'avons plus un instant à perdre.

La famille d'Oziel n'avait jamais recouru aux oiseaux porteurs de messages dans des bagues enroulées en haut de leurs pattes et dissimulées sous les plumes, un système de communication qui, selon le patriarche Nunzio, manquait de fiabilité : des tiers malveillants interceptaient ou tuaient trop souvent les messagers ailés, sans compter les risques représentés par les prédateurs naturels tels que les faucons ou les félins. Elle contempla le ciel. Plusieurs oiseaux au plumage blanc et noir volaient à tire-d'aile au-dessus des toits. Y avait-il des messagers parmi eux ? Le danger pouvait désormais surgir de n'importe quelle ruelle, de n'importe quelle porte.

— Tueurs droit devant…

La voix d'Arjo avait résonné comme un écho à ses pensées.

Deux spadassins, reconnaissables à leurs chapeaux, leurs masques d'oiseaux, leurs amples capes et leur foueur tenu en laisse. L'apparition de l'animal, un énorme fauve au poil noir tacheté de blanc, déclenchait des mouvements de panique dans la multitude. Un cheval se cabra et renversa son cavalier. Les spadassins ne se souciaient pas du désordre engendré par leur avancée, ils fendaient la foule comme la proue d'un navire crevant les vagues et abandonnant des remous dans son sillage. Les hommes qu'ils bousculaient sans ménagement, y compris les robustes portefaix, gardaient leurs insultes au fond de leurs gorges.

Oziel maintint, dans la poche de sa robe, sa main refermée sur la poignée de la serre. Sa tension s'accentua lorsque les deux tueurs et le foueur débouchèrent devant elle. Leurs armes apparaissaient au gré des mouvements de leurs capes ; l'un portait une épée à lame fine un peu plus longue que la caniste du Drac, l'autre une masse d'armes dont la boule hérissée de pics oscillait dangereusement le long de sa cuisse. Leurs masques ne laissaient paraître que leurs yeux et la pointe de leurs mentons.

Le foueur poussa un grondement sourd et tira violemment sur sa laisse.

— Tu as envie de jouer avec une mécrosée, mon tout beau ? s'exclama son maître.

Il peinait à résister à la traction de l'animal. Arjo tendit son bâton à l'horizontale, un geste qui déclencha les ricanements des deux sicaires.

— Le gosse croit qu'il peut arrêter Kaïk avec son bout de bois !

Un large cercle s'était formé autour d'eux, qui bloquait la rue dans les deux sens. Des protestations véhémentes s'élevaient de part et d'autre, se mêlaient aux hennissements et aux claquements des sabots des chevaux sur les pavés.

Les yeux rubis du fauve avaient l'éclat de braises maléfiques au milieu de son poil sombre. Son maître rencontrant les pires difficultés à le maîtriser, Oziel se prépara à subir son attaque. Comme tous ses congénères, il chercherait à lui broyer la gorge ou la nuque avant de lui déchirer le ventre et de dévorer ses viscères.

— Retiens-le, il risque de s'empoisonner en buvant le sang de cette maudite, grogna le spadassin équipé de la masse d'armes.

— Il se contentera de lui briser les cartilages ou les vertèbres, répliqua l'autre.

— Ne prends pas le risque. Je te rappelle qu'il nous appartient à tous les deux. Et puis, on n'a pas que ça à foutre.

Le tueur à la masse d'armes traversa le cercle et, de nouveau, perfora la foule qui s'ouvrit devant lui sans résistance. Au grand soulagement d'Oziel, son compère lui emboîta le pas. Le foueur regimba, puis, vaincu par la tension de la laisse, finit par suivre son maître.

— Ils n'ont pas encore été prévenus, souffla Arjo après que la multitude eut avalé les ombres noires des spadassins.

Ils rencontrèrent toujours autant de difficultés à se frayer un passage dans l'encombrement permanent de la rue. Piétons, portefaix, chevaux, voitures, avançaient en rangs serrés entre les étals des marchands. Oziel reçut plusieurs coups de canne ou de badine d'hommes ou de femmes qui l'estimaient un peu trop près d'eux. Elle ne ripostait pas, consciente que la moindre réaction de sa part ne réussirait qu'à envenimer la situation. De même, elle dissuada à plusieurs reprises Arjo, furieux, de jouer de son bâton. Tout ce que la ville comptait d'assassins serait bientôt lancé à ses trousses, aussi devait-elle rester concentrée sur sa mission : franchir la prochaine porte, le labyrinthe, gagner les niveaux inférieurs des Marches, des Labeurs, des Bas, retrouver Matteo dans les Fonds. Elle s'efforçait de ne penser à rien d'autre, ni à sa beauté profanée, ni à son orgueil bafoué, ni à la colère qui fredonnait en elle, prête à rejaillir à la première occasion.

Ils arrivèrent sur une place pavée noire de monde, au centre de laquelle se dressait une large estrade bordée de panneaux peints représentant un cours d'eau, le fleuve Odivir probablement. Les voix tonitruantes des comédiens qui s'agitaient sur la scène et les rires des spectateurs supplantaient ici le brouhaha habituel. Les cavaliers eux-mêmes descendaient de leurs montures, les attachaient aux équerres de bois disséminées autour de l'esplanade et tentaient de se rapprocher de l'estrade pour jouir du spectacle.

—Attendons qu'ils se dispersent, suggéra Arjo.

—Nous ne savons pas quand ça finira, et, vous-même l'avez dit, notre temps est compté.

Escortée du jeune servant, elle entama la traversée de la place en longeant le pourtour entre les chevaux alignés devant les équerres et les derniers rangs des spectateurs, là où la voie semblait la plus dégagée. La farce qui se jouait sur la scène captivant l'attention des spectateurs, ils parcoururent sans encombre une distance d'environ deux arpents. Les choses se gâtèrent lorsque le rideau fut tiré pour permettre aux comédiens de changer de costumes et de décor. Les premiers quolibets fusèrent, les plus agressifs se pressèrent autour d'Oziel, levèrent leurs cannes, leurs ombrelles, assénèrent les premiers coups, maladroits, imprécis. Des huées retentirent, la rumeur enfla, se changea en un tapage assourdissant, de violentes secousses agitèrent l'assemblée, comme si le sol se gondolait. Arjo tenta de repousser les plus excités à l'aide de son bâton, mais la pression de plus en plus forte de la foule l'entravait dans ses mouvements. Un homme lui accrocha la jambe avec le pommeau en forme de bec de sa canne et le déséquilibra, les autres se précipitèrent sur lui et le rouèrent de coups de pied.

—Il faut la brûler! braille une femme. Ou le malheur retombera sur nous et nos enfants!

—Conduisons-la à la place des bûchers! hurla une autre.

Ils piétinaient Arjo, mais, craignant de prendre une part de la malédiction de la mécrosée par un simple effleurement, ils évitaient de s'approcher d'Oziel, qu'ils se contentaient de frapper à distance.

—Il nous faudrait une corde, suggéra quelqu'un.

—J'en ai une! répondit une voix éraillée.

—Laissez-le passer.

On poussa l'homme, un couvreur qui se servait de longues cordes pour hisser les tuiles sur les toits, près de la mécrosée. Oziel jugea inutile de tirer la serre de sa poche. Elle aurait beau en tuer deux ou trois, elle n'aurait aucune chance face à cette foule en furie. La malédiction associée aux mécrosés était sa seule protection. Après avoir confectionné un nœud coulant, le couvreur lança une première fois la corde, qui manqua de peu la tête de la jeune femme et abaissa seulement la capuche de sa robe. Elle esquiva assez facilement les tentatives suivantes, ponctuées par des grognements de dépit, puis elle heurta la tranche d'un pavé disjoint et, surprise, ne parvint pas à empêcher la corde de lui emprisonner le cou. Le brusque resserrement du nœud l'étrangla et lui coupa le souffle. Une clameur salua la réussite du couvreur. Plusieurs hommes commencèrent à traîner la captive sur les pavés le long de l'étroit chemin s'ouvrant au milieu de la foule. De chaque côté se dressaient des haies de poings serrés, de bouches tordues, de trognes déformées par la haine. À demi inconsciente, elle agrippa la corde pour en amoindrir la tension et pouvoir respirer. Ses pensées s'enchevêtraient avec ses souvenirs, avec les pointes acérées qui lui perforaient le corps. La peur n'avait pas de place dans ce tourbillon de sensations et d'images.

Une voix de stentor domina tout à coup le tumulte et rétablit le silence. Les hommes qui traînaient Oziel s'immobilisèrent. Croyant à l'intervention d'un officier des forces de l'ordre des Dits, elle fut surprise de voir apparaître un personnage coiffé d'un immense chapeau empanaché, vêtu d'une cape aux couleurs extravagantes, d'un pantalon bouffant brillant et de hautes bottes ornées de motifs géométriques. Un masque de cuir blanc dissimulait le haut de son visage. Il rappela à Oziel les bouffons des spectacles comiques donnés par les compagnies théâtrales au domaine du Drac.

— Nobles seigneurs, gentes dames, que se passe-t-il donc ici qui vous a détourrrnés de notrrrre magnifique spectacle ?

La foule se figea, hypnotisée par l'impact de la voix à la fois modulée et puissante de l'homme au chapeau. Il s'approcha d'Oziel d'une allure chaloupée. L'épée passée dans sa ceinture n'était qu'une grossière imitation en bois des lourds espadons utilisés par certains spadassins.

— Oh, oh, je comprends : une mécrrrrosée, une maudite, poursuivit-il.

Il mima la poussée des excroissances sur son visage et les autres parties de son corps, déclenchant les premiers rires des spectateurs, puis il joignit les mains, leva les yeux au ciel et feignit l'extase.

— Déesses du fleuve bien-aimées, soyez louées d'avoir exaucé nos prières : nous désespérions de trouver la jeune premièrrre que nous cherrrrchions depuis des lustrrres, et voici qu'il nous en tombe une du ciel. (Il posa un genou à terre, retira son chapeau avec lequel il effectua un salut ampoulé, se pencha sur Oziel dans l'attitude d'un adorateur.) Te voici donc, toi que nous attendions. Pourquoi dissimules-tu ton visage que je sais trrrrès jeune et trrrrès beau ? Je te sens brrrûlante d'envie de bondirrr sur scène pour nous donner la rrréplique.

Il se releva, se recoiffa de son chapeau, s'y reprit à trois reprises pour rajuster son gros ventre factice et mou, provoquant une nouvelle vague d'hilarité, puis il s'adressa au petit groupe d'hommes qui avaient traîné la mécrosée sur les pavés :

— Nobles seigneurrrs, acceptez-vous de me confier cette gente dame afin que nous puissions donner devant vous la pleine mesurrre de nos talents conjugués ? Nous vous la rrrendrons ensuite, et vous pourrrez en disposer comme bon vous semblerrra. Je crrrois comprrrendre que vous aviez la merrrveilleuse intention de la réduirrre en cendrrres. Pourrr l'instant, elle souffle surrr mes brrrraises et m'embrrrrase, et je me consume d'amourrrrrrrr pour elle.

Les hommes se consultèrent du regard, puis sans qu'un mot fût prononcé, le couvreur laissa la captive desserrer le nœud coulant et se libérer de la corde.

— Belle enfant… (Il mima de nouveau les excroissances poussant en accéléré sur son visage.)… pouvez-vous vous drrresser surrr vos splendides jambes et nous suivrrre jusqu'à la scène où vous attend la merrrveilleuse, la magnifique, l'éterrrrnelle gloirrre ?

Oziel entrevit des lueurs de sympathie dans les yeux bruns du bouffon. Elle remit de l'ordre dans sa robe et dans ses bandages, vérifia au passage qu'elle n'avait pas perdu la serre, et recouvra peu à peu ses esprits. Sa robe était déchirée en plusieurs endroits. Le comédien simula une inspection détaillée de la jeune femme, la flairant comme un animal, la langue pendante, poussant de petits jappements aigus, un numéro qui lui valut une nouvelle salve de rires et d'applaudissements.

—Faites-moi confiance, chuchota-t-il à l'oreille d'Oziel tandis qu'il examinait sa tête dans le rôle cette fois d'un médecin burlesque roulant des yeux fous.

De ses vêtements se diffusaient les effluves d'un parfum capiteux, entêtant.

—Bonne nouvelle, nobles seigneurrrs et gentes dames, elle est apte à tenirrr le rrrôle qui lui est destiné. Apprrrrêtez-vous donc à assister au plus merrrveilleux des spectacles qui vous ait été offerrrt dans les Dits! Accompagnez-moi, trrrès chèrrre, montrrrons de quoi nous sommes capables à notre sublissime public.

Le comédien pointa son gros ventre sur la foule, qui s'écarta aussitôt en s'esclaffant, s'engagea dans le passage mouvant d'une allure outrageusement martiale et invita Oziel à le suivre. Certaines femmes manquaient de s'étouffer de rire quand il s'arrêtait pour les saluer d'une courbette ridicule. Fascinée par ses pantomimes, la multitude se désintéressait désormais de la mécrosée. Ils atteignirent sans difficulté la scène, où les attendaient les autres comédiens, un homme et deux femmes également vêtus de tenues bariolées, de masques grimaçants, de couvre-chefs extravagants.

Après avoir gravi le petit escalier latéral, Oziel se retrouva sur le devant des planches face à des centaines de visages hilares. Après une révérence, l'amuseur au gros ventre la désigna du bras:

—Noble seigneurrrs et gentes dames, faites s'il vous plaît un accueil trrriomphal à notre nouvelle jeune prrremièrrrre!

Les bravos, les hourrah, les applaudissements ponctuèrent son exhortation.

—Nous allons maintenant donner pourrr vous le plus extra-orrrdinairrre, le plus incrrroyable des spectacles. Nous comptons surr votrrre comprrréhension, votre générrrosité, pour nous accorrrder le courrrt moment que nous requérrrons pourrr nous prrréparrrer. Soyez patients, mes seigneurrrs et mes dames, vous ne le regrrreterrrez pas.

Il tapa trois fois du pied sur les planches. Le rideau noir et empesé se déploya devant la scène. Oziel entrevit, par l'entrebâillement des pans de tissu qui se resserraient, le visage tuméfié d'Arjo dans les premiers rangs des spectateurs. Il avait exploité la distraction de la foule pour se rapprocher le plus près possible de l'estrade.

Le rideau tiré, les comédiens se débarrassèrent de leurs masques et oripeaux. La jeunesse de l'homme qui l'avait extraite des griffes de la multitude surprit Oziel. Brun, bouclé, svelte, il était l'exact opposé du personnage qu'il incarnait. De lui émanait un charme irrésistible qui tenait en grande partie à l'éclat de son sourire et à la douceur de ses yeux. La cicatrice qui lui barrait la joue droite de la tempe au menton n'altérait pas l'harmonie de son visage.

—Comment vous sentez-vous ?

Sa voix musicale, caressante, n'avait pas non plus grand-chose à voir avec ses intonations outrancières lorsqu'il s'adressait au public.

—À peu près bien…

—Je m'appelle Pétroccio. Nous allons essayer de vous sortir de là.

—Comment ?

—Oui, explique-nous comment, noble sieur Pétroccio, persifla l'une des deux comédiennes, une femme à la chevelure brune exubérante et aux formes généreuses. Si nous ne leur redonnons pas cette mécrosée, c'est nous qu'ils vont crucifier ou brûler.

Pétroccio se tourna vers l'intervenante.

—Je vous présente notre très chère Alena, notre parangon d'optimisme et de générosité.

—Arrête de jouer les grands cœurs, tu nous as mis dans une sacrée panade ! répliqua sa consœur.

—Je ne pouvais tout de même pas les laisser la brûler, plaida Pétroccio. Ces…

—Parlez moins fort, s'immisça l'autre homme, cheveux châtain coupés court, teint rougeaud, face ronde, yeux globuleux, plus âgé et corpulent. Ils vont nous entendre. Qu'est-ce que tu proposes, Pétroccio ?

Ce dernier réfléchit quelques instants.

—Jouer, finit-il par répondre. Improviser jusqu'à la nuit tombée, jusqu'à ce qu'ils l'oublient et qu'ils se dispersent.

—Je ne voudrais pas vous attirer des ennuis, dit Oziel.

—Trop tard, notre cher Pétroccio nous a plongés jusqu'au cou dans une mare d'emmerdements, maugréa la deuxième comédienne, une jeune femme à la chevelure blonde, à la peau très claire et aux grands yeux tristes.

—Et voici Gelsame, la gentillesse incarnée, déclara Pétroccio avec un petit rire avant de se tourner vers l'autre homme : Lui, c'est le grand Livor, le plus célèbre faire-valoir des Dits. (Il s'adressa de nouveau à Oziel.) Vous connaissez tout le monde, mais nous ne vous connaissons pas.

—Il est préférable que vous ignoriez mon nom.

—Oh, oh, une dame mystère! Auriez-vous choisi de vous déguiser en mécrosée pour garder l'anonymat?

Troublée par la perspicacité de son interlocuteur, elle marqua un temps d'hésitation.

—Je suis bel et bien mécrosée…

—Mille pardons, dame. (Pétroccio s'inclina de façon cérémonieuse.) Nous respecterons votre secret.

—Permettez-vous à un insignifiant faire-valoir de vous interrompre dans vos civilités, mon seigneur? grinça Livor. Ils commencent à s'énerver en bas, ils vont bientôt devenir pires que des foueurs enragés.

Les premières manifestations d'impatience se traduisaient par des cris et des sifflets.

—Jouons. Improvisons sur la parodie de la Geste arkanienne. J'entre le premier en scène. Trouvez-lui un déguisement pendant ce temps. Et rejoignez-moi.

—Qu'est-ce qu'on fait s'ils nous la réclament? demanda Alena.

—Si nous sommes de vrais comédiens, ils ne nous la réclameront pas. C'est le moment de leur montrer ce que nous avons dans le ventre. (Pétroccio s'approcha d'Oziel.) Vous sentez-vous capable d'entrer dans notre jeu, dame?

Ulio, qui s'était à plusieurs reprises donné en spectacle devant un public, aurait accepté la proposition avec joie. L'expérience ne l'avait jamais attirée, mais elle n'était pas conviée à un simple divertissement, c'était sa vie qui se jouait sur ces planches.

—Je suis prête.

Pétroccio l'encouragea d'un sourire chaleureux.

—Je vous devine très belle sous vos bandages, dame.

La blonde Gelsame vint s'interposer entre eux d'un air furieux.

—Ce n'est pas le moment de conter fleurette, Monsieur le grand cœur, vitupéra-t-elle. Mais de nous sortir de la situation dans laquelle tu nous as fourrés sans nous demander notre avis.

—Je t'aime aussi, ma douce, répliqua-t-il en lui effleurant la joue du dos de la main. Ta jalousie me ravit.

Il déposa un baiser sonore sur les lèvres de sa consœur avant de se rendre près d'une malle et d'en extraire un costume.

27

LE QUESTEUR

Paysan agonisant sur une planche,
Ton seul tort, ta malchance,
Paysan condamné à la croix,
Par un tenant de la loi,
Paysan réduit au silence,
Par des tyrans sans indulgence,
Paysan abandonné des sept,
Qui t'acculent à la disette,
Paysan mal aimé de la cité,
Sans toi perdue, affamée,
Paysan, oublie tes frayeurs,
Le temps vient de montrer ta valeur,
De sécher tes larmes,
De prendre les armes.

Chanson interdite des rives de l'Odivir,
Pays d'Arkane

LES YEUX D'OISEAU DE PROIE DU QUESTEUR S'ATTARDÈRENT SUR Orik.

— Qui es-tu?

Sa voix avait le tranchant de l'homme à qui rien ni personne ne résiste. Il essuyait régulièrement son crâne détrempé du plat de la main.

— Et toi, qui es-tu? répliqua le guerrier.

Les lèvres fines de son interlocuteur se figèrent en un rictus. Renn faillit supplier Orik de montrer profil bas. Même pour un guerrier comme lui, les chances étaient minimes, pour ne pas dire nulles, face à une trentaine de soldats d'élite de la Légion d'Arkane.

— C'est moi qui pose les questions, ici! siffla le questeur.

— Et moi, je suis un homme libre, déclara Orik sans se départir de son calme.

Le regard du questeur accrocha la poignée lisse de l'espadon qui dépassait de l'épaule du guerrier.

— Tu viens d'un autre pays, n'est-ce pas? Sinon, tu saurais à qui tu as affaire et tu changerais immédiatement de ton.

— À qui donc ai-je affaire?

Le questeur se dressa sur la pointe des pieds afin de hisser son visage à la hauteur de celui de son vis-à-vis.

— Tyho, questeur, légat du Conseil des sept familles d'Arkane, en mission pour le recouvrement annuel de la part de la cité. Je suis investi de tous les pouvoirs. Ce qui signifie que, étranger ou pas, je peux te faire exécuter sur-le-champ si tel est mon bon plaisir.

Les gouttes de pluie se pulvérisaient sur ses lèvres. Les soldats de l'escorte trituraient avec nervosité les hampes de leurs lances. La diatribe du questeur n'avait pas suscité la moindre expression sur les traits d'Orik.

— Tu es donc le bon interlocuteur, répliqua posément le guerrier. Je cherche à prévenir les autorités d'Arkane de l'invasion prochaine de l'armée des Conquérants du Nord.

— Es-tu un légat, un envoyé officiel?

— Seulement un soldat et l'unique rescapé de la bataille qui a conduit à l'anéantissement du royaume de Mandril.

Un demi-sourire affleura sur les lèvres du questeur.

— Tu t'es enfui, n'est-ce pas?

— J'ai estimé que, puisque nous étions perdus, il valait mieux que je reste en vie pour prévenir les populations de l'autre côté du massif de l'Ostian.

— C'est bien ce que je pensais : un déserteur. De ce côté-ci de l'Ostian, les lâches sont crucifiés sur une planche et livrés aux becs et aux serres des charognards.

Renn vit avec inquiétude le visage d'Orik se rembrunir.

— Peu importe ce que tu penses, je sais qui je suis et ce que je vaux. L'armée des Conquérants du Nord se présentera devant les remparts de la cité d'Arkane dans trois ou quatre cycles lunaires. Si vous ne consacrez pas toute votre énergie à préparer votre défense, vous serez balayés comme nous, Mandriliens, avons été balayés. Il y a plus urgent à faire que rançonner les paysans des bords de l'Odivir.

—Arkane n'a pas de leçons à recevoir d'un déserteur ! ricana le questeur. Et n'a pas non plus à craindre l'attaque d'une armée étrangère. Nos défenses ont résisté à tous les assauts depuis des millénaires.

—Tu n'as pas la moindre idée de la puissance de l'armée du Nord, riposta Orik. Si tu avais une once de jugeote, légat, tu rebrousserais immédiatement chemin pour donner l'alerte aux familles régnantes.

Des lueurs flamboyèrent dans les yeux sombres du questeur.

—Tu ne gagneras rien à m'insulter. Si tous les soldats de l'armée de Mandril te ressemblent, pas étonnant que vous ayez été écrasés. Les hommes d'Arkane savent, eux, ce que signifie le mot combattre.

Ce fut au tour d'Orik de ricaner.

—Terroriser des paysans pour les dépouiller de leurs récoltes, voilà sans doute ta définition du combat. Dans quelques lunes, vous vous retrouverez face à des dizaines de milliers de soldats féroces, de créatures monstrueuses à la puissance phénoménale et de machines de guerre dévastatrices.

Le visage d'une femme brune et pâle apparut par l'entrebâillement de la porte de la berline stationnée quelques pas plus loin.

—Que se passe-t-il, Tyho ?

Sans se retourner, le questeur lui adressa un geste de la main.

—Reste en dehors de ça, Lalda.

—Qui sont ces hommes ? insista-t-elle.

—Des déserteurs d'une armée étrangère, des lâches.

—Pourquoi t'intéresses-tu à ces minables ?

—Lalda ! Fous-moi la paix, de grâce, c'est bientôt fini.

La femme ouvrit la bouche pour répliquer, se ravisa, se renfrogna et disparut à l'intérieur de la voiture.

—Je crois que tu n'as pas tous tes esprits, reprit le questeur en fixant de nouveau Orik. Et que tu devrais retourner d'où tu viens. Nous n'avons aucune tendresse pour les fous dans le pays d'Arkane.

Orik pointa le bras sur Renn.

—Demandez à ce garçon ce qu'il a vu. Il vous confirmera ce que je viens de vous dire. Et il est originaire d'Arkane.

Les yeux du questeur se fichèrent dans ceux de l'apprenti, qui ne parvint pas à soutenir leur éclat.

—Eh bien, parle.

Les mots s'enrayèrent dans la gorge de Renn. Il redoutait cet homme et les douleurs anciennes qu'il réveillait, il percevait la nervosité grandissante des soldats, il n'avait plus un poil de sec et rêvait de se mettre à l'abri dans la voiture immobilisée sur le chemin. Le cocher, pétrifié sur le banc arrière, supportait la pluie battante sans broncher.

—Tu as perdu ta langue ou quoi ? Qui es-tu et d'où viens-tu ?

—Renn… apprenti enchanteur de pierre… je vivais chez mon maître dans le massif de l'Ostian.

Renn retrouvait un peu d'assurance au fur et à mesure que les mots s'écoulaient de sa bouche. La stupeur agrandit les yeux du questeur, qui tenta aussitôt de se ressaisir.

—Il n'existe plus qu'un véritable enchanteur de pierre dans tout le pays d'Arkane, marmonna-t-il entre ses lèvres serrées. Maître Hauhorn.

—Vous le connaissiez ? demanda Renn.

—Pas personnellement. (Le questeur semblait préoccupé tout à coup, ses gestes étaient devenus fébriles.) Tu es donc l'apprenti d'Hauhorn ?

—Je l'étais. Mon maître est mort, tué par une avant-garde de l'armée du Nord.

—Un homme de sa qualité, c'est bien dommage, bien dommage. (Le questeur s'exprimait de façon plus calme, plus détachée, comme si la pluie avait fini par dissoudre son agitation.) Où as-tu vu cette avant-garde ?

—Nous l'avons suivie et, grâce à Orik, nous l'avons attirée dans une terre mouvante.

—Qui est Orik ?

Le guerrier se frappa la poitrine de la main et s'inclina. Le questeur répondit à son salut d'une mimique qui creusa des rides fugitives sur son front et ses joues.

—Ces soldats du Nord ne sont pas si terribles que ça s'ils se sont laissé piéger par deux adversaires, reprit-il.

—Nous avons été aidés par des mécros des collines noires et des paysans de l'Odivir, précisa Renn. Mais, sans le stratagème d'Orik, nous n'aurions pas été de taille à lutter contre ces hommes et leurs créatures géantes.

—Les populations des bords du fleuve seront les premières touchées, renchérit Orik. Les Conquérants du Nord ne connaissent pas la pitié. Ils ne laisseront pas un seul survivant derrière eux.

—Je vois, je vois… (Le questeur négligeait maintenant de s'essuyer le crâne. La pluie collait sa tunique à sa peau et soulignait les épais bourrelets autour de sa taille.) Mais je n'ai aucune preuve de ce que vous avancez.

—Il te suffit de te rendre au village voisin et d'interroger les paysans qui nous accompagnaient : ils te diront la même chose que nous.

Le questeur resta un temps immobile, immergé dans ses pensées.

—Tyho ! cria la femme.

Le hennissement d'un cheval relégua au second plan le crépitement de la pluie sur les casques des soldats.

—Il y avait d'autres apprentis que toi dans l'atelier de Hauhorn ? demanda le questeur à Renn sans tenir compte de l'intervention de la passagère de la berline.

—J'étais le seul.

—Prends ta décision, légat, ou laisse-nous repartir, intervint Orik d'un ton sec. Nous perdons du temps.

Les soldats les plus proches gardaient leurs lances pointées sur le guerrier et l'apprenti.

—Encore une fois, c'est moi qui donne les ordres de ce côté-ci du massif de l'Ostian.

Le questeur avait recouvré son autorité de plénipotentiaire, et Renn craignit qu'il ne donne l'ordre à ses hommes de les transpercer, le guerrier et lui, des fers acérés de leurs hasts. Au grand soulagement de l'apprenti, il s'éloigna en direction de la voiture et s'adressa au cocher :

—Demi-tour, Murtar, nous repartons pour Kollan.

Le cocher s'inclina. Son panache alourdi entraîna un basculement de son chapeau sur le côté de son visage ; il l'empêcha de tomber d'un geste réflexe.

—Demi-tour, vous autres ! hurla le questeur à destination des soldats avant de s'engouffrer dans la berline.

L'étroitesse du chemin contraignit le cocher à descendre de son banc et à mener les chevaux par les licols pour effectuer la volte-face. Les soldats durent couper un buisson touffu qui bloquait le passage de l'équipage. Le guerrier les épaula, son espadon se révélant plus efficace que leurs courtes dagues.

Lorsque la voiture fut enfin positionnée dans le bon sens, le visage du questeur apparut entre les rideaux occultant la fenêtre de la portière.

— Un conseil, déclara-t-il en toisant le guerrier. Repars chez toi et laisse le peuple d'Arkane s'occuper de ses propres affaires.

— J'accepte seulement les conseils avisés, légat, rétorqua Orik, impassible.

Son interlocuteur lança un regard indéchiffrable à Renn avant de donner le signal du départ.

Le guerrier et l'apprenti attendirent que l'escorte se fût éloignée pour se mettre à leur tour en marche en gardant avec les soldats des derniers rangs une distance d'une cinquantaine de pas. Renn aurait donné n'importe quoi pour retirer ses vêtements mouillés et les échanger contre des secs.

— Il va sûrement utiliser des oiseaux messagers pour prévenir les familles régnantes, avança-t-il. Ça leur fera gagner du temps.

— Je ne crois pas qu'il ait rebroussé chemin pour prévenir les autorités d'Arkane, objecta Orik.

— Pourquoi, alors ?

— Je pense que ça te concerne.

— Moi ? Mais…

— Il a été surpris quand tu lui as dit qui tu étais, et il a changé de ton.

— Il ne me connaît pas…

— Je jurerais que si. J'ignore pourquoi, j'ignore comment, mais tu as sans doute un rôle important à jouer dans l'avenir d'Arkane.

Bien que Renn jugeât absurdes les propos de son compagnon, ils suscitaient une réaction inattendue en lui, une peur immense doublée d'une étrange exaltation. La voix éraillée de sa grand-mère monta des limbes de sa mémoire : « *J'ai vu dans un rêve qu'à cause de toi, non, grâce à toi, la cité d'Arkane tomberait de toute sa hauteur et que les Sept retourneraient là où ils auraient dû finir : noyés dans l'eau du fleuve.* » Il chassa ses pensées comme il aurait dispersé une nuée d'insectes irritants.

—Il va falloir redoubler de vigilance, reprit Orik. Le questeur n'a pas osé s'en prendre à nous sur le chemin, mais il pourrait très bien nous préparer un guet-apens un peu plus loin.

—Il aurait déjà pu ordonner à ses hommes de nous tuer…

—Il ne fera preuve d'aucune initiative. À mon avis, il est parti prendre des ordres te concernant. Le temps de recevoir une confirmation, ça nous laisse un petit sursis.

Renn donna un coup de pied rageur dans une touffe d'herbe au bord d'une flaque.

—Tout ça n'a aucun sens! Je ne suis qu'un fils de paysan.

Il avait toujours senti au fond de lui qu'il était né par erreur sur les rives de l'Odivir, et il en était arrivé à douter que ceux qu'on lui présentait comme son père et sa mère fussent ses véritables géniteurs, même si Anaïth lui avait raconté avec force détails les circonstances de sa naissance, les difficultés de sa mère à l'expulser, le cordon ombilical coincé autour de son cou, son visage bleu, sa première expiration miraculeuse…

—La naissance n'a rien à voir là-dedans, objecta Orik. Tu ne sais pas où te conduit la destinée. Reste seulement au plus près de toi-même.

Qu'est-ce qu'il voulait dire par rester au plus près de soi-même? Renn avait parfois l'impression qu'il n'y avait qu'un immense trou à l'intérieur de lui, un gouffre insondable et ténébreux où ses pensées finissaient par se perdre.

Le village ressemblait comme un frère à celui d'Ospheh et d'Yseh. Il s'étendait lui aussi sur un plateau surplombant l'Odivir, peut-être un peu moins large ici que cinq lieues en amont. Même rue principale bordée de chaque côté d'allées perpendiculaires boueuses et parsemées de flaques, mêmes maisons carrées de bois aux toits pentus couverts de chaume.

Ils n'apercevaient plus l'escorte du questeur dans le lointain. Elle avançait à marche forcée, ce qui, selon Orik, confirmait la volonté du légat de prendre de l'avance sur eux. Ils ne croisèrent pas âme qui vive entre les constructions métamorphosées par la pluie en ombres grises. Des cris déchirants attirèrent leur attention alors qu'ils s'apprêtaient à sortir du village. Ils ranimèrent dans l'esprit de Renn des scènes confuses et pénibles de son enfance. Il lança un regard en direction des bruits, entrevit, une cinquantaine de pas plus loin au bout d'une allée perpendiculaire, des ombres regroupées face à une palissade. Une impulsion le poussa à se diriger vers le groupe sans solliciter l'avis d'Orik. Il s'engagea dans l'allée parsemée de larges flaques. C'est à peine s'il entendit la voix du guerrier lui criant de revenir sur ses pas. Il lui fallait absolument savoir ce qui se passait plus loin, se confronter avec ses souvenirs. Trois femmes et un vieillard se tenaient serrés devant une barrière de planches épaisses et jointes sur lesquelles deux hommes nus, l'un âgé d'une quarantaine d'années et l'autre n'ayant pas dépassé les seize ans, avaient été crucifiés par les poignets et les pieds. Le plus âgé était mort, le plus jeune vivait encore. Ses suppliques incessantes s'achevaient en râles déchirants qui se confondaient avec les sanglots des femmes. Le vieillard au visage raviné et aux épaules affaissées pleurait en silence.

Renn se tint d'abord à l'écart, par respect pour leur chagrin, puis il croisa le regard de l'adolescent supplicié et y lut une telle souffrance qu'il en fut bouleversé. L'apprenti se revit une dizaine d'années en arrière sur la place centrale de son village natal devant six corps crucifiés sur une palissade similaire et agités de spasmes. Les soldats avaient contraint les habitants du village à assister à l'agonie des condamnés, qui avait duré toute la nuit et une partie du jour suivant. Du haut de ses sept ou huit ans, Renn avait éprouvé des difficultés grandissantes à tenir sur ses jambes tremblantes, et il avait fallu que son père l'empoigne par le col de sa tunique pour l'empêcher de s'effondrer. Ceux qui étaient tombés avaient reçu plusieurs coups de fouet dont les lanières leur avaient lacéré profondément la peau.

Il comprit peu à peu la supplique de l'adolescent.

—Tuez-moi… Ne me laissez pas… souffrir… tuez-moi… par pitié…

Ni les femmes ni le vieillard, éplorés, ne lui porteraient le coup de grâce.

—Tu t'en charges ?

La voix d'Orik fit sursauter l'apprenti, qui ne l'avait pas entendu approcher dans son dos.

—Je ne comprends pas que personne ne l'ait détaché, ajouta le guerrier à voix basse.

—Ils craignent un retour du questeur et de ses hommes. La loi nous oblige à les laisser au minimum quinze jours sur les planches. Si on les détache plus tôt, on risque de finir comme eux.

—Les familles régnantes sont informées de ces pratiques ?

Renn l'ignorait : cloîtrées tout en haut de la cité d'Arkane, les familles régnantes étaient des entités inaccessibles, quasiment légendaires. Le guerrier agrippa la poignée de son espadon par-dessus son épaule.

—Finissons-en. Nous avons encore un long chemin jusqu'à Arkane.

Renn s'interposa.

—C'est à moi de le faire.

—Tu en es sûr ?

L'apprenti répondit d'un hochement de tête énergique : être au plus près de lui-même, en cet instant, c'était donner le coup de grâce à cet adolescent et mettre fin aux cris désolants qui le hantaient depuis sa plus tendre enfance. Il tira son épée, s'approcha de la palissade, crut percevoir un encouragement dans les yeux mi-clos de l'agonisant, posa la pointe de la lame à l'emplacement de son cœur. La pluie délayait les rigoles de sang qui s'écoulaient le long des bras et sur les flancs de l'adolescent. Renn s'efforça de maîtriser ses tremblements. S'éloignerait-il encore un peu plus de l'enchantement en prenant une autre vie ? Il enfonça d'un geste résolu la lame entre les côtes du supplicié. Elle lui transperça le cœur et se ficha dans le bois de l'autre côté. Renn l'y maintint plantée jusqu'à ce que la tête de l'adolescent retombe sur sa poitrine en exhalant un dernier souffle, puis il la retira et l'essuya soigneusement sur son pantalon avant de la remiser dans son fourreau.

Il se tourna ensuite vers les femmes et le vieillard, non qu'il redoutât leur jugement ni ne cherchât leur approbation ; il éprouvait seulement le besoin de s'immerger dans leur regard. Une femme s'avança vers lui : une quarantaine d'années, quelques fils blancs piqués dans sa chevelure brune, des rides profondes sur son front, des yeux rougis par le chagrin. Renn devina qu'elle était la mère et l'épouse des condamnés. Elle le dévisagea avec ferveur avant de lui prendre les mains et de l'enlacer. Tout l'amour et la reconnaissance d'une mère dans son étreinte.

— Venez vous sécher et vous restaurer chez moi, proposa-t-elle.

Renn interrogea le guerrier du regard. Orik acquiesça d'un mouvement de tête. En dépit de son endurance, il ressentait sans doute lui aussi l'envie pressante de se mettre un moment au sec et au chaud avant de reprendre le chemin.

28

BOUFFONNERIES

Vieillir est la plus belle et la pire des choses,
La pire, quand elle obscurcit l'âme et le cœur,
La plus belle, si, par elle, croît la capacité d'aimer.

Proverbe des Dits,
Arkane

AFFUBLÉE D'UNE EXTRAVAGANTE PERRUQUE BLONDE, D'UN MASQUE d'oiseau cuivré, d'une robe mauve froufroutante, de cothurnes qui la grandissaient de six pouces et rendaient sa démarche incertaine, Oziel s'efforça d'entrer dans le jeu des comédiens. Ils lui avaient attribué le rôle de Zelsilla, souffre-douleur des six autres déesses du fleuve, pour complaire à la foule, ravie de voir la maudite maltraitée, ridiculisée, humiliée. Gelsame et Alena, grimées en sorcières, sautaient sur tous les prétextes pour la rouer de coups de bâton ; Pétroccio, portant gros ventre, faux sabre et masque de pirate de l'Odivir, feignait de voler à son secours, mais il trébuchait à chacun de ses pas et finissait par s'étaler sur les planches ; Livor jouait le fourbe qui s'alliait tantôt aux sorcières tantôt au pirate, selon ses intérêts.

La nuit était tombée depuis un bon moment. Les rangs des spectateurs s'éclaircissaient peu à peu, mais les hommes qui avaient molesté Oziel, regroupés sur un côté de l'estrade, attendaient patiemment leur heure tout en riant à gorge déployée aux facéties des comédiens. La fugitive s'était crispée la première fois que les deux comédiennes avaient levé leurs bâtons pour la frapper. Elles maîtrisaient leurs gestes à la perfection et ne lui faisaient aucun mal malgré la violence apparente de leurs coups. De temps à autre, Pétroccio se plantait sur le devant de la scène et se lançait dans un monologue improvisé qui parodiait les déclamations emphatiques des diseurs. Lorsque les rires et les applaudissements de la multitude couvraient sa voix, il substituait aux mots une succession de gestes à l'effet comique irrésistible. Les yeux de Gelsame, Alena et Livor, devenus à leur tour spectateurs, brillaient d'admiration derrière les fentes oculaires de leurs masques. Parfois, Pétroccio se rapprochait d'Oziel pour lui faire une déclaration d'amour burlesque qui s'achevait systématiquement par une bataille contre les deux sorcières.

—Combien de temps encore allons-nous jouer les idiots ? soupira Alena au fond de la scène tandis que Pétroccio en occupait le devant, exécutant une nouvelle pantomime.

—Jusqu'à ce qu'ils partent, si j'ai bien compris, répondit Livor à voix basse.

—Ils ne partent pas…

—Tant que Pétroccio les amuse. Mais leur estomac réclamera bientôt son dû, et ils finiront bien par rentrer chez eux.

Comme pour confirmer les propos de Livor, l'assistance se clairsema rapidement. Des hommes qui guettaient Oziel comme des oiseaux de proie, dont le couvreur qui avait fourni la corde, tournèrent eux-mêmes les talons et se fondirent dans l'obscurité.

—La meilleure chance de les faire tous déguerpir, maintenant, c'est de leur réclamer de l'argent…

Joignant le geste à la parole, Livor se munit d'une sébile, descendit par le marchepied latéral et présenta la coupelle argentée aux spectateurs des premiers rangs. Comme il l'avait prévu, ils se détournèrent et se dispersèrent dans la nuit comme des oiseaux effrayés par un fauve. La voix puissante de Pétroccio fracassa le silence qui retombait sur la place.

—À votrrre bon cœurrrr, mes seigneurrrrs et vous mes dames, soyez générrreux pour ceux qui ont eu le grrrand honneurrr de vous diverrrtirrr.

Alena entreprit d'éteindre les lampes suspendues qu'ils avaient allumées au crépuscule, puis Gelsame actionna le mécanisme du rideau qui se déploya dans un froissement prolongé.

—De plus en plus radins, maugréa Pétroccio.

Il retira son masque et, de la manche bouffante de sa chemise, essuya son visage perlé de gouttes de sueur. Livor revint sur l'estrade en secouant la sébile d'un air dépité.

—Pas un ark, pas même de quoi nous payer un coup à boire.

Pétroccio écarta le rideau pour glisser son visage dans l'entrebâillement.

—Plus un chat. Juste un jeune homme blond au visage amoché. On dirait qu'il attend quelque chose.

—Il est avec moi, intervint Oziel. Ils l'ont battu avant de s'en prendre à moi.

—Vous êtes sûre que c'est lui?

Oziel rejoignit Pétroccio et passa à son tour la tête entre les deux pans du rideau. Arjo était seul face à l'estrade, son bâton plaqué contre sa jambe. Son visage livide flottait sur le fond ténébreux comme l'un des masques de tragédie ornant les murs de certaines pièces du domaine du Drac. Oziel l'invita à la rejoindre sur la scène. Il balaya les environs d'un regard circulaire avant de se diriger vers le marchepied et de passer de l'autre côté du rideau.

—Bienvenue parmi nous, jeune homme! déclara Pétroccio.

—Il m'accompagne dans les Bas, précisa Oziel.

—Peut-être porte-t-il un nom? lança Alena. Peut-être acceptera-t-il, lui, de nous le révéler?

Arjo consulta Oziel du regard; la pâleur et la blondeur du jeune servant tranchaient sur la pénombre retombée sur la scène.

—Je m'appelle Arjo, répondit-il d'un ton empreint de fierté.

—Eh bien, jeune Arjo et vous, dame mystère, la voie est désormais dégagée, déclara Pétroccio. Si vous vous rendez à la Porte des Marches, soyez sur vos gardes: l'endroit est malfamé la nuit.

—Tu veux dire que c'est le rendez-vous de tous les coupe-jarrets, de tous les égorgeurs, de toute la racaille des Dits! grogna Livor. Vous feriez mieux d'attendre demain pour descendre dans les Marches.

—Nous n'avons pas le temps d'attendre, objecta Oziel.

Pétroccio retira son faux ventre, puis sa chemise deux fois trop grande pour lui, dévoilant un torse à la fois fin et musclé. Les deux comédiennes avaient également commencé à se changer sans chercher à se dissimuler derrière les paravents dressés sur le pourtour de la scène. Oziel admira leurs corps pulpeux, généreux, leur peau soyeuse qui lui rappelait la sienne d'avant l'emprise de la mécrose.

—Oh, oh, mystérieuse et pressée! s'exclama Pétroccio. Vous m'intriguez diablement, dame!

—On ne t'a jamais appris à te mêler de tes affaires? lui lança Gelsame.

—Je ne t'ai jamais entendu protester quand je m'immisce dans les tiennes!

—Toi et moi, c'est différent: nous sommes du même monde, celui des apparences, des illusions.

Pétroccio marqua sa désapprobation d'un claquement de langue avant d'enlever son pantalon et de s'essuyer, nu comme un ver, à l'aide d'un tissu.

—La vérité se cache souvent là où on ne l'attend pas, répliqua-t-il. C'est ce qui fait la différence entre un cabotin et un vrai comédien.

Gelsame, vêtue d'une courte confidente, s'approcha de lui et lui déposa un baiser sonore sur les lèvres. Leur absence de pudeur incommoda cette fois Oziel. Au domaine du Drac, jamais un homme ni une femme ne se serait exhibé nu devant des inconnus.

—Tu as été bon, ce soir, mon amour, très bon même, mais garde les pieds sur terre, ou tu vas finir par t'envoler, ajouta la comédienne blonde.

—Ne t'inquiète pas, ma belle, j'ai bourré mes chaussures de gros cailloux.

Pétroccio ponctua sa réponse d'un rire tonitruant.

—On vient! s'écria Alena.

Des bruits de pas et de voix enflèrent dans le silence restauré. Livor se précipita vers le rideau tandis que Pétroccio enfilait en toute hâte un pantalon.

—La garde? demanda Gelsame.

—Une troupe de spadassins et deux foueurs, répondit Livor. Ils viennent par ici.

Arjo lança un regard inquiet à Oziel, qui se félicita de ne pas s'être débarrassée de son déguisement malgré l'odeur insupportable des étoffes et de la perruque.

—Qu'est-ce qu'ils nous veulent? souffla Alena.

Pétroccio se tourna vers Oziel.

—À nous, rien…

Arjo se plaça devant elle et leva son bâton d'un air menaçant.

—Pas la peine, mon garçon, nous n'allons pas la livrer à ces tueurs.

Une voix rugueuse les interpella.

—Holà!

Livor passa de l'autre côté du rideau.

—Que se passe-t-il, mes seigneurs?

—Nous cherchons une femme, une mécrosée. Nous pensons qu'elle se cache dans les environs. Vous ne l'auriez pas vue?

—Nous ne sommes que d'humbles comédiens, mes seigneurs, nous venons tout juste d'achever notre représentation, et nous sommes en train de ranger nos costumes et notre décor…

—Réponds à la question, bouffon!

La respiration d'Oziel se suspendit. Son propre sort et l'avenir d'Arkane tenaient entièrement, en cet instant, entre les mains de ces saltimbanques. Même s'ils l'avaient tirée des griffes de la foule, rien ne prouvait qu'ils la protégeraient d'implacables assassins à la solde des comploteurs des Hauts. Les deux comédiennes, qui continuaient de se rhabiller avec des gestes nerveux, n'en menaient visiblement pas large. Pétroccio, ayant enfilé une ample chemise blanche, semblait lui-même tendu.

—Nous n'avons pas vu la mécrosée à laquelle vous faites allusion, mes seigneurs, finit par répondre Livor.

—Tu ne verras aucun inconvénient, bouffon, à ce que nous inspections tes tréteaux.

—Ça changerait quelque chose si j'y voyais un inconvénient?

—Rien. Ouvre donc ce rideau et allume les lampes.

—À vos ordres, mes seigneurs…

Livor repassa de l'autre côté des lourdes tentures. Ses yeux globuleux volèrent comme des oiseaux affolés de l'un à l'autre de ses compagnons, puis il se rendit dans un coin de la scène pour ouvrir le rideau.

—Ne bougez pas, dame, chuchota Pétroccio. Et toi, Arjo, lâche ce bâton.

Il alluma les trois lampes à huile suspendues à l'aide d'un flammoir à mèche d'amadou. Une fois le rideau tiré, les spadassins s'approchèrent de la scène, tenant en laisse deux grands foueurs au poil noir. La troupe comptait une dizaine d'hommes. Un seul d'entre eux n'était pas masqué. Contrairement aux autres, coiffés de chapeaux aux larges bords, vêtus d'amples capes dissimulant leurs armes, il portait une tenue sobre et claire de dignitaire. La pénombre empêchait Oziel de savoir s'il s'agissait d'un membre d'une famille ou d'un officier supérieur d'une armée des Hauts, puis elle aperçut une dague en forme de bec passée dans sa ceinture. Un fils de la maison du Dauphin. La couleur jaune clair de ses vêtements en fut la confirmation lorsqu'il se présenta dans la lumière des lampes et grimpa sur la scène en compagnie de trois spadassins et d'un foueur. Oziel discerna ses traits encore enrobés des rondeurs de l'enfance. Elle ne se souvenait pas de lui. Rien d'étonnant : les relations avaient toujours été distendues, parfois même inexistantes, entre le Drac et le Dauphin. Il n'avait sans doute pas atteint ses quinze ans. Ses yeux, en revanche, avaient la férocité et l'acuité d'un fauve en chasse, dissuadant qui que ce soit de se fier à son air poupin.

Le foueur lâché par son maître explora la scène en grognant. Les deux comédiennes se retinrent de hurler lorsqu'il s'approcha d'elles. Le regard acéré du fils du Dauphin se posa sur Oziel. Elle craignit qu'il ne la force à retirer son masque et à dévoiler ses bandages. Les spadassins et le foueur restés sur la place inspectaient les espaces vides entre les tréteaux qui supportaient les planches. L'animal renifla brièvement Pétroccio, qui peina à garder son impassibilité, puis frôla de son énorme museau les jambes et le bassin d'Oziel. Elle ne ressentit cette fois aucune peur. Le foueur poussa un grondement de dépit et retourna près de son maître sans s'intéresser à Arjo.

— Comme vous pouvez le constater, mes seigneurs, nous n'avons rien à cacher... (Pétroccio avait retrouvé sa superbe ; son intervention lui valut une moue désapprobatrice de Livor.) Vous avez parlé d'une mécrosée, poursuivit-il sans tenir compte de la mimique de son compère. Ça fait plusieurs années qu'on n'a pas vu de cas de mécrose dans la cité d'Arkane.

— Cette femme n'est pas une mécrosée ordinaire, répondit le fils du Dauphin. (Sa voix en train de muer se perchait par intermittences dans les aigus.) C'est une meurtrière et une insoumise. Nous la recherchons pour qu'elle reçoive son juste châtiment.

— Peut-être nous ferez-vous la bonté de nous dire qui vous êtes, mon seigneur ?

— Jestal, cinquième fils de la maison du Dauphin. (Il s'était redressé et drapé dans l'attitude hautaine attendue de la part d'un héritier de famille régnante.) Vous ne mentiriez pas à un légat du Conseil ?

— Notre métier est de mentir, mon seigneur, mais nous savons faire la différence entre la farce et la vie réelle.

— Tu as la langue bien pendue, bouffon ! (Le ton du fils du Dauphin était devenu cassant.) Gare à toi si j'apprends un jour que tu t'es moqué de moi.

— Ne vous inquiétez pas, mon seigneur : je sais très bien à qui j'ai affaire.

Le regard de Jestal se promena avec une lenteur crispante sur la scène, sur les deux comédiennes, sur Arjo, sur Oziel. De nouveau, le sang de cette dernière se glaça lorsque les yeux perçants du fils du Dauphin s'enfoncèrent dans les siens.

— Pouvons-nous nous remettre à notre rangement, mon seigneur ? demanda Pétroccio. Il est tard, nous sommes affamés, épuisés, et la pluie va bientôt tomber.

Jestal acquiesça d'un hochement de tête, puis, d'un mouvement du bras, il ordonna aux spadassins de descendre de l'estrade. Il attendit qu'ils se fussent regroupés en contrebas sur la place pour ajouter :

— Si jamais une information vous parvient au sujet de cette femme mécrosée, je compte sur vous pour nous en informer.

— Où pourrons-nous vous trouver, mon seigneur ?

— Au palais de l'administration des Dits. Ils transmettront toute information aux différents groupes de recherche.

Après s'être incliné de manière ridiculement cérémonieuse, le fils du Dauphin rejoignit ses hommes sur la place. Oziel respira une fois que la petite troupe se fût évanouie dans l'obscurité.

— Fichons le camp avant qu'ils reviennent, croassa Livor. (Il désigna Oziel.) S'ils se rendent compte que nous les avons bernés, ils nous tueront sans autre forme de procès. Ce rejeton du Dauphin est plus vaniteux que mille paons. Si l'idée lui était venue de lui demander de retirer son masque, nous aurions été massacrés, Pétroccio ! Tout ça pour protéger une meurtrière.

—C'est ce qu'il prétend, réfuta Pétroccio. Laissons à cette dame la possibilité de se défendre.

Il se rapprocha d'Oziel, immobile sur un côté de la scène.

—Plus tard! maugréa Livor.

Pétroccio récusa l'injonction de son confrère d'un revers de main.

—Eh bien, dame, ce godelureau du Dauphin vous a traitée de meurtrière. Quel inavouable secret se cache donc sous cette robe d'infamie?

Oziel hésita: révéler la vérité aux comédiens risquait de les compromettre et de contrarier son propre dessein. Plus il y aurait de monde dans la confidence, moins elle serait en sécurité. Mais elle n'eut pas le cœur à mentir à des gens qui lui avaient sauvé la vie à deux reprises.

—J'ai tué un fils de famille qui était sur le point de me violer. (Elle ne laissa pas ses émotions altérer la fermeté de sa voix.) Ma propre famille a été massacrée. Un complot ourdi par les autres familles régnantes et des forces obscures menace l'ensemble des populations d'Arkane. On m'a inoculé la mécrose pour m'aider à fuir: la maladie me permet de garder mon visage dissimulé et de tromper le flair des foueurs ou des furtifs. Je dois rejoindre mon frère aîné dans les Fonds. Lui seul est capable de rétablir l'équilibre dans la cité et dans le pays.

—Qu'est-ce qu'il fait dans les Fonds?

—Il a été condamné à l'exil par le Conseil des Sept. Son bannissement était la première étape du complot.

—Une belle histoire! siffla Livor. On la croirait inventée par un diseur!

Il éteignit les lampes l'une après l'autre et referma le rideau.

—La mécrose n'a rien d'une belle histoire, releva Gelsame. On peut donc la provoquer volontairement?

—Ceux qui me l'ont inoculée appartiennent à un ordre mystique nommé la Résurrection, répondit Oziel. Ils ont une grande connaissance des plantes et des minéraux.

—J'ai entendu parler de la Résurrection, acquiesça Pétroccio. Et de son pendant, la Désolation.

—La Désolation est l'une des forces de la conjuration.

Livor commença à ranger les costumes, les accessoires et les postiches dans deux grandes malles en bois munies de roulettes.

—Vous n'allez tout de même pas ajouter foi à ses balivernes! glapit-il sans s'interrompre dans sa tâche. Moi je dis qu'il faut foutre le camp et la laisser se débrouiller seule.

—Après toutes ces années de pratique théâtrale, Livor, tu ne sais toujours pas distinguer la vérité du mensonge? fulmina Pétroccio.

—Oh! toi, du moment qu'il y a un jupon dans les parages, tu es prêt à croire n'importe qui!

—Merci pour moi, protesta Gelsame.

—N'écoute pas ce rabat-joie, ma douce…

Un silence pesant ponctua l'échange entre les deux hommes; ce fut Alena qui le rompit.

—Tout ça ne nous dit pas ce qu'on fait…

—On ne peut pas les laisser aller seuls à la Porte des Marches, avança Pétroccio.

—Tu penses qu'on doit les accompagner?

Les premières gouttes dégringolèrent des nues. Des cris lointains, animaux ou humains, lacéraient régulièrement le silence emmitouflant les Dits. Les façades n'étaient plus que des ombres figées et grises d'où se détachaient de rares fenêtres éclairées.

—Il va bientôt pleuvoir des cordes. (Pétroccio tendit la main devant lui.) Pas un temps à mettre un foueur dehors, pas vrai? (Il éclata de rire.) Je propose qu'on les emmène à la maison. Demain, on y verra plus clair.

—Sans moi! rugit Livor.

—Comment ça, sans toi?

—Tu cherches les ennuis, pas moi. Si tu continues de chaperonner cette mécrosée, nos chemins se séparent. Définitivement.

Pétroccio se dirigea à grandes enjambées vers son confrère.

—Mon vieux Livor, je choisis de n'avoir rien entendu, car je sais que tu ne penses pas ce que tu dis.

Livor recula avec une expression de défi.

—Ça fait trop longtemps que je tolère tes lubies, sieur Pétroccio. (Chacun de ses mots jaillissait de sa bouche comme une flèche acérée, la colère déformait ses lèvres et gonflait la veine sinueuse et sombre sillonnant sa tempe.) Que j'endure ton orgueil, ton mépris. Un faire-valoir, voilà ce que je suis pour toi, un valet qui te sert la soupe, un obscur cabot tout juste bon à te mettre en valeur.

—Je t'ai toujours considéré comme un partenaire, comme mon égal, se défendit Pétroccio, désarçonné par la virulence de l'attaque. Les rôles sont distribués en fonction de l'âge, du physique, des particularités. Il n'en est pas un supérieur à l'autre, et tu le sais.

Livor signifia sa désapprobation d'un claquement de langue.

—Tu prends seul des décisions qui engagent l'ensemble de la troupe. Tu as joué avec nos vies en plaçant cette meurtrière sous ton immense aile généreuse.

—Ils allaient la brûler…

—En quoi cela nous concerne-t-il?

Les épaules de Pétroccio s'affaissèrent, comme alourdies par les reproches de son interlocuteur.

—Où est-il passé, le Livor qui a accueilli chez lui l'enfant perdu que j'étais? (Une tristesse incommensurable imprégnait sa voix.) Où est-il passé, le Livor charitable qui invitait à sa table les miséreux qui frappaient à sa porte? Où est-il passé, le Livor flamboyant qui donnait des fêtes somptueuses? Où est-il passé, le Livor dont les rires enjoués incarnaient la générosité, la joie? Où donc est passé le grand Livor?

Une moue d'amertume étira les lèvres de Livor.

—Tu ne t'es pas rendu compte, parce que tu ne t'intéresses qu'à toi, que j'avais vieilli, répondit-il.

—Depuis quand l'âge endurcit-il le cœur?

—Il endurcit tout, les artères, le caractère, la peau, la voix, le geste… Il n'y a qu'un petit bout qui se ramollit pendant que le reste devient dur comme du bois. Laissez-moi maintenant. (La tête basse, Livor marcha d'une allure heurtée vers le marchepied.) Je viendrai reprendre mes affaires dans quelques jours.

—Ne fais pas l'idiot. Où comptes-tu habiter?

—Ne t'inquiète pas pour moi, je me débrouillerai.

Alena le rattrapa, plaquant d'une main contre sa poitrine le haut de sa robe pas encore boutonnée.

—Où est-il passé, le Livor qui m'a aimée et donné tant de plaisir?

—Tu l'as quitté, souviens-toi.

Il disparut au coin de la scène derrière le rideau. Le bruit de ses pas résonnant sur les marches de bois, puis sur les dalles de pierre, décrut peu à peu. Les trois comédiens s'étaient statufiés, indifférents aux gouttes de plus en plus épaisses qui dégringolaient des nues.

Oziel rompit le silence oppressant.

—Je suis désolée, c'est à cause de moi qu'il est parti.

Alena se retourna et lui adressa un sourire teinté de détresse.

—Vous n'y êtes pour rien : le fruit était mûr, tôt ou tard, il serait tombé.

—Rentrons avant d'être complètement trempés, proposa Pétroccio. Je vous engage, dame, à garder votre déguisement, hormis vos cothurnes : on ne doit plus vous voir en tenue de mécrosée.

Ils ramassèrent rapidement les effets disséminés sur les planches et les entassèrent en vrac dans les deux malles.

—Vous laissez la scène ici ? s'étonna Oziel.

—Elle ne nous appartient pas, elle est à la disposition de toute troupe ou de tout apprenti diseur qui souhaite donner un spectacle en public, précisa Gelsame.

Ils descendirent les malles de l'estrade, puis, les roulant sur les dalles, ils traversèrent la place en direction du rempart. La pluie se mit à tomber, drue, rageuse.

—Le ciel est avec nous ! s'exclama Pétroccio. On ne risque pas de croiser une patrouille ou d'autres spadassins.

Ils s'engouffrèrent dans une ruelle au milieu de laquelle s'écoulait une rigole gonflée par l'averse.

—On a quand même eu une foutue chance d'avoir affaire à un puceau, ajouta le comédien avec un petit rire.

—Que voulez-vous dire ? s'étonna Oziel.

—Ce godelureau du Dauphin a peur des femmes. Il crevait d'envie de vérifier quelle femme se cachait sous votre masque, mais il n'a pas osé.

29

L'EMBUSCADE

Ho, nous sommes les enfants du fleuve,
Ho, notre père nourricier,
Ho, nos bateaux sont nos maisons,
Ho, l'équipage, notre famille,
Ho, nous n'avons pas de femme,
Ho, nous avons toutes les femmes,
Ho, nos enfants croissent sur les rives,
Ho, le soleil nous tanne la peau,
Ho, la pluie creuse nos rides,
Ho, l'eau sera notre tombeau…

La Chanson des Fleuviots,
Rives de l'Odivir,
Pays d'Arkane

L'ATTAQUE SE PRODUISIT À L'AUBE AU MILIEU D'UNE FORÊT DE grands roseaux aux panaches mouchetés. Une dizaine d'hommes vêtus de hardes, armés de massues et de haches, surgirent devant Orik et Renn. Un bref coup d'œil par-dessus son épaule prévint l'apprenti que d'autres assaillants s'étaient déployés derrière eux. Le guerrier s'en était également rendu compte et s'était positionné de manière à garder les deux groupes dans son champ de vision. Il avait déjà tiré son espadon de sa gaine et ses yeux avaient pris la teinte sombre d'un ciel de tempête. Sa posture, jambes fléchies, tête légèrement penchée, lame plantée le long de sa jambe, associée à son impassibilité et à sa concentration dissuadait les agresseurs de lancer l'offensive.

Renn empoigna à son tour son épée. Ces hommes étaient sans doute des bandits de grand chemin, des détrousseurs qui s'en prenaient aux voyageurs et rançonnaient de temps à autre les villages des rives de l'Odivir. Il se secoua : la pluie qui avait tombé toute la nuit l'avait empêché de dormir, et le manque de sommeil lui engourdissait le corps. Ils avaient pourtant trouvé un abri, une ancienne bergerie abandonnée depuis des lustres mais encore imprégnée d'odeurs animales. Le crépitement des gouttes sur le toit de lauze et l'humidité montant du sol de terre ne lui avaient pas permis de goûter le repos malgré la fatigue de trois jours de marche. Il s'était remémoré, avec une pointe de nostalgie, la courte halte dans la maison de la femme dont il avait achevé le fils agonisant. Reconnaissante d'avoir abrégé les souffrances de son enfant, elle avait offert à Renn des vêtements et des bottes ayant appartenu au défunt, nettement plus confortables que ses frusques. Elle lui avait également remis une sorte de cape munie d'une capuche et badigeonnée d'une huile qui empêchait l'eau de traverser le tissu. Elle leur avait ensuite servi un gâteau délicieux, et l'apprenti aurait volontiers prolongé le plaisir si Orik ne s'était pas levé pour donner le signal du départ. Depuis, ils avaient marché sans trêve pendant trois jours, ne dormant qu'une sixte par nuit, s'arrêtant seulement deux fois pour manger entre le matin et le crépuscule. Il ne restait plus grand-chose de leurs réserves.

Les rayons du soleil percèrent les nuages effilochés et enflammèrent les gouttes perlant aux panaches des roseaux. Le fredonnement du courant de plus en plus violent du fleuve, invisible du chemin, résonnait dans le silence matinal à peine troublé par les trilles des oiseaux et les frissonnements des tiges.

— On n'en a pas après toi.

L'un des assaillants au visage raviné et encadré d'une barbe emmêlée, le chef de la bande probablement, s'était adressé à Orik.

— Alors, laissez-nous passer et tout ira bien pour vous, répliqua ce dernier.

L'homme pointa l'index sur Renn.

— Toi, tu peux passer, pas lui.

— Il n'a pas d'argent ni quoi que ce soit d'autre qui pourrait vous intéresser.

—Fiche le camp, et tu garderas la…

La pointe de l'espadon frappa le malandrin à la gorge avec une violence telle que sa tête se détacha presque de son cou. Il oscilla un petit moment sur lui-même avant de s'effondrer lourdement sur le dos. La fulgurance du coup porté par son compagnon stupéfia Renn. S'il n'avait perçu le gargouillis du sang s'écoulant de la gorge béante du brigand, il aurait pu croire qu'Orik, de nouveau en garde, n'avait pas bougé. Les autres membres de la bande, abasourdis, comprirent que la besogne ne serait pas aussi aisée que prévu.

—S'il vous reste un minimum de raison, laissez-nous passer, gronda le guerrier.

Ils ne réagirent pas.

—Ce garçon est avec moi, et personne ne touchera un seul de ses cheveux, ajouta Orik.

—Ils ne sont que deux, cria une voix. Pensez à la récompense.

Comme réveillés en sursaut, les malandrins brandirent leurs massues et leurs haches. Le guerrier ne les laissa pas prendre l'initiative, il fondit sur le groupe situé à sa gauche, plongea son espadon dans la poitrine d'un premier adversaire, dans la gorge d'un deuxième, se retourna, fonça sur le groupe situé à sa droite, frappa une fois d'estoc et une fois de taille, se recula tandis que ses deux victimes s'affaissaient, se replaça en posture de garde, sa lame rougie de sang collée contre sa jambe, son visage voilé de toute la noirceur du monde. Dépassé par les événements, Renn s'efforça de reprendre empire sur lui-même, d'anticiper l'attaque suivante.

Elle n'eut pas lieu. Refroidis par la démonstration du guerrier, les brigands tournèrent les talons et s'égaillèrent dans les roseaux. Orik essuya la lame de son espadon dans l'herbe et le remisa dans son fourreau.

—Pourquoi n'en voulaient-ils qu'à moi? (La réponse se dessina dans l'esprit de Renn à peine eut-il posé la question.) Ça a sans doute un rapport avec le questeur…

—Il a reçu ses ordres, confirma Orik. Et ses ordres sont de te tuer. Comme si tu représentais un danger pour les familles régnantes d'Arkane.

Ses yeux avaient recouvré leur couleur ordinaire. Avec les quatre cadavres étendus dans la boue du chemin qui achevaient de se vider de leur sang, les taches pourpres sur sa cotte de mailles étaient les seuls vestiges de l'intensité du combat.

—Moi ? Un danger ? s'exclama Renn.

—Quelque chose en toi leur fait peur.

—Comment est-ce possible ? Ils ne m'ont jamais vu.

—Il n'est pas toujours besoin de voir pour savoir. Cherche en toi : il y a forcément une raison.

L'apprenti réfléchit, l'épée toujours en main. Il lui paraissait invraisemblable, absurde, que les familles régnantes d'Arkane aient ordonné qu'on le mette à mort. En quoi pouvait-il bien les gêner ? S'il fallait établir un lien, il devait certainement chercher du côté d'Anaïth et de ses prophéties qui lui avaient valu d'être traitée de vieille folle.

—Ma grand-mère la connaît peut-être, reprit-il. Mais je ne suis pas sûr qu'elle soit encore vivante.

—Ton village est sur la route d'Arkane, non ? Nous nous y arrêterons.

La proposition provoqua chez Renn une réaction mitigée : impossible de déterminer si la perspective de revoir sa famille le réjouissait ou non. Quel accueil lui réserveraient ses parents, ses frères, ses sœurs ? Il devait reconnaître, au plus profond de lui, qu'il n'avait pas très envie de se soumettre à leurs regards, hormis à celui d'Anaïth.

Avec le retour du soleil montait une chaleur moite caractéristique des rives du fleuve. Renn glissa l'épée dans son fourreau, se défit de son manteau huilé qu'il plia et tassa dans le sac de tissu qui lui servait de besace.

—Les détrousseurs n'iront pas réclamer leur récompense au questeur, affirma Orik. Il saura donc qu'ils ont échoué et nous enverra d'autres assassins. À partir de maintenant, nous devons nous méfier de chaque homme que nous croiserons.

L'apprenti se surprit à n'éprouver aucune peur, sans doute parce que, malgré l'assaut des malandrins, il n'acceptait pas encore l'idée d'être la cible de tueurs dépêchés par les familles gouvernantes ; elle lui semblait aussi irréelle que l'une de ces histoires qui circulaient sur les rives du fleuve, où les déesses apparaissaient à de pauvres paysans pour leur confier des tâches incongrues.

—Tu dois absolument découvrir pourquoi ils veulent t'éliminer, reprit le guerrier.

— Qu'est-ce que ça changera ?

— On combat mieux l'ennemi dont on connaît les motifs. Je me demande si… (Orik marqua un temps de silence.)… leurs intentions sont liées à l'arrivée prochaine des Conquérants du Nord.

Les paroles du guerrier ajoutèrent à la perplexité de Renn. Il ne pouvait s'agir que d'une erreur, une monumentale erreur. On s'en rendrait bientôt compte en haut lieu, on lui ficherait la paix, il redeviendrait un anonyme des rives de l'Odivir, il essaierait d'intégrer l'équipage de l'un de ces grands bateaux qui descendaient le fleuve jusqu'au port des Bas d'Arkane, il coulerait des jours paisibles au fil de l'eau, oubliant qu'il avait dans sa jeunesse touché du doigt l'enchantement en changeant un bloc de pierre en cruette. Il se reprit. L'avenir ne s'annonçait pas aussi paisible qu'il ne l'imaginait : il avait suivi l'avant-garde de l'armée du Nord, il avait affronté l'un de ses soldats, il avait vu charger les serkars, ces créatures monstrueuses à la puissance dévastatrice, et il doutait fort que les troupes des familles régnantes aient les moyens de résister à de tels adversaires. Que resterait-il du pays d'Arkane après le passage des terribles Conquérants du Nord ?

L'activité fluviale de plus en plus soutenue les informa qu'ils approchaient du port de Kollan. Les hurlements stridents des débardeurs et des hommes d'équipage crevaient la rumeur sourde colportée par le vent chaud et humide. La pluie avait repris à l'aube et s'était arrêtée au milieu du jour. Renn avait alors enlevé manteau et tunique, et, avide de savourer les caresses de l'air et du soleil sur sa peau, avait marché torse nu jusqu'au crépuscule.

Ils avaient traversé plusieurs villages d'importances diverses, dont deux établis au niveau du fleuve, totalement ou partiellement inondés. Les femmes aux robes retroussées et les adolescents vêtus de pagnes courts repiquaient le ghoor, la céréale aux grains foncés, presque noirs, qui constituait la base de l'alimentation des populations des rives, dans les parcelles recouvertes par les eaux et délimitées par des murets. Des bateaux de différentes tailles, les uns mus par des voiles rectangulaires, les autres par des rames, se croisaient sur le miroir piqueté du fleuve large à cet endroit de plus d'une lieue. D'autres, amarrés bord à bord, s'entrechoquaient le long de quais où s'agitaient une multitude de porteurs et de chariots.

La ville de Kollan se perchait en haut d'une falaise vertigineuse à la blancheur aveuglante. On y accédait par une route creusée à même la roche qui montait en lacets serrés à flanc de paroi. Orik et Renn se mêlèrent au flot de piétons et d'équipages qui encombraient la voie dans les deux sens. La pente raide cisailla les jambes de l'apprenti, lourdes des précédentes journées de marche. Les paroles du guerrier s'étant frayé un chemin dans son esprit, il se méfiait de chaque homme qu'il croisait. Chaque visage, tanné, buriné, anguleux, rond, évidé, ridé, lui semblait désormais hostile, chaque silhouette entrant dans son champ de vision avait l'allure d'un assassin en puissance. Il avait fini par admettre le fait que le questeur avait soudoyé des bandits de grand chemin pour le tuer, lui, Renn, anonyme fils de paysan des rives. S'il n'avait pas trouvé d'explication plausible à cet étrange acharnement, l'inquiétude n'avait cessé de grandir en lui au fur et à mesure qu'ils s'étaient rapprochés de Kollan. Une tension permanente lui nouait les muscles et lui vrillait les nerfs. Les encombrements des grandes villes, propices aux embuscades, réduisaient considérablement les possibilités d'intervention d'Orik. Sans la protection du guerrier, il errerait comme un animal sans défense parmi les hordes de prédateurs. Il vérifiait sans cesse du regard que son compagnon marchait près de lui. Ils s'arrêtaient à la moindre bousculade et attendaient que les protagonistes en aient terminé avec les insultes et les horions pour se remettre en chemin. De même, lorsque deux voitures se croisaient, ils se rangeaient sur le côté pour les laisser passer.

En haut de la falaise, la route se transformait en une rue étroite et bordée de hautes maisons en pierre blanche aux toits de chaume, et la cohue, de plus en plus dense, les bloquait régulièrement sous les auvents étayés par des piliers de bois.

— Qu'est-ce qu'on fait ? demanda Renn.

Orik garda les yeux rivés sur la foule qui s'écoulait avec une lenteur crispante au milieu des voitures et de leurs attelages.

— Essayons de trouver un embarquement sur un bateau à destination d'Arkane.

— Comment ?

— Il doit y avoir un endroit dans cette ville où se font les recrutements. Demandons dans cette taverne.

Il désignait l'enseigne ovale suspendue au-dessus d'un auvent de l'autre côté de la rue, un estaminet du nom de l'*Ibis Mauve.* Il leur fallut un bon bout de temps pour traverser l'artère bondée. Même si les heurts et les invectives se multipliaient autour d'eux, personne ne s'en prit à Orik malgré ses puissants coups d'épaule qui manquaient de renverser les hommes ayant la mauvaise fortune de croiser son chemin. Dans l'odeur lourde de la ville s'entremêlaient la transpiration, la crasse, le crottin, les épices, la cuisine et la vase du fleuve.

Après avoir poussé la porte de la taverne, ils plongèrent dans une pénombre qui, après la luminosité aveuglante de la rue, prenait des allures de ténèbres. Les tables étaient toutes occupées par des hommes affairés à boire du vin ou de cette bière tirée du ghoor dont l'amertume avait rebuté Renn la première fois qu'il l'avait goûtée. La plupart jouaient aux cartes. L'apprenti crut reconnaître un jeu qui se pratiquait également chez lui. Les figures étaient en tout cas identiques à celles des cartes en usage dans son village : les bonnes représentaient les déesses du fleuve et leurs animaux associés, les mauvaises le monstre Harana, les akchas et les autres créatures grimaçantes des enfers.

Un homme portant un plateau s'approcha d'eux et leva des yeux circonspects sur le guerrier.

—Vous désirez une table, mes seigneurs ?

—Un renseignement, répondit Orik. Nous cherchons à embarquer sur un bateau à destination d'Arkane. Où peut-on se faire enrôler ?

Le serveur réfléchit quelques instants, son regard luisant passant sans cesse du guerrier à l'apprenti. L'impression fugitive traversa Renn qu'il avait été informé par le questeur ou ses sbires et qu'il avait fait le rapprochement entre le jeune homme en face de lui et le garçon traqué par les autorités d'Arkane.

—Je connais quelqu'un qui recrute pour une louque en partance pour Arkane dans deux jours.

—Une louque ?

—Un bateau à voile. Le plus grand du fleuve. Il a bientôt fini son chargement de ghoor, d'épices et de bois précieux.

—Nous ne sommes pas marins…

—J'ai cru comprendre qu'il cherchait des vigiles pour prévenir les actes de piratage. Avec la sécheresse de ces deux dernières années,

339

le ghoor a pris une telle valeur que tout le monde se l'arrache. (Le serveur observa la salle ; les voix des clients roulaient sous les poutres du plafond comme des fracas d'orage.) Vous voyez la table libre là-bas ? Allez vous asseoir en attendant que je contacte mon homme. Qu'est-ce que je vous sers ? Vin ? Bière ? De quoi manger ?

—Nous n'avons pas d'argent, objecta Orik.

—Ne vous inquiétez pas pour ça.

—Alors, de quoi manger.

Le serveur se dirigea aussitôt vers la porte située sur un côté du comptoir. Le guerrier et l'apprenti louvoyèrent entre les chaises et s'assirent à la table libre proche d'une fenêtre qui donnait sur la rue.

—Je me méfie de lui, murmura Renn. Il n'a pas l'air franc.

—Nous ne pouvons plus nous fier à qui que ce soit. (Orik se défit de la gaine de son espadon et la reposa contre sa chaise.) Nous devons seulement être vigilants.

—Pourquoi vous encombrer de moi ? Seul, vous auriez plus de chances d'atteindre Arkane.

Le guerrier lança un regard excédé à l'apprenti.

—Tu n'as toujours pas saisi que tu avais un rôle capital à jouer dans l'avenir d'Arkane ? Mon but, désormais, est moins de prévenir les familles gouvernantes que de t'accompagner jusqu'à la cité.

—Qu'est-ce que j'irais faire dans la cité ?

—Comment le saurais-je ? (Orik s'inclina avec un sourire.) Je ne suis que ton humble garde du corps.

Une jeune femme à l'air triste vint déposer sur leur table des assiettes plates qui contenaient chacune un photan, un poisson du fleuve, une portion de ghoor, des légumes verts baignant dans une sauce noire, et un pain à la croûte dorée et à la mie moelleuse. Elle ajouta les couverts, deux hanaps et un pichet d'un vin légèrement sucré nettement meilleur que celui des paysans de l'amont du fleuve.

Ils mangèrent en silence. Le goût fade du photan rappela à Renn les repas familiaux où revenaient souvent les poissons du fleuve. Il se retourna à plusieurs reprises, tracassé par une sensation de chaleur sur sa nuque. Un homme assis à une table voisine le fixait avec insistance, et, à nouveau, il se sentit traqué, cerné par une multitude d'informateurs à la solde du questeur. Son père ne s'était pas arrêté à Kollan deux ans plus tôt, « trop cher et malfamé », avait-il maugréé ; il avait continué sa route jusqu'à la tombée de la nuit et garé le chariot sur une petite grève déserte et isolée par une haie de roseaux.

Le ciel s'étant rapidement couvert de nuages, la pluie tomba de nouveau à la fin de leur repas. Une averse violente tambourina sur l'auvent et les pavés de la rue, dispersant les piétons et les voitures avec une rare efficacité, précipitant l'avènement de la nuit.

Le serveur revint en compagnie d'un homme au crâne chauve, au visage rond, à la barbe noire et fournie. Ses petits yeux rusés, cruels, ne s'accordaient pas avec sa bonhomie apparente. Sa tenue, gilet sans manches passé par-dessus une tunique claire, pantalon bouffant resserré aux chevilles, révélait son appartenance au monde des fleuviots, les marins du fleuve. Avant de s'asseoir, il évalua Orik et Renn du regard à la fois distant et acéré d'un marchand de bestiaux.

— Voici maître Bleg, glissa le serveur en ramassant les assiettes vides. Je vous laisse.

L'homme barbu, le menton posé sur ses mains croisées, poursuivit son observation en silence, puis, sans crier gare, s'empara du hanap de Renn, le remplit de vin et le vida d'une traite.

— Paraît que vous cherchez un embarquement ?

Sa voix haut perchée, presque féminine, n'était pas non plus assortie à sa carrure.

— Votre bateau a bien la cité d'Arkane pour destination ? demanda Orik.

Maître Bleg écarta les bras avec un petit rire.

— Où voulez-vous qu'il aille ? Tous les bateaux en partance de Kollan sont pour Arkane la Grande. Les autres villes ne sont que des escales pour le ravitaillement et des bordels pour les fleuviots. (Il se pencha vers le guerrier pour ajouter, sur le ton de la confidence :) C'est au marché de gros d'Arkane qu'on obtient les meilleurs prix. C'est que ces chères familles des Hauts et leurs courtisans dépendent entièrement de la corporation des bateliers pour assurer leur subsistance, alors, on en profite un peu. Je te propose un travail de vigile. Le fleuve grouille de pirates, et il est fort possible qu'ils essaient de nous aborder.

— Vous propose, tu veux dire, corrigea le guerrier.

Les yeux ronds et sombres de maître Bleg se posèrent un bref instant sur Renn.

— Il n'est pas assez costaud pour faire un bon vigile.

— Ne te fie pas aux apparences, rétorqua Orik. Tu nous prends tous les deux ou tu ne nous prends pas.

Un éclat de colère embrasa le regard du fleuviot, qui se servit un deuxième verre de vin et le vida également d'une traite.

— Je n'aime pas trop qu'on me cause sur ce ton, marmonna-t-il en s'essuyant les lèvres d'un revers de main. Mais, comme les gars dans ton genre sont rares dans le coin, je vais accepter tes conditions. Je vous engage tous les deux. La solde, c'est cinq arks par jour de navigation et trois arks par jour d'escale.

— Quand partons-nous?

— Dans deux jours à l'aube. Rendez-vous sur le quai des Joliges demain soir. La louque s'appelle l'*Audacieuse*.

Maître Bleg se leva et extirpa de la poche de son gilet une bourse de cuir qu'il jeta négligemment sur la table.

— Cette avance vous permettra de passer la nuit en ville. N'oubliez pas: l'*Audacieuse*, quai des Joliges, demain soir.

Il s'éloigna entre les tables et sortit de la taverne. Orik ouvrit la bourse et étala les pièces métalliques sur le bois.

— Vingt arks. Qu'est-ce qu'on peut faire avec ça?

Le repas leur en coûta deux. Ils quittèrent la taverne et cherchèrent un endroit où passer la nuit en toute sécurité. Ils trouvèrent, dans une ruelle plongée dans la pénombre, une auberge qui disposait d'une chambre libre. Le tenancier leur réclama trois arks et un supplément de deux arks pour un bain chaud. Comme ils en mouraient d'envie tous les deux, Orik paya sans rechigner les cinq arks.

Située au premier étage, la chambre vaste et dotée de deux fenêtres comptait deux lits et deux bacs de bois que des soubrettes remplirent d'eau brûlante. Chacune d'elles dut transporter et vider une dizaine de grands seaux en fer-blanc. Bien que compatissant, Renn n'osa pas leur proposer son aide. Imitant le guerrier, il s'allongea sur son lit en attendant qu'elles en eussent terminé, puis, une fois la porte fermée, il se dévêtit et se glissa avec volupté dans le bain brûlant.

Il crut qu'il allait s'endormir comme une masse aussitôt couché, mais, tandis que la respiration sifflante et régulière d'Orik sapait régulièrement le silence, le sommeil ne voulut pas de lui.

Les pensées tournant et retournant dans sa tête le harcelaient comme une nuée de cracasses. Chaque bruit montant de la rue et s'échouant dans la pièce lui chuchotait qu'on venait le tuer. La mort qui rôdait autour de lui donnait un prix inouï à sa vie. Après une enfance morne sur les rives de l'Odivir et deux pénibles années d'apprentissage dans l'atelier de maître Hauhorn, il avait goûté les prémices de l'enchantement, les prémices de l'amour avec Yseh, les promesses d'un rôle essentiel dans l'avenir d'Arkane, et il refusait que la mort le cueille au seuil d'une vie qui s'annonçait exaltante. Une petite voix sarcastique insinuait alors qu'il était seulement la proie d'une imagination délirante et d'un orgueil insensé.

Imagination, l'attaque des malandrins sur le chemin ? Imagination, le comportement du questeur ? Les visions prophétiques d'Anaïth ? La sculpture de la cruette ?

Des craquements retentirent.

On marchait dans le couloir.

L'apprenti s'empara de l'épée posée près de son lit. Il s'abstint de prévenir Orik, doutant de ses perceptions et refusant de le réveiller inutilement, se rendit à tâtons près de la porte et vérifia de la main que le verrou était bien tiré. Les craquements s'interrompirent, des chuchotements leur succédèrent. Prenant conscience qu'il était nu, Renn se sentit vulnérable. Trop tard pour enfiler un pantalon. La poignée de la porte tourna lentement sur son axe en émettant un grincement à peine audible. Les visiteurs nocturnes poussèrent l'huis, mais le verrou leur interdit d'entrer dans la chambre.

30

LA CHAMBRE SECRÈTE

Que sais-tu de ton destin,
Qui peut te conduire dans les Hauts ou te précipiter dans
les Fonds ?
Qui joue ton sort aux dés ?
Les déesses ? Elles ont bien d'autres choses à penser.
Tes parents ? Ils ont trop à faire avec eux-mêmes.
Toi ? Pourquoi en ce cas te heurtes-tu aux portes fermées ?
Pourquoi certaines s'ouvrent-elles et d'autres demeurent
fermées ?
Ta seule part est d'accompagner le mouvement.
Si tu t'y opposes, ta souffrance empirera,
Si tu dois être bourreau, sois un bon bourreau,
Si tu dois être légionnaire, combats de toutes tes forces,
Si tu dois être patriarche, protège ta famille et les intérêts
de la cité,
Si tu dois être mendiant, sache tendre le bras et sourire
aux passants.
Laisse la destinée te prendre sous son aile.

Geste arkanienne : La tirade du destin,
Niveau des Dits,
Arkane

LOVIA REVINT EN TENUE DE SOUBRETTE AU MILIEU DU JOUR AVEC
un panier qui contenait de la nourriture et un pichet de vin.
Mourant de faim, Noy n'attendit pas qu'elle lui rapporte les

dernières nouvelles pour se jeter sur le pain et un morceau de viande salée.

—Eh bien, messire, vous ne faites pas semblant quand vous avez faim !

Elle le laissa manger un moment, avant de lui verser du vin dans un hanap.

—Ils continuent de fouiller le domaine, reprit-elle. Ils pensent que vous n'avez pas eu le temps d'en sortir, mais, au cas où, ils contrôlent la Porte du Laz et patrouillent dans les rues des Hauts. Le patriarche Amiol a l'air très peiné de la perte de dame Elvare. Il ne lui accordait pourtant plus ses faveurs depuis la naissance de leur dernier, les réservant à sa fille Adamanta ; oh, pardon ! j'oublie qu'elle est maintenant votre épouse. En tout cas, il est très remonté contre vous et clame à qui veut l'entendre qu'il ne laissera à personne d'autre le soin de vous écorcher vif.

Elle s'efforçait de parler d'une voix posée, mais son débit par instants haché et ses gestes mal maîtrisés trahissaient une peur immense, et Noy se dit qu'il lui en demandait beaucoup, trop sans doute pour une femme de son âge et de sa condition.

Il but une gorgée de vin rouge dont l'amertume réveilla en lui un souvenir confus, mangea un nouveau morceau de viande accompagné d'une bouchée de pain, puis vida le hanap pour étancher une soif dévorante.

Il comprit son erreur lorsque l'âpre saveur du vin s'associa au visage d'Adamanta.

—Petite…

Il cracha aussitôt le contenu de sa bouche. Trop tard : les herbes ajoutées au vin produisaient déjà leurs effets. Incapable de tenir sur ses jambes, il s'effondra sur le carrelage comme un sac vidé de ses grains. Le lit, la table de chevet et la silhouette de Lovia se mirent à danser autour de lui. Il voulut se relever en prenant appui sur une chaise, mais ses mains glissèrent sur le bois et il s'affaissa de nouveau sur le dos.

Il crut entendre la voix de la servante, lointaine, déformée, comme emportée par une tempête.

—Désolé, messire, je n'avais pas le choix…

Ses pensées lui échappèrent, s'amalgamèrent en un tourbillon confus d'où émergea une vague colère contre Lovia et sa propre naïveté.

Sa première sensation, lorsqu'il reprit connaissance, fut la caresse d'un air chargé d'humidité sur son visage. Une odeur parfumée, agréable, masquait les relents de puanteur qui tapissaient les lieux. Il entrouvrit les yeux, ne discerna que des formes vagues figées dans l'obscurité, l'ombre grise d'un mur un peu plus loin. Aucun bruit ne troublait le silence. Il eut besoin d'un peu de temps pour reconstituer la succession d'événements qui l'avaient conduit dans cet endroit. On l'avait dévêtu et installé dans un lit confortable, une constatation qui le surprit : les criminels finissaient d'habitude sur une paillasse infestée de vermine dans un cachot insalubre au milieu des fous et des gobats. Les poudres versées dans son vin avaient cessé leur effet et abandonné un vague goût d'amertume dans sa gorge. Combien de temps était-il resté inconscient ?

Ses yeux s'habituant à la pénombre, il vit qu'il se réveillait dans une chambre spacieuse meublée d'une armoire, d'un fauteuil, d'une table, de deux chaises, et pourvue d'une minuscule lucarne d'où provenait le remugle que ne parvenaient pas à chasser les malles à parfum disposées en divers endroits de la pièce. Il se leva et se rendit près de la porte, encore flageolant. Il eut beau en tourner à plusieurs reprises la poignée, elle demeura hermétiquement close. Elle n'était pas en bois, mais faite d'un métal épais et rugueux que n'égayait aucune fioriture. Elle paraissait en tout cas inviolable, indestructible. Il reporta son attention sur la lucarne : une rangée de barreaux distants d'un pouce l'un de l'autre interdisait tout passage.

Il revint s'allonger sur le lit, engourdi par une fatigue soudaine probablement liée à l'absorption du philtre. Il ne ressentait aucune haine pour la servante, chez qui la peur avait fini par l'emporter. Comment lui en vouloir ? Il replongea dans un sommeil agité, peuplé de cauchemars hantés par les visages de son oncle Jelioy, de dame Elvare, d'Oziel du Drac et d'Adamanta.

La lumière du petit jour qui se glissait par la lucarne et contraignait les ténèbres à se tapir dans les recoins, le réveilla. Des éclats de voix, des rires, des cris d'animaux lointains lui rappelèrent les matins du domaine du Corridan, au point qu'il aurait pu se croire dans sa propre chambre.

Il se redressa. C'est alors qu'il les vit.

Trois silhouettes entre le pied du lit et le mur du fond.

L'une d'elles était Adamanta de l'Orbal, dont la ressemblance avec dame Elvare le frappa davantage que lors de leur première rencontre. Vêtue d'une robe blanche, les cheveux défaits, elle le dévisageait avec un sourire indéchiffrable. Les deux autres n'étaient pas des hommes, mais deux créatures aux yeux rouges et aux faces bestiales.

Des akchas.

Il n'eut pas le temps d'en avoir peur.

—Comment te sens-tu, Noy ?

—Pourquoi… pourquoi…, bredouilla-t-il.

—Pourquoi un assassin de ton espèce n'est-il pas en ce moment même dans un cachot sordide de la Légion ?

Les éclats du rire d'Adamanta restèrent un long moment en suspension sous le plafond de la chambre. Elle s'assit au pied du lit et rajusta sa robe. Noy surveilla les réactions des deux démons, qui restèrent impassibles.

—Pour deux raisons, reprit l'adolescente. D'abord parce que tu es mon époux et que nul n'a le droit de t'exécuter sans mon accord. Ensuite, parce que je sais que tu n'es pas l'assassin de ma mère. (Elle désigna les akchas d'un mouvement de tête.) Voici les meurtriers. Ils m'attendaient dans la chambre nuptiale afin que je puisse te les présenter, mais votre… imprudence, à ma mère et à toi, a failli te coûter très cher. Me coûter très cher. J'aurais été désolée de te perdre, j'ai besoin de toi en vie, Noy du Corridan.

—Je ne comprends pas, dit-il d'une voix fêlée par l'irritation.

—Tu comprendras bientôt.

Elle se jucha sur le lit et, à quatre pattes, vint s'installer près de lui. Elle effleura de l'index la cicatrice sur sa joue avant de se pencher sur lui et d'emprisonner sa lèvre inférieure entre ses dents.

—Je ne t'en veux pas pour toi et ma mère, reprit-elle.

Il fut soulagé de récupérer sa bouche intacte.

—Ma mère n'a reçu que ce qu'elle méritait, continua-t-elle en faisant passer sa robe par-dessus sa tête.

Son opulente poitrine se suspendit à quelques pouces du visage de Noy.

—Elle pensait que tu me ramènerais sur le chemin ordinaire d'une famille régnante, mais c'est moi qui dispose de ta vie.

— Que font ces créatures avec toi ?

— Ces créatures, comme tu dis, se nomment Ramna et Carbya. Ils viennent des profondeurs de la terre.

— Des akchas ?

Elle glissa la pointe de l'un de ses seins entre les lèvres de Noy dont le désir, attisé par les effleurements du tétin, se déploya en lui avec une violence soudaine, incontrôlable.

— Je vois que tu gardes quelques notions des légendes arkaniennes.

— Je sais aussi que leur présence annonce les temps de destruction et de souffrance.

— Il est temps qu'Arkane paie sa dette.

— Quelle dette ?

Elle s'assit à califourchon sur lui.

— Plus tard. Nous avons mieux à faire pour le moment.

— La présence de ces démons ne te gêne pas ?

— Pourquoi nous gêneraient-ils ? Ils n'entendent rien aux choses de l'amour.

— Qu'est-ce que tu leur as fait pour qu'ils t'obéissent ?

— Ils t'obéiront à toi aussi. Sans doute mieux qu'à moi. Ne t'inquiète plus de quoi que ce soit, tu es sous ma protection, Noy du Corridan. J'ai fourni au patriarche Amiol et à la justice des Hauts un coupable idéal, un palefrenier simple d'esprit. Tu ne seras plus importuné.

— Pourquoi tu…

Elle étouffa sa question d'un baiser. La suavité de sa bouche lui fit oublier dame Elvare, Oziel du Drac, ses parents, ses frères… Le plaisir avec elle, par elle, en elle, était vertigineux, un enchantement vénéneux auquel il ne pourrait jamais résister. Elle le domptait, le soumettait, comme les akchas qui, figés près du lit, les regardaient s'aimer sans manifester la moindre émotion.

Les démons poussèrent le lit et dégagèrent une trappe métallique fermée par un énorme cadenas dont Adamanta détenait la clef.

— Personne d'autre que moi n'entre dans cette pièce, personne d'autre ne connaît le secret de ce passage. (Elle se tourna vers Noy et le fixa d'un air vaguement torve.) À part toi, évidemment. Les époux ne doivent-ils pas tout partager ?

—Comment as-tu pris connaissance de ce passage?

Adamanta glissa la clef dans le cadenas et la fit tourner à deux reprises avant que l'arceau ne se débloque dans un claquement.

—Mon père me l'a montré juste avant mes quatre ans.

—Amiol?

—Ma mère, bavarde comme elle était, t'a certainement confié que le patriarche de l'Orbal n'est pas mon vrai père. Cet endroit n'était alors qu'un réduit où personne ne mettait les pieds. J'ai demandé à Amiol de l'aménager en chambre réservée à mon seul usage. Il était réticent au départ, alors j'ai dû recourir à des arguments plus... persuasifs. Les hommes ont des points faibles qui les rendent étonnamment dociles...

—Tu as utilisé des poudres, des philtres, comme avec moi?

Elle éclata de rire.

—Je suis le véritable philtre.

—Qui est ton père?

Elle releva la tête et, de nouveau, le dévisagea avec insistance, comme pour pénétrer dans son esprit. Bien qu'elle ressemblât en cet instant à une enfant démoniaque, elle ne le rebuta pas.

—Quelle importance?

—Je croyais que les époux partageaient tout...

—J'espère ne pas m'être trompée sur ton compte, Noy du Corridan.

—Qu'attends-tu de moi?

Les akchas soulevèrent la trappe. Noy comprit d'où provenait l'odeur de putréfaction qui infestait la chambre. Visiblement excités, les démons semblaient pressés de se glisser dans l'ouverture d'une largeur de deux hommes, mais ils n'agiraient pas tant qu'Adamanta ne leur en aurait pas donné l'ordre.

—Allons chercher la réponse en bas.

Elle enflamma une première torche qu'elle tendit à Noy et se munit d'une deuxième qu'elle garda éteinte et cala sous son bras.

—Les akchas n'en ont pas besoin, nous si.

Ils se faufilèrent dans l'ouverture et entamèrent la descente.

—Si quelqu'un entre dans la chambre, il va découvrir la trappe, fit observer Noy.

—Aucun risque: personne ne peut forcer la porte.

—Et par la lucarne?

— Elle est protégée par une double rangée de barreaux qui empêche qui que ce soit de l'approcher.

— Tu as tout prévu.

— Sache que je ne laisse jamais rien au hasard… Ma seule erreur est de t'avoir perdu de vue le soir de nos noces.

Ils dévalèrent d'abord les barreaux d'une échelle fixés à même la roche. La lumière de la torche révélait un conduit circulaire semblable à un puits. On ne discernait aucune aspérité, aucune trace des outils qui l'avaient foré. La paroi incurvée était aussi lisse, aussi douce, qu'une lame d'acier polie. Les akchas progressaient de plus en plus vite, pressés de retrouver les profondeurs de la terre. Ils n'inspiraient plus aucune frayeur à Noy. La vitesse à laquelle il s'était habitué à leur présence l'étonnait. Ils prenaient peu à peu l'aspect rassurant de foueurs dressés, prêts à défendre leurs maîtres avec une loyauté et une férocité sans faille.

Les barreaux aboutissaient à un réseau de galeries qui plongeaient en pente raide dans le cœur de la pierre. Étant donné la fraîcheur des lieux, Noy fut reconnaissant à Adamanta d'avoir prévu pour lui des vêtements et des chaussures.

— Le retour est plus pénible que l'aller, précisa-t-elle.

— Nous sommes à quelle profondeur ?

— Environ au niveau des Labeurs. Il nous reste encore pas mal de chemin à parcourir.

— Qui a foré ces galeries ?

Leurs voix restaient un long moment entrelacées sous les voûtes.

— Les mêmes sans doute qui ont creusé le Laz.

— Dans quel but ?

— Aménager un réseau de secours, je suppose. Réservé à leur seul usage. Les torcherons en ont certainement oublié l'existence.

— Comment ton père l'a-t-il découvert ?

— On le lui a montré.

— Qui ?

— Tu poses parfois trop de questions.

Les éclats acides du rire d'Adamanta s'envolèrent dans l'obscurité.

— Tu ne t'es jamais perdue dans ce labyrinthe ?

— Il suffit de suivre les akchas. Eux ne se perdent jamais.

Comme pour illustrer les dires de l'adolescente, les démons s'engouffrèrent dans l'une des cinq galeries qui s'ouvraient devant eux.

La descente leur prit une bonne demi-sixte. Les pentes s'accentuaient par endroits, les obligeant à prendre appui sur les parois pour ne pas glisser. Les akchas marchaient quant à eux d'un pas assuré dans les passages les plus raides. Ils se retournaient régulièrement pour attendre les deux humains, leurs yeux rouges brillant dans les ténèbres comme des étoiles maléfiques.

Noy n'en revenait pas de la facilité avec laquelle il s'était glissé dans le monde d'Adamanta. Elle avait certes usé de philtres, des sortilèges de son corps pour briser sa volonté, mais il y avait autre chose, une évidence, un sentiment qu'il avait enfin trouvé sa place, son fidèle reflet, son âme jumelle. Dame Elvare et Oziel du Drac n'étaient déjà plus que de lointains souvenirs, les résurgences d'un monde enfui, enfoui. Sa seule famille se réduisait désormais à son épouse, cette adolescente indomptable qui marchait à ses côtés dans les boyaux du socle d'Arkane. Son destin, il en prenait conscience à l'instant, ne le conduisait pas sur le trône de patriarche du Corridan, ni au Conseil des Sept, il suivait un autre chemin, un chemin tortueux, dangereux, exaltant, autrement plus excitant que les sempiternelles querelles et alliances entre maisons régnantes. Maître Okart n'aurait sans doute pas approuvé son choix, lui qui s'était escrimé à le transformer en parfait fils de famille, mais le précepteur était parti, le laissant seul maître de son existence. Un rôle lui était dévolu, sans doute important, dans l'avenir de la cité, et il lui tardait maintenant de découvrir lequel. Il se demanda où Adamanta, qui ne souffrait visiblement pas de la fatigue, puisait son énergie. Elle semblait parfois sans âge, inhumaine, plus qu'humaine, au-delà des limites assignées aux mortels. Il lui trouvait de la beauté, une beauté peut-être moins évidente que celle de dame Elvare ou d'Oziel du Drac, une beauté incomplète, intrigante, originale. Le souvenir du plaisir fulgurant ressenti en elle continuait de résonner dans son corps.

Aux parois lisses creusées dans la roche succédèrent des passages creusés dans la terre, signe qu'ils évoluaient dorénavant sous le niveau des Fonds. La lumière de la torche éclairait des étais de bois sommaires disposés tous les trois pas. Des courants d'air à peine perceptibles diffusaient une forte odeur d'humus. Le sol devenait spongieux, parsemé par endroits de flaques peu profondes.

— Nous arrivons bientôt dans le royaume des Fonds, murmura Adamanta. (Elle lui saisit la main et la pressa avec ferveur.) Un royaume dont tu seras bientôt le roi, Noy. Et dont je serai la reine…

31

LA VIE D'ARTISTE

Si tu veux être riche,
Ne choisis pas la vie d'artiste,
Si tu veux remplir tes poches,
Trouve un travail honnête,
Si tu veux construire une belle maison,
Ne perds pas ton temps sur les planches,
Si tu veux fonder une famille,
Ne fréquente pas les femmes qui se donnent en spectacle,
Si tu veux vieillir paisiblement,
Ne dilapide pas ta jeunesse sur une scène,
Si tu veux être enterré dignement,
Cesse de vivre indécemment.

Complainte du comédien,
Niveau des Dits
Arkane

LES COMÉDIENS OCCUPAIENT UNE MAISON DÉLABRÉE SUJETTE AUX fuites d'eau, abandonnée depuis des lustres selon Pétroccio lorsqu'ils l'avaient investie trois ans plus tôt. Personne ne les en avait chassés, si bien qu'ils s'en considéraient désormais comme les propriétaires légitimes. Comme ils n'avaient pas les moyens de l'entretenir, ils la laissaient se dégrader peu à peu, se contentant de placer des récipients sous les fuites et de colmater les brèches des murs avec des tissus ou des morceaux de bois. Quant aux portes et fenêtres, elles étaient tellement vermoulues qu'elles semblaient sur le point de se dégonder à chaque coup de vent. Mais l'endroit restait chaleureux avec les tentures vives décorant toutes les pièces et les meubles baroques défraîchis probablement récupérés dans des demeures prestigieuses. Les décors de théâtre posés çà et là concouraient à renforcer cette impression de légèreté, d'insouciance et de gaieté.

— Il faudrait quand même qu'un jour nous réparions cette fichue toiture, soupira Pétroccio, les yeux rivés sur les gouttes qui tombaient du plafond maculé d'auréoles.

— Ne t'avise surtout pas d'essayer de le faire toi-même, l'admonesta Gelsame. Le toit est perché à plus de six toises, et je n'ai pas envie que tu te brises les os.

— Tu tiens donc un peu à moi, ma belle ?

Elle esquiva en riant la main de son amant qui tentait de lui caresser la joue.

— Je n'ai pas envie de te ramasser à la cuillère…

Ils allumèrent un feu dans la cheminée et réchauffèrent les restes du déjeuner dans un chaudron suspendu à la crémaillère. Oziel appréciait la compagnie des comédiens : ils lui rappelaient la fantaisie d'Ulio dont les frasques avaient provoqué de mémorables chambardements dans le domaine du Drac. Il lui était arrivé d'entrer à cheval dans la salle à manger où ses parents recevaient une délégation officielle. Ses absences prolongées et injustifiées, qui duraient parfois plus de cinq jours, mobilisaient un grand nombre de serviteurs envoyés à sa recherche dans les rues des Hauts. Le patriarche Nunzio avait feint l'exaspération à chaque incartade, mais son indulgence coupable envers son dernier fils l'avait retenu de prononcer les sanctions appropriées.

— Les temps sont de plus en plus durs. (Pétroccio avait quitté la table, assiette en main, pour finir son repas devant la cheminée ; la lassitude lui creusait les joues et rendait ses traits plus saillants, plus durs.) Tant que nous n'aurons pas d'engagement pour les Hauts, nous en serons réduits à gagner une poignée d'arks les jours fastes.

— Comment trouve-t-on un engagement ? demanda Oziel.

— Par les fureteurs, répondit Alena. (Elle prit le temps de boire une gorgée de vin avant de préciser :) Des mandataires qui assistent aux spectacles donnés dans les Dits pour choisir les meilleurs et les engager pour les fêtes des Hauts.

—Je suis surprise que vous n'ayez jamais été choisis. Vous avez davantage de talent que bien des diseurs et comédiens qui se sont produits au domaine familial…

Pétroccio se leva, posa l'assiette sur la table et s'étira avec la grâce d'un félin.

—Le problème, dame, c'est que les fureteurs se répartissent les Dits par secteurs. (Il réprima un bâillement.) Et que Gelsame a refusé les avances de celui qui s'occupe de notre quartier.

—Tu aurais préféré que je couche avec lui? protesta Gelsame.

—Évidemment que non. (Pétroccio se rapprocha d'elle, lui posa les mains sur les épaules et lui glissa un baiser dans le cou.) J'aurais été désespéré que tu offres ton joli corps à cette face de gobat.

—Désespéré pour toi ou pour moi?

—Pour les deux, ma chère.

—Tu tiens donc un peu à moi, mon beau?

Il éclata de rire.

Le repas achevé, ils allouèrent la chambre de Livor à Arjo tandis qu'Alena proposa la sienne à Oziel, affirmant qu'elle n'avait pas sommeil, qu'elle resterait un moment devant la cheminée et dormirait au besoin dans l'un des divans de la salle à manger. À la première heure, Pétroccio accompagnerait les deux invités à la Porte des Marches. Tous les trois déguisés, ils passeraient pour une troupe ambulante allant donner une représentation au niveau inférieur.

—Il vous arrive de jouer dans les Marches? s'étonna Oziel.

—Et même plus bas, répondit Alena. Dans les Labeurs et les Bas, on reçoit autant de cailloux et d'insultes que d'arks.

—Il nous est arrivé de repartir avec les vêtements en lambeaux, ajouta Gelsame.

—Et d'être obligés de donner du bâton et du poing pour nous sortir des griffes de la foule, renchérit Pétroccio. Quand ils n'aiment pas un spectacle, ils utilisent des arguments saignants! Il nous est également arrivé d'être engagés par un riche armurier des Marches et de gagner confortablement notre vie.

—Tu parles! s'exclama Alena. Il ne nous a même pas fallu deux nuits pour dilapider notre fortune!

—Et tu le regrrrrettes? (Roulant des yeux fous, Pétroccio avait accompagné son intervention de grands gestes de désespoir qui le faisaient ressembler à un pantin désarticulé, provoquant les rires d'Oziel et d'Arjo.) Tu aurrrais voulu garrrder ce bel arrrgent pourrr tes vieux jourrrs ?

Elle haussa les épaules.

—Tu sais bien que non : mon panier est encore plus percé que le tien.

Après avoir refermé la porte de la chambre, Oziel ressenti l'irrésistible besoin de se dévêtir, de dénouer ses bandelettes et de se contempler, à la lueur de la lampe à huile, dans le miroir à l'encadrement doré posé contre un mur.

La maladie avait progressé. Les excroissances avaient poussé un peu partout sur son corps, qui ressemblait désormais à un arbre couvert de fruits sombres et vénéneux. Ses traits s'effaçaient dans le chaos qu'était devenu son visage. De sa beauté originelle, tant vantée par Ulio, ses parents et les servantes qui s'occupaient d'elle, ne subsistait que sa somptueuse chevelure brune.

Des soupirs et des gémissements provenant de la chambre de Pétroccio et Gelsame s'échouaient par vagues dans le silence nocturne hanté par le grondement de la pluie. Elle leur prêta attention. Ils s'amplifiaient peu à peu, et elle ressentit la jouissance qu'ils contenaient. Elle avait entrouvert les portes du plaisir avec Ulio, mais ne les pousserait sans doute jamais, une constatation qui, davantage que la vue de son corps profané, l'emplit de tristesse. Elle se mit à trembler et eut tout juste le temps de se jeter sur le lit avant de perdre l'équilibre. Des gouttes d'eau s'écrasèrent en une succession de sons cristallins dans un seau métallique posé près de la fenêtre. Frissonnante, elle laissa passer la crise avant d'aller souffler la lampe à huile dont l'éclat lui blessait les yeux. Elle se rendit compte qu'elle s'était éteinte toute seule, que la lumière tombait d'une autre source.

D'yeux, plus précisément.

Perchés à deux toises de hauteur, juste sous le plafond.

Une joie immense chassa sa détresse lorsqu'elle reconnut le drac. La créature ailée se rapprocha d'elle en semant une traîne de poussières scintillantes.

—Où étais-tu passé ? murmura-t-elle.

Le drac vola au-dessus d'elle. Il lui sembla que ses arabesques exprimaient l'allégresse, comme s'il se réjouissait lui aussi des retrouvailles. Sa chaleur la réchauffa, l'enveloppa de bien-être. Les gémissements mêlés et prolongés des deux amants sonnèrent la fin de la joute dans la chambre d'à côté.

Le drac se posa sur le lit tout près de la tête d'Oziel. Son odeur de minéral fondu escamota les relents de moisissure qui flânaient dans la pièce. Des éclairs étincelants zébraient ses flancs écailleux, des flammes s'échappaient de sa gueule entrouverte. Elle s'immergea tout entière dans l'or de ses yeux et eut l'impression de perdre toute limite, de n'être plus qu'une brûlure vivante, un feu pur. Elle n'éprouvait pas de douleur, seulement une sensation de puissance phénoménale difficile à comprimer dans les limites de son corps. Ses pensées s'éparpillèrent, se désagrégèrent. Dans son esprit défilèrent des images qui n'appartenaient pas à sa mémoire, des paysages qu'elle n'avait jamais vus, des visages inconnus, des montagnes enneigées, un désert de sable ocre, et, plus loin encore, une étendue d'eau bleue parcourue de vagues écumantes.

Un campement près d'une ville aux ruines encore fumantes. Une multitude de tentes claires, une armée, des milliers et des milliers de soldats aux uniformes sombres, des centaines de créatures hautes de deux toises aux crânes bosselés et à l'épiderme gris foncé, des dizaines de balistes géantes posées sur des chariots traînés par de gigantesques animaux à cornes. Elle comprit que le drac lui dévoilait l'armée ennemie dont avaient parlé le pétrocle et le servant suprême de la Désolation. Un ost redoutable, constitué d'hommes aux trognes terrifiantes et de monstres surgis tout droit des mondes infernaux. Elle ne voyait pas comment Arkane, malgré ses remparts, malgré ses labyrinthes, pourrait s'opposer à un tel adversaire. Ni comment Matteo, si elle réussissait à le prévenir, parviendrait à organiser la résistance. Des nuages noirs, menaçants, roulaient au-dessus du campement comme des promesses de ténèbres éternelles.

D'autres paysages, d'autres images se substituèrent à la terrifiante armée: une ville établie sur une falaise au bord d'un fleuve, des bateaux alignés le long d'un quai, une bâtisse dans une rue sombre, un couloir, deux silhouettes tentant d'ouvrir une porte et, de l'autre côté de l'huis, un garçon maigre aux cheveux en bataille, nu et armé d'une épée. Pourquoi le drac lui montrait-il cet adolescent tout juste sorti de l'enfance aux traits anguleux non dépourvus de charme ? La profondeur de ses yeux, qui paraissaient voir au-delà des apparences, la fascina. Les hommes dans le couloir étaient probablement mus par l'intention de le tuer. Quel lien cette scène avait-elle avec la conspiration des pétrocles et de la Désolation ? Elle n'oublierait en tout cas jamais le visage du garçon, elle le reconnaîtrait instantanément le jour où ils se rencontreraient. Puis la chaleur s'estompa, les images se brouillèrent, l'appel du sommeil se fit irrésistible ; elle eut encore l'énergie de tirer sur elle une couverture avant de s'endormir.

La sensation d'une présence la réveilla. Le petit jour se glissait par les interstices des volets et révélait le désordre insensé de la chambre d'Alena. Elle ouvrit les yeux et entrevit une silhouette près du lit. Un petit moment lui fut nécessaire pour s'apercevoir qu'il s'agissait de Pétroccio, un deuxième pour se rappeler que son visage était découvert. Elle remonta précipitamment la couverture sur sa tête.

—Laissez-moi ! cria-t-elle.

—J'étais venu vous réveiller, se défendit le comédien. Je ne voulais pas vous surprendre ni vous offenser. J'ai au moins pu constater que j'avais vu juste : la maladie n'a pas eu raison de votre beauté, dame.

—Ne dites pas n'importe quoi et sortez de cette pièce.

—Vos désirs sont des ordres. Nous partons le plus tôt possible.

Elle abaissa la couverture après qu'il eut claqué la porte derrière lui, se leva et récupéra vêtements et bandages entassés sur l'accoudoir d'un fauteuil craquelé. Le seau qui avait recueilli l'eau de la fuite menaçait de déborder. Aucune trace, en revanche, du passage du drac, hormis les souvenirs étonnamment précis du garçon maigre et de l'effrayante armée qui s'apprêtait à envahir le pays d'Arkane. Elle baignait également dans une énergie nouvelle, comme régénérée par le feu de la créature ailée. Après avoir soigneusement enroulé les bandelettes autour de sa tête, elle se demanda si elle devait passer la robe d'infamie sous son déguisement, s'y résolut finalement, ne trouvant pas d'autre endroit où glisser la serre de l'Aigle, enfila ensuite la robe mauve à froufrous avant de compléter son déguisement avec la perruque et le masque.

Les autres l'attendaient dans la salle à manger. Les bosses sur le visage d'Arjo avaient pris une teinte bleuâtre tirant par endroits sur le jaune. On l'avait affublé d'un costume dont les losanges criards éclataient comme des insultes au bon goût. Alena et Gelsame, pas encore habillées, déambulaient dans des robes de chambre élimées et nouées par-dessus leurs confidentes vaporeuses. Pétroccio avait passé une cape pourpre, une chemise bouffante contenant un énorme ventre, un loup noir et un faux nez d'ivrogne. Ils avalèrent un rapide déjeuner composé de pain, de fromage et de fruits, puis, tandis que retentissaient les premières rumeurs des Dits, Pétroccio, Oziel et Arjo se mirent en chemin.

—Reviens-moi vite, mon aimé, murmura Gelsame à son amant sur le pas de la porte.

Pétroccio l'embrassa avec fougue.

—Ne te rhabille pas, ma douce, je ne traînerai pas.

Ils longèrent le rempart sur une longueur de trois arpents avant de s'engager dans une rue qui piquait tout droit en direction du socle central des Hauts, occupant près de la moitié d'un ciel sillonné de nuages blancs et gris. Oziel fut saisie de vertige en pensant qu'elle avait passé les dix-neuf années de sa vie au sommet de cet énorme piton rocheux. Elle n'avait jamais vraiment pris conscience de la réalité des niveaux, qui, pour elle, symbolisaient seulement la loi originelle de la Séparation. Seuls les Hauts bénéficiaient d'un ciel dégagé ; plus on s'approchait des Bas et plus l'horizon se rétrécissait, comme si la pureté céleste était réservée aux familles régnantes, à leurs argentiers, à leurs courtisans. Ils croisèrent une première patrouille de gardiens de l'ordre qui, accoutumés aux tenues extravagantes des comédiens, ne leur accordèrent aucune attention.

Le niveau se réveillait en douceur. Quelques passants dans les rues, des portefaix de la Guilde des Transporteurs, des attelages de commerçants ambulants, des noctambules qui rentraient chez eux en titubant et soliloquant.

Pétroccio entraîna Oziel et Arjo dans une ruelle perpendiculaire tellement étroite que les balcons des façades opposées se rejoignaient presque au-dessus de leurs têtes.

—La Porte des Marches.

Un arc se dressait dans le lointain au centre d'une esplanade dominée par la ligne crénelée du rempart.

—Ouvre l'œil, ajouta-t-il à destination d'Arjo. Nous entrons dans le coupe-gorge, et l'aube n'a pas encore chassé la racaille.

Le jeune servant tint son bâton levé à hauteur de sa poitrine et Oziel parvint à dégager la serre du fouillis de ses vêtements.

—Hé, mais vous êtes armée, dame! se récria le comédien qui avait vu la lame briller dans la main de la jeune femme.

—Je l'ai prise au fils de l'Aigle qui tentait de me violer, marmonna Oziel. Je l'ai égorgé avec sa propre lame…

La colère jaillissait de nouveau de sa source noire. Une chaleur intense se déploya dans tout son corps, insoutenable, intensifiée par le contact nocturne avec le drac. Elle crut brûler de l'intérieur et dut s'appuyer contre un mur pour rester debout.

—Vous allez bien, dame? s'enquit Pétroccio.

—Un simple malaise…

Elle recouvra peu à peu son équilibre et ses forces. Des ombres rôdaient dans les environs, sortant des porches ou des venelles perpendiculaires par groupes de trois ou quatre. Les coupe-jarrets qui avaient établi leurs quartiers dans les environs se dispersaient au petit jour pour éviter les patrouilles des gardiens de l'ordre. Pétroccio ne les quittait pas des yeux. Oziel, elle, rivait son regard sur le linteau triangulaire de la porte monumentale qui se dressait au bout de la rue, à la fois proche et lointaine.

—Allons-y, dit-elle.

—Vous êtes sûre, dame?

Elle se remit en marche, Arjo lui emboîta le pas, Pétroccio allongea la foulée pour les rattraper.

Alors qu'ils n'étaient plus qu'à une toise de la porte, trois égorgeurs aux trognes patibulaires leur barrèrent le chemin.

—Laissez-nous passer. (La voix de stentor du comédien n'impressionna pas les coupe-jarrets.) Nous ne sommes que de pauvres comédiens allant donner un spectacle dans les Marches.

—On va s'en assurer, grogna l'un des trois hommes. Videz tout ce que vous avez dans vos poches.

—Elles sont trouées! s'exclama Pétroccio avec un rire forcé.

Son humour ne décrocha pas la moindre esquisse de sourire sur les faces ravinées de ses vis-à-vis. Le premier portait un bandeau noir sur l'œil droit, le deuxième semblait doté d'une force colossale, le troisième, petit et maigre, suintait la sournoiserie.

— Toi, la fille, montre-nous un peu ce que tu tiens dans la main, glapit le borgne.

Elle hésita. Ils étaient encore trop loin d'elle pour les frapper. Elle s'efforça de ralentir sa respiration. Elle devait ménager au maximum l'effet de surprise pour préserver ses chances.

— Eh ben, t'attends quoi?

Elle s'avança d'un pas. Ils ne bougèrent pas, ne se méfiant pas d'elle. Le borgne tendit le bras.

— Donne.

Elle tenta de le frapper d'un geste circulaire, mais, les réflexes aiguisés par des années de rixes, il esquiva la serre avec une promptitude qu'elle ne lui supposait pas. Ils reculèrent tous les trois avec un étonnant synchronisme.

— La garce! gronda le costaud. C'est quoi, cette lame?

— On dirait… une serre, croassa le petit maigre en tirant un coutelas à large lame de la gaine passée à sa ceinture.

— Une quoi?

— Une serre, courbée comme les serres d'un aigle… (Les deux autres s'étaient également munis de leurs armes, une dague pour le borgne, un marteau à tête pointue pour le costaud.) C'est elle, la fille qu'ils recherchent partout, celle qui a tué un fils de la famille régnante de l'Aigle.

— D'où tu sais ça, toi? grogna le borgne.

— Un gars que je connais a entendu causer hier soir des assassins à la solde d'une famille. Je parie qu'il y a une mécrosée sous ce masque et cette perruque. Elle vaut beaucoup plus cher que ce qu'on pensait: on en tirera un bon prix si on la prend vivante.

Pétroccio chercha des yeux un objet pour se défendre, avisa un pavé descellé, le ramassa et leva le bras.

— Le gros bouffon croit nous impressionner avec son caillou! s'esclaffa le costaud.

— Méfiez-vous de la fille, prévint le petit maigre. C'est une héritière du Drac. Elle a sans doute appris à se battre.

— Je m'en occupe.

La dague à hauteur du ventre, le borgne s'approcha d'Oziel. Ce genre d'adversaire ne se comportait pas comme ses partenaires des leçons d'escrime de maître Mazin. Son mépris de toute autre règle que la survie et ses réflexes fulgurants le rendaient imprévisible, dangereux.

363

Il commença à tourner autour d'elle comme un fauve autour de sa proie pendant que les deux autres se plaçaient de manière à empêcher Pétroccio et Arjo d'intervenir.

— S'il vous reste un semblant d'honneur, laissez-la partir, déclara le comédien.

— De quoi parles-tu, bouffon ? ricana le petit maigre.

— De minables qui s'en prennent à une femme.

— Sois patient, bouffon, ton tour viendra.

32

ENDORMEURS

Le serpent inocule son venin,
L'humain déverse son fiel,
Lequel des deux est le plus dangereux?

Proverbe des rives de l'Odivir,
Pays d'Arkane

Vêtu de son skand, armé de son espadon, Orik, réveillé à son tour, vint se positionner sans un bruit en face de Renn. On s'affairait à démonter les gonds de l'autre côté de la porte, en témoignaient les grincements et les crissements furtifs qui s'immisçaient dans le silence nocturne.

Les bruits s'interrompirent, le guerrier se recula et se figea en position de combat. La porte s'ouvrit dans un fracas de bois arraché. Deux hommes se ruèrent dans la chambre.

Orik et Renn n'eurent pas la possibilité de se défendre : des formes sinueuses et claires jaillirent des mains des intrus.

Des serpents.

L'un d'eux vola vers l'apprenti, s'enroula autour de son bras et le mordit à la saignée du coude. Il voulut le saisir et le projeter loin de lui, mais déjà ses membres ne lui obéissaient plus, ses pensées s'échappaient par les déchirures de son esprit. Il vit, du coin de l'œil, Orik s'effondrer comme une masse sur le parquet, puis il lâcha son épée et s'affaissa à son tour.

Il pensa encore, dans un éclair de lucidité, qu'il n'avait parcouru tout ce chemin que pour trépasser sur les rives du fleuve où il était né.

La densité des ténèbres lui interdisait de distinguer quoi que ce soit.

Il avait repris connaissance quelques instants plus tôt, mais ne pouvait esquisser le moindre geste. Il se demandait s'il était toujours vivant. L'intérieur de son coude l'élançait. Il tenta d'entrevoir les limites de la pièce dans laquelle il se trouvait, ne discerna ni plafond ni cloison, comme s'il flottait dans une nuit infinie. Ses souvenirs ne parvenaient pas à se frayer un passage dans la brume enveloppant son cerveau. Il ne se rappelait pas qui il était. Ni ce qu'il faisait là. Une vague impression de menace planait dans l'obscurité. Aucun bruit ne troublait le silence. Gisait-il sur le seuil des enfers ? Il se rassura en se disant qu'un mort ne ressentait ni la souffrance ni la peur.

Une forme blanche et sinueuse surgit au-dessus de lui, un éclair silencieux, qui le frappa au coude. La douleur, fulgurante, le déchira. Il voulut crier, ne put expulser le moindre son. Des images se chevauchèrent dans son esprit. Une pièce plongée dans la pénombre, un homme de haute taille se tenant quelques pas plus loin, deux silhouettes enfonçant la porte, des reptiles blancs jaillissant de leurs mains, la morsure au creux de son coude…

Sa mémoire lui revint d'un seul coup. Orik et lui s'étaient laissé surprendre par les intrus et leurs redoutables serpents. Où était le guerrier en cet instant ? Que lui voulaient ces hommes ? Avaient-ils un lien avec le questeur ?

Un début de fourmillement dans les doigts lui annonça que la vie se redéployait en lui. La démangeaison s'étendit à tout son corps, désagréable, par endroits insupportable. Il recouvra peu à peu ses sensations et put effectuer son premier mouvement. Il constata qu'il était toujours nu et qu'on ne l'avait pas attaché. Il se redressa, son crâne heurta une surface dure. Il tendit le bras droit, sa main rencontra une autre surface dense, verticale celle-ci. Même chose sur sa gauche. Renn prit conscience qu'il était enfermé dans une caisse étroite, une sorte de cercueil, et il eut toutes les peines du monde à maîtriser sa panique. Ses tremblements s'atténuèrent progressivement, sa respiration s'apaisa.

Un roulis le balançait avec délicatesse d'un côté sur l'autre. Il devina qu'il voyageait à l'intérieur d'un chariot ou d'un autre moyen de transport. Des grincements réguliers de roues tournant autour de leurs essieux confirmèrent son impression. Il perçut des chuintements, lointains d'abord, puis, leur prêtant attention, il se rendit compte qu'il s'agissait de voix. Plusieurs hommes, un timbre, plus aigu, de femme ou d'enfant. Il comprit quelques mots, mais ne parvint pas à saisir le sens de leur conversation.

À nouveau tourmenté par une sensation d'étouffement, l'apprenti dut en appeler à toute sa raison pour ne pas libérer le hurlement qui montait de son ventre. Il prit une profonde inspiration et tenta de soulever le couvercle du cercueil. Les charnières branlèrent un peu, mais résistèrent à sa poussée. Il comprit que ses efforts n'aboutiraient à aucun résultat, qu'il n'avait rien d'autre à faire pour l'instant qu'attendre. Ses agitations conjuguées à son angoisse avaient couvert son corps de gouttes de sueur. La pensée que ses ravisseurs l'avaient gardé en vie le rassura un peu. Engourdi par le balancement du chariot et les séquelles de la morsure du serpent, il sombra peu à peu dans un sommeil agité.

La lumière l'éblouit.

Des bruits l'avaient réveillé quelques instants plus tôt. Le couvercle de la caisse s'était soulevé et un courant d'air chargé d'humidité avait léché son corps. Il voulut se redresser, mais les pointes d'un trident posé sur sa poitrine l'en empêchèrent. Trois têtes au-dessus de lui, deux hommes et une femme. Un réflexe de pudeur l'incita à poser les mains sur son bas-ventre. La femme lâcha un petit rire enroué.

— Pas la peine de cacher tes attributs, mon mignon, ils ressemblent comme des frères à tous ceux que j'ai connus !

Elle le fixait avec un intérêt amusé. Elle avait quelque chose d'une sorcière avec ses cheveux emmêlés et son sourire cruel. Un large collier d'or lui encerclait le cou, des anneaux lourds distendaient les lobes de ses oreilles, son chemisier échancré dévoilait en partie sa poitrine généreuse et affaissée. Les deux hommes portaient de longues barbes, des chapeaux à trois pans d'où pendaient plusieurs tresses, des vestes directement passées sur leurs torses nus. D'eux émanait une odeur étrange de fange et d'herbe brûlée. Renn tressaillit en apercevant la tête triangulaire d'un serpent blanc qui dépassait d'une poche de la veste de l'un des deux hommes.

— Qui êtes-vous ? parvint-il à déglutir.

La femme répondit de ce croassement horripilant qui lui tenait lieu de rire.

— Plus tard, les présentations, dit-elle. Nous te conduisons d'abord dans ta nouvelle demeure. Tu vas nous suivre bien sagement, ou Biffi lance sur toi son endormeur. Je te préviens : plus ils te mordent, et plus tu mets de temps à t'en remettre.

Le dénommé Biffi extirpa le serpent de sa poche et le promena au-dessus du visage de l'apprenti qui se figea lorsque la langue bifide lui frôla l'arête du nez.

— Allons-y, ordonna la femme, qui semblait être le chef de la bande.

Biffi remballa son reptile, l'autre releva son trident, et Renn, encore engourdi, put enfin se lever.

— Qu'avez-vous fait de l'homme qui était avec moi ? demanda-t-il.

— Le géant en jupette ? gloussa Biffi. Mon Arko l'a d'abord endormi comme un bébé avant que je m'occupe de lui.

— Vous l'avez tué ?

— M'étonnerait qu'il se relève du coup de massue que je lui ai balancé sur la caboche. Je crois bien avoir entendu craquer les os de son crâne et vu jaillir une partie de sa cervelle !

Son rire vrilla les nerfs de Renn. Il lui parut d'abord impossible qu'Orik eût succombé aux coups de ce rustre, puis il se rappela l'avoir vu tomber avant de perdre connaissance, et il ressentit un désespoir d'autant plus poignant qu'il s'était attaché au guerrier comme à un grand frère, voire à un père. Orik n'avait pas mérité de périr dans une chambre d'auberge de Kollan sans avoir eu la possibilité de se défendre, une fin indigne pour un combattant tel que lui. Renn s'interdit de fondre en larmes devant ses ravisseurs.

Ils sortirent par l'arrière du chariot bâché. Le fredonnement mélodieux du courant et l'humidité de l'air informèrent l'apprenti qu'ils se tenaient non loin du fleuve, même si l'on ne le voyait pas. Une dizaine d'hommes et de femmes les attendaient à l'entrée d'une bâtisse en pierre grise aux allures de fortification. Des quolibets et des rires saluèrent l'apparition de Renn, les mains plaquées sur le bas-ventre.

— La belle prise que voilà ! s'exclama une femme.

— C'est qui ? ricana un homme. Le fils d'une déesse ?

On poussa l'apprenti vers une entrée monumentale dont le linteau triangulaire, sillonné par une fissure béante, semblait sur le point de s'effriter à la première bourrasque. Ils pénétrèrent dans une cour intérieure envahie d'herbes folles et entourée de hauts murs habillés de lierre et percés de meurtrières. L'endroit, probablement l'un de ces anciens forts destinés à prévenir les invasions, aurait pu paraître abandonné s'il n'y avait eu du linge séchant sur des fils tendus entre des piquets, des bœufs et des chevaux en train de brouter et des restes noircis de feux de bois dans des cercles de pierre.

Ils conduisirent l'apprenti dans un sous-sol sombre auquel on accédait par un escalier étroit, puis on l'enferma dans un cachot totalement dépourvu de lucarne et fermé par une épaisse porte métallique munie d'un judas. Une désagréable odeur de moisissure emplissait la pièce meublée d'une seule paillasse recouverte d'une toile de jute. Dans un angle béait un trou encadré de deux pierres plates et réservé aux besoins naturels. De larges taches d'humidité parsemaient le sol et transformaient la terre battue en une boue collante. Le rai de lumière qui se faufilait par un interstice du mur dispensait un éclairage parcimonieux.

Frissonnant, Renn voulut s'allonger sur la paillasse, mais à peine l'eut-il époussetée que la vermine remonta par les déchirures de la toile de jute et s'agrégea en un tapis grouillant qui le rebuta. Il s'assit dans un coin à peu près sec et se recroquevilla sur lui-même pour lutter contre la froidure. Ses pensées éparpillées le ramenèrent sans cesse à Orik. À nouveau, il refusa de croire à la mort de son compagnon et caressa le fol espoir qu'il viendrait bientôt le délivrer. Le guerrier ne rencontrerait aucune difficulté à anéantir cette bande de malandrins malgré leurs redoutables serpents endormeurs. Puis les doutes revinrent le ronger, l'inquiétude le rattrapa et éteignit en lui toute lueur, toute flamme. Il prit également conscience qu'il avait perdu le bâton d'Anaïth, son seul lien avec son passé.

Une phrase énigmatique de maître Hauhorn lui revint en mémoire : « *Ce qui n'existait pas hier et n'existera pas demain n'existe pas non plus dans l'intervalle…* »

Des bruits de pas le tirèrent de son assoupissement. La trappe de la porte s'ouvrit, le visage de la femme aux cheveux emmêlés et à la trogne de sorcière apparut dans l'ouverture carrée striée de barreaux.

—Donne-lui son repas, Biffi.

Un crissement de clef dans une serrure précéda de peu le grincement de la porte pivotant sur ses gonds. Biffi s'introduisit dans le cachot, déposa un plateau à deux pas de Renn, puis se retira et referma la porte derrière lui. L'apprenti saisit l'assiette creuse, le pain, et commença à manger. Il ne parvint pas à identifier la nourriture qu'on lui avait servie, mais, au moins, le goût n'en était pas désagréable.

—Tu as faim on dirait, mon mignon! croassa la femme. Mange, tu as une grande valeur. Cent mille arks! C'est la somme promise par Tyho, le questeur, pour celui qui lui ramènera ta tête. Il te veut mort, mon joli, mais, moi, Astaud, je n'ai pas confiance dans sa parole, et je te garderai vivant jusqu'à ce qu'il m'ait donné la récompense. Si ce cracasse refuse de me payer, je te relâcherai dans la nature. Nous lui avons envoyé un messager. Il devrait rappliquer demain. Je ne sais pas ce qu'il te veut : tu n'as pas l'air bien dangereux.

—Qui êtes-vous? demanda Renn, la bouche pleine.

—Je viens de te le dire, mon tout beau! Astaud, reine des Abordeurs. Moi et mes sujets, on rançonne les bateaux à destination d'Arkane; attention, pas les petites flaoutes, mais les grosses louques bien rembourrées, bien lourdes. On a entendu parler de la prime promise pour ta tête, un de mes hommes t'a repéré et suivi dans une rue de Kollan; il m'a suffi de t'envoyer deux endormeurs, et ce forban de questeur va maintenant être obligé de se mettre sa fierté là où je pense pour me manger dans la main. (Son rire éraillé troua le silence et s'acheva en une quinte de toux déchirante.) Cent mille arks pour un maigrichon de ton espèce, ça fait cher la livre! Tu es le fils d'un dignitaire d'Arkane?

—Je ne suis qu'un paysan des rives, répondit Renn.

—Pourquoi t'en veut-il? Tu as tué quelqu'un de sa famille?

—Je n'en ai aucune idée, je l'ai croisé une fois seulement sur le chemin du bord du fleuve.

Astaud le fixa avec un étonnement mêlé d'agacement.

—Garde pour toi tes secrets, mon mignon. Quelle importance? Demain, tu seras mort.

Elle referma la trappe et le silence absorba le bruit de ses pas.

Une femme, cette fois, assez jeune et corpulente, lui livra un deuxième repas à la fin du jour. Comme elle était venue seule –il n'avait pas perçu d'autre voix ni d'autres pas que ceux de la visiteuse–, il se dit qu'une chance se présentait de fausser compagnie à ses ravisseurs. Il feignit l'endormissement, et, entre ses paupières mi-closes, guetta le moment où elle se rapprocherait assez près pour qu'il puisse lui sauter à la gorge et l'étrangler sans lui laisser le temps de crier. Elle posa le plateau garni à ses pieds et récupéra celui du repas précédent. Il se concentra avant de passer à l'action, répétant mentalement la succession de gestes à accomplir. Elle lui tournait le dos pour l'instant. Il attendit qu'elle se présente de nouveau face à lui, puis il vit quelque chose bouger dans le corsage clair de la jeune femme, et, lorsqu'elle pivota vers lui, la tête d'un serpent blanc aux yeux verts pointait au-dessus de l'échancrure. Le dressage et l'utilisation des endormeurs n'étaient donc pas réservés aux hommes. Il comprit pourquoi elle n'avait pas besoin d'escorte: au moindre geste menaçant de sa part, le serpent se jetterait sur lui pour le mordre, exactement comme un foueur.

Elle se releva et fixa l'apprenti d'un air mi-gourmand mi-ironique.

—Hé, mais t'es un vrai homme! déclara-t-elle en désignant son entrejambe d'un coup de menton.

Il ramena et serra ses jambes devant lui.

—Et plus pudique qu'une fillette! reprit-elle. Le questeur a envoyé un messager pour dire qu'il venait te prendre demain à la première heure. Dommage, tu me plais, même si t'es pas très épais, et je t'aurais bien recruté comme quatrième consort.

—Consort?

—Les hommes qui partagent mon lit. Chaque femme, chez les Abordeurs, compte entre deux et cinq consorts. Plus elle est puissante, plus elle en a. Astaud, notre reine, en compte six, sans parler des extras.

Avec ses lèvres pleines, ses traits fins et son épaisse chevelure blonde, elle aurait pu être jolie sans la cicatrice boursouflée qui partait du coin de son œil et sillonnait sa joue jusqu'à son menton.

—Eh bien, mange!

Elle ne semblait pas décidée à partir. Il se débrouilla pour ramasser le plateau sans découvrir ses parties intimes. Elle accompagna ses contorsions maladroites d'un rire sarcastique. Il réussit à s'asseoir et à poser le plateau sur ses cuisses.

—Mes consorts sont pas aussi compliqués que toi. Tu n'as pas peur des femmes, au moins?

Il secoua la tête sans conviction: cette femme-ci lui faisait peur avec son reptile caché entre ses seins et son air de vouloir l'avaler tout cru. Elle se dirigea enfin vers la porte et ajouta, avant de sortir:

—Cette nuit, je viendrai peut-être te voir. Si mes autres consorts m'en laissent le temps. Ce serait pitié de ne pas connaître un dernier plaisir avant ta mort.

Malgré son manque d'appétit, il ingurgita la nourriture, identique à celle que Biffi lui avait apportée une bonne sixte plus tôt, jusqu'à la dernière miette, pressentant qu'il aurait besoin de toutes ses forces lorsque le questeur viendrait le récupérer.

Puis il chercha un endroit où dormir. Pas question de s'installer sur la paillasse infestée de vermine ni sur la terre humide. Aucune parcelle de sol sec n'étant assez large pour lui permettre de s'allonger, il resta assis, adossé au mur, les yeux rivés sur l'interstice d'où tombait le rayon de lumière de plus en plus ténu. L'apprenti contenait pour l'instant le désespoir qui grossissait en lui à la façon d'une crue, mais l'avènement des ténèbres et de leur silence hostile enfoncerait toutes les digues et, cette fois, aucune lueur ne le détournerait de sa détresse. Orik n'était plus là pour le protéger, son rôle dans cette histoire lui échappait totalement, et il allait mourir dans l'ignorance des causes de son trépas. Le destin s'était joué de lui avec une cruauté diabolique, le bringuebalant d'espoirs en déceptions comme une feuille ballottée par la tempête. Anaïth, Maître Hauhorn, Xug, Orik, les seuls êtres qui lui eussent témoigné de l'intérêt, s'étaient effacés; personne ne l'attendait nulle part.

La nuit s'était dépliée, gobant toutes les formes. Renn songea qu'il avait côtoyé un être d'exception durant deux années et il avait fallu qu'il réalise sa première véritable sculpture pour en prendre conscience. Comme si la vie l'avait puni pour son manque d'attention, il n'avait revu son maître que figé dans un bloc de glace.

Il se demanda pour la millième fois si l'acharnement du questeur à l'éliminer avait un rapport avec le fait d'avoir été l'apprenti de maître Hauhorn. Peut-être croyait-on, en haut lieu, que le petit paysan des rives était désormais le dernier dépositaire du secret de l'enchantement de pierre. Avait-on décidé d'ensevelir dans l'oubli des connaissances pourtant millénaires ? En quoi les enchanteurs, vivant à l'écart des intrigues, des ambitions et des honneurs, seulement intéressés par la pratique et le perfectionnement de leur art, nuisaient-ils aux intérêts des familles régnantes du pays d'Arkane ?

L'appel du sommeil finit par disperser ses pensées et il s'endormit assis, la tête renversée sur le traversin, la nuque appuyée contre le mur.

Une douleur au cou le réveilla une première fois et l'incita à changer de position.

Au quatrième ou cinquième réveil, il remarqua le rayon de lune qui éclairait le mur d'en face et en révélait les aspérités. Les fondations du bastion étaient constituées de grosses pierres à peine dégrossies qui ressemblaient aux blocs informes alignés dans l'atelier.

Se pourrait-il que…

Le cœur battant, il se rendit près du mur et observa les pierres. Son regard tomba sur l'une d'elles, imposante, ventrue, tourmentée. Reposant sur le sol, elle n'avait pas reçu le moindre coup de ciseau, contrairement aux autres qui avaient toutes été plus ou moins dégauchies. Une roche sans doute découverte lors de la pose des fondations et autour de laquelle on avait érigé le mur. Il s'assit en tailleur face à elle sans tenir compte de l'humidité du sol.

Il chassa les doutes, les nuages noirs qui rôdaient dans son ciel, et s'appliqua à repérer les veines qui indiquaient un mouvement, une direction. Le rayon lunaire ne diffusant qu'un éclairage parcimonieux, il comprit qu'il ne lui servirait à rien d'insister, ferma les yeux, s'efforça cette fois de se mettre à l'écoute de la matière, de percevoir sa vibration, de s'abandonner à son charme. Il ne discerna rien d'autre, les premiers temps, que les bruits peuplant la nuit, murmure lointain du fleuve, grondements sourds des entrailles de la terre, claquements des sabots des bœufs et des chevaux dans la cour, palpitations mystérieuses… Il craignit que l'enchantement ne l'eût définitivement quitté puisqu'il avait pris des vies, mais il persévéra, oubliant la fatigue et la fraîcheur nocturne.

Il perdit peu à peu toute notion d'espace et de temps.

Perçut un son lointain et ravissant, qui lui rappela le ventre de la pierre dans laquelle il avait sculpté la cruette.

Fut happé à une telle vitesse qu'un mauvais réflexe le poussa à se débattre, qu'il fut ramené brutalement sur la terre humide du cachot, interdit, dépité.

Se rendit compte avec stupéfaction que la lumière encore balbutiante du jour avait supplanté la clarté lunaire.

Un brouhaha retentit non loin du cachot. Le questeur et ses soldats venaient le chercher. Les entrailles griffées par la peur, il fixa la pierre avec l'énergie du désespoir.

33

GARGOTT

*Méfie-toi de l'inconnu qui se présente avec un visage
amical,
Et qui t'accueille avec des paroles avenantes,
Soit il guigne ta bourse, soit il a un service à te demander,
Soit il en veut à ta vie.*

Proverbe des Marches,
Cité d'Arkane

LA DAGUE FRÔLA À TROIS REPRISES LE VISAGE D'OZIEL. LE
borgne ne tentait pas de lui donner un coup fatal ni même de la
blesser ; il l'acculait peu à peu contre la façade d'une maison. Il
esquivait ses ripostes avec aisance, d'autant que la lame de la serre,
très courte, ne permettait pas à la jeune femme de compenser
leur différence d'envergure. Les deux autres se contentaient de
maintenir Arjo et Pétroccio à distance. Le jeune servant avait
bien tenté de frapper le costaud de son bâton, mais ce dernier le
lui avait arraché des mains avec un sourire sardonique et l'avait
brisé sur sa cuisse.

À force de reculer, Oziel se prit les pieds dans sa robe, perdit
l'équilibre et, le temps qu'elle se rétablisse, le borgne s'était déjà jeté
sur elle, l'avait plaquée contre lui et avait bloqué son bras armé de
la serre. Elle se débattit avec l'énergie du désespoir sans parvenir à
se dégager de l'étreinte de son adversaire.

— Donnez-moi de quoi attacher cette furie, qu'on puisse lui
arracher son masque !

Oziel chercha des yeux Arjo et Pétroccio, toujours tenus en respect par les deux autres malandrins, puis elle scruta la ruelle dans l'espoir de voir apparaître une patrouille. Le petit maigre tira une cordelette d'étrangleur de la poche de sa veste. Pétroccio mit à profit la brève inattention de son cerbère pour se ruer sur le borgne et lui écraser son pavé sur le crâne. Surpris, le coupe-jarret poussa un hurlement et relâcha sa prisonnière.

—Fuyez, dame! souffla le comédien.

Arjo exploita la confusion pour saisir Oziel par le bras et l'entraîner vers l'extrémité de la ruelle. La serre toujours en main, elle voulut revenir sur ses pas, mais le servant la contraignit à courir en direction de la Porte des Marches et, exténuée par son combat, elle n'eut pas la force de lui résister.

—On ne peut pas le laisser seul contre ces tueurs…

Les mâchoires contractées, les doigts resserrés sur le bras de la jeune femme, Arjo ne répondit pas. Elle lançait d'incessants coups d'œil par-dessus son épaule. Les malandrins cernaient Pétroccio qui n'avait que son pavé et son courage à leur opposer. Le sang dégoulinait sur un côté du visage du borgne. Leur colère prenant le pas sur l'appât du gain, ils ne songeaient plus qu'à se venger de l'inconscient qui avait osé s'en prendre à l'un d'eux. La dague du borgne s'enfonça la première dans le ventre de Pétroccio, le coutelas du petit maigre le frappa dans la poitrine, le marteau du costaud s'abattit sur son crâne. Le comédien s'affaissa, sa cape pourpre s'étalant autour de lui comme une flaque de sang.

Au bord des larmes, les jambes coupées, Oziel ralentit l'allure.

—Plus vite! l'encouragea Arjo.

Une pluie fine se mit à tomber au moment où ils débouchaient sur la place. Des portefaix et des passants y croisaient des chariots de marchands ambulants et des voitures particulières tirées par un ou deux chevaux. La porte monumentale vomissait ses premiers flots de journaliers.

—Ils ne nous ont pas poursuivis, murmura le jeune servant. Rangez votre serre et remettez de l'ordre dans votre tenue, dame, votre masque a glissé, et on voit votre robe d'infamie sous l'autre.

Oziel fouilla la ruelle du regard. Le corps de Pétroccio n'était plus dans la pénombre qu'une forme indistincte pourpre et blanche.

Le comédien lui avait offert sa vie, un sacrifice qui l'emplit d'une tristesse profonde, inconsolable.

—Je sais ce que vous pensez, dame, déclara Arjo. N'ayez aucune culpabilité. C'était à la fois son choix et son destin.

—Il m'a sauvé trois fois la vie, la mort a été sa seule récompense.

Les larmes imbibaient la gaze de ses bandages.

—L'important est que vous puissiez poursuivre votre mission.

Elle rejeta l'argument d'Arjo d'un geste coléreux.

—Qu'y a-t-il de plus important que la vie ?

—La mort est parfois nécessaire pour perpétuer la vie.

—Ce n'est pas le discours des servants de la Désolation ! cracha-t-elle, hors d'elle.

—Eux se servent de la vie pour instaurer le règne de la mort. Et je vous rappelle que j'ai quitté la Désolation.

Elle remisa la serre dans la poche de la robe d'infamie avant de rajuster ses vêtements, son masque et sa perruque.

—Pourquoi la vie est-elle aussi cruelle, Arjo ?

—Elle est ce que nous en faisons. Mon frère Jifar, lui aussi, s'est sacrifié. Comme tous ceux de son ordre.

—Que dis-tu ?

—Je ne vous en ai pas parlé parce que je ne voulais pas vous importuner, mais j'ai lu dans son esprit qu'une importante troupe de sicaires s'est introduite dans les bâtiments de l'ordre de la Résurrection pour massacrer les frères.

—Jifar a peut-être réussi à s'échapper…

Arjo secoua la tête d'un air désespéré.

—La communication s'est interrompue entre nos esprits, pour la première fois depuis que nous sommes nés.

Oziel lui posa la main sur l'avant-bras.

—Je suis désolée.

—Jifar savait que la Résurrection courait un grand danger ; il aurait pu fuir. Il a choisi de rester, d'affronter son destin. Comme Pétroccio. Le meilleur hommage que nous puissions leur rendre, dame, c'est que vous accomplissiez la mission qui vous a été confiée. Je vous y aiderai. Je n'ai plus le désir de me venger de mes parents, mon seul but est de vous servir désormais.

Elle lui prit les mains et les pressa avec ferveur.

—Comment te remercier?

—Consacrez toutes vos forces à rejoindre votre frère dans les Fonds, et je serai comblé.

Arjo avait raison : les destinées individuelles n'avaient que peu d'importance en regard des enjeux qui concernaient la cité et les diverses populations du pays d'Arkane. Son statut d'héritière de famille régnante ne conférait pas à Oziel que des avantages, mais des devoirs, et une immense responsabilité. La redoutable armée que lui avait montrée le drac lui revint en mémoire, ainsi que le visage émacié du garçon inconnu dont le rôle serait également essentiel dans les temps à venir.

Elle essuya les gouttes de pluie qui ruisselaient sur son masque.

—Allons-y.

Bien que haute de trois ou quatre perches et large d'un demi-arpent, la porte paraissait nettement moins imposante que celle des Hauts. De même, les fresques qui l'ornaient étaient moins foisonnantes, plus grossières. On y accédait par une rampe en pente douce qui partait du centre de la place, s'enfonçait sous l'arche et donnait en sous-sol sur les entrées du labyrinthe.

Les sicaires et leurs foueurs, les nomades du Tchezz et leurs furtifs, assemblés en grand nombre, contrôlaient les candidats au passage, obligeant chacun à se présenter tête nue devant eux. Une comédienne dut ainsi retirer son masque et sa perruque pour continuer son chemin.

—Nous ne passerons pas, cette fois, dame, souffla Arjo.

—Tu connais une autre façon de descendre?

Il haussa les épaules.

L'une des nombreuses forfanteries d'Ulio revint soudain à la mémoire d'Oziel : il affirmait que, à la suite d'un pari, il avait gagné le niveau inférieur en passant par la paroi extérieure du socle dont les nombreuses aspérités offraient autant de points d'appui. Elle l'avait cru : rien de ce qu'affirmait son frère ne lui paraissait impossible.

—La paroi extérieure du socle..., murmura-t-elle.

Il lui lança un regard incrédule.

—Vous voulez dire…

—Nous n'avons pas d'autre choix.

Il blêmit.

—Je… suis sujet au vertige. Je n'y arriverai pas.

Elle sortit de la file d'attente et commença à rebrousser chemin.

—Je ne te le demande pas, Arjo. Tu as déjà fait beaucoup pour moi.

Il la rattrapa en quelques foulées.

—Je ne vous abandonnerai pas.

Ils se rendirent par une enfilade de ruelles au pied du mur d'enceinte qui surplombait la paroi du socle, et gravirent l'un des escaliers qui menait au chemin de ronde désert. Arkane n'avait pas connu d'attaque extérieure depuis tellement longtemps que le Conseil des Sept et le haut commandement de la Légion n'estimaient pas nécessaire d'y poster des sentinelles. Ils jetèrent un coup d'œil vers le bas par-dessus le parapet crénelé. Une brume épaisse les empêcha de distinguer le niveau inférieur, celui des Marches. La paroi couverte d'une mousse vert tendre semblait se perdre dans des profondeurs insondables.

—C'est impossible, dame, gémit Arjo.

—Pas si vous avez le bon équipement ! tonna une voix grave derrière eux.

L'homme, un vieillard au visage sillonné de rides où se devinait un sourire, s'était approché en silence dans leur dos. Oziel glissa la main dans la poche ventrale de la robe d'infamie pour se saisir de la serre.

—Que voulez-vous ?

Le vieil homme écarta les bras en un geste d'apaisement.

—Mon nom est Lozzi. Je vous suis depuis un bon moment. J'ai entendu dire qu'ils cherchaient une meurtrière dans les Dits et je me suis posté près de la Porte du Laz. Comme vous êtes la seule à avoir tourné les talons, j'en ai déduit que vous étiez celle qu'ils cherchaient.

—Je ne suis qu'une comédienne, objecta Oziel, gardant les doigts serrés sur le manche de la serre.

—Je ne vous ferai pas l'offense de vous prier de retirer votre masque.

— Pourquoi viendriez-vous en aide à une fugitive ?

Les yeux ternes de Lozzi, en grande partie occultés par ses paupières fripées, lancèrent des éclats aussi brillants qu'inattendus.

— Parce que je ne crois pas qu'on déclencherait un tel branle-bas de combat pour une simple meurtrière. Le bruit court qu'une des sept maisons régnantes a été renversée, tous ses membres exécutés, mais qu'une héritière a réussi à prendre la fuite. J'ignore les motifs qui ont entraîné les autres familles à se liguer contre le Drac, je sais seulement que l'équilibre est rompu et qu'Arkane est en danger. Tant que cette héritière restera en vie, nous garderons une petite chance de restaurer la stabilité.

Le vieil homme se pencha à son tour par-dessus le parapet.

— On peut effectivement descendre par là. Il vous faut seulement des crochets aux pieds et aux mains, sinon, c'est la glissade et la mort assurées.

— Où peut-on s'en procurer ? demanda Oziel.

— Chez un vieil ami à moi. Un ancien forgeron venu s'installer dans les Dits il y a de cela quinze ans. Je peux vous y conduire si vous le souhaitez. (Comme elle ne répondait pas, il ajouta :) Je comprends que vous soyez défiante, dame, mais considérez le fait que je n'ai pas prévenu les sicaires et leurs foueurs lorsque je vous ai repérée près de la Porte du Laz.

Oziel fut tentée d'accepter la proposition de Lozzi. Le temps se précipitait et les véritables organisateurs de la conspiration contre le Drac resserraient leur filet sur Arkane. Arjo semblait l'encourager du regard.

— Nous vous suivons.

Le vieil homme hocha la tête avec un large sourire qui révélait une dentition incomplète.

Il les entraîna dans les ruelles des Dits, les invitant une fois à se rencogner dans le creux d'un mur au passage d'un groupe de sicaires. Il poussa ensuite la lourde porte d'une maison semblable à toutes les autres avec sa façade grise, ses volets défraîchis, son escalier en pierre et son étroit perron.

— Pell ! cria-t-il une fois qu'ils furent entrés dans le vestibule.

La maison respirait le calme, la propreté et l'ordre. De nombreuses épées et autres armes exposées sur les murs donnaient une bonne indication sur la profession, ou l'ancienne profession, de l'occupant des lieux.

— C'est toi, Lozzi ? répondit une voix éraillée.

— Je t'amène du monde. Ils ont besoin de crochets.

— Ils n'ont pas la conscience propre, pas vrai ?

Le dénommé Pell entra à son tour dans le vestibule. Un colosse vêtu de cuir dont la taille avoisinait la toise, visage rugueux encadré d'une longue barbe blanche qui compensait l'absence totale de cheveux sur son crâne tavelé. Sous ses sourcils épais, ses yeux noirs avaient l'acuité de lames affûtées.

— Ils ont seulement besoin de quitter discrètement les Dits, répondit Lozzi.

— Peu m'importent leurs raisons, je te fais confiance mon vieil ami. Mais qui me paiera pour les crochets ?

— Tu n'as pas besoin d'argent, vieux grigou. Eux ont un besoin urgent de ces bouts de ferraille. Je dirais même vital.

— Je sens que je vais encore me faire rouler, grogna Pell.

— Normal, ricana Lozzi. Tu as toujours eu une tête à te faire avoir !

Le colosse éclata d'un rire tonitruant avant d'aller chercher les crochets et d'expliquer à Oziel et Arjo comment ajuster à leurs pieds et à leurs mains les mécanismes télescopiques qu'on bloquait avec des goupilles.

— Ils ne protègent pas des chutes, prévint Pell. Vous aurez près d'une demi-lieue à parcourir, et il faudra compter avec la fatigue. Évitez les gestes brusques, ils vous déséquilibreraient et vous précipiteraient plus vite que prévu dans les Marches.

— Vous n'avez pas un instant à perdre si vous voulez gagner les Marches avant la tombée de la nuit, intervint Lozzi.

Oziel remercia chaleureusement l'ancien forgeron, qui retourna vaquer à ses occupations après les avoir congédiés d'un geste de la main assorti d'un grognement.

Collés contre la paroi, Oziel et Arjo effectuaient chaque mouvement avec une lenteur crispante. D'abord dégager une main, tenter de trouver une prise ou une partie friable un peu plus bas, planter solidement le crochet, puis ramener l'autre main au même niveau, descendre avec les mêmes précautions la première jambe, suspendus à la seule force des bras, assurer la prise à tâtons, abaisser l'autre jambe, puis recommencer.

Les rafales de vent, puissantes le long du socle, les contraignaient régulièrement à se plaquer contre la paroi. L'effort prolongé et la tension permanente requis par l'exercice généraient une fatigue intense qui tétanisait les muscles. Oziel crut à de nombreuses reprises qu'elle basculait en arrière et s'agrippa de toutes ses forces aux crochets en espérant qu'ils ne céderaient pas. Elle évitait de regarder en contrebas : elle n'y aurait gagné qu'un surcroît de découragement. De toute façon, les gouttes de sueur acides lui tombant dans les yeux l'auraient empêché de distinguer quoi que ce soit. Elle restait concentrée sur les équilibres changeants de son corps, à la recherche de prises fiables. De temps à autre, elle percevait au-dessus d'elle les ahanements et les soupirs d'Arjo.

Elle avait bien cru qu'il refuserait de se lancer dans l'entreprise tant il avait semblé frappé de terreur au moment d'enjamber le parapet. Puis, livide, encouragé par Lozzi, il avait fini par la suivre. Le vieil homme leur avait souhaité bonne chance et rappelé les conseils de Pell : ne pas se précipiter, ne pas hésiter à prendre une pause de temps à autre, ne pas regarder en bas, ne pas se soucier du temps, contrôler sa respiration.

Les excroissances dues à la mécrose entravaient la progression d'Oziel : dès que l'une d'elles entrait en contact brutal avec la surface dure, une lame de douleur lui perforait tout le corps. Elle regrettait également de ne pas s'être débarrassée de l'une de ses deux robes. Sa perruque, elle, s'était envolée au premier coup de vent. Il ne lui restait que le masque de cuir, sous lequel elle transpirait en abondance, pour garantir son anonymat.

— Je n'en peux plus, dame, gémit Arjo.

Le vent se chargeait maintenant d'humidité. Déjà, les doigts glissaient sur le métal lisse des crochets.

— Tiens bon, Arjo, nous en avons bientôt fini.

— Je n'aperçois toujours pas le niveau inférieur et je suis déjà épuisé.

— Lozzi a dit qu'il ne fallait pas regarder en bas, dit-elle d'une voix dure. Garde ta salive et tes forces, concentre-toi sur tes gestes.

Elle s'adressait autant à elle-même qu'à lui, refusant de se laisser contaminer par les doutes, la douleur, la tentation persistante, envoûtante, de l'abandon.

— Reposons-nous un moment, proposa-t-elle.

— Comment ?

— Trouve de bonnes prises et reste un moment immobile.

— C'est de la folie, dame. Le vieux ne nous a pas dit si les candidats à la descente étaient arrivés entiers en bas.

Ils soufflèrent un moment, suspendus entre ciel et terre. Oziel se demanda où était passé le drac. Peut-être la jugeait-il incapable d'accomplir la mission que lui avaient confiée les frères de la Résurrection ? Peut-être se désintéressait-il de son sort de mécrosée, des habitants d'Arkane, de l'anéantissement programmé de la cité ? La colère, cette vieille compagne qui l'avait toujours accompagnée dans les moments difficiles, se propagea comme une eau bouillante dans ses veines. Elle puisa dans sa source noire de la détermination et de l'énergie avant de reprendre la descente.

Elle perdit l'un des crochets de ses pieds un peu plus bas. Elle poussa un cri de rage et dut, à partir de cet instant, transférer tout le poids de son corps sur sa seule jambe gauche. Elle rencontra des difficultés grandissantes à maîtriser le tremblement de sa cuisse. La petite voix lui soufflant de renoncer, de goûter enfin la paix, se fit de nouveau entendre sans qu'elle parvienne à la bâillonner. En cédant à ses injonctions, elle rejoindrait Ulio de l'autre côté du fleuve, ils célébreraient de nouveau la fusion, ils deviendraient amants, enfin, loin des hommes et de leurs regards.

La voix haletante d'Arjo la tira de ses rêveries.

— Pourquoi vous êtes-vous arrêtée, dame ?

— Ce n'est rien, bredouilla-t-elle. Un petit coup de fatigue.

La luminosité baissa de façon brutale, annonçant la tombée imminente de la nuit. La brume les enveloppait de son manteau glacial. Des craillements de cracasses retentissaient au-dessus d'eux, comme si les rapaces guettaient leur chute. Oziel dut s'arrêter à plusieurs reprises et reporter tout le poids de son corps sur les bras pour détendre sa jambe. Un hurlement d'Arjo lui fit craindre le pire : l'un des crochets du servant s'était arraché de la roche et, se rattrapant de justesse, il était resté un petit moment suspendu par une seule main avant de réussir à se rétablir.

Les formes s'estompaient peu à peu, la nuit amorçait son invasion silencieuse.

Oziel pensa à Pétroccio, à son sacrifice, et en appela à ce qu'il lui restait de volonté pour, pied après pied, se rapprocher avec une lenteur désespérante du niveau des Marches.

34

CHAVIOTS

Malheur à celui qui dérange un scorpion de vase. Son venin ne lui laisse qu'un très bref instant à vivre. Plus impitoyable que le serpent endormeur, plus rapide que le colibre des roseaux, il est difficile à observer, ce qui le rend d'autant plus dangereux. Cependant, le voyageur averti pourra discerner, dépassant de la nappe de vase dans laquelle il aime se plonger, l'extrémité de sa terrible queue : elle se termine par un dard de l'épaisseur d'une aiguille de pin. C'est en tout cas l'une des créatures d'Arkane les plus fascinantes qui soient. Évidemment, très peu nombreux sont ceux restés en vie après leur rencontre avec un scorpion de vase, ce qui a conduit à consolider sa réputation de tueur le plus redoutable et le plus craint des rives de l'Odivir.

Journal anonyme d'un explorateur horizontal,
Bibliothèque privée de la maison de l'Ours,
Arkane

RENN S'EFFORÇA D'OUBLIER LE BROUHAHA QUI ENFLAIT DANS LE couloir et se concentra sur la pierre, cherchant une cohérence dans ses reliefs, dans ses saignées. Elle n'avait d'inerte que l'apparence. Il fallait à l'apprenti découvrir et épouser le mouvement invisible qui l'animait. Elle avait en tout cas perdu son caractère hostile, elle lui semblait familière, comme une amie connue depuis la nuit des temps.

Percevant vaguement la voix enrouée d'Astaud et celle, tranchante, du questeur, il découvrit un minuscule orifice, sous une saillie vers laquelle convergeaient plusieurs veines. Un chant s'éleva en lui. Le chant de la pierre, un murmure, une vibration harmonique ineffable, ravissante. Il ne prêta pas attention aux crissements métalliques qui retentissaient dans son dos. Il fut happé par la roche, projeté dans un passage étroit, obscur, aspiré à une vitesse vertigineuse dans le sein de la matière. Des lueurs vives brillaient autour de lui comme des étoiles dans un ciel instable, le chant s'amplifiait, dévoilait sa puissance phénoménale ; une lumière éclatante l'accueillit au bout du tunnel, il baigna dans une paix indicible, comme s'il appartenait au cœur de la pierre, il flotta dans l'enchantement, délivré de ses tourments, léger, heureux. Il aurait volontiers prolongé le ravissement, mais un grincement horripilant lui rappela que le questeur et ses hommes s'introduisaient dans sa cellule pour l'assassiner.

Dans son esprit se forma l'image d'une bouche assez large pour autoriser le passage d'un homme. Les étoiles dansèrent au-dessus de lui, fusèrent dans toutes les directions, puis se stabilisèrent, dessinant de nouvelles figures, de nouvelles constellations. La matière se pliait à son désir. Une crainte l'effleura : perdrait-il conscience comme la première fois dans l'atelier de maître Hauhorn ? La pierre se referma sur lui, sa lumière déclina, son chant s'assourdit, il éprouva l'horrible sensation d'être chassé d'un ventre fabuleux, ressentit de nouveau la densité, le frottement, la douleur, ne commit pas l'erreur de résister, se retira en lui-même jusqu'à devenir un point insignifiant, un simple éclat de conscience.

Renn rouvrit les yeux.

Des nuages se déchiraient dans un ciel immuable, les cimes des arbres ployaient et frissonnaient au-dessus de lui, des éclats de voix roulaient dans le silence comme des orages lointains. Allongé sur une herbe humide, il se rendit compte qu'il était passé à l'extérieur de la fortification dont la paroi grise s'habillait de lierre, de mousse et d'herbes folles.

Il se releva, étourdi, peinant à se maintenir sur ses jambes. Les sous-sols de l'enceinte fortifiée, érigée au sommet d'une colline, donnaient directement sur la pente. Un orifice de la taille d'un poing diminuait rapidement au milieu de la roche brute étayant la construction, comme une blessure cicatrisant à une vitesse accélérée. Des voix lui parvenaient depuis l'autre côté du mur, de plus en plus étouffées. Il saisit des bribes de phrases avant que la roche ne se referme complètement.

—Comment a-t-il… s'évader?

Il reconnut la voix de cracasse d'Astaud.

—… enchanteur… de pierre… devons absolument… le neu-traliser… dire adieu à vos cent mille arks…, répondit un homme, le questeur probablement.

La coordination entre l'esprit et les muscles de l'apprenti ne s'était pas encore rétablie. Il n'avait pas tout à fait réintégré son corps, comme si une partie de son esprit était restée dans la pierre. Affaibli par le décalage, il se sentait dans la peau d'un animal tout juste mis bas qui se hisse maladroitement sur ses pattes tremblantes et tombe à plusieurs reprises avant d'effectuer ses premiers pas.

Des cris et des bruits retentirent, révélateurs d'un branle-bas de combat. Il dirigea son regard vers le bas de la colline et aperçut le fleuve et son eau d'une couleur ocre typique des temps de crue. Il discerna également des embarcations derrière les roseaux bordant le cours d'eau. La voie fluviale lui sembla la meilleure solution pour échapper aux abordeurs d'Astaud et aux légionnaires du questeur. Les bruits se rapprochant, il s'élança avant d'avoir recouvré l'intégralité de ses forces, chuta au bout de trois pas, se releva, tomba de nouveau, s'égratigna la hanche dans un buisson de ronces, repartit sans tenir compte des chapelets de brûlures grimpant à l'assaut de sa peau, dévala la pente raide en effectuant de larges boucles, atteignit l'orée de la forêt de roseaux géants aux panaches brun foncé.

Des soldats en uniforme noir se déployaient déjà en haut de la colline. Renn s'enfonça entre les roseaux aux tiges larges de plusieurs pouces et hautes de deux ou trois toises, traversa la forêt peu profonde, parcourut la jetée en bois à laquelle étaient arrimées des embarcations. Les chaînes épaisses qui les reliaient entre elles lui interdisant d'en détacher une, il ne lui restait qu'une alternative: la nage. Il avait appris à nager, comme tous les enfants des rives, mais il n'avait jamais apprécié l'exercice. Il lui suffirait de se laisser porter par le courant, assez fort à cet endroit.

Toutes voiles dehors, une louque ventrue glissait en silence au milieu de l'Odivir.

Renn dévala l'une des échelles qui permettaient d'accéder aux bateaux. Les cris de plus en plus proches ne lui laissèrent pas le temps de s'habituer à la température de l'eau, étonnamment glaciale, sans doute parce qu'une source souterraine se déversait dans les environs. Saisi, il effectua de vigoureux mouvements de bras, autant pour se réchauffer que pour gagner le courant une dizaine de pas plus loin. Il n'eut plus ensuite qu'à se maintenir au milieu des branches et autres débris charriés par l'Odivir. Les zones tièdes et les passages glaciaux se succédèrent, occasionnant des contrastes désagréables, suffocants. Il s'aperçut que le courant le dirigeait peu à peu vers le milieu du fleuve et commença à lutter pour ne pas s'écarter de la rive. La forêt des grands roseaux s'ajoura et fit place à une anse arrondie bordée d'une grève de terre. Des habitations aux toits de chaume se serraient les unes contre les autres en retrait, un village de pêcheurs, à en juger par les nombreuses barques amarrées à une autre jetée de bois.

Renn entrevit des vêtements étendus sur un fil à côté de la maison la plus proche, une modeste bâtisse aux murs rongés par l'humidité. Il dut lutter de toutes ses forces contre le courant pour gagner la grève. Il vérifia que personne ne déambulait dans les parages avant de sortir de l'eau. Il aurait pu croire le village abandonné si des cris d'enfants, retentissant au loin, n'avaient rivalisé avec les croassements des innombrables cracasses posées sur la grève. Un vent violent convoyait de lourds nuages sombres qui ne tarderaient pas à se déchirer.

Frigorifié, l'apprenti traversa la grève et franchit en courant la cinquantaine de pas qui le séparaient des vêtements séchant sur le fil. Des cracasses dérangées par son intrusion s'envolèrent en craillant. Il craignit qu'elles ne donnent l'alerte aux habitants du village, mais il arriva près de l'étendage sans que quiconque se manifeste. Quelques tenues masculines parmi les nombreux effets d'enfants et de femmes. Il choisit un pantalon large de pêcheur et une tunique encore humides qu'il évalua à peu près à sa taille. Il s'apprêtait à les enfiler quand une voix retentit derrière lui :

—D'où tu sors, toi ? Qu'est-ce que tu fais avec les habits de mon mari ?

Interdit, il laissa tomber les vêtements pour plaquer ses mains sur son bas-ventre.

—Pourquoi t'es tout nu ?

Il ne décela aucune méfiance dans les yeux bruns qui le dévisageaient, seulement une curiosité bienveillante. La femme maintenait d'une main les mèches qui dépassaient de son foulard. Ses épaules tombantes de vieillarde contrastaient avec son visage rond et lisse. Les pensées de Renn s'emmêlèrent, puis il misa sur la haine vouée aux questeurs de la cité par les populations des rives.

—J'ai eu des problèmes avec un questeur et je me suis évadé. Ils me cherchent.

La femme hocha la tête. Le vent gonflait sa robe comme une voile et dévoilait en partie ses jambes. Elle ne portait pas de chaussures, comme la plupart des riverains du fleuve.

—Laisse ces vêtements. Ils sont encore mouillés. Je vais t'en donner des secs.

Elle les ramassa et les étendit sur le fil avant de se diriger vers la porte d'entrée de la maison.

—Viens, fit-elle sans se retourner.

Elle s'appelait Svara et était mariée à un pêcheur du nom de Vilm qui, parti au petit matin sur le fleuve, ne reviendrait qu'en milieu d'après-midi.

—Il y a de moins en moins de poisson, précisa-t-elle. Il lui faut maintenant deux sixtes là où, avant, il n'en avait besoin que d'une.

Elle avait servi une soupe à Renn après lui avoir fourni une tunique et un pantalon secs.

—Et puis les mareyeurs de Kollan font sans cesse baisser les prix, si bien qu'on a à peine de quoi survivre. Mes enfants en ont assez de manger du poisson !

La maison était propre et confortable malgré sa modestie et sa vétusté. Les flammes qui dansaient dans un foyer de pierre diffusaient une chaleur bienfaisante. Svara ajoutait de temps à autre une bûche de roseau qu'elle prélevait dans le tas dressé à côté de la cheminée.

—Où sont vos enfants ? demanda l'apprenti.

—L'aîné est avec son père, les deux autres jouent avec les garnements du village. Quand ils pointent leurs petites bobines, c'est qu'ils sont affamés.

—Et votre mari, il va souvent à Kollan ?

—Tous les deux jours. Il ira demain à la première heure vendre le produit de sa pêche d'aujourd'hui.

L'idée avait germé dans l'esprit de Renn sitôt que Svara avait prononcé le nom de Kollan. Il lui fallait absolument savoir ce qu'il était advenu d'Orik. Il n'accepterait pas sa mort tant qu'il n'aurait pas vu son cadavre ou qu'on ne lui aurait pas confirmé formellement son trépas. Il n'aurait sans doute pas le courage de continuer le voyage vers Arkane sans lui, quel que soit le rôle important que le guerrier semblait lui attribuer. Le bonheur d'avoir renoué avec l'enchantement ne serait pas complet s'il demeurait dans l'incertitude au sujet d'Orik.

—Combien de temps met-on pour se rendre à Kollan ?

—Oh, à peine un tiers de sixte à l'aller, puisqu'on est dans le sens du courant. Le retour est plus compliqué : on doit sans cesse tirer des bords.

Renn en fut étonné : il avait toujours cru que le repaire de ses ravisseurs se situait en aval du fleuve.

—Connaissez-vous Astaud et les Abordeurs ?

—La reine Astaud ? Qui ne la connaît pas ici ?

Svara resservit d'autorité de la soupe dans le bol en bois de Renn. D'abord hésitant, il avait fini par en apprécier le goût un peu aigre.

—Elle et ses hommes ne nous embêtent pas, reprit-elle. Ils organisent des expéditions pour piller les grosses louques sortant du port de Kollan. Tu les connais ?

—J'en ai juste entendu parler…

Des braises de soupçons s'allumèrent dans le regard de Svara.

—Que s'est-il passé avec ce questeur ?

—Tout ce que je sais, c'est qu'il a décidé de m'éliminer. Je n'en connais pas les raisons.

—Tu viens d'où ?

—Des rives. Mais j'ai passé deux années dans le massif de l'Ostian.

—Qu'est-ce qu'on peut bien fiche là-bas ?

Il hésita à lui dire la vérité, puis il choisit de lui faire confiance.

—J'étais… je suis apprenti enchanteur de pierre.

Il ressentit une certaine fierté à proclamer son talent naissant. Elle eut un mouvement de recul, comme effrayée par sa réponse, et tenta de dissimuler son émoi en jetant une nouvelle bûche dans la cheminée.

—Ils existent donc? demanda-t-elle en tisonnant les braises.

—Existaient. Le dernier d'entre eux, mon maître, a été tué.

Elle revint s'asseoir en face de lui, mais son expression avait changé, ses yeux étaient devenus fuyants.

—Tu es… un sorcier? Un jeteur de sorts? C'est pour ça que le questeur te cherche?

—Les enchanteurs ne sont pas des sorciers, simplement des hommes qui détiennent le secret de connaissances très anciennes. Et ils ne font rien d'autre que sculpter les pierres.

—Pourquoi t'en voudrait-il en ce cas? insista Svara.

—C'est pour moi un mystère.

Il vit dans ses yeux qu'elle ne le croyait pas, mais qu'elle n'osait pas le contredire de peur d'être aussitôt victime d'un sortilège.

—Si je savais jeter des sorts, reprit-il, je ne me serais pas retrouvé dans cette situation.

L'argument eut l'air de la convaincre. Ses enfants, une fille âgée de six ans et un garçon de quatre, choisirent ce moment pour surgir dans la maison, les pieds et les vêtements couverts de boue. Elle regarda d'un air résigné les traces qu'ils abandonnaient sur le parquet. Nullement impressionnés par la présence d'un étranger, ils s'installèrent à leur tour à la table comme pour rappeler à leur mère qu'ils n'étaient revenus que pour manger. Elle leur servit des bols de soupe accompagnés d'un pain de ghoor noir. Tout en aspirant leur bouillon à petites gorgées, ils jetaient des regards interrogateurs à Renn sans dire un mot, une curiosité muette qui l'intrigua.

—Ils ne parlent pas, intervint Svara, comme si elle avait surpris ses pensées. Ils n'ont jamais parlé. Ni mon fils aîné. Mais ils entendent et comprennent. Ça ressemble à… (Elle se tut un instant.)… une malédiction.

—Qui vous aurait lancé une malédiction?

Elle haussa les épaules.

391

—Une femme jalouse, peut-être? On ne sait jamais ce qui se passe dans la tête des gens…

Il vida le hanap qu'elle avait rempli d'un liquide sucré qui n'était ni du vin ni du sirop de fruits.

—Vous pensez que votre mari accepterait de m'emmener à Kollan demain matin?

—Y a pas de raison qu'il refuse. Mais faudra lui demander quand il sera de retour.

Vilm et son fils aîné revinrent de leur pêche au crépuscule.

—Une foutue mauvaise journée, maugréa-t-il avant même de saluer Renn et d'embrasser sa femme et ses enfants. J'ai rien pris jusqu'au zénith, j'ai réussi à en ramasser quelques-uns en fin d'après-midi.

Vilm était un homme large d'épaules aux cheveux bouclés et au visage fin, presque féminin. Renn comprit pourquoi Svara avait évoqué la jalousie d'une femme pour expliquer le sort jeté sur sa famille.

—J'ai vu des soldats noirs de la cité en arrivant au village. (Ses yeux tombèrent sur l'apprenti, comme s'il prenait enfin conscience de sa présence.) Un rapport avec toi, mon gars?

—C'est moi qu'ils recherchent, confirma Renn.

—S'ils te trouvent ici, on risque de tous finir crucifiés sur une planche. Tu as pris des risques, Svara.

—On ne va tout de même pas le livrer à ces charognards! protesta-t-elle.

Vilm se coupa une tranche de pain avec un couteau à large lame et en mangea une bouchée d'un air pensif.

—Bien sûr que non, il n'en est pas question. Il faut le cacher avant qu'ils fouillent la maison.

Ils l'installèrent dans une cave creusée sous la maison, à laquelle on accédait par une trappe et une échelle de bois. Le sol en était humide et l'air saturé d'une âcre odeur de moisissure.

—On camouflera la trappe avec un tapis, et ils n'auront pas l'idée de venir te chercher là-dedans, assura Vilm.

L'apprenti eut un doute lorsque le panneau se referma, plongeant le réduit dans l'obscurité. La prime de cent mille arks promise par le questeur avait de quoi allécher des gens vivant dans une telle pauvreté, enterrer leurs griefs, ruiner leur sens de l'honneur.

Il s'installa aussi confortablement que possible dans la cachette où étaient entreposées, protégées de l'humidité par des socles de pierre, des jarres contenant de la saumure, de la farine et de l'huile. Assis sur une pierre plate, il posa la main sur le mur le plus proche et, à tâtons, essaya de deviner les matériaux avec lesquels il avait été bâti : terre étayée de poutres verticales, aucune surface rocheuse. Il ne pourrait pas recourir à l'enchantement au cas où les choses tourneraient mal. Il détestait cette impression de dépendre entièrement de la bonne volonté d'un couple pour qui il restait un parfait étranger, un sorcier de surcroît. Sa vie ne lui appartenait plus. Il ne lui restait plus qu'à prendre son mal en patience. Les bruits lui parvenaient à travers le plancher, étouffés. Les voix de Vilm et de Svara se détachaient par instants des craquements des lattes de bois.

Le temps se suspendit.

Les légionnaires du questeur se présentèrent au bout d'une éternité. Leurs voix graves et leurs pas lourds reléguèrent les autres bruits au second plan. Ils échangèrent quelques mots avec Vilm, marchèrent juste au-dessus de Renn, puis leur immobilité soudaine et prolongée lui fit craindre le pire. Il s'attendit à tout moment à ce que la trappe se soulève, mais ils reprirent leur fouille et finirent par sortir de la maison. Il s'en voulut d'avoir douté de Svara et de son mari.

Lorsqu'ils le libérèrent de sa cachette, la nuit était tombée et l'éclairage diffus des lampes à huile s'associait aux éclats saccadés des flammes qui ronronnaient dans l'âtre. Pas fâché de pouvoir respirer un air un peu plus sain, il adressa des remerciements chaleureux à ses hôtes.

— N'importe qui aurait fait la même chose dans le village, répondit Vilm. Le questeur est l'ennemi de ceux qui vivent sur les rives. Pire qu'un endormeur. Personne n'aurait eu l'idée de l'aider. Svara me dit que tu veux aller à Kollan demain matin ?

— Si c'est possible…

— Nous partirons au petit jour. Tu mettras un chaviot pour qu'on ne te reconnaisse pas. Cette nuit, tu dormiras dans la chambre des petits. Nous les prendrons avec nous.

—Un chaviot?

—C'est comme ça qu'on appelle le chapeau du fleuviot.

Vilm et Renn partirent à ce moment incertain où l'aube et la nuit, se diluant l'une dans l'autre, tissent une toile grisâtre et morose percée par endroits de jaillissements étincelants. Svara s'était également levée pour souhaiter bonne chance à l'apprenti et lui remettre le chaviot qu'avant de se coucher, elle avait lavé et mis à sécher devant l'âtre, un couvre-chef conique dont les bords rabattus offraient l'avantage de dissimuler une grande partie du visage.

—Si on ne le met pas, le miroitement du fleuve finit par nous brûler les yeux, expliqua Vilm.

Renn pressa la main de Svara avec ferveur avant de rattraper le pêcheur qui marchait d'un bon pas en direction de la jetée. Bien que de taille modeste, son bateau disposait d'une voile triangulaire qu'il hissa le long du mât après s'être servi des rames pour s'éloigner du ponton et des autres embarcations. Il scruta le ciel enflammé par le jour naissant. Quelques étoiles résistaient encore à l'inexorable déploiement de la lumière. Des centaines de cracasses immobiles recouvraient la grève de terre d'une nappe noire et craillante.

—Le vent est bon, estima Vilm. Nous devrions arriver à Kollan dans un quart de sixte.

L'intérieur du bateau étant bourré de poissons sur lesquels une bâche avait été tirée, Renn s'installa sur le banc près de la barre. La voile se gonfla, l'embarcation s'éloigna de la jetée, la violence du courant se conjugua à la puissance du vent pour l'amener à une vitesse soutenue, presque grisante. Le village ne fut bientôt plus qu'un point sombre derrière eux. Ils longèrent une nouvelle forêt de roseaux, nettement plus grands dans les parages que ceux qui avaient servi de terrain de jeu à Renn pendant son enfance. Le pêcheur barrait son bateau de manière à le maintenir dans la partie la plus active du courant. Ils dépassèrent une louque chargée de tiges de roseaux de l'épaisseur de troncs d'arbre.

—Ils les coupent vingt lieues en amont de Kollan. (Les sifflements du vent et l'incessant clapotis de l'étrave avaient contraint Vilm à hurler.) C'est là qu'ils sont les plus grands, les plus solides.

Des hommes accoudés au bastingage, vêtus de tuniques sans manches, coiffés de chaviots identiques aux leurs, les regardèrent passer d'un œil morne. Ils portaient, passées dans leurs ceintures, des machettes aux larges lames tachées par la sève jaune des roseaux.

— Des abatteurs, précisa le pêcheur. Une corporation dont tout le monde a peur, même les sbires du questeur. Vaut mieux pas avoir affaire à eux quand ils se soûlent dans les tavernes de Kollan. À propos de questeur, qu'est-ce qu'il te veut au juste, ce charognard ?

— Aucune idée.

Cette réponse ne satisfaisait sûrement pas son interlocuteur, mais l'apprenti n'en avait pas d'autre à sa disposition. Les sourcils froncés, Vilm le dévisagea par-dessus la barre.

— Il n'aurait pas envoyé ses scarabées noirs fouiller notre village s'il n'avait pas de bonnes raisons.

— Il sait sans doute quelque chose que je ne sais pas et que je dois découvrir.

Le bateau fila tout droit au milieu d'embarcations, à rames pour la plupart, qui s'éparpillaient sur le fleuve, provenant d'un village plus important que celui de Vilm et accroché au flanc d'une colline verdoyante. La rive opposée du fleuve disparaissait sous des bancs de brume enflammés par les rayons rasants du soleil levant.

Le pêcheur tendit le bras pour attirer l'attention de Renn sur les silhouettes sombres qui déambulaient entre les habitations.

— Ils sont sur les dents. Va falloir que tu fasses attention : Kollan est un vrai nid de scorpions !

Renn fut ramené une dizaine d'années en arrière, la première fois qu'il avait aperçu, à quelques pas de lui, un scorpion de vase, une créature tellement discrète qu'elle passait le plus souvent pour légendaire. Avant de s'enfuir, effrayé par sa queue recourbée chargée d'un venin foudroyant, il avait eu le temps d'être impressionné par ses dimensions, probablement plus de vingt pouces de longueur, par sa carapace noire striée de traits rouges, par ses pattes puissantes et velues. Quand il avait relaté sa rencontre à la maison, ses parents l'avaient traité de menteur.

Le paysage changeait peu à peu, les jetées, les bateaux, les hangars se multipliaient, une activité de fourmilière agitait les rives, les éclats de voix trouaient le silence matinal.

—On arrive.

Le pêcheur désignait la somptueuse falaise blanche qui servait de support à la ville de Kollan.

35

LES MARCHES

La différence entre un homme d'argent et un assassin,
C'est que le premier tue ses nombreuses victimes,
Sans jamais croiser leurs regards.

Proverbe des Marches,
Cité d'Arkane

—Où donc allez-vous jouer, ma dame?

L'homme, coiffé d'un large chapeau emplumé et vêtu d'une ample cape grise, avait surgi de la pénombre pour s'approcher d'Oziel et d'Arjo.

Ils avaient atteint le chemin de ronde du rempart des Marches au milieu de la nuit sous un crachin tenace et lugubre et, après avoir caché les crochets de Pell dans une anfractuosité du mur d'enceinte, ils s'étaient abrités sous un auvent pour récupérer de leurs efforts. Cent fois ils avaient failli tomber, cent fois ils s'étaient rattrapés d'extrême justesse. Oziel avait eu besoin d'une bonne demi-sixte pour détendre sa jambe gauche tétanisée. Arjo n'avait pas paru heureux ni même simplement ému de revoir le niveau qu'il avait quitté deux ans plus tôt.

—Nous... sommes attendus chez un riche armurier, répondit-elle après une brève hésitation.

Au moins, son masque et sa robe de comédienne ainsi que les vêtements bariolés du servant continuaient de faire illusion.

—Lequel?

—Nous ne connaissons pas son nom, intervint Arjo d'un ton sec. On doit venir bientôt nous chercher.

Une moue irritée tordit les lèvres de l'homme au chapeau. Ses vêtements répandaient un parfum capiteux, presque écœurant. Son visage pourtant régulier et barré par une fine moustache avait quelque chose de déplaisant.

—Vous allez jouer pour des gens dont vous ignorez tout?

Oziel se souvint des conversations avec Pétroccio et les autres membres de la troupe.

—Ce sont les fureteurs qui trouvent nos engagements.

L'homme au chapeau lança un regard courroucé à Arjo comme s'il s'agissait d'un insecte horripilant.

—Je vous devine très belle sous votre masque, dame, reprit-il. Que diriez-vous de nous retrouver chez moi après votre représentation?

—Je crains de ne pas en avoir le temps.

—Et si je vous engageais pour un spectacle privé? insista l'homme. Votre descente vous rapporterait le double.

—Je ne vous connais pas.

—Pas davantage que vous ne connaissez votre armurier. (Il retira son chapeau pour esquisser une révérence.) Arvidus troisième du nom, pour vous servir, dame. Je suis courtier dans les Hauts, j'ai également un office dans les Labeurs. À qui ai-je l'honneur?

—Alena. Vous prenez des risques, Arvidus : vous ne m'avez jamais vue.

—Je sais reconnaître la beauté chez une femme, même masquée. Ce sera un immense plaisir de découvrir votre visage.

Le rire aux éclats déchirants d'Oziel lui valut une grimace réprobatrice d'Arjo.

—Je vous attendrai, quelle que soit l'heure, à mon domicile du 4 de la rue du Drac, tout près du rempart, poursuivit l'homme au chapeau.

Oziel tressaillit. S'agissait-il d'une simple coïncidence ou d'une menace voilée?

—Merci.

—N'oubliez pas : 4, rue du Drac. Je vous y attends.

Il s'inclina une deuxième fois avant de se fondre dans les ténèbres qu'ourlait une vague lueur au-dessus du rempart.

— Je n'aime pas cet homme, maugréa Arjo. Vous n'auriez pas dû accepter de lui parler.

— Il n'y avait aucune raison de ne pas lui parler, objecta-t-elle.

Arjo hocha la tête d'un air peu convaincu.

— N'oubliez pas : vous avez l'allure d'une comédienne.

Les paroles du servant ravivèrent le souvenir de Pétroccio dans l'esprit d'Oziel. Elle songea également à Gelsame qui ne reverrait plus jamais son fougueux amant et elle en ressentit une profonde tristesse teintée de culpabilité.

— Tu sais où est située la Porte du Laz pour descendre au niveau inférieur ?

Arjo scruta la nuit d'un regard inquiet avant de répondre :

— De l'autre côté de Gargott.

— Gargott ?

— Le nom que les habitants du quartier donnent au socle porteur. Gargott est un géant de pierre dans un conte pour enfants.

Le socle porteur des Marches soutenant les deux niveaux supérieurs occupait la presque totalité de l'horizon ; il s'étendait au-dessus de leurs têtes comme un deuxième ciel, un ciel sombre, figé, vaguement menaçant.

— C'est loin ?

— Environ trois lieues. J'espère que la porte n'est pas aussi bien gardée que celle des Dits ; je n'aurais pas le courage de refaire une descente par la paroi !

Ils attendirent que la pluie s'éclaircisse pour se mettre en chemin. L'eau débordait des rigoles en pente et se déversait dans les bouches ouvertes à intervalles réguliers au pied du rempart. La masse du socle porteur suscitait une sensation d'écrasement oppressante. D'en bas, on ne distinguait qu'une face oblique et lisse qui semblait se jeter dans les nuages déferlant dans les parties visibles du ciel. Les constructions grises et basses n'avaient pas l'élégance des habitations des Hauts, voire des Dits.

Une voie circulaire et pavée ceinturait la base de Gargott, dans laquelle se jetaient les autres rues comme les rayons dans le moyeu d'une roue. Les rideaux métalliques tirés de nombreuses boutiques accentuaient l'impression générale de tristesse qui se dégageait des lieux.

— Où habitent tes parents ?

Le visage d'Arjo se rembrunit.

—Quelque part à l'ouest du niveau, finit-il par marmonner sans desserrer les lèvres.

—Tu n'as pas envie de les revoir ?

Nouveau temps de silence.

—Je n'aurais qu'une raison de les voir : les tuer. Ils n'en valent pas la peine.

—Que comptes-tu faire ensuite ?

—Je vous l'ai dit, dame : vous accompagner dans les Fonds et combattre les ennemis d'Arkane.

Ils croisèrent une petite troupe de spadassins sortant probablement d'une nuit de libations, chapeaux emplumés à larges bords, amples capes, lourdes épées battant leurs bottes, masques d'oiseaux, allure arrogante de ceux qui s'arrogent le droit de vie et de mort sur leurs semblables. Ils se découvrirent avec une affectation excessive lorsqu'ils croisèrent Oziel et lui lancèrent des propos grivois entrecoupés de rires et de sifflements. Les assassins, ignorant visiblement la traque lancée contre la neuvième héritière du Drac, s'éloignèrent en titubant après s'être livrés à une succession de pitreries obscènes.

—Ils croient que toutes les comédiennes sont des putains, marmonna Arjo. Mon père les considérait comme des traînées. Quand j'étais enfant, j'ai souvent vu des comédiennes être importunées par…

Un vacarme l'interrompit, des vociférations, des cliquetis, des meuglements, un fracas d'objets brisés. Bien que la rue circulaire fût apparemment déserte, on se battait un peu plus loin.

Des silhouettes s'agitaient autour de deux chariots en feu. La pluie n'y suffisant pas, certains tentaient d'éteindre les flammes à l'aide de seaux qu'ils remplissaient dans les rigoles, d'autres s'appliquaient à les en empêcher à coups de bâton ou de poing. Des bœufs gisaient sur les pavés dans une mare de sang. Des hommes accouraient des ruelles voisines, brandissant des épées, des sabres, des masses d'armes ou de simples outils, fourches, pelles, pioches… Deux groupes se formèrent et s'affrontèrent sans plus se soucier de l'incendie.

La violence des combats sidéra Oziel. Comment les combattants pouvaient-ils reconnaître leurs partisans et leurs adversaires dans la

pénombre que les flammes n'éclaircissaient que par intermittences ?
Elle ne comprenait pas pourquoi les familles régnantes, certainement
informées, ne dépêchaient pas la Légion des Hauts pour mettre fin
aux troubles. Son père, s'il n'avait pas été éliminé par les conjurés,
aurait pris toutes les mesures pour rétablir l'ordre.

— On ne devrait pas rester là, dame, murmura Arjo. Ce sont
des enragés.

Le vent répandait une odeur de bois et de tissu brûlés mêlée
à celle du sang. Les chariots en feu bloquaient la voie circulaire, la
bataille se déplaçait dans les ruelles adjacentes, de nombreux corps
jonchaient le sol.

— Faisons le tour dans l'autre sens, insista Arjo.

Traverser le champ de bataille aurait en effet représenté un
trop grand danger. Une faction prenait peu à peu l'avantage sur
l'autre, des groupes cernaient ou pourchassaient des hommes qui
finissaient par être rattrapés et massacrés.

— Dame, s'impatienta Arjo.

Elle lança un dernier regard à la mêlée estompée par
l'obscurité et la fumée. La violence et la souffrance qui régnaient
dans les niveaux de la cité signaient l'échec des familles régnantes
gangrenées par l'oisiveté, le vice et la corruption. Soulignaient
également l'inanité de la loi de Séparation. Les conjurés avaient
éliminé les siens comme on détruit les vestiges d'un passé révolu.
Les Hauts ne juraient plus que par l'apparence, l'esbroufe, la
frivolité. Ils s'étaient transformés en un bastion confortable où
les familles et leurs courtisans, coupés des réalités des niveaux
inférieurs, s'étourdissaient dans des rituels dénués de sens et des
fêtes somptueuses.

Qu'avaient fait les familles régnantes de l'héritage des
Fondateurs ?

« Nous ne gouvernons pas pour consolider nos privilèges »,
rappelait souvent le patriarche Nunzio, « mais pour nous mettre au
service des habitants de la cité et du pays d'Arkane. »

Il était le seul membre de Conseil à défendre cette vision
du pouvoir, le seul obstacle à la machination mise en place par
les pétrocles et la Désolation. Le chaos qui se déployait sous les
yeux d'Oziel préfigurait l'ère des ténèbres, la ruine prochaine d'une
civilisation millénaire.

Matteo avait-il la capacité d'empêcher une destruction qui semblait inéluctable ? La dernière image qu'elle emporta, avant de céder aux injonctions d'Arjo et de tourner les talons, fut celle d'un jeune homme qu'un adversaire défiguré par la haine était en train d'égorger. Une vie pleine de sève s'éteignait.

Comme celle de Pétroccio.

Laissant derrière eux le fracas du champ de bataille, ils contournèrent Gargott dans l'autre sens. Le danger rôdait également dans le calme qu'ils retrouvèrent un peu plus loin, comme si le niveau tout entier était sur le point de s'embraser. Un chariot surgit devant eux dans un raffut de tous les diables. Les bœufs affolés avaient échappé au contrôle du conducteur qui, arc-bouté sur son banc, tirait désespérément sur les guides. Les roues crissaient sur les pavés, par endroits disjoints. Ils comprirent les raisons de l'emballement de l'attelage lorsque plusieurs hommes déboulèrent une dizaine de pas derrière le chariot. L'un d'eux brandissait une torche dans l'intention de mettre le feu à la bâche, des lames brillaient dans les mains des autres.

— Ça ressemble à une guerre de plus entre les corporations des marchands ambulants et des commerçants, marmonna Arjo. Pourquoi les ambulants sont-ils revenus dans les Marches ? L'air n'y est pas très sain pour eux.

— Pour se venger, peut-être.

Le jeune servant esquissa une moue dubitative.

— Si tous les habitants du quartier se liguent contre eux, ils n'auront aucune chance d'y parvenir.

Ils hâtèrent le pas en direction de la Porte. Oziel se demanda comment les Fondateurs avaient pu ériger le socle porteur. Il avait nécessité une quantité phénoménale de pierres qu'il avait fallu transporter depuis les lointaines carrières et hisser jusque dans les Hauts, une tâche colossale qui avait coûté des dizaines d'années aux constructeurs et épuisé une main-d'œuvre innombrable. Comment étaient-ils parvenus à ajuster les énormes blocs avec une telle précision ? Qu'y avait-il dans les Fonds où avait été banni Matteo ?

Ils traversèrent une première esplanade baignée de la lumière naissante de l'aube où se dressaient des statues d'animaux légendaires des mythes arkaniens autres que les symboles des familles régnantes. Elle reconnut au passage le vautour à collerette blanche qui, selon la légende, vivait dans le cœur du Tchezz, l'amphorbe à longue trompe et au crâne orné d'une corne recourbée, le simiaque des forêts dressé sur ses pattes arrière et figé dans une attitude pensive qui le rapprochait étrangement de l'être humain.

De l'autre côté de la place, ils pénétrèrent dans un quartier plus cossu, plus aéré. Les éclats de verre de vitrines brisées formaient par endroits d'épais tapis qui craquaient sous les semelles. Des ombres silencieuses tentaient de remettre de l'ordre dans les boutiques dévastées.

La nervosité d'Arjo augmentait au fur et à mesure qu'ils se rapprochaient de la Porte. Oziel essaya de le rassurer :

— Le coin a l'air tranquille…

— Je n'ai pas une bonne impression, dame.

Un homme frappé au cœur agonisait sur un côté de l'avenue.

— Un ambulant, précisa Arjo. On les reconnaît à l'anneau passé dans leur oreille gauche.

Les rares piétons qui s'étaient aventurés dehors malgré la pluie et le climat d'émeute passaient leur chemin sans prêter attention au moribond. Les marchands ambulants qui se présentaient chaque jour dans les Hauts appartenaient-ils à la même confrérie ? Ils ne portaient pas d'anneau à l'oreille en tout cas. Ils se divisaient probablement en plusieurs corporations qui se répartissaient les niveaux.

Les excroissances disséminées sur son corps se rappelèrent tout à coup au souvenir d'Oziel, l'élançant comme un préambule à une nouvelle poussée. La maladie poursuivait son invasion silencieuse, hideuse.

Deux sicaires surgirent d'une rue perpendiculaire et avancèrent dans leur direction. Frissonnante, Oziel s'efforça de marcher d'une allure dégagée et évita de regarder les deux hommes, qui continuèrent tout droit, à son grand soulagement. Elle croisa au passage les yeux clairs de l'un d'eux, deux fragments de ciel matinal dans le brun sombre de son masque d'oiseau. Elle y décela de l'intérêt, sans doute cet intérêt des hommes pour les comédiennes dont avait parlé Arjo.

La Porte leur apparut tout à coup, érigée au centre d'une place exiguë. En l'absence de rampe, le sol descendait directement en pente douce vers l'arche. L'érosion avait effacé en grande partie les fresques ornant ses piliers.

— On dirait un barrage, s'exclama Arjo.

Des vigiles et des foueurs déployés sur toute la largeur de la Porte refoulaient sans ménagement les rares hommes et femmes qui souhaitaient se rendre dans le Laz.

— Ne bougez pas, dame, je vais aux renseignements.

Le jeune servant palabra une trentaine de pas plus loin avec deux vigiles armés de piques, puis revint près d'Oziel en secouant la tête d'un air sombre.

— Ils ne laisseront entrer personne jusqu'à ce que tous les marchands ambulants soient traqués et exécutés.

— L'administrateur des Marches les laisse agir à leur guise ?

— Il n'a pas le choix tant que le Conseil des Sept n'envoie pas ses légionnaires. Nous sommes coincés nous aussi.

— Ils t'ont dit quand ils comptent lever leur barrage ?

— Entre deux et cinq jours selon eux.

Oziel ne parvint pas à contenir la colère qui l'embrasait. Le cri rageur qui s'échappa de sa gorge attira sur elle l'attention de quelques-uns des hommes répartis devant la Porte. Une foueur poussa un grondement sourd.

— Par pitié, dame, taisez-vous, souffla Arjo.

Colère contre ces hommes qui s'acharnaient sur de pauvres bougres pris au piège, colère contre le Conseil des Sept impuissant à les ramener à la raison, colère contre les torcherons incapables de dégager l'entrée du Laz, colère contre les malandrins qui avaient assassiné Pétroccio, colère contre les sicaires qui avaient massacré les frères de la Résurrection… Sa rage se transforma en un feu dévorant qui la fit chanceler. Les mots du gardien de la parole se détachèrent du tumulte de ses pensées : « *Le drac est un maître exigeant aux colères dévastatrices.* » À chacun de ses emportements, le feu blessant de la créature ailée lui rappelait de garder la maîtrise d'elle-même en toutes circonstances. Elle perdait tout discernement lorsqu'elle s'abandonnait à la colère, elle dilapidait son énergie, elle redevenait l'Oziel irriguée par sa source noire, un corps débordant de venin, un être possédé qui ne s'appartenait plus.

Arjo la tira en arrière.

— Partons. Nous allons attirer les soupçons.

Elle le suivit sans résistance dans une ruelle déserte. Ils s'abritèrent sous un auvent de bois pour se protéger des gouttes de pluie qui recommençaient à tomber.

—Désolée, dit-elle. Je nous ai mis en danger.

—Ne soyez pas désolée, j'ai bien failli hurler moi aussi.

Elle l'invita à poursuivre d'un haussement des sourcils.

—J'ai aperçu mon père parmi les hommes qui gardaient la porte. Il ne m'a pas reconnu. Il n'a pourtant rien à voir avec leur querelle. Il est ferronnier, pas marchand. Il compte sans doute en tirer un avantage. Vous vous rendez compte, dame : il a croisé mon regard et ne m'a pas reconnu. Moi, son propre fils. J'ai bien failli lui sauter à la gorge.

Le jeune servant avait blêmi, ses mains s'étaient mises à trembler.

—Tu as réussi à te contrôler, pas moi.

Arjo se détourna pour masquer sa détresse.

—Si j'avais eu une lame…

—Qu'allons-nous faire maintenant ?

—Pas question d'aller chez mes parents, en tout cas. Je ne pourrai pas toujours me maîtriser.

—Il ne reste qu'une solution…

Il l'interrogea du regard.

—Arvidus, murmura-t-elle.

—Vous n'y pensez pas ! se récria-t-il. Vous savez très bien ce qu'il veut.

—Il ne l'obtiendra pas. Il ne verra même pas mon visage. S'il devient trop pressant, je le neutraliserai. Nous avons besoin de manger, de nous reposer, et nous n'avons pas d'argent. Tu connais un autre endroit où aller ?

Il capitula de mauvaise grâce devant les arguments de la jeune femme.

—Tu sais où se trouve la rue du Drac ?

—Elle donne sans doute sur la place des Fondateurs…

Ils rebroussèrent chemin, s'écartèrent de la voie circulaire au bout d'une dizaine d'arpents et empruntèrent, sur leur gauche, une ruelle perpendiculaire au rempart.

La rue du Drac, étroite, partait d'une place hexagonale et sinuait jusqu'à la muraille dont le faîte crénelé se perchait une dizaine de toises au-dessus des toits. La maison qui portait le numéro 4, serrée entre deux constructions mitoyennes moins hautes, présentait une façade claire et bien entretenue qui rappelait les demeures des Dits. Le bleu vif des volets donnait un peu de gaieté à la grisaille environnante. Une plaque de cuivre sertie dans le chambranle de pierre mentionnait : « Arvidus, courtier dans les Hauts ».

— Vous êtes sûre de vous, dame ? demanda Arjo devant le petit escalier qui donnait accès à l'entrée, une porte de bois surmontée d'une marquise en fer forgé.

— Qu'est-ce que tu proposes ? Rester dehors en attendant que nous puissions accéder au Laz ?

Elle gravit les marches et donna trois coups du heurtoir en forme de main fixé au centre de l'huis. Une vieille femme lui ouvrit au bout d'un petit moment et posa sur elle des yeux inquisiteurs teintés de réprobation.

— Arvidus est-il là ?

— Qui le demande ?

Chevrotante, la voix de la vieille femme avait le tranchant d'une lame émoussée. Son nez aquilin jaillissait du lacis de rides de son visage comme un éperon d'une paroi tourmentée.

— Alena.

— Vous êtes comédienne, pas vrai ?

Oziel acquiesça après une brève hésitation.

— Je n'aime pas voir mon fils s'acoquiner avec des femmes de petite vertu, reprit la vieille femme.

— La vertu n'a rien à voir avec…

Une voix masculine provenant de l'intérieur de la maison l'interrompit.

— Ne tenez pas compte de ce que raconte ma mère.

Arvidus apparut sur le seuil, portant une courte robe de chambre par-dessus ses vêtements. Son crâne se dévoilait en partie sous sa chevelure brune et clairsemée.

— Je ne vous attendais pas si tôt, reprit-il en fixant Oziel avec un sourire.

— Nous n'avons pas eu la possibilité de jouer, répondit-elle. Il y a des heurts un peu partout dans le niveau. Les marchands bloquent les accès au Laz.

— J'ai moi-même assisté à quelques scènes pénibles, confirma-t-il. Les Marches sont devenues dangereuses ces jours-ci. Je vous hébergerai volontiers en attendant que le calme soit revenu.

Elle n'aima pas l'éclat sardonique de ses yeux noirs. Une petite voix lui souffla de tourner les talons, mais elle n'entrevoyait aucune autre solution. Elle désigna Arjo, resté en contrebas de l'escalier.

—Nous sommes deux.

La présence du jeune servant déplaisait visiblement toujours autant à Arvidus, qui s'efforça de faire contre mauvaise fortune bon cœur.

—Ça va de soi.

—Qui sont ces gens, Arvidus? grogna la vieille femme.

—Des amis, mère. Réservons-leur le meilleur accueil, comme il sied aux amis. Ils resteront ici tant qu'il y aura du danger dehors.

—Mais…

—N'ajoutez rien, mère, faites plutôt préparer deux chambres.

L'intérieur de la maison ressemblait à l'extérieur: meubles cirés, escaliers et parquets astiqués, cloisons blanches ornées de tableaux illustrant des scènes tirées des mythes arkaniens et de tapisseries aux motifs colorés et complexes. L'odeur d'encaustique, omniprésente, masquait en partie les effluves de cuisine qui flottaient dans le couloir.

Arvidus attribua au jeune servant une mansarde au deuxième étage et installa Oziel dans une chambre du premier étage située en face de la sienne. La mère du courtier occupait quant à elle une pièce du rez-de-chaussée pour lui éviter, étant donné son âge, de gravir chaque soir l'escalier. D'un ton peu amène, Arvidus ordonna à deux servantes, âgées elles aussi, de préparer les lits, puis, retrouvant par miracle la suavité de sa voix, il demanda à Oziel si elle souhaitait prendre un bain. Elle répondit par l'affirmative, enchantée par la perspective de se délasser dans une eau brûlante.

—Je vous laisse, dame. Nous nous retrouverons dans un quart de sixte pour le repas. J'ai quelques affaires à régler. Prenez votre temps. Vous êtes ici chez vous.

Il se retira. Elle ne put s'empêcher de penser qu'elle s'était jetée dans un traquenard. Un homme comme Arvidus n'admettait sûrement pas qu'on se moque de lui ni qu'on lui résiste. Quelques instants plus tard, un serviteur à la carrure imposante apporta un grand bac de bois qu'il posa au milieu de la pièce.

—Je le remplirai sitôt que l'eau aura chauffé, dame.

Elle se rendit près de la fenêtre qui donnait sur la rue et vit, à travers le voilage, un groupe déchaîné rouer de coups un homme à terre. L'affrontement s'étendait à l'ensemble du niveau. Elle se félicita de sa décision. L'ambiance feutrée de la maison d'Arvidus, même si ce dernier ne l'hébergeait pas par pure bonté d'âme, était plus rassurante que les soubresauts de violence qui secouaient les Marches.

On frappa à la porte.

— Entrez.

Arjo s'introduisit dans la chambre.

— Tout va bien, dame ?

— On se bat tout près d'ici.

Il la rejoignit devant la fenêtre et observa la scène qui se jouait en contrebas.

— Nous sommes sans doute mieux ici, concéda-t-il. Mais je n'ai pas confiance en cet homme.

— Moi non plus…

Dehors, le groupe se dispersa, abandonnant leur victime agonisante au milieu de la rue.

Le serviteur revint avec un grand seau fumant au bout de chaque bras.

— Votre eau, dame.

Arjo se dirigea vers la sortie.

— Je vous laisse à votre bain.

Il fallut quatre tours au serviteur pour remplir le bac. Elle vérifia que la porte était bien crochetée avant de se dévêtir. Comme elle était malheureusement dépourvue de verrou et de clef, elle la bloqua à l'aide d'une chaise. Elle ôta ensuite son masque, ses chaussures, ses deux robes et ses bandages. Le simple fait de sentir l'air sur son corps lui procura un plaisir presque extatique. Elle n'éprouva pas le besoin de contempler les dégâts de la mécrose dans le petit miroir accroché au mur, elle entra directement dans l'eau brûlante.

Une fois qu'elle s'y fut immergée, elle dériva lentement sur le fil de ses souvenirs. Depuis combien de temps s'était-elle enfuie du nid d'amour de Sylver de l'Aigle ? Une poignée de jours. Les images terribles du corps presque décapité d'Ulio, de son père et de sa mère crucifiés à la Porte des Supplices, des autres membres de sa famille assassinés dans la demeure du Drac semblaient pourtant relever d'une époque révolue, d'une autre vie. Elle ne ressentait plus de chagrin, à sa grande surprise, comme si elle avait asséché son réservoir de larmes. Elle se remémora le gardien de la parole et le jeune frère herboriste de la Résurrection, le servant suprême et le pétrocle en grande discussion dans le ventre profond de la Désolation, Jifar, le frère jumeau d'Arjo, à la sagesse précoce, Pétroccio et ses compagnons comédiens, le visage du garçon que lui avait montré le drac… Bercée par ses pensées, apaisée par l'eau chaude, elle ferma les yeux, posa la nuque sur le bord du bac et s'assoupit.

Un fracas la réveilla.

Quelqu'un secouait violemment la porte pour écarter la chaise qui barrait le passage. Elle n'eut pas le temps de se lever. La chaise se renversa, la porte s'ouvrit et livra passage à Arvidus, dont les pans de la robe de chambre retombaient désormais sur ses jambes nues. Oziel chercha désespérément des yeux un bout d'étoffe pour dissimuler son visage et le haut de son corps.

Arvidus la contempla d'un air stupéfait.

— J'étais venu… pour… enfin, vous savez…

Il resserra avec nervosité la ceinture de sa robe de chambre.

— J'héberge donc une foutue mécrosée, reprit-il avec une moue de dépit.

Elle se voila la poitrine de ses bras. Il la fixa avec une attention soutenue. Des éclats inquiétants enflammèrent ses yeux noirs.

— Oziel du Drac! La mécrosée la plus célèbre d'Arkane! On te cherche partout dans les niveaux d'Arkane. Dire que je t'ai prise pour une vraie comédienne, une putain!

— Vous vous trompez, je suis…

— Tu es une criminelle qui s'est jetée dans la gueule du loup, l'interrompit-il. Non seulement tu ne vas rien me coûter, mais, grâce à toi, je vais toucher une jolie somme.

Elle évalua la distance qui la séparait de sa robe d'infamie et de la serre de l'Aigle.

— Laissez-moi au moins me rhabiller…

— Pourquoi? Reste telle que tu es: tu portes la monstruosité de ton âme sur ton corps.

Il claqua des mains à trois reprises. Le serviteur qui avait apporté le bac s'engouffra presque aussitôt dans la chambre.

— Cette dame est une criminelle recherchée qui s'était déguisée en comédienne, déclara Arvidus. Nous devons la neutraliser et la remettre aux autorités d'Arkane.

Un voile de terreur glissa sur le visage du serviteur lorsque son regard tomba sur Oziel.

— Mais, sieur, elle est…

— Mécrosée, oui. Si tu as peur de la malédiction, débrouille-toi pour la neutraliser sans la toucher.

— Bien, sieur.

Le serviteur sortit de la chambre. Oziel estima le moment propice pour jouer son va-tout. Elle se leva aussi rapidement que possible, enjamba le bord du bac et se rapprocha en deux bonds de ses vêtements.

— Maudite…, grogna Arvidus.

Elle mit un temps infini à trouver la poche de la robe d'infamie et à mettre la main sur la serre. Elle se redressa.

Sensation fugace d'un mouvement. D'un sifflement.

Le serviteur se dressait face à elle. Un objet lourd et dur s'abattit sur son crâne.

La foudroya.

La serre lui échappa des mains.

Elle voulut la rattraper. S'étala de tout son long sur le parquet.

Sentiment fuyant d'échec, de révolte. Qui pourrait sauver Arkane ? Qui déjouerait le dessein diabolique de la Désolation ? Qui préviendrait Matteo ? Qui était le garçon entrevu lors de sa dernière rencontre avec le drac ?

Le drac… Pourquoi ne volait-il pas à son secours ?

Le regard d'Arvidus, très proche, offensant…

Sa voix, tombant d'un ciel brumeux…

— Tu vois le sceau du Drac sous sa toison ? J'espère que tu ne lui as pas brisé les os du crâne, elle vaut plus vivante que morte.

36

YSELLE

Dans la pire des situations, la vie envoie toujours une chance. La crainte, souvent, obscurcit le jugement. Pourtant, garde bien cela à l'esprit, il n'y a jamais de fin. La mort n'est pas une défaite, mais une nouvelle issue, une voie obscure que chaque être humain doit parcourir. Quand le moment viendra, garde les yeux ouverts, car le passage est riche d'enseignements. Il est un enseignement en lui-même. Si la peur te dévore, tu n'en retireras aucun avantage. La peur est ton ennemie intime.

Souviens-toi d'Alke, la reine guerrière qui descendit dans le fond des enfers pour reprendre Jofar, l'homme qu'elle chérissait entre tous et qu'un coup de lance en plein cœur avait précipité sur l'autre rive du grand fleuve. Harcelée par les entités infernales monstrueuses, elle se ferma à toute frayeur et poursuivit son chemin jusqu'à ce qu'elle ait retrouvé Jofar. Elle affronta Hilyaon, le gardien terrible aux sept tentacules dont les extrémités sont des têtes de serpent et le vainquit à l'issue d'un combat qui dura dix jours et dix nuits. Mais Jofar l'orgueilleux refusa de la suivre, disant qu'il se débrouillerait seul. Alors, Alke lui trancha la tête. À la place lui poussa la tête d'un ibis royal, qui est, comme chacun sait, l'incarnation de l'orgueil. Ainsi sont maudits les inconscients qui refusent les chances apportées par la vie.

La Geste arkanienne,
Tradition des diseurs du Chœur,
Arkane

RENN PARCOURUT L'ARTÈRE PRINCIPALE DE KOLLAN, TOUJOURS aussi bondée, en espérant reconnaître la rue dans laquelle Orik et lui avaient loué une chambre deux jours plus tôt. Le flot ininterrompu des chariots, voitures, cavaliers et piétons s'écoulait avec une lenteur exaspérante. Même s'il avait rabattu les bords de son chaviot sur son visage afin de masquer ses traits, il lui semblait qu'à chaque regard croisé par inadvertance, on allait se jeter sur lui pour le conduire pieds et poings liés devant le questeur.

Le mareyeur lui avait lancé des regards soupçonneux lorsqu'il avait accompagné Vilm au marché aux poissons sur un quai longeant le pied de la falaise blanche. L'acheteur avait proposé la moitié du prix réclamé par le pêcheur, et la discussion entre les deux hommes s'était envenimée jusqu'à ce que Vilm, las de barguigner, finisse par consentir aux conditions de son interlocuteur. Ce dernier avait jeté l'argent des trois cents kilos de poisson avec une superbe humiliante. Le pêcheur avait glissé les arks dans une bourse de cuir, puis, la tête et les épaules basses, les mâchoires serrées, s'était dirigé vers la jetée où était amarré son bateau.

—Ce charognard m'a pris pour un mendiant, avait-il maugréé. Svara va encore me reprocher de ne pas savoir défendre les intérêts de la famille.

—Pourquoi avoir accepté ses conditions?

—Je n'aurais pas trouvé un meilleur prix chez un autre mareyeur. Leur force, c'est d'être solidaires. (Vilm avait agrippé l'épaule de Renn devant la jetée.) Nos chemins se séparent, mon gars. Fais bien attention à toi.

Il s'était détourné avec une telle soudaineté que l'apprenti n'avait pas eu d'autre alternative que de lui crier un merci couvert par les sifflements du vent et les craillements des cracasses.

Renn aperçut, au-dessus de la mer de têtes qui se disputaient la rue en provoquant des courants contradictoires, des pointes de lances et de casques qui avançaient dans sa direction. Une dizaine de soldats de la cité. Il bifurqua vers une venelle perpendiculaire, se taillant un passage entre deux tombereaux et un groupe de fleuviots reconnaissables à leurs chaviots. La venelle pratiquement déserte débouchait sur le sommet de la falaise d'où l'on avait une vue grandiose sur l'eau scintillante du fleuve et le ballet incessant des bateaux autour du port. Il longea une taverne d'où montaient des éclats de voix, des chocs sourds et des craquements de bois brisé. Son cœur s'arrêta de battre lorsqu'il vit les soldats en uniforme noir s'engouffrer à leur tour dans la venelle. Libérés de la pression de la foule, ils progressaient à grandes enjambées, lances prêtes à embrocher le premier étourdi qui aurait eu la mauvaise idée de se mettre en travers de leur chemin.

Renn chercha une issue des yeux. Impossible d'emprunter la voie de la falaise qui, à cet endroit, était dépourvue d'escalier. Pas possible non plus de filer entre les maisons, toutes mitoyennes. Il s'était fourvoyé dans une impasse. Sa seule chance d'échapper aux légionnaires, une chance infime, était de créer un effet de surprise et de se faufiler entre leurs rangs avant qu'ils aient repris leurs esprits. Adopter un comportement différent de celui qu'ils attendaient d'un fugitif. Les devancer. Courir droit sur eux.

Au moment où il s'élançait, les soldats s'arrêtèrent à une trentaine de pas plus loin. Ils n'étaient pas venus pour lui, mais pour séparer les hommes qui en décousaient à l'intérieur de la taverne. Un serveur en tenue grise et brune, sans doute l'homme qui les avait prévenus, se tenait au milieu de l'escouade. Renn attendit qu'ils se ruent dans l'établissement pour rebrousser chemin et regagner la rue principale.

L'espoir de retrouver Orik vivant avait décru lorsqu'il avait gravi l'escalier reliant le quai à la ville. Les probabilités étaient presque nulles qu'il ait survécu au coup de massue de l'Abordeur. L'apprenti doutait de sa capacité à se débrouiller sans argent, sans arme, sans allié, dans un environnement hostile. Il n'envisageait qu'une seule issue : retourner dans le massif de l'Ostian, s'installer dans la maison de maître Hauhorn, pratiquer l'enchantement de pierre tout en assurant sa subsistance. Refaire le chemin dans l'autre sens, affronter le marais, la forêt, les collines noires, le glacier, les vents mordants, les tempêtes de neige, les nuits interminables et glacées, la solitude… Aucun questeur ne viendrait le chercher là-bas. Il ne pourrait pas commercer avec les envoyés de la cité ainsi que le faisait maître Hauhorn, puisque les commanditaires avaient décrété la fin des enchanteurs, mais il apprendrait à se nourrir avec les maigres ressources de la montagne, il goûterait aussi souvent que possible le plaisir ineffable de se fondre dans le ventre de la pierre, il entendrait son chant jusqu'à l'ivresse, jusqu'à l'extase. Il sentait confusément qu'il devait résister, perpétuer la tradition, comme veiller sur les dernières braises d'un monde gelé. Tôt ou tard, un matin nouveau dispersait les ténèbres qui s'apprêtaient à recouvrir le pays d'Arkane. Bien sûr, il ne bénéficierait pas des précieuses connaissances de son maître, il devrait tout redécouvrir par lui-même, tâtonner, se tromper, recommencer, se fier à sa seule intuition, lutter contre le découragement, mais la perspective l'exaltait, le soulageait également puisqu'il ne serait pas obligé de continuer le voyage vers Arkane, de déjouer les manœuvres du questeur et de ses hommes.

Il discerna la rue de l'auberge où Orik et lui s'étaient arrêtés. Le battement de son cœur s'accéléra prodigieusement et tambourina dans sa poitrine avec la frénésie d'un pic-des-troncs.

Après s'être extrait de la cohue, il se rendit à l'auberge, reconnaissable à sa façade et ses volets d'une blancheur éclatante, entra et s'avança vers le comptoir derrière lequel trônait un homme bedonnant et grisonnant qu'il identifia sans l'ombre d'une hésitation.

—Qu'est-ce que tu veux, mon gars? demanda le tenancier d'un ton bourru.

—Vous avez hébergé un géant et un garçon à peu près de mon âge il y a deux jours.

Les sourcils froncés, le tenancier se redressa sur sa chaise, comme s'il accordait enfin un minimum d'intérêt au visiteur.

—Et alors? grommela-t-il.

—Ils ont été agressés en pleine nuit. Le garçon a été enlevé, mais savez-vous ce qui est arrivé au géant?

Le tenancier décolla sa tunique collée à sa peau par la transpiration.

—Aucune idée.

Il mentait, ses yeux fuyaient ceux de Renn, ses gestes étaient devenus fébriles.

—Dites-moi la vérité, reprit l'apprenti d'une voix forte.

Son interlocuteur se leva de sa chaise et se pencha vers lui par-dessus le comptoir.

—Ne me parle pas sur ce ton! Je sais qui tu es malgré ton chaviot, et je sais que tu vaux un bon paquet d'arks. Tu as de la chance que je n'ai aucune sympathie pour le questeur. Fiche le camp.

—Pas avant que vous m'ayez dit ce qui est arrivé à mon ami.

Le tenancier se fendit d'un soupir excédé.

—Il est mort, le crâne fracassé. Son cadavre a été balancé dans le fleuve.

Le sang de Renn se glaça.

—Vous en êtes certain?

—Je sais encore distinguer un mort d'un vivant. Fiche le camp maintenant.

L'apprenti chancela.

—Désolé pour toi, mon gars, ajouta le tenancier.

Renn ne sut comment il sortit de l'auberge ni comment il se retrouva au bord de la falaise, les yeux brouillés de larmes, regardant sans les voir les taches claires des voiles disséminées sur le fleuve.

Des pas retentirent dans son dos. Il se retourna et, sans chercher à dissimuler ses larmes, fit face à une jeune femme brune, une soubrette vêtue d'une coiffe nouée sous le menton, d'une robe bleu marine et d'un tablier blanc. Elle le dévisagea un petit moment, puis elle jeta un regard furtif par-dessus son épaule avant de déclarer:

—Je vous ai entendu parler avec mon maître.

Sa voix douce peinait à dominer les sifflements du vent et la rumeur de la cité.

—Votre ami, le géant, il vit, reprit-elle.

—Que dites-vous? s'exclama l'apprenti.

—Je sais où vous pouvez le trouver. Je dois retourner à mon travail ou mon maître va me houspiller. Attendez-moi devant l'auberge au début de la dernière sixte. Je vous conduirai à lui.

La nouvelle était tellement incroyable que Renn ne put s'empêcher de la juger suspecte.

—Vous ne seriez pas en train de m'attirer dans un piège?

Elle ne parut pas offusquée par sa question.

—Si je mentais, je ne connaîtrais pas votre nom ni votre histoire, rétorqua-t-elle avec calme. Vous êtes Renn, apprenti enchanteur de pierre, le questeur vous cherche partout pour vous tuer. Votre ami m'a raconté comment vous avez entraîné une avant-garde de l'armée des Conquérants du Nord dans une terre mouvante.

— Je vous attendrai ce soir.

Elle lui rendit son sourire avant de regagner l'auberge d'un pas pressé.

La soubrette le rejoignit dans la rue à la fin de son service. L'attente, interminable, l'avait exaspéré. Morfondu sous un porche baigné d'obscurité, les yeux rivés sur la façade de l'auberge, il en était arrivé à se demander s'il n'avait pas rêvé cette histoire, s'il n'avait pas été leurré par son désir forcené de retrouver Orik. La jeune femme avait dénoué sa chevelure et troqué sa tenue de servante pour une ample robe gonflée par les rafales de vent. Ils se mirent en marche sans dire un mot, regagnant d'abord l'artère centrale de la ville nettement moins encombrée que pendant le jour.

Ce fut l'apprenti qui rompit le silence.

— Votre maître m'a dit que le corps d'Orik avait été jeté dans le fleuve…

— Ce sont les deux hommes qui le portaient, des traîne-misère recrutés par mon maître, qui ont fini dans l'eau de l'Odivir. Il a repris connaissance et les a précipités tous les deux du haut de la falaise avant de s'évanouir de nouveau. Ses gémissements m'ont attirée alors que je sortais de l'auberge au milieu de la nuit. La morsure du serpent endormeur et le coup sur son crâne l'avaient mis dans un sale état. Il avait perdu beaucoup de sang. Comme c'est une force de la nature, il est parvenu à marcher jusqu'à ma maison en s'appuyant sur mon épaule. Une fois arrivé, il s'est écroulé, et j'ai bien cru qu'il allait mourir pour de bon. Mais il en a réchappé et il se rétablit. Son épée était restée dans la chambre. J'ai pu la récupérer le lendemain et la lui rapporter. Ce qu'elle est lourde!

À l'extrémité de la rue centrale, ils prirent un sentier qui s'enfonçait dans les terres.

— Vous vivez seule? demanda Renn.

— Depuis la mort de mes parents. J'occupe leur maison.

— De quoi sont-ils morts?

— De la maladie du sankan.

Il avait entendu parler du sankan, un insecte qui proliférait après les grandes crues et dont la piqûre provoquait une fièvre souvent mortelle.

Ils arrivèrent dans un hameau baigné de ténèbres denses, profondes, humides. La nuit sans étoiles occultait les reliefs et, sans les rares lueurs qui accrochaient les fenêtres aux façades grises, on aurait pu croire que le monde avait disparu.

—Vous connaissez mon nom, et je ne connais pas le vôtre...

La jeune femme disciplina sa chevelure d'un geste énergique.

—Yselle.

Elle se dirigea vers une chaumière éloignée d'un bon arpent des autres habitations. Le cœur de Renn s'emballa à nouveau lorsqu'elle ouvrit la porte. La lumière d'une lampe à huile suspendue révélait une pièce meublée d'une table massive, de deux bancs, d'un évier de pierre, d'un âtre où pendait une marmite au-dessus des braises rougeoyantes, de brocs, de seaux, d'une grande bassine qui servait probablement de baignoire.

—Je vous amène de la compagnie...

Yselle s'était adressée à un homme allongé sur un lit de coin. Une émotion indescriptible serra la gorge de Renn quand il reconnut le visage rude et encadré d'une longue barbe d'Orik. Un large bandage parsemé de taches brunes ceignait le front du guerrier, vêtu de son seul skand, comme le soir où les Abordeurs et leurs serpents s'étaient introduits dans leur chambre.

Renn retira son chaviot et s'avança dans la lumière.

Les yeux d'Orik s'agrandirent de stupeur, puis ils perdirent leur éclat minéral pour briller d'une joie immense, presque enfantine.

37

LE FEU DU DRAC

L'acceptation n'est pas la soumission, l'acceptation est une façon d'accompagner le mouvement, d'épouser le cours tortueux du destin.

Mythes de la Fondation,
Tradition des diseurs du Chœur,
Arkane

LA BRÛLURE, INSUPPORTABLE.

Le feu roulait dans ses veines, lui incisait les nerfs. Se réveillait-elle sur un bûcher ?

La douleur était si atroce qu'elle regrettait amèrement d'être revenue à elle. Elle voulut se relever, mais les cordes blessantes qui lui maintenaient les bras dans le dos et lui entravaient les chevilles l'en empêchèrent. Elle gisait nue sur un sol humide dans une obscurité totale. Sa tête l'élançait à chacune de ses expirations. Elle se souvint du coup asséné par le serviteur d'Arvidus. Comment avait-elle pu manquer à ce point de discernement ? Comment avait-elle pu commettre une telle imprudence ? La fatigue et la maladie n'étaient pas des excuses. Pour un bain, pour un peu de confort, elle avait trahi les siens, trahi Matteo, trahi les frères de la Résurrection, trahi les populations de la cité et du pays d'Arkane.

Une irrépressible colère jaillit de sa source noire et se répandit jusqu'aux extrémités de ses membres. L'intensité du feu s'amplifia encore. D'où provenait-il ? Elle ne distinguait aucune lueur, aucun mouvement alentour. Les bruits qui résonnaient dans le lointain évoquaient tantôt une conversation, tantôt un grondement d'orage. Elle roula sur elle-même pour tenter d'apaiser, ne serait-ce qu'un instant, la brûlure qui continuait de s'étendre, qui calcinait chaque parcelle, chaque fibre, de son corps. Elle contint un gémissement, une crainte stupide de donner l'alerte, d'attirer l'attention sur elle. Elle serait bientôt livrée à l'Aigle comme une bête traînée sous le couteau du boucher. Elle tira avec l'énergie du désespoir sur ses liens, ne réussit qu'à accentuer la morsure des cordes sur ses poignets et ses chevilles. Ses larmes ne coulaient pas, comme si la chaleur avait asséché l'eau de son corps.

Elle se révolta contre l'atroce sensation de se transformer en une masse informe de chair carbonisée, elle se débattit avec une rage inutile qui l'abandonna, pantelante, à bout de forces, au pied d'un mur.

Elle comprit qu'il ne lui servirait à rien de s'agiter, qu'elle devait se résigner.

Se résigner, vraiment ?

La voix d'Ulio citant un passage des mythes de la Fondation résonna en elle : « *L'acceptation n'est pas la soumission, l'acceptation est une façon d'accompagner le mouvement, d'épouser le cours tortueux du destin.* »

Accepter le feu qui la dévorait. Cesser de s'y opposer.

Elle s'efforça de recouvrer son calme, d'expulser toute brise de panique, d'explorer la douleur jusqu'à ses confins, comme une contrée inconnue dont elle découvrait les paysages, les reliefs, les couleurs, les senteurs. La souffrance s'atténua immédiatement, comme si le simple fait de la regarder en face, sans intention, suffisait à l'apprivoiser. Elle cessa bientôt d'être un corps consumé par le feu, elle fut le feu qui se répandait en elle, le feu qui diffusait en elle sa fantastique énergie, le feu qui la métamorphosait, le feu qui réduisait en cendres son désespoir, ses regrets, ses remords, le feu qui la régénérait.

Le feu de la renaissance.

Les bruits se précisèrent. Un brouhaha. Qui se rapprochait. Elle tira machinalement sur ses liens ; cette fois, ils se brisèrent aussi aisément que des brindilles sèches. Elle se releva et s'appuya contre le mur le temps que s'estompe une légère sensation de vertige. Elle se sentait investie d'une puissance phénoménale, qui ne lui appartenait pas.

—Je vous livre la fille du Drac pieds et poings liés, mon seigneur...

La voix d'Arvidus.

—Si tu dis la vérité, tu recevras une belle récompense, usurier. Si tu m'as menti, tu recevras quelques pouces d'acier dans le cœur.

Oziel devina à qui appartenait cette deuxième voix, rugueuse, désagréable : Jiun de l'Aigle. Elle n'éprouva aucune peur, seulement une haine farouche, lorsque le crissement du verrou incisa le silence. La porte s'ouvrit dans un grincement horripilant. La lumière dansante d'une torche dévoila des murs de pierre habillés d'une mousse noirâtre, un sol de terre battue, les poutres vermoulues d'un plafond.

Vêtu d'orange, Jiun de l'Aigle fut le premier à s'introduire dans la pièce. Ses yeux s'agrandirent de stupeur et d'horreur lorsqu'ils se posèrent sur Oziel, debout face à lui, nue, immobile.

—Déesses, tu es devenue plus laide que le cul d'un foueur ! s'exclama-t-il. Dire que j'ai eu du désir pour ça ! En tout cas, tu vas regretter de ne pas être déjà morte. (Il se tourna vers Arvidus, qui s'était approché dans son dos.) Tu ne m'avais pas dit qu'elle était attachée ?

L'usurier s'avança d'un pas et lissa sa fine moustache du pouce et de l'index.

—Je ne comprends pas comment elle a pu se libérer. Elle était solidement ficelée. On dirait que les cordes ont brûlé. Peu importe, le principal est que vous la récupériez.

D'un geste, Jiun ordonna à ses hommes restés en arrière de s'emparer de la prisonnière. Trois sicaires s'avancèrent vers elle. L'un d'eux, qui tenait un énorme foueur en laisse, dut s'arc-bouter sur ses jambes pour empêcher le fauve de se jeter sur elle.

—Sage, Doj, sage...

Ils n'avaient pas jugé utile de se munir des armes que dévoilait par intermittences l'entrebâillement de leurs capes : espadon, dague, hache à double lame. Ils étaient seulement équipés de chaînes d'acier tintant à chacun de leurs mouvements. Oziel ne bougea pas lorsque deux d'entre eux se placèrent de chaque côté d'elle et, visiblement incommodés par les bubons, commencèrent à enrouler une chaîne autour de son buste.

Elle ouvrit la bouche.

Le feu en jaillit, qui jeta des éclats éblouissants dans la pénombre et frappa Jiun au visage. Le fils de l'Aigle poussa un hurlement terrifiant avant de basculer en arrière et de s'effondrer de tout son long sur la terre battue. Le foueur échappa au contrôle de son maître et bondit en direction de la jeune femme. Le feu fusa de nouveau de la bouche d'Oziel et foudroya le fauve, qui s'écrasa sur la terre battue dans un craquement d'os et une suffocante odeur de chair grillée.

Les sicaires se reculèrent, la chaîne se déroula et s'affaissa sur elle-même en égrenant ses tintements.

— Faites quelque chose, vous autres ! glapit Arvidus.

Oziel cracha le feu dans sa direction. La pointe étincelante s'engouffra dans le cœur de l'usurier, dont la voix se brisa. Il tenta dans un ultime sursaut d'extirper la brûlure qui lui ravageait la poitrine, avant de s'affaler sur le flanc. Les sicaires, affolés, se ruèrent vers la porte. Le feu en rattrapa un premier, enflamma sa chevelure, sa cape, et le transforma en torche vivante. Un autre, touché entre les omoplates, n'eut pas le temps de s'enfuir.

Enjambant les corps secoués de spasmes de Jiun et d'Arvidus, elle sortit à son tour. Emplie d'une fantastique énergie, elle ne ressentait plus aucune douleur, plus aucune fatigue. La haine se propageait en elle comme un venin enivrant, exaltant. Elle gravit les marches d'un escalier de pierre qui donnait sur un premier palier, n'y croisa personne, franchit une porte grande ouverte et s'introduisit dans une souillarde meublée d'étagères et de tonneaux.

Une voix chevrotante retentit devant elle.

— Arvidus, c'est toi ? Que se passe-t-il en bas ? Ces horribles tueurs que tu as fait venir se sont sauvés comme s'ils avaient mille démons aux trousses !

Oziel s'engagea dans un premier couloir. Une silhouette surgit de la pénombre et lui barra le chemin, la mère d'Arvidus, visage blême tranchant sur le fond de pénombre.

— Qui êtes-vous ? aboya-t-elle. Pourquoi vous promenez-vous toute nue ? Déesses, une mécrosée ! Arvidus ! Arvidus !

Oziel voulut continuer son chemin, mais la vieille femme, brandissant une canne, l'en empêcha.

— Laissez-moi passer, ou…

— Arrière, maudite !

La mère d'Arvidus abattit sa canne. Oziel l'esquiva d'un retrait du buste, puis, plongeant avec volupté dans sa source noire, elle entrouvrit les lèvres : le feu jaillit et gifla le visage de la vieille femme dont la peau ridée se noircit et se racornit comme un papier léché par les braises. Les os de ses pommettes apparurent par les craquelures, ses cheveux grésillèrent, une fumée grise s'en échappa, elle tituba, folle de douleur et de peur, percuta la cloison, et, tandis qu'elle s'embrasait tout entière, elle tomba à genoux sur le parquet dans une gerbe d'éclats incandescents. Oziel éprouva un sentiment étrange en la regardant s'affaisser et se tordre de douleur sur le sol, un soulagement, une joie mauvaise, comme si son agonie la payait en partie de la mort des siens.

Le couloir débouchait sur une petite pièce meublée d'un lit et d'une armoire, qui servait sans doute de chambre à la vieille femme. Une ombre fondit sur elle lorsqu'elle emprunta un deuxième passage, un peu plus large, éclairé par le flot de lumière qui tombait d'une lucarne. Elle reconnut le serviteur à la carrure imposante qui l'avait assommée. Le feu fusa de sa bouche au moment où il se jetait sur elle. Touché au ventre, il se recroquevilla sur lui-même en hoquetant. Un couteau à large lame lui échappa des mains et se ficha dans une plinthe. Malgré l'épaisse fumée qui emplissait le couloir, elle retourna dans la chambre de la mère d'Arvidus : elle ne pouvait pas sortir nue dans la rue, elle avait besoin de vêtements.

La puissance de son feu intérieur diminuait. Elle éprouvait désormais de la lassitude, du dégoût. Des flammes léchaient les cloisons, un courant d'air dispersait la fumée et l'âcre odeur qui l'accompagnait. Elle trouva, dans une armoire, une robe claire, une confidente en laine, des bottines à peu près à sa pointure et un fichu de soie. Elle s'habilla rapidement. L'incendie crépitait, grondait autour d'elle. Elle recouvrit son visage du fichu et se dirigea vers la sortie de la maison. Les servantes affolées qu'elle croisa ne lui prêtèrent aucune attention. Le vent s'engouffrant par la porte d'entrée restée ouverte attisait les flammes qui prenaient d'assaut la maison.

Oziel ressentait au fond d'elle l'amertume froide du désenchantement. Elle crut voir une ombre rouge voler au-dessus d'elle, puis s'évanouir dans la fumée.

Le drac.

Elle prit conscience qu'il ne s'était jamais éloigné d'elle, qu'il s'était tenu en elle, mais, qu'en cédant à sa propre colère, à sa soif de vengeance, elle avait provoqué son départ. «Le drac est un maître exigeant», avait affirmé le gardien de la parole de la Résurrection. Aurait-elle la force, sans son aide, de retrouver Matteo dans les Fonds?

Elle songea à Arjo en franchissant le seuil de la porte. Elle contempla la maison, désormais transformée en fournaise. Elle hésita: que valait la vie d'un homme en regard de la terrible menace qui guettait les populations du pays d'Arkane? Puis elle résolut de partir à sa recherche et revint sur ses pas. Deux servantes qui se précipitaient vers la sortie la bousculèrent dans le couloir noyé d'une fumée dense, irrespirable. Des cris montaient de la rue. Les voisins commençaient à s'organiser pour circonscrire l'incendie qui menaçait leurs propres habitations.

Se souvenant qu'Arvidus avait attribué au jeune servant une chambre sous les toits, Oziel gravit l'escalier tournant qui menait aux étages supérieurs, maintenant un pan du fichu sur sa bouche et son nez. Des craquements derrière elle l'avertirent que le feu s'attaquait aux marches de bois. Elle atteignit le premier palier sans encombre. La chaleur augmentait rapidement. Elle mit du temps à trouver le deuxième escalier, plus étroit, dissimulé par un pan de mur. Elle le gravit quatre à quatre et arriva devant plusieurs portes alignées sur un côté d'un couloir éclairé par la lumière d'une fenêtre de toit. Des volutes de fumée montaient déjà des interstices du plancher. La première porte s'ouvrait sur une pièce meublée d'un lit défait et d'un portant encombré de tenues de servante.

—Arjo? cria Oziel.

—Là! Dans la chambre du fond.

Elle franchit en quelques foulées la distance qui la séparait de la dernière porte et découvrit le jeune servant ligoté sur le lit.

—Je vous croyais morte, déclara-t-il avec un sourire.

—Nous le serons tous les deux si nous ne sortons pas rapidement d'ici…

Elle chercha des yeux un objet coupant pour le délivrer de ses liens. Comme elle n'en trouvait pas, elle essaya de défaire les nœuds, mais ils étaient tellement serrés qu'elle ne parvint pas à les détendre. Elle se rendit près de la fenêtre de toit dans le couloir et, après avoir enveloppé sa main dans le fichu, frappa la vitre jusqu'à ce que le verre se brise. Elle en choisit un morceau, revint près d'Arjo et entreprit de trancher les cordes qui le maintenaient rivé au lit. La fumée devenait de plus en plus dense, âcre, irritante. Une fois délivré, le jeune servant se releva et se massa énergiquement les poignets et les chevilles.

— Vite, souffla Oziel.

Ils se précipitèrent hors de la chambre, mais les flammes gigantesques crachées par la bouche de l'escalier leur coupèrent toute retraite.

— Vous auriez dû filer sans vous occuper de moi, murmura Arjo.

— Par le haut ! glapit Oziel.

Ils tentèrent d'ouvrir la fenêtre de toit. Le mécanisme grippé refusant de coulisser, ils dégagèrent fébrilement les morceaux de verre encore accrochés au châssis et purent enfin se hisser sur le toit. La pluie fine qui tombait d'un ciel gris foncé avait rendu les tuiles glissantes. La fumée continuait de s'épaissir, des craquements annonçaient un effondrement imminent. Ils gagnèrent le bord d'un pan orienté vers la cour intérieure. Les langues de feu s'échappaient désormais des diverses ouvertures. Oziel observa la façade, qui n'offrait aucune autre prise que les bords des encadrements de pierre. Elle estima qu'ils évoluaient à une hauteur de deux perches, largement de quoi se briser les os. En contrebas, des hommes et des femmes formaient des chaînes pour tenter d'éteindre l'incendie à l'aide de seaux et de baquets emplis d'eau. Elle prit le temps d'enfouir sa tête sous le fichu avant de commencer à dévaler la façade.

Des cris accompagnèrent son initiative, couvrant les protestations d'Arjo, qui finit par se lancer à son tour dans la descente. Elle posa le pied sur le rebord de la première fenêtre, mais ne repéra aucune autre prise et se retrouva coincée entre les flammes qui dansaient sur la façade. Arjo, au-dessus d'elle, resta suspendu par les bras au rebord du toit. Des clameurs attirèrent l'attention d'Oziel : elle entrevit, au milieu de la fumée, six hommes qui tendaient une couverture au pied du mur.

— Sautez ! cria l'un d'eux.

Elle craignit que la couverture ne suffise pas à amortir le choc. Les craquements s'amplifièrent, la maison commençait à s'effondrer. La chaleur et la fumée devenant insupportables, elle n'avait pas le choix. Elle exerça une légère poussée sur les mains pour se décoller du mur et se laissa tomber. Elle atterrit au milieu de la couverture, qui ploya sans se déchirer et resta suffisamment tendue pour atténuer sa chute. Son premier réflexe fut de vérifier que son fichu ne s'était pas détendu. S'ils s'apercevaient qu'elle était mécrosée, ses six sauveteurs se montreraient nettement moins charitables. La fumée, heureusement, estompait les formes. Elle sauta de la couverture, sortit de la cour intérieure et s'éloigna dans une ruelle déserte où elle attendit Arjo. Il la rejoignit quelques instants plus tard, ses cheveux blonds flottant au vent comme une auréole instable.

La maison d'Arvidus s'effondra dans un grondement prolongé.

— Sans vous…, commença Arjo.

Elle l'interrompit d'un geste péremptoire et leva machinalement les yeux vers le ciel couvert d'éclats rougeoyants.

Aucune trace du drac.

Elle avait échoué en faisant un mauvais usage de sa puissance, de son feu, un usage personnel. Il l'avait reniée. Elle devrait maintenant se débrouiller seule pour rejoindre Matteo dans les Fonds.

Bragelonne C'EST AUSSI...

... LES RÉSEAUX SOCIAUX

Toute notre actualité en temps réel :
annonces exclusives, dédicaces des auteurs, bons plans…

f facebook.com/BragelonneFR

Pour suivre le quotidien de la maison d'édition et
trouver des réponses à vos questions !

twitter.com/BragelonneFR

Les bandes-annonces et interviews vidéo sont ici !

youtube.com/BragelonneFR

... LA NEWSLETTER

Pour être averti tous les mois par e-mail de la sortie de nos romans.

www.bragelonne.fr/abonnements

... ET LE MAGAZINE NEVERLAND

Chaque trimestre, une revue de 48 pages sur nos livres
et nos auteurs vous est envoyée gratuitement !

Pour vous abonner au magazine, rendez-vous sur :

www.neverland.fr

Achevé d'imprimer en janvier 2017
Dépôt légal : février 2017
Imprimé en Italie par L.E.G.O. S.p.A.
2810105-1

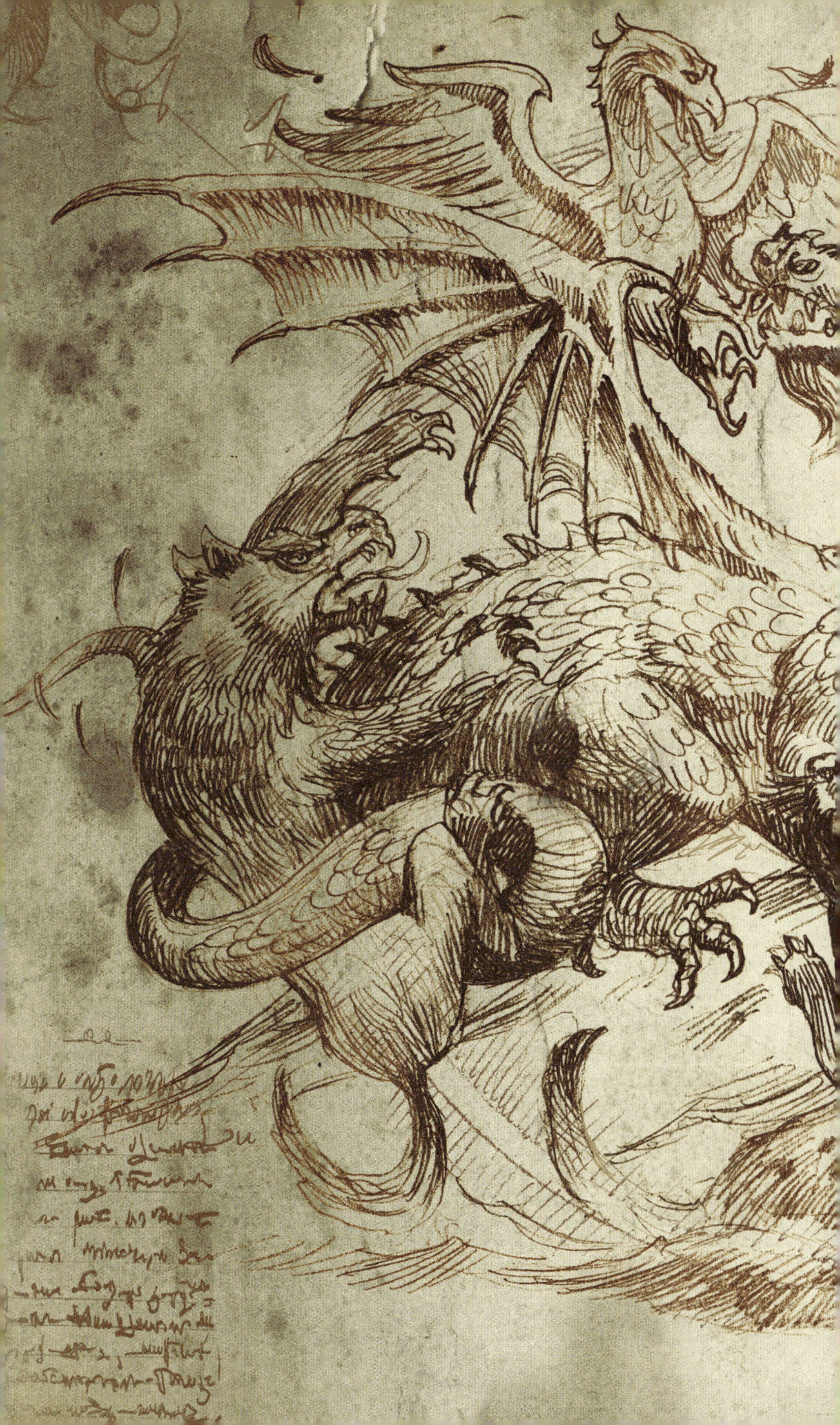